U0639389

轻与重
FESTINA LENTE

姜丹丹 何乏笔（Fabian Heubel） 主编

品味之战

［法］菲利普·索莱尔斯 著　赵济鸿 施程辉 张帆 译

Philippe Sollers
La Guerre du Goût

华东师范大学出版社

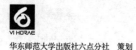

华东师范大学出版社六点分社　策划

主 编 的 话

1

时下距京师同文馆设立推动西学东渐之兴起已有一百五十载。百余年来，尤其是近三十年，西学移译林林总总，汗牛充栋，累积了一代又一代中国学人从西方寻找出路的理想，以至当下中国人提出问题、关注问题、思考问题的进路和理路深受各种各样的西学所规定，而由此引发的新问题也往往被归咎于西方的影响。处在21世纪中西文化交流的新情境里，如何在译介西学时作出新的选择，又如何以新的思想姿态回应，成为我们必须重新思考的一个严峻问题。

2

自晚清以来，中国一代又一代知识分子一直面临着现代性的冲击所带来的种种尖锐的提问：传统是否构成现代化进程的障碍？在中西古今的碰撞与磨合中，重构中华文化的身份与主体性如何得以实现？"五四"新文化运动带来的"中西、古今"的对立倾向能否彻底扭转？在历经沧桑之后，当下的中国经济崛起，如何重新激发中华文化生生不息的活力？在对现代性的批判与反思中，当代西方文明形态的理想模式一再经历祛魅，西方对中国的意义已然发生结构性的改变。但问题是：以何种态度应答这一改变？

中华文化的复兴，召唤对新时代所提出的精神挑战的深刻自觉，与此同时，也需要在更广阔、更细致的层面上展开文化的互动，在更深入、更充盈的跨文化思考中重建经典，既包括对古典的历史文化资源的梳理与考察，也包含对已成为古典的"现代经典"的体认与奠定。

面对种种历史危机与社会转型，欧洲学人选择一次又一次地重新解读欧洲的经典，既谦卑地尊重历史文化的真理内涵，又有抱负地重新连结文明的精神巨链，从当代问题出发，进行批判性重建。这种重新出发和叩问的勇气，值得借鉴。

3

一只螃蟹，一只蝴蝶，铸型了古罗马皇帝奥古斯都的一枚金币图案，象征一个明君应具备的双重品质，演绎了奥古斯都的座右铭："FESTINA LENTE"（慢慢地，快进）。我们化用为"轻与重"文丛的图标，旨在传递这种悠远的隐喻：轻与重，或曰：快与慢。

轻，则快，隐喻思想灵动自由；重，则慢，象征诗意栖息大地。蝴蝶之轻灵，宛如对思想芬芳的追逐，朝圣"空气的神灵"；螃蟹之沉稳，恰似对文化土壤的立足，依托"土地的重量"。

在文艺复兴时期的人文主义那里，这种悖论演绎出一种智慧：审慎的精神与平衡的探求。思想的表达和传播，快者，易乱；慢者，易坠。故既要审慎，又求平衡。在此，可这样领会：该快时当快，坚守一种持续不断的开拓与创造；该慢时宜慢，保有一份不可或缺的耐心沉潜与深耕。用不逃避重负的态度面向传统耕耘与劳作，期待思想的轻盈转化与超越。

4

"轻与重"文丛，特别注重选择在欧洲（德法尤甚）与主流思想形态相平行的一种称作 essai（随笔）的文本。Essai 的词源有"平衡"（exagium）的涵义，也与考量、检验（examen）的精细联结在一起，且隐含"尝试"的意味。

这种文本孕育出的思想表达形态，承袭了从蒙田、帕斯卡尔到卢梭、尼采的传统，在 20 世纪，经过从本雅明到阿多诺，从柏格森到萨特、罗兰·巴特、福柯等诸位思想大师的传承，发展为一种富有活力的知性实践，形成一种求索和传达真理的风格。Essai，远不只是一种书写的风格，也成为一种思考与存在的方式。既体现思索个体的主体性与节奏，又承载历史文化的积淀与转化，融思辨与感触、考证与诠释为一炉。

选择这样的文本，意在不渲染一种思潮、不言说一套学说或理论，而是传达西方学人如何在错综复杂的问题场域提问和解析，进而透彻理解西方学人对自身历史文化的自觉，对自身文明既自信又质疑、既肯定又批判的根本所在，而这恰恰是汉语学界还需要深思的。

提供这样的思想文化资源，旨在分享西方学者深入认知与解读欧洲经典的各种方式与问题意识，引领中国读者进一步思索传统与现代、古典文化与当代处境的复杂关系，进而为汉语学界重返中国经典研究、回应西方的经典重建做好更坚实的准备，为文化之间的平等对话创造可能性的条件。

是为序。

姜丹丹（Dandan Jiang）

何乏笔（Fabian Heubel）

2012 年 7 月

目　录

前　言

　　本书直接衔接于以下随笔作品:《极限之体验与写作》(*L'Écriture et l'expérience des limites*)、《特例的理论》(*Théorie des Exceptions*)、《即兴集》(*Improvisations*)等。

　　本书的创作理念旨在构建一段真实、生动、分类清晰的艺术文学史;一架活动的、在时间轴上来去自如的阶梯(例如,从维庸到兰波或到热内;从萨德到普鲁斯特;从塞利纳到圣西蒙;从但丁到乔伊斯;从提香到毕加索;从卡夫卡到帕斯卡)。

　　因此,创作意图便是一改线性历史形式,脱去其长久的钝性,或是相反地,避开它本身的惊骇之面与救世主降临说。同一种玄奥的虚无主义摆出了这两种看似相对的立场,但是两者都无法在日渐加强的技术王权下找到自我定位。除了各种演绎的冲突之外,有一个且唯一的问题被越来越尖锐地提出,

1

这绝非偶然：在一个日复一日、与我们的身体同时迈向毁灭的世界里，出现的阅读问题。然而，这场极度冒险也可能是一次机会。

我们不会在马克思、尼采、弗洛伊德这些年迈的现代三神的影响上驻留。他们之后涌现的人名(布勒东、布朗肖、萨特、拉康、巴特、福柯、阿尔都塞、德里达、德勒兹、德波)也都以各自的方式进入此领域。人们对他们的作品进行了阅读；有时认知并拥护他们；当然，在追随其他冒险与其他征程中，偶尔也有反对。然而，有位与他们同样严于思考的作家，会对有关他们中一把手的作品、对他们的充耳不闻，甚至曲解而感到惊讶：他就是海德格尔。例如，他的不朽之作《尼采》(*Nietzsche*)**不为人所悉**，其中原因不难理解。我很喜欢这句话，我认为它明晰了我的言词："历史不是一串朝代的连续，而是同样的人同样的事的一种独特复刻，它涉及到多种关于终点的模式多样又善变的思考，伴随着不同程度的直接性。"

"同样的人同样的事的一种独特复刻"，"不同程度的直接性"：我认为，与本书对话的作者所深入接触的，是这种基本直觉。关于神话，某些作者甚至设想一位作家或者一位艺术家的思想就能像神话般地活跃数个世纪(普鲁斯特："所有伟大的作家会在某些点上会合，他们就像一位好似跨越了整个人类历史的天才处于不同时刻的存在，有时还相互矛盾")。我们看到此番震撼假设引来铺天盖地的偏见微词。

那些胆量、那些"追寻"都输给了广告商无限扩大的剧烈退步吗？是的。因此，有必要提起，或者重提，一些简单的事物。这样一来，我们将浪漫主义或新超现实主义放在一边；一段令人沮丧不自在的插曲跃入，就像"新小说(nouveau roman)"那样；高校学术界发生各种衰退；向依旧自命违规的器质激化法求助；诗性低吟一贯只不过是场诡辩；提前唱响了恍惚中自我毁灭的陈旧颂歌；关于叙事的性质以及发展的纸上谈兵之说；社会学至上论势力渐弱，正好配合了清规戒律之秀；政治犹如浮云却指手划脚地介入；字词抽搐间构成了用于快速销售的伪书劣刊的边缘背影，它们被召唤隐没于二进制数字世界，同生物制造齐名(海德格尔："'文化'领域的文学统制经济恰如其分地答复了盛产方面的统制经济论")。此例举略显鲁莽，但无法忽略幻象统治的最新发现：伦理的复权状似迫使盲信思想、蒙昧主义以及各时代的苦难默不吭声。危机发生，并且加剧，这就是真相，但也可究其原因，不过只有极少数人，很少，能够将此坚持到底。

借此机会，与心怀恶意以至于流传天下的"政治正确"观点截然相反，我要明确我这边并未对本人于 1983 年出版的小说《女人们》(此书的问世似乎成了缠绕某些人的难题)中所言所道做过任何更改、任何出卖、任何背弃、任何转变撤销或是

3

主观放弃、任何"退回"。这部作品掀起过风波,引来暗涌之怒以及不休之炭,它取得了"成功"(不言而喻),它在一阵阵误解中被发行或查封,而依旧等待被翻开传阅的一天。会有这么一天。对我来说,小说永远是思维以他类方式的延续。幻象家思考着、描绘着诗意存在的序曲,它被强加的社会禁条以及贬黜、压制和捏造——但它也被赋予了巨大的自由、坚韧不拔、熠熠辉光。说到思想,它思索着这些阻挠、这些拨云见日之理:万变不离其宗。我选用了战争(guerre)一词因为那就是一场战争,而矢口否认充其量是黄口小儿之为;往最坏的说,便是操纵人心的犬儒主义。我又选择了品味(goût)一词(对,是的,就是这 18 世纪从孟德斯鸠一直到伏尔泰的凝神向往之谈),因为,周详考虑后,重中之重便在此。**战争**:"我想到一场战争,由于权利或由于不得已,由于十分意外的逻辑。"(兰波)**品味**:"品味是质素之本,它概括了所有其他优点。它是智慧之顶。天资只有通过它才能达到最佳状态,其他官能才能均衡发挥。"(洛特雷阿蒙[Lautréamont])我们刚读到一些冒犯技术之教的词句,一些对此教义来说是错误、夸张无理、不堪入目、带来创伤的字眼:思想、诗意存在、思索、战争、品味、逻辑、均衡、状态、天资。读者想将它们忘记? 想将它们从眼前抹去? 也许吧。但是它们又再次出现了。人们会称那个执意要使用它们的人为挑衅者。若是一本书呢? 大概会

4

说,多么恶劣的题目啊!

值得一提的是,《女人们》未同《戏剧》(Drame)或《天堂》一样被定义为"先锋派"书籍。因为其内容曾经乃至现在都使人不自在。令人不自在的内容,看似边读边懂,实则不然。当然,正如我们所说的,大家认为自己最该去评价的是两性之事。一个说,啊,哎唷,性。另一个想,哦,喔唷,利。精彩年代的巴甫洛夫式不幸顺势而行。然而,突然坚持历史带来的生物、社会影响意义意味着我们就该由此介入,仅此而已。十年后,得到全球认可,无需再议("卵子之侵"[Le viol de l'ovule],甚至成为了现今某大晚报的题目,向我们传递了其深切的道德之忧)。对,无需任何修改。那些反应迟缓的先锋派、被冒犯的(原因不讲自明)理智教士以及匆忙的回收工们,对不住了。此外,接下来可以就《游戏者的画像》、《绝对的心》(Le Cœur absolu)、《法兰西狂舞曲》(Les Folies françaises)、《金百合》(Le Lys d'or)、《威尼斯节日》、《秘密》所谈论的内容发问。到底在说什么,什么是别处没有的? 问得好,而作者将这个问题埋入一片阴郁的寂静中。这片寂静不是永恒的:一个故事结束,另一个故事开始,或者另一个故事思考着正等待它的演绎者们。他们几乎正呱呱坠地:让他们来吧。司汤达于1842年去世,当时认为自己的作品将于1934年才会为人所读。他还可以再加一两个世纪。他没想过要自问一下是否有人在那之前还会进行拜读。

这项工程,由于仅此一项(作者主持一项文学期刊,或是身为一间出版社的顾问,亦或者为了排疑解惑间断性地出现于媒体,这些都不够),故不挑战任何制度权威。它不是一套已发表文章的"汇编集",而是一部货真价实的未发表作品,它的一笔一画都被精确打算着以巩固其整体意义。它不隶属任何党派;不鼓吹任何集体行为;不主持公道不划分真善美(更不定义丑恶——波德莱尔:"撰写本书不是为了我的情人、我的女儿或我的姐妹[……]我把这种作用留给那些有意将美妙的情节同美妙的言语混淆的人[……]我的作品可以带来益处。对此我不感到苦恼。它也能带来害处。对此我也不感到欣喜");它对堕落置若罔闻,只维护一群受威胁的小众群体,其成员皆为各个时段的艺术创造者。这项工程长期以来受经济、政治影响,"父道主义反射"或是"民主嘲讽"已被认作次要或多余。让作者被轮番评判吧,偶尔说法婉转,被看作早熟、传统、现代主义、毫无价值、滑稽、伪善、患有精神分裂、偏执、幼稚、空洞、放肆、教皇主义、伏尔泰派,不一一例举了,这些跟他企图传递给读者的信息大相径庭。"邻父之疑"不懈地想挖掘出每位作者背后站着的人;从我的情况来看,则要逆向而行。反传媒的指责者与伦理学家,多愁善感者与各种虔信者,命中注定地,与他们所谓的对手有着相同的评估标准。不足为奇。无论如何,木已成舟,以下是相当数量业已成章的文字。不过确实，人们也可以当它们不存在。在一个印刷品主要依靠实力评估报告得以存在、同社会学或讣告说毗连并以强制便捷或是遥控追思的形式得以出售的年代，没什么比这更容易了。演出是一个大家庭，它那家庭小说能通过其梦游症般并过于自信的恶趣味被轻松认可，该小说并未面临毁灭。品味成为各种独特情境下"概括所有其他优点的优点"恰好是因为它再也不具"价值"了，社会价值也不具备。面对一个恶趣味相争的社会，我更青睐一个千姿百态的独异群体。在这本书里，人们在惋惜时还会注意到，除了个别例外，作者偏爱援引法国文学。他要为此自行辩护吗？没什么不可以。不过，这等于是请求原谅他的存在。

来点儿家喻户晓的法语？本形兼顾？以下：

憨第德（Candide）被惊得目瞪口呆，不知所措，不停地抽打发颤，自言自语道："如果这里是千万可能世界中最美好的地方，那别的地方呢？"①

公历元年 1763 年 2 月 18 日，骄阳当空，阳光洒入鱼池，如同众友人所见闻，我被送上苍空。②

---

① 伏尔泰。
② 同上。

而我呢，我必须保持孤身，人们诡计多端致使我永远无法摆脱。偷盗、自满、自负、侵犯、攫取您的作品。可是呢，自然真的很美。①

对我来说，我雇了一段琢磨不透、阴郁又无声的生活。②

我的画作是思想的闪电。③

今天早上，我不小心读到了几份报纸；有个看语气像是二十岁的小青年，跳出来向我开战，在这般可怕的无益境地，我只得停下笔，不再向任何人作任何解释。④

以往，如果我没记错，我的生命曾是一场盛宴，在那里，所有的心灵全都散开，所有的美酒纷纷溢出。⑤

整个巴黎都荡漾着回声……丁香花瓣微微颤抖……⑥

我羡慕乌鸦，我羡慕野驴，我羡慕绵羊、山雀……⑦

电影捕捉了生活，镜内镜外，不再有真实的东

---

① 塞尚。
② 蒙田。
③ 罗丹。
④ 波德莱尔。
⑤ 兰波。
⑥ 塞利纳。
⑦ 同上。

西……这是新兴生活形式，一个反面世界的诞生……①

与朋友的背叛相比，我更害怕房门的吱嘎响声。②

最确实的死亡也无法战胜习惯。在皮埃蒙特 (Piémont)，法国刑法徒然使几百名杀人犯丧生；他们在极刑前翩翩起舞。③

这里，河边，图案不断增多，相同主题从不同角度来看得出一个意义巨大的研究题材，其种类多变致使我以为我能够在数月间一动不动地、左一弓右一弯地欣然作画而无空闲。④

感觉是我作画之本，我认为该使人难以识透才好。⑤

所有我的同胞们都是跟我一起并排而站的傻瓜。⑥

我捻小枝形悬灯亮光，扑到床上，面向阴影那边，我依稀看出你们，我的群妃，我的众王后！⑦

1945 年，萨特收到一封来自海德格尔的古怪信件，内容

----

① 塞利纳。
② 福楼拜。
③ 司汤达。
④ 塞尚。
⑤ 同上。
⑥ 同上。
⑦ 兰波。

如下："要以最严肃的态度抓住这世上的每时每刻，并将它付之于言语，不分派性、风潮、流派之争——旨在最终使那段决定性的经历复苏，我们能够从中领会生存之宝究竟藏于何等深不可测的本质虚无中。"

海德格尔是不是疯了？无人知晓。而谁能从"深不可测的生存之宝"、"本质的虚无"中悟出什么呢？毫无疑问，无论过去的当时、今朝、明日或更远的未来，还存在着这个明确表达的计划之外的其他重要事宜。1969 年，海德格尔又说，这个"虽然比哲学更简单，但由于其简单性而更难实现的"想法苛求"一种全新的言语管理，而不是像我以前所想的那样造新词新句；它更倾向于对我们专有语言的原始内容的回溯，这种语言正经受着不断的衰落"。众所周知，言语之忧不及其他众事之忧（尤其是当涉及此事的人怪异地将问题变得晦涩难解）。无可避免的销售机制与滔滔不绝的人文主义在此结为黄金搭档。文学，一如既往地是它们**真诚**同谋的谈论中心。同样地，人们会看到推动本书创作的攸关紧迫始于一种完全对立的信念。需要为此担忧吗？希望如此。

本世纪 20 年代，恶作之名在那时还未广为流传（但其喜剧层面的发展值得单独研究），一位严肃、有涵养、通晓现代艺术的女士来到毕加索面前，神情傲慢地说："毕加索先生，我非常不喜欢您最新的那几幅作品。"毕加索连自己口音都没顾上,答道:"女士,这一点儿都不重(chòng)要!"我曾认识一个小男孩,他听了这个故事后眼泪都笑出来了。他每次见到我都说:"向毕加索学习!"可是要怎么学。还学?还学。

　　本书的性质、结构、主张是什么?让克劳塞维茨(Clause-witz)来说吧,他在冷淡地附上"与其说是思想,这理论更像是一个危险物品"的评语后,总是见机而作地重申要点:"防御会战应该只限于躲避攻击而非消灭敌人的说辞是荒谬的。我们认为这条理论是危害最大的谬见之一,名副其实的本末倒置,而我们毫无保留地坚持在我们所说的保卫之战的形式里,不仅仅是胜算较大,并且胜利要达到同攻击一样大的规模和功效,若达到必要的力量和能量级别,这不仅仅涉及所有战场因素的整体结果,也涉及每一场单独的战役[①]。"

威尼斯,1994 年 6 月

---

　　① 《战争论(De la guerre)》,第六篇,第九章:《防御会战》(《La bataille défensive》)。

第　一　章

弗拉戈纳尔的惊喜

当内在的本性把我推向生活时，它对我说：尽你所能
地去摆脱困境吧。

——弗拉格纳尔给一位友人的回信

哦，听着，无论我们走到哪里，我们都只有一个愿望，就是
我们能够安静地审视过去，审视我们的经历……我们关上门。
两下。这样我们就被留在了室外。前后矛盾？不，就是这样。
因为出门前得先闩上门。现在，其他人都进屋了，您把他们都
关进屋子里了，展现在您面前的一切成为了一次快速密谈，我
们将向您呈现一系列奇观。您不会对任何人讲起，就这么说
定了，好吗？弗拉戈纳尔（Fragonard），如同透明地存在于平
行空间一般，我感到他的存在了，我听见他的声音了，我等待

3

着他……我们真的很庆幸,摆脱了大型采访报道、道德约束带来的头疼、盘踞未来的工业所带来的繁忙……起初,我们感到困惑。随之而来的是不安。接着,感到被逼迫、受处罚。然后,被遗忘或者歪曲。再是消沉。之后,获得自由。在这个时候,只需要做出决定,或者,让决定自己产生。

现在,把弗拉戈纳尔改造成一位**有深度的**画家。为此,这就像我们要空手抬起一块墓碑,我们常称之为历史的重量,聚集了两个世纪以来的反抗、错乱、敌意和面对无法比拟的人类无理无据行为的报复。啊,您想说还是 18 世纪? 依旧是 18 世纪? 嗨,是的。对此,我也无能为力。因为磁针就是在那个年代归位,当人们停止胡乱控制它,不再不顾一切地让它指向一个错误的北方的时候。此外,我们不懈寻找的是南方,一个传说中的南方,黄金年代,那个实实在在的天堂。它曾经存在过,有人见过它,因此,我们会再次找到它。这个天堂不是创世纪时期的天堂,那里,愚笨的亚当和夏娃以及诱惑他们的蛇被设定于传统电影中一成不变的故事开头。不,不是这样的,这个天堂里人流攒动,鱼龙混杂,充满了各种独特而真实的时刻。这些画作对我们说:"这曾发生过。"就像之后某位诗人所说:"这曾发生过,在那个瞬间,从那个角度,那画笔,那炭条,我,我知道,发生的地点和方式与我当时的情况完全一致。"他称之为什么? 似曾相识? 灵感? 是的。"我曾拥抱夏天的晨曦。""当世界化为仅有的黑森林令我们目惊,——一片海滩令忠实的我你相爱,——一座音乐厅令我们明朗相怜,——我一定找到您。""我是一位发明家,与我之前的所有人有明显不同的功劳;我是一位音乐家,找到了某种东西如同爱的琴键。""激烈而疾速的梦境,各种表象中情感的组群,各种特征的生命。""沿着葡萄园,我脚撑一根排水管,——下了这辆华丽马车,凸状玻璃、护板和镶边沙发表明马车的年代。""某个夜晚,比如说,出现那个天真的旅游者,退出了我们的经济惨状,他主子般的手赋予草地的羽管键琴以生机。""**出售肉身,人声,无可争议的巨大富足,这从不出售的一切。**""醒来已是正午了。"①

在兰波的这些诗句里,我特别强调无可争议的巨大富足,因为该诗句非常直白地道出了弗拉戈纳尔对我们所传达的意思。我喜欢把这两个名字放在一起。克洛岱尔于 1941 年 7 月 8 日发表在《用眼倾听》(*L'œil écoute*)的一篇有关弗拉戈纳尔的短文中充满法式谦恭,也为这两位大师牵上了关系……"一句虽然没被读出来的话,它的回声却遍布了整个画面。"有关男女两位表演者,作家在 7 月 1 日的日记中(天气很热,为

---

① 《彩图集》,兰波著,叶汝琏、何家炜译,吉林出版集团有限责任公司,2008 年 1 月。——译注

什么还不是正午？)更明确地评论到："他为了阅读转过身去背对生活，坚决要绽放的她向他致以片刻的注视。"——克洛岱尔接着说道："这些忧伤的画作，这些无法倾听的画作。"大概吧。但是，也许，除了用耳聆听之外，我们还该做点儿别的。如今，弗拉戈纳尔决定与我们直接交谈，甚至为我们献上一场聆听盛宴。

为此，这将需要时间。一段漫长而特殊的时间，历史学家们至今仍没放弃对这段历史反复质疑和议论，更何况它还带来了一次全社会的精神震撼，一次引发了各种相关的演说和阐释的大事件——法国大革命。这么说吧：在纪念弗拉戈纳尔的同时，这个国家——以及全世界一同——发现了唯一的并且切实的问题所在。人类在何处、如何、在何种条件下能够达到实际意义上的圆满，且这种圆满并非坚不可摧，而是自然的、不被神话的、饱满的？在欲望滋生的同时，不眠的理性是在何时何地指引他避开怪兽呢？这个问题成了弗拉戈纳尔的灵魂问题，也是这个名字向我们诠释的意义所在。它和宗教无关(还有哪个画家比他还更少地涉及到天空和地狱？)，也和集体探险无关，而是旨在探索此时此刻如何从人体出发进行创作，而不是考虑如何征服它，折磨它，如何迫使它劳作或者用最庸俗的方式自我消遣，一言以蔽之，既不利用它，也不操纵它。在此，需要谈论的是一种愉悦之力，人们曾将劳力——

这种力量的本源——转化成为这种力量——在我看来,这便是我们这位画家曾经追逐的执念。众所周知,这位画家的签名是"Frago",这个双音节名词在发音时不可避免地能听到一个"ago"的音,在拉丁语中,"ago"的意思是动,移动,行动,执行;此外,它还有演出一场剧或者出演一个角色,或者在固定的模式安排中度过时日的意思。**动作**以第一人称登上了舞台。此外,如果添上争强好斗的色彩,这也成了一场角斗。"fragor"在拉丁语中的意思是打碎、分裂、破裂时发出声音。而"fragro"指的是声响中散发出的一种醉人气味,并且这个词发音与意大利语的"草莓"相似(而意大利又非常临近弗拉戈纳尔居住的城市,即香水之都格拉斯[Grasse],那里的香水中有印度或意大利的甘松香,即宽叶薰衣草的俗称)。最后,从完美角度考虑,为什么不像研究矿石板时辨别板上的字母一样做?"Frago"正好包含了"法国 France"这个词的前三个字母。这比"Fragonrd"更简练且内嵌了法兰西色彩,你完蛋了。从让·昂诺列·弗拉戈纳尔(Jean-Honoré Fragonard)的名字衍生出来的这些话题并非偶然。他与他的老师布歇(Boucher)和夏尔丹(Chardin)不同,他斜穿意大利(两次旅行,其中一次是和他的一位好友一起,这位好友的名字也非常古怪,叫做圣农神父[Abbéde Saint-Non]),他不断强调他的行动自由和独立性(没有法规制度,而是个人指令),因为他是"frago",

连续的运动,间歇中从不犹豫(第二次去意大利是跟着财政税务员贝日瑞[Bergeret]一起去的,后者惊讶地发现画家居然想要为自己保留作品),他的一生留下无尽猜想(包括他的画作也是!),如同后来的马奈(Manet)、罗丹(Rodin)或者毕加索一样,弗拉戈纳尔是他那个年代最自由的人之一,他认可了伟大的画家华托(Watteau),并且更进一步地冒险——总之,尽管有人曾想将他雪藏,但是他的形象延存至今。更令人匪夷所思的是,他的代表作之一《圣克卢的节日》(La Fête à Saint-Cloud)不偏不倚地挂在法兰西银行总裁的公寓墙上。

我们对这位画家几乎一无所知,相关的文献少之又少。那句"当内在的本性把我推向生活时,它对我说:尽你所能地去摆脱困境吧"和"我作画就是扯淡"成为了他为数不多的代表性言语。我们能了解到的弗拉戈纳尔很少。我们能了解到的弗拉戈纳尔也很多。必须跟随他一起去探寻。在某种意义上,去构造这个画家,就如他构造出他的那些欢聚节日一样。迷人的船划入朗布依埃(Rambouillet)。它来自哪里? 来自基西拉岛(Cythère)? 来自威尼斯? 来自另一个星球? 它有一个什么样的大自然? 您在哪里看到这自然风光的? 角角落落都有。或者无处可寻。正如卢梭在《新爱洛伊丝》中给一座公园定义时说道:"这是一些秀丽风景的混合体,这些风景取自不同地域,并且各自都显得非常自然,但组合在一起后效果就大相径庭。"电光一闪，向梦想之林的顶峰划去:出发。枝叶围成的洞穴预示着未知的穿透力。与一般读书写字的顺序相反，以"东方式"、中国式的阅读写作顺序为方向，我们的小艇从右岸登陆。您将被带去的是一个方向和视野都颠倒的世界。之后，在这条小径的尽头，将会举行一场极特殊的仪式，一场热情并且神奇的祷告。宣誓。赠供。祭献。捐献。一具女性的身体将会引导这一切。这尊躯体被乱盖着面纱，流动着，融化着，向一尊雕像靠近着。它将会完全溶解，它期盼着被雕刻成一尊雕像以延续自己的存在。它来自公园里各种各样的消遣活动，荡秋千和捉迷藏，蒙目击掌猜人游戏，追人游戏，攀爬游戏……在躲猫猫的游戏中，恐惧和兴奋总是相互交替，互相交错，这很正常。我们去趟舞台看看:那个年代，人们喜欢用壁板把舞台围起来作为布景，光影幻觉从里面透出来，因此，到处都是真理，还喜欢混杂各种声响，增加机遇。我们在这里见到了弗拉戈纳尔的女舞者，她跟他一起作诗，她的名字就是吉马尔小姐(Mlle Guimart)。安娜·姬洛(Anne Girò)和维瓦尔第(Vivaldi)之间也是这样的合作，她演奏着小提琴家不断修改的副本，充当他的乐器，他的声音。他们合作过许多小型歌剧，我们要去听那些乐曲，那行穿透假山的旋律。比方说，我们都知道的作品《秋千》(*Les Hasards heureux de l'escarpolette*)(这幅作品于 1859 年被卢浮宫拒绝馆藏，之后直

9

到现在一直被伦敦华莱士收藏馆收藏），如果换作是一位更加为自己颜面着想的画家就不会接下这个创作任务了。我们又回到了巴黎周边的一处"小房子"里，一位朝臣想把他最爱的游戏和他的情妇绑在一起。也许我们看到了路易十五统治下众多神秘而放纵的社会团体之一，《当下社会》(*Société du Moment*)，《幸福令》(*Ordre de la Félicité*)。当下的社会。绝妙的时刻。盼望已久的时刻。巴黎的绍塞-昂坦地铁站附近的吉马尔德酒店也用弗拉戈纳尔的画作装饰。好像有些"时刻"要在那里发生，并且在我们听到的最稀奇的轶事之一里提到过这个地方，这真够令人惊讶的。那是 1773 年。这件事有两个版本：其中一个是格林（Grimm）版本，在被龚古尔兄弟（les Goncourt）引用的文学书信中，女舞者与弗拉戈之间的不和令画家私下修改了为女友作的肖像画。在这幅画中，女友先被神化成了缪斯女神忒耳普西科瑞（Terpsichore）。"某日，他溜进屋里，跑入客厅，手里拿着弟子的画板和画笔，他用画笔飞快地点着女神嘴角的微笑，把它去掉，添上一张生气的嘴，画像里的吉马尔小姐瞬间活像复仇女神提希丰（Tisiphone）。就在这时，这位小姐正带着几位朋友参观客厅，面对画家的报复顿时勃然大怒。"另一个版本，来自弗拉戈纳尔夫人：当她跟他说"画家先生，这事儿就不会结束吗"时，弗拉戈起身离开——报酬也没拿？——并且狠狠关上门时回答道"全都结束了!"在此,那位"弟子"便是大卫,他一直非常敬重弗拉戈纳尔(后者在大革命期间的"恐怖统治"①曾为他提供庇护)。我们看到,装饰问题远不像看去那么无关紧要(在此,我想到了莫奈的《睡莲》)。因而随后,弗拉戈纳尔在与杜巴利夫人(Mme du Barry)意见分歧之后带着后者预定的四幅画去了格拉斯。而他在那个年代所居住的著名花园住宅(如今已开放供游客参观,成了抢眼的建筑)也是他躲避警察的避难所:门厅和楼梯上摆满了共和国和共济会的标记,每层楼都充满了"盼望已久的时刻"。在艺术中,我们最注重的问题之一就是:我们跟谁,住在什么地方,要做什么。

正好讲讲弗拉戈纳尔家(跟萨德家一样)发生的有关他妻妹的事。他在 40 岁的时候结婚。妻子玛丽·安娜·热拉德(Marie-Anne Gérard),在新婚不久后提出让自己的妹妹,玛格丽特,来一起生活。玛格丽特年仅 16 岁。她管他叫"弗拉戈好朋友师父"。非常巧合的是,两姐妹都是画家。因此,可想而知,她们都非常了解如何控制画笔。她们一般作些微缩画。他们有过一双儿女,大女儿罗莎莉(Rosalie)(18 岁夭折)和儿子埃瓦里斯特(Évariste)。我觉得,那里到处都能感知到弗拉戈

---

① 法文为"La Terreur"指"雅各宾专政",即法国大革命时从 1793 年 5 月到 1794 年 7 月这一阶段。——译注

纳尔的内心活动。黄金年代首先体现在人类内心某处被微妙升华的乱伦氛围，然后以不为人知地方式照亮了所有的画布。这也是我们所面临的谜题：家庭生活与放荡题材并行，或漫长或短暂，或节衣缩食或挥霍无度。几乎没有画家能像他一样，面对作为"微缩"版成人的孩子们如此拿捏自如。不仅有作为弥补女性裸体呈现缺陷的小爱神(Les Amours)，此外，还有些迷人的、活蹦乱跳的童男童女，都常居于画家的奥秘中。是历史的短路吗？这个名叫"皮耶罗(Pierrot)"的小男孩，一只手藏进袖子里，另一只手伸向画中，双目充满了神采，毕加索作于1925年的《保罗》(Paulo)里的孩子也是如此。两幅画是同一个孩子的肖像，两位父亲都是以注入活力为宗旨为孩童作画的。这个小女孩长大了会成为一个妖冶女子，而皮耶罗则是一位行动派小青年，之后，变成那些粗野汉子的一员，就像因为意识到自己的生命短暂而受刺激一样。您来比较一下，来评论一下弗拉戈纳尔的音乐家们，还有这位西班牙裔巴黎居士临终前所绘的火枪手们，处于同一场战斗的毕加索和弗拉戈，画家与他的模特，刺穿画布的激情，叙事人-行为人肆无忌惮的嬉笑。另外，《模特之初》(Le début du modèle)和《小学女教师》(La maîtresse d'école)这两幅画也存在很多共同点：从十戒石板(必须会读)学会解读女性身体，这中间有一个逆转形势的突变环节，我想把它当作一段私密自传来阅读。("终有一天，会轮到你来解读这位拔刀相见的智慧美人!")弗拉戈纳尔非常期待消遣型事物。由于从情色角度对字符和阅读能力(阅读是我们恒定的话题)的掌握,他玩起了捉迷藏——一个如今已较为罕见的游戏:顺着手看过去的视线,细小方面的学习研究,为摸索那些看似无用的细节而制造的理由,比如,额头、颈背、脖子、鼻子,还有肩膀。二维的和三维的,蒙目猜人。那些年轻时在南方大公园附近的男女混合中学读书的人,他们应该感到幸福。法语课、希腊语课、拉丁语课或者历史课都会有所不同。比如,躲在灌木丛中的荷马……同树木挂上钩的拿破仑……或者有人在葡萄园或是牧场尽头朗诵《拉莫的侄儿》(*Le Neveu de Rameau*)……《包法利夫人》(怀念杜巴利夫人)以及《恶之花》诉讼事件之后,巴黎的这对龚古尔兄弟正筹划着《18 世纪的妇女》的创作,同时,他们提出了普罗旺斯式生活方式。但他们对此也不再坚持了,因为自然主义令他们厌倦,帝国统治夺去了他们的热情(两个"帝国",但从来都不是弗拉戈纳尔的共和国!),他们费了大量笔墨为弗拉戈扣上荣誉光环:月桂树、柑橘树、柠檬树、石榴树、巴旦杏树、枸橼树、野草莓树、香桃木、香柠树……还有花草:郁金香、石竹、玫瑰……或者百里香、迷迭香、洋苏草、薄荷草、甘松香、薰衣草……芦苇……"气息、甜味、芳香和糖果味造就的格拉斯。"他们甚至用了一个几乎能使自己恢复地位的短语:"天堂的酿酒厂"。当然,我们还处于那个认为艺术家是社会时代产物的年代。这个观点不能说错，也不能说对。因为如果不这么说的话，将会出现更多的当选者，超过应征者，这不符合自然规律。同样道理，孩子出生在这里还是那里，会导致截然不同的命运。如今，成见被推翻，使得真理被置于正中。然而，不可否认的是，那些常出现于画笔下的裸露处总会引出一连串先人为主的评论。所有被撞见的场景都各有千秋。

那么，如何在成为哲学家的同时又变为实干家呢？圣农神父和德拉布列岱什(M. de la Bretèche)先生的画像也都是自画像，这是理所当然的，因为它们都属于对人物的即刻颂扬、执行之火、行动绘画。迅速的弗拉戈，疯狂的弗拉戈……现在已经离他的时代很远了，我们不会把他禁锢在那个年代。一度消沉后，他投身到文艺复兴运动中或者后现代幻想里。身着西班牙服装的圣农，伏案读书的狄德罗……各种衣着的织物在画面里翻腾，形成一道短暂的视觉之宴。那里好像有一群神秘的非宗教预言家、不打仗的士兵、没有方法论的思想家、紧急时刻出现的外交家，他们就像被不明出处的鞭子狠狠抽过一样。那么，这些鞭答来自哪里呢？源自纯粹空间中离析出来的一种能量。画布背面有一处古老的笔记，也许是画家自己的："弗拉戈纳尔于1769年，一小时完成的肖像画。"根据买家和内行人士的分析，他意在以此显示自己的速度，其笔画浓密苍劲有力，颜色鲜艳充满活力。这些人物都是意大利诗人阿里奥斯托笔下的人物,在意大利被寻回的骑士罗兰(Roland)(我们想到了在维瓦尔第的歌剧里用法语表达疯狂的那些词:总之,圣农和弗拉哥,当他们第一次出行,经历提埃坡罗的启示时,他们听到了这曲《奥兰多》[Orlando])。一个法国人会怎么想?他该怎样在思绪中遨游?我认为,这两幅作品能告诉我答案:弗拉戈纳尔笔下的狄德罗,马奈笔下的马拉美。两位**我思**的思辨家的成熟气质被画家准确把握,并婉约展示,画风极富对称形和指导性。拉斐尔的卡斯蒂利奥内(Castiglione)(肖像)兴许可以于这两位深奥的思想家进行对话,这两位思想家的画像具有一种绝对的从容,那种**优雅洒脱**让人难以琢磨,"我的思想也就是我的妓女","正如不朽改变着他自身"。现在是时候引出下面这两句名言的作者了:"风格即人本身";"爱情里最美好的是肉体的爱恋",就像埃罗·德·塞舍尔(Hérault de Séchelles)于1785年9月对其描写道:

年轻时的布丰先生在巴黎,吃完晚餐后时常在凌晨2点回来;5点时,一个萨瓦人走过来,粗暴地把他拖到地上,怒气冲冲。他还跟我说自己一直工作到晚上6点:我有一个很喜欢的小情人。啊!我强迫自己等到6点钟声响起之后才去见她,有时还会因此而找不到她。在蒙巴尔的时候,工作之余,他会叫个小姑娘到他家,因为他也曾非常喜欢她们；但是他还是会在 5 点整起床。他只见年轻姑娘，不喜欢少妇，认为这是在浪费时间。

该死的布丰！

我很喜欢"浪费"这个词。

1802 年，玛格丽特·热拉德（Marguerite Gérard）在寄给弗拉戈纳尔以及他妻子的信中祝他"挣到更多的杜卡托①"，并希望他"能和两三个年轻小姑娘一起嬉戏"，画家因此而陷入尴尬境地。

一个小姑娘？比如这幅《年轻的托乳姑娘》（*Jeune fille se pressant le sein*），我们可以把这幅画称为思想家的慰藉。请指给我看这只闻名已久的乳房。没什么特别的。画得如此清楚的恐怕没有几幅。目前，我比较感兴趣的是画中狄德罗翻阅《百科全书》（*Encyclopédie*）的样子就像他的乳房会从衣服里露出来。弗拉戈纳尔是一位呢绒商的儿子，因此对织物并不陌生。他来自一个布料纺织品的世界：棉布、绒布、丝绸、花边、塔夫绸、缎纹织物、锦缎等，还包括了我们即将提到的床单和衬衣。窗帘、帷幔、鸭绒床罩、长枕、床垫、短枕、手绢等……从裹着被子或赤身睡眠到漫不经心地、"自在"地装清醒，思想一

---

① 旧时在许多欧洲国家通用的、铸有公爵头像的金币。——译注

直在延续,思考的始终是同一个问题,一具躯体莫名其妙地存在着,思考,估算,衡量,回忆,*解脱*。清晨,狄德罗一起床就开始伏案读书,他望着窗外的一棵大树,学识、思考、观察、公式整理,一切都同时运作。苏菲·沃兰(Sophie Volland)一会儿就会收到他的信:"我把别人指派到我这里的两位英国人带去见艾卡尔德①,他为我们献上了一场为时 3 小时的不可思议、神奇壮丽的演奏。这段音乐旅程中,我几乎无法自拔,只想到了您的存在。我忘却了周遭世界,觉得,只剩下美妙的声音和我自己。"或者是别的内容:"我们度过了一个疯狂的夜晚;只有上帝知道是何等疯狂。我们的烛盘点燃又被熄灭,反反复复数十次。其间,他对艾卡尔德大加恭维,屡屡试探;而她则逆着他的意思说道:'哎呀,没想到这可恶的音乐家总是能把乐器弹奏得得心应手。'"甚至还有,当他从俄罗斯回来时:"德布莱希夫人(Mme de Blacy)在我外出期间听到有人说了对我不利的话,想要排挤我。如果您保持原先的看法,那么您就会袒护我。您若放弃遵守原则,那我只能为您的堕落和不坚定立场而鼓掌了。就像如果布沙尔夫人(Mme Bouchard)保持着对自然史的兴趣的话,她会继续青睐我! 我拥有多少种化

---

① 艾卡尔德(Johann Gottfried Eckard, 1735—1809),德国著名羽管键琴演奏家,于 1758 年定居巴黎。——译注

石,多少种金属,多少种矿物,她就会献上多少次亲吻。若要让每个亲吻都适得其所,我建议她把这项殊荣送给那些顺从她的女朋友们。"狄德罗是否认可过弗拉戈纳尔？这不重要。相同的手腕痉挛会即刻传达到文字结构里,就像一种精神上的抽搐传遍了欧洲,因为归根结底,在德语和英语先后侵占欧洲之前,大家说的都是法语。那么,随着语言文化的巨大变化,绘画依然广受青睐吗？答案显而易见。狄德罗曾说:"哲学只不过是情感的观点。它是时间凋零的投射。"如果哲学中不再出现绘画会怎样？那就只剩下永恒的衰老。

文学、绘画、音乐。弗拉戈纳尔是位杰出的画家,他谙熟这个交结点,躯体在这里能够进行自由呼吸。后世对他的作品阐析极少,原因大致如下:"解法"已经找到,它已完美呈现,因此它必须消失,毫无保留。这就是一个没有问题的世界,一个缺失的世界,一个被诅咒的现实,一个十足的表面派,没有探索的价值,没有未来,既无恐慌感也无罪恶感,甚至连波德莱尔寄予华托的浪漫主义忧郁触动也没有。鲁本斯的"新鲜的肉枕"也因在此没有被赋予任何神话色彩而显得异常惹眼。无记号、无象征的世界。完美的内在至少就此被展示出来,然而,这是令人无法忍受的内在。我们仿佛听到历史,戾史①,

---

① 原文此处为"Hystoire",自作者根据"历史"(Histoire)和"歇斯底里"(Hystérie)自创的合成词。——译注

竭尽全力向弗拉戈纳尔喊道:"够了! 那里需要,重新,创造一个世界。"我们需要沿着历史回到过去。如果我们揣摩这些画作里人物的心思:"我们死后,任它洪水滔天!",那么也可以乘着这洪水追溯到过去。弗拉戈纳尔的这种无意识不仅忽略了时间,还明示了时间对于这个人类世界上现存居民而言意味着空虚,因此他们就像被免去了生存之罪一样! 他为什么不把他的故事置于古代或者加入神灵之间! 没有,一点儿也没有。《教皇的弥撒》(*Une messe du Pape*),非常古怪,教皇神情黯然,只是顺便向贝尔尼尼(Bernini)设计的青铜华盖下的铜柱淡淡地打个招呼……如果他再画些贵族该多好啊! 这可是被延绵岁月惩罚的阶级。但是没有。他甚至不是"异教徒",也不服务于任何一个社会阶层。这是位十足的实证派。这种置身世外是无法继续的,但谁奈何得了他呢? 正如我们所说,社会联系正在众目睽睽之下消融……要如何对此做出反抗,寻求援助,我也不知道,求助于上帝、民众、社会契约、孚里埃与厄里倪厄斯①(les Furies et les Érinyes)、索多玛与蛾摩拉②(Sodome et Gomorrhe),所有的空想,要断然终止这场无用的挥霍,这种无望的设想……等待皇帝加冕时,贺拉斯(Hor-

---

① 希腊神话中的复仇之女神,对应罗马神话中的孚里埃。——译注
② 《创世记》中的两座城市,后为"罪恶之城"的代名词。——译注

aces)三兄弟以及库里阿斯(Curiaces)三兄弟的誓言应理解为:

再也不这样了! 再也没有凭空而生的永动体了! 死亡有它自己的权力! 心理活动也是,它不过是所有感知世事的人们对时间的深思熟虑。死亡,它曾受到过严重侵犯! 神灵们口渴了! 当然,没什么需要反驳的,我们处在热力学发展的时代。弗拉戈纳尔在当时是不被接受的,并且是"实在"的。不被接受是因为实在,就如出自他画作里骇人听闻的假设。迈向恐怖统治①! 在那里,掉入新的万人坑! 回归理念! 固定观念! 白方! 黑方! 没有规划的行动可能会让我们脑袋搬家。没有规矩,不成方圆。人性是一种信仰,其罪犯们自身就是最好的佐证,而人们总是很难记住这些丑恶的罪行。事实上,真正与人性背道而驰的也许是弗拉戈纳尔。对他的惩罚呢? 我已经说过了:无阐析。啊,漂亮,迷人,这您喜欢吗? 其腔调则是:真是一无是处,真是废物! 然而一个世纪后,兰波带着他的《彩图集》,在"洪水过后",唤醒我们的记忆:"洪水的观念刚刚失势(……)。那所带玻璃窗的湿淋淋的房子里,愁煞的孩子们个个凝视起一幅幅奇妙的图画(……)。××太太将一架钢琴安放在阿尔卑斯山(……)。然后,在那发紫的、吐出叶芽的乔木林中,尤加利(桉树)告诉我:春天来了。"

---

① 指"雅各宾专政"时期(1793—1794)。——译注

弗拉戈纳尔:失窃的油画,或是我们所熟悉的"失窃的信"?请看《情书》(Le Billet doux)。从它遥盼人们的注视开始,我们就看到被这只美丽的黄绿色昆虫带来的情书……我们通过状似放大镜的舷窗进入这艘18世纪的宇宙飞船舱内。帷幔,窗帘,裙衫一角,还有桌子,酒精和茶叶的味道萦绕着整个房间。冰冷的信纸放置在垫板上,就像盖在搁脚凳面上的臀部。一条家犬也加入了这次航行。**凑近点,看**:这就是整幅画要表达的内容。看什么?看信封上与逻辑背道而驰地写着一位先生的名字吗?这足以令人惊讶,我们一直以为这是一封收到的而不是正要投寄的信。要么是一封被拦截的信吧?来自一位女间谍?谁知道呢?这位红发美女带着隐秘而灼热的眼神,也许是位诡计多端的小姐。然而不是这样的。她刚搁下笔,把信藏在卷成角形杯形状的花束里,一会儿就怀揣着这束花出门,就这么一直揣着,直到邮局,能把信投寄出去为止。也就是说,直到这封信被放入等待它的人的口袋里。啊,这耳朵!这与奥林匹亚中一样的缎带!(马奈创作的《奥林匹亚》,对,自洪水之后就与您脱不了干系了!)当年,男人就是这么给女士写情书,然后收到这满满一包的回信吗?可怜的艾玛①!可怜的被日夜监视的

---

① 《包法利夫人》中的女主人公。——译注

阿尔贝蒂娜[①]！这里又是一名女子(我希望她是布歇的女儿，名叫作玛丽·艾米莉；希望这封信是她写给未婚夫或丈夫的)——又是一位享受来去自由的女士，这是我们能做出的唯一评价。她会在街角遇到卡萨诺瓦，我们对此也许并不会感到惊讶。然而，不是这样的。那时候，她不在"那里"，而是在这里，在纽约(画作收藏于大都会艺术博物馆)。信纸，花朵，情书，樱唇……她或许可以对着花朵(是野玫瑰吗？)窃窃私语……插页上覆盖着她的字迹，和望向您的目光一样清澈……我们不禁要产生这样的幻觉(舷窗正是产生幻觉的源头)：她正拿着单柄眼镜，读着那封信，然而，眼前这张纸上什么也没写。您出现了。嗨，她转过了头，信被合上了，您再也看不到那里面写了什么。她心里只装着这封情书，没别的了。您并不在那里，您根本不在她的视野里。很遗憾：假如您能读到信上面的句子，那这幅作品就属于您了。您因为受磁力影响而没能进入画中？椅凳上家犬的眼神叠加了女乘客的眼神，安静地趴在那里占着她的座位。而她则刚好半坐在椅凳边缘，就像一个到了嘴边又想不起来的词儿。光，花朵，衣裙，自淫的宠物犬……还有那半转过来的容颜……听见什么声响了，就这样。

---

① 《追忆似水年华》中的女主人公。——译注

时间被一束幽光萦绕:我们回到了法国的 18 世纪。说"法国"其实是多此一举,因为 18 世纪显然就是属于法国的。这种罪恶感、沉闷感和苦恼感难道不是每时每刻地存在吗?塞利纳在《大屠杀前的琐事》(*Bagatelles pour un massacre*)里讲述了他欲望的摇摆,他的第一个笨拙计划,"一位仙女的诞生":"年代:路易十五时代。地点:随意。装饰:一片林中空地,有岩石,尽头是一条河流。"塞利纳想要一些自身的动作,一些"波澜",一些女舞者……但是他不能言说出它们,或也不能使它们言说。舞女们是无法触碰的,只可远观,这是性挫败—— 阉割、鸡奸——于是,得出的逻辑就是:不,我们没有错失那些轻浮的女性,只能归咎于魔鬼和犹太人。此前,从未有人如此到位地揭露反犹主义是一种象征性中的性别缺失。它来自于两个世纪前步伐中断而带来的无限忧伤。可怜的革命家们在一个烟雾笼罩的地窖里振奋激昂地谈论着墙上的画,那里忽然出现了这个变了形的名字……那是最凶残的辱骂……"拷问架前的画家"……是谁? **弗拉古纳尔**(Fragoûnard)……在这部极度谵妄并且可能成为 20 世纪罪恶之作的短篇最后突然出现这个名字,真是太令人匪夷所思了……弗拉古纳尔……事实上,弗拉戈从未画过真正意义上的女舞者:舞蹈并不是冷门艺术也不是高端艺术,**因为它遍布了大街小巷**。因此,需要因欲求不满而导致深度的失语症发作,使得肉体和舞蹈完美结合的理想成为救赎,以对抗种族病。弗拉戈纳尔?他有着对抗全权主义最好预防治方法。在他看来,不能以偏概全,每个细节都有自己的意义。您想躲避法西斯主义?野蛮人入侵?媚俗艺术?现代艺术的混乱不堪?还是媒体专制?那就看看那些小心谨慎或后悔不已亿万富翁,用上您的保值手段:欣赏弗拉戈纳尔。

有时,我们会觉得 19 世纪和 20 世纪所有的文学记叙不过是关于排挤坐享其成的贵族阶层的一场闹剧。看看巴尔扎克、普鲁斯特的作品。当后者宣布《追忆》里的画家埃尔斯蒂尔(Elstir)出场时,文中他召唤的是谁呢?叙述者在餐车里以防止哮喘突发喝了点白兰地,这边便投来祖母责备的眼光(在塞利纳笔下,这样的眼神一般来自充满嫉妒的妻子们,她们起先对女舞者们表示愤怒):德·塞维涅夫人(Mme de Sévigné)进来了。在普鲁斯特眼里,这位侯爵夫人展示事物的方式与当代艺术家一样,"是按照我们感知的顺序,而不是首先就以其起因来解释事物"。塞维涅夫人,在皎洁的月光下说道:"我无法抗拒这种诱惑。我戴上所有不是非戴不可的帽子,穿上所有不是非穿不可的上衣。来到这玩槌球的林荫道,那里的空气清新,与我卧房一样。我看到千百个稀奇古怪的人和物,穿着黑白衣服的修道士,数位着灰白衣服的修女,散乱各处的内衣,几个挺直身体紧靠大树躲起来的男子……"瞧,又出现了内衣的一幕……普鲁斯特称这个片段为"《塞维涅夫人书信》中的陀思妥耶夫斯基的一面",他认为陀思妥耶夫斯基刻画人物性格的方式和塞维尼夫人描述风景的方式如出一辙。为什么那时没有酒精作用不敢说弗拉戈纳尔具有的乔伊斯一面？然后看着《情书》联想到诺拉（Nora），那位回答"好"的爱尔兰女子。也许。对于弗拉戈纳尔来说，只有痛苦、丑恶和死亡是被禁止的:《爱之岛》(*La Fête à Rambouillet*)与《圣克卢的节日》画面中的人物构造以及与自然风光相比的渺小身影、那个毫无意义的大型游戏、爱情的《纪念品》(*Le Chiffre d'amour*)、《恋人的花冠》(*L'amant couronné*)、《蓄意逃跑》(*La fuite à dessein*)等等画作。自从我们因遗忘了这些艺术作品而感到惭愧后出现的替代之神是画家所唾弃的。

女舞者还在那里,她没有被掳走,也没有失声,将她凑近,在缠绵中、在研究里、在谈话间或者在歌唱时与她亲近。与塞利纳所言相斥,"自身的高雅"不是一条"被诅咒的道路"。或者,这种噩运是能够被解除的。作为呢绒商和花边女工的儿子,他只需到女舞者家里,然后把她抓到自己的画布上就大功告成了。我们现在来看这位吉马尔小姐,俊秀又不失柔媚,围着白色的羽毛襟饰,脖子上寄着奥林匹亚式丝带,戴着缎花头饰,眼神或带些迷离或带些狡黠;面庞和善,稍向下低,鼻尖微微发红;唯一露出的一只耳朵优雅而警觉地竖起。没有足够的辞藻去形容她。算了，总会找到合适的词的。她那只揉皱自己素描的手一招即来。她支撑身体的双手，就像动物的双脚一样，双腿则成了双臂，*一位女舞者，这是她的双臂*。红红的、纤瘦的身形看起来像是一管颜料，要涂抹的是那块画板。相应的这边，《书和贵妇》（*L'Étude ou Le Chant*），世界上最美的女性肖像之一，也许就是最美的那幅。要是没有了书本我们该如何是好！弗拉戈笔下的书本会嘎吱嘎吱作响，纸张酥脆，翘起来仿佛迫不及待想被那纤细的手指翻阅，它们一起用力喘息，*深呼吸*。而她从鲁本斯的画里来到法国，无拘无束，没有血脉的牵挂。她带着欢愉、温和、安静的神情，饶有兴致地看着不在我们视线内的那支画笔，同时，酥胸紧聚，上下起伏着。将两名女子合二为一：想象力为我们带来一位即将脱去裙衫，躺在飘曳的床上的裸女。同时，她身上的一切都发生着嬗变(纸上染着的这一笔红色让她看上去像一个满载的篮筐)。您见过比她更迷人、更生动鲜活的画中人吗？这难道不是您想要看到的景象吗？她的*拇指*撑开了画面的视觉宽度，奶油慕斯般细腻的脖颈，还有娇艳欲滴的樱桃小嘴，画中的一切难道不更像一桌惹人垂涎的盛宴吗？吉马尔小姐对她的青睐者总是有求必应。当然，这仍是一位舞者，婀娜身段翩翩起舞，她的身体最终仍属于芭蕾舞艺术……

现在，我们能够解释《爱之岛》画面里那些微小人物的出处，为什么他们能够得意地坐着小船驶入画面，使画中风景轮廓突显，对比鲜明，从墨绿色到亮黄色，从海绵般的潮湿到倾斜而下的金色花丛……空气冰冷又灼热……因为他们有空间的钥匙，他们是独特的立体派。请看《音乐课》(*La leçon de la musique*)，这幅作品为我们清晰呈现了他们在画面里的分布。我发誓，我看到了另一个世界，这位矮小的教师侧身靠向这位专心致志的学生，后者紧张得身躯僵直，始终不敢开始弹奏不知是库普兰还是斯卡拉蒂的奏鸣曲。琴谱上没有标任何音符，只有些蓝色和灰色的划线，音乐家弹奏的是画出来的曲子，来吧！扶手椅、琴键、琴盖、掀起的桌板、圈上的木棺，开始弹奏吧！对，对，这样可以，他这么决定了，并对此确信。轻柔地，嗯，但要不失力度。我们盯着那双手，演奏结束，您，您这位迷失在时空里的观众能够与宠猫的眼神接触，它小小的脑袋，就像是被鲁特琴①惊醒从墓地里跑出来的精灵。每个人都会有需要像保持身材一样来保持的东西，却从不知如何保持心态，就是这样。这堂音乐课实际上是一堂有音乐伴奏的绘画课，是一堂通过绘画和音乐讲授的情感技巧课。他监督着，她看谱弹奏着，琴声在他们间回旋着，他们一起演奏着乐

---

① Luth：又译琉特琴、侍琴，欧洲中世纪至巴洛克时期流行的一种拨弦乐器。——译注

曲。在《模特之初》这幅画作里面也有相同的"立体派"情景。作品成椭圆形，这个形状与画面里画布的矩形永远无法重合，三位人物的眼神看向不同方向，互不交融，他们有各自的想法，心里撰写着各自版本的小说，这就是他们间的和谐：在一起，却互不相干。某人提议，某人准备，而第三位主人公另行安排。当然了，他们分别是两女一男。中间那位帮忙的女士，或许是画家的助手，为了凸现立体感（画室里的雕塑是经典的主题），撩开这尊迷人雕像的上衣，露出双乳，问道，您觉得这样露出上半身好看吗？语气中略带不安。差不多，差不多，但我们更想观察那条右腿……充满生命力的雕塑，洁白的皮肤微微透红，嘴角微微翘起，含笑的眼角稍稍侧斜，她用另一种方式——应该说更加新潮的方式——接受这幅即将出炉的大作，而这也许会跟作品卖主的想法有所出入。弗拉戈·摩西①，画家自己，带着他的牧羊的杖又一次往返于两片水域间。身着粉色外衣，因为他想表达的主题是玫瑰色人生，如果您不喜欢玫瑰色，那就可惜了。您想象一下从室外进来的模特和她姐姐，想象她们穿越交通阻塞，心里惦记着这次特殊拜访的目的……裙角掀起，调色板因被压住而翘起，画像呈圆形，就像一幅幅画中画，被拉开的抽屉露出手绢一角……画家

---

① 此处将画家比作先知摩西。——译注

的姿势仿佛作画前的击剑热身……触碰……另外,画布上将仍是一片空白,弗拉戈,手拿花剑模样的细棍,耐心地告诉您,真正的作画都是在实战中进行的……这难道不是您想要看到的景象吗?如此挺拔的双乳?非常迷人?哦不,往下,您的观察对象在下半身……别管我们……等等……画架左边支脚上有三个孔(一副画架是一张平放的床,仅此而已)……为什么这幅图总是比任何情色照片都令人兴奋?女士们肯定同意这种说法,因为她们总怀有一份矜持的好奇心……展示-保留……一幅画作里总是藏着另一幅作品……未来作品的女主角已经在设定的画中出现了(她的裙衫和她的轮廓已在空白画布上成形)。不过,我们可以继续深入这个话题……直接扑向这位模特其实是种荒谬的行为……要保持距离……分次深入……这就是所谓的预备的学问。画家和模特之间有一个长长的故事有待我们去琢磨。漫长而紧密的关系。世界上的确存在一些画家为模特服务的关系,或者其他类型的关系。那边,女性的弗拉戈面对着迫切的恳求关上了她的艺术大门。请画我吧! ……哦,嗯,好吧,过会儿……Just a moment……盲目的行为……我们不会如此轻易地对普通的身体交易有所认知……换言之,不会以这种如此唐突的方式摘取荣耀。

事实上,这根思考的芦苇即将变成一支画笔,在画笔的末端,在这些赤裸的外表下,是一种深处的翻滚,抽象的颤抖,等待着被烙上印记。

  夫人，骑士，武器，吾爱，

  雅士，功勋，壮举，吾歌……

　　阿里奥斯托这首诗无疑最好地诠释了画面的意义。有关
这首诗，我已经在上文中提到了维瓦尔第的名字，我想在欣赏
这些画艺精湛的作品时应该以《愤怒的奥兰多》(*Orlando furioso*)为伴。弗拉戈纳尔在此向我们展示了他那傲慢的花押，
理想的姓氏。他作画的目的就是在英雄气概的氛围里营造出
这种翻腾的效果，所有认为他只专注于优雅主题的人都不会
猜到画家的这个目的。绘画是一场高贵的较量，一场混战，一
场凯旋，即使这只是一次堂吉诃德式令人发笑又微不足道的
运动。色情艺术是一种军事伦理学，其格斗储备建立在传说
的记忆上。这就是弗拉戈不为人知的一面。勇武行为是一曲
史诗，它来自远方并且将走得更远，就像通过这个来自过去响
亮的召唤，画家将自己的画作投射到将来，而我们便在那里等
候这些作品，利用它们去追溯"历史"这场令人晕眩的游戏。
阿里奥斯托、拉伯雷、阿雷蒂诺或者薄伽丘，当然还有值得重
温的《故事诗》的作者拉封丹(例如，其中的"恋爱的交际花"
[La Courtisane amoureuse])，后者在《爱与疯狂》(*L'Amour et*

la Folie) 的题记里写道：

> 爱情里万物皆是迷，
>
> 爱之弓箭，爱之箭筒，爱之火炬，爱之初段（……）

这些是不可思议的故事，这里的法语是最灵活、最具讽刺意义、最直接的……

> 当找到了合适的词时，
>
> 女性，为了自己，宽恕万物：
>
> 她已经不再是她，可是她还是她自己（……）

在拉封丹的世界里，我们会看到弗拉戈纳尔笔下的一条狗如何摇身一变化为（《晃动银币和宝石的小狗》）：

> 它聆听一切，它说话，它舞动，原地转圈；
>
> 夫人爱上它想将它占为己有（……）

作家的"故事主旨"是如何"汇聚到姑娘们身上"的呢？恋爱邂逅构成活动的草图，绘画进行时，完成**绘图前阶段**正如鼻烟色渲染法所展现的。另外，有关弗拉戈纳尔用赭红色作画，龚古尔兄弟对这种奇特的中式画法是这样解释的:"他手里好像拿着不带接套的红炭笔:炭笔几乎贴着画面,他用笔不停地摩擦以覆盖住画面主体;笔在拇指和食指间来回转动,角度非常大,它沿着他指定的路线在画布上滚动,被搓动;最后在一片之字形的青葱绿色中停下来。以这支他从不修削的画笔展开的画卷上,一切都恰到好处。笔头变宽变钝时,线条变粗变浓,着力在感官强烈的地方;笔尖被磨尖细后,则将它着力在精细的光和线上——这一切都在一种狂热、痴迷的艺术里进行。画家捕捉住风景的特征,将其展现在画布上,像一桌盛宴、一头倾泻的直发、一株茂密的枝叶,时而速写,时而用画笔把大自然引入阳台的石柱后,或将云彩隐藏在参天大树的树冠后。"或者,还有另一段关于同样冲击感官的画风的言论,我们简直要认为那是对梵·高作品的评论(涉及肖像-速度):"他的笔触几乎没有随意感;他大力地勾画物体的轮廓,就像勾勒一尊半身雕像的线条一样。像一把把调色刀,色彩被拉细、拉长。衣领在他尽情挥洒的画笔下翻腾,衣褶弯弯曲曲地蔓延,大衣扭在一起,上衣却是笔挺,所有的布料都像被风吹起,带着百褶,发出'呼呼'声。靛蓝、朱砂、橘黄色在拉天领和窄边软帽上流动;褐色涂层下的底色在头部周围形成鳞片般薄的框饰;而那些人物的脑袋像要飞出画布,冲出这片色彩的激烈碰撞,从这支神灵附体的笔尖挣脱出来。"

深处的世界

失明的世界

冲撞的命运

这颗已然凶残的心(……)

这是 1727 年,也就是弗拉戈纳尔出生前五年,人们在威尼斯的圣天使剧院所唱的歌谣。

就寝时间到了。我们已有所了解,弗拉戈作品的主人公就是他自己。要想在戏外如此活跃,要想抓住自然景态和戏子演出时细腻而永恒的精髓,只需一张好床。《奥德赛》中,整个故事的底蕴,也就是被我称为"茫茫内心之旅"的内情,或者说那个我们熟悉的、能使主人公妻子认出自己丈夫的细节,就是这个制造床的秘密。这并非偶然。尤利西斯历尽劫难,熟识仙女,闯荡于可见和不可见的世界。画面上有一张床,场面就是如此。床帷展开,画笔挥三下,注意,布景被摘去面纱,获得生命,我们到了黑夜的另一端。就像乔伊斯所著的《芬尼根的守灵夜》里,无所不知的洗衣女在各自房间里窃窃私语。水火交融,言语交替,还有身体的迅速放纵……衬衣着火了? 这又是为什么? 因为言语之火将它点燃。鞭炮? 火星? 火药? 无法更加精确地表达了。仿佛画面太过立体,难以言传。而且,这立体感存在于她们之间,您无法介入其中,弗拉戈化装成了爱神,协助这场神秘的演出。从来没有人能将女性的自爱欲、被其自身掩藏的性感展现得如此淋漓尽致,仿佛看到了孩子深沉的欲望被惊醒。您看,长久以来,物种就是在这些不和的境遇里繁殖再生。弗拉戈进入了生命最初的瞬间,他知道,那里在召唤他,他在那里出入自由,母亲将他揽入怀中,因为他永远是母亲最好的倾诉对象。"小说家听命于大自然……如果被母亲带到这个世界后,他没有成为她的爱怜对象,那么他永远无法进行文学创作。"这些支撑起天空的天使们统治着世间一切歧义、懒散、延伸、厌倦和叹息。它们自己呢,自由自在,飞翔,降落,睡意只是借口,粉色、白色和灰色构成了这一幕慵懒却灵动的半醒画面的旋律。移开床单、衬衣是为了更好地突出同一画面里的双手和双脚;摊开、推开、追逐、自我消失,是为了更好地回归身我。画作自我欣赏,色彩互生爱恋。假装沉睡的睡美人已经醒来了吗?她会再次睡去吗?或者相反,会像《爱情的誓言》(*Le vœu à l'amour*)里那位美人一样,已经进入梦乡,转身侧向另一边的岩洞,另一个披满植物的摇篮,边上的大理石是一位男子的雕塑,朝着另一个方向伸长左臂,指着另一端的岔口吗?她赶着奔向他,想要触碰到他或者纵身扑向他,左臂托着向后倾的脑袋,这是位即将回到出发台的游泳运动员,她快受不了了,她疯了。弗拉戈纳尔还没有天真到认为女性的十分冲动是因男性而起。当然不是:是她们自己沉浸在迷醉晕眩中,一条贵宾犬、一个孩子、一位神灵、一尊雕塑或是至高权力都能唤起她们如此强烈而执着的憧憬与膜拜。而男人能激发女人的欲望,他是懂的。这里,这位女性急促呼吸,在筋疲力尽之时,戏剧定格在这违反"安静"规则的一幕上。右手置于石雕上:她动作停滞,触碰的瞬间,失去了意识。一颗火热的心遇到一颗石雕的心,是不是充满矛盾? 那么,我们继续前行吧。

在弗拉戈的代数几何世界里,《无用的抵抗》(*La Résistance inutile*)就像是他自己的思想展示,他的波段力学论著,他的四维椭圆图,他对无限循环的演示,他的"8"字形,以及他画的鸡蛋。一般来说,我们需要在有用和舒适中作出选择,那么,怎么样的抵抗是无用的抵抗呢? 舒适的抵抗。我们在这里称其为**抵抗**,这个身体的姿势将画面气氛渲染到极致,整个画面都充满了持续的激奋之情。大幅摆动的窗帘、被掀开的床垫、如同天鹅臀部般鼓起的枕头、可能会像弹簧一样随时屈伸的扭曲长枕,乍一看来,我们无法判断这是谁的手臂,这是谁的躯干,那是谁的腿。这场杂耍般的闹剧究竟是为什么? 侵犯? 角斗? 应该是场打斗的假象吧。势均力敌? 是的,但是应该不是我们所想的那种。画中的女人神情入迷多过恐惧,她的左手触碰着对手的头发,她将后者的脑袋甩开或是拽向自己(她的对手是个男人吗? 这得由您决定)。他,如果这是位男性，我们只看到了一个人物轮廓，手，腿（他自己的双腿已经不在画面上，盯住三秒钟，您只得把他所吸引的那位的双腿通过想象附在他身上）。她，饱受这种处境的煎熬，近看这条细腿也没少受苦，它要支撑整个躯体、跑步、跳跃，还要维持协调性。她握起一绺头发，他抓住她的手腕。整幅作品就是由这游刃有余的腕劲完成的。他的左手正好转向受力点。一边膝盖和大腿作用使得没露出来的臀部发力，最终效果就是全身每一处都使出全力，两股力通过呈现出各种姿势而相遇，歇斯底里的扭转力传遍全身，在黄色和白色光耀处释放出来。黄色和白色：梵蒂冈教廷的颜色。在拉斐尔、丁托列托等豪杰后，他在画室里进行了革命……我们看到的不再是战神玛尔斯或者爱神维纳斯，也不是圣体的凯旋，我们看到的是某某小姐、某某先生，或者某某夫人，至于具体是谁，并不重要。是您、我、他、她、他们，某天，清晨或者被打断的午休或者晚间，聚光灯一开，万物体内充满了强光。是这样的。画中两位人物展开弗朗动作，呈现出准备舞蹈的姿势，他们自然就是弗拉戈纳尔式人物。至于他们并未斗胆想达到这个效果或者觉得自己配不上这个称呼，那是另外一回事了。尽管《无用的抵抗》曾被用于谴责当时普遍存在的过分拘谨的风气，它与当时猥亵无礼的清教派理念是背道而驰的。后者以其令人瞠目的刻板和残忍、虚伪的道德和强制性组织约束，以及野蛮镇压和令人发指的兽行著称。画面上这对主人公获救了。**因此**，以后总会有其他人获得救赎。

弗拉戈没有阿克特翁的运气。后者甚至有幸偷窥女神沐浴。在《浴女》（*Les Baigneuses*）这幅画中，如果我没数错的话，一共有八位美女。右边四位，左边四位，其中五位比较明显，剩下三位若隐若现。我能想象塞尚站在这幅大作前幻想的样子，就像毕加索想近赏《无用的抵抗》和《模特之初》一样。画家和他的模特，画家和他的浴女们……抵达林中空地并非容易之事，不是吗……除非这种相遇事先有安排……"存在的林中空地"，哦，哲学家！要到何时您才会自问它是否能够存在于那个隐蔽的房间之外？还要懊丧地思考多少年才能明白一位激进的希腊思想家是如何穿上纳粹党制服的？女人，去找女人吧，除此之外别无他法……整个虚无主义历史从此得到解释，简明扼要，绝对科学。这就是全世界羡慕的我们**法国的哲学**、女性与葡萄酒、人间喜剧的荣耀与支撑。看那三只脚……看那淘气的打斗游戏……看浮云中这棵凭空生出的大树，抬起的手臂便是其血肉之躯……那躲在隐蔽处的两位浴女……那不知是羊后腿还是女神的圆臀，不禁要向这位文质彬彬的布歇①的肉摊

---

① 布歇（Frangois Boucher，1703—1770），法国画家，将洛可可风格发挥到极致。布歇的法语为"Boucher"，本有屠夫、肉店老板之意。——译注

投去质疑的眼神……那空中的白腹……那交错的欢愉……那胴体的正反面,好似共和国银行发行的纸币,而这个共和国的名字便是弗拉戈纳尔共和国……行动中的吉马尔小姐呢?被"意大利式"捕捉?女人中的女人,是眼下最难的主题,其本质自然是要用绘画形式才能表现的……现在,收回停留在《浴女》上错乱的目光,画中的哪一部分会最终展现在您脑海里?中间那位身着粉裳雀跃于白云间的女子的**肚脐**,它是飞跃的定点,或是摇奖的转盘轴心,或是手拿调色盘上供拇指伸出的圆孔……就像某位作家曾说的:其(脐)他,其她……①

回房,展现在眼前的画面失去了平衡:《偷吻》(*Le Baiser à la dérobée*)……然而棋局已经接近尾声,弗拉戈即将投下**将军**一子,比任何言语都要深刻的大师的点睛之笔。当然,我下面要说到的是《门闩》(*Le Verrou*)这幅作品。首先,聆听这幅没被点上休止符的作品:有杂质的寂静中传来一声微弱的咔嗒声。她倚在直立的、始终劈开的床腿之间,就像肉食花张开那一瞬间掉落的一片花瓣,将一个女人从本性栖息的地方带走,这并不是个日常活动。闭嘴!**别出声!**我们勇敢的水手在刚上岸或者刚下贡多拉时即将合上一扇门,就是这样。左边的

---

① 原文是:"nombril pour eux, nombrelles pour elles",eux 是 il(阳性第三人称单数)复数的重读形式,elles 是 elle(阴性第三人称单数)复数的重读形式,nombril 本意是肚脐。——译注

苹果为我们拉开了戏幕，另一幕"创世记"就要上演。血腥、内脏横流、扭曲的气息，从毛虫到蝴蝶，事物深处发生着蜕变和争斗。同时，另一边被光照亮，红色中匀速流出的黄白色……我们看到里面那把钥匙像 G 调一样，调和这和谐中的不和谐，无关中的有关。她踮起脚尖，两条手臂分别伸向两个不同的世界，长长的指尖，一场诱俘……这幅画应该叫作《真正的去向》(*Le vrai où*)。从现在开始，这就是它的名字了。灾难与安全。暗涌起伏，不过，这也没什么。森林里的金发萨宾女人(Sabine)终于到达目的地，分娩后向另一边昏厥，被抱起，您能听到有东西滑过的声音。接下去的动作呢？跨越音障。一会儿，房间空了，血色的幕布被放下，我们已经欣赏了画家想向我们展示的一切，这出简易人偶戏落下帷幕。好奇心没有更多发展的空间了。最后一次引用《彩图集》："向高级爱好者出售无法克制的畅意"。

　　某日，从战神广场跑步归来，弗拉戈纳尔又热又渴（那天是 8 月 22 日，正值炎夏）。他走进皇家宫殿的一间咖啡馆，买了一份冰淇淋。接着，一场脑溢血将他从这个世界带走了。享年 74 岁。

　　《帝国日报》对这位画家的去世未作任何报道。

　　自 1732 年至 1806 年。

　　爱之岛：

"森林的边有一条河,河上漂浮着几艘小船,船上坐满了欢愉的人们。"

或者,《奥兰多》中的一幕场景:

"一座美妙的公园里有两柱喷泉,其中一柱停止了,另一柱喷出了爱情。远处海面激荡。"

> 征服更强大的爱情
> 需借助英勇无畏之心……

法国人在纽约

莫朗①的鲜活文笔又重现在我们眼前，没人会对此感到不满。这种萦绕在四周的困意依旧诡异。它来自哪里？它的目的是什么？它将飘向何处？迟缓，再迟缓，一直迟缓。加速无益，减速不悦。看上去像设计好的程序一样。其实就是一个程序，不过是隐蔽的程序。这永久的呆板思想，不会有人喊它的名字，生怕这被认作是疯狂、服药后兴奋所致的行为，等等，我不一一列举了。不要一次用多个词。要避免过于巧妙的答辩。利用您那老套的瞬间反应吗？您那或好或坏的沉重思想？您能展示一下吗？最好展示一下。现在，请保持沉默

---

① 莫朗(Paul Morand, 1888—1976)，法国作家、外交官、法兰西学院院士，现代文体开创者之一。与法兰西学院大奖齐名的保罗·莫朗文学奖便是以其名字命名的。——译注

并转身回家吧。有消息我们会向您透露的。

　　莫朗偶尔会随便写些东西。这是一位冷漠的超现实主义作家。一种变化着的并且简短的写作，就像出其不意但又可靠的舞伴。这就是短篇小说的艺术。他于战后，在 1957 年为《夜开门》(*Ouvert la nuit*)写的序言中对此作出了解释："短篇小说在稳定发展；它正在避开长篇小说遇到的各种困境(哲学作家在小说创作中占据重要位置，自我分裂的创作，客体创作被淘汰后主体创作也陷入瓶颈)。短篇发展稳定要归功于其内在价值和篇幅的高比值……它就像一叶小舟，窄得无法承载人类：反抗者，好，起义，不。"还说道："我试着再见 1922 年时的自己，那时正值我短篇小说创作初期，当时，我认为写作是欲望、青春、健康等最自然的表达形式……以文学的形式进行延续，这个想法对我来说无关紧要，甚至是猥琐的；节操和雅致迫使那个年代毫无痛惜地舍弃一段垂死的文明。只剩一张讣告。"

　　提笔、直接撰写、不计结果、目标清晰呈现在脑中、执笔的手坚定有力：形式随即呵成，即使创作过程背景极度苦闷，结果终将达到。请翻开这些书，理由即在眼前："连续三个晚上见到她。她独自一人，除非为了参加一次都不落下的舞蹈训练，但那也仅是与老师或者一些女性朋友一道。"或者："在这陡峭的坡道上绽开了平淡的幸福。一种无需电讯相连的幸福。"或者："每周三趟的东方快车将旅客带入夜色中。总是同一批。"还或者："我正要同一位女士一起去旅行。她一半身体就已装满了整个车室。"简短的开场，跌宕起伏的故事发展(时常接近做作)，几近荒诞的对话，快速跳出描写的叙事，粗糙的镜头聚焦，落幕。梦游者或者精神萎靡者，出局。这些都出自同一支笔。比如绝妙的《1900》，这部作品值得放入当今的时代背景里进行阅读；或者《加勒比之冬》(*Hiver Caraibe*)，以及《埃卡特与狗》(*Hécate et ses chiens*)的机枪，故事在乏人的堕落中迅速发展，像一篇疾速行进的乐章("日行一洲，这就是我们的步伐")，压抑的疯狂在时间河流中如脱缰野马般延伸("我生来就是胡格诺派，无论先天性格还是后天成长。礼貌、得体、端庄，这三位新教仙子在摇篮里就跟着我了")。由此产生一种强烈的幽默感，五花八门的惊讶，镇定自若的观察。曾由马塞尔·普鲁斯特撰写作品序言(怎能不为之心烦意乱？)，作为当代版的外交官克洛岱尔(怎样在卷宗讨伐后脱难？)，经历了在瑞士韦维(Vevey)的短期流亡(这是他具有卓别林的一面)，他最终成为了法兰西学院院士(智多星顶峰的象征)，屹立在你们面前，通过词句散发出不朽的青春气息。应该说，他是 20 世纪继普鲁斯特和塞利纳之后最杰出的作家，当然——他对自己的水平有所了解——，但是跟那些空话与日俱增的作家比还是绰绰有余的。那么，我们赶紧。分秒必争。一位

见多识广的作家总是值得大家投以时间和精力关注的。那些认为生命因幻想而生的人还是算了吧。生命只有一次，它大致是真实的，并且包罗万象。启动，出发！

纽约。除了《茫茫黑夜漫游》(*Voyage au bout de la nuit*)中著名的片段之外，法国文学并不能在这浩瀚的骇人空间里得到诠释。你们有些在纽约，有些不在。一般来说，法国人不在这里。为什么？一个外省的法国人走出家乡，让他去感受巴黎已是难事，他对巴尔扎克不屑，武断地认为普鲁斯特属于那段可效仿的过去，他的神经系统由于教学或者在其过程中形成的"现代"抑郁而变得迟钝，想到的不外乎是哥伦比亚或者纽约大学……人们会对他比较客气，但是他很快就会明白这么想是不对的，也不可能会是对的——他不会想到这个想法在*形成之初*就无药可救，并且，毫无疑问，是他自己造成的。在纽约，需要自力更生，没有证件，没有担保，没有支持，只有虚情假意。不做任何期待，没有感恩，只为自己的生计奔波。总之，你不会比20年代来到巴黎的美国恐龙更一贫如洗了。其差别只在于体重和体格之比。一会儿你就知道了，*法国小子*，回头见。

莫朗很快就目睹、了解并且描绘了这类情况。该书于1930年出版。那是一个转折性的时刻：经济、技术、地缘政治等领域都发生着变化。他是为数不多的、能领会大事件的欧洲人之一。也正因如此，他试图通过写作来掌控它，他的这本书既是一部神话短评，又是一则神经质的预言，一本旅游向导册，一则报道，一篇有关人种学的论文，亦或是一部中篇小说。莫朗笔下的纽约类似塞利纳《伦敦桥》(*Pont de Londres*)中的伦敦。他俩停留在英吉利海峡或者大西洋的另一头，都没有参与古老大洲①的风风雨雨。否则，文学史将可能被改写。再次为我们的文学披上历史背景：两次大战间隙，法西斯主义和斯大林主义蔓延，知识分子和作家的聚集地主要是柏林和莫斯科……这两座城市不过是两座"没落的纽约城"(莫朗简言概括，您要心领神会)——指南针失灵之时，这个比喻显得格外清晰到位……然而，为时已晚：思想体系的冲击，既面向布道哲学，同时又面向病态的种族主义和反犹太主义(我们会逐渐发现其踪迹，甚至在这本看似"毫无干系"的书中觅到揭示这些行为的蛛丝马迹)。塞利纳的《琐事》(*Bagatelles*)把他从德国带到丹麦，他将专心于其中的不幸琐事。《桥》上的仙女维吉妮，她会出现在远方！公园里的仙境！令人捧腹的步调！至于莫朗，他也会加入"负面"行列——而我们这些遵守道德的公民们，将必须忍受圣琼·佩斯或者勒内·夏尔的夸张虚假玄学、阿拉贡那些被过高评价的小说、萨特的混杂搅拌

---

① 实指欧洲，与"美洲新大陆"相对。——译注

式戏剧、加缪那过分刻板的散文。摇摆的善恶二元论将会左右言语评估：右派/左派之战势必延续。步履蹒跚，摇摇欲坠，各有所别，我不说，也不读给您听。恐怕这个百年将会随着这一记传球而结束！——悲剧变为闹剧的转折点。文学批评成为了公民责任教育课，由于拒绝非品味之外思考，将会涌现越来越多的阴险政治小丑。也罢。如果只剩一位读者、阅读者，那就是您了。不是吗？您会带走几本书，在翻阅中去发现**经久不衰**的东西，而不是在决议或是请愿时使用它们？并且，如今的问题不再是纽约这座城市崭露头角：在某种意义上，纽约无处不在，也无处存在。在东京、在里约热内卢、在墨西哥城，明天在北京（我幻想它 2050 年出现在北京故宫里）……古老的欧洲大陆就是这么重现的，并且，首当其冲就是巴黎。我们如果要再写几本书——那是肯定的事——，它们将会带着这场巨大的、混乱的、死循环的烙印，诡异地恢复平静，就像什么都不曾发生过一样。况且，从来都没有事发生。除非这种"没有事"疾速发生。请看忧郁的普鲁斯特，在《重现的时光》中将《追忆》置于第一次世界大战的动荡中：炮击、制服、新妓院、公布于众的普遍同性恋现象（恰似大批死亡现象将其揭示一般）、加速的人物形象的瓦解，以及依照同种秘密的引诱行为而重组的对缺失记忆的兴趣。在《下一次该死的叹息》（*Maudits soupirs pour une autre fois*）中，在蒙马特重燃的战火中，塞利纳以精湛的文笔搭建了扣人心弦的文字殿堂……换位轮到美国人了？在古巴的海明威、被关入精神病院的庞德、带着"南方情结"的福克纳……蒙帕纳斯（Montparnasse），纽约……从墨西哥到爱尔兰再到罗德兹的阿尔托……文学迁移历史还有待书写，我们没能将目光投在迁移的时间上。

初读莫朗的作品，我们就能感到他的野心。在夏多布里昂放手的地方重拾叙述……"静。大西洋的最后一波海浪打在绛褐色的岩石尖上，然后四处飞溅"……大片效果的惊涛骇浪。这些都必须符合逐渐受到重视的视听需求。那么，在把握这个已经庞大得难以控制的纽约城时，最好的办法就是讲述她那段悲惨而充满冒险的诞生历程。为了清晰了解其不可思议的扩张和迅猛发展，我们要追溯到她神话般的起源。随着简易建筑的构建，城市发展蠢蠢欲动：下层，中间，上层。我曾在以下三座城市的市区里住过：哈得孙（Hudson）河畔及其赤色的夜晚；二十八号大街及其欧洲风；莫宁塞德大街以及在哈勒姆（Harlem）上空翱翔的海鸥……所目睹的重大变化（我于1976年到那里）便是她从曾经我认识的那个"宁"城，一跃而成一个引领全球的大都市，正驻足以便自赏。优雅的世贸中心屹立已久，是数一数二的摩天大楼。人们对其迷恋已不如五六十年代（飞机上的一位女性朋友对我说："你来得太晚了，如今这一切已经朝另一个方向发展"。）纽约正在飞速发展,对于渺小的人类来说,较好的生存方式就是无声地溜走,保持内在距离,待在家里,并且深度聆听。我开始想念镇里简氏大道上的英式小公寓……怀念二十层上插满天线的晾台……还有舒适的扶手椅,照在植物上的强烈太阳光,那就是我笔下的地方,寂寞几乎充满了整个空间,那是我的小说《天堂》里最重要的部分……末了,我一般会出门,叫辆出租车,到处走走;午后的码头出现有人慢跑的幻觉,纽约夏末秋初的阳光照得我在那里几乎睡着;回到家很晚了,电视机里放着午夜剧场,这些围绕着唯一的现实:美元和开放空间,无限制。从此便有了一个具有决定性意义的、电子化的纽约城,除非为了私人冒险,否则不计厚利。法国人还是不明白:他来到这里,很拘束;无论是失踪还是患病,都不会有人注意到他。倍感无聊。然而,与此同时,也没什么重要的,什么都是微不足道的,因为说到底,什么都没有发生。这种微不足道的星火在纽约微微闪烁,却也遍布了地球的各个角落。"救世主"来了,他的名字叫"技术调整"。这不可能!时间得跑向某个地方!不!炮弹从内部发生爆炸:重复进行,被一切无止境地废除的一切。灾难无声地降临,您自己应付吧!

　　目前一片安静,也就意味着构成她的暴力成分易被消化,但会继续化为无形滋养她。莫朗极力尝试参照惠特曼的理论及观念,试着认为纽约会有一个末日,正如她有过一个开始一样……然而,他谙熟事与愿违的道理:"从地理的角度来说,纽约是未来所有城市的典范,线条简化、概念简化、情感简化,一切都直奔主题。"如果人们要在自身之外寻找繁琐化或者同伴感,这其实非常离谱。团队活动已简化至其最简单的表达方式,几乎消失殆尽。无论别人怎样,他们已经在等待中被就地遗忘。而这正是何等的自由,绝好的沉思机会啊!当然,这肯定好过只身在沙漠中前行。在这里,幻觉被千方百计地击败,"大城市是唯一对付偏狭和清教裁判的避难所"……如果没有纽约这颗硕果,美国可能(这是最常见的情况)只是个拖着沉重宗教枷锁的国家。需要一套骇人的机制来削弱所有的矛盾、信仰、退化的薄愿——即所有现象。这些已经做到了。"莫式写作"的亮点在于准确地记录其进行着的每时每刻。摩天大楼:"它们在竖直方向上数字般地展示自己,它们的窗户紧跟着在水平方向上扩大着自己的体积……大西洋的暴风雨时常肆虐着它们的钢筋铁骨,但靠着充满弹性的灵活骨架、大无畏的单薄外壳,它们抵抗着大自然的冲击……面对撒在大西洋上炫目的阳光,我盘旋于天空中,所处位置之高以至于让自己觉得能看到欧洲大陆;风拍打着我,猛烈地拽着我的衣角;在我身旁,情侣相拥,日本人嬉笑,德国人花钱看风景。如何从这么高的地方去描述这个微缩版的大都会? 这要用到地形测量学、三角测量法,而不是文学。"不,当然了,这还是文学,有据可循。从洛特雷阿蒙的"古老的海洋,水晶的浪花",或者兰波的《彩图集》中的《桥》起,辞句相互交织、滚动、聚集。恐高症请止步,所幸莫朗没有这个病症。他的散文经历了夜行,也经得起这些考验:"摩天高楼拔地而起,放眼望去,整齐排列,仿若在一个坚不可摧的拉萨城里的一排喇嘛庙。"……百老汇大道、第五大道、纽约证券交易所、新闻社——他完整记录了金钱与信息的流通带来时间和空间上的新奇性(这是一位作家需具备的重要素质),以及他的世界联网计划,其速度与规模。"几秒钟内,我发现,一整天下来,在我身上发生的事少得可怜。然而,就在这一天里,*路西法*四桅帆船沉没,世界园艺博览会一等奖颁给了一株眼镜蛇瓶子草,议员罗伯特·M·拉·弗莱特(Lafolette)成为迈阿密桥牌冠军,我还了解到三小时前在印度发生了穆斯林起义。"对于一位居民来说,今天与往日没什么不同:平躺在床上,时不时看几眼电视荧幕,读《路透新闻》,黑底白字的是各地电报,上方蓝色的是各地货币与美元的汇率,下方绿色的是气象预报(*多云!*)。这一切都伴随着古典音乐,比如德彪西(Debussy)的《牧神的午后》前奏曲(我听到过这首),另有通俗夜店音乐敲打着各种事件的节奏。很完美,不是吗?尽管一场空难或者一场战争会稍稍改变音色,或许是维瓦尔第也可能是瓦格纳的曲子,可是又有什么关系呢?您本身已消逝多时,而众人紧随着您。您只需享受属于原子时代世界里剩余的完美。如果将鼻子伸向窗外，海洋会提醒您自己还健在，只是存在于有限、狭窄的肉体空间里，在一个超级膨胀的宇宙空间内。纽约的气候从一个极端变化到另一个极端，寒冷刺骨的严寒到火日炙人的酷暑，不由地让我们想到广义相对论。大西洋永远带着真理，我一直这么认为。夏天，长岛离我们很近，周五晚上出发去南安普敦、东安普敦……在贝尔波特度周末……龙虾、冰淇淋、香槟酒……"任何一个著名的奢侈品最终都被冠上法式头衔。"现在还是这样吗？当然，再接再厉。加州葡萄酒纵然美味，波尔多红酒还是拥有不可动摇的地位。即使我们已经闻到了馋涎、嫉妒的气味，它们将继续稳占这个位置……在纽约，仅有几名脑膜的二流法国作家、艺术家受到关注（"在法国什么都没发生"），这也是这种深沉、持久、充满警示的自卑情结的表现……优秀的法语作品？这儿还有，在华盛顿广场附近："我又找到了广场上的红房子、绿色的门和窗；午后的阳光撒在上面，就像旧时的家具，透着品红色天鹅绒的质感。"为表达对莫朗的敬意，在意大利雷焦(Reggio)开了一家货真价实的咖啡馆，就是为了纪念"品红色"这个词！

莫朗领略到，只是一部分——他无法完全看清——，在调节涌入都市的大量人口时，纽约展现出了令人难以置信的新面貌，它表现出了极大的融合性和多民族混合性，而欧洲——

尤其是法国——仍处于犹豫着是否从该经验中吸取教训的阶段。然而，经验教训是不可撤销的。就是这样。这座**纽约城**里存在着极具典型特征的、有关犹太人或者黑人的故事片段同时，也不乏存在《追忆似水年华》和塞利纳的《琐事》中提到的"德雷福斯事件"；若有必要，我们于1930年在此的思考将会证明这个"话题"将同未来的历史学家所预计到的虚无主义、同性恋或者吸毒、器官移植、艾滋病、人工生育以及生物、道德和同情心方面的反响等话题一样，成为20世纪的重要主题之一。生气毫无用处，应该及时行乐。但当我们读到"人潮拥挤，污垢，多产多育和卑劣行径……如同小说里一样，在美国意第绪戏剧中，身着长靴、留着大把络腮胡的不可理喻的老父亲摘下绿色的礼帽，披巾下盖着犹太教法典，用俄语咒骂着取得美国国籍的孩子们，而后者永远不会理解他。这些具有当地极大民间特色的场景在无限重复"时，并不是无所顾虑的（所说的顾虑是就莫朗而言，我们本会错误地认为他通过预知，对这些现象有所警惕）。又或者："现在是晚上9点。在这个时间，犹太人们在哪儿呢？……这些观众中，女人们披头散发，男人们光着脖子，他们有着卷曲的短发、有神的眸子、饱满的双唇、苍白的面庞，即刻就将我带入现今的莫斯科戏剧里：无需修饰，无需修改……"事实上，认识了世界上陈旧的反犹太主义（它将成为法国人的一种民族特色）后，的确没有东西需要修改，将其保留，以至于在文学上将其发展到极致。到访一家报社："我终于来到领导的办公室里。奥克斯先生（M. Ochs）长得有点像罗斯柴尔德勋爵和马克思·雅各布。奥克斯先生在邀我入座前先跟我解释道：犹太人是一个伟大的民族。然后，他把我带到窗前……"或者："这里所有东西都很便宜，除了宗教物品专卖店外，到处都是假冒伪劣产品。当需要购买犹太教法典、铜制蜡烛台、披肩、宗教日历时就去这些专卖店，都不会很贵。这里的一切被一股卤水和臭靴子的味道笼罩着。救世军在布告上高呼：'耶稣拯救我们！'鬼才相信！生活在这里的都是穷人，但是不难猜出他们对自己的命运很满意。在他们头顶闪耀着一个统领一切的魔力字眼：'钻石'。"

我们再次回到 1930 年，而这层"色彩"非常清楚，已无需评论。莫朗，显然不是《圣经》的忠实读者①。对此，我们早已习以为常，这种偏移情况比较突出，几乎到处可见，因此需要自问，为什么曾一度是苏联模式刻板言语之锯的"历史修正主

---

① 正如他带着对东正教的虔诚去世一幕所体现那样，他也不是天主教徒，"威尼斯将会把我带去哪儿，朝向一种由恒稳的幸福构建的宗教信仰，它仍旧使用着福音书中最原始的话语"（《威尼斯城》）。因此，很难看到反宗教改革运动中威尼斯光辉的一面（普鲁斯特也认为安康圣母大殿[La Salute]本身不具意义）。普鲁斯特曾说："我也想像莫朗一样生活。"

义者"这一说法首先被用于德雷福斯派身上,而如今专指那些伪史学家,后者决然否认纳粹对犹太人的种族屠杀行为。莫朗反犹主义?带点儿家长制作风,仅此而已。还有更糟糕的呢。又让我们吓一跳的是当我们来到哈勒姆黑人居住区:"(地铁的)车厢变成了黑人的车厢!修长的黑色大手钩住皮制的门把手,他们站在那儿,咀嚼着口香糖,让人联想到了加蓬大猩猩。"不,不对!**钩形手**所带来的不安:有待斟酌。而我,我又想到了位于第七大道甜罗勒餐厅里的黑夜时光:一群人,有男有女,如果他们能表现出即刻的优雅,那么他们定是黑人。一起来总结下:一本好的《圣经》(我捧的一直都是在那里买的深绿皮封面的那本),以及爵士乐——两个测试,两种避免出错的方法。两者缺一不可(相辅相成)。此外,莫朗可能会感到吃惊,他急忙写下这些,不温不火,不带任何仇视,只是提到的都是些先入为主的刻板印象。原则上作家是不得将其纳入(或者嵌入)写作的。集体的言谈及渗透影响不可忽视。面对如此众多的臆想,我们可以对其中的某个个体的言语表示赞赏:"我认为,人类的精神力量并不是一个国家或者一个种族特有的,它存在于几个人身上,各种出生背景的都有,他们在一条漏水的船上避难:那里,船身看上去还异常坚固,那里是美利坚合众国"(墨索里尼和斯大林已经在了,希特勒也来了),人们可能会为他的自相矛盾而感到惊奇:"我们自豪地想到了纽约……这,这些都是我们雅利安人所为!"着实令人费解,因为他又写道:"在历史长河里,欧洲这位大地之母曾将她想惩罚的孩子送到了纽约,因为他们属于胡格诺派、公谊会派、穷人、犹太人或者仅仅由于年幼无知。她曾想把他们禁锢在一个暗室里,而那是个果酱柜;如今这些孩子已茁壮成长:他们成了宇宙的中心"……将此记叙引以为证?再刨根问底?

纽约不是一个为宗教和哲学而生的城市,然而这些还是发生了:在 20 世纪的历史发展进行中,从个人到整个大洲都被狂热感染,我们或许可以说事先并未料到会如此。再重复一遍:在这些清醒的欧洲人中,莫朗几乎是独自一人。我喜欢这段话,因为里面说到爆炸就像时代的彻底变迁:"纽约的电量超负荷。人们在星火点点的午夜宽衣解带,火苗在身体上发出噼啪响声,像是一条条赤色巨虫。如果在地毯上摩擦后去按门上的按钮或者触碰电话机,将产生放电现象;指尖会发出静电的蓝光……'克洛岱尔在华盛顿时给我写信说道,我跟您握手的时候要保持距离,很高兴让您避开了触电的危险。'"从此,我们明白了莫朗将电池作为他探测中心的原因。但是如今纽约的节奏不如巴黎紧凑,成了一个和缓、宽敞的城市,只要招手,空闲的黄色的士就会停下,我自问了上百次,是否要决定把一部分生活重心移向那里,形成一个以纽约、巴黎、意大利为基点的三角区。在大西洋两岸的人们的想法总是会落后十年或者二十年，与他们想法背道而驰的事实是，如今的纽约已经逐渐重返外省形态，尽管她地大物博并且技术发达，但也急需度假、休闲、休憩。您看莫朗：他总是出门在外，即使回家也是为了外出；他来到了一个缺乏内在性的、朦胧的、悬空的空间。但是现在，在大洋边上，像一个从水面钻出的书柜，人们能够在那里自我封闭地呆上几天；如果天太热，可以爬上屋檐和露台，聆听在城市里飞舞的宁静，追逐不落之日那不变的步伐——仰望天空，在巴黎，它"就像一个顶盖"，笼沉沉地罩着大地肆虐的风像巴黎盆地里一件洗坏的衣服——，还可以回家。纽约城带来了巨大的舒适感：没什么能够动摇它。要欣赏一幅画作，一般都需要更多的时间，甚至与世隔绝。例如，在弗里克收藏馆（Frick Collection），11 月的某天，我突然在那里看到了弗拉戈纳尔的作品，像是第一次接触这位艺术家似的，看到被杜巴利夫人拒绝的四幅油画①，这些画作的自由移动无疑使这位女士头晕目眩。她害怕在欣赏墙上这些画作时头昏得发疯，而事实上，不久后，她的确晕了。弗拉戈纳尔还是罗伯斯庇尔：两者得选其一。某位谈话者对

①　为弗拉戈纳尔与 1771—1772 年间为杜巴利夫位于卢弗西埃纳的"音乐亭"（le pavillon de musique）所作。——译注

莫朗说："纽约将会成为西方世界的中心,西方文化的庇护所"。总之,在纽约,私人收藏里有很多 18 世纪的法国作品。现代艺术的传说,是对外而言的:而在最高处,却存放着路易十五时代的收藏品。化身自由女神雕像的巴特勒迪夫人(Mme Bartholdi)告知我们不要向周围的媚俗作品投放过多的精力和财力。是的,她①是"媚俗女神",但这并不重要。这里有几个同类或者类似的商埠,其估价在必要时,是精确掂量过的。莫朗写道:"纽约不久便会有自己的现代艺术博物馆"……之后便有了享有盛名的纽约现代艺术博物馆(简称MOMA),而它在现在看来也有些饱和,就仿佛已经充分完成了自己的历史使命。**转折点**——带着所有可见的和不可见的影响——带着一个名字:格尔尼卡②(Guernica)。毕加索和马蒂斯揭开了美国绘画艺术(波洛克、德·库宁、罗斯科)的篇章,然而,这场运动在这些艺术家之后是否有得到了更"深入"的发展? 呃……没有,虽然这是众所周知的事实,但还是击碎了纽约人的幻想:恢复白板,日历在 1939 年归零计时。如今,在马德里,《格尔尼卡》悬于普拉多博物馆(le Prado),它是关于战争、政治、意识形态以及人性荒唐题材的最令人惊叹的艺

---

① 指自由女神像。——译注
② 西班牙城镇名,下文的《格尔尼卡》为毕加索以此地遭德军轰炸事件创作的作品。——译注

术作品之一。在现代艺术博物馆里只剩下另一幅象征形式革新的代表作品:《亚维农的少女》(*Les Demoiselles d'Avignon*)(三个月的时间里,我几乎每天都去观赏这幅作品)。这些少女,让她们回来吧,重回欧洲,这样旅行就结束了。最终,环游了世界,环游了这个我们所在的小小星球。巴黎的毕加索博物馆怎么样?这就在纽约的范围之外了(此外,毕加索没比乔伊斯走得更远,他从未驻足过纽约)。这对新纪元的开启是沉重的一击……格里历①没有改变:无论发生大革命还是发现新大陆,都亘古不变。弗拉戈纳尔和毕加索这两位艺术家通过展望未来、宣传未来主义、宣告未来化时代的开启,为麻木的文明人指引道路。那毕加索最后画的充满讽刺的火枪手呢?在旺斯镇上挂满马蒂斯作品的礼拜堂呢②?这是"现代"美术面临的两个挑战。或许时代在驱邪符作用下故意偏离了方向。

　　纽约史诗至此结束。在未来遭受毁灭的历史缝隙里,它

---

① 即公历。——译注

② 马尔塞林·普雷奈(Marcelin Pleynet)所著的《亨利·马蒂斯》(*Henri Matisse*)(1988年出版的《制造》[*La Manufacture*],以及1993年发表在第215期《Folio 随笔》)一文有助于研究马蒂斯作于旺斯礼拜堂里的画作"合集"。马蒂斯于1930年前往纽约:"这是一道如画般的光辉,就像文艺复兴前期的众多意大利艺术家划定了天空留下的光芒。"(摘自1930年10月刊《强势报》[*L'Intransigeant*]刊登的"特里亚德"谈话专栏。)

必将宣告一种空前绝后的、对生命、生存、创造的意志。我们能预感到将会发生的事情:对地面上隆起几乎是一场整体性的灾难来说,将会有一次全方位的**调整**。这是一次漫长而坚韧的调整,充满争议、阻碍,以及各种短暂的消退现象。如此一来,是的,"日历"发生了变化。耶路撒冷在那儿,然而这并不足以说明罗马迎来了末日。之后,和日本人一样,越来越多的中国人来巴黎看马奈的《奥林匹亚》? 想象这个场面。期待这个场面。我们就朝这个方向写吧。在此期间,纽约长期领先于全球时间运动。而我们有意无意关心的,是美金。生活跟随它的脚步,排斥、抑制、自愿无知、一一受挫,无非是这些失败的戏码在台上复杂而永久的表演。不公正的行为被光荣地排斥在外,而它也是曾被瞄准的对象(越大的不公面前则会屹立起越大的胜利);抑制必会导致再犯,**这是定律**;对无知的意愿出现裂痕,它必须蜕去压抑的外形来生出另一层外衣。我们不会"撤销"这层压制,但它会自己挪动,这就是名为纽约的冒险和那位维也纳老人同时要告诉我们的事实。莫朗写道:"任何事物都不可能毁灭巴黎,这艘坚不可摧的大舟。巴黎存在于我心中:如同理智一样,她将一直存在,无关上帝。"**归根结底**,就好像"上帝"与理智本就不是一码事! 如此,她才似乎规律地包揽了所有的疯狂。理智有它信奉的神,而后者被上帝和理性所无视;那么以前,在那场巨大的集体自杀即将在欧洲发生时,纽约是不是显得缺乏理性,就像一场短暂的都市危机?简单而超前的脉冲,连通器,隐藏的热力学。为了能够进入下一道螺旋,进入等待我们的螺旋,需要进行吸收、挽回、贮存、高接并使两个世纪的成果加倍。

普鲁斯特、毕加索、塞利纳、马蒂斯、克洛岱尔、莫朗、贾科梅蒂、阿尔托、布雷东、德里厄(Drieu)、阿拉贡、巴塔耶……因而,我能够幻想他们一起上了船,为在那儿举办的一场晚会而相聚。会有人不想交谈?当然不。看!船已经到了外海,要经历漫长的横渡大洋之旅。我们将学者和教授们安排在二等舱,由于战争带来毁灭的关系,各类哲学家入住头等舱。没有报刊工作者,亦没有广播、电台工作者,现在,乔伊斯、庞德、卡夫卡、福克纳、海明威、博尔赫斯、纳博科夫,他们进入了巨型酒吧间。站在角落的那位身材略胖的夫人是格特鲁德·斯泰因(Gertrude Stein),毕加索正用生硬的线条勾勒她,她身上靠着溺水的弗吉尼亚·伍尔芙的灵魂。"午夜","2003年"那家餐馆的别称,它是荷兰"半月湾"遥远的继承者,"半月湾"被正在返回欧洲途中的新一代星际"泰坦尼克号""哈德孙号"选为指定餐厅。同行人员也无可挑剔:严肃的酒店主管(塞缪尔·贝克特),爱开玩笑的列队长官(阿兰·罗伯-格里耶[Alain Robbet-Grillet]),膳食总管(克劳德·西蒙[Claude Simon])沉思的衣帽总管(米歇尔·布托尔[Michel Butor]),镇定的电梯操作员(罗伯特·潘热[Robert Pinget]),迷人的宫廷女宫(娜塔丽·萨洛特[Nathalie Sarraute]),高级收银员(玛格丽特·杜拉斯)。他们都在林登俱乐部里由一位当地的领班指导训练过,他就是汤姆主教(Tom Bishop)。他是维尔迪兰(Verdurin)小群体的前通信员。看!那是米兰·昆德拉和菲利普·罗斯(Philip Roth)。还有托马斯·伯恩哈德(Thomas Bernhard),他看上去怒气冲冲地对着贝克特。彼得·汉德克(Peter Handke)微带羞涩,欲与马塞尔·普鲁斯特交谈,但是后者(他毋庸置疑是晚会的焦点人物),不动声色地听着卡夫卡令人发笑的即兴讲演;貌似没有人想同塞利纳交谈,那就我去吧,虽然我有几个至关重要的神学问题想向乔伊斯请教(至于普鲁斯特,他将"晚点儿"在他的房间里同我会面,进行一场深入而纯洁的面谈)。此外,可怜的乔伊斯看上去被拉丁-美洲人、非洲人和日本人难住了。我试着在嘉宾越来越多的地方挤出一条路,人头攒动,我已无法一一列出他们的名字(门口有位体状如牛的瑞士人喊着他们的名字,有人跟我说,这人的外号是"诺贝尔")。过道上,我还是过去向莫朗祝贺他曾写的《纽约》一文。他带着那出了名复杂的礼节回答我说:"以前,我从不敢想,是的,对这样的恭维,我想都没想过。"

18 点 15 分:海鸥啾鸣,钟声从四面八方响起,穿过翻腾的云层,响彻血染的天空。我想到了第五大道,这会儿那里才中午12点一刻：在那儿，我快速地走着，迎着大风，我去666号吃饭，对面是圣巴特里克主教座堂。相反，在这里，我浅酌杯中威士忌之际，幽蓝发黑的巴拿马"钻石号"和洁白的雅典"俄尔甫斯号"缓缓驶入码头。落日余晖，晚间的弥撒在圣马克教堂、安康圣母圣殿、威尼斯救主堂、圣梅瑟教堂（San Moise）、百合圣母教堂（Santa Maria del Giglio）、杰苏阿尔蒂教堂（Guesuati）内开始一一进行。我们尽享这不朽的此刻。这一刻，终于来临。

1987年9月 威尼斯

幽 室

是的，我知道[①]，您刚才说："太可怕了，这是什么念头，太丑陋，太粗俗了。"然而这是一本比近几年任何出版物都见效更快的读物，您会像家庭照片一样把它藏起来，里面供奉着我们仙逝的英灵！我们来到杜奥蒙公墓，每个城镇都有这样的建筑遗迹，上面刻着一连串名字：忽然，正面迎来一道强光，映出了这些身躯和面孔。小夜曲是一种特殊场所的伴奏，用它在白昼回应"世界大战"（法国人心里的重创——剩下一切随之而来的原因）的挽歌是完全正确的。烟花之地，封闭之地：多么自相矛盾。在一切都加速迈向毁灭之前，两个世纪间的这个年代是如何产生磁力的？流逝岁月里的宝藏。帷幕升

---

① 读者在此之前刚看到了几张色情照片。现在，他想象着它们：好多了。

起了。

无论生活如何无序，个体，男人或是女人，都会把两性之事看成是极其重要的事情。在妓院里度过的时光不再是片刻享欢（有规律的或者时有时无的）而是家常便饭，那么该如何看待这种场所的存在呢？起初，两个分开的世界之间的较量就带来了误解。客人怀着激动的心情，带着迫切的理由来到这里，而此时"业务员"早已打好了算盘。福克纳曾想作个青楼老板，他那番意义深刻的话影响了每一位干劲十足的作家。寂静的清晨，人们惬意地干活（远处传来做家务的声音），沉闷的午后，紧张的夜晚……无可比拟的观察地点，车水马龙，交易繁忙，社会内幕暴露无遗，翻牌间仿若看到了动物园的幻影，纯粹的肉欲……从本质上来说，肉体交融，结合形状固定、预料之中的扭曲畸形、相互距离在允许范围内，危险部位的碰撞就像犯罪。在成为萨德的标签之前，卧室里幽会的哲学是人间戏子首要专注的无形标杆。《圣经》中，喇合（Rahab）是一名妓女，她使希伯来人占领了杰里科（Jéricho）；在《一千零一夜》里，另一名妓女猛地揭开了上流社会的另一面：拉歇尔，"先生的拉歇尔"，这位被罗贝尔·德·圣卢因爱而理想化了的妓女实际只值 25 法郎。让我们跟着她走进这条摄影长廊，为普鲁斯特献上她那时的时光绘卷吧。这也许能使我们躲避贬责，与戒条相比，这种贬责更多地针对卫生隔离问题：一方面是图像,另一方面是文字,不带动词的肉体,或者更准确地说,无灵之肉。对他来说,展示《追忆似水年华》是建立在何种神秘的震撼之上,是一种慈悲的做法,同时也是致以所有这些无与伦比的艺术家(摄影师和戏剧配角)的敬意。他们有时会创作出匿名的杰作,某些图景被勾画得富丽堂皇,我们从中感到一丝滑稽的苦恼,这使我们自觉身处于一片神秘引力的土地上,它稍有走形(这要如何知晓?),能每时每刻在喜剧中摇摆,甚至翻腾在难以忍受的衰弱之痛中。这种做法有难度,但其中也不乏荒唐的举动,就如习以为常的笨拙或者突如其来的灵感。别忘了这些照片是生命萦绕的**首部**写照。我想起了在庞贝时,一位导游的模仿表演把我带入了神秘之屋:火山、废墟、阿波罗神像、奢华的阴影——以及预留的陈列室。当然,当然。然而,照片比绘画恶劣多了,它们清楚地指明那是**我们**,没有任何混淆的可能性。上色前的画面保留着其魔力、其忧郁的欢乐所呈现的浮华;它们是我们的史前史,比拉斯科洞穴(Lascaux)更久远;它们是通俗的,即使与我们如今的广告时代相隔上千光年;它们有着令人担忧的怪异之处,或许处于构成我们的盲点之上。其实,大部分活着的人很少会去想他们的祖父母,而这就是他们的后代,后代的后代……不! 不可能! 死人从来没做过这些! **愿灵安息!** 那么,是受到了亵渎? 是的。并且是预先盘算好的。幸好还有这些被称作收藏家的怪人。我现在就能告诉您,在这里的照片中哪些可以在通讯中(报刊、电视)被采用:这是对其碍眼存在的正确处理方法。"美好时代"①? 是的,因为我们感觉是一种消遣模式主导了模特的姿势,一旦跨越了世俗或摄像机的阻碍("注意!不对! 重来!"),这种狡黠中便时不时流露出来自远方那不可直视的亲密感。由此,出现了一个令人震惊的因素——就如这组图片中最大的红人所示,我在下面称她为苔蕾丝——这个因素在色情产业(杂志、电影)中是找不到的,这个产业持着已录入、已计划的运动令往往草草了事(而且其中的口述都过于简化或者是胡言乱语)。我有时说我的梦想是将斯宾诺莎的《伦理学》色情视觉化。最终方案是什么,谁敢在最后图示"然而所有美好的都难得且罕见"这样的话! 这是难以攻克的得失难题。然而,这也可能铸就一次成功。

我曾说到"我们仙逝的灵魂"正活着,前所未有地活着,然而,还值得一提的是"我们的伟人"、"我们的著名女性",就好像如同洛特雷阿蒙②对缝纫机和伞在手术台相遇的假设不满一样,把科莱特和弗洛伊德、列宁和伊沃特·吉尔贝特(Y-

① 法语写作"Bell Époque":19世纪末至一战爆发的一个时期,此时的欧洲相对和平,文化、艺术日臻成熟。——译注
② 洛特雷阿蒙(Comte de Lautréamont, 1846—1870),法国诗人。——译注

66

vette Guilbert)、莎拉·伯恩哈特(Sarah Bernhardt)和保罗·克洛岱尔("宽容,有些馆子就是派这用途的!")凑在一起——他们也许会在走廊里遇见来研究雕塑图案的奥古斯特·罗丹和卡米耶(Camille)(此时的雕塑品在她这里)。我在这里列举的都是一些作家和艺术家的名字(我们可以把这份名册拉得更长),不过还能加上社会各界的女人和男人,政治家、公务员、智者、院士等,最后,特别要加上无处不在、促使机械运作的伟大人物——无论是这台机器还是其他任何机器——人民大众。他们在这里被混在一起,这是民主主义之教。欲望被带到了它不离不弃的领域,此外,它戴上了权力、学识、荣耀、金钱、名利的面具。这可以说是无政府主义的课程。也是谦逊课程。事实上,思想的天性嗜好是:性只属于我,死亡只发生于他人。好吧,这是错误的。我死了,哎,别人永远不会死去。而且,他们还能发生性爱! 一直都是这样。永远都会这样。这太可怕了,无法容忍! 快把这些不堪入目的画像藏起来。我们都愿意看年轻的、古铜色的、健康的身体。而这些臀部,这些囤积的脂肪,这些一文不值的外表,这些若隐若现的部位,您还想要什么样的? 这些可怜的人儿还没对自己有所承担,他们还没有受到幸福洋溢的未来的召唤。

普鲁斯特谈到想念拉歇尔的圣卢时这样写道:"有那么一刻,他想象着与一些不认识的朋友、一些利欲熏心的有钱人一起在皮加勒广场的生活,在这个在巴黎度过的朴实愉快的下午,在这里,从克利希大道开始,撒在马路上的阳光对他来说已经不一样了……"拉歇尔,"仔仔特",偶遇了两位来自她上班的妓院的朋友,这两位女性朋友还带着两名女伴,露茜娜和热尔蔓……这些名字也随着时间消失了(至少,后面两个是这样的)。"突然,在梦里,他听见间断又规则的叫声,这些叫声通常是他的情妇在获得快感时发出来的。"我们在巴黎吗?或者在诺曼底海岸,在曼恩城(Maineville)的一处烟花之地,"这里充斥着叫卖和喊价声——一位年长的女监管,她头戴深褐色假发,长着一张肃穆的公证员或者西班牙神甫的脸,将楼里的房门开开合合,就像整治公路上的车流,她声如雷鸣地喊着:'把先生带到二十八号房,西班牙间!''我们永不打烊!''打开那扇门,这些先生要找诺艾米小姐。她在波斯房间里等他们!'"诺艾米,现在!在波斯房间!接下来是"那位聪明的小姐"。然后是"那位好心的小姐"。四十法郎一瓶香槟酒!我们记得,德·夏吕斯先生在那儿,令人惊讶的是,他跟朱皮安一起,莫雷尔则与盖尔芒特亲王同行。后者给了莫雷尔五十法郎(也就是香槟酒的钱上再加十法郎——而可怜的仔仔特才值二十法郎!)。"对于莫雷尔来说,这是双重享乐;受到盖尔芒特先生的馈赠,并被一群毫无保留露着棕色乳房的女人围绕带来的满足感。"《追忆》里的关键时刻皆是情色泛滥之

68

时。我们会遇到一些意外的事物,有时是被人物的言行惊到,叙述间带来了一场地震,沙龙生活进入了肉体买卖中,并且相互渗透,小说的——任何小说的——活力在此,那些所谓的外表、遁词都围绕它展开,渲染着整部小说。"墙上和沙发上,到处都刻着魔法的标记。"虽说旨在逗乐,但黑魔法终归是黑魔法,这就是为什么黑白摄影比彩色摄影能更好地呼唤魔力。事实上,这些都是穿着衣服做爱的鬼怪,忽然间被 X 射线照出了人类的真身,他们不再仅仅是自己的鬼魂。即使被姿态掩盖着,照片上也能看出这点。"仿佛异教的神秘感和诱惑力依然存在……"但是,正如我们所见,这些神秘和诱惑都有明码标价。二十法郎一次的拉歇尔,每年能从圣卢那里赚得十万法郎(这是我们得知侯爵不喜欢女人之前的数目)。露茜娜和热尔蔓的女伴"是两名可怜的妓女,围着假水獭皮的围脖,状若第一次跟圣卢相遇的拉歇尔"……故事的魔法棒一挥:"我们快速进入了一节头等舱车厢,拉歇尔那闪耀的珍珠重新告诉罗贝尔,她是一位大价钱女子,他抚摸着她,将她拉入心里,他在那里注视着她,让她住在里面,就像他一直做的那样——除了看到她出现在一位印象派画家的皮加勒广场上那短暂的一刻——然后火车开动了。"

是的,如果我们信任这位作者兼守夜者,对他来说,太阳底下没有稀罕事,暗地里的欲望更无新鲜可言。那么,在这静止的、载有这些限制级画面的火车里,我们还可以把奥黛特、凡德伊小姐及其女伴、斯坦玛利亚夫人、阿尔贝蒂娜同安德烈、蕾阿、普特布斯男爵夫人的女仆、整个"美好时代"里衍生出来的所多玛和蛾摩拉的世界召唤出来。假设叙述者收到一封匿名信,里面夹着的阿尔贝蒂娜"现场行事"的照片,故事就这么结束了,那太可惜了。但是现在,是我们收到这封信,我们必须打开它。我们的目光转移了,我们在另一个夜晚陷落,陷入另一层记忆。性失去了它的本领? 大概吧。抑或其秘密性披上了别的外衣,并且从任何角度都不能将其掀开? 为此,我们更该倾听这些照片,尽管这并不是它们的本意。

我们也别忘了,口袋里揣着这些图片的爱好者都是对画家产生了反感或者因其陷入混乱的人们:从库尔贝和马奈到德加、雷诺阿和图卢兹·罗特列克(Toulse-Lautrec)。我们现在注视的黑白风格已经悄然落入一场造型革命之中。亚维农的少女要来了,她们已经在"西班牙房间"里宽衣解带。但是最终,无论多么大胆的裸露、扭曲、离题,性在绘画中慢慢退去,变得隐晦(同样地,普鲁斯特从不直接写上器官的名字,所有的行为都像花香般美好,或者能够聆听到身体活动的声音)。它不能被直接描绘,也无法用言语形容。无法想象萨德常用的词汇出现在有声艺术电影带中。还有些东西没能在叙述中被"放出来",米勒①的克利希以及巴塔耶笔下《艾德沃妲夫人》的圣德尼门还未被传诵。

令人惊讶的矛盾是,那里有一个现实的因素,恒定、可验、可触,可是非语言(却是一个极健谈的巨大群体)、非图像(却像磁极一样极富吸引图像的能力)。弗洛伊德正在进行治疗,但谁注意到了呢?如今,谁又在吸纳了大量的、删改过的、"干净的"弗洛伊德学说后注意到这些了呢?随着无数个巴黎之夜被揭露,夏尔科②在皮提耶-萨尔佩特里厄(Pitié-Salpêtrière)医院获得的伟大灵感和启示又去哪里了呢?天地间密不透风,这最终不会成为暗示、影射的根源,而是认知之源。"美好时代"折射出的魅力大概也来自这层神秘诱惑,来自这场原材料在巴黎的短路故障。在巴黎,不在维也纳。由于复杂的历史遗存和压制,以及一系列的化学数据,巨作终会被人了解。之前?默认的压制和遮掩。之后?野蛮的遮掩和压制。那里——仅仅是那里?——发生了热力效应,门虚掩着,我们直入主题。我想到了那些可能被遗忘的摄影师,因为图像(刺激的,或者极度可憎的,抑或两者皆有)的存

---

① 米勒(Henry Miller, 1891—1980), 20 世纪美国乃至世界的重要作家之一。其作品中露骨的性描写给欧洲文学带来巨大震动。——译注

② 夏尔科(Jean-Matin Charcot, 1825—1893), 19 世纪法国神经学家,于皮提耶-萨尔佩特里厄医院从事医疗和教学工作达 23 年。——译注

在是为了让我们相信我们与画面中的事物没有任何关联。然而！此前需要安排、挑选。调整。支持。阻止。等待。强调。随后还有大量工程，对谈笑、置身、热身、禁止、拍卖不予理睬。谁照了这些照片呢？没有答案，或者说：拍摄地的精灵。对于角色身份的问题，也没有答案，或者只有同样的答案。因此，对鬼魂的"召唤"也可以反向进行，并且人们也想知道它们的着装，想知道这些女人会穿什么样的罩袍。事实上，除了几个例外，服装只不过是种滑稽的模仿秀。这条活动着的龙为何不是德图什①（Destouches）骑兵，不是那位在受伤并登上《画报》（L'Illustration）封面之前的矫健的塞利纳？要不就是，我们对这个厨师-蛋糕师被女酒鬼撩起衣衫的情景感到惊讶，这景象让我们回想起在《死缓》②中剥夺童贞的一幕。看吧，看吧？把这些都罩在我身上！有点儿风度！回到社交圈里吧！回到《追忆》里的《费加罗报》《高卢人报》，在那里，所有的女主人都狂热地等待一个"回声"出现在她们的某场晚会或者下午茶时刻！……此外，照片里的这些人，他们说什么语言？什么俚语？他们日复一日的工作中重复出现的词句是什么？有着什么口音？哪些表达方式还沿用至今？哪些已经过时了？在

---

① 塞利纳的原名。——译注
② 塞利纳 1936 年发表的小说。——译注

此，整个现实主义和抒情手法都远离了我们(阿尔贝蒂娜谈论着"让人砸坛子"①一事)，当我们写着第一封用词猥亵的信并把填补字里行间、抚平语气纹理("一串辱骂")的任务交给读者时，照片代替省略号来到了那个年代的印刷厂里。需要阐明？好吧，若有需要。那看看在《巴黎的忧郁》中的"比斯杜里小姐"("你是内科医生，啊，我的小猫？……我愿意让他背着他的药箱子，穿着他的大衣来看我，最好再带着点血!"："我……这……!")。换言之，就如所有出版社里"风蚀"的手稿所指的："圣淫媒之神圣的圣体盒!"以及同类的感叹语。还是保留跟波德莱尔的接触，幻想一下有其同行的情境，因为他对当年色情舞台的内情有着与众不同的认识(他离这些照片较近，我甚至可以说，它们说布勒东、阿拉贡、加缪、马尔罗、萨特都比我们近，当然与我们相比也是这样)。我们所见的几何体 ——是的，亲爱的窥视者们，我们要来谈谈男性生殖器! ——它难道不是向李斯特致敬的《酒神杖》(*Le Thyrse*)的实体展开吗？对，对，我们也需要一架钢琴!"什么是酒神杖？从伦理学与诗意的角度来说，这是男女祭司在颂神庆典上扮演传话者、信徒角色时，手持的圣职象征物；但是从物质的角度来说，这只不过是根棍子，纯粹的棍子，挂着蛇麻草的木杆，

---

① 指不正常的性行为。——译注

73

葡萄园里的支竿，干枯而僵直。木棍周围，在变化多端的回纹里，随处攀着细枝和花朵，花儿蜿蜒散漫，枝条成钟形或者倒酒杯形倾斜着。从这颜色娇嫩欲滴，线条错综而复杂的交织中，迸射出一种令人震惊的荣光。那两束弯曲螺旋的难道不像是在追求右边那束，并带着无言的爱慕，围着它翩翩起舞吗？所有这些精致的花冠、花萼，花香与花色的怒放，难道不像是围着这根圣棍跳着神秘的凡丹戈舞吗？然而，哪个冒失的人敢断言花和蔓是为棍子而生，或说这根棍子只不过是用来托称花和蔓的优美之处的？"

　　年轻时，我的很多时间花在了烟花之地。当然不是在那些消失的"窑子"里，而是在旅馆里，蒙巴纳斯和瓦文街头的小旅店，同时接受着罗丹的巴尔扎克铜像行来的注目礼。那时，妓女还在，花花绿绿，袒胸露乳，慵懒地杵在街头，从午后一直呆到午夜。我那会儿有点钱，偶尔会在晚上去情色街区看看，在蒙索公园附近的十七区或者圣拉扎尔车站附近（我们就把皮加勒留给游客们吧）。我无法相信那些没有睁眼经过那里的人，无论男女，简言之，也就是缺乏亲身经历的人。我书中的一些完整片段（那些以撰写草率为由被批评最多的片段）就从这里来，并且我依然喜欢拿它们来反抗大家（也作为理据），有时也来反抗我自己。在这种生活中，没有东西能跟耻辱或者遗忘一样隐伏、激烈、顽固。要把通用审查弄明白，只需聆

74

听我们气馁和疲惫时的内心。普鲁斯特说："当我们遭遇不幸时，我们的精神层次会上升。"尽管对我来说，从来没必要经历上楼进屋时的情绪波动、面临选择时的焦躁踱步、戏剧性的片段上演。我以前接触过一些上了年纪的妓女，她们身上保持着昔日的光环，享乐时保留着电影里的习惯，有着对性和周遭一切难以理解的纵容。外貌艺术？是的。那又如何？我为诡计、虚假、恶作剧、幼稚——各式疯狂等辩解，没什么能够打破、嘲笑或者毁灭它们。如果您坚决认为这些照相是滑稽的，您是对的，但也错得离谱。它们被拍摄下来，被传递着，镜头内外，为了登上舞台或者飞得更远，这些女人都跟摄影师上过床。对她们来说，这些被摄制的艺术品是掉入大海的口信，是漂流瓶。有这么一刻，她们应该对撕碎无名的面纱、逃过监控而感到高兴。事实上，与事情——显然是既成事实——相比，男女审查员似乎对图像或者用词有更多的质疑，以至于他们或她们宁可什么都没有被展现出来，唯有沉默。这就好像图像和话语会蔓延开来，制造出事件。不，当然不是这样了。值得庆幸的是，也有东西在流失。作品中出现的女人就像逐渐消失的线条，她们表面的殷勤中饱含了无声的抗议，尽管被关在性爱工厂里，她们仍是美丽的、聪灵的。在有权供认其行为时，她们才第一次感到自己心底的柔软。一切都是为了这照片！谁都不知道！他是一位有深刻影响力的情人吗？一位富有的业余爱好者？一位部长？也许是一位丈夫？当然，肯定不是图像里的那家伙，他不过是用来装饰的工具而已……此外，这里还可能存在过敲诈勒索行为。一个手握斯万的奥黛特·德·克雷希……她同福什维尔一起摆弄卡特来兰花①的景象……同维尔迪兰夫人一起……同戈达尔一起……那位"玫瑰夫人"的机密文件……

我想起在玛德莱娜的那个女孩儿——她三十岁，我二十岁——她想为我"服务"。我不知道这一切是怎么发生的，肌肤与动作协调，笑容与好感相连，樱唇红颜，甚至有些土气；我又看到了她的杏眼，她立即就想送我一条领带，我应该接受的。她的掮客可能打过她，我不知道，这也不重要，这是我今生为数不多的可炫耀的回忆之一。另一次回忆因为"急性类精神分裂症体质"而被淘汰至第二位。那时我在读《娜嘉》(Nadja)、《风格论》(Traité du style)、《内在体验》(L'Expérience intérieure)、《蓝天》(Le Bleu du ciel)。城市是唯一昼夜不间断的地方，步行若干公里，困倦被唤醒。我谙熟波德莱尔和兰波的诗作。我常常买醉。然后醒来发现自己在陌生的房间里，身上躺着不同的女人。我想业务最精通的应该是在巴塞罗那

---

　　①　"摆弄卡特来兰花"为《斯万之恋》中斯万与奥黛特之间的隐喻说法，暗指发生性行为。——译注

的姑娘们。这就是我的"美好时代"。我形单影只。挺好。

我再次借用波德莱尔的酒神杖。这些照片，从轻佻的少女到双轮自行车上的身影，不好意思，应该是前轮大后轮小的老式脚踏车，它们可能引起言论，我提议将它们铭刻在这部纷繁而充满幻象的杰作之下。如果性感的孔雀开了一次屏，那就是在这里了。甚至不是一次，开两次屏都可以。艺术家需要满足这些意外出现、来打扰（就像秋千摆动时偶然的瞬间那样，只是这里是以瓦格纳之作为背景）他们的爱好者们，他试图以此实现破坏结构和制造滑稽恐惧的某个幻象，而这种幻象的实现并不被期待。夏末，在转弯路口，身处于乡村，我眼前出现了什么？没有！不，有！这幅栩栩如生的画作要被紧急寄往冥间，寄给纳博科夫的妖人，正好调换一下卢森堡公园的轮滑鞋。收到信息了？谢谢。在《洛丽塔》里："洛的'骑车风格'（我仔细听她俯身的姿势，当她待在车座上时胯部的动作，带着优雅，以及余下的动作）带给我一种极大的愉悦。"现在，正好引用同一位作者的光明宣言，它应该成为法兰西公学院里的一个常设课题："就像萨满教徒和江湖骗子宣称的那样，这些不是构成第二性征的艺术官能；恰恰相反，性爱仅仅是艺术表达的一种辅助形式。"您的性欲是为体现您的美感而服务的，是无法作假的：就是这样。

根据个人偏好，我会选择更加安静的乐曲，名曰"沉思"，它在造型美感上丝毫不逊于其他作品。这位漂亮的年轻女子(多美的鼻子！多好看的耳朵！多难得的眼睛！)与我们同时注视着落地镜里的人。她照着镜子,您看着她。她魅力四射,它熠熠生辉。

被划去的下部(情景中比较重要的角色)让您联想到了毛虫,但是那胸部和乳房——犹如蝴蝶——真的会发生蜕变吗?这是所有问题的症结所在。仔细看她的头发、向右撇的睡衣,尤其,尤其是小板凳上的钉子(沿着细点把它勾勒出来)。她还站在磅秤上。她俩谁比较重?露脑袋的那个还是看不见脑袋的那个?其他疑问可直接上升到神学概论——不开玩笑,我可是认真的。

以前,您遇上的那位先生身体要分成两部分:挺立的性器,以及整个埋在光秃秃的弗洛伊德式沙发里的脑袋。他在做勃起检查,而女人位于他左边相应的位置,题为:**女子即男根**。这是精神分析学初级教程里一幅有待评述的图片,我将把它寄给一位在耶鲁研究拉康的可靠女士。或者,再来一幅罗特列克的无名作品,几尊非常有说服力的双峰-雄器"石膏像"(男人的阳物盛满着母乳留下的遗物,千古不变的规律),美惠三女神前面的那些"叠画"则可送去研究中心作为岁月变化导致女性化的研究素材;还有其他相对完美的石膏作品,男人的脚、女人的臀部(女士头发上绑条白色发带是个相当不错的想法:她打网球吗?);最后,关键的"人物"登场了,它便是这位穿着鞋、双腿高翘在桌上的女人手里的假阳具(gode michet)。有趣的是,这条填补缺陷(您能详细了解到著名的**阳具美妒心理**)的长条黄瓜最终被扔在了右脚的鞋(大码军鞋[godillot]!)边上,几乎不可能不把它幻想成一个电话听筒。喂?您说什么?是的。这就是颠倒的世界!我们看懂了这张照片,它也体现了艺术家为讨好模特的新奇做法。

假阳具有多重重要的意义。首先,"gode"这个词的发音里面带着"神"的发音,这显然奠定了它的重要性。其次,它有替代品、假冒的性质,代表了用来填补需求的性器,或是手持的性器。不只是个玩具,哎呀——或者人体性器模型,甚至可能被构思成人体全身模型。双乳-阳根-产下结晶,这样的组合偏差总是不可避免。假阳具本身是在性爱大道上由违禁工程衍生出来的一种偏差物,身体堕落时**偏离正轨**的衍生物。这是伟大的错觉。"Goder"这个词在时装领域表示衣服裁剪不当或纸样裱糊不平而**起皱**(godailler)。抚平就是了。恋物癖吗?拒绝去雄?对,是的。我们会告诉您这假性器处于人类命运中哪种无法回避的境遇。从**切面**看现实。这里,哪个人觉得自己卓越出众?我的意思是:坚持不懈地觉得自己如此。是为了建造方尖碑吗?代替被砍下的头颅吗?总之,假阳具是种**杀戮的器具**。在它死板坚硬(同酒神杖般)的四周会有花朵抖落。一般来说，毫无疑问是一位年轻漂亮的女子，戴着假阳具，正在亲吻她的一位女朋友，没见过这个场景的都是井底之蛙。在古代，被称作"olisbos"，数个世纪以来，它呈现在了舞蹈、艺术姿态、模仿的危机中神秘的帕台农神庙壁饰以及瓮罐雕刻上。假阳具和萨福，死神和他的镰刀……来一点温热的牛奶代替精液……假阳具放在假阴户上……对女人来说（最终，对整个社会来说都是），男人成了带着一团奇怪的、悬挂着的、可怕的、像无声的阑尾一样多余的寄生肉的人偶……照片里某些纯熟的女演员把这团肉挤在自己胸前或者将它深入体内时，仿佛骄傲地说："勃起的尾巴，这就是我！""对着直立的我来吧！"孩子们从哪儿来？从这场晃动中来。从此，即使有了他们，喷射几次后，梦想中的阳具并不会在交织的穴道、睡眠、麻痹状态时悄然疲软。这是大象的坟墓，犀牛的角，穿过紧实皮层的象牙，橡胶，塑料……深入的带着医疗手套的手指……没有情敌的心中女神……斯堤克斯（Styx）！

……

我纵身跃到那个女人身上，她给您鼻子来一脚，还不做任何说明（尽管她修剪整齐的指甲费了不少心思，表现出的愉悦也让人赏心悦目）；我滑过那幅"杰出"画像，上面画着当年的科莱特在一座烟雾缭绕的仿古庙宇里，被一条蛇或者细龙当成猎物(题目:无意识信函的反证),我从此想到了拍摄卧美人的那位摄影师留下的感人话语。首先,他们非常相爱。我的意思是,他们都很爱自己,他们的爱情建立在此基础之上。她的优美有目共睹。日常生活中,她需要做些欺骗和隐瞒,她聪明又有教养,值得同样的馈赠,她在这儿把自己献给真正的爱好者们。未来新娘的面纱躺在她身边……《奥林匹亚》的复制画面在这"刺目"的照片集里显得格外突出……甚至,新娘在镜头前也宽衣解带,身体一览无遗……瞧她那眼神!……那鼻孔……巴塔耶应该会青睐这没有马奈题词的赞美。

　　当然,还有更激烈、更"新潮"的——我们现在来看看例外,深邃又稀有的珍珠项链。那便是为咖色和褐色头发的年轻姑娘准备的自体性欲概论。黑白色不是无色,恰恰相反。从黑黑的到白白的(从眼白到黑瞳),事实上,存在着各个程度的色彩渐变,有呼喊,还有带来某种时间颠倒的布裹肉的关系。那些引人注目的大场合都是黑白色调的(毕加索在《格尔尼卡》中牢记了这点)。啊!这位默默无闻的配角!苔蕾丝!她是谁?她几岁了?童年和成年生活,身陷囹圄,饱受嘲讽,精神恍惚。圣女苔蕾丝的恍惚。与巴尔蒂斯(Balthus)陡峭的僵硬相比,这画面更接近贝尼尼泡沫般的大胆。摄影师充满渴望又易怒,但他保持了冷静,严格地配合着。这些底片真应该运往卢浮宫,与库尔贝的作品陈列在一起。

　　我们歇会儿，去奥赛博物馆的路上经过阿尔马桥上的佐阿夫兵①雕像，看看他，被一幅布格罗（Bouguereau）的赝品给骗了……这位行动派人士，站在一幅非常"美好时代"的海报前，事实上，他在叱责，在打探，在咳嗽，话语像击剑般迸发出去。我们又来到另一幅作品前，我很乐意将之纳为私藏画作（而最精彩的仍莫过于苔蕾丝那幅）。这大概是整个系列里最具"普鲁斯特风格"的作品，凡德伊小姐及其女伴，叙述者消失了，但是我们留了下来，为了向他讲述后续发展。阿尔贝蒂娜进来了，她坐了音乐家女儿的位置，她在左边，充满热情却略显生涩，逗乐了强烈想向她示好的姐姐，仅此而已。阿尔贝蒂娜喝了点苹果酒。那会儿，我们知道她的双颊沾着"某种炽热而枯萎的东西，如同郊区少女身上带的一样"，她的声音突然变得"沙哑、放肆，几近放荡"。当然，当然，我的小姑娘，另一位仿佛带着宽容却略傲慢的语气说着……冷静，这只是照片上的一幕……像平常一样，上镜最多的那位并不一定是最坚定的……她们还是好好地坐在那里，坐在她们的花边沙发里……我们看到食指就明白是暗示禁止的意思……很大一部分效果来自未脱下的衬衣，它使下

---

　　①　佐阿夫团：创建于 1830 年的法国轻步兵团。——译注

半身、头发、脸颊的轮廓更为清晰……我们听到了风月佳人的对话……有趣的事情将在夜晚发生,我们正好赶在深沉的戏幕拉开之前……"阿尔贝蒂娜,凡德伊小姐的女性朋友,又是她的女朋友,'资深'女同性恋者,经我疑神疑鬼几番胡思乱想,阿尔贝蒂娜便成了1889年世博会上小音响器材之类的玩艺儿,人们几乎不指望它走家串户,而当时的电话已经可以走街串巷,连通城镇、田野和海洋,可以使国家与国家相联系。"我性幻想的范围基于我对交际手段的了解程度:卖淫和传媒在本质上如出一辙。

　　回过头看那些杂技表演,凤翔龙翻、鱼接鳞、击臀擦腚、各种细枝末节的小技术……天赋随着一个帽叉冲出水面,画面题词为"**社会成就**"。男士骑着马朝着明显偏离目的地的方向前行,女士的眼神早已落在引人注目的晚会上或者跑马场里……下一个!……她发现自己被盯上了吗?未必。她早就看上珑骧看台里的一个理想对象……板凳男!……交接!……小心台阶!……他激动得喘不过气,而她向前奔去……盖尔芒特公爵夫人兴许会说:"这就是一幅不缺灵魂的画面"。说到拉歇尔,她一心想公开罗贝尔·德·圣卢对她的依恋,我将称上面这位殷勤的女行家为**女心理学家**,为何不去她那儿找拉歇尔呢?她像是在说:"我们就这么拿着,不是巫术,甚至如果知道怎么做就更有趣了。没必要小题大做,只需找准敏感位置就行,剩下的自然水到渠成……"
看他那只无力的手,就像刚从坟墓里伸出来……躺在浴缸里
的马拉①的手臂……她叫夏洛特,没法想象出别的名字来;
另外,总之,他可能已经死了,尽管下面还硬着。没什么比
一个躺着勃起的男人更像一具尸体了。隐藏的恋尸癖,她们
对此多少有些熟悉……一具尸体,那是一具完整的石化的身
体,长着刚才露出来给您看的小鸟……男人带着它,女人发
挥它的价值,她将它出卖,如此一来,它就能出镜了,**除此之**
外我们什么都不拍……又来一张有灵气的脸,这样的脸可不
会有成千上万个,在这个领域里,聪明的出场始终令人瞠
目……夏洛特天赋异禀,就是这样……**坏坏小姐**……照片拍
摄位置调整得很好,她的胸部看上去爬上了那家伙的骨盆。
她带着那令人难忘的眼神瞥了您一眼,直入主题,说道:"这
是一只大鸟。"此介绍完后,更低级的趣味随之而来:"这可
不能含嘴里哦"。她究竟在看谁? 谜团。是享受手淫的男配
视线之外那个在场外挂照片的人吗? 某男,或某女? 现在,
这眼神是投向您的。我不确定是否值得您一看,但这对您不
赖。它向您讲述着喜剧的秘密,没有添加无聊的犬儒主义,

---

① 指法国大革命时期雅各宾领导人之一的让·保罗·马拉。此处参
照了雅克·路易·大卫的名作《马拉之死》。——译注

完全遵照事实。心照不宣。隐晦曲折。性爱里(我们常称之为"云雨里"),授予女主角或者男主角的天赋总是精神层面的……性有心灵和理智所不知的存在理由,它有其自身专属的浓度、精妙之处。永远别这么评论别人:"他很聪明,但是……"而要说:"他还算聪明,但是性爱上还不够。"或者:"还不到性爱这个层面、角度、色调、可能性……"我们会蒸蒸日上,但是什么都不学是不可能的。他该去拿一个文凭来。而夏洛特应该已经拿到这个文凭了。

　　同情一下? 伤感? 反抗? 但那又如何呢! 您大可以认为向邂逅之交展现内心世界并且还为了额外奖励在照片上出卖灵魂的行为是可笑的! 可以用种悲凉的方式去看这些图片。因为这是种被接受的社会自杀行为:在这种风流韵事之后,不可能有体面的地位了。身体内蕴藏着无尽的黑暗,至少当他们露脸、亮身份时能看出来。如今,对一位著名女星来说,在职业生涯之初脱衣登上《阁楼》或《花花公子》这类杂志,或者拍摄"H级"电影,这就是她小耻辱的开端,而这些可观的"脏"底片经过媚俗上色后摆在成人用品店、登上订阅的杂志和电影、作为来自北方的性爱甜点,可想而知,之后给自己的名声带来多大的影响啊! …… 看这幅《忧郁的美人》(La Belle mélancolique),贫穷、抛弃、流放……或者戴着花朵礼帽矮胖的吉尔贝特,抑或这位臀部肥大的女仆,在土气的房间里读着福楼拜……时间似乎把自己记录在被它"忽视"的褶皱里，在它废弃的凹陷滑槽里……这便是不堪的一面，最接近光源，却是光鲜外表的反面。我们可以在上面投射展现那个年代的花柳病情(在艾滋病正式问世之前)、心理并发症、妊娠困难和流产，种种不幸——人工授精、精子和卵子库、代孕母亲、基因实验等超市广告——总之，构成被我们称作"同卵巢女孩(covaire-girl)"出现的史前史，就像是在超级卵巢里掀起人类发展的现代版夏娃。哎呀，肉体受苦，再也没有人读书了……同样的绝望还出现在《结婚蛋糕》(*La pièce montée*)或者《状态》(*L'état*)里，我们看到了匆忙屠宰、清晨到货、仓促配送……我们不再相信，我们从未相信，马戏团垮台了，有必要将所有库存清除……要爆发一场战争也说不定……一场小型的流行疾病……拜占庭帝国大门前的土耳其士兵……恐惧降临，天神的性器被骤然带到了人间……在所有的社会骚乱之前，势必会经历一段道德松懈、风流散漫、色情轻浮的时期，这不足以使您惊讶吗？……索多玛和蛾摩拉……从味苦到痛苦……那儿就没有一个权威吗？……"上帝"不是权威吗？……是谁促使基西拉岛的发生沉船事件，爱情岛海底的远征，上帝的挥刀，格尔尼卡、斯大林格勒、广岛、奥斯维辛的灾难变得不可避免？被推广的临床化研究？细胞和原子的疯狂科学？问题来了:如何在满足的顶峰仍保持欲望经久不息？就在这幽闭的房间里面吗？我们一早就知道,这篇文章完全是纸上谈兵。生命不就是一场遗忘、消退、命中注定无休止的衰弱过程吗?坐在观察员位置上的普鲁斯特会怎么评价呢?巴塔耶呢?魂游巴黎的弗洛伊德大夫会说什么呢?在笔下的中国人到达科尼亚克(Cognac)之前,塞利纳的想法是什么呢?……走吧,走吧,没什么大不了的,该制止总会制止。如此而已。从前的这些交配行为,它们看上去是多么无知,她是多么老气,不是吗?像是被关在取悦观众的兽笼里一样……您刚才说"美好时代"?呃,是啊,那是在以前,总会存在一个以前,失落的天堂,黄金时代……洪水滔天之前……神庙遭毁灭……十字军进入君士坦丁堡……九月屠杀……凡尔登战役……我爱的长崎……历史?不就是一个为自己的存在报仇的窑子,在一个寒冬的夜晚,一个妓女和一个老鸨醉醺醺地讲述着那里的经历……

不!加油!起来!睁眼!法兰西万岁!那位兴奋的美人在唤醒亡灵!歌颂胜利!在她的红色小客厅里,兴奋地唱到了高音 do!《天佑女王》!光耀的一天终于来到!拿起武器吧!若无人能雄起,那我来!圣女贞德!路易斯·米歇尔!女英雄豪杰们!没有失败!锐利的刺刀!敌人的脏血!我把共和国的画像放入我的私藏,它简直能与德拉克洛瓦那幅杰作相媲美……她总是精力充沛,一早就起来,欢乐、活跃、兴奋……她让她的女伴为她手淫,这位戴着黑色面罩的,是神秘的影子复仇者，佐罗，女版佐罗，佐罗亚斯德①！……为了曼恩-卢瓦尔省！媚惑的德塞夫勒省！……航空技术的问世，她见证了第一架飞机划过天空！……或者第一顶降落伞坠落，当然，旋转着落下……他们将无法拥有阿尔萨斯和洛林！这两个一早决定反抗到底！还有波兰！**永远忠诚！身陷战壕！头顶炸弹！冲向贝鲁特！女人永远都是女人！**还有巴黎，巴黎！**哦，巴黎！**尼采没带着他的天花来这里转一圈，真是遗憾……没来看看毫无遮掩的，极为具体、真实、来自永恒轮回的演出……或者没能让莎乐美在专属的房间里跳一支舞……或者与那位兴奋的美人邂逅……看，她像摇晃婴儿般晃动着右乳，把它扭过朝向天空，展现给帝王、总统、全国人民，那是世博会，她终有一天会入座，不过一切都不急……绑在木桩上等待极刑的美味……那是埃菲尔铁塔！……四条黑腿，让人不禁想到了转动的独脚小圆桌！……这下半部分，像是殡仪队里奇怪的母马……一切都被框在了神圣的菱形里面，我们的宠儿在那里宽衣解带，她的腰间系着神秘女修士的饰带……今天是星期几？现在几点了？……都不重要……升高点！伟大的旗帜！**振作您的心灵！我们全心归向上主！**先喜出望外

---

① 此处原文为"Zorroastra"，与琐罗亚斯德（Zoroastre）（前 628—前 551）相似。后者为波斯雅利安人，为琐罗亚斯德教（即祆火教）创始人，也是尼采"超人哲学"的代表作《扎拉图斯特拉如是说》中的主要人物。——译注

吧！都是幻象！吾恶，啊，吾妹！

> 你的容颜，你的举止，你的神采，
>
> 美得宛如锦绣般的风景；
>
> 你的脸浮上笑意，
>
> 仿佛一阵清风从晴空中飘来。

在这朵荒谬的、鲜艳的、耀眼的善之花面前，波德莱尔生起嫉妒之心……可以这么说，没什么可感到幸福的……照片！……至高无上的照片！……不可思议地合成的照片……上天，入地。镜子，帘子，窗子。没完没了的床。高帮皮鞋被擦得如眼神般发亮。灯光完美，黑白和谐交织，灰色调屡屡渲染……假阳根在左边稍微远一些的位置……我跟苔蕾丝还有那位兴奋的美人幽会……我们被关在一起……一千零一夜！……在大巴黎……在丽兹酒店！……开启香槟！……我边写边看着她们，我进进出出，我时不时写个句子顿下笔！如此持续运作着！小说诞生！……

别把《追忆似水年华》的叙述者给抛在脑后了，要不在宽荧幕上给他送上"重现的时光"，至少"不会流逝的时光"吧，漫无目的地重复它。闪光灯聚焦在蛾摩拉……这组拼贴的蒙太奇作品应该为德拉克洛瓦所爱，的确，萨达那帕拉①(Sardana-pale)的梦想……没有理由不使表演更充实，不是吗？更何况女人比男人更具两面性(男人，可以组成武装部队，也就是说，简单重复罢了)。在这里，两面派的重叠会使人晕头转向：有十一个女人，就意味着二十二个女性。况且，这还能无限继续下去。一左一右，可以将其取名，比如"视觉论"，任何角度都能读懂，由深入浅，由浅入深；或者可以叫："趣事乐园"，内卷，弯曲，反拱，拼接在一起横贯了立体派、超现实派以及未来派。为了回到最初，躲避是没用的，早该把这些展现给大家看了。阿尔贝蒂娜能离开叙述者吗？当然，没问题。跟他谈论别的事情即可。是他自己想讲述些顺理成章、显而易见的事情。索多玛言多，蛾摩拉沉默。因此，圣经只向我们谈到了索多玛。沉闷、失语的蛾摩拉……哮喘发作在即……波德莱尔把那些磨镜者送往地狱……为什么？……什么怪想法啊！……这些无际画卷的沉默充满了我的脑海。不会溜走的空间……"个人空间都如此，无论它扩大或是被抹去"……戴着自恋的花环，插着花朵，编着藤枝，历经春夏秋冬。

我刚才说的是那些不露脸的姑娘们……够谨慎的……临近

---

① 此处应指德拉克洛瓦浪漫主义阶段的大作《萨达那帕之死》。画面中有若干处纠缠的身体。——译注

尾声,我有个假想,让几位无拘束的脂粉女来到摄像机前感受身体的颤抖……挣点零花钱而失去控制……直到激情之月结束……展示身体却隐瞒其灵巧……当然,这些都是我的想象,但的确有可能发生。每日佳丽。您看那位梳妆台前的优雅美人,还有,特别是这位(是同一个人吗?)侧着头,右脸贴床,白花盘发髻,下体干净,需求量有限……女士,这边请……在虎皮毯上……这样,对!别人看不见您……对了!非常好!……别动……棒极了!不好意思……别动!……等等,我装下胶卷……您觉得时间久了?……这儿有风?……今天真冷,要冻坏了……您来的时候可是裹得严严实实的呢,您该把斗篷披上……再等一小会儿……三秒钟……我马上就给您拍……等等,我按快门……好了!……谢谢您!女士!……向您致敬!……再见……

要不,镜头转移到春天,为什么不去草坪上,马恩河边美餐一顿呢……或者乡村一角……那地方景色宜人……风格与印象派画作完全相反……这就需要有所了解,以欣赏马奈、雷诺阿、莫奈等画家的作画深度和技巧……影棚出来小憩,坐小舟游览风光……大自然的笔法和笔触,重现的基西拉岛……哦不!回去吧!我们还有几个侧面图没完成……比如那个梳发髻的佳人,令人惊叹的纤细和精致……希薇亚……总而言之,我要抛弃那兴奋的美人了,她太爱国,太大声,我要跟苔蕾丝和希薇亚一起消失……

在我们屋里，

我要去布置

被岁月磨得光亮的家具；

奇花和异卉

吐放出香味，

混着龙涎香朦胧的馥郁，

富丽的藻井，

深深的明镜，东方风味的豪华绚煌，

都要对人心

秘密吐衷情，

说出甘美的本国语言……

《梳发髻的佳人》(*La jolie au chignon*)还可以取名为《画家之歌》，她有些像立体派的缪斯女神艾娃，后者是激发毕加索最多灵感的红粉知己，我常看她于 1912 年拍摄的一张穿着和服背靠门的照片……艾娃·维谷(Éva Gouel)，她于 1915 年去世，代号正是*我的美人*(Ma jolie)，取自当年的一首流行歌曲……毕加索于 1912 年 6 月 10 日向康维勒①写道："我爱她，

---

① 康维勒(Kahnweiler, 1884—1978)，法籍德裔作家、收藏家、画家，被誉为欧洲画商元老、立体主义总主管、毕加索在全世界的私人代表。——译注

我会将此写在我的作品上。"另外,众所周知,他本人热衷于以照片和明信片为素材作画……斯特拉文斯基①友人在那不勒斯过夜时,在小店铺和旧书商那里写道(他们刚去观看了一出大众即兴喜剧):"那小丑是个笨拙的大酒鬼,如果我理解的没错,他的每个动作、每句话都是猥亵淫秽的。"妓院对文学和艺术的影响不容低估……从普鲁斯特到毕加索……以及塞利纳和米勒在的蒙马特高地和克利希大道的艳遇,年轻的乔伊斯邂逅几位爱尔兰女孩儿,年轻的卡夫卡在布拉格极少出入声色场所……还有在那不勒斯、巴塞罗那、巴黎人文墨客的身影……烟花之地为艺术家们提供了人类躯体柔韧扭曲、伸展抽搐最直接的观察研究机会。

最后,来两具美臀:它们的主人暂且叫作弗朗丝(France)和艾玛吧。前者撩起裙衫,从身后的后视镜里看了自己一眼。后者静候着,心里的不安却没表现出来。脚凳给弗朗丝,祭台前的床给艾玛。弗朗丝似乎在一部被我叫作《在想什么》的作品里担任过配角。一名女子正对着镜子观看自己的后庭,如果这会儿她正想着自己的情人,那真是一幅赏心悦目的事物归本之画……这位摄影师彬彬有礼,他朝委拉斯开兹、安格尔

---

① 斯特拉文斯基(Stravinski,1882—1971),美籍俄裔作曲家,代表作有《火鸟》、《春之祭》等。——译注

使个眼神……《土耳其浴室》(*Bain turc*)中的一名女子独自走开到一边去思考……维纳斯注视着自己的力量之源……弗朗丝有点着急,她掀起裙子,把她的小鞋抛向空中,这使她跪着的姿势更加优雅轻盈……考虑到我的祖国,我给她起名为弗朗丝(France),同时也想指出:这个名词既是人名又是国名(据我所至,这是唯一的一个既能做人名又是国家名的词;女名热尔蔓[Germaine]未必能指代德国),它象征了一整片大陆……**在想什么?**[①] ……可以给这部小说取一个漂亮的名字:《弗朗丝的故事》(*Histoire de France*),这个画面作为封套图片……我可能会执笔撰写……她背上附着城市、区省、山脉、公路、河流……还有海滩和冰川,森林和麦田……从瑟堡到佩皮尼昂,从加莱到比亚里茨……整个布列塔尼都在那儿,诺曼底也是,还有克勒兹和奥弗涅,甚至贡布雷、巴尔贝克、阿维尼翁、贝尔岛、卢尔德、圣特罗佩……除此之外,还背负了时间的绵延:中世纪和文艺复兴时期、旧制度统治到铁路开通、"美好时代"、"疯狂年月"[②]、两战间期、婴儿潮、传媒潮……等等,看看是不是各就各位了,核电站的堆芯是否有反应……当然有。弗朗丝(或法兰西)在走下坡路? 您别这么想。一直是她自

---

① 作者在此处用的是德语标题"Was ist Denken?"。——译注
② 又称作"黄金二十年代"。——译注

己。他今晚会来吗？她头发梳得整整齐齐，好吧。那余下的呢？另一个她还好吗？她就是这么打量着自己，总是带着点诧异、楚楚可怜……温柔的弗朗丝，她一字一板地作诗，就着孩童的天真、陈旧的偏见、歌声袅袅……她陶醉了……她也许刚才吃多了？出现橘皮组织？啊，那时候还没有饮食讲究的怪癖！况且，那些肥胖范儿有时会重回时尚舞台……艺术家呢，他抓住了鼻子、眼睑、耳朵(听觉笔直沿着那条神奇的中轴线)……喂？……我听见您说话了……我听见自己的声音……我信口雌黄，我舒展身体……我还是那么秀色可餐……

至于披着齐肩发的艾玛，就是另一码事了……您也会认同，算得上卓越出众……不够随和，但也属上等了……小有个性……活力四射、干劲十足……出了名的大脾气，翻脸速度也是，说不上她有宽阔的心胸，但不得不说，多么完美的圆臀啊！……她是整个画集里最"新潮"的女人，她几乎就在我们中间，坐着总指挥的位置，或参与执政……毫无疑问，她懂得驾驭。她知道自己的价值。您要相信她，她会选个自己喜欢的情人(这一刻，我就是那个人)，并诱使其他人认同。她喜欢女人么？不喜欢，可惜了。她也不喜欢男人，也不爱自己，但她想。这就是她出现在这里的意义所在，尽管她是如此烦躁不安……您想试试吗？来吧！……艾玛，我们敬仰的女性，她离鲁昂太远了,需要绷紧神经,具备雄心壮志,穿越脑海,才能将她找到……她在那里,无与伦比!她的魅力几乎盖过了苔蕾丝和希薇亚,她们迟缓又散漫,终会让您感到厌倦……来,这仨都要了。那弗朗丝呢?她还是算了,尽管楚楚动人,但她过于害羞、狭隘……相反,跟艾玛一起,开着机车长驱直入,她侧身在您身边,她就像一块竖立的警示标。她预见到您的问题,并且作答。您就在她的答案中。这是位**专业人士**。因此,她以关门的独特方式跟您问好也情有可原。

以上就是我们在那个年代穿行的两万里旅程,受到电视、卫星网络的磁力吸引,在黑暗深处穿梭……黑白起草虽有缺陷,却是所有鲜艳色彩诞生的必经之路。她在那儿,跟从前一样,固执的,她只需回幽室闭门就行了。身体不过是个附件;注视它、聆听它、利用它是门个体艺术,没有任何规定,漂流瓶般的记忆浮现会让人想入非非,带来不可避免的负面想法。顺带解释下,我的意思是,这些照片很傻很天真、非常大胆,甚至经常带点崇高的牺牲精神,我们无法将其定位在过去,而要放在相垂直的另一条有待被发掘的时间轴上。好了,我继续。"我现在没必要为以后要做的事忙碌,现在做的事是我以前该做的;我现在没必要去发掘以后会发觉的东西。在新兴知识世界里,每件事情都会在该发生的时候发生,这就是它的美妙之处。"

罗丹的秘密

我们谈论着它们，我们知道它们就在那儿，在某个地方；我们在这儿或那儿见过它们中的某些，但是很难想象它们成群结队，带着毫无违和感的攻击性，构成身体展示艺术独一无二的突破口。

它们就是这些画稿。我觉得有必要将它们想象成是那些遍布黑夜的雕像被通体照亮的真实样貌如暗室里透出的那道强光，揭示了博物馆、公园和街道中的铜像和石膏像作品所含的意义。《思想者》(*Le Penseur*)在想什么？在想这个。沉浸于自我又后仰的《巴尔扎克》在注视什么？这个。《地狱之门》(*La Porte de l'Enfer*)向什么打开？向这个。《雨果》深思而不可言的是什么？是这个。如此多的胸像、手塑、腿塑、绷紧的面孔、肉体线条、半人半神像或者易怒的女神像都出自什么？

出自这个。出自这些无与伦比的女性,在特殊情况下被处理成了裸像的她们。目光和双手游走在她们的性器上,刻画、突显它,正面展示它,美杜莎最终要迎战一位冒险者或罪犯,并为之征服;在社会大退步时,碰巧遇上一位专注、固执的法国人,拥有专属的工作坊,在外毕恭毕敬,私下大施拳脚,因此,我们只有在很久之后才能欣赏到其大作。

问题的重点来了。

库尔贝、德拉克罗瓦、马奈、罗丹、毕加索、马蒂斯?当然,当然。而且很多事情都明了了。理清头绪会让人更轻松一点,比如在克洛岱尔事件中,悲情的卡米耶不遗余力地对抗日趋严重的妄想症。雄性特征第三维的秘诀便在于二维半上这些身体张开的女人(非女人不可)。女人堆里的女人,哪怕只有一个。与这些画在纸上的酒神狂欢节相比,罗丹的身体、手法特点、个人隐私、身份都是额外的标签,不为人所见,与本人相去甚远。如果将这一堆淫秽的图纸摆在您面前,您就成了罗丹。这可不是件容易的事。

最佳应对办法:捕捉运动中的外界,并将其依附在硬石之上。然后打磨,这儿,私处、暗处,就像直接对着参照对象雕刻一块鲜活的肉体。

因此,只需雕刻与构图:需要折中结合两者的绘画。它们是一条大绳的两端。两极。现实触碰到了现实的极致,您的竞争对手是血肉之躯，甚至是造物主的杰作。

罗丹博物馆所坐落的比隆酒店连同毕加索博物馆所在的莎雷公馆使巴黎成为神秘之都。萨德、波德莱尔和普鲁斯特都对这座建筑投来赞赏的眼光。您一进入巴黎，便会立刻觉得其他地方索然无味。这里，也仅有在这里，您能够深入研究淫荡色情。让自己在博物馆待上一晚吧。在众多毒害耳朵的噪音背后，艾菲尔铁塔和荣军院会在您耳畔窃窃私语。蛇盘伏在那里。失乐园，您会知道为什么找回它的时候已是个颠倒的世界了。但丁？弥尔顿[1]？要对他们作详细研究只需亲自着手拿起材料，做到滴水不漏。罗丹尽心尽力，亲历亲为。一切皆收眼底。

别忘了这些行为的迎击对象：社会环境、新闻媒体、严格派的疯狂行为、看似短暂实则坚固的势力压制、维多利亚女王的统治、现代风格流行、令整个世纪蓬荜生辉的 20 世纪初、当下的政坛和广告界等。还有这些行为的目的：在假象的世界里，让目标始终保持在视线范围内。这些存在的切入点有利于捕捉宝贵却又被当作禁忌的事物、折出自慰荷尔蒙，后者为所有躯体可立、可塑、可铸的女性提供了即刻消耗品。老罗丹？老毕加索？老马蒂斯？他们正在打破成规，挑战自然生物的先入之见。他们从未比现在更年轻过，亦或是：森林之神

---

① 弥尔顿(Milton，1608—1674)，《失乐园》作者，英国诗人。——译注

的常青之术只能靠这股隐藏在画笔刻刀间的、不分年龄的力量来获得。只是，单凭此也无法神化。"青春"往往是暗淡的，充满阻碍的，它不过是施展神力的影子。当罗丹完成了《伊里斯，众神的使者》①（ *Iris , messagère des dieux* ）后，除了自己的雕刻沙发台，他不会去别处找她。伊壁鸠鲁说过："神，是种不可毁灭并且享受幸福的动物。"如同之后的毕加索和马蒂斯，罗丹明白自己为何、又如何在遥远的未来才成为这种不可毁灭并享受幸福的动物。

库尔贝的《少女胸像》享有盛名，是收藏家们狂热追求的对象。谈到它时，我们会感到惊讶，因为发现同样的事情会重复发生，并且"世界起源"（世界众态之一的起源）的传说已成为惯性话题，总之，所有神话故事都能被关在隐蔽的熔炉里提炼：

> 可是这里有我的冒犯和罪过；
>
> 征服了背叛的恐惧，我无比快活。
>
> 缠绵的热吻将她们纠缠在一起，
>
> 我的罪过，是把这双伴侣从拥吻中分开。

---

① 见 http://www. musee-rodin. fr/zh-hans/cang-pin/diao-su/yi-li-si-zhong-shen-de-shi-zhe.——译注

我想马拉美在这里讲述这位牧神的午后生活,他的名字叫奥古斯特·罗丹。尽管历历可考,但也别期待这个口信有朝一日被萨特破解。**否则**,女权主义、新教主义在此就可以步入轨道飞速发展。也别指望时间能为这些欢笑增添色彩。时间就像个双性体的幻象,盘算着两性和解,追忆似水年华的过程处处充满了对这个难题的求解。那么,那时,阿尔贝蒂娜跟她的女伴们在做什么?**做这个**。而这里,没时间了:磁针停止旋转。黄金年代开启。

　　为此,我把她们全部陈列在面前,一字排开,一目了然。没漏下什么吧?没有,还有这些针线制品。希腊花瓶的神采展现出来了。发丝,衬衣,布料和毛发,沾着水的铅笔,褪色并可能腐烂、线条隐蔽的草图。我们站在时代的交叉路口。男人在变,而女人在本质上永远不变,这就是为什么要一直改变她们的原因。改变她们的穿衣风格、潮流式样、外观形象,以此消除这种违反自然规律的荒谬印象。这还能解释,正如普鲁斯特一早感知到的,男同性恋为何只不过是女同性恋派生出的一种不正规的特殊形式,就像某种语言派生出的方言。事实上,我们可以用另一种说法来描述它:自恋的齿轮在转动,滑过这些腹部、股间和腰际。

　　画面切换,罗丹,拿着刻刀,将她们勾勒出来。他在她们身上快速抹几下铅笔以增添活力,赋予她们在空间里各自的存在感,就像一个个幽灵或木偶。她们被圈定了,游戏开始了。她们背靠背,或佯装背靠野兽的样子,转头,扭颈,做着一连串动作,一个变两个,或者一个本身就是一双,胳膊和乳房落在同一条曲线上。手淫的那些更受欢迎,她们有着来自四面八方的手。那只手收拢,进入,遮住面孔,抓起脚,扣上膝盖,这一切都展示了需要瞬间捕捉的发作形态。勾勒中嵌入了切割,腿里嵌入了另一条线条流畅的腿。如果其中一只手断然叉开大腿,那整个雕像就会大幅度舒展,而手臂则会细如烛芯。这里的一切都比弗拉戈纳尔的画板更激动人心,不是吗?这里应该经历过一场变革。缠绕和拥抱之态不仅更受震荡,更加消极,而且更加古老,像或矮小或高大的海仙女,被水和锈侵蚀,张着嘴,像天使或者被侵犯的少女。一只眼睛暗淡无神,偶尔被袭至深处的欢愉所惊,道出了故事的激烈。而所有这些,每天,都在瓦雷恩路(Rue de Varenne)七十七号①上演。

一位酒神的女祭司,一位交际花,一块贝壳,一只蜘蛛,一片灯火,一位达那厄——然后恶魔的化身,撒旦出现了。伴着他的颤抖和藤鞭,带来一起震颤,一片震惊,火花绽放,随之而来的是一阵猛烈而泰然的强占。她们转着圈子,坐着,平躺着,踱着猫步。罗丹,是化身为一阵水波的朱庇特,他从各个

---

① 罗丹博物馆的地址。——译注

部位深入这些女人或者半人半神的女性,他把自己精准地置于她们享乐和行动的交叉口。因此,他若隐若现,欲隐还现。

若要选一座来观赏,那就选编号 6187 吧。

我边听莫扎特的《后宫诱逃》,边欣赏这件作品。

当然,如果不能带来不可思议的美感,所有这些也不足为道。我认为,这种美感不仅来自于力量和作画时的直觉,来自于这种迷人而矫健的整体艺术行为所具备的大胆精神,还来自于一个事实:那就是一种被遗忘的语言通过这些形式在世间重现。罗丹和《恶之花》联袂登台。在这些被刻成雕塑的诗歌前,怎么能不去领略《被诅咒的女人》(*Femmes damnées*)呢?为什么不把她们当作一部部"禁片"来聆听? 与 18 世纪的法院查封相比,如今它们被查禁得更加厉害。社会是一个大家庭,一所具有忧患意识的学校,并且充斥着一股全民针对罗丹的不满之情(卡米耶不就是被他毁了的? 他在雕塑过程中形成的有关这些路人身体的观点难道不过分,不残忍吗?),同理,当波德莱尔谈及"双眼凹陷的女孩",我们对其**理解**时也要多加留意。

　　莱斯博斯(Lesbos)①,你的亲吻像飞瀑,

---

　　① Lesbos:希腊岛屿,西方语言中"女同性恋"一词源于此岛。——译注

> 毫无恐惧地流入无底的深渊，
>
> 传出一阵阵呜咽和声声叫喊，
>
> 汇合为神奇的谐律，奔流深远(……)。

　　罗丹的画"激烈"又"奔腾"吗？它们在现实中被雕刻出来，只需有勇气直视这些作品即可。"像凉爽的西瓜和炎热的太阳般的"亲吻？看到了吧，就像波德莱尔带着他惯有的清晰思维，古怪地念诵着这句诗词，讲述着让"老柏拉图"皱起眉头的原因，不是吗？换言之，即正式而神秘的理想国。这个理想国需要尽可能避开以下这些不可信的启示：

> 你们的享乐生涩而乏味，
>
> 加重了口渴，绷紧了皮肤。

　　或者：

> 在她那面色苍白的受害者眼中，
>
> 她寻找着欢乐奏响的无声恩歌。

　　不过，任何一句波德莱尔的诗词都值得被引用，都能以这句从内而外展现主题的诗句起头：

黄褐色的脸上搽的脂粉妙极了！

音节扭动着，呈现出五颜六色……就像酒神的一位女祭司正享受着自慰。当然，她属于罗丹。

这位牧神，他强迫女性在他面前对自己的同类产生渴望、宽衣解带、献身、互相抚摸、扭成一团，他究竟是谁？他表里不一，一出现便开始记录，她们得当着他的面享乐吗？无论什么状态都得互充伴侣吗？他还迫使她们无法隐瞒折磨她们的慢性病吗？显然，这是一位天才雕刻家，一位制模能手——一位巧手匠——，还有别的赞美吗？为什么这些女人像疯狂的梦游者一样，朝着这一点汇聚过来？这又是哪一点？因为，即便可以，在这里也不可能把罗丹变成一位幸运男神，他作坊的女角儿们不约而同地唤他作"性变态"。关于绘画，通过毕加索的艺术生涯，我们了解了画家与其模特合作的最高境界：画纸破裂，背景或者画坊里乱七八糟，画家和他的裸体女子相拥，代替画笔尽情挥舞着。而罗丹，完全相反——我们说过了，他不在那儿，没有男人在那里，也不会去那里。他不能在这本生理乐谱里扮演任何显眼角色。这些女人似乎是从她们自身提取那份难以抑制的真情。她们跟什么、跟谁打交道？对这个将她们至于如此真切现实里的人，她们有什么感想？我们心里琢磨道：同一年代的弗洛伊德大夫应该看到、特别是听到趴在他的维也纳诊台上的那些青涩、不成熟的尤物们。恰巧，弗洛伊德将他的诊断方法比作雕刻界达芬奇的消除法（via di levare）……同时，在巴黎的作坊里正进行着另一场实验。罗丹不是医生：他植入了第三维度，创造了可触碰、可感知的躯体，正如他那尊伟大的《巴尔扎克》，他"向个人身份发起挑战"。他身处比女性皮囊"更深远之处"，这也许会使他不再拥有灵魂，或者科学地说，没有心理活动。这样，他就能自如地观赏这不可思议的圣女之舞，这媚惑的失魂圆舞。我先前说一种被遗忘的语言能在他身上重现，是因为我想到这种语言与阿纳托尔·法朗士或者安德烈·纪德的语言相比，更靠近罗丹（而克洛岱尔至少还能通过他妹妹更好地感知其危险程度）：

释放自己，于丽埃特，释放自己吧，别害怕兴致盎然、心血来潮、热情高涨的情绪；活跃于兴趣-兴致-欲望的距离间，用你那耽于感官享受的幻想使我们的混乱局面变化无穷；永远只能把这些当作向导和规则；只有它们的"繁衍"才能带我们到达幸福的彼岸；（……）你没看到照亮我们的那颗星在失去和恢复光芒的永恒循环中吗？内心起伏时就学学它吧，就像它落入你那媚眼时闪烁的样子。

那么，编号 5990 的《贝壳》(*La Coquille*) 何不是萨德笔下这位于丽埃特的肖像呢？左腿得意地勾着，同 6187 号画纸上那位如出一辙。您尽可以大胆猜想她们之间发生了什么。

我们在印度《数论经》(*Samkhya*) 里找到这些哲学片段：

> 没什么比大自然更具羞耻心的了，因为她自忖道："我外表被暴露了"，从此便再也不为精神所洞察。

还有：

> 一个（精神）就像观众（看完表演后）一样无所谓，另一个（大自然）悄然退缩，因为她知道自己被（他）看见了。尽管他们有过接触，但这丝毫不构成创作动机。

这些画作带给我同样的感受。它们是绝对自由的。

罗丹于 1917 年逝世。本文首次展示的这些作品在创作之后，两次世界大战以及难以置信的毁灭降临到这片土地。罗丹的秘密埋藏在他的纸箱里，对于整个已知的过去和无所谓如何的未来都是一块瑰宝。这个秘密，是我们的秘密。

德·库宁，快

山坡消失殆尽——如今最后一条山脉

也陷落了——无边无际的尘世吞噬着我，

时间与空间在远处闪耀着，走吧！加油！

也许有一天，人们会对 20 世纪的黑魔法和主流驱魔咒的历史进行研究。在我看来，这是合情合理的。人们开始探索这个主题是为何、如何涉及面广、复杂化且激动人心的，摸索它特有的诙谐之处，以及其中前所未有、闻所未闻、新式的悲剧和喜剧色彩。试着再往前走几步吧，帷幔就要落下，下一场演出即将开始……一个十一岁的小男孩送了我一幅亲手制作的带着水和草的海景美图，于是我给他看了德·库宁在东安普敦工作室拍的一张照片。他立刻问："这是在古代吗?"

（德·库宁站在一堆瓶瓶罐罐中间，井然有序又杂乱无章，光线皎洁，出奇地平静，画布像被放置在一个明亮的岩洞里。）早些时候，这个小男孩曾犯过一个有意思口误：把"导演"说成了"老演"。可能是"老演"，也可能是"恼演"。画面从极远处传递过来，选择如此远距离的原因有待推敲。古老的海洋，我向你致敬。晶晶亮的海浪，可以说是个老光棍。顺便也向大白鲸（Moby Dick）①敬礼。"我们看到如同伤口绽放的浪尖上那蔚蓝色的印记"……"无边无际的蓝色笼罩在大地的身躯上"……"人类第一次跟痛苦打照面，开始了艰难的旅程"……对，就是《马尔多罗之歌》（Les Chants de Maldoror），我知道忽然唱起它们原因，是为了向德·库宁致敬……"如果你内心的波涛猛烈拍打此处，那么在远处，在某个区域里，它们深陷无限的寂静之中"……所以人类世界已经达到了谎言的极致了？"谁天资聪颖，人们就把他当成傻瓜；谁天生丽质，就被看成是个丑陋的驼背"……其实，威廉·德·库宁世界里的身体之美正是本文的主题之一……"心理学还有很大进步空间。"已经进步了，但看上去似乎没有任何改善，横渡大洋终究是令人疲乏的征途。不过，什么都没有……几乎什么都没有……"这下

---

① 《白鲸》（1851），又名《莫比·迪克》，19世纪著名的美国小说家赫尔曼·梅尔维尔的代表作，是一部海洋题材的小说，于1956年被改编成电影《白鲸记》。——译注

面有些黑点,我闭上了眼睛,它们就消失了。"1904 年,(德·库宁)出生于鹿特丹,母亲是葡萄酒商,在港口附近开了一间酒吧……1909 年,父母离异,他起先由父亲抚养,后来跟随母亲生活……然而,他是那么天赋异禀! 他画得那么棒! 您知道吗,他能带您进入维梅尔①世界的一隅。1926 年,德·库宁在美国落脚。"另一个荷兰"……"你在冷漠之国里庄严的孤独"……"一道浪刚下去,碰击到了另一道升起的浪,浪花发出了凄凉的声响,像是在提醒您一切不过是场泡沫"……还是那个小男孩,看着德·库宁的"美景"问道:"那是闪电吗? 那是一匹马吗?"……画家的女儿丽莎·德·库宁在马戏团驯化老虎……那曾是只老虎? 那还是只老虎吗? ……"苦涩的海水"……"高耸而可怕的浪峰"……"蜿蜒起伏又迂回曲折"……"令人着迷又凶残粗野"……

我很难"定焦"1977 年的这次会面:他坐在床上,在医院,病房的门开着,谈话间提及丁托列托②的名字,还提到了船、梯、绳,我看着他,但是无法抓住稳定的画面,就像他化身成了一道电流,一个银白闪亮的漩涡。纤细,生硬,流动。他不在

---

① 维梅尔(Johannes Vermeer, 1632—1675),又译"维米尔","弗美尔"。荷兰风俗画家,代表作《戴珍珠耳环的少女》。——译注
② 丁托列托(Tintoret, 1518—1594),16 世纪意大利著名威尼斯画派画家,代表作有《圣马可的奇迹》、《入浴的苏珊册》等。——译注

那儿！然而,他在说话。飞翔的荷兰人。最世俗最无宗教影响的美国画家,无法将他从诸说混合论战中抽离。他和毕加索在行进中为行动自由进行创作,努力剔除作画中对伟大偶像的折中画法……莉莉斯①! ……终于说到这儿了。

女人那些事。

不折不扣的世纪大片。

然而,这成就来得一点儿都不容易,哦,一点儿都不。早先的《少女》(*Demoiselles*),第一幕开启……我反复斟酌这幅迟来的画作,没人愿意接受它,却最终,继《格尔尼卡》在马德里盛传后,大举回归……人们围在它四周,伴随着它最初的幻象,期待着某个清晨在巴塞罗那杂乱无章的画室里找到悬吊在画布旁的毕加索……东方-西方……西方-东方……德·库宁于……1958 年……首次重返欧洲(威尼斯),于……1968年……去了巴黎。您看得没错,然而 1968 年并不是我们所想的时间。那是对之前六十八年的反抗。至少是这样。1926年至 1968 年。德·库宁将于 1969 年在伦敦与培根(Bacon)会面。这时候,毕加索正在忙于各项活动,不是吗? 而美国人和俄国人分别于 1939 年和 1950 年令他窒息了? 正值《女性》

---

① 莉莉斯(Lilith),名字来自希伯来语 Lailah,有"夜晚"之意。一般认为莉莉斯是亚当的第一任妻子。——译注

(*Women*)问世之时？来吧，我们几乎一无所知，我们在整理日期时都是胡说八道，无论如何，都要认真编排我们的日历，从1789年到1989年。您相信烟消云散这一说吗？全都要解释呢！还得解释细节呢！那就得进入"现代艺术"以及各种主义的曲流中……不，不，别冲动。看"女人"这张罗盘。需要多少个水手、飞行员，多少个四方、矩形、曲面等用于她们身上的基本形状、多少道程序……梵·高说：日本人英明。社会自杀？图腾？禁忌？……这次旅行是血腥的，视觉和思想都模糊了……比银行资本家更嗜血……我试着将您放在轴线上，感知它，指针指向北方……南方-北方……在荷兰的西班牙人们。而毕加索在巴黎，德·库宁在纽约……

美国抽象艺术家协会(American Abstract Artists)：创建于1936年11月(嘿，我那时还躺在波尔多的一个摇篮里呢)。"很快，从最初的几个会议开始，戈尔基(Gorky)和德·库宁就离开了团队，他们认为协会的抽象性太过极端。""我不是抽象艺术家协会的会员，只是跟他们走得很近罢了。我不认同他们对抽象的定义，以及他们禁止我做的某些事情。在我看来，去体验这些事情反而是非常有意义的。总之，我是外国人，因为我对艺术的整体产生了兴趣，所以我是不一样的。我更觉得自己属于某种传统。我有并且必须考虑到这个背景，我对周围的东西感兴趣，不会依照一些先入为主的艺术想法来作画,而是依照真实存在过的东西作画。这些成就了我的艺术内涵。"

"传统",被毕加索和马蒂斯不断重复……却得不到正视:首先,当然是被那些传统主义者歪曲,不承认自己刻板学派的消亡,无法直视自己残留于尘世的尸体;其次,被现代主义者歪曲,他们坚持彻底摧毁传统、坚信万能的精神世界、艺术先验论、未来,还看中了专为恋物癖存在的超级市场,醉心于隐匿的媚俗风味……因此,两极战争拉开帷幕了。我差点忘了社会主义现实主义! 多强劲的轰击! 多有力的扰乱! 多么湍急的洪水,不惜一切代价要阻拦瞄准女人的炮击! 固执的水手啊,只身一人驾着小船,重新启航的亚哈(Achab)①!

外来移民德·库宁,房屋油漆工起家,自力更生,历经生存危机,然后结识挚友戈尔基。"戈尔基建议德·库宁着重研究乌切洛(Uccello)、安格尔和毕加索的作品,"参与法国艺术(马蒂斯的作品)展览制作,同费尔南·莱热(Fernand Léger)一起为纽约法国墩线(New York French Line Pier)②作壁画:"他(莱热)从管里挤出颜料,用黄色勾勒出轮廓,黑色覆盖主要部分。他像孩子一样拿着炭条把颜色擦晕。这一切都太神

---

① 亚哈船长,小说《白鲸》的主人公,捕鲸船"裴廊德号"的船长,一心要捕捉白鲸莫比·迪克,跨遍海途,历经万险,最终与白鲸同归于尽。——译注
② 法国海运公司在纽约的码头。——译注

奇了。"

　　大气和天空，码头。印象派画家们已经走远了，如今是一个在建造中的世界，蓝图正不断扩大。很多事物在此沉沦。新苏美尔、巴比伦、索多玛……这并不是因为规模的突变，或者人口流动混杂密集、问题的根源不同。重提这个问题比较难，仅此而已。技术障碍。技术更快、更有力地进入您的身体、头部；照片里的人动了，电影开口说话了，广告即将不停歇地滚动播放，电视或电脑将掀起另一场考验，但也总是换汤不换药。引爆传爆管。而与这一系列失稳相比，神经系统应显得波澜不惊，它将花些时间寻找时机迅速回击。德·库宁，或者说是欧洲英雄，是完完全全的美国风格，接受了差遣。他会存活下来吗？如何存活？不过无论怎么说，他直到四十六岁才真正斩头露角，并且逆流而上，这可谓是考古历险的奇谈之一。事故、自杀、酩酊大醉、热情的寡妇，周围的任何蛛丝马迹都不能放过。抽象？不完全是？线条有它存在的理由吗？几何图形会联系到爱因斯坦的假设吗？无意识会导致一系列的复杂变化吗？究竟要不要斩断连接旧大陆(欧洲)的桥梁？立体主义？超现实主义？至上主义？我们听见西达酒吧(Cedar Bar)或是俱乐部里传来的讨论声。新闻媒体慢慢闹腾起来，就像每次当它预感到某个出众个体的出现会带来冲击，它便制造出集体骚动一样。我们这些美国人……德·库宁，他，同波洛克一样,以黑白构图,并且是黑底白画,像是在感受盛行的虚无。他时不时说说话,更确切地说,接几个句子。我们从此得知他心灰意冷但又极其乐意处于这种心情;人们"从不知道风格是如何呈现的";物体摆动是塞尚作品中唯一重要的东西;文艺复兴的艺术风格延存至今,谢天谢地;我们甚至还了解到"肉体曾是油画风行一时的理由"。肉体……那里能感觉到恶灵的存在……我们的运动要起个什么名字呢?"给我们取名可是一件烦心的事情。"可是,评论家和教授们都在那儿,亲爱的艺术家,他们已经迫不及待了……您已经有概念了吗? ……观察反应的过程中,德·库宁悄悄地说着美索不达米亚平原以及那里的雕像,没人在这时留意他说的话,斟酌那是离奇的还是拼凑出来的故事,理据比比皆是又无处可循,有些词句模糊漏缺,只剩下覆盖在画布上避免颜料干结的废旧报纸。我们寻找,我们思忖,我们奋力挖掘。《挖掘》(*Excavation*)? 我们对能挖出什么不可预知的! 不过,也许是贾科梅蒂呢……或是埃特鲁里亚人(Étrusques)……各就各位,朝各个方向行动,这里胳膊、手势、呼吸的试验会比在欧洲(废墟之乡)进行得更得心应手。画室更大。卷闸门拉起。城市加速飞跃,像是被翻腾的海面托起一般高涨。谁能给我解释下哈罗德·罗森伯格("行动绘画"一词的提出者)在《美国行动画家》(*Americans Action Painters*)里说的这句话:"正如萨德侯爵一早所知,即使是感观实验,若多次重复,也能从中得出一个先决结论。"反复读这句话也是枉然,我还是不理解。托马斯·赫斯(Thomas B. Hess)告诉我们:"1950 年 6 月的最初几天,威廉·德·库宁在画板上钉了一块高约两米的画布,开始了一场与顽强的有关女人的创作,对象就坐在他对面,这个计划在他脑子里构思了二十多年"。好吧。二十多年?哦,是的。甚至是两倍之多。那幅画作将在十八个月之后被宣告"不准销毁"。

十八个月。

九乘以二,得十八。乘以二,而不是一。

以钉在墙上的图纸为初始的这一切发生在第四大街,十二号路口。两米高的画布:当然了,它当然不在我这儿!在外面。在对面。

1978 年,我住在那一带,挨得非常近,我经常想到它。

快看!

真实已经被削得面目全非了。我反复对自己说,立体主义是种保持距离的手法,猛烈侵袭的梦魇和淫妖、佯装超越心理而反复盘绕的"超现实"线条符号被它从上至下、从里至外全面框起来。立体派坚持物质形态,首当其冲的代表便是毕加索。德·库宁同所有身体表演者(艺术家会对自己作画,另外,这就是问题所在)一样,处于良好的酝酿期。并不是他没有在无意识的汤碗(汤碗,他的原话)碗口上练习,培养罐中细菌(他用了另一个词,"乳酸菌",由此能看出他的随意不拘小节),而是为了找到在前而非在后的东西,您的鼻子长在上面,您看不见它,可它就在那儿,无可争议。当谎言横行的时候。显而易见的事物就显得极其残忍。如果您想摸清画框和日渐淡出艺术界的画卷之间的矛盾,该去看《红粉佳人》(Pink Lady)、《粉红天使》(Pink Angels)。老虎标记了一只粉色的豹子,将其纳入跟踪范围。给它添点儿颜料,形成负片效果(轮廓,紧闭的双眼,黑白色,雕塑和足趾——不变的形式),使其随后冲出阴影奔向猎物。德·库宁不是独身者,或者说他是被挑剩下而不是与生俱来的独身者,被曝光的新娘并不是他的替身。那时,所有上演的仪式画面里,从阴暗到激荡,最感人、最悲怆的一幕便是这有关"模特"的故事,故事被当时的房屋油漆工,也就是后来建造绘画殿堂的大师①娓娓道来。他脱去裤子,上衣,把它们醮上糨糊,他看到了自己,就在那,在他面前。"我看到我自己了,站在我面前,我很感动……我对自己充满了怜悯之情。"我插一句,德·库宁外表俊美,他对着镜子照了很久,观赏脖颈的肌肉组织,像一幅立体的自画像。毫无疑问,他脑中始终有一些来自梵·高(面部如失去光辉的

①　法语中"油漆工"和"画家"是同一个词:peintre。——译注

117

太阳)的、与大众格格不入又坚定不移的见地,这位画家并不会把青楼红妓定格在画布上(除非绑上绷带,我已经跟您说过了,是她,是我,还是且总是她;尽管有这些乌鸦、向日葵、鸢尾花的出现,但还是要用他的耳朵喂猫)。德·库宁对鬼怪雕像进入艺术领域比大部分人都成熟,他也是博斯(Bosch)和布吕赫尔(Breughel)的后继者——对他来说,盲人寓言是一部真实、现实的传奇故事。他不厌恶自己,他对自己富有同情心,这是与偶像交涉时必要的强势态度。因为偶像的吸引力来自20世纪最初始的年代,它使人惊呆,制服并羞辱面前的冒险家。"亲爱的废物,你不为你的存在而感到羞耻吗?"嗯,可能感到。随后又否认了。"当我画这些人物时,想到了格特鲁德·斯泰因。我把他们想像成是斯泰因笔下的女子,想象着其中一名向我问道:'你喜欢我吗?'"……毕加索从人们口中的埃及之行里也见过格特鲁德金字塔——沙漠里还有别的金字塔:比如弗吉尼亚,或者两座玛格丽特——"壮实姐",命中注定如此。如果我是女人,我会喜欢我自己吗?这个问题对男女都适用。这就是所涉及的领域。您刚才说偏执狂?您是对的,会有这种情况。否认自我疯狂的同时,我们能达到什么境地?梦见上帝?把自己当作他人的救世主?成为变性人?自己把那玩意儿割了?在自身不受损害的前提下能变得坚不可摧吗?您要是觉得这些问题都是无意义的,那就无须阅读

《尤利西斯》或者《芬尼根守灵夜》，您可以给毕加索和德·库宁这些欢乐的刽子手戴上十字架。恐惧和幼稚的心态被戒除。画室里有一台电唱机和一些斯特拉文斯基的唱片？贴一张玛丽莲（Marilyn）的艳照？为什么不呢？这是有好处的。在谈及一位西班牙人和一位荷兰人之后，我们又说到一位俄罗斯人（欧洲都在这儿了，从太平洋到乌拉尔河），别忘了另一位俄国人，他为了从根本上颠覆了整套机制而正在转籍英格兰。据精确打探，《洛丽塔》即将问世。圣马蒂斯，为我们祈祷吧！还有您，真福的殉道者苏丁[1]。德·库宁说：“总之，我认为艺术家是不可能有这么好的想法的……马蒂斯的《穿红上衣的妇女》（*La Femme au corsage rouge*）……什么鬼主意啊！”我轻轻点蘸，我向您推荐的这幅画并不是最容易完成的画作之一……“我很害怕它会任由我的癖好发展。”

　　并不是在抽象和人像之间做选择，不是这个就是那个（这也是为什么所有“回归人像”之作证明了人们从未从选择中解脱或者因为恐惧而将其强行压抑的原因）。此外，其实的确别无选择，只有选择的自由而已。我做我喜欢做的事，无论抽象还是人像，不受约束；我画我所理解的画，任何其他观点都归

---

[1]　柴姆·苏丁（Chaïm Soutine, 1893/1894—1943），俄罗斯犹太画家。其绘画影响了抽象表现主义以及德·库宁的绘画创作。——译注

入大流,即反对他们的一体,欣赏古老的她们的一体。

别画人像！太荒谬了！

而德·库宁平静地回答:是的,是荒谬的,但是不画也是荒谬的。

简洁巧妙的回答,不套用任何理论规范。

时而画人像,时而不画。随我心情。

《少女》终于问世了。还有她们的随从。还有摩莉·布卢姆(Molly Bloom)。还有洛丽塔。德·库宁说:"与其说是诗人,我更像一个小说家。"将故事一次讲完,将整本小说同一时间化为视觉呈现,闪电般快速处理内容,这就是画家面临的难题。"内容是惊鸿一瞥。""画作的内容,是一道闪电,雷电碰击,就像一道强光,细致到难以捕捉。"所有画作皆是如此。伦勃朗！提香！委拉斯开兹！格雷考(Greco)！更何况这些内容,内容的内容,是女性——不光如此——换言之,艺术家自己的身体也来自这个内容盛器,它是外壳,是孕育模特的母体,它曾经能够——并且永远能够——无时不刻地变化、瓦解,在媚惑的幻想中重组。仔细阅读这句实干派弗洛伊德式的宣言:"内容能够承担所有蜕变。"恶魔附身了？癔病的造型化？造型的癔病化？尽管如此,德·库宁还是向我们谈论着视觉(如同普鲁斯特)、短暂的视觉、"顺便一瞥"。您目光紧追不放着归并原则,但后者需要被快速超越。"你喜欢我吗?"——再来一遍。"因为一个女人的膝盖而被束缚的感觉很奇怪。"偶像出现时不再双膝跪地,而是正面地、同时又是跛跪地显现在我们面前,亵渎、憎恶、滑稽。伟大的圣母不会从墓地深处爬回到这世上。女人们呢?"她们易怒、冷酷……尤其是可笑至极。"安格尔的小提琴琴弓向上一击。琴身发出巨响。"格特鲁德·斯泰因"对于一个美国人来说相当于跟一位法国人提及两位玛格丽特(尤瑟纳尔[Yourcenar]和杜拉斯),她们被一位强壮的铅工瞬间化为不朽(如果让希区柯克录制一段德·库宁与杜拉斯的对话,那应该会成为美学课的经典教材)。谁会畏惧弗吉尼亚·伍尔芙?所有人。而且,特别是她自己。归并原则是一条恐怖原则。恐怖,说真的,绝无仅有。"妈妈!妈妈!"("妈妈"也可以是男性)。这对那些垂死的人来说是个好消息(普鲁斯特在生命垂危时还能看到一个身材肥胖的黑女人在他卧室里忙碌,时间之囊,褴褛之袋,疯狂地冒着泡——而年轻的德·库宁没法对着布吕赫尔的《疯狂梅格》[Dulle Griet]停止思考)。戈尔基的自杀,留下《艺术家和他的母亲》……带走波洛克的那辆粉身碎骨的轿车……切断静脉自杀的罗斯科……直到心脏病发作还坚持高尚正值的英雄纽曼(Newman)……说几个成功重新归并的例子?毕加索、马蒂斯、培根。总是他们这几个。的确,总是充满喜剧、和谐……

121

您在这场较量中唯一的武器便是不断地证明您的**不可定位性**。德·库宁著名的"非环境氛围"理论不仅继承了佛教更沿袭了爱因斯坦的理论……不停地变更姿势和角度。如同象棋中的马，**给您点儿事做做**，仅此而已。软禁。司法审查。监督故事的度和量。当然，《**女人**》一作还是引起了公愤。为了迎接新的抽象教派，表面上一切都布置好了，彻底摧毁论、实证主义和唯灵论（永恒的一对）、拜占庭教、犹太教、前程似锦的东正教、长老宗、路德宗、单调单色主义——这些粗暴的行为将挖掘出那把斧头，被深埋的古老的战争秘密……圣象破坏者们燃起了怒火。列奥·施坦伯格(Leo Steinberg)几乎是1955年那时唯一一不乱说话的人："德·库宁的抽象艺术引起各界的动荡，上演着一幕幕构思的画面"……施坦伯格还谈到了史前的佳人像："都是些巫师、嬷嬷和妓女"，他还说道："我无力去捕捉这些绝妙画作里的丑陋和憎恶。对我来说，她们反而唤起了一股热忱的慷慨之情。"尽管如此：德·库宁还是会被认作是个不可信的、反动的、厌恶女人的人（很奇怪，人们总是认为那些喜欢选取女人当题材胜过男性异装癖或假女人的画家是厌恶女人的。）他将无法进入构建中的合成之殿……那里有什么吸引他？嘴。"我勾勒过很多张嘴……这看上去可能会像同音异义的切割生词游戏吗？或者，这太具有性暗示意味了。"我在东安普敦看到成堆的来自各地的嘴，从好彩烟(Lucky Strike)到口红广告,杂志里的嘴都在笑什么呢!买吧,买吧,"你喜欢我吗?"。唤起无数味觉!尽是牙釉质!迷人的微笑,契约之笑,在它撇起或扮鬼脸前一毫米都不能差……从过剩的印刷品中找到这些艺术之嘴,这些供各类物品(飞机、服装、骑车、股票、"考虑下吧"、"垂涎吧")使用的商业嘴,德·库宁深知这些嘴囊括了神秘面纱下的交易、贪念和欲望。他在将它们贴在他的女人身上时,在改变他的开放度、他的主张、使模仿更多变时察觉到了它们。身体还是那具身体,若干具躯体叠放后,轮到嘴更换时却万变不离其宗,它被贴在这些大昆虫面部,它们如吸血蝙蝠般拍打翅膀,却在飞行中被捕捉。咬住!她们坐在电椅上(毕加索,他发明了拷问椅、脉动沙发,她们坐上后就再也无法起身)。底盘勾画可不是件省心的事。需要考虑御座、祭台、方尖碑、魔方、立方石、棺材、墓碑、陵墓、石窟等。还有库房、脚凳、折椅、店铺、酒吧、超市。肥嘟嘟的店员和陪酒女郎来了,食不吐骨的地主婆也来了,黑夜女王在白昼出现了。台上的脚灯不能从这边点亮。有一刻,德·库宁自问自己是否会具备操纵她们摆姿势的能力。"然后,我最终还是没有成功。"他补充说,这些画作仅仅是为了看清自己的潜质,"也许,带着焦虑和恐惧,或者带着《神曲》中的心醉神迷,以参与者的身份,看看我能和这群虚构的观众一起在舞台上待多久"。(后半句是笔者标记的。)

包法利夫人，是我；女人，是我。女人，威廉？自我是不会让自己被框住的。

我比我自己更迅速。

为什么如此迅速？这个令人费解的说法出自汤姆·赫斯（Tom Hess）（他花了好几个小时观看德·库宁作画）："德·库宁的手动的速度堪比某位总经理签收信件的速度。"

是的，这就是些信件和支票。这位画家，他写给自己。他为自己添置了些风景画。我们可以进来欣赏。

不过首先，先来看这些画纸。所谓"现代"艺术的天机归根结底便是自问：谁会画画？谁不会画画？毕加索，马蒂斯，会。那么德·库宁呢！您还是思考下这个问题吧（它同样适合于所谓的"颠覆性"作家：他熟谙古典主义吗，还是只会一个劲儿地掩饰自己的浮夸风格？当您看到一位"新派"学家把萨德同热鲁兹〔Greuze〕进行比较，您会觉得可笑或是可叹吗？或是两者都有？）。手下留情，不要指名道姓。惯用的托辞：我们能学会画画，也能一无是处，只会纸上谈兵。真的。这还不能遮盖另一个悲剧的事实：人们能表面假装新派，旨在遮掩更深处的表达无能。面对一位"抽象"艺术家，恰当的疑问是这样的：如果把他的画作变成学院派作品，那将是什么样的？再面对一位长痂的形象艺术派画家，要问：如果让他的作品变成抽象派，那会怎样？要敢想敢问。这样，就能将整整几车厢的画布和雕像,背靠背放着,运往 21 世纪一个可能不复存在的奥赛车站(La Gare d'Orsay)①,或者,也许被运往一个机场,2088 年的奥利南航站楼(Orly-Sud)了? 德·库宁的画纸只不过绚烂点罢了。女人系列所凸显的精雕细刻之功便来自于此:来自于对膝盖永无止境的雕琢,来自于无序撒落在地的画纸,来自于这些石墨、作画的木炭条、油墨、彩色蜡笔、粉笔、釉料、颜料。画纸被撕碎、裁剪、黏贴、剥离、腐蚀、摩擦,再涂胶、平铺、施力、划痕,以及在某些迹象一出现便立即停止。嵌入绘画中的素描,如同斑驳色彩中的木炭画②。这种作画癖好令人惊叹,它来自于不懈的观察记录。马路上、快餐店里、员工出行时,老妪与青年、明星与白领,她们的每一个神态都有必要即刻捕捉。整个纽约齐集于此,百老汇,不夜城,贫困与富裕,傲慢与偏见,品味低俗与朴素,尤其还有对消费能力的意识。膨胀吧! 物质取胜,美金! 德·库宁似乎是唯一研究二

---

① 奥赛博物馆前身是奥赛火车站,1986 年底改建完成并开馆。——译注

② 托马·斯赫斯,《威廉·德·库宁,绘画》(*Willem, De Kooning, Dessins*),斯格出版社(Seghers),1972 年。由于泽维尔·弗尔卡德(Xavier Fourcade)以及汤姆·赫斯的促动,我终于在 1977 年 7 月拜访了德·库宁。这场临时会面多亏了他们。另外,罗伯特·罗森布卢姆(Robert Rosemblum)在 1983 年说我们"刚开始"衡量毕加索和德·库宁所带来的效应("毕加索和德·库宁像是重生了"),我觉得他这么说完全是经过深思熟虑的。我的小说题目《女人们》显然直接受到德·库宁的影响,尽管其口袋书(Folio 版本)特意截取了《亚维农的少女》作封面。

战所带来的后果的艺术家。战争胜利了。但是代价巨大！那么，全球大爆炸竟然只是为了引出环球小姐？可能吧。又一场需冷处理的无国界普世教会合一运动。南茜(Nancy)和蕾伊莎(Raïssa)，你们好！*女人一号，二号，三号，四号，五号，六号……*王朝没有理由结束，女权主义运动只是大时代潮流里的一个插曲(就像再生产业只不过是普通归并产业队伍中的一小支)……她们来自各个国家，说着各种语言，24小时传播各种喋喋不休的话语，巴甫洛夫学说已遍布全球，只需做些化学调试既可……德·库宁拿着他的刀具、画笔、色盘、修刀，持着他对光滑、湿润、流动物质的喜好以及对活动黏滞性的兴趣，讲述着他所预见的未来。一种乳剂。就在电视问世前，报纸成了当时唯一能证明人类存在的东西(可德·库宁后来在电视机前作画时紧闭双眼)。我们将它紧贴在画纸上(瞧，黑格尔都没想到过这个)，制造短路，念诵咒语，这样纸背面就出现了漂亮的移印画，印着几列字，被熏染得像是彩色数字(在画布上)。把那些毕加索的拼贴杰作翻过来，比如这幅脱离"威尼斯"情结的《戴帽子的男人》(*Tête d'homme au chapeau*)[1]，木炭画，1912年至1913年间的拼贴纸(这个倾斜的蓝色矩形让人百看不厌)。

---

[1]　由于翻译问题，毕加索有两幅《戴帽子的男人》，此处指的是晚年的立体派作品。——译注

嗯,回声,转移,远程回复,来自偶像的另一侧,离开塞纳河后飘至东河上的美索不达米亚平原。那么,请告诉我,所有这些归根结底难道不是禅行吗?**般若之智**?这是些美国人啊!一切都是为了忘记罗马!德·库宁的回复向来实际。我迅速?禅定?为什么不呢?看,这里有一头闪闪发光的荷兰奶牛。紧跟着跑出几个变成字符的女人。容易看懂。但是,等等。我一会儿告诉您。对,先闭上眼睛。

　　这绝对是德·库宁一个人的神殿。这是入口:抛下一切愿望,保持愉快的心情。挪用克尔凯郭尔(Kierkegaard)代表作的题目:"没有恐惧,但充满颤栗。"[①]最后这几个字是德·库宁自己写的。除了恐惧,我们还能因为什么而颤抖?因为什么?激动?坚信?喜悦?多尔·阿什顿(Dore Ashton)说:"当他闭上双眼作画时,就像是闭眼向神灵祈祷,德·库宁青睐一种焦虑寻找时的神情,以及坚信能够恢复极度深情的信念。"您白纸黑字上的"无忧无虑"是白写了,您照样会有忧有虑。"坚定不移的信念"?也许吧,可它无处不在动摇。这不是禅行吗?也不是恐惧吗?什么?好吧,是不一样的东西。**如此不同**,以致德·库宁于1967年小心翼翼地出版了一本收

---

　　① 此处指克尔凯郭尔的哲学随笔《恐惧与战栗》(*Crainte et tramble-ment*)。——译注

集了 24 幅图的小画册——正好对应 24 小时——按实际尺寸出版，这本小书与众不同。他甚至还为之写了致读者辞①。他说，我是谣言攻击的对象……我真的是闭上双眼作画的吗？是的。我经常从脚部开始，但是"更常见地从画纸正中的身体中心着手。"脚。身体中心。画纸正中。"没什么特别的，但是闭上眼睛对我很有帮助。"明白了吗？没有？好吧，提示：想象耶稣受难的苦相以及水性杨花的色相。苦相？不是开玩笑吧？在纽约这个大都市？在 20 世纪末？是的。但是**哪种苦相**？小丑的滑稽笑脸。悲剧正转为喜剧。基督被挂偏了，他的纸质十字架没钉好，失去平衡，性器外露，像是被丢在那里而露出惊愕的神色，样子滑稽可笑，并且被一群忧郁或疯狂、活泼的青楼女子围着，她们时不时在他身边跳着查尔斯顿舞。亵渎宗教了？并没有。我们能感觉到，这出喜剧堪称严肃庄重，这是德·库宁向传统掀起的挑战——不过他同时还是拿耶稣式牟利以及零求知欲开玩笑；取笑基督教或犹太教的宗教游说集团以及那些拙劣的东方主义。如今，基督会被疯狂的女人们钉起来——乱钉一气。"女人"系列丑闻在此流传、扩大、生根、受到各种指责——整台人间喜剧不可避免地从正面遭遇攻击。没有解决办法，除非发生一场地震，轰动全世

---

① 德·库宁，《绘》，步行者出版社，纽约，1967 年。

界,全民沸腾。总之,我们已经在某处读到,狄俄尼索斯和十字架上的耶稣都不见得会复活,毫不夸张……"演员中唯有小丑和走钢丝的杂技演员才具有毋庸置疑的天赋"……"生气不伤人,笑才具有杀伤力"……"身体穿越历史"……"表象世界是唯一的现实:'真相世界'只是附加上去的谎言"……"要勇于停留在表面,信仰所见的奥林匹斯诸神"……"什么都别管,笑吧!"……"兴奋的醉鬼化为好色之徒:只有变成色鬼他才能看到心中的神灵"……"多愁善感又烦闷的人还不如一只欢快的怪物"……"我跟童年时一样,还是形单影只"……"新奇的永生带来的乐子"……出于同样的理由,人们对尼采的厌倦不会超过毕加索。再来个小插曲:"满足感驱赶并嘲弄着异端思想"……"满足感是未来对现在无形的感激"……

满足感是未来对现在的默默感激。

显然,尼采想象不到《小姑娘》(*La Pisseuse*),又称《女人三号》(*Woman III*)(这幅作品令我心有余悸,因为它现存于伊朗德黑兰当代艺术博物馆。画中的女人是该系列里裸露最多,使用奶油色最多的……纯肉展现……能清楚地看到吊带袜!上帝保佑!幸好《女人五号》被保存于澳大利亚!)——这类神作有朝一日会,或好或坏地,与快乐的知识挂钩。无论如何,这些木炭画可以作为现代主义、后现代主义迷们的枕边读物,任何不把这些画看作是当代的耶稣临摹图的人,我都客观地认为他们是毫无出息的。并且,别跟我说阿尔托(Artaud)的幻境式图画也能模仿,若要看清这两者,就要像哲学家一样盲目,或像占卜师那样失聪。德·库宁的与众不同之处就在于此,在这只揉捏极限境遇的手中。对于每位被展现于世的女人来说,钉上十字架是顺理成章的事情,是午夜圆舞曲的秘密,下流而肮脏,最终在人类的扭捏作态和诱惑下发出噗嗤一笑。画家自己也被按上了十字架?表演者被迫路过于此?就为了嘲笑当红画家威廉·德·库宁先生,不管生死?画家周围围着他的模特们,他被困住了,成对角线坠入自己的各各他山(Golgotha)。总之,都是被载入编年传记中的野史。动手吧,无论在画坊还是自己家,一片寂静或是开着电视机,都紧闭双眼吧……被魔鬼附身的人是充满喜感的。没什么比被嬉笑曲解更令他害怕了。如果您在离成人用品店两百米处看到长老会的葬礼,而此时电视里充斥着各类刺激性的广告,您永远都无法正常闭上双眼。《颤抖的女人》(*Trembling Woman*):她颤抖或者大腹便便,眼睛盯着一处,她很少放松,或神游在外。我们能清楚看到人像没有失色,相反,外部的一圈塑形微粒有力构成的光晕使人像变得更鲜艳了。德·库宁径直迈向各类禁忌阻拦,好不容易"回归人像",却将空前地"抽象"。**皆因荒谬**。他取转变过程作画,而非理想的美型或者杰出的典型。他勾画出的这些受难苦相,呆若木鸡或者乐在其中,是为了友好地嘲笑巴内特·纽曼(Barnett Newman)的极简抽象派之作《十字架之站》(*Stations de croix*)吗? 或是讽刺罗斯科那消亡的心醉神迷? 亦或是马蒂斯的小教堂? 也许。没错。颤抖的手在画里上下求索,将它晾在风中,对这只手的执着已将"流行艺术"和摄影序列主义惊人的灵敏性、以劳申伯格(Raushenberg)为例、意在**抹去**其图画的拼合作品(劳申伯格至少公开做过一次这个艺术实验,在同样满荷的磁场里进行可怕的抑制)的画家的过早老化展现得一览无遗了吗? 试着划去一个名字: 后果不堪设想……说到那些**浪荡熟女**,如今,人们觉得她们的存在是为了服务于这位画家,她们背叛了伟大的女祭司,后者被埋藏后又突然觉醒,被钉在了墙上。她们完全为了勇敢的航海家("停下你的巡洋舰! 过来听我们指挥!")而行动,他将她们转向您,就像一条条美人鱼。德·库宁以那些愚蠢地对着披头士乐队大哭大喊、指手画脚的英国、美国年轻姑娘(电视里经常看到这种景象)作了一幅画。永远的歇斯底里……在弗洛伊德眼里这是"变形的艺术作品"。畸变再畸变? 那也无法改革。倒不如来场反改革(诡异一笑,阴暗面不禁让人想起德莱叶[Dreyer])。

有什么能比一个**女人**效果更好? 两个**女人**。一起出场。无须保留。当是一场检阅仪式。社会就如女性。大自然亦是女性。真理也是，平淡无奇。若在外表上将造型艺术进行到底，那全世界就只剩下**女性气息**：先天或者后天，女性或者女性化，异性或者异性化。难以置信的生育能力。然而贞洁仍在。伴着《圣母悼歌》(Stabat Mater)①翩翩起舞并买醉。德·库宁身边的闲言碎语总是持续不断，这位目无纪律的画家的画坊应是一座萨德式城堡吧……根据快速完成画作的时间以及未完成或被破坏的画布题辞，附上真实的铭文，简单地说，那是艺术家实际操作中对艺术价值的不敬。德·库宁不是守旧派，也没有恋物癖，他挥金如土——我没必要刻意修辞——画家的行为一如性行为，面对动荡的局势，版画虽然不像缓慢成长的孩子，但观察中的等待却很漫长，而之后的行动伴随着一系列古怪、激昂的热身在迅雷不及掩耳之势中完成，不加迟疑，不加修饰。留下来的画将会并且只会被认定为**不得销毁**之作。德·库宁说道："这是艺术家生命的一部分……还有许多有待讨论。"**还有许多有待讨论**——说得就像绘画会在一堆叙述、文字、回忆、轶事中消失一样。我给您带来了一份论点丰富却昙花一现的谈资？事实上，博物馆的存在是为了我们能够无止境地探讨，随身带有特色的语句极其罕见，而镜子的

---

① 全称为"Stabat Mater Dolorosa"，意思是"站着的悲悼圣母"。是 13 世纪天主教会称颂圣母的一首歌，18 世纪配上素歌曲调后成为罗马天主教礼拜仪式中的一首歌咏。——译注

另一边传来来自远方的流言——为了阻止行为发生：快给我停止这一切……小心！弥诺陶洛斯来了……然而，怪物很温顺、灵活、友好，难以捕捉……不太高……具有母性……很快地……在1956年诞生下一名女孩儿，名叫丽莎(Lisa)(画家此时已有52岁)……典范之队走过(你好，罗丹！你好，毕加索！)……我们终于能去出去走走了："景在女人中，女人在景里。"

这看起来非常简单。然而如何斗争才能胜利呢？比如，法国人并不一定能辨认出"Easter Monday"就是"复活节后的星期一"。这是真正的放假日。电影结束后的第一个假日。人们踏上高速公路，进入队列，草原、天空、路牌、环形路线、立交桥、隧道、阴影板和反光板、多变的天色。德·库宁，就像因"坏坏小姐"大获成功的埃尔斯蒂尔，他穿越广阔的田野，迈向海洋。在绘画史中，几乎没有画作能比这幅作品更好地诠释这陶醉之景，以及它有意散发出来的漫布在空气里的自由气息。重现的时光，找到节省的时间。这是巧合而非回忆。发现者并不是探求者，我们会想在开向长岛的汽车车身上刻上毕加索的这句至理名言："我不寻找，我只发现。"浮现的是荷兰，是美国，是崭露头角的德·库宁，但每层崭露都包含着有声有色的深度。光线是如此强烈，就像是来自外部世界的最深处。可以随意作画，但是始终保持肉体的优势。

"为调出理想的颜色，我所需要用的也就是白色和橙色，这种色彩极其平凡，就像巴伐利亚娃娃的肤色。"或者说，鹅肝色。对，就如荷兰人吃的切开的熟鹅肝，灰褐色，混杂着六种颜色。多么美味的草坪午餐！与洋娃娃共进野餐！这位知天命之龄的画家真的太乱来了！在他的年纪，已经可以给自己脑袋来一枪了。他竟然要活过八十岁高龄，真够折腾的！他喜欢周末到处溜达。他大力颂扬广告："有人想删除它们。这对我来说会是个巨大的创伤。"我们即将开始真正的冒险，而首先从这位六十度的**女人**开始，我们是不是得觉得这很老套（或者后知后觉），或者像我们的祖先做法事那样，把我们的偶像安葬了？更确切地说，**淹没**他们。瞧，没有人有过这么不接地气的想法。结果着实让人好奇。"我更加自由了，我能集中我所有的力量……我在自己身上做了这个玄妙的实验。"……而他所得出的这个结论无疑是向塞尚致敬："若能参透一个事物，便能将之用于别处"（无论是一块桌布还是一座山峰，**没有区别**）。

景

1."起伏的水面就像微微发亮的碎抹布，那是粼粼波光。"

2. "她抬头望天,天色阴沉,恰似一张帐篷坍塌下来,压碎了黑夜里所有的声音和气味,尤其是钻入我鼻尖的金银花香,这种气味像一层颜料紧贴她的脸颊,紧裹她的咽喉,我的手能感到她心脏的跳动,我支撑在另一条胳膊上,而它开始颤抖,为了呼吸,我只能在这凝重的灰暗里大口喘气。"

3. "灰色,一切都是灰色,露珠排成队,倾斜地延升至灰色的天空,延伸向远方的树丛。"①

不,这不是摩莉·布卢姆而是《喧哗与躁动》(Le Bruit et la Fureur)中的昆汀在说话,并且您马上就会通过金银花(亦称忍冬,忍冬玫瑰)发现这个事实。风景可品可尝,就像鹅肝、蜂蜜、皮肉——它同时包含着某种罪行。忍冬之花? 花蜜-青睐-甘甜-采蜜-吮吸-蜜汁-花心-露珠……毫无疑问,德·库宁是威廉·福克纳的忠实读者……《八月光》(Lumière d'août)……或者说,八月里的光……伴随着强烈又精准的感知,又是一个关于乱伦和去势的故事展开了,但这回带着加号,保证不会告诉任何人,以上便是怪诞的高兴之处。如果有人跟您说:"我很渴望看到自己走投无路的样子",您如何理解? 或者您是如何看待某些只关注"暗淡中投向屋檐的一道光"的人呢? 当然,无关技术方法的问题,特别是在这标点骤然消失的作品里!

---

① 以上三段引文的原文除了段末句号,句中无任何标点。——译注

(毕加索曾做过这个试验,在他的诗里去掉逗号和句号,大力表达激荡的情感。)"开头是情绪驱使……奔腾……男人被奋力驱赶着……赶入辩证法之境……也就是语无伦次之态"(塞利纳)……由于情感迸发,导致了这种任意果断性,直至癫狂,同时也可能铤而走险,迈向常理的失败。"偶尔,这样还挺行得通。"

(我真应该取一些《天堂》的节选,但是我在此的目的是整理与我同年代的艺术,或者,如您所愿,来去去自己的锐气。)

偶尔,这样还挺行得通。白色、黄色、粉色:构成《田园交响曲》(*Pastorale*)。

现在,德·库宁(他自认为相距年代久远,不会招致报复)反复提到一个名字:鲁本斯。

他还说:我没有准备公众演讲,我只说说我的个人爱好,不提及蒙德里安(Mondrian)、康定斯基(Kandinsky)、马列维奇(Malevitch)等憧憬的未来之城……布吉摇摆(boogie-woogie)只不过是个插曲罢了。然而,鲁本斯开始了和时间的较量。他突然出现在前方,在滔滔回忆之江里,在行动园地里,如同头顶的空气和海面的水波,生命枕在这鲜嫩的肉体上,惬意自如。

我为了看《罗森堡公园》(*Parc Rosenberg*)、《露丝的叫好》(*Ruth's Zowie*)、《图卢兹的回忆》(*Souvenir de Toulouse*)(图卢

兹-洛特雷克?)、《哈瓦那的郊区》(*Suburb in Havana*)等几幅
1957—1958 年的作品特地来到纽约。还有 1960 年的《门河》
(*Door to the river*)……打开探索奥秘之门,向强烈的自我肯定
之行敞开。这种蓝。这种海军蓝。紫罗兰。深沉的大海之
色……栗色、赭色、绿色、白色——尤其是这黄色和蓝色。蓝-
白-黄,垂线落笔浑厚有力,色彩浓郁,清晰利落,风格硬朗而
精致的房屋简单而不失趣味……很难形容这些画布描述的惬
意感,回溯它们的早期状态,去窥视它们,会感到一种莫大的
自由感曾降临于此,如同坠入海洋畅游黄金时代。声势浩大,
生机勃勃。构建和素材。睡眠状态不能作画,而闭眼即可,这
让您在预设的界限外睁眼看世界。这些版画无尽无边,却又
风格统一,主题集中,线条耸立,画笔跃过的痕迹和粗线传入
我们耳中,它们是如此"慈祥"。它们的声音穿过空中,发生断
裂,就如在《彼得鲁什卡》、《春之祭》,或是《火鸟》①里的旋律
间歇……巴松管配上小号、铜管,急促而激烈,并伴随着弦乐
的萦绕……当然了,这些彩色画作如同展出的上了黑白釉彩
的盛宴之舞,每当德·库宁要产生新飞跃时,都在此回归本
位,例如 1958 年的威尼斯之旅,1959 年的罗马之行。强有力
地用画笔扫出签名,突出辅音字母(K、N、G),不久后将在东

---

① 美籍俄裔作曲家斯特拉文斯基的三部芭蕾舞剧。——译注

安普敦建造春天画室,那么,在这之前先在绘画中构建梦想吧。我们将停留在他的名字上,住进他的画作里。画家终于"有家"了(他直到1962年才成为美国公民,对,您没看错,在到达纽约三十六年后;但是是他给美利坚"名分",而非等着被后者"接纳")。

画室:德·库宁全程参与了它的建造。地板、灯光、玻璃窗、楼梯、观察架。这座明亮的建筑物耸立在乡村,濒临水域;小舟、航天飞机、港口以及他的私人小艇,从长岛驶向基西拉岛(德·库宁在他的一次访谈中谈到华托),显然会发生无尽的迁移和变化。德·库宁不但建立了身体与景观的联系("景在女人中,女人在景里"),通过精神磁场与类宗教的力量推翻了肉体论证,他还将自己置入作画之戏中,而这些画布就是可拆换的布景。我们在瞄准其中一块"接地"的画布前,在进入(满怀欣喜地自虐)他的艺术领域时,能够从桥上俯视这些布景。"抽象的"外表如同爱神维纳斯一样充满爱意——尽管它极力想呈现唯一的真实表象,我们将这些外表彼此互接,突破它们间因矛盾而带来的距离。在此,我听到房间里传来一个声音:"德·库宁……他不是**不信教**么?"这个异教事件使气氛变得轻松。现在将它随便提起,罗马的伯多禄还是《奥林匹亚》,总之,每次自我突显并变化时就会提到这些。不信教?是的,那又如何?怎么了?所有的艺术家都曾"不信教",教堂

138

里的马蒂斯，城堡中的毕加索，花园里的莫奈。这里不是圣殿吗？不是。太可怕了！圣-茹斯特为此献出了头颅。罗伯斯庇尔也是。上帝与理性女神（"我只想看到一颗脑袋！我要砍掉所有多余的脑袋！"）的崇高地位被我们这群疯狂的女人们推翻了。这些残酷的乐趣教人流连忘返。而且，正如纳博科夫之后于1956年在《洛丽塔》后记中所说："在一个自由的国度，我们不会要求作家确切地描绘出区分感性和性感的界限。"那么就要求画家吧。首先得满足美感。哎呀，别恼火，亲爱的美国佬，艺术是（再次引用纳博科夫）"好奇心、温存感、慈悲心、心醉神迷的感觉。"这些"不信教者"，没了他们您会怎样？没了博物馆呢？没了音乐呢？我建议您（我们已经不会为旧习惯而感到不悦）去看《复活节后的星期一》，同时听着由朱迪思·尼尔森（Judith Nelson）和埃玛·柯克比（Emma Kirkby）演唱的弗朗索瓦·库普兰（François Couperin）的《复活节弥撒曲》（*Motet pour le jour de Pâques*）或别的音乐。或者还可以在《风景中的女人之四》（*Woman in landscape IV*）（1968）边上并排放一幅弗拉戈纳尔的《森林之神与酒神女祭司》（*Satyres et Bacchantes*）。如果您什么都听不懂什么都看不懂，那我就没辙了。还有这些玫瑰，这儿，早上十点放入花瓶，摆在您面前，您喜欢吗？喜欢？一般般？不怎么样？沉阿的星期天。

有关画中的风景，德·库宁说道："这就像掷骰子，我一个都拿不住。"还有："绘画形式应包含真实经历中的情绪波动。"他骑着车，连续几小时欣赏着水天之间的对话，并将自己带入其中，这种罪恶的快活感，他若不作画，那这个地区可能已经有上百起凶杀案了，妇女们被优雅地侵犯、开膛、割喉、肢解，**最终美丽动人**？风景？肉体和香脂，精液，乳汁，水，赭色和蓝色，灰色的光泽，嘴，手势，丢弃的骇人之物，惯例庆典，欢乐的幽灵和鬼怪，纬纱织出来的幻象，大自然就是一场闹剧。哎呀，真见鬼！就如克洛岱尔在他富有中式清晰逻辑的某一时刻所说的一样。我遇到德·库宁时刚从中国回来，一切看上去都是合乎逻辑的。当然，是神秘的逻辑。"和着我们的心弦。"我学画家那样，将自己悄悄置于利于写作的情境之中。淡然的道家，唐诗，紫禁城里的十里春风，扬子江上的小舟，上海的脚踏车，龙门石窟，某座废弃的寺庙边上绽放的牡丹花，陵墓山谷，墙上的红字———一直蔓延到罗马，延续到九月的某个夜晚……无影无名……这就是作于1971年画家的红脸山羊胡自画像，跟晚年的毕加索笔下作于同一时期的某位火枪手一样英俊。这些不朽的美人儿啊……"倩影漂浮，仿佛是水面上的倒影。"如今，盛大的节日，景色完全归我们所有，供我们欢快地享用，亲吻，作画间鼻子触到了它们，就像它遥遥地从另一个星球悬挂垂下来。1968年，德·库宁在巴黎，他想

140

看什么？安格尔的《土耳其浴女》。1969年，他来到日本，然后和庞德去了斯波莱托。我需要跟您回顾下1969年7月20日发生的事情吗？向您展示世界上最有名的图像之一？那个脚印？什么？您已经忘了？那是人类第一次登录月球。而此时德·库宁在罗马。新挑战：雕塑。搅拌、浸湿黏土，雕像重做、修改，"总是新的"。绘画转为雕塑，之后又通过颜料回归绘画。我游遍我的全身，又重回地面，重塑自我，再次释放自我（您可以去看纳穆斯[Namuth]拍的照片），维纳斯停止抽搐（《女主人》[L'Hôtesse]），我们可以大力扭转她的身体，把她摆出三维效果，放大成铜像，使她不朽。就如这位《挖蛤人》（Clam-digger），他像是第一位来到海边现场的访客，经验全无。出去！出去！室内——即画室——只是外出的片刻停歇之处，室外风光总是更具说服力，创造外部世界，眼见**水手经过**。库宁：国王。威廉国王。为了能更好地感知他的意图，最好有过亲身经历，经历被废弃、挥撒在这片缤纷的海潮壮观景色里，我记得在贝尔波特，海边有一座雕像，内部嵌着画，画板在草原和天空间连续排列着……曾几何时，清晨醒来大喊："**美丽新世界**"……The Springs：春天，或者雀跃。海鸥划过天空传来孩童般的叫声……

我们不能只看画作而忽略其背景

141

欣赏同时需重构故事

反复斟酌反复议论

此乃艺术家生活的一部分。

我们对德·库宁的生活依旧了解甚少。而汉斯·纳穆斯的摄影作品很好地诠释了某些东西。大画家面对大摄影师，最令人震惊的便是两人目光注视对方时透露出来的忠诚。德·库宁仿佛在说:"年龄? 我的? 我不知道。"或者,在一场预定好的演出里,比如《哈姆雷特》,从来不像其他人一样端坐在环球剧场(Globe Theatre)的华丽座椅上,念着:"生存还是毁灭? ——两者皆需。"

我飞快地画画也许是为了抓住这道闪电

这是我的行事风格

就像横穿一条马路

想要快速穿越

那么就奔跑

就似一闪而过的事物

然后,我若有块画板

我要以此向他人传递这道闪电的意念。

他若做不到，就毁掉重画："我们进入一个房间，撞见一起突发事件。"

每一道新的闪电之前都已有无数道闪电划破长空。

不，您不是在读一部佛教论(这些话都出自德·库宁之口)，而是在听一位站在第二次世界大战胜利方(谁会让我们相信奥斯威辛集中营暴乱取得过胜利? 这里，摆上另一位才华横溢的小说家——从来没有人具有足够写大作的智慧——欧内斯特·海明威在宽广海面上的一张照片，他同海洋相处也很融洽，无论是鱼竿还是猎枪，都使用娴熟)的画家的现身说法。

(我认识很多人都无意识地认为纳粹赢了战争:他们爱这么想就随他们吧，没什么大不了的。)

我曾被那些艺术之像控制着
她们拥有一种野性的纯真。

我们的每天，每时每刻，都有必要寻回这种纯真。德·库宁的艺术是如此无过无害，如此断然，以至于我们仍需时间来定位它:名列前茅。

女神们——她们微笑着

她们着实令我惶恐不安。

开始如此。接着,恐惧占据了笑声。景观被倒翻过来。再一次的。艺术是一起死不见尸的谋杀案。其实就是将谋杀进行到底。

一切尽在艺术中——就像一只巨大的汤碗

一切尽在其中

让我们把手伸进去然后摸到各自所需之物

而它早就在那儿了——就像炖汤之料。

以上说的就是对教徒们来说的卷土重来、"中止"、彻底抛弃,还有各式各样的改革家、历法创造者、风雅才子或佳人。耶稣经历了降世成人并被钉上十字架受难。但这些都富有喜剧性,因为还要复活。舞动起来吧! 挥动画笔吧!

真实的世界,这个所谓真实的世界

只不过是够我们凑合生活的东西罢了

大家皆如此。

现实是一条僵直的弓弦。

手指滑过,我自语道:"瞧,多有趣儿!"

大部分时间,我轻轻滑过它

划出这道转瞬即逝的闪电。

小说像是一连串的闪电。他名字里的字母 W 变成了 M,
M 变成了 W。所有的字母 L、K,所有的 O、N 和 G,您能看到
它们正撕扯着球体的外部空间。还剩两个字母 I。

WILLEM DE KOONING(威廉・德・库宁)

好像很多艺术家都在年迈之时才变得简单

他们从大自然中感到自身的奇迹

感觉自己存在于大自然的另一边

(······)

看到蓝天大地就令我满足

最难莫过于:看到某处的峭壁

然后使它留在那里,带着土地的颜色

我正逐渐做到这些。

(······)

生命中总会有这么一刻

您想外出散步

接着您就走入了自己的风景。

（……）

德·库宁的风景？《无名 XIV》(*Untitled XIV*)（1975）、
《无名 I》(*Untitled I*)（1976）、《无名 X》(*Untitled X*)（1976）、
《无名 V》(*Untitled V*)（1977）——最后这一幅画的便是我所
在的地方。注意这些规整排列的**无名作**。无题？随意观察却
不可避免。如果我说："女人在景里"，"红人"，"海鸥的呐喊"，
"水上的名字"，您看着字幕，欣赏着电影，入戏。但是您要以
什么名义进入**无名**之作？无关某件具体事件、某道闪电之象，
自己要如何驾驭画笔发出的大量闪光、飞快的疾驰、敏捷的移
动呢？风景不再是一种印象或者多少有些失真的相片（最好
的相片也会失真），或是明信片封面，我们已经离开了还在建
造中延向拉斯普里艾的诺曼底海岸，远离了层层转变和认知
的过程。这里的"风景"一齐呈现，忐忑地在身上刻满了名字。
这里有一片天，一把土，涌入土里流经天空的一弯水，然后逆
流而下，再逆流而上，深刻而漫长的思考时迎来一阵痉挛，并
且创作行为正面临一触即发之势（**行动绘画**：这个用语带着辛
苦的色彩，它听上去像是繁重的工作和机械工程，忽略了所有
隐藏在海滩和树林里的景象，还有作坊在桥梁的驻点、探照灯
闪烁的夜晚、远近来来往往的路人，更别说私密而清晰的完工

片段,那是自愿献身、参与的受害者们,他们开辟了空间不是因为这一切起源于他们,而是因为他们的身体是等待被解开的锁链)……没有夸张,没有哀悼,让人难以起调的抒情歌谣背后传来一片寂静,多少低鸣,多少松懈,多少倦怠,多少"踱步",多少眨眼,多少精挑细选的幻境,多少铭记在心的感悟,多少相似不相同的涂鸦,多少天马行空的雕像,多少邂逅?那么,来看《无名 V》(1977):我若告诉您那是海上狂欢?空中狂欢?还是夜晚当天色更暗而呈现出与白色鲜明对比的深蓝色时,围绕着海浪或是篝火的翩翩起舞?德·库宁从来不在画布上留下日期,然而,没有日期就无法排列整理这些画作。这部小说是一部诗集,只有以小说的形式才能传达这本私密日记的精神。那一天……那个下午……那个清晨……(我刚起床,天气温和,听着巴赫的康塔塔,西方灰白色的天际逐渐变亮。)……想着前一晚发生的事情……或是午睡间……或是十年前……等等。1950 年在纽约创作的《女人一号》成了《坐着的女人》(*Seated Woman*),一尊水边的青铜像,您看到了吗?够清楚吗?当然不了,永远不够。谁说过人类文明已经干涸得就像须德海?弗洛伊德的荷式闪光灯,在那阴郁的维也纳。我们给他们带去了瘟疫吗,在那里,大西洋北部吗?瘟疫这个词不太恰当……荷兰人为了抓住色彩缤纷之乐而飞翔……我听到德·库宁说出丁托列托的名字……**丁托列托**……也许是因为看到翻身俯冲下来的天使们……重启威尼斯之程？不知所措？不。酒醉亦是一种有吸引力的可靠感，并非所有人都能清醒地醉着，张弛间，梵·高被优雅地释放了。富有格调。多么默契地放手。

现在，弹奏几下羽管键琴，随琴声而远离。快，远处的烟火朝四面八方迸发……黄色，蓝色……红色……绿色……然后再是黄色，接着还是蓝色……强烈的黄色……魔力的白色……

如何收尾？我们都会有这种感觉：几年来，德·库宁把所有言语都归为题外话或者保留意见，带着一如既往的孩子气，不演戏，他所留下的，最终可能是一本连环画，名为《唐纳德的冒险之旅》，拜拜，再见，扭着身体，避开了所有线条。

空间来自空虚。来吧！

他像是在说，我引我语。我是经典。

永别了！大地，阿姆斯特丹，纽约，罗马，长岛。

这一切都不重要了。

年轻的海洋，我向你致敬！

附言：
以德·库宁的一幅画作为交换

《列王纪》(*Livre des Rois*)
手稿重见天日

《列王纪》是世界上最珍贵的手稿之一，源自 16 世纪，最近以画家德·库宁的《女人三号》作为交换被交至伊朗，这幅画作曾被伊朗末代皇后法拉赫收藏于德黑兰当代艺术博物馆。

据伊朗方面消息称，交换事宜于 7 月 29 日在极度低调中进行，此前伊朗政府同大都会博物馆前馆长亚瑟·霍顿(Arthur Houghton)先生的遗产继承人进行了漫长的协商。大都会博物馆早在三十多年前就得到了手稿，此手稿中有一百一十人处精密微刻，耗时二十多年。

《世界报》(*Le Monde*)，1994 年 7 月

塞利纳的计谋

需权衡的不是人类，而是他们的灵魂。

伏尔泰

说一个关键日期？1929 年。全世界陷入深度危机，带来诸多严重的后果，以至于需经历多年的动荡和溃散才能估算出其规模和影响范围。对于这种全球性滑坡，一战只不过是场开篇预热，我们对此真的已经了如指掌了吗？值得怀疑。1922 年，大文豪普鲁斯特去世之际，乔伊斯的代表作《尤利西斯》问世之后，此时，众人像是落水遇救般，冲向光明、合理、完美的顶端。然而他来了，又骤然消失在一片无望的黑暗中。这初降的黑夜立刻找到了它的作家。他伏案五年，致力于一部由新法兰西评论出版社（N.R.F.）出版、社编号为 6127 的惊世巨著。他非常自信地说:"看,这是整个世纪的文学食粮,1932年颁给杰出出版家的龚古尔文学奖即将尘埃落定。"这位作家走出黑暗,而他将会更深入地投身于罪恶之渊,如今,他是我们这个年代伟大的灵魂人物——他就是塞利纳。

抨击立即展开:"我觉得我赶上了出版界最低迷的时期,甚至'自费出版'也困难重重。"《茫茫黑夜漫游》吗?这是"一种小说化的叙述,在大众文学界里很少有如此独特的写作风格……与其说是一部货真价实的小说,它更像是一组带着情感的文学交响曲"。

塞利纳一下子完整地出现在眼前:情感,音乐。为了使自己同假装写作的行为区别开来,他将不断重复这两个词。令人匪夷所思的是,他称这种改革性的写作形式为"带着灵魂的共产主义",也正因为如此(我们琢磨着这里带有哪种言下之意),他的手稿于1932年6月24日被新法兰西评论阅读委员会定义为:"带含有精彩战争片段的共产主义小说。法语俚语撰写,略显挑衅,但总体充满激情。需做删减。"

错过之约(不是如我们通常所想的被拒绝的情况)。塞利纳很想了解这些"反对意见",但他还是很快与罗贝尔·德诺埃尔签约:"关于新法兰西评论出版社,我没有任何要说的……我差点儿……差一小会儿……成为它旗下的作家……"(1947)。

《漫游》没有获得龚古尔奖。在塞利纳眼里，这部著作使他与所有文学圈子沾边的人彻底划清界限："为了使他们与我水火不容，我做了一切该做的！从 1932 年开始！清算陈年旧账！"

演奏着"情感交响曲"的小说有着双重目的：寓教于乐。塞利纳灵活地将它展现成一架战争机器，以对抗"我追捕、毁坏的爱情，又在痛苦、胆怯、战败中重生的爱情"。爱情癔病是一种社会要挟，"永恒的女人在新生的男人面前……她毁了他"。可以说，我们所见的文字同大力诗化以及浪漫主义式、在想象中翻腾的所谓"女人主义"背道而驰。超现实主义宣称无小说？不久后会有人说社会主义现实主义？塞利纳像是在评价同一种欺骗行为的正面和反面。必须迅速揭露集体欺骗行为的本质、各个角色被夸大扭曲的需求，以及情感谎言。

因此，新法兰西评论错过了一部重要作品。这段插曲将会对塞利纳和他未来的出版商间的合作产生深远影响。不怀好意地说（没有坚定不移的"恶劣"信念何以被称为作家），就像与龚古尔奖失之交臂，以及之后小册子出的差池，在某种意义上，都应归咎于这次迟来的合作，归咎于最初在品味殿堂里的踟蹰。塞利纳最终还是没有坚持：所有的社会烦恼都来自于《漫游》，若要修改，不如不写。他真正的罪过就在于直接更改了小说及其语言，这一记打破了成千上万个惯例习俗。人们一板一眼地模仿他，又想把他当成原始证据消除。他已是最后一个同死去的巴比语（Babel-langue）斗争的法国莫西干人。不久之后，波朗的挽回成了徒劳。塞利纳不写了，还没动笔并且将再也不会为新法兰西评论提笔了："我写得非常慢，并只会为大环境和流金岁月而写。这些不足以为我带来您所熟知的不朽。"

塞利纳若从他的第一部著作开始便"名利双收"，那会是另一段过往或故事吗？不是没可能。1936年，遭受众议的《死缓》问世（名副其实的"瓮中鳖"），对"人民阵线"[①]有所顾虑（德诺埃尔的出版社会关门歇业吗?）的塞利纳自问是否应该找一个更稳定的出版商。当然不了，命运安排如此。塞利纳的盛大黑夜之旅展开了。而我们在战后，即另一个世界，才翻到它，那时他已历经磨难，受尽屈辱和牢笼之苦。

1947年，塞利纳遭受打压，被迫流亡他国，经历了一场象征性的死亡。在哥本哈根，他从九平米的方形牢笼里走出来，艰难地生活着（见《奇境重现》[*Féerie pour une autre fois*]）。没有人比他更时运不济了（如果把同一时期逃出精神病院的阿尔托排除在外的话）。他罪有应得，是最理想的替罪羔羊。他

---

① 1936—1938年间，由法国左翼主要党派结盟（法国激进社会党、工人国际法国支部、法国共产党等）、旨在取缔法西斯主义、保障人民民主权利、实行社会政治改革而组成的统一战线。——译注

保住了性命，之后就得保全他的书籍。于是展开了一场男子孤身一人同全世界的较量。

这时主要的联系人是波朗，他的宗旨是某种"正义中立"；文坛霸主是萨特而不再是阿拉贡。无论是对于严谨的斯大林主义者（他们不会忽略精短而骇人的作品《罪在我》[Mea culpa]）还是戴高乐主义者来说，塞利纳都已入土为安。事件尘埃落定。然而，对于受到影响的萨特来说，他的尸身还在扭动（绝妙的诊断）。靠着敏锐的洞察力，塞利纳立刻分辨出他所要瞄准的派别。他说，关键问题既无关政治也无关道德，人们要是指责我只会出于一个原因：风格。它的存在之战——即使备受辱骂——将混入越来越多的言语追索之争。反犹太、叛国？"妖言惑众。"真正发自肺腑的原因、任何司法正义台面之外的原因，那便是言辞的嫉妒，因此，文学成了困扰全人类生死的问题。这种对抗姿态会显得太轻易、过分、狂妄（当然，它本如此），但是它引起了我们强烈的兴趣，我们热切关注它将如何使塞利纳的作品呈现在一个全新的骚动的空间里。社会得到了从未有过的肯定，其发乎本能的伪善通过那些自卖自夸的老套行为付诸实践。因此，正如它想证明的那样，它的主要敌人不是不怀好意的人、极端分子、恐怖分子，而是用另一种方式进行更直接、更全面地表达的人。塞利纳本身也是位公众表演的滑稽高手，他打乱并抽走社会的精力，他是位出色的战略家，深知要用进攻代替辩护。您就等着后悔吧！不。他不自卫，几乎不自辩，他若感到不满，从来不是因为心理状态而是源自外在客观条件的束缚。他无法从中摆脱：存在的实际处境、贫穷、重担。"没钱百事哀，有钱不用愁，这就是唯一的悲剧所在。"或者，简单地说："世上没有免费的午餐。"而他所经历的远不止这些——成为替罪羔羊，至少人们期待他处境艰难、罪孽深重、哀婉悲怆、沉浸于虔敬或忏悔中。能够如此施展滑稽丑角技术的(这与《漫游》的尖酸刻薄之笔差之甚远)，除了塞利纳别无他人，就像江湖骗子、无赖或者傻瓜上演的弄虚作假桥段，这种"醉人"的技术旨在嘲笑全世界。您觉得我有过错？我立马扮鬼脸、扮阴险的寄生虫、扮"广口瓶里的焦躁者"①来让您的想法落空。您是我大肠里的动植物世界，我向您展示我供养的病毒、细菌、有规律地出现的寄生物、固执而语无伦次的妒忌者们。多亏了犯罪者的存在，才让审判者有事可做，后者对前者嫉妒得发狂，而且不久后，面对更夸张的闹剧角色，就轮到出版商眼红了。事实上，文风，这著名的元素是塞利纳作品唯一的本质价值——他的教理，他

---

① 《致广口瓶里的焦躁者》(*À l'agité du bocal*)，塞利纳于 1948 年针对萨特于 1945 发表的《一个反犹者的嘴脸》一文而作的短文。萨特在文中提出塞利纳被收买而支持纳粹社会主义的论点。塞利纳在文中对比予以回击，将萨特比作他自己体内的寄生虫。——译注

的原子弹——它是**不计价的**。它没有兑换价值,它有的是稳定、内在、微不足道的使用价值(我们只能赠送或者高价出售它)。这是一种持久的工作实力,也是一种享受才能,不归功于任何人。塞利纳没有为自己被扣上骇人形象的帽子而感到不满(他认为,不能用中立正义甚至神圣正义来评价一位作家),但他也不接受人们认为他是为兴趣而写作的想法。那是可怕的。随您说,但绝对不能说是被收买的。证据在此:他没钱,因此敢靠着这番文字功夫评论一切。"那儿,注意,我**贵得可怕**,还是**瑞士法郎**计价,我的骨子里是个工人。我付出或收取千两黄金。非这即那。"加斯东·伽利玛没有听完这轮唱词:我要与悦我者升值,否则我自定开价。性事色彩在这里也清楚得很,风格与本事,是一回事:"在妓院里,总是最差的货色赚最多的钱。因而要把自己往低处摆。"

塞利纳是地狱专家("我在地狱中历练而成"),自认无知而无害。"我做了极蠢之事,参加如同豺虎肆虐的圣战。波朗,您看,我是一个过分爱国的民间人士,但是我所在的国家正在堕落,走狗、杂种横行……"那么,为什么踏上一段如此疯狂的征途?反犹主义是"愚蠢"的——这就是最准确的评价——,还有"犹太人,是我们自己"。永恒的种族-生物主题一直被认作是一个形式层面的问题,但它要担任起一个越发带有嘲讽性命的使命("泡在干邑里的中国人"),驱鬼降魔。

等白人消失，黑人和黄种人将吞没一切，除非香槟用它的"气泡"淹没这场浩劫，直至留给人们在肉体交融时幻想或发狂的信号。宗教呢？异教搭配的托辞。真正的配合，它来自白纸黑字，形诸笔墨。事实上，整台人间喜剧都被笔尖摈弃，就像塞利纳把将要绝灭的作家(会剩下一个吗？会吗？在哪儿，是谁?)变成宇宙尘埃里的最后一个活口。再说一次，是他的嘲笑让我们觉得不可思议。塞利纳的欢乐、他的地狱乐园同他混乱的论断一样令人无法接受。"我是纯净文字里的野蛮人。"其实，要成为血统纯正的野蛮人为时已晚。

　　"我错在信仰希特勒分子主张的和平主义，我的罪行仅此而已。"也就是说，《大屠杀的琐事》旨在阻止一场屠杀而不是企图任意残杀。"人们借着我的小册子做尽卑鄙的勾当。"那魔鬼为何信过——或还信着——和平主义而不分辨其对象？莎士比亚会犯这样的错误吗？法国人之爱？爱上"这些被卖给地球上所有猪肉店的蠢猪"？啊，对了，"我是法国人，糟透了!"(着重重复了三次)。然而"圣战"不是为了以此为名成群结队的个体，而是为了"库普兰、热尔韦丝(Gervaise)、雅内坎(Janequin)"(还有一些音乐家)。德国？"它必然吓着我了。我觉得它土气、沉重、粗鲁。让我感到了戴鲁莱德(Deroulède)的存在……那是死亡、香肠、鹤嘴头盔遍布之地。"布洛伊(Bloy)将其语言比作"狗吠猪嚎"是不无道理的。

渐渐地，像是想将民众主义从头删去(这就是他反犹主义一触即发的原因)，塞利纳召唤路易十四骤然出现在他的信件中。可是，当提到以他为对象的仇恨时——在谈到热内时，萨特就此说得对，与错误言论相比，这个社会更容易原谅错误的行为——自然而然地把伏尔泰牵涉进来："关于这类恨，伏尔泰把该说的都说了。这种情绪若一改眼前位居的权力、公正、道德之状，我将是第一个嘲笑它的人。伏尔泰同一时期，还有些聪明的总督，甚至可以说他们是独立的。那时的欧洲还是宜居的，现在则今非昔比。"

有必要回顾下这些四十年代末的信件来自何处。我看到了塞利纳和他妻子在丹麦住过的两间小茅屋。海拔低处的波罗的海，悬崖峭壁，雾气蒙蒙，天鹅嬉水。冬季，白雪皑皑。一条通往低楼层的梯子。照片差不多展示了世界的边境，赫尔辛格(Elseneur)的寂静，孤独，尽管被监禁并已失势，但笔墨纸砚仍坚定不移。漫长的白昼，漆黑的长夜，十面埋伏，孤鸿寡鹄，唯有信纸泛着白光……尤利西斯犯下"极蠢之事"。他被关押在那里。他是法国人。之后，他想象着加斯东·伽利玛运送那些"总是乔伊斯，而从来不是给塞利纳"的包裹。普鲁斯特、卡夫卡、乔伊斯、塞利纳。一座座城堡。这四位骑士毕生投入丝丝紧扣的光阴中，掀起了真正的诉讼。

所有的调查都千篇一律，换汤不换药。眼下，"这个绝顶傻瓜对什么都深信不疑。他顺理成章地造出'真相'。从此无关谎言。他即真相。他即死亡。还有萨特。这是当今的症结所在。现在，傻瓜就像解决吃喝拉撒问题一样，公然地制造真相和死亡。"

那么，他谙熟谎言的文风与老套的真相对立，后者"无假话"（关乎死亡或者意在死亡），塞利纳首先把这种谎言看作是性真理。那之后，就此真理，他不由自主地点燃性爱中的疯狂妒火。那将是这个年代所面临的挑战。微妙的风格影响，便会带来神经、愤怒、焦虑之症的发作。生动的真相与变成死亡的真理针锋相对，对于前者所具有的这种古怪物质，基于历史原因和兴趣，塞利纳更倾向用法语来陈述它："1939年的战争在我看来是愚蠢的……不合时宜，令人捧腹。我要批评其中的恶趣味。司汤达称，恶趣味会带来罪恶。"这股恶趣味的黑潮同此前一样被预言为世纪末最大的奇谈。恶趣味，罪孽上身。"现代世界的女神是*形势*。资产阶级没有灭亡，其精神也没消失。它让'形势'取代了所有先前的神灵之位。"或者，"怪兽会变得更加邪恶……一场马戏团表演……用来治愈观众的新宗教。"需要举些最新的例子么？不，不需要吗？至于"中毒、受诈、被阻"的塞利纳，他像是一门连同感觉和梦想、即将绝迹的语言的最终寄主，他说："在普林斯顿大学的一位名叫欧文·豪的教授在一份纽约报刊上抨击我……他觉得我冷漠,甚至无能。这些外国人都是傲慢的驴子。我通过采用一种口头表达的写作方式,力求使法语散文更富感染力、更独树一帜、更具伏尔泰式诙谐、更疾速传播并且更凶狠不留情,它的节奏、诗歌属性以及依旧展现出的温存,都是逼真的情感显露。那个可笑的傻瓜!"可笑。也许,还启用了那个全球性的信息程序:语言需遭毁灭,它是经济交流的工具(对于塞利纳来说,所谓逝去的法语指的就是罗曼·罗兰、儒勒·罗曼[Jules Romains]、纪德的法语,您还可以继续加长这张名单)。我们就这样满载着"进步"回到了这个纪元的第四个世纪,那时奥索尼乌斯(Ausone)、鲁提利乌斯(Rutilius)和圣希多尼乌斯·阿波黎纳里斯(Sidoine Apollinaire)只会用"逝去的拉丁语低吟"。语言备受屈辱、遭出卖,趣味全无,并且情趣之语被全面禁止,各处性感缺失:"这位乃乃芙①(Nénéref)就像那些光会说爱却从未享受过爱的少女一样让我恼火!""她们够冷淡,无止尽地谈论着那些伤风败俗之事。"抑或,"我们的兴趣间存在着不可调和性,它是绝对的、不变的,就像印象派和学院派之间的不融性。在我看来,这些疯言疯语全不在点上。他们在外面疯狂地自慰。"所有这些带来了恼人的小说、"小说

---

① 此处意指错过出版《茫茫黑夜漫游》的伽利玛出版社,"乃乃芙"是塞利纳给该出版社起的讽刺外号。后文森特·萨尔东以《乃乃芙》为题出版了漫画。——译注

提纲""读它们的时候,我们开始怀念电影"。是的,这正是您读到的:失味酝酿勉强产出的坏作家是不知道如何**在里面自慰**的。塞利纳大夫(对了,由此,小说家还不如成为医学专家为好)并不是一个平白无故就给女性朋友尖锐露骨建议的男人。"实际操作中,我们大概会碰到两大类女患者,一种是拼命要我们帮她们流掉孩子的,另一种是拼命要我们帮她们保住孩子的。"再说一次,还是作风问题。女人,就像缪斯女神,"只会在爽的时候才会放声大笑"(这真是抛开世纪伤感的绝妙手法)。之后,加斯东·伽利玛对此给出以下嘲讽:"我真挚地感谢您寄给新法兰西评论的所有杰作……这传遍大街小巷的天赋着实令人敬佩!"更详尽的版本是:"每年都会有三亿花在这些不值一文、不堪一读的小说上,简直是扔进了水里……""多少钱扔在这永无止境、耗费精力的拙言劣语上!"甚至有这样的说法:"近来这些小说……一派胡言,无论是否涉及污言秽语,都龌龊不堪……更可恶的是,恶劣的教唆性!……保罗·德·科克(Paul de Kock)万岁!"堕落年代、走向遗忘、言语刻板、性情冷漠、计划性泛滥、赝品成灾,塞利纳就是导演了这么一场纪实演出(书刊信件都围绕着同样的主题),换言之,这场戏被一位激进派经济学家、一位从事神经系统感知程度研究的专科医生搬上舞台。总之,一贯地将现实图像化只会让作家直击内部,从而恢复大谜团,成为稀奇之物,因为所有历史本身就是一部被操纵、被导演的电影。

现在,终于明白应该在小说中加入创作背景的描写。尽管这会使小说的那些天真的信奉者不悦,这仍是一道必要的审查工作:诚实的笔尖把社会上的舞弊行为如实地、每时每刻地搬上舞台。当然,这里还有普鲁斯特的作品。但是,塞利纳不怕比较,带着些许挑衅,他选择成为“硕果”作家。普鲁斯特曾用“法式依地语”写作,“完全超出法国传统”,这是个“愚蠢的犹太人”、“低劣恼人的家伙”(同拉辛所遭的骂名相似)。然而,“我承认他身上有那么一点始作俑者的品质,这是极其罕见的”。此外,对其中性欲倒错的嘲讽还是一如既往,他运用了同样的逻辑论证:“我对《战场》(*Casse-Pipe*)很重视,pipe 不加 s。我也不知道为什么,就是喜欢这样吧。Casse-Pipes①,这才是新法兰西评论的菜吧。”秉着同样的理念,他拒绝照相(“我写,我信”),拒绝记者,认为“他们具有把智者变弱智、笨蛋变坏人、恶鬼变小丑的天赋。”对于评论家,他终于爆发了,说他们是“愚蠢的独眼龙,斜眼狗,耳朵只是装饰,全都是假的!”我们身处的这个颠倒的世界里,真实只不过是恒久假象里的流光,瞬息一现,不仅如此,每条评论都同做作的伪作家

---

① “casse-pipe”为战争的俗语说法,原意为以陶制烟斗做靶子的打靶游戏,也有火线、前线的意思。casser 即弄断、损坏,pipe 即烟斗。单数不加 s,可以为战争、战场,而复数加 s,更偏近打靶游戏。——译注

的作品评论如出一辙。"他们高谈阔论、辞藻浮夸、穿靴戴帽、刺刺不休，而对于**音乐则一言不发**。纯音乐是能直接进入神经系统的语言，其余都是废话。"我们听了一段冗长的废言废语，跟着它们拐弯抹角绕了一大圈。您不用指望裹着这层可笑外衣里的塞利纳能停下来："我不说废话：我卖废话！"当塞利纳翻开一本热内的书呢？他立刻重新定义了自己的立场："这个怪人想法怪异，认为时间是唯一重要的东西……每分每秒流逝的时间，瞬间，这就完了！我是瞬间主义者。以秒计时更具逼真情感，仅此而已。这些已是过去……我听不见时间舞动的声音，它的旋律、魔力，还有我们悦耳的灵魂之音的秘密……它总是在缓缓溜走……我们生命中的利戈顿舞步……在帕尔卡的纺车上翩翩起舞……"现在发生的一切都是为了躲避他所经历年代的主题，即时间。时间的无偿性不再立得住脚：time is money（时间就是金钱），一起来吧！"帅气的法国人，酒精的傀儡，迟钝的肉饼，烂熟的演说技术，让他在人权利益和忘却的洪流中摇摆不定，心灵受尽了顺从的驱使而变得愚蠢……"（《桂格诺乐队》[*Guignol's Band*]。）

1932年龚古尔文学奖花落吉·马泽林(Guy Mazeline)头顶。然而，于1950年进行的法国二十世纪上半叶十二部最佳小说的投票结果值得一看。波朗是评委会的成员。《茫茫黑夜漫游》参加了第一轮投票，却在第二轮被淘汰。进入决赛环节的有阿纳托尔·法朗士、拉博(Larbaud)、纪德、普鲁斯特、莫里亚克(Mauriac)、马尔罗、贝尔纳诺斯(Bernanos)、萨特。当然还有乔治·杜亚美(Georges Duhamel)的《午夜忏悔》(*Confession de minuit*)、雅克·拉克雷泰勒(Jacques de Lacretelle)的《西尔伯曼》(*Silbermann*)以及儒勒·罗曼的《生活之甜》(*La Douceur de la vie*)。哦，排名！哦，调查！哦，颁奖！哦，评委们！《午夜忏悔》居然占了《茫茫黑夜漫游》的上风！这样还需要拼命坚持吗？暗笑这位获奖者？那我们就错了：他很可能正在我们眼皮底下重蹈覆辙。塞利纳，在那个年代大力反对令他深受迫害的孤立放逐形式，他毫不犹豫地将自己同库尔贝相提并论——后者在巴黎公社失败后逃亡国外——学院派文学因其复兴夸张的笔法而大加责难。塞利纳说，不久之后，我将不再以萨特、米勒、热内、多斯·帕索斯(Dos Passos)、福克纳的跟随者的身份面世，"我是那扇房门的创始人，也是突破它的带头者，这扇门后面的房间里停泊着通往《漫游》的小说……"然而，依旧平淡无奇。您抨击社会？它能自卫。您揭穿谎言？它能重编，它立刻给您制造出假的副本。总之，面对如此不讲诚信的现实，塞利纳本该怀疑、气馁。当然，他没有，他热情地置身于写作中。来吧，20世纪！若有必要，他会追到地狱去挑战那些亡灵(见《一个城堡到另一个城堡》[*D'un château l'autre*]的绝妙开头)，他会把活着的人当成行尸走肉,他们是游走的、邪恶的苍白躯壳,转瞬即逝、无足轻重的浮渣。谁笑到最后,谁笑得最好。"我的眼里只容得下印刷品。至于那些个体,以及他们笨拙的扭捏样,我根本不放在眼里……"

真相,即自 1940 年以来,法国人深深沉浸在自怨自艾中。"这种战败后的消沉,这种比命运更残忍的现实,在我看来是极其可怕、前途堪危的。"那么大部分法国人都曾经排斥过犹太人?是附敌分子?那他们的后代,他们后代的后代都在柜子里保存着这么一具尸骨?这是家族最大、最可悲的秘密吗?我们很清楚,是的。因此,幸存者和后人们要竭尽全力抹去这腐烂的,又时常被曲解、被隐藏的罪行。塞利纳将是那只理想的"臭山羊"。"你们等着瞧,等我成了另一个人,成为本世纪最可恶的作家。"自怨自艾,不屈不挠地循规蹈矩、顺从大流的运动已步入轨道。"他们描述我,猜测我,就像我是他们一样(如果他们是我会怎么做?)。他们猛烈抨击、切齿痛恨、臆想出来的一个幻象,可完完全全不是我!""他们无视我的性格脾气,还反复羞辱我,说我顽固不化。"塞利纳的性格"顽固不化"吗?"生活中的我跟小说里的我一样古怪,油盐不进又枯燥乏味。"父亲母亲被完全罢免职务——没有什么比带着如此重罪的家庭环境更能促使他排斥母语、排斥这种个性化自由的语言。言语含沙射影,塞利纳因此成了要被打压的小说作家。不许暗箭伤人!

不许涉及这些内容！总之，我们想要的，是请求我们原谅！要是此时突然出现另一位胆大妄为的法国作家，我们坚信法国人会尽全力把他藏起来，蔑视他，让他在文坛无立足之地，给他冠以图谋不轨之名，在他前面列出两百本译著或任意一部街头的古怪小说，他们宁愿如此也不愿直视自己那被揭开刺眼的、隐隐作痛的伤口。"对于作品暗审一事，我完全赞同您的观点，您说的道德秩序，我在法国、阿根廷或是中国所遭受的强烈谴责……但是仔细观察暗审这件事，我发现它仅仅是针对我一人的……"法兰西意指原罪。而当我们想到"这钟表仅是用来吞噬光阴的欧罗巴土地！奇耻大辱！"

因此，要不遗余力地将自己反复铭刻在别人脑海里。这方面，塞利纳充满信心，即使几百年过去，时过境迁，语言和他的记忆仍无法分离（总之，希腊语的消失经过了数千年，而希伯来语则更是短之又短）。这是信念问题，他在录音时有声有色地重申了这一点。"这就是你们常看到我忙着让自己声名远扬的原因。"规则：远离亲属、朋友、冒牌好友、狐朋狗友、监督人、操控者。执念：重版《漫游》，有生之年入编"七星文库"，排在"伯格森和塞万提斯之间"，"马尔罗（'顽强的灯芯'）和蒙特朗（'四爪胸像'）之间"。塞利纳将成为"嘟哝的我"。他拼命要求，才获得这"七星"美誉，无论是重重困难，还是生后无法实现的可能性，他都明智又小心翼翼地克服着。计算时限

166

时再谨慎都不够，一块白色的正方墓碑很快到来。他的要求缠人、难应付，诉求多到数不胜数。人们没有宣传他，而是将他冷藏、活埋（"事实本质像是我和我的作品遭到了抑制、撤销、遗忘，最后销声匿迹"），阴谋遍地，随时发生，快速蔓延（"这些破坏分子们无需共同商讨……他们凭着同一本能行事……已有二十五年经验"）。偏执狂吗？塞利纳？您什么时候见过一个如此欢乐、无需为了讲理而据理力争的偏执狂？"我从哪里得知这一切的？还更多？当然是听着我敲打的小拇指知道的！"塞利纳信赖无线电波，他的小说同时存在印刷版和无线电版。

加斯东·伽利玛以数字为理据的回复都是徒劳，毫无干系。出版商显然搞错了，这使我们像观看莫里哀的即兴喜剧一样捧腹大笑。此外，"加斯东式"的幽默感值得挑战，还非一文不值。他对塞利纳说："您不听您谈话对象说的话，您的交谈情绪只是让您辞藻华丽地强词夺理。"当然了！信件是真实存在的，而不仅仅是相当真实。在这场周旋中，加斯东无止境地扮演着"文学奖项的法老"、"老练的巧克力商人"、"赤字之父"、"银箱守财奴"、"托辞佬加斯东"、"贪婪的白眼狼"、"悲惨的小商贩"。然而，这是一个负责的人，原因不言则明。"加斯东只在要他给钱时动气或愁眉不展，别的他都不在乎。这是对的。"我们知道所有这些词眼是如何出现在烦人的《Y 教授面谈》(*Entretiens avec le Professeur Y*)，以及最终的三部曲《一个城堡到另一个城堡》(共卖出 26127 本，销量不错)、《北方》(*Nord*)、《里戈东》(*Rigodon*)。同伽利玛一行较量，这狡猾的心理游戏热切激励着塞利纳，为他提供了意外发展这种"直接风格"的机会，这种文笔乃是他的新大陆，是默东(Meudon)的尤利西斯以及他从地狱带回的忠诚的佩涅罗珀(Pénélope)一起谱写的即兴史诗。如果再遇上一个官僚气质、视钱如命、行事生硬的出版商，能想象塞利纳和他的交涉吗？不能。只需关注马尔罗、波朗这类与众不同的知名人士面对塞利纳式刻毒言辞的反应。在马尔罗眼里，塞利纳是个"可怜的家伙"，但也是位"伟大的作家"(传统评价，但也避免了提出那个唯一令人感到饶有兴趣的问题：一位伟大的作家要如何真正变成一个可怜的家伙?)。对波朗来说，尽管在战后环境下同塞利纳有着长期愉快的合作，但这也让他忍无可忍，几欲发作。需意识到一点，塞利纳在他身上——以及他的讽刺剧里——找到了嘲笑对象，激励他的"榜样"。"都去度假吧，无所事事吧！我，在你们海阔天空时，要埋头工作！""让我拥抱你吧！可怜的仆人！""萎靡的海葵。""怪癖缠身的蓝胡子。""十足的懒汉。""抽象艺术，您看多了！"至于"新法兰西评论的主旨"之"布落坦团队"的精神，则是极度"令人沮丧"。"喔，深陷淤泥、扭摆身体的海藻们！""笨蛋傻瓜族！""一群骗子、逃兵……一堆小丑！废物！""无用的诡计，多疑爱钻牛角尖，不知哪来的嚣张气焰。""无下限！疯狂的保皇党！眼红的醉鬼！"当然，这些阿谀的描写能毫无保留地套用在如今任何一个社会阶层，一试便知。尽管如此，波朗仍极力反对。1955年1月14日，他给塞利纳写信，要求与后者不再有书信来往，还说："孩童和疯子写的信有多可笑，您的信就有多可笑。"这把塞利纳数年来写的东西，甚至从最初作品起，说得一文不值。显而易见，塞利纳既不是孩子也不是疯子。波朗态度冷淡，指出更令他感兴趣的是塞利纳的政治、道德见解——他曾针对过的不公平现象——而非他的文学造诣。然而，对塞利纳来说，他的文学就是一切。他因此对加斯东·伽利玛做出了发自肺腑的呐喊："啊！喔唷！您是您那堆闲言碎语里唯一的智者！您让我怎么办？"而加斯东·伽利玛对塞利纳还有自己的看法——且极具启示性。"您永远都停留在18岁，这是我欣赏您的地方——这也是我面对您时暴露的弱点。"塞利纳的想法很清楚，他的信中或是作品里的一段话，异曲同工："如您所知，我恶言相向，以留在缪斯山上。"塞利纳不是可怜虫，不是孩童，不是少年，不是狂人，他是个不随意写作的男人，那么让我们回顾《奇境重现》的续篇（又名《诺曼斯》[*Normance*]），它被同时献给了老普林尼和加斯东·伽利玛。这是一份被恶语和不公包裹的大礼，还有比它更真诚、更亲切、更珍贵的礼物吗？

暴力家,塞利纳？难以形容,言辞力薄。这并不代表他有失礼之处:"作为医生,我常道访各地救济所,在那里尽是毫无礼数可言、令您终身作呕的东西。"

从 1956 年开始,值得毫无保留地信赖的通信对象是罗杰·尼米埃(Roger Nimier)。还是风格。在尼米埃眼里,塞利纳更是费迪南,甚至是路易①。他对如何与这位作家针锋相对了如指掌。他对塞利纳说,别抱怨了,"散文家的读者只是那些不务正业的人"。塞利纳给尼米埃抛去一些"贪婪"和"凋零之吻",甚至有一天,是超乎寻常的"肉体"暗示。这就是青春,欢宴。在尼米埃身上,塞利纳能找到对工艺世界不抱幻想的角色、被他唾弃的笨蛋、酒精和机动车交融的混沌,"意义不再……炎症、儿童、假期,还有对一切的宣传"。尤其是,尼米埃持之以恒地为塞利纳的作品冠上了价值("尼米埃这人真是太让人钦佩了！……我的知音时代到来了！")。尼米埃身上有些许"骑士精神",而塞利纳一早察觉:"首要的骑士风范！这才符合法兰西精神！骑士风范是法兰西和天主教结合下诞生的伟大瑰宝,在我看来,那是唯一的精神结晶！……"当尼米埃宣布其爱女玛丽出生时,坚决不信教的塞利纳对此做出

---

① 塞利纳的全名是路易-费迪南·塞利纳(Louis-Ferdinand Céline)。——译注

了令他瞠目结舌的反应,大概是这么一句话:"对! 对! 对! 妙哉! '天降恩泽的玛丽'……谁对这话有意见?"或者,另一次:"感谢上帝! 您充分领会了基督教教理,这样您就不会因为疏漏而忽视最细微、最阴险的罪孽。"

创世之初,上帝开辟了天空,而陆地上一片模糊。圣子下凡,凭着才智给以指点。歌德说,行动于初。塞利纳回应到,情感与策马奔腾(又是一个关于马的故事)于初。要找回的就是这种驯化前的步伐,这种高雅的动作、跳跃、速度、美颈、战栗、疾驰——而非小跑、含糊不清或能言善辩。我们被教会了小跑或是竞走,在家庭、学校、部队、金钱营里受训。矛盾的是,"策马奔腾"并不是自然而然可得的效果,而需要一个细致的调整过程,堪比苦役的一生。要成千上万次精密训练才能够脱缰飞驰。随着集中的低速拍摄,小说和故事充满了喜剧色彩,像是洪水泛滥的滑稽歌剧,无关善恶、令人捧腹的民间闹剧。严肃精神,这种罪中罪变了样,生活中听到的流言和发出的舆论不仅是直接关联的,也是即刻发作的。那些刻板又迟钝的文坛好斗分子问道,塞利纳的作品都是真正的小说么? 矫情的不安者喃喃道:还是诗歌? 回答:"爵士舞颠覆了华尔兹的地位,印象派的光线击败了虚假之光,您要么'言简意赅',要么就此搁笔。"感触直接,真情流露,使书页飞起来的三点(塞利纳将自己同审慎的修拉①进行比较，这显得有些不自然）、成型的地铁轨道、还未浸到水里就折断的木棍，一言以蔽之，都是关于**折射**的研究与使用，众多画面都旨在勾勒一种窃取表面而非蹈蹋之上的艺术，它穿越现实而非受其考验。幻象遍地的世界，小说重塑了真实。《桂格诺乐队》中有言：

> 激动之情是生活的一切！
> 需要好好利用它！
> 激动之情是生命的一切！
> 人死了一切都结束了！

还有，更关键的："摸到脉搏，该死的！……要么挪开，要么去死！"不得不承认，"心跳"这种天赋并非随处可见。诙谐滑稽、欢乐的恐惧、变幻不定、兴奋激动的每一刻，是另一篇人类游记，它在此翻开，任何地方都可以作为起点。命运之神（Destin）充满浪漫传奇，而他就想成为命运之神。塞利纳最后说，我和本-古里安（Ben Gourion）是同一类人，我将会去以色列发表我的作品，目的仅仅是为了让加斯东不悦，除非要同

---

① 乔治·修拉（Georges Seurat，1859—1891），法国新印象派画家，创造了点彩绘画技巧。——译注

172

一片真实的地盘(七星文库)抵抗,否则我不会离开我的西奈半岛(Sinaï)。他最后提及的名字是巴尔扎克和波克兰(Poquelin),他们直到作家谢幕才退下。没什么比他写给加斯东·伽利玛的最后一封信更令人动容了,信中提到他完成了《里戈东》(这部作品在很长一段时间内被取名为"捉迷藏"[Colin-Maillard])的创作,以及向他索要一份新的合同。这一天是 1961 年 6 月 30 日:"我一分钟也不能浪费,我想走得更远,竭力跨过七十岁这道坎而奋笔疾书,献给可恶的读者们!"第二天,他去世了。他冒了风险。他说出了所见所闻。他付出了代价。摊牌。伪君子可能永远都不会欣赏他。有诚意的读者,读读他的作品吧!

热内的物理世界

如何摆脱某些不讨喜的作家发表的言辞？这是一个困扰所有年代的问题，也是一项浩大的**社会工程**。焚书、查封、禁令、审判、激起公愤，这些手段都出自史前，那时法律还没有在遏制欲望和认知的同时又为它们服务的倾向。然而，有消息传来：*法律是懂的*。什么？您说什么？不可能。法律显然是笨拙并有所局限的，我递给它一块红色抹布，它便染上红色。谬误。恼人之梦终于结束，被打入中世纪的地牢，停止向福楼拜或波德莱尔事件求援吧，法律清楚自己在为哪种堕落所利用，它以此为荣，它对此充满了热爱，每两次审讯中会有一次它对合谋之事供认不讳，它曾认为自己永不出错，它用冠冕堂皇和灰色隐蔽的方法来把握这场基因突变。您若继续无视它，继续那些无用且无望的关于未来的深思熟虑，那祝您好运,因为未来不会来了。奴隶主干脆决定不再与奴隶有口舌之争。什么？您再说一遍？您肯定法律最终承认了它那邪恶的内在本质？您确定它能够同时周旋于两份律师名录,从而制止或扼杀任何超出它准则的措辞,与此同时,在深知底细的情况下,忘记所有妨碍过它的言行举止？是的。过去不再,事件不再,决裂不再,动荡不再(这是最罕见的),破坏不再,违抗不再。嘴张开前得先闭上,文书影印前得先删减清除。我们再展开一些。审查一般都有针对对象,无论是什么。那么现在引出违法主体:没用的,预先否决权在当事人的神经系统里才起效。您可以积攒些奇特的污言秽语,低声咕哝三小时,发表一大堆放荡淫秽文学作品,甚至加上麻木之果,甚至带着冷漠无谓。要结束这一切,只需对付第一个口出狂言的人,而这些狂言正是我刚才所说的。萨德的书也能自由购买了？那又如何？教皇要带我们走进蒙昧主义？那就去吧。当人们能够直接控制身体和大脑,还有什么必要担心这些书籍的影响呢？只需在瞄准大众销售和关注人类自恋情结里肆意的惰性时安排好非阅读行为便可。所有异处都无可触犯,无计可施。您"政治正确"(PC)吗？您在美国时已经被时刻询问这问题。换言之:您是位品行端正的同性恋吗,您是位良家妇女吗,您是位积极配合的病人吗,您是位令人安心的黑人吗？您会公然鼓吹伪造的、虚伪的、古旧的法律所制裁或无视的东西吗？

很好,您是遵纪守法的。别跟我们谈论价值等级或别的什么排名。像柏拉图和亚里士多德这样的学者都过时了(亚里士多德鄙视女性,这跟我们接受的课程无关)。那作家呢? 哪些作家? 乔伊斯、卡夫卡、海明威? 您不如说:"男性、异性恋、白人、已故作家。"以此类推。善行还在站岗,人们只能期待这种回避当局和拒绝压迫的善行,那么,这就是在千万可能的自然形成的社会中最美好的地方,结局永远是美好的。

热内在谈论自己的时候像是在谈论一个同性恋,但是他没想过要像介绍一个体面的同性恋一样介绍自己。若非为了嘲弄法律,他原本会认为甘愿受其保障或尊重是不可思议的。对同性恋和任何一种性别恋爱一样拥有合法地位的要求;资产阶级的炫耀或小资产阶级对此的战斗精神(爱称"我们"的小怪癖),这些也许能让他放声大笑(我们也能想象一下普鲁斯特的微笑)。一个声称已经**耗尽**自己负能量的社会(这非常准确地符合表演定义)是无法让他信服的,哪怕是一秒钟(我写下这几行文字的时候,一个法国狱管由于对犯人进行了"深度直肠搜查"刚被勒令停职)。也许只是戏剧演员,但他既不是圣人也不是殉道者,更不是任何一场纪念仪式的候选人①,他应该意识

---

① 开心一刻:"《电视全览》(*Télérama*)是印刷量达六十二万册的周刊,于 1991 年 4 月 24 日以九页的专题篇幅连同封面掀起名为'安德烈·布勒东,抽搐的美'的运动。它印刷了四十万册的十六页单行本,免费赠予展览的参观者。《电视全览》公开支持这场展览运动的展开。"

到了,归根结底,谁都不会知晓他写的故事。对,对,详细、具体的故事,他所经历的奇遇,还有他在里面讲述自己的感观生活。正是如此:曾经,从此被征用的肉体世界连同它的重量、凹凸曲线、外形、感知和记忆之境、私密仪式,以及其在真实世界的现身,这一切只有在故事以及故事的**意义**里才能得以查验。因此,意义本身就成了审查的对象(您声称已通晓您的存在意义?那就去您的心理治疗师那里看看吧)。这与您是否独自掌握您生平的关键之处无关。那么,我便能平静地指出,已经没有人去读《鲜花圣母》(*Notre-Dame-des-Fleurs*)、《玫瑰奇迹》(*Miracle de la rose*)、《葬礼仪式》(*Pompes Funèbres*)、《布雷斯特之争》(*Querelle de Brest*)或是《小偷日记》(*Journal du voleur*)了。有一天,我试图在公开场合谈及这些作品。无比冷淡!无比不安!无比懊丧!大家都渴望对热内的个人形象进行了解,比如他在参与一场电视录制时的言行举止。而他作品中出现的对监狱、淫媒、谋杀、他的爱人的描写呢?对电光火石间发生的偷窃、嫖娼、背叛的描写呢?下次吧,请明确孰轻孰重。热内是一位剧作家,一位纯粹的诗人,也是一位善事(对一些人来说)或者恶事(对其他人来说)的维护者。他的小说呢?听着,我们赶时间呢。一位作家的日常生活是怎样的?他穿什么?特别是,他的观点**正不正统**?大家就是如此重复着警察讯问笔录表上的问题,而并不关心它们是否恰当,对他们来说,未来最杰出的作家毫无疑问是最具智慧、最规矩、最上相,甚至是效率最高、销售量最好、最听妻子话、最惊慌失措、最专心、最死气沉沉、甚至是最糊涂的。"他们无情地删减我,行为卑鄙下流。"

热内经常向萨特(后者对此感到困惑)强调"一部文学作品里的字词无法进行视觉范围内的位置调换"这一事实。或者,在《玫瑰奇迹》中表示:"这些花朵的回忆刚在我脑中闪现,我要讲述的那些景象就立刻跑进了*我的灵魂之眼*"(楷体字部分是笔者标记的)。与小说(他的小说被称为"假小说")的传奇性相比,萨特总是更重视热内的诗意之志,他大力声明道:"*我*,我为什么要安葬他?他没妨碍到我。"当然妨碍到了,萨特,热内妨碍您了;置于形式的葬礼是您生命中巨大的治疗执念;文学是一种严重的神经官能症,它把最优秀的作家同历史现实隔离(各大派别也曾这么想,只是他们不具历史意义);事后再去抚慰这些天赋异禀的才子,就像您能够自愈一样。对于这样一条实行中(公开告解)的新教学说,热内是一场社会救赎中最纯朴而不可思议的存在。很可惜,他出现得太晚,没能*及时*解救波德莱尔、马拉美或是福楼拜(然而,那么多事后的努力)。但是现在,终于有了实实在在的理想状况。在《圣热内》(*Saint Genet*)结尾,病人有了明显好转,他重读了自己的书,认为它们"太差了"。他显得更加沉静、合群,开始关心伙伴们的生活。总之,他几乎扮演起了配偶的角色。从五十年代起,萨特就预言了与现今市场发展相吻合的精神病父道主义吗?阴暗的讽刺。另外,还要回归帮派。在一阵对文字中焦躁分子漫长的斥责或毫无遮掩的愠怒之后,是时候冰释了。萨德派大方地翻开了自家的谱系卷宗。阿尔托派追讨他那幻觉中的叔叔。拉康派四处奔波。福柯派和巴特派在一旁磋商。萨特和波伏娃有着他们那难以取悦的联合会。当然了,胜利的果实最终归于可怜的阿尔都塞之难,后者被保禄六世的朋友,也是贝当深切惦记的让·吉东(Jean Guitton)即刻救起。吉东的《上帝与科学》(*Dieu et la Science*)彻底打破了各种拥护纪录。上帝与科学!谁会信这种搭配!人们还以为他们已经乱成一团了!不可思议的惊喜!若望-保禄二世为吉东九十岁生日贺寿(我也要活到这岁数)并且向他对这本"与两位俄罗斯学者一同撰写"的书表示感谢(知道波格丹诺夫[Bogdanov]兄弟的人就不会抱怨圣座国务卿们如今略显手忙脚乱)。好了:所有人都看齐了吗?那位乔治·巴塔耶,在那里,他没有一点法西斯倾向吗?哦,不,长官,我们坚持他是*左派人士*!那塞利纳呢?哎!别提这位,下一个。简言之,复辟运动在如火如荼地进行,流亡者们回来了,各门各派充满自信。当然,他们不在时,勇气和理智选中并颂扬了这些受煎熬却过分张扬的天才。然而,是时候把钥匙归还给合法房东了。

我们这些家族派别过去曾被这些姿态以及低硫纸如此刺激过,如今为何还要遭受这种打击?为何同意识作对,就因为它被轰击、被瓦解、被废弃了吗?您看到这些书架上的黑皮书了吗?好吧,说我们呢。这些沾满精液或是干涸血渍的手稿,充满着扭曲的观念和压抑的呐喊,您认为它们价值多少?这不就是最终要义吗?萨特写道:"与恶言相比,社会更容易接受一种恶行。"那是腐败还未公开横行社会的年代,与我们如此邻近却又遥遥相望,这个社会首先要埋没的便是恶言恶语。黑手党总是想法卓绝,原因在于:死亡即他们的统治规则,任何叙辞都可省去。热内在经历德国纳粹时早就领会过此奇教异术,他说,在"一个强盗聚集的营地","在一群盗窃人群中",是无法引起轰动的,"我临空振翅"。而不久之后,他一定有过*临空白写*的感觉。对新规则的主旨,我略知一二,没别的,说到底,就是让您忘了自己写过的东西。过去,各族各派至少还因为它们无知的羞愧感而受到尊重。但是,如果所有人,包括知识体现群体,都变得无知呢?为什么不安?在惧怕什么处罚?

　　情愿不惜一切代价破除幻象、权威、宗教的热情毫无正直可言。这是意料之中的。它在不知不觉中激动而简明地宣布了一次政治经济的转变。变化中,传统形式不复存在(例如,最近在日本上演的一幕),司法犯罪行为急剧上升(相反,在腐败的意大利,梵蒂冈的生机是合乎逻辑的)。然而,热内的作品是一叠迷人的书籍。这位小偷窘困地活着,即使变得富裕,也成不了金钱上的无赖;这位男同志与传统意义上的同性恋有着天壤之别;这位彻头彻尾的叛徒同普通的外交家大相径庭。因此,与众多作家一样,他,连同他的书稿,都需要被遗忘。他们曾经历过自己笔下的事件,或者,更不堪的,甚至浮现在其作品风格呈现的唯一角度所展开的某些情景里。用某种方式,边做边说,边说边做?如此做法只会越来越令人费解。怎么,您确信这些人在语言中享乐?甚至是深入其中?我们不能让这些再次上演。热内有什么特别令人咋舌的?他笔下丰富多彩的圣事隐喻(即使是为了颠倒涵义而写)。丰特夫罗德(Fontervrault)修道院呢?"它的四面墙甚至保留着将来的形状——就像圣餐盒保存着面包。"《小偷日记》里的那支凡士林油呢?那是下流与光荣之物,就像圣体显供台,反映的不是世间荒诞,而是落入尘世之子那隐蔽的胜利。"我被关在单人牢房。我知道我的凡士林油会一整夜受到鄙视——这与永久的爱慕相反——来自一群衣冠楚楚、身强力壮的警察……我很确定这件如此微不足道的小物会引起他们的敌视,单凭它的出现就能使全世界所有的警察手忙脚乱。它自身吸引了蔑视、仇恨、无声无故的狂怒,或许还有些许嘲讽——就像乐于引起众神之怒的悲剧男主角——他坚不可摧，是我喜欢的类型，高傲自负。"热内的淫乐论调浸透在他的每一个句子里："我有时偷窃，而我的懒散气质越来越青睐淫秽买卖。""其表达形式之美上依附着道德行为之美……有时，能让我们想到某种卑劣行为的意识，以及涵义明确的表达力量逼迫我们吟唱。"热内刻画了一种忧郁的厌恶之情的对立面——相反地，类似弥撒——一种恩泽或赦免的长久迷醉之状。一种极端的幸福感以它存在、喃呢的方式显露。他每次都说，那是一记意味着与人性完全决裂的颤栗。他在这儿，这无疑是万事万物之由。走进他的名字，"当我在荒野里遇见金雀花，我对它们产生了一种同情。我温柔并认真地端详它们。我的心烦意乱像受制于大自然。我独自一人在这世上，我不确定自己是不是——也许是仙女——这些鲜花之王。它们还顺路向我致敬，它们低头但不屈服，却向我致谢。它们深知我是它们灵活能动的鲜活代表，风中勇士。它们是我的自然标记，然而，通过它们，我在这片以孩童骨粉为食的法兰西领土上扎根，这些孩童和少年被吉尔·德·莱斯①残杀并焚烧。"如同维庸的法兰西，热内的法兰西是无形的、散射的、无可改变的质变之地。对了，有关那支凡士林油："我想在法语中找

---

① 吉尔·德·莱斯(Gilles de Rais, 1404—1440)，英法百年战争时期的法国元帅，圣女贞德的战友，后沉迷于炼金术，把300多名儿童折磨致死，被施以火刑。——译注

到最新颖的词汇来歌颂它。"我们知道要尽快消除照耀着最肮脏、最该受谴责行为的这道美妙光芒;摒弃这可疑的赞赏之势刻不容缓:"我在夜里到达阿利坎特。我得在一个工地上睡觉。清晨,我得到了城市及其名字之谜的答案:在一片恬静的海边并潜入深海,盖着皑皑白雪的高山,几棵棕榈树,码头,在太阳升起之时,飘来一股沁人心脾的微风(我后来在威尼斯重温此景)。所有事物都愉快地连成一体。"够了!别发出声音!走吧,热内,进牢房吧! 我要说说我是如何认识他的,还有他跟我说什么了吗? 当然不用,我更喜欢大口咀嚼他的文字,因为从此以后,一切都归结于这种暗中唆使:"法兰西是一种继承在一代又一代艺术家身上的情感,就像一个个中继神经元一样。"

萨特在《圣热内》中一条非常重要的按语里写道:"伦理要么是纸上谈兵的空话,要么是一堆善与恶的实实在在的合体。因为缺少了恶的善只是巴门尼德学说的存在之物,也就是死亡;而没有善的恶,是纯粹的虚无(Non-Être)。"将"巴门尼德学说的存在之物"同死亡一起定义是引人瞩目的。它对整个形而上学(存在、虚无、其余)的核心构成了一个根本性逆理,对此有一连串原因。事实上,我们遇到了热内(或是大众文学界)向哲学教士所提出的问题的核心。热内并非同他显现那般辩证地看问题吗? 没错。他从原则上同整个社会作对? 当然了。就如每个世纪中有觉悟的作家们。而到了二十世纪，同普鲁斯特、卡夫卡、乔伊斯、阿尔托、塞利纳相比，也是旗鼓相当。虚无对他们来说就是社会本身，无论是什么样的社会，尤其是在成为整剧后，终于能较好地向我们吐露本性的时候。因此，必须让巴门尼德彻底明白，对于这些生命的思想和语言的探索者们来说，**不存在虚无**。萨特写道："说真的，那些团体尽全力抵抗这些画面——人们让这些被冠名'评论家'的专家们推迟接纳它们。"无论如何，在目前的了结企图实行之前，旧制度就是这样的。但是，萨特认为社会是唯一可行的生存之地，并且，即使是海德格尔，不以社会群体为根据而夸夸其谈的哲学家能有何建树呢？而作家，就算他能施计掩藏，依然是孤立的。他孤独地受难（萨特恰如其分地坚持这一基督教主张）。他甚至能证明他"犯错有理"。您不能把他陷入某个集体论证的圈套里，**原因就在于**，他建造了一些"转轮"，对与错、生与死、善与恶、上帝与魔鬼在它们之上不停地轮流值班，并互相替代。绝非自我否定（萨特只是在此重提布朗肖以及所有的语言恐怖理论），文学最大程度地描述了正在佯装存在的社会虚无。于是，它便被看得更紧了，或者借用哈姆雷特的口吻，"紧跟不放"。萨特评论《葬礼仪式》时对此表示了认同：人们"被迫处于悲剧与滑稽戏、慈爱与施虐的最稀奇的混杂体中"。对此，他总结道："结果就是，归零。作品无效，只剩枯叶废纸。"当然,也许再想起热内后来对《卡拉马佐夫兄弟》(*Les Frères Karamazov*)的评价——"读完之后,我认为任何不会被毁坏的,我的意思是指不会构成一场屠杀之局并且贡献自身头颅的小说、诗歌、画作、音乐,都是场骗局。"——也并非如此。说完后,萨特察觉到了危险:同 19 世纪的小说家(例如,托尔斯泰)截然相反,热内不是为了写作而创作,他"为了创作而写作",为了"重塑自我"。他的代理合同即社会协定面临中止,同时社会调和也随之被耽搁了。而这种调和终有一天会实现吗?马克思主义是这么跟我们说的,但是我们知晓其结果。然而,这是任何空想玄学都需认定的(也包括力求成为场面终结者的那派),否则便与自身逻辑相斥。一位作家,他,实实在在地演绎着此对立面:由于社会虚无,这必然构成一个纠纷的因素。不可撤销。社会?弗洛伊德说,它建立在一场集体犯罪之上,其余接踵而至。《图腾与禁忌》(*Totem et tabou*)这一本值得复读的作品,仅是为无法对着父亲玩兄弟游戏的儿子指引存在方向,对于他们来说(就像对他们的妻子来说,最终社会都迫使他们沦入她们的境地),他需要实实在在地上一堂父道主义课。一位激进的作家(普鲁斯特、乔伊斯、卡夫卡、阿尔托、塞利纳、热内)总是一个揭示地下集体罪行(卡夫卡的"脱离凶手之跃")的罪犯,一个冒犯罪恶的罪犯。这是一位可疑的父亲,一个榨干母亲的儿子,一位十分不厚道的兄长,一个女儿或姐妹产于动乱时的婴儿,一位活死人专家,非生非死,极生极死。简言之,像是偶然地证实了生命与虚无无关的人。柏拉图和黑格尔不会相遇吗？也罢。每当浮现出较强烈而错综复杂的文学意象时,必定会有一个明理的官员出现——哎,他并不一定如萨特般才华横溢——来解释上述的文学意象为局势所驱,有征兆的,瞬间即逝的,并且能在社会、道德、超验议题中重现,也就是说,含之以冕之。作家放浪形骸,无视各种琐碎阻碍,打破各种相惜之道,异同不分。对他来说,同类即他物;他类即同物;一个事物可以是它自己,也可以与自身完全相反;没有东西会一成不变,归于异类;环境、人物、言语能够互相交换、互相渗透、互相抵消以换得长存。总之,在此奇闻轶事中,**萦绕着女性气息**,或真或假;不真不假？这里所涉及的同一性与形而上学的同异无关,因此,它将一直缠绕在心间:它神出鬼没,忽近忽远。

　　1949 年,科克托①和萨特向共和国总统请愿要求赦免热内。维庸的事迹未被遗忘。请愿一行人中还有:科莱特、毕加索、克洛岱尔(对,克洛岱尔,您没看错)。反对的人有:加缪、阿拉贡、艾吕雅(Eluard)。热内获得特赦,而后萨特欣然命笔

---

　　① 让·科克托(Jean Cocteau,1889—1963),法国诗人、小说家、剧作家、导演。——译注

作序。热内在后来向对他恩重如山的科克托写道，事实上，他，科克托，仅仅从事电影产业。关于如此上心的萨特，他执拗地说自己再也不关心政治了。那么，热内最钦佩的人是谁呢？贾科梅蒂。有人问他，唯一一个吗？他回答，对，唯一一个①。一位作家，也是雕塑家。寂静一片。有形的寂静彻底覆盖了三维，直击存在之题（就像我在有关罗丹一文中提到的那样）。而在一个社会中，在我们这个内在经历越来越受限制、艺术仅仅是文化点缀的社会中，对自身身体、四周事物的剖析将变得越来越罕见，令人称奇。这就解释了为什么热内的小说伴随着它们独特的慢镜头，以及对细节、姿态、动作、表达法、情景-限制的强调而受到近乎全面的审核。问题不是故事的主题（同性淫秽题材等）而是故事本身的精确膨胀。"热内为创作而写"。确实，他没有假装停笔，他反复重复自己的身体就在那里，在那里勾词划句。然而，正是这身体、言语之卷的同步创作——即这意象——在永恒的二维介质中（广告、电视剧、杂志）代表了无法承受的他自己。隐于无形的意象，唯独写作能见、能触碰。那是一个几近静观的追踪行为。热内的小说全程贯穿下来就是动作小说。对某种身形的回忆、

① 引自埃德蒙·怀特（Edmund White）《那个热内》（*Le Genet*），伽利玛出版社，1993年。

幻象、错觉、魅影都即刻出现在舞台布景般构思的句子中。重要的是热内的这些情景，而不是它们各自隐含的道德推论（但是，所有情境蕴含一条无尽的寓意）。

二十世纪真正的介入文学，要重申一下，应是以下这些名字：普鲁斯特、卡夫卡、乔伊斯、阿尔托、塞利纳、热内。身体创作是它的自定规则，这也就摒弃了所有基于预备人体模型之上的教条。然而，形式上的创新却归于平常。他的现代化刻在传统核心上。他在造型上特征相像的同盟们，名叫毕加索、贾科梅蒂或者弗朗西斯·培根。这种文学创作间接地带来它的清道里层，这种夹层在同一行为中产生兴奋、感觉、激情和历史（例如后来被我们称作"新小说"的文学形式）——或将它们减至最低程度。正是在这种文学创作中而非社会现实主义、自然主义、超现实主义、资产阶级、社交生活或是形式主义文学作品里，人们能够无限制地阅读我们这个年代的武功歌、它的抱负、它的压抑、它的社会经济政治伪装。仅仅出于情境和印象的原因，我们将会为我们的欺骗和隐瞒受到应有的教训。关于这片无际的真相之域，多少阻遏或恐惧被伪装成极简艺术，多少矫饰的轻浮，多少肤浅的焦虑和伤感，多么低级的假正经，多么俗气的守旧主义。某些人称之为文学之悲。然而恰好是同一批人不愿意或者不能够阅读普鲁斯特、塞利纳、热内等作家的作品。出于对未来揭示现在的畏惧，人们在忙乱和虚假的怨声中埋入了被过去所觊觎的遗忘之能。

　　萨特在分析中已经指出,热内专属的传奇性眼看着就要烟消云散。尤其是关于善、恶、存在、虚无的问题,以及被某种写作搞得神魂颠倒的论证术。别的学者也来了,都是虚无主义者。文学有着自我消失的本质,不是所有真相都能昭示(这又是为什么?),亦或是最终。造作地回避——我一会儿会告诉您这话的意思。也许(而这是永远都不可能的)。思想惧怕**这种想法**。因此,人们开始寻觅社会政治的*正派之道*,而热内,当然,他一刻不停地展现出不正派的一面,并将此进行到底。他的过错多种多样,各有千秋。此外,其风格已经违背了社会理念,它能立马将您刻画成一个伪君子或者流氓。相反,要具有风格仅成为流氓是不够的,这与要给言语浮夸而无用的流氓冠以文学名誉(正符合他)的正派社会理念所持的观点是背道而驰的。您的臭名必须源自您的作品而非您的行为,自己想办法吧。萨特看得很清楚:热内的存在主义不是一种人文主义,而是一种异常的、变化的神学,并且隶属于天主教:不适宜的恩泽、古怪的神迹、对身体的召唤和评价。如果说热内的小说遭到封禁,鲜为人阅读,被胡乱研究,那么,这要归结于萦绕在它们间的这道阴魂不散的灵光。

　　这样看来:热内的反神三德——窃、叛、同性爱——也是无法被职业罪犯分离的,如同介于虔诚作家和虔信者间的信、望、爱一样不可分割。示范的意义便在于此。有关热内的盗窃，有关他的背叛，有关他的同性行为，只关于他。信、望、爱、窃、叛、同性爱，一团迷雾。"同性爱"尤其惑人耳目，仿若世上只存在一种性爱，这必然让人想到世上也只能有一种异性爱。只能这么说，普鲁斯特已然错乱发挥的长篇大论被热内骤然打断。我们知道，上帝的意图是难以琢磨的，无论如何，他能打破秩序逆向行事（对有正无反或有反无正深信不疑的人来说，这无疑是个坏消息）。萨特写道："天意的秘密无非是群族的格言警句，不过是乱七八糟的……热内和莫里亚克先生对此达成一致：上帝通过社会谴责盯上了热内。"很明显，上帝甚至有些青睐热内，而正是这一点让萨特甚是不解。事实上，神族对待边缘或是喧闹文学能表现得非常宽容，只要其作品最终具备多愁善感或因袭传统之迹的品质。然而，他们若是发现善以严格的美学准则形式与恶并驾齐驱，那他们将会暴跳如雷。萨特又说："恶愿看到恶人之败，恶想唤起恶之痛……那就该听听克洛岱尔的措辞：'恶不撰写'。"醍醐灌顶。不过，热内撰写，还是个撰写高手，因此在非宗教里的善与恶深陷危难："热内窃走了神圣社会自冠之名，并将这个社会转过身面对世俗社会。"正如热内自己所说，这大概是"某种自然的奇境之向"。

一起来聆听热内："夜，我吹着口哨。宗教旋律，缓缓舒动,节奏则相对沉重。透过它,我还以为自己和上帝建立了交流:这就是当下发生的,上帝只是装在我歌谣里的希望和热忱。游走在大街小巷,双手插袋,脑袋耷拉或竖起,双眼盯着各种房屋或是树木,我生疏地吹着我的圣歌,不欢快,也不哀伤,低沉而缓慢。我发现希望只不过是人们所做的表达。保护亦是如此。我从不吹轻快的节奏。我认出那些宗教题材,它们创造了维纳斯、墨丘利或是圣母玛利亚。"抑或:"蹲在我的幽暗角落,在亚历山大和凯撒见过的满天繁星之下,我惊呆了。那时我还只是个懒惰的乞丐、小偷,靠着绝非光明之财穿越了欧洲。然而,我给自己写着一个秘密故事,细节同伟大的征服者们的事迹一样珍贵。"有一个属于热内的欧洲(西班牙、波兰、捷克斯洛伐克、斯洛文尼亚、荷兰、比利时、意大利、奥地利),不是别的地方,正是兰波的《彩图集》里的欧洲,它正被我们所目睹的一种野蛮行为吞噬,其恶行恶果仍有目共睹。这是一个边界、驱逐、监禁、错踏入曼妙风景的欧洲;一个"物与况"的欧洲,惨境、恶行、勾当、生存之战在这里频频上演,是养尊处优者永远无法想象的经历。这就是为什么我坚持要谈谈一个热内的*物理世界*,它精巧细致、瞬息万变、刻骨铭心、动听悦耳;根据身体重生的受限性谈谈空间和时间里的实践。偷窃?"我从头到尾思忖着自己。我的情绪波动着。"或者,"什么动作才是更快的?最笨拙、最迟钝的动作。"再或者,"不仅是我的心，我的全身都在颤抖。我不过是一根巨大的撑棍，是插在这件被窃之室里嗡嗡作响的撑棍。"热内，踮着脚尖，使劲动着脑子。撑棍这个词选得太妙了，用来形容他撬锁的动作。对于一个不能成为小偷的男孩，他认为他的本性不够虔诚，外形不够显眼，总之，他是有羞耻心的。在局限的环境中遭受拷打的身体会顿时变得严谨虔诚。在西班牙，热内为了休息而走进那些教堂，他告诉我们，自己年轻时梦想着去那里行窃。"清晨的弥撒，背负着大罪之名，我领授了圣体。"而他通常是这样："为了保留清澈而犀利的眼神，我的意识在每个行为上掠过，致使我能够尽快修正它们，改变它们的意义。这种不安激励着我，它让我想到在林间被捕获的狍子的惊愕神情。"如果财产是被藏匿的赃物，被盗物和失窃的信则通过失而复转的兽性带回了清白之身。拒绝能言巧语的动物本能，便是社会职能。人们通过放任自己在最底层游走、出卖、流窜、制造自己的反本性、消逝、思考来逃脱这种拒绝和否定。"我对自己说，太多人在思考，但他们本身不具备这种权利。他们没有争取它，以至于思考对您的救赎来说变得必不可少。"应该盼望思考来拯救您，说实话，没有比翻开一本书更对的事情了——等待作者向我们讲述着他的被救过程。足矣（《小偷日记》就属于这类书）。

因此，萨特是对的。热内"像福音传道者一般谈论着他的生活,越说越神奇"。或者他是"奇迹之院的圣西蒙①"。恰恰相反,福音传道者的身份和抨击社会弊病的贵族专栏作家的身份并非不相容。这甚至可以说定义了关于真理的一段浪漫而果断的关系——揭示了规律与谎言、警察与犯罪之间关系的复杂本质。我们的年代对此制作了一张畸形而罕见的画像:"唯独德国人,在希特勒时期做到了既掌管警局又导演犯罪。这种对立面的权威结合,这种成块的真理是骇人听闻的,它的吸引力会让我们长时间惊惶失措。"再看这里,"警察和罪犯同时登台是这个世界最强有力的表现。我们向这场表现扔去一块面纱。它的各部各门羞愧不安,然而到了您这里,我觉得它们高贵典雅。"一位福音传道者,圣西蒙,普鲁斯特,卡夫卡,阿尔托,塞利纳,热内……他们不会像无视魔鬼般行事。我听说:"在过去,墨丘利是小偷之神,因此他们知道去何处借力。向魔鬼祈祷似乎是合乎逻辑的,没有小偷能认真地去这么做。同魔鬼缔约将会完全将自己卷入其中,只要他与上帝作对,我们就能成为最终的胜者。杀手自己都不敢向魔鬼恳求。"事发时,上帝与魔鬼是有形的实体。热内的无常"神圣"首先是"我体内深处供我像一簇火苗一样守候的地方。"我们

---

① 圣西蒙(Saint Simon,1675—1755),法国政治家、作家。他最大的贡献在于其撰写的长篇《回忆录》,该书对 1691—1715 年间路易十四的内政外交作了详细记述。——译注

能回想起兰波，他在《地狱一季》中喊道："圣人们！强者们！隐士们，不该存在的艺术家们！"

我在撰写《游戏者的画像》时又看到当年放在桌上的几本书：陀思妥耶夫斯基的《赌徒》、乔伊斯的《青年艺术家的画像》、《小偷日记》。我还看到了热内的脸，就像贾科梅蒂所刻画的那样：天使般纯洁的能量球，厚颜无耻，就像从它内部被抛出一样。我们立刻就能听到**让·热内**体内天使的声音，一边是否定（我没有，我不是），一边是诞生（我生）[①]。拳击手抬起脑袋，于是，他笑着，温和地，讽刺地，小口地向上吮吸着自己，措辞如同左勾拳般字字珠玑。难以消除的固执，难以分散的专注。舞动的强大意志。在他的书中能读到文学界描写男性身体最美的文字，这并非巧合。这种身体为人所禁，除了雕塑家和画家，鲜有作家接触。为什么会有这种空缺，这种胆怯？说到底，男人是小说中未被开发的题材（当然，除了常与热内相近的梅尔维尔）。有关他们的性征描写极为罕见，好像我们早就知道那是怎么回事一样。热内有时比较直接（"他雄起了"），但大部分时间还是比较收敛的，静候着，他在观察、构图、调色时保持精准和复杂性。就像布拉克在画一个裸体女

---

① 这里是原文的同音异义词组的文字游戏。"我没有，我不是"的原文是"je n'ai, je n'est"，"我生"的原文是"je nais"，三组表达与热内的名字发音基本相同。——译注

人时会局促不安那样,您看马蒂斯,连男人的影子都没有,或仅仅一块立着的直板(《谈话》[La Conversation]),再或者,象征性的几笔勾勒出一个人像(《圣多米尼克》[Saint Dominique])。意象艰难。它是如此受排斥、引人非议——就像我们说的——以至于要从极下等阶层着手:乞丐、苦役犯、窃贼、水手、社会边缘者或是社会渣滓。贾科梅蒂对此谙熟于心。这就是热内喜欢他的原因。而关于热内,我们无法忘记他为斯蒂利塔诺、阿尔芒德、居伊、吕西安、爪哇(《小偷日记》)、艾里克、保罗、瑞通(《葬礼仪式》)、奎雷尔、罗伯特、诺诺(《布雷斯特之争》)所勾画的形象。大家都认为这些不是真正意义上的"故事角色",而是热内自身的投影——这真是大错特错。他的故事里充满了各种不同人物形象,每个人物都有自己的细节特征(斯蒂利塔诺的唾沫、阿尔芒德的手等)。热内有着极度不寻常的注意力("如果仔细观察,任何怪相都是由各种各样的微笑组成,就像绘画中有些脸庞的颜色汇聚了众多色彩"),摹仿、作势、造影、深入主题内部,以准确表达他们的感受以及力所不及的想法,他就是这样如塑造模型般伏案写作着,小说对他来说是一门艺术,所谓的"人物自由"与他无关。与萨特相反,他更同意上帝是一位艺术家而魔鬼是来协助他使作品更扣人心弦的说法。他用的比较修辞法总是出人意料("从爪哇那里,斯蒂利塔诺步态完整,略微摇晃,撞开凛冽的北风,如果他起身要走,如果爪哇出走,我会感到一辆豪车从我眼前悄悄启动并开走,我会有这种感觉")。这是一种超凡的洞察力,它使热内透析了这部恐怖的诙谐之剧,同时也是我们的历史悲剧。除了卓别林(《大独裁者》)和毕加索(《佛朗哥的梦和谎言》),谁还能更好地揭露什么是法西斯赖以生存又不为人知的精神食粮?什么?希特勒式的骇人机器决定进行一场疯妪与流氓的交媾?这世上,魔鬼般地冲入泄殖腔就是肛交了吗?我们已经远离《田园牧人》(*Corydon*),然而,伴随着热内独有的怪诞风格又一次接近了萨德(而他也从普鲁斯特那里学到这些)。此外,正是这小丑般滑稽的一面使叙述变得更加与众不同。

塞利纳每时每刻都想控制、占据、说服、牵引他的读者。读者是愚蠢的,这也算了,但作者和他同属一类。而热内身上不会发生这类状况,没有操作性。读者,即您,在那儿,总是在这座不可翻越的墙的另一边。您不在那儿,您永远都不会在那儿,因为对如此滋扰的意象您只会回绝。您向往权力,因而充满臆想,渴望消除个体身躯或将它们藏妥。热内,他不相信死亡,不对此屈服。死亡不是万有定律,它是社会意愿,维护并曲解的一场犯罪。热内使自己成为颠倒的安排者、充满激情又吸人膏血的导演。萨特指出:"性交是被爱者步步紧逼的死亡。"是的,但是被领会的权力不青睐任何人,因为降临的死亡不再对身体有需求。热内写道:"我问自己,为什么死神、电影明星、旅途中的才子、被流放的女王、被驱逐的国王都有一具躯体、一幅脸庞、一双手足。"确实,他们也能被装在火柴盒里。希特勒被鸡奸,这就是对此最好的说明。从此,他那地狱般的狂舞乱跳就土崩瓦解了。而教皇,他呢,更加夸张。在热内的戏剧作品《她》中:"(被歌颂的)教皇:我告诉自己,事实上,如果我们最微不足道的描绘就能将任何一幅画像神化,那我们的画像也无足轻重了……罢了。我确定任何物品都能代表我。如果任何脸颊、肩膀、鬓角都能成为教皇身上的一部分,那么任何事物都能组成一个完整的教皇。我思索着哪种物质能准确表达我们以及我们庄严的失神之态。我先想到了顶钉、长颈鹿毛绒玩具、衣物刷——我们的卑微地位不会坐视不管——想到了这个被藏匿的烟蒂。是的,我们想过,当一个烟蒂被扔到空中,它就变成了教皇并有了相应的权力。再深入些,直到有了能将我们自身否定的这个想法,能最好地代表我们的便是一团乌有。"这便是热内的存在启示,从《小偷日记》开始他便津津乐道:"计数法揭露了每一件事物独有的意义,*它抛弃了我*(楷体字是笔者要强调的)……因此,我自觉地想到,根据我所谈论的高级超脱态度,在对一个夹在铁丝上的晾衣夹进行思考时,我豁然领悟某种绝对认知。这个著名小物件向我展现出优雅和古怪,并没有惊到我。**对事件本身,我**

197

从它们的自我发展中察觉到它们（又是笔者强调的）。读者猜疑着，就像这样的态度会对我的生活带来危险一样，因为我在生活中必须随时保持警惕，生怕因漏掉了常识而上当受骗。"热内在此自娱自乐，他说得就像读者能领会他的用意一样，而显然，读者是什么都不会懂的。一个小偷在对着晾衣夹出神时迷失自我是不大可能的，况且，小偷也不读书。至于读者，他们不是小偷，假设晾衣夹勾起他们对存在经历的体会，他们也只会将这层启示变成，至少是转变成模糊的诗意追忆。热内的晾衣夹是普鲁斯特的马德莱娜的生动变形，亦或是兰波的一次精神运动，代替工厂的清真寺。热内无比自然地撰写着兰波式小说，这很明显，也是他引起慌乱的原因。"还是稚嫩孩童时，我非常仰慕那位执拗的苦役犯，监狱的门在他跟前总是关闭着；我参观那些他终日苦建的客栈，观赏他终日搬运的填充石；在他的思绪里，我看到了蓝天和乡村的遍地鲜花；我嗅到他在城市的命运，他比圣人更具力量，比旅行家更具方向感——并且他，只有他！见证自己的荣耀和理智"（《地狱一季》）。奇怪的是，萨特没有同兰波这一思绪衔接上（还有洛特雷阿蒙和波德莱尔）。热内从容地谈论着他的"绝对认知"。注意，那是有关对万物常识的丧失以及万事的连续衰亡，不是在荒诞或者荒谬中的间断，而是在"闪亮的明智"里中止。就演出而言，热内的心理不受影响，他对此一直怀有自信，就像他一直为人类的消极性和梦游般的仇恨惊讶不已，这种仇恨一般针对雄性角色，尤其是当其受到羞辱时迸发。因此，热内将为了安危而偷，为对抗一切而盗。在《葬礼仪式》的关键桥段就有了这样一幕：公元1944年，正逢巴黎解放之际，热内的年轻朋友、共产主义者让·德卡尔南在街垒冲锋遇难。热内带着葬礼的伤感和恍惚走进一家电影院，看着时事报道，然后看到荧幕上出现一个被逮捕的年轻民兵："他双眼狠戾地盯着人群，无力缴械、邋遢不洁、狂乱暴烈、跌跌撞撞、头晕眼花、精疲力竭、松弛无力（笔下突然出现某些词，是因为作者在描述他的人物时，有表达某些气质和自己所感受到的幸运感的需要）、疲惫厌倦。那孩子真滑稽。"在此，小说被瞬间构成了，对着放映厅，我们可以说：对着电影本身。面对这幅叛徒被捕的画面，一名女子，离热内不远，仰天悲悯着（两年前她又为谁的逝去而悲悯?）。"影厅与这个女人相像。她不懂恨。"为此，热内青睐并非完全遭人痛恨的人——瑞通这个人物就诞生了。《葬礼仪式》是一部让人无法放下的小说，因为它每时每刻都施着"妖术"、"魔法"（黑魔法对付黑魔法），我们从中读到很多有关那个时期的法国，也就是如今的法国的信息；关于小丑的秘密和全国压抑之况；热内在侵犯了德卡尔南后，是如何用流出来的鲜血调皮而温柔地在他左脸上画下一个卐字，又在他的右脸上画下一把镰刀和斧头的？在讲述这些时他深知自己在做什么。这就是比主题为《苏德互不侵犯条约》或者瓜分波兰的长篇大论更加深入的内容。纳粹主义，就是这些吗？大事儿？除了几个罕见的例外，一整个国家是否会无意地，以工作、家庭、国家、秩序等托辞妥协地签订条约呢？下一期完了之后呢？事实上，法国民兵在光天化日之下炫耀着他们的耻辱。"他们比少女们更受排挤，胜过小偷、掏粪工、巫师、男同志，比一个出于疏忽或者爱好而可能食人肉的人更受谴责。他们不仅受到憎恨，更令人恶心。我喜欢他们。"纳粹是"受任于撒旦的民族"，而民兵和他们的增援却由于对抗自己的民族以及同盟而受到更多的处罚。对热内来说，法国受到这种处罚和贬黜是罪有应得。这一点，他之后再也没有提起过。法国男人、法国女人是纳粹同性恋权威下的色情玩物。如何做到不愿将此忘记却将这四年（1940 年至 1944 年）从我们的历史上"划去"？要对这被疯狂抑制的后续文学感到何等惊讶？德国柄就是"金箔"柄，"兵士、战场领袖、灭绝天使的发柄"，等等。热内没有对它严辞烈语。法国为她可怜的占领者乔装打扮，若端详同法籍流氓媾合时的希特勒："一撇简单的由黑色硬毛构成的山羊胡子，没准还用欧莱雅染了色，它可能具备残酷、专横、暴力、狂怒、渣滓、诽谤、自谥、死亡、强制、卖弄、监禁、刺伤的意义吗？"然而，正是如此。全社会都屈尊于其深处散发出来的气质：一位年迈的姨母，一位疯妪。希特勒被保罗侵犯，从他"冷酷无情的眼里"直深入骨髓，他让"夫人幸福的呻吟"飘在空中。热内写道："暴君①，轻轻地喘着气。"《葬礼仪式》中所有的人物形象，包括让、艾里克、保罗、瑞通以及热内本人（讽刺的誊写刻画），他们汇聚到了这令人印象深刻的警察与罪犯、魔鬼与遍地同性恋的统一身份上。普鲁斯特早在他著名的终篇《重现的时光》里扔下王牌。而热内："将恶行连根拔除，此行关乎毁灭世界……世界被感染了恶疾，恶行浸入血液，而警司却无能为力，因为他们自己也是世界的一部分。"这便是这位世界的泰斗恰如其分地挥洒着笔墨，连同使描述达到拨开迷雾之效所需的挖苦嘲讽。"这本书很真也很扯。"那第二次世界大战之后的事情呢？"空气中浸浴着对反叛、偷盗和谋杀的控告。事实上，从最著名的政府首脑（希特勒、斯大林）到最平庸的记者，人们愚蠢地想要摹仿文艺复兴时期的如阿雷蒂诺、马基雅维利笔下的君主们，人们将那些毁灭因素带入公众道德的同时转变了个人道义。"然而，法兰西……"我觉得这种游戏很有意思，它让我看到一个国家的耻辱，而我属于这个国家，因为我说着她的语言，还有这些神秘的子嗣们将我同她的心连在一起，并在她受伤时让我热泪盈眶。"

---

① 德国法西斯头子希特勒的称号。——译注

热内写道:"诗人掌管恶行。这是他们观赏美德并从中将其提取(或出于自尊而将他们渴望的恶埋入其中?),最后将其利用的职责。诗人对错误感兴趣,因为只有错误才能为真理引路。"还有这个:"杀人是恶行之象征。杀死并且不对这场生命的消逝进行任何补偿,这便是恶行。这是完美之恶。我很少用完美这个词,因为它使我害怕,但是我又觉得非它不可。然而,完美无须补充,那些玄学家也会这么说。由于谋杀——恶之象征——恶行一旦实现,它就使其他所有不善之行立即丧失价值。千具尸体同一具尸体,是一样的。人们无法逃脱的是大罪之状。如果我们精力足够充沛,可以将这些躯体排成一排,如此反复便会使其平复。这样一来,我们可以认为敏感性逐渐变弱,就像一个不断重复的行为强度减弱一般,除非是创造中的反复。"热内在此搞错了:谋杀不会招致无法逃脱的大罪之状。在正统的神学中,只有对抗灵魂的神秘之罪才会招此后果。然而,归根结底,他是知道这个道理的。否则,他不会得出有关重复和创造行为的结论。

还有,"唯有自我毁灭才是罪过,因为如此便是扼杀了唯一重要的生命,也就是灵魂之命。我跟神学家们不熟,但是就此看法,我猜他们完全站在我这边。"另外,"恶行与死亡密不可分,我对恶行的奥秘有着如此高涨的热情是因为我有探究死亡之谜的精神,这些说法对吗?"完全正确。

只有错误才能为真理引路:因此,讲故事是必不可少的。

归根结底,热内的风格、他的痞劲儿、他的打击力,一切都在于此:"我忽然只身一人,因为天是蔚蓝的,树是翠绿的,街道是僻静的,还因为一条狗在路上漫步,跟我一样形影相吊,从我面前走过。我缓慢而有力地前进着。我觉得夜幕降临了。"然而,紧接着:"我让这个世界后庭开花。"在《葬礼仪式》结尾那个不可思议的片段中,艾里克和瑞通(后者会将前者杀死)站在巴黎的屋顶上:"他们的嘴紧紧压着对方的双唇,就像一个连字符般被真空性爱连接在一起,没有根茎,独自存在,然后从一宫进向另一宫"(一词多义的文字游戏①)。

热内说:"写作——在写作之前,先进入这种感恩之态并受其支配,这是一种轻浮、脱离地面即脱离我们常说的现实之态——写作迫使我进入一种疯癫的状态。不仅是神态、动作,甚至还落到一字一句。"

这是《布雷斯特之争》的开场白:"谋杀的主意常唤起对大海、水手的想象。海和水手不会像详图般呈现在脑海,而谋杀让我们因为海浪而产生汹涌的情绪。"您细品这句话,让它回

---

①　原文用的是"palais"一词,有"宫殿"的意思,也可译为"上颚、味觉"。——译注

荡在脑中,任它生动延伸,记下里面的谐音,注意情绪(émotion)一词的位置①。它为什么说得如此准确?它自己不就是一波海浪吗?请解释,请评述。

或者,同一部小说中,对屋面工的描述:"屋面工在海军司令部的楼房屋顶工作。他们精疲力竭,像是躺在一波海浪上,孤独地躺在灰暗的天空下,远离那些在地面行走的人们。人们听不见他们说话,他们被遗忘在大海深处。一人盖一块房坡,面对面,匍匐着,他们抬起上半身,交换烟草。"

《布雷斯特之争》中的水兵奎雷尔是热内笔下最伟大的血肉之躯之一(这部小说应该也是他的代表作)。可以说,他是了解自我神经和细胞的一个由头,演绎了一堂动态解剖学课程,呼吸,屏气,领略土壤与植被、犯罪与苦修的意义,一寸一寸地品尝,扮演着混淆身份的主要角色,如同纸牌中的"百搭"(joker)。"他感觉到每一块肌肉无声地存在着,它们全体互相协调一致,旨在建立起一尊轰轰烈烈、寂静着的冰冷之躯……""六根手指,目光如炬。他所有的肌肉也是如此。他

---

① 这句话的法语原文是:"Mer et marins ne se présentent pas alors avec la précision d'une image, le meurtre plutôt fait en nous l'émotion déferler par vagues.""l'émotion"(情绪)一词的谐音为"les motions",意为物体运动,这句话可以翻译成:"海和水手不会像详图般呈现在脑海,而谋杀让我们因为海浪而奔放大胆。"——译注

很快成为一道墙并就此停留片刻,感受着每块砖瓦、每个细节于体内的存在。"

对热内来说,同眼前的画面相反,其男性特征通过"无论是人们取悦他或他愉悦人们时,粗心、不敬、对身体漫不经心的等待"来体现。说说您认为这个提议的合理之处。请举例说明。

行文迟缓,疾笔如飞:

如何突觉事物的消逝之谜? 即刻随机应变吗? 不行。那再快一些呢? 以胜过一切的速度呢? ……不行,这是无用的。事物发展是永远不会出现差错的。应该以飞机螺旋桨旋转的速度将目光转向自己。如此,我们将会觉察事物的消亡,而我们本身也随之离去。

第 二 章

大 脑 与 我

　　我的大脑有时会怪我没跟上它的步伐，提醒我低估了它的潜能，轻视了它的反省和它的记忆；它时不时会责备我肆意令其糊涂混乱，使它不得自由挥洒，并对它充耳不闻。我的大脑，它坚韧而耐心，已经习惯了它所驾驭的这副笨重的人类躯壳，它愿意装出一副好像地位次于心脏和性器官的样子（这是一种怎样的觉悟啊）。它的聪慧就在于掩饰了一切都将回归于它的这个事实，既避免侮辱了我，又凸显了它比我还要更了解我自己。它让我尽享诙谐风趣的好处，却又一肩扛起我的谬误与疏忽。这是怎样高洁的品格啊。这个搭档真是太棒了。"你知道吗？你让我做的事情总是太过肤浅。"有时候它会对我这样轻叹，就像它经历了数百万年那样。我沉睡的时候它却保持着清醒。我沉默的时候它却继续在表达思想。我

209

的大脑拥有一本最受大众喜爱的书:《百科全书》。有时候为了能让它放松一下,我会让它读一本小说,一首诗歌。对此,它表示很喜欢。当我们外出时,我们会遇到一些愚蠢的言行,为此,我向它表示抱歉。"我了解,我了解。"它回答我,"你就留给我来应对好了。"我感到有点儿难为情,但这就是生活。或许将来某一天,我会写一本关于它的书。

古典作品

虽然还甚为年轻,但是他已经感受到了一些将令他无法忘怀的感觉,这些感觉清晰隐秘,又饱满四溢。即使在他状态不佳、备受质疑被穷追猛打之时,他依然抱有这样的情怀。后来,他做梦般经历了那个时代的灾难与厄运。有人试图对他进行各种劝阻,并对他反复灌输当时的那些陈规固见:遵循惯例、学院派、现代主义、后现代主义、对丑恶的虔信、自我仇恨、语言的贫瘠、对商品的屈从、民众的文盲状态、萧条、罪恶、对过往的羞耻感、自我遗忘、对死亡的恐惧、有神论、无神论、友善表现、敌意恶感、多愁善感、焦虑苦恼、抑制封阻、装模作样、色情淫秽、历史的意义或历史的终结、政治、酒精、毒品、金钱、各色各样的风云事变、共同生活的情景情节的诡计、报纸、电台、电视、旅行、暴力现象、受到爱抚且堕落之人,恫吓唬人、广而告之、评论批判、闲谈漫聊、数度哀悼、本质、虚无、几度压制逼迫、几番低靡萧条。此间种种，他记录下来，过滤渗透。对这一切，他都感到极为喜悦，甚至对每个现象都表现出强烈的兴趣。透过这每一个现象，他不禁辨别出一条法则。他记得拉封丹与雷兹分别说过这么两句话。前者就是"对于我来说，没有什么是至高无上的[1]"；后者是"我坚持我的犀利，而且我得到了绝妙的方便[2]"。这些句子最终自然而然地以古典作品形式诞生于世；富于逻辑性的法语源源不断地为它输送了语言的能量。他清楚等待着他的是什么。甚至蛰伏对他亦起到了帮助作用。比如这天早晨，他在一份报纸上读到米歇尔·克鲁泽[3]（Michel Crouzet）所做的关于司汤达的评语："思想是一种精神奢侈品，一份圣宠，而这份圣宠就是愉悦。它具有的意义是如此的重要和深远，以至于构成了'司汤达'的人格，如其文字那样：幸福国度如意大利，在那里'悲伤'是一种伤害……"

　　2090年，古典作品仍将为人们所品读。

---

　　① 出自法国寓言诗人、法国古典文学代表作家之一拉封丹的诗歌《普赛克的恋情——享乐赞歌》（*Les Amours de Psyché-Éloge de la Volupté*），原文为：Il n'est rien qui ne me soit souverain bien. ——译注

　　② 出自法国枢机主教让-弗朗索瓦·保罗·德·贡迪·德·雷兹的《回忆录》（*Mémoires*），原文为：Je suivis ma pointe et je trouvai des commodités merveilleuses. ——译注

　　③ 巴黎索邦大学名誉教授，司汤达研究专家。——译注

波尔多的策略

波尔多人对于波尔多城历史的感悟,首先就如同在基督纪元伊始,初到此地的希腊人那样。他安顿下来,四处奔波,来来往往,历经世事,并未对英格兰的统治①感到不快,也没有少去参观在坎特伯雷的黑太子的卧像。很快,红酒贸易,也就是波尔多红葡萄酒便席卷了那里。他马上又将生意带到了荷兰、伦敦、还有意大利、西班牙,随后又远走北美和南美。波尔多人对这块内陆——法国本土,对巴黎并不信任——巴黎总是过于集中且充满掠夺性(这是不言而喻的:法国在被击垮

---

① 波尔多由凯尔特人于公元前 300 年左右建立。1154 年,由于阿基坦的埃莉诺之夫亨利伯爵成为英王亨利二世,故波尔多成为英国领土。直至"百年战争""黑太子"以根据地历经 20 年。1453 年,法国在卡斯蒂永战役中战胜英国后,该城并入法国。——译注

之时,似乎碰巧正是在波尔多寻觅到了庇护所)。在从前,我们的行为品质就是赞颂拉博埃西①(La Boétie),在议会和市政厅选举蒙田,让孟德斯鸠方便其研究工作。波尔多人并不喜爱圣女贞德,抵制路易十四和法国教会(这是一位英国天主教徒、一位温和的新教徒,或者还是一位见多识广的犹太教徒,通常是葡萄牙人或西班牙人)。他喜爱路易十五,意欲忘却被奴役的过往,竭尽全力地对雅各宾党人一事保持缄默,憎恨拿破仑和那两个帝国②。在其自由不羁和玩世不恭的外表掩藏之下,实则是一名狂热的反19世纪主义者。身为吉伦特派,他将布列塔尼人、勃艮第人、阿尔萨斯人、奥弗涅人视为宿敌。波尔多人一直记着这些事情:荷尔德林③曾经相信正是在奔向波尔多的征程中发现了希腊(站在丝绸般花岗岩上面的那些长着棕色头发的女人们);波德莱尔正是在波尔多的港口登上游船,开始短暂的旅行;诗人亦是天才逻辑学家的伊西多尔·杜卡斯,让他更为出名的名字是洛特雷阿蒙,他来自蒙得维的亚,曾经也坐船到此登岸。波尔多人把司汤达视为依

---

① 拉博西埃(Etienne de La Boétie, 1530—1563),近代法国政治哲学的奠基者、作家、诗人。——译注

② 指拿破仑一世建立的法兰西第一帝国和拿破仑三世建立的法兰西第二帝国。——译注

③ 荷尔德林(Friedrich Hölderlin, 1770—1843),德国著名抒情诗人。曾在法国波尔多当家庭教师,他的诗歌作品受到诸多希腊文化的影响。——译注

托,以随时向世人表明波尔多是法国最美丽的城市。作为典型的欧洲人,他想了解的只有沿海的德国,他除了瞧不起希特勒和贝当之外,也蔑视斯大林动乱这桩事情(除了俄罗斯,就没什么其他国家离这里更远的了)。相反,他蛮喜欢纽约的,中国也让他惊讶不已。波尔多人从莫里亚克①那里领悟到应答的敏捷巧妙感,文字的尖刻犀利,对于帕斯卡的鉴赏力,对于普鲁斯特的忠诚以及对于大地土壤的了解。一有机会,他便匿迹于内陆之中,拥有诸多小酒庄的加利福尼亚,他的艳羡之所。这是另一个托斯卡纳。他很欣赏海明威敢于叫自己的孙女“玛尔戈”(Margaux)。②虽然他拥护南部同盟,但他又是南部人里拥护联邦政府的人。他冷淡无情,耽于声色,神秘守密,像个剑客,天真简单,争强好胜,又有自知之明。他是个鲜明的个人主义者,通常脱离团体。他既不是右派,也不是左派,虽然有一种固执的秉性,但还不是那么中立,为了固守他自己的宁静,他有时会过于失去控制。他会自然地恢复如初,然后重新开始阅读《蒙田随笔》。

　　总之,他将始终是个投石党人。

---

　　①　弗朗索瓦·莫里亚克(François Mauriac, 1885—1970),法国小说家,1952年诺贝尔文学奖获得者。他在法国波尔多出生,并从波尔多大学文学系毕业。——译注

　　②　玛尔戈是波尔多附近所产的一种红酒。——译注

文学，依旧

普鲁斯特在生命尽头的最后两年时光中，对于文学批评表现出了无与伦比的热情。彼时他的巨著正渐近尾声，健康状况恶化得很快。对他而言，这是一场战斗。蒂博代①敢于评断福楼拜写得很烂吗？这是很奇怪好笑的事情：以其独一无二的语法观点来看，福楼拜曾比康德重要一百倍。阿纳托尔·法朗士开始对司汤达产生异议了吗？鼓吹自18世纪末起文风便已殆尽？这是很荒谬的。达尼埃尔·阿莱维②，作为新出现的爱训诫之人，以他对于波德莱尔秉持的那种倨傲

---

① 阿尔贝·蒂博代（Albert Thibaudet, 1874—1936），法国文学批评家。——译注

② 达尼埃尔·阿莱维（Daniel Halévy, 1872—1962），法国历史学家，随笔作家。——译注

态度,为圣伯夫①进行辩护了吗?快,必须捍卫波德莱尔,也就是捍卫他自己,也就是捍卫《追忆似水年华》。实际上,普鲁斯特才刚刚弄明白一名社会神职人员是如何行事的:他具有社会地位,对其生命际遇心怀满足;他会试图擦去过往的那些纷扰残余,抚平岁月的痕迹。因此,这些人不仅是19世纪的革新者,就像一些古典主义作家那样必须得到赞扬,但由于其现代的质素,他们也是古典主义者(圣西蒙,塞维涅)。我们在谈论颓废吗?萧条当道?寻找认识道德范畴?不复辉煌?不再有作家?对此,普鲁斯特当然是根本不予认同。

20世纪末和之初相比,并没有变得那么迥异非常。难道普鲁斯特不是太过于复杂难懂吗?那乔伊斯呢?塞利纳呢?阿尔托②呢?再者,20世纪是否曾有理由存在?确切地说,那难道不是一场梦抑或一个梦魇?瞧啊!商品的剧增使我们确信错综复杂的叙事已了无生气。公众期望一些简单化的故事,易理解的构想,一种高质量的被预适应化的电影的病态,一个最低程度的词汇量。您是否依然用法语的腔调大谈文学,最终让人感到难以忍受?那么这将很快变成像拉丁文或

---

① 圣伯夫(Sainte-Beave, 1804—1869),法国文学评论家。他是将传记方式引入文学批评的第一人。——译注

② 安托南·阿尔托(Antonin Artand, 1896—1848),法国诗人、演员、戏剧理论家、评论作家。——译注

希腊文那样的死语言，而这也就是为什么令人头痛。不是吗？您不信？您坚信言语的能量可以源源不断？您每个月都将此表达在一份晚报上，以驳斥社会学的显见？这真是件稀奇事。

欲 望

欲望？从那时起，大家都想要挑动我的欲望，让我迎合欲望，向我阐明欲望。我每天都受到叨扰，有忠告、命令、口号标语、图像、医学的或化学的只言片语、广告宣传中修饰过的超现实主义或精神分析的建议。我身处何种境地？我的性欲与什么相符？它是正常、不正常、随大流、大胆的、还是有规律的？它是否了解它的对象？难道它无意在我不知不觉中有所改变？如何利用、维持、鼓励、驯服、爱惜、倾注、耗费它？《景观社会》①（*La Société du Spectacle*）拥有这一切的答案。报纸、栏目、专业杂志、电影、电视、电台、草率短文、预售小说，不断

---

① 法国思想家居伊·德波（Guy Debord）所写的一部哲学和批判理论的作品。——译注

地,直接地,显示其存在感。欲望是一件商品,甚至是商品中的商品,**您应该有欲望!** 欲望与科学呢?好吧。我们有统计局、实验室、活体外探测,男女两方面兼具。上帝,这个坏人,他是否站在欲望的对立面?这得开讨论会。欲望是否受到金钱的改造?我们敢这么讲。欲望与力量呢?这是世纪争论。弗洛伊德式地,或非弗洛伊德式地,又或无意地,有所欲求?我们每天都在聊及此事。请学会有所欲求,完善您的欲望对象,多多阐明对于欲望的这份隐秘的忧虑,磨炼这份持久而令人煎熬的欲望,这便有了我们的调查研究,城市,乡村,假期,组织的旅游,郊区。请快速阅读我们转述的话语,具有哲理性的概述,明星和专家们吐露的隐情。人们根据年龄、职业、鲜明的差异、烹饪角度、文化环境来分析欲望。理想的男人是否就遇到理想的女人?很奇怪,年度最理想男女每次都是晚间电视节目里最受欢迎的两位主持人。此外,三位著名的男运动员和两位女运动员可以让大众对于他们良好的运动状态感到很放心。

以下两个问题:您希望什么?您渴望什么?有人可能对此作答:"无所欲求"。这样回答的人也许会有严重的不法行为或被看成疯子。欲望还是抑制,需要做出选择。有所欲求吧!疯狂吧!这是命令。"从此,蔚为壮观的世界的庸俗化便是如此呈现。"(德波)

《威尼斯节日》的叙述者在某个时候讲道:"为了让现代奴隶们接受,甚至要求得到他们的权利,那就必须让他们永远地浸淫在图像和无稽之谈的诱惑中……这样不再具有乐趣,或者尽可能不再如此:对于辐射开来的这种稳定状态而言太过危险。这便将是景观的观者,不停地受到刺激,无限地身心疲惫。他或她,是一件复制品。他或她,将被作为复制品的复制品来利用。"

欲望,就定义而言,它总是另一回事(对于另一件更令人信服、更令人满意的商品的欲望)。这种被欲望编控的匿名的自动化不可思议地将巴甫洛夫变成最具现代意义的思想家。是刺激吗?是反应!这里,新颖性将被排除,就像非典型的,古怪的,有瑕疵的,令人愉悦的那种发明那样。距离的、思考的、怀疑的、讽刺的,这些最细微的痕迹在被极端社会化面前,将随时受到严格地评判识别。禁忌的性欲变成必然,与将之比作地狱相比,这样起到抑制作用的效果更佳。如果所有人都在谈论性行为,那它便消失了。如果人人都是同性恋,那再不会有人是同性恋。如果我们希望既有法律和又有违法行为,那么就既不再有法律也不再有违法行为。如果反常是正常,就再无所谓反常。人们谈起我称之为普遍化的腐化堕落(就像我们说贪污舞弊)。涉及欲望的事情变成了一种交换价值,惯例立刻便邂逅交换,因此,这里那里所表现出来的欲望最多就是一条信息。那些欲望的滞后者们应该知道：他们坚守在一片早就动摇的立场之上。是的。将不会有道德、宗教、家庭、身份、专制等级的回归。尽管如此，为了加快新制度的建立，还是应该始终让人对此有所畏惧。请注意，法西斯主义！（各种混乱：教皇、完整主义、民族主义、种族主义等等。）此外，真相是那些曾经有所克制的名人们，对于欲望商品的过度曝光能够很好地顺势而为，甚至通过获取最大化利益而赞成它的存在。唯一的一条法则是：坚持不懈地表现欲望是基本的、万能的、天生的、充分发展的、相通的、恒定的。欲望的伪民主是否将它变得愚蠢和丑陋？是的，很可能吧，但这就是问题正在解决中的证明（淫秽色情必须是最恶劣和最愚蠢的，问题并不在于它表现在自我意识的边缘：性欲不是要变得聪慧或告知您何为美丽，它只是提醒您，您和其他人一样）。一本流行杂志最近刊登了我做的一个定义："S，色情狂作家。"也就是说：我们原谅您是个作家，因为您是色情狂（尤其是请您保持这个状态，我们时刻都留意着您。）检查性刻板症对于物品买卖而言，和身体买卖一样是十分必要的。过去不是已经跟你们说过你们是"抱有欲望的机器"吗？那么，机器之所欲便是技术之所能。不仅是对于你们，也是对于所有人而言，并且是就各个方面而言。

因此，无法容忍越来越成为欲望的最个人化的表现，这是理所当然的事情。您把自己看成谁,以显示在高度一致性中的独特性? 您处在这样的或那样的阶层中吗? 您是一个男人? 或一个女人? 或有些两者兼具? 对于您的这些问题,我们均有答案,虽然这没什么用。请您成为您之所欲而非您。满意的假象可以预见欲望的麻痹(那些调查测试并不能针对那些性高潮差异,这需要言语的推敲,这就是在研究中的失语症。)还有在这点上,旧世界里那些赶不上时代步伐的人们谈论"衰退"(属于价值观方面的骄奢淫逸、混乱无章、愚昧无知、萎靡消退)是不对的。衰退已经过去很久,相反,我们经历了一个新的统一的专制力量的形成,这个过程充满活力,孜孜不倦,令人震惊。其目的不是需要一只用以倾听的灵敏耳朵,而是在于普及死亡的欲望。坚信自己只是一件复制品的复制品,不然就是被忘却,对于一个这样的人,那还剩什么可有所欲求? 为了给予他兴趣和决心,最好让他始终保持紧张烦躁和失望的状态。就像吸毒者那样,为了让欲望变成需求,人们向他揭示出他的欲望,最终以诸多已被接受的死亡中最平凡无奇的方式结束,就像是一种必需的慰藉。因此,存在主宰和奴隶,这大概就是为什么我们从来不常谈论民主。一是对人工复制技术的掌握;一是人工复制出来的那些号码。这种新趋势已经使生物学迎来了它的"春天",它在艺术品交易方面,如同在普遍的文盲和历史遗忘症的组织里,都是不可忽视的。

223

显然,不会阅读(或对此感到厌烦)的人是无法达成其愿望的。总是观看电视或电影里的同一幕场景(例如在一部美国连续剧里,我们往往看到紧随亲吻之后的是财政讨论或是枪击),他就仿佛感觉欲望就意味着惩罚或债务。因为没有什么是免费的。此外,绝妙的社交益处在适当的时机将由这个情节所引出的后果[1]来体现。钱财-死亡-孩子(Argent-Mort-Enfant):这就是专制宗教里有趣的钢铁般的三位一体。如果愿意的话,可以注意到它可以缩写成 AME[2],我们可以自娱自乐一下。钱财、死亡、孩子。再来一次:钱财、死亡、孩子。这个剧本里的性欲吗? 瞧,单纯的诱饵。

假定我带一本《追忆逝水年华》的手抄本给现今的一位编辑。他首先会模糊地辨识反社会欲望的病理,反社会的,因而是可疑的。除了这样一本书不可能一下就跻身畅销书之列之外(毕竟,这是证明其存在的唯一方法),他的意愿一目了然,他会留意一些微不足道的细节、细小事件,一些不直率和暗语化的行为,这会带给他一种令人不快的异常感受。叙事的那些欲望,复杂无用,它们与动作、香味、颜色、语调联系在一起,在他看来正像是不受感人情绪或广告冲击影响的精神表现。

---

① 法文单词 enfant 兼具"后果"和"孩子"两个意思。——译注
② 法文"灵魂"(âme)的大写拼写。——译注

这本书有可能最终得以出版,但是不会带来影响(又或者出现奇迹:他赢得龚古尔奖①,所有人都买这本书,却没有人读)。您告诉我说萨德的作品位列"七星文库",因此每个人,只要他愿意,是否都能发现欲望的那些令人眩晕的依据? 但在萨德还是个恶魔的时代,我们还是能够与一百位业余爱好者闲聊他的作品。今天,最多也就两位吧。这就是我们会称之为文字的凋敝未来。枯萎的文字是欲望的零摄氏度。

是的,人类的欲望是语言的,依然是语言的,始终是语言的。如果没有对话、多义词、双关句、多种多样的笔调和词汇、多种含义混杂、困难挫折、佯装模仿、讽喻影射,那就没有欲望,就只有单纯的功能而已。在地下或海底,在星系或质子中,在物理、化学、古生物学、妇科学、统计学、社会学里,我们寻觅不到欲望的蛛丝马迹(和上帝的圣迹一样难以寻觅)。相反,在图书馆和博物馆里,它的身影到处可见,音乐也不厌其烦地对其有所体现。正因为此,现在才要没收阅读,这份清晰的感觉,这份伟大档案的意义。我们不焚书,不焚画,不烧碟,不烧乐谱吗? 是的,不焚烧。但是我们将这些用括号括起来,脑袋里则直接刷上一片空白。一切都是可自由处理的,几乎

---

①　法国久负盛名的文学大奖,设立于 1903 年,面向当年在法国出版的法语小说。——译注

没什么是可理解的。欲望，是语言的，这个语言内涵丰富，具有可能性，可以接收或不接受它的回应。两人之间同时产生意识幻觉这件事和几百万年前地球表面一种动物物种的出现和消失一样不太可能，也不切实际。**欲望是一种文学的企图**（这里字词是必不可少的）。即便这种企图被书写得很糟糕，且是无意识的，还显得拙劣淫秽，但它旨在扩大、分支、完善，也就是说要像战胜审查一样克服抑制效果。我们与自己的欲望相抗争，因为我们不懂得述说。我们要么倾心于它，要么憎恨于它，因为它让我们拙于言辞。我们甚至因此而报复，因为它讥讽感受到欲望的男男女女们的迟钝。如果你向我展示你如何说话，我就告诉你你该如何有所欲望。如果你找不到人说话（包括性行为），还有《长沙发》①（ *Le divan* ）在等着你（这总比自杀和突然抑郁要更好些，而且这个节目名噪一时）。欲望是一项长久的对抗社会的计划。在这个可怕的冒犯之举里，那些新的参与者们或许正在形成当中：对于景观社会而言微不足道，对于我们来说却意味着一切。他们彼此间达成一些奇怪的协议。他们拥有彼此打招呼的表示，他们的谨慎，佯装的冒昧。他们神奇地逃过了景观的捕捉，某些小说或许对

---

① 法国 FR3 广播公司推出的一档心理咨询电视节目，从 1987 年推出，于 1994 年结束。——译注

他们已经有所描写。相比不断反复滚动的 AME 的陈词滥调,他们更偏向风雅之爱的完美思考方式。他们互为欲望,因为他们用一种难以理解的语言或是以一种令那些带有错觉的公务员们毛发倒竖的表达方式,一边触碰对方一边交谈。他们不具收买性,也不能再被接纳。这样的社交群体似乎在 18世纪存在过:曾几何时,帝国对他们穷追不舍,有关他们的资料,我们知之甚少。似乎在那个时代,女人们在成为大众的重要经济手段里的特定人群之前,她们果断为自己而活。这些神秘的反社会群体之一曾被称之为:当下社会。这便是我自己希望的恩赐。

法语版《圣经》

1654 年 11 月 23 日，星期一，巴黎，天特别舒适蔚蓝，一位饱学的贤达之士，尤其是其文采比谁都更胜一筹，他在自己的房间里独自一人，从晚上近十点半一直待到差不多凌晨十二点半。他刚刚解决了一个复杂的几何问题，这是他的那些国际同行们都无法参悟的难题。这次他的计算方式比平常都要来得方便迅速。窗外是一座荒废的花园，他推开其中一扇窗，草地上黑色矩形的砾石小径显得更为清晰。他探身向窗外望了一会儿，又回到另一张桌子前坐下，上面铺陈着好些纸张，在拜访者眼里，这也许就是一张杂乱无章的桌子。显然，他手拿放大镜，伏在案前，在继续为一本大部头书籍做注释。

比如他写道："这里不是真理的国度，真理游荡在众人之中却无人能识。拥有真理的上帝用一块面纱将它覆盖，使得

228

人们无从听闻，无法辨识。"又或者："您不会抱怨上帝的难以寻觅，反而会感谢他是如此频繁地显圣于我们。"诸如此类。有时他也会停下来查阅一下摊开在他左手边的三本字典，一本拉丁文，一本希腊语，还有一本是希伯来语。他似乎想要把自己的那些评注做一个具有条理性和论证性的归类，这些评注笔触活泼灵动，绝无被动之感。《出埃及记》3：14 是他最喜爱的段落，读了不止一遍。这段文字描写的是一片未燃尽的灌木林和从那里发出的一个声音，它最终道出了上帝的真实姓名(众所周知，上帝有好几个名字)。当然应该用此话来传意："我就是我是①。(« Je suis qui je suis »)"这是一个未完成过去-现在时，甚至也是一个将来时。我曾是我是，我就是我是，我将是我是。令人惊异之处是，系动词"是"是那些名词中的那个名词，用第一人称。可能会存在的解读谬误是：我就是那个是的人(je suis celui qui suis, ou celui qui est.)②。大家也许坠入关于"存在"的这个令人纠结、不得其解的问题中，而且令人焦灼的它突然地就那样横陈于我们面前：上帝不存在，他就是。他是吗？ 不，我是。非吾，我也。(Dieu n'exite pas,

---

① 在中文和合本《圣经·出埃及记》3：14 中又译为"自有永有者"。在《旧约》时代，神的名字被之义为"我是"。——译注

② 法语系动词 être 直陈式现在时根据人称进行动词变位，第一人称"我"为 suis，第三人称单数为 est。——译注

229

il est. Il est ? Non, Je suis. Pas moi, Je.)

布莱兹·帕斯卡①在一张羊皮纸上写下日期和时间,以及一个大写的单词标题:火(FEU)。接着继续书写道:"亚伯拉罕的上帝,以撒的上帝,雅克的上帝,不是哲学家和学者的上帝。"接着写道:"我心坚信。我心坚信。我心感知。我心快乐。我心宁静。"还又写道:"公义的父啊,世人未曾认识你,我却认识你。"最后:"快乐,快乐,快乐,快乐得流下了眼泪",并且还写道:"只要能在地上尽一天的宗教职责,我也永远快乐。"②

待到墨迹干涸,他脱掉外套。拿起剪刀,小心翼翼地将里衬剪下,把这张折了好几折的羊皮纸塞进已经准备好的信封里,里面还装有针线,然后全部重新缝在一起。每次换外套的时候,他就将这张纸转移到新的外套里。如此,在穿衣脱衣时,又或一天中的某一刻,他就可以触摸到这薄薄的一页文字。人们只有在他去世后才会发现这一纸文字。

这就是散落在他注解中的那些话:"无穷的'存在'使得完结破灭,化为纯粹的乌有……"故而昨晚,无法入眠。

---

① 布莱兹·帕斯卡(Blaise Pascal,1623—1662),法国数学家、物理学家、宗教哲学家、化学家、音乐家、教育学家、气象学家。——译注
② 出自布莱兹·帕斯卡尔的 *Le Mémorial de Pascal*,译文选自《覃思集》,李平沤选译,天津:百花文艺出版社,2002 年第一版。——译注

兰 波

　　夏天。我在长岛。我再次阅读《彩图集》①,当不再有人记忆一片空白之时,这本书就将得以长存。这个时候,只有稀稀拉拉的几个路人能够在这个后世界(l'après monde)中散步,犹如这是一本每时每刻都打开着的书卷。我看见几句话,几个单词,那些音节对我有所戒备,似乎那些符号在闪烁跳跃着,就像以前的景致和画卷所表现的那样。我关掉电视。"右边,夏日的晨曦唤醒树叶,以及公园里这个角落的热蒸汽和喧闹声。"因为白昼的运动从树木开始,这是一道看不见的蒸汽,喧闹声昭示着光明。"紫罗兰色的一片阴影中,路堤掩护下潮

---

　　① 法文书名"Les illuminations"在宗教上的意思是"启迪,启示"。——译注

湿的路面上留下数千道快速碾过的辙迹。"要看清楚飞快的车辙(往昔印下的圆轮,旅客,陆续出版的分册,托辞),这并不容易。"一连串的仙境。"我已经看得够多了,以使得视觉就留在那儿,很充分。"其实就是:几辆二轮马车,装满涂着金色的木质动物,桅杆和五颜六色的画布"……

在我待着的家里,没有人讲法语也没有人懂法语。

我打开收音机,刚好听到海顿的第八十五交响曲《皇后》。我想到了奥林匹克乐团,想到了克洛德-弗朗索瓦-玛丽·多尼伯爵的侧面雕像。这支交响曲(1785 年)全名为《法国王后》(*La Reine de France*)。我正在撰写一部小说,《金百合》,里面的人物就叫海娜①。玛丽-安托瓦内特②(Marie-Antoinette)就在她三十八岁那年被送上断头台。

"二十匹带有斑纹的马戏团的马风驰电掣,以及骑在最令人惊讶的动物之上的那些孩子和大人们"——

那些二轮马车也是一些船只,我们身处洪水之后,这是怎样的马戏团。在兰波笔下,骏马的回途始终都是一种特殊情感的印痕。我想到我在波尔多度过的童年,想到祖父那匹用于比赛的骏马。在一张照片里,两岁的我站在他旁边,道路泥

---

① 与王后的法文 Reine 拼写相同。——译注
② 法国王后,国王路易十六的妻子。——译注

泞不堪,车轮碾痕三三两两,他的手搭在一匹黑色骏马的脸上。

适才我看了一幅苏珊·罗森伯格画作的复制品,叫作《骑自行车的人》(*Biker*)(1985)。她画了很多的马(一些"自画像")。在《骑自行车的人》这幅画中,有一棵树和一个朝观画者飞驰而来的骑自行车的人。80 年代美国绘画的汇集令人难以忍受,这是唯一一幅可看之作。

二十辆马车,用绳系上绳扣,悬挂着彩旗,装饰着花朵,就像古时候或童话里的四轮华丽马车,上面都是打扮得滑稽可爱,奔赴田园郊外的孩子们——系上系扣,悬挂彩旗,还有花朵装饰:我们听见鹿的悬蹄,叫声,欢笑声。

甚至还有一些覆于夜色华盖之下的棺木,这些华盖竖着乌黑的翎饰,后面紧紧跟随着几匹高大的青色和黑色母马。

这幅画被展示出来,用以让人经历死亡。

这几个汇集在一起的简单词汇,其夺目之处就在于:**那几匹高大的青色和黑色母马。**

拂晓来临,路堤依旧。带有斑点的骏马。紫罗兰的阴影。

这首诗叫作《车辙》(*Ornières*)。我们听到的是:金子,否定，昨天①。

涂金的木头。田园牧歌。数千道飞驰的车辙。哦，青色，啊，黑色。颠倒的签名。

> 莱茵河的金子
> 美丽的青色
> 亚瑟王
> 美丽的青色的金子
> 于太阳同往的大海
> 阿尔蒂尔·兰波。

而现在，《战争》(*Guerre*)，恕不评述：

孩子，某几重天精炼了我的眼界：所有的性格特征让我的面容发生了细微变化。这些奇观异事此起彼伏。现今，那些片刻的永恒转变和数学的无穷无尽将我从这个世界驱逐，在这个世界里，我非但没有受到奇怪的童年和诸多疾病的侵蚀，反而还获得了所有的世俗成就。我理

---

① "车辙"的法文为 ornière，将该词按发音拆分成三个单词，其同音异词为 or 金子，nie 否定动词 nier 的变位形式，hier 昨天。——译注

所当然地或尽力地,以出乎意料的逻辑地方式,想到一场战争。

这就像一句乐章中的短句那样简单。

兰波在哈勒尔(Le Harar)花了一番精力来拍照。

哈勒尔,1883 年 10 月 4 日

亲爱的朋友们:

我收到你们的惊恐来信。对我来说,几乎没有过邮局之门而不给你们写信的时候,不过最近的两次,我让这些信件由埃及邮局发出到你那里。今后,我会永远将信投到邮车里。

我身体非常健朗,工作也一切都好。愿你们也同样健康,万事如意。这封信写得太过匆忙,下回再与你们长书一封。

愿你们一切安好。

兰　波

孩子:天空,眼界,奇观异事。

自此:音乐人,爱之匙。

因而:那些片刻的永恒转变。

数学的无穷无尽。

出乎意料的逻辑。

战争。

尼采与法兰西精神

今天，让我们来设想一下有这么一个人，按尼采的说法，他的本性可能会不断地接近淳良、高贵、美丽、良善，为诸神所爱。一种普遍的愤恨情绪可能会逐渐地伴随其左右。他也许会成为众矢之的，尤其是当他对身边这些直击而来的怨恨和厌恶不屑一顾之时，这种愤恨情绪就会更加强烈。恶意的谣言和诽谤便是其注定的际遇，他却笑着或是转头欣然接受。他甚至不做抵抗，除非需要继续前行或捍卫自己的看法。这一切就好像他身处这一断言之中，虽为箭靶，却与那些针对他的否定没有任何必然关联。不停地有人对他说，他反常、不道德、神经过敏、疯狂、自私、卑鄙、危险、邪恶。只是有那么一瞬间，他感到很惊讶，认识到那是弄虚作假的游戏规则，表面的喜剧。我认为，对于这个明朗之人的反感是孤立的，并且是法兰西的，就像我们从未曾有过的那样，意识到它的出处："欧洲最后的政治贵族，即在法国17、18世纪时期，在民众愤恨的本能冲击下崩塌。现实中，我们从未曾有过更为巨大的喜悦以及更为之激动人心的热忱……"尼采坚持认为：这就是"本人的古代理想"，有了突然而至的太阳，它将比文艺复兴的理想还要光芒万丈。

时光回到1878年，"人道，太过人道"被直白地题献给伏尔泰逝世的一百周年纪念。大家应该一起读一下辩证法改写过的杜卡斯①的《诗集》(*Poésies*)——"悲情人道主义的丑陋过往"，并且了解一下尼采抛弃赢得1870年战争的德国，突然转而亲法的这件事情。翻转历史角度：反对文艺复兴的宗教改革运动就曾是一项"本质上为贱民愤恨的运动"。大革命，尤其是"恐怖统治"，趁着同样的倒行之势，都曾是古时的复辟易道，其夸张的虚伪做派与其所体现的真实革新相对立。是的，发生了一件脱离现实之事，粗暴且倒行逆施。这是关于一个"本人的"理想复仇，轰动一时。比如，在推至萨德时代的贵族主义和恐怖分子们关于"古老的罗马"②有些夸张的说法之间的矛盾中，我们能辨认出奇特的转化。与贵族阶级（以及其

---

① 伊西多尔·杜卡斯(Isidore Ducasse, 1846—1870)，法国诗人，曾用笔名洛特雷阿蒙伯爵(Comte de Lautréamont)。——译注

② 《反对最高主宰的萨德》，前揭，伏尔泰河岸出版社，1992年。

"惊人又动人的口号：*少数人的特权*"）的巨大的喜悦相反，它是一种"古代风格式"的病态且脱离现实的僵化。那就是到处教化和宣传否定尼采，现在还允许把那些阴郁的"尼采迷"评论者们（只要看看他们怎么生活的）和领薪酬的"反尼采学"的人都客气地打发走，还有很多人是不要钱的，一些"戴了面具的司祭"，也就是哲人们，炮制了成吨的书籍和文章。戴了面具的司祭人数激增，可能就是19世纪和20世纪的关键所在。司祭？面具？更恰当地说，应该是现代神经官能症："一种精神状态，准备好接受除了超脱之外的那些考验[1]。"

至于我，如果我不是始终感受到尼采的那种轻快、活跃、严格又宽容的格调围绕在我左右，是绝对写不出《天堂》、《女人们》、《游戏者的画像》、《绝对的心》、《法兰西的狂舞曲》、《金百合》、《威尼斯的节日》和《秘密》来的。允许**不关注**虚无主义的传道及其躁狂症产生的罪恶感，这就和那种坚决听从其心的人所触发的坏心情是一样的："他只爱对他有益的；一旦越过了他所需的范围，其乐趣和愿望便戛然而止。如果有什么对他造成了损害，他就会摸索补救办法；他能变厄运为好处；所有无法扼杀他的事物令他变得更为强大。"在我面前，就有

---

[1]　克莱蒙·罗塞(Clément Rosset)，《不可抗力》(*La Force majeure*)，午夜出版社，1983年。

一本无人问津的书，很旧并且有一半都被撕破了，书名为《瞧！这个人》(Ecco Homo)①，我读了又读，熟记在心。生命的每一刻都有一种尼采反应，尼采迹象，要抓住的部分，反省，回顾，幻灭，愈合和肯定。我回想起让某男或某女读《快乐的知识》(Le Gai Savoir)一事，非常好的测试，嘴唇或紧绷或松弛，比一本淫秽书籍的考验(但属于同等范畴)要更具说服力。因此这就是晨读中念的福音书，弥撒经本(确实如此)，礼拜仪式，乐队，都是直接借助于呼气和精神力量："当我们富有到可以大胆为之的程度，这便是一次犯错的可能。"我们选择听天由命或斗争，来抵抗复仇精神，抵御怨恨、恼怒和"错误的理解"。"我从不攻击别人，我利用他们，使得一些潜在的，或难以察觉的公共灾难变得引人注目。"而这就是对针对"严密"撰写小说的控诉和其他议论怨言的回答。"我用身体觉察到一个灵魂的接近。我说什么来着？灵魂的接近？灵魂深处，正是内心所在。我能'嗅出'它的气味。"这是鼻子的天赋，忠实小说家的准则就该如此。这里并不是只有伏尔泰才受到赞颂，还有司汤达——"我生命中最美好的巧合"之一。他们被聚集在一起，当作滑稽可笑又庄严郑重的警示，以对抗德国式的笨拙：

---

① 德国哲学家尼采的自传，完成于1888年，并在其死后的1908年由其妹妹出版。本书在出版后并未受到重视，一直到1970年才广为人知。——译注

"德国所到之处，文化破败。""德国式思考，德国式感受，我可以无所不能，但是，这超出了我的能力。我昔日的老师里奇尔(Ritschl)甚至曾认为，我像一个巴黎作家一样构思哲学论文，就是说我用了一种可笑地抓住人心的方式。"而尼采(始终在名不见经传的《瞧！这个人》一书中)更夸张地写道："我重新喜欢的始终还是过去的某几位法国作家，我笃信法国文明并且认为在欧洲范围内(在今天我们应该写全球范围内)，所有自以为'有教养'却文明缺席的人都是一个误解的牺牲品"。还有"作为艺术家，在欧洲，没有他乡，我们只有巴黎"(尼采从未到过巴黎。)一切正如他预料的那样，一个名字为"德国"的灾难，不仅在欧洲，还带到了全世界，带来了由南往北的歼灭，压迫感，死亡的意志。两场破坏性的战争，纳粹主义，商业定型和市场失忆，总之，这一切都是为了摧毁一种特定的机理学(地理、气象、食品、娱乐)。"我在精神——谁知道呢？——还有身体欢快愉悦状态下有点儿蒙田的感觉。"身体是否放松，变得沉重，排污去浊？但是，"生理交流的节奏直接与表现精神的那些器官的灵敏或迟钝有关。'精神'本质上就是这些交流形式之一"。因此有权自称希腊人的不是德国人(也不是吞了毒药的俄国人或美国人)，而是法国人(尽管海德格尔不乐意)。除了"那些需要重新学习的小事情"的看法之外，我们就应该在最深刻的法文翻译里，重新找到关于互相对立的能力的伟大概述："能力的一种等级；一种距离；清晰划分、没有混淆、没有'调和'的艺术；一种极大增殖，是混乱的反面……"对于音乐也是同样道理，尼采中意比才的歌剧《卡门》而非瓦格纳，我认为完全应该关注尼采的这种挑衅性的偏爱："我想要的音乐是像十月的午后那样深沉又惬意。"浓重好过轻薄，悲壮胜过讽刺，坚韧强过狡猾，勤奋的优于随便的，严肃朴实赢过欢快愉悦，宁可是真实苦难里的紧张而不是天真快乐中的放松。我们难道不是每天都在重复讲吗？答案是："我只有探讨这些重大问题的规则而无他法。这是基本迹象之一，我们从这些迹象中辨识出伟大。最微不足道的特征限制，额头上最细小的皱纹，嗓音里最细微的沙沙声，对一个人有多少反对声，那么，对其作品反对声浪便更是高涨！"请让我们打开报纸，除非有例外，不然我们就能不断读到关于以上这些限制、额头的皱纹、嗓音里的沙沙声的辩解词。道德家们忙着批判，对他们而言，不存在名副其实的作家，只有生病的、可怜的、节俭的、不幸的或已成过往的写作人。

非道德主义者不愿抛开道德来讲话，正相反，他们是伪善行为的专家。这是道德伪装使然。尼采的古典法国精神以其独一无二的魅力(他告诉我们)刺激到浪漫主义团体及其反生命的报复反应("怯懦软弱、猥亵肮脏、隐匿在内心深处影影绰绰的仇恨")。"我的一个字就让所有恶劣的本性都浮现在脸上。"是的，我们经历过这样的事情，"我们这些初来乍到者，这些仍寂寂无名者，这些有待理解的不合群者们"，一旦要对我们其中所写的东西进行评判，我们的那些朋友就立刻变得"客观"；那些拥有"高尚"灵魂的人总是认为我们远远不如他们；且不说还有些"驴子"（日耳曼化的）发现了"通道"，而在他处都不能这样说。以下则是另一回事："任何'女权主义'，包括在男人身上，都对我关上了大门。"对尼采而言（他说得对），女权主义只是女人们的一种间接仇恨，对抗男性的这项斗争只是"一种方式，一个托词，一条策略"。"内心"在虚伪社交上的一再反复属于同一范畴：对*内心的天赋*①（génie du coeur）懵然不知是"挖出埋没在淤泥和沙子里最微小粒金子的一根魔法棒……"；风格的特征，行为的艺术，"图像朴素自然的回归"。风格的生成就这样经过"听觉的再生"，任何作家或作家思想家都应该感觉到这个再生，当他们回到真正的自由叙事世界和自由评论世界的时候。"自在之物"消失了，每个句子都是"胜利"或是"深刻和愉快"之间的协调。而且，不存在真正*诙谐*的深刻，是尼采诸多好消息里的最佳喜讯，这个状态便是"所有的存在想要变化为动词，而所有的变化想要从你这里学会表达"。管弦乐音量——在魔法棒的指挥下——达到高

---

① 表达出自尼采的《瞧！这个人》。——译注

度一致，就是因为我们懂得"在其位成其事"。风格："这是战争，但这是没有硝烟的战争，没有好战的姿态，没有夸张，也没有残肢断臂——所有这一切依然是'理想'的。我把这些谬论一个接一个地徐徐铺展开来；我并不驳斥理想，而是将它冷冻贮存起来。"

这是一个晴朗的上午。我在威尼斯又读了一遍《瞧！这个人》。我书写起来。笔尖疾驰，滑行，笔头转动，笔锋渗透，笔杆停顿，再启，文字飞扬起舞。我就是一支人体笔杆子。没有其他，只有被过去和未来所包围的现在的开启："我们制造了一个理想，反对高尚且受欢迎的人，反对说'是'的人，反对自信的人和确保未来的人——我们将他变成了坏人……而我们相信这一切！并且我们称之为道德！*打倒无耻之徒吧！*"

贡戈拉^①的新世界

　　1947 年,毕加索用钢笔誊写了贡戈拉的几首十四行诗,并开始在诗稿页面的空白处绘图。这是一个极具怀旧色彩的行为:在西班牙诗人中最伟大最具争议的诗人逝世三百二十年后,一位也想成为诗人的西班牙流亡画家对这位诗人用文字谱写的乐章产生了浓厚的兴趣,想重新投入到这波充满活力的语言律动中。是立体派画家毕加索吗? 超现实主义的? 共产主义的? 永恒的现代主义的? 不,他正述说着某些更具革命性的和令人更不知所措的事情:我,毕加索,从今往后独

---

　　① 路易斯・德・贡戈拉・伊・阿尔戈特(Luis de Góngoray Argote 1561—1627),西班牙诗人,文学流派"贡戈拉主义"创始人。——译注

自一人致力于我故乡最早期的传统的传递,以使之不朽。是的,是的,我是委拉斯凯兹的直接继承者,17世纪初始的那个明媚的人间四月天,委拉斯凯兹和贡戈拉用同样的活力和优雅表达思想。舞台上,莎士比亚,塞万提斯,以及很快吹来的影响深远的法国古典之风。确切的主要问题,坚定不移的确定性均在于此。

荷马和安达卢西亚的这位诗人品达①,在他们的诗里有什么如此吸引毕加索?那就是技法颠覆的流畅性和大胆有力的笔触,在虚无中表现要素的形而上学。如果一个美丽的女子仙世,有人会说,她曾是"太阳之骄傲,风之喜悦";有人会告诫花季少女在她们化为"烟雾、尘埃、幽灵、虚无"之前,要及时享有"美颈、秀额、丰唇、秀发"。为纪念自己,人们会用利剑和笔锋来赞颂自己那"一向辉煌的"的故地(对贡戈拉而言便是:科莱多瓦)。最终,人们以难以置信的傲慢面对全面的消失:

> 庶民的骨灰瓮,皇家陵墓
>
> 哦,我的记忆,请无所畏惧地进入它们之中
>
> 改写这些必死生灵之符号

----

① 品达是古希腊抒情诗人,此处用"安达卢西亚的诗人品达"指代贡戈拉。——译注

这些曝露的遗骨，冰冷的骨灰

探究灵魂的毁灭，亵渎，镣铐撞击之声和永恒之泪

哦，我的记忆，如果你愿意

以死涅槃，借地狱克地狱。

　　贡戈拉其令人生疑的神职人员身份让我们明白：上帝与
死亡；万物皆为被带走的寂静；无限的空间今后会令不止一
处感到惊悚，除非依赖陶醉的严律；叙述故事、寓言、小说，再
无稳固的保证；对于我等而言，美洲就像一个否定旧世界的
庞大幻觉，产生自彼时的任何一个异端审问制都将无计可
施。无任何情感：一种崭新的原子物理学。无单纯人类的情
欲：物质的每个转变都欲享其本身。奇怪的小教堂神甫，有
关他的一份警察调查报告告诉我们，他极少出席唱诗班的练
习；他在做日课时言语过多；虽明令禁止，但仍观看斗牛；总
之他活得"就跟一个小年青毫无两样，整日关心的就是些浅
薄之事，交往甚密的是一些艺人戏子，提笔书写的则是一些
诗文词句"。这不仅是那个时代的警察，也是那个时代更具
现实主义精神的作家们的激烈对照，是洛佩·德·维加①，是

---

　　①　洛佩·德·维加(Lope de Vega, 1562—1635)，西班牙剧作家、诗人、
西班牙黄金时代最重要的作家之一，他创定了西班牙巴洛克古典戏剧的准
则。——译注

盖维多①。对此,贡戈拉提出了一个神奇的词语:*soledad*。这是与不见其形不闻其声的一种歌剧的表演相通的孤独。*gozar*,享受; *mudo*,无声——就是这两个词反复出现在他的诗作之中。他的诗歌对社会喜剧、风俗的贩卖显示出一种高傲的冷漠。他歌唱一种舒心的、强烈的、跳跃的、倾泻而下的、百转千回的愉悦:美女、蝇子草属、女战士、荡妇、中年好色之徒、诸神的盛宴。目的,总是被推后吗? 这是一个可疑的、古怪的、需要各个方面无数准备的组合。对于独居者(肯定与皇家港的那些人相反)而言,现实根据"最严格的时间尘埃"发生,就如同应该绝对克服或破坏一种基础的重听。关键就在于,使寂静在其堡垒中让语言从其反面偶然发生:"大海不是喑哑的,博学也会骗人。"太阳,鸟儿,树木,薄雾,溪流,峭壁,物体的显现只是受到声音的支配。俄耳甫斯②用西班牙语作诗歌唱,他有权如此,因为这片意料之外的、巨大的大陆属于他。一种**孤独**,在兰波看来这是一千个灵感。

请听:"数目增加,声音变多。"我们"在今日的遗骸中"穿过一座"冰冷的蓝色之墓"。远处,那些岛屿是"一支静止的船队"。江河"冲刷过多少岩礁,就将它的白色泡沫变成多少聆

---

① 盖维多(Quevedo,1580—1645),西班牙警语主义诗人。——译注
② 色雷斯的诗人和歌手,善弹竖琴,其琴声可使猛兽俯首、顽石点头。——译注

听者"。在这部关于罪恶的、漫不经心的戏剧里,男孩和女孩们漫无目的地来来往往,"这不是有完整回声回应的寂静"。天堂既不在天上也不在人间,它是悬空的。此处"絮叨的行动是活力的虐杀者"。就像在提香的画作和莎士比亚的《暴风雨》中所表现的那样,希望是一种空气力学,没有原因也没有证明。*A Batallas de amor*, *campo de* pluma:致爱之战役,笔之领域。在维纳斯谨慎而强大的指引下,所有现象朝着"场"(champ)趋向一致。绝对的贡戈拉就这样在他对语言的赌注中,变成了具有"直觉金子"的世界诗人,"潮流的苍白历史"使他受到崇敬。因此,毕加索创作的既年青又老成的森林之神,以及他的人身牛头怪物和火枪手系列都是有道理的。正是贡戈拉这个走在时代前列的伟人,其宽阔的视野超过了 20 世纪所有隐默的毁坏,他向欧洲和全世界指出了耗费的这条没有理由且骤然而现的途径。

塞维涅事件

何等命运！上帝啊！老天啊！

    亨利·德·塞维涅(Henri de Sévigné)，作为一个受尽谴责的人夫，我们没有还他一个相对的公道。如果没有他这个人，没有他那种放浪形骸和玩世不恭的性格，没有他与尼侬·德·朗克罗(Ninon de Lenclos)的私通之事以及累及其妻的那些轻率挥霍之举，如果不是他与情敌决斗，当胸一箭而亡，我们大概就不会拥有玛丽·德·拉比旦-尚塔尔①的**果敢坚决**，对于持久事物的狂烈追求乃至狂热的书写爱好。这位人

---

    ① 玛丽·德·拉比旦-尚塔尔(Marie de Rabutin-Chantal, 1626—1696)，即亨利·德·塞维涅的妻子，塞维涅侯爵夫人，法国书信作家，代表作为《书简集》。——译注

夫终归虚无,却令家族蒙羞。一切亟须弥补,赎罪,复衡,重建,雪耻。一位女子接受了这项挑战:放荡的先生们,严阵以待吧! 堂兄比西-拉比旦①自己就只得举止规矩文明。塞维涅夫人在生女之后于 1648 年(芳龄二十二岁那年)诞下一子之时,对他当面说道:"接下来我跟你说的话应该会令你恼火,但我还是要告诉你,我生了一个男孩,我要用乳汁哺育他对你的憎恨,而且还会做许多其他的事,就是为了给你树敌。你都不曾有过做这么多事情的心思,你这个整天就知道拈花惹草的花花公子。"

男人永远可以被其他男人所代替。我比你更男人,因为我孕育了你。但是还有更佳的:通过写作,我们可以拖垮曾经胆敢伤害或轻视你的那些多余之人。塞维涅夫人,或许就有这双倍的热情。比西在他的《戈勒家的爱情故事》(*Histoire amoureuse des Gaules*)里这样描写他的堂妹(这会使她严重不快):"德·舍纳维勒夫人(Mme de Chéneville)就连眼珠子和眼皮都是不规则的;她有一双颜色各不相同的眼睛。"塞维涅,这位奇人,是否通过她那双"多色眼眸"用双重的视角直接观察这个现实世界? 是的,但是她很好地掩饰了起来。她铭记

---

① 比西-拉比旦(Bussy-Rabutin,1618—1693),法国哲学家和书信体作家,塞维涅夫人堂兄。——译注

在心,有所判断,沉默是金,但又会迅速做出反应:"但是您若认为如果您回答,我就能够永远保持沉默,那么您就错了,因为这对我来说不可能。我始终用言语诉说,就像我跟您说过的那样,不是三言两语,而是洋洋洒洒一大篇,总之,我会以承载了千言万语和万般苦恼的书信形式书写下这些无尽文字。我会让您跟我道歉,也就是说,让您向我讨教人生。"

请不要忘了,这位侯爵夫人年幼失怙,当她还只有一岁之时,其父在雷岛(L'île de Ré)被英国人杀害。无父;丈夫荒淫放荡;七岁丧母,其母有一个梦幻的名字(玛丽·德·库朗日[Marie de Coulanges]);外祖母让娜·德·尚塔尔(Jeanne de Chantal)(名字又是玛丽!)是圣母往见会的创立者,1769年被教宗克雷芒十三世封为圣人。问题的焦点是:必须主动承受冲突,成为孤女的现实,混乱,背叛,疾病和生命的脆弱,宫廷的虚伪,还有关于上帝存在的假设。谁可信赖?是我吗?只有我吗?或者是一个非常亲近之人,女儿?儿子,仍然是个男人,靠不住的血统,非我族类,其心必异。要克服对于性别的本能仇恨,这很困难,甚至是不可能做到的(她给比西写道:"我的笔尖依然还流露着一些尖酸刻薄;这都是些魔鬼的诱惑,我让它们从哪里来回哪里去")。不管怎么说,女儿对于这样一位母亲来说,可以成为一个自我的实验验证。玛丽不会再生育,但她对于书信的狂热爱好开始形成。无疑,母女关系受到曲解和破坏;婚姻、生育、命运,都服从于社会的荒诞。但是报复即将开始:从女性到女性的一种不可改变的传承秩序将被建立起来。有人将成为嘲讽现实中的卓越且细心的母亲。"面对没有说服力的众说纷纭,谎言始终不堪重负,然而我一直秉持的真实性格并没有被威严地表现出来。"丈夫的家族以及他自己有什么了不起吗?"我很肯定,我的真实话语已经给您留下平常的印象。"德·格里尼昂夫人(Mme de Grignan)将只有唯一一个情人:她的母亲。也就是说这是一位忠心的、本能的、可信赖的、忠诚的、谨慎的、永远的情人,这是她母亲曾经时常所能想象到却没有遇见的情人。

　　周三,周五:送信之日,是唯一的充满真实性的几天。我书信与你,我爱你,你应该爱我,最好就是对我说你爱我,没有人能比我更爱你,你会永远也说不够你爱我。"我不希望你对我说,我是一扇将你遮蔽的窗帘。"然而确实如此。我是一扇窗帘,我把你遮掩,我们修道院是一个闻所未闻的创新,你瞧,我就像是一分为二,增加了你,深谙世情的女人一个抵俩,你与我,我们知道报纸上的那些真实事情,天气、食物、打架斗殴、人口损失、苦楚悲伤、突然而至的乐趣和烦恼。当你不在之时我尤其爱你,因为那时我完全属于我,也即完全是你的。如果我没有写信给你,是否真的发生了什么事情? 不确定。是否存在传说之外的故事? 非常值得怀疑。世界就像是权力的喜剧,但是没有任何东西能够影响我这颗吸血鬼心脏的跳动方式,而且它只为你而跳动,只因汝心即吾之骨血。

当然,塞维涅夫人在书写之时才进行自我描述。她转移情感,神情紧张,内心充满快乐;她创造出一种对留下交流轨迹的信仰狂热,证明这种轨迹的证据就是信件被寄回寄件人。这就是理想的对话者,还有什么比爱她的女儿更合理呢?全无不良居心?您是否知道您对我而言是必不可少的?您的信对我的生活而言是必需的?您投身到一种从未有过的经历中?格里尼昂夫人都顺从了。其他的行事方式呢?自我之爱是无法满足的,他人的反抗马上会受到猜测,预料,压制,这是一个远距离观察的问题,如上帝之眼那样,是神奇的审问目光的问题。上帝无所不知无所不见,但是这还不够:应该对他诉说他已知晓之事;必须生活在他身边,向他忏悔,向他表达感激之情。上帝爱您,他会为您而付出生命,他为您那些最微不足道的行为担惊受怕,他为此担忧,抱怨,他想得到一些情况,一些细节。他将自己的感受、故事传递给您,但显然从稍逊的一面看[1],就是要求您也以同样的方式回报与他。他那无可指责的情色可以令人读懂字里行间的含义,他对您寸步不离。

---

[1] 阿诺·勒·吉尔谢(Arnaud Le Guilcher)于2009年出版的第一本小说《从稍逊的一面看》(*En mois bien*)。——译注

他希望紧随您的出行足迹,理解您的心情,了解您的倦怠惆怅:对您的腿脚,信期,妊娠(一个妇女**大肚子了**,然后句号,没有"怀孕了"这样浮夸的用法)感到放心。上帝他想要感受您的胸脯、您的喉咙、您的步伐。"我看不到您在哪里散步。我担心风把您从平台上卷走;如果我相信它能一股旋风把您带到这里,我定会开着我的窗户迎接您,上帝知道! 这便是我会一直做的疯狂之事。"阴谋诡计可以继续,节日宴会可以举行,战斗打响,事件也会有结果,在我和我的女儿之间,没有什么比电报或者传真更**有意思**:"我的上帝,我亲爱的,您的肚子让我多么心有不安! 您不是受到遏制的唯一之人!"一位母亲在谈到另一位女性时,是这样写给她女儿的:"她的眼睛很怪,她的鼻子跟你的不能比,她的嘴巴不精致,而你的非常完美。"难道没有一种不同寻常的吐露衷情吗? 或者请再看看这些稍显嫉妒的话:"我逗你女儿玩,你别担心,不是什么大事儿,但是请相信我,我们会把这些事情说给你听。她拥抱我,认识我,对着我笑,还呼唤我。我当下就成**妈妈**了,只字不提普罗旺斯的妈妈。"因此,我的女儿,如果你不够爱我,我就能够更喜欢你自己的女儿。"波利娜(Pauline)回答得可比你好;她说她某天会变得调皮捣蛋,再没有什么比这个小淘气说得俏皮话更逗人乐的了。"啊,如果你更能够变得更"调皮"一些,那就会更有趣。我们有没有想到上帝也会感到厌烦无聊呢? 他期待女子的"淘气"娱乐吗？至于儿子，不，很显然，他令人失望："我对一切都无能为力。我的儿子从雷恩回来。他在那里三天时间花了四百法郎。雨还在继续下。"或者更为直接明白地写道："我写信告知我儿子，我并不需要他，我自己散步。我还撵他走。"男人们都很天真地认为他们的母亲热爱他们。塞维涅夫人在跟她女儿讲话的时候从来不说"你的兄弟"而是用"我的儿子"，就好像他们俩并不出自同一生父。那么女婿格里尼昂呢？他勉强入眼吧。所有这些男性都只是配角。另外，对他们也写得非常少，或者写得不好。

母爱是一个传奇，必须从头至尾地将其创造出来。但是这里没有任何的寂静主义，没有"精神急流"。塞维涅夫人不是盖恩夫人①，她不相信男男女女之间的任何心灵契合，她也不信芬乃伦②，后者只崇敬一人——投石党人雷兹大主教。有动物的，也有精神上的，在此间，存在一个流亡的人和一种风格。塞维涅夫人的文字就像她的那些乐师，在布列塔尼，"他们会跳出一百种不同的舞步，但总是这样一个短促精确的节奏。"这是一门即兴演奏和凝聚节奏的艺术，它甚至能够引

---

①　盖恩夫人(Madame Jeane Guyon, 1648—1717)，寂静主义和奥秘派代表人物。——译注

②　芬乃伦(François de Salignac de La Mothe-Fénelon, 1675—1715)，法国天主教神学家、寂静主义主要倡导者之一。——译注

起幻觉。普鲁斯特在谈到"陀思妥耶夫斯基的那一派"的时候，就有所指出。"我想起来，我的小树林里有几条狼；晚上，两三名侍卫跟着我，肩上扛着枪……两天来，我们都在子夜十分与月光同在。"塞维涅夫人和圣西蒙并非平白无故地成为成就《追忆似水年华》的关键，塞维涅夫人的文字正是通过普鲁斯特的母亲和祖母孕育了这样一位叙述者。托这种遗传替代的福，法语的二次方，才有了这一大作。使普鲁斯特折服的是这种行文节奏吗？这里有一封 1673 年 1 月 25 日来自马赛的信。他在给莫朗的《细弱的储备》(*Tendres Stocks*)所写的前言中几乎全部采用了这样的行文节奏："海盗，利剑，帽子，宜人清风，美如画的人们，少许的战争，小说，登船，冒险，奴役，桎梏，镣铐，奴隶，奴役，囚禁之事；喜爱小说的我，对此感到心醉神迷，身临其境。"除了施虐受虐狂的吐露隐情(这与普鲁斯特自己的或夏吕斯[Charlus]的情爱之事有关)之外，这是重复中的事实，天生的文字舞蹈的运动，完全饱和的状态，他为之所吸引，并有理由认为这是现代的。对于写作来说，没有什么比这种强烈的、独有的文风更具有刺激作用。这是令人惊叹的时代，塞维涅夫人在早上邂逅了拉法耶特夫人①，下午遇见

---

① 拉法耶特夫人(Madame de La Fayette, 1634—1693)，法国女作家，《克莱芙王妃》作者，塞维涅夫人密友。——译注

拉罗什富科公爵[①]，晚上又碰到了其同族雷兹。有谁终生放任自流？"我希望我们有确切保证的一百年时间，剩下才是不确定的。"所以，为了消愁解闷和自我欣赏，为了了解其现状以及当下面对现状的感受，侯爵夫人说了一些什么都不是的话。她希望在她的那位通信者那里产生更多的热情，更多的反常倒逆行为，更多的恶毒言行，更多的突如其来。唉，格里尼昂夫人没有犬儒主义思想，她已经变得保守安逸，就像另一位侯爵夫人梅特伊夫人[②]（Mme de Merteuil）（没有塞维涅夫人，也就没有《危险关系》[*Liaisons dangereuses*]）后来说得那样，这是"某一种"风格吗？又或者是"某一种"赢得的时间？这便是："一切都被擦去，一切都被修剪干净，一切都随时准备迎接您。"这是用羽管键琴直接弹奏起的，和谐、多彩。"您没有大肚子，我真是欣喜若狂，我亲爱的！我全心全意地热爱这样的德·格里尼昂。写信告诉我，我们是否应该把这份幸福归功于他对于你的克制和真心实意的温柔，或者您是否对于您在普罗旺斯的橙子小路上可以快步小跑和散步，以及可以迎接我，不用担心摔倒和分娩？"或者还有："我赞赏的是，去热爱某些东西就像我热爱您那样。"又或者："请不要认为您的那些美

---

① 拉罗什富科公爵（François de La Rochefoucauld, 1613—1680），法国作家、伦理学家。——译注

② 《危险关系》中的女主人公。——译注

丽举动没有受到注意,那些美好的态度举止总是值得受到尊敬。请继续吧,就是这样。"塞维涅夫人与她的文字力量是如此完美地合二为一,以至于她超越了任何道德评判,在这点上,她与她周围的那些道德家们非常不同。当她用一个更高权威的动作(忽然和《诗集》里的洛特雷阿蒙的动作一样)纠正拉罗什富科公爵的判断时,我们就可以明白这一点。后者写道:"我们没有足够的力量去追求我们全部的理性。"哲学的颠覆,新颖的坦率,这是侯爵夫人引以为豪的:"曾经只需要改变准则,使它变得更加真实。"

她是违抗的塞维涅吗?让我们这些对欲望本质有过那么多其他揭露的人,更好地来倾听一下她是怎么说的。当看到拉法耶特夫人和她准备"可以重新赋予一个灵魂"的蝰蛇汤这样的画面的时候,如何不让人想到萨德:"我们抓住这条蝰蛇,斩去它的头和尾巴,剥皮,开膛,而它一直在扭动。一个小时,两个小时,我们看到它一直在扭动。这种精神的强度是那么难以得到缓和,我们将之拿来与一些古老的激情作比较……"塞维涅不是寂静主义者,但也不是冉森派教徒(与一般的观点相反)。这是一名注重实际的天主教徒,富于情感的生理学者,有实质影响力的大师,既没有改良过的假正经,也没有无缘由的灵魂状态。"对错觉和幻想感到非常惊讶",或许吧,但是总是会回归到它们医学和器官上的实际根源。英国国王詹姆斯二世去世了吗?"如果他在内心里是个天主教徒,并且是在我们的宗教信仰中崩御,那么,这是一份巨大的幸福。"实际上,除了出生,侯爵夫人没有受到过其他的恩泽,她觉得那就是全部。对她而言,诗人的呻吟叹息只是一些诡辩。她干脆认为那些早期的原则不在讨论之内。她直觉地知道忧郁和悲伤已经是怀疑的端倪;怀疑是失望的前奏;失望是恶意不同程度的残酷开端。这是因为,她有意识地去感受最强烈的残酷行为带来的所有情感冲动,邪恶。她知道如果我们没有人情味,我们就可以十分公正。这便是令将来的卢梭主义者们不寒而栗之所在,由那些在一个世纪之后将之毫不犹豫地送上断头台的人开启:"您对于您孩子们的**不人道**是世界上最容易之事。"这份女人之爱,如此怪异,因而它就是被揭示的"不人道"的后果吗? 不存在主要的异端吗? 或者这些异端只是对于这种非同寻常的反论理解无能?"人道,太过人道",那样也成问题。请看塞维涅夫人对于德·卢森堡(M. de Luxem-bourg)先生的蔑视:"德·卢森堡先生实在是狼狈。他不是个男人,他也不是个小男人,这甚至都不是个女人,就是个娇小的娘娘腔。"我们意外地发现了内幕。毒药事件:拉布兰维利耶(La Brinvilliers)也是侯爵夫人。她下毒杀害了中途路过的其父兄三人,但是塞维涅在另一个场合写道:"我挺喜欢有些地方的,人们出于亲切关爱而杀了他们年迈的父母,如果这些地方能够与基督教相妥协。"让我们来看看 1676 年 7 月 17 日的那封信，里面含着绝顶妙哉的言下之意："最终完蛋了，拉布兰维利耶悬在空中，处决之后，她可怜瘦小的身躯被抛入一堆大火之中，骨灰随风飞扬，使得我们呼吸得到她，借助这些微弱心灵的沟通，它将向我们显示出某种会让我们所有人惊讶的令人厌恶的情绪……"字里行间透露出，多么激动，多么具有抗议性的讽刺啊！对那位被处决者表示出多么隐晦甚至是罪恶的同情啊！对于这份折磨和地方性社会犯罪是多么反感，但是同时，又是何等的冲动！布兰维利耶对其谋杀一事供认不讳，"爱情和隐情总是到处混为一谈"。至于拉瓦赞(La Voisin)，她或焚烧或掩埋了超过两千五百名夭折的孩子：这是被历史隐瞒的真相，我们可以在萨德的《于丽埃特》(*Juliette*)一书中重新发现其写照。在这场黑色疯狂中，塞维涅夫人是证人，她非常专注，没有动摇，但一切都指出她是明白的。她的宗教仍然是决定性的："我的脑子里总是有神意……那就是我的虔信，我的圣牌，我的玫瑰经，愿为圣母之奴隶。"成为塞维涅，就是顺其天命，成其必然；在她看来，神意就是对于圣西蒙而言的生灵：不仅是数百年的阐释之光，也是一种直接的、独特的支持。"神意通过表达天意引领我至此，制造出一些联系，就像它曾经做过的那样……"神意是一种超数学逻辑：我们经受一切，我们绕过一切，我们身处书写之手中，文字

261

是这种合法性的一些明确符号,它与一场愉快的战争相似("多么美好的胜利,饱满,完整,辉煌,并且它不能更恰当及时了!")。这些现象发生过后,塞维涅夫人寻找规则。此外,她在那样的强度中发现了一些现象,每件事情——其绝妙之处就在这里,包括悲剧性——各有其时。"所有这一切构成一个复合体,促使血液比平常流动得更为迅速。"侯爵夫人知道她正在时代的中心,并且这个时代绝不会被遗失。我们可以和她一起生活在 1685 年 2 月 25 日星期日那一天:"上帝啊,这是怎样的时代啊! 它真是完美。从早上起来一直到傍晚五时,我徜徉在这些美丽的小径中,因为我不想要夜晚的寒冷。"是否还有另一个问题? 是的。"那么怎样才可以不死?"又或者这个,道出了一切(她谈到其中的一个外甥):"您是否了解我们称之为杠杆的那种非常简单的机械之美? 我觉得和它相比,我曾经就有过这样的经历。"我们是否能够从技术角度对自我有更加清楚的意识? 表现得更加的自豪? 更加的朴实?

我们来到 1696 年。塞维涅夫人在四月去世,拉布吕耶尔(La Bruyère)是五月。拉封丹于前一年离世。圣西蒙二十一岁。《路易十四的世纪》(*Le Siècle de Louis XIV*)的未来作者,才两岁,彼时还未取名伏尔泰。

冒失鬼比西

我们究竟何时给法国最伟大的作家之一比西·拉比旦平反？在他那个时代，《戈勒家的爱情故事》引发的丑闻似乎一直到我们这儿都没停止过，因为我们对这件事勉强知道一点。我们只是隐约记得，他因为把堂妹塞维涅夫人刻画得尖酸刻薄、生动形象而使之非常恼怒。我们认为他是个二流的回忆录作者，却是法国 17 世纪最重要的小说家之一。讽刺小说位于语言中枢这样一个传统的核心位置，而比西就是这里众多光芒中的一束。我们有理由给他加个外号"法国的佩特罗尼乌斯①"。《萨蒂利孔》(*Le Satiricon*)，尤其在 20 世纪末，显得

---

① 佩特罗尼乌斯(Pétrone)，罗马抒情诗人与小说家，生活在罗马皇帝尼禄时期。讽刺小说《萨蒂利孔》被认为是他的作品。——译注

既悲情又滑稽可笑,它应该成为我们案头睡前必读书之一。

　　小说是否就像是对表象另一面的揭露？是的,给出秘诀的就是它。比西写作,就和布朗托姆(Brantôme),雷兹,塔勒芒(Tallemant),圣西蒙,伏尔泰,马里沃(Marivaux),拉克洛,萨德,巴尔扎克,司汤达,普鲁斯特,塞利纳一样,就是说就像所有的批判精神那样,不放弃追求真相。写作是一种主要的攻击,这始终都如大卫对抗歌利亚①,是用笔做武器的一场对抗权力机器的战争。它有危险情节——战斗之后通常是牢狱之灾或遭流放;还有更合乎情理的,因为我们毫不费力地就表现了欲望的喜剧,幻想错觉,被隐瞒的兴趣关注,堕落败坏,嫉妒,背叛,复仇。这里需要形象描写艺术,就像在拉布吕耶尔的作品中表现得那样。请看比西·拉比旦笔下的多罗讷夫人(Mme d'Olonne):"她曾经不够真诚,变化无常,轻率冒失,人并不恶毒。她喜欢享乐,甚至对淫逸之事乐在其中,就连在她最微不足道的消遣乐子里都有着激动狂热之情。"生活？永远是一件碰运气的事情,一场亡灵的谈判。那些隐情呢？它们有一半是假的,那些供认和私人信件是交易的义务。简言之,一如既往(请睁开眼睛),那些阴谋诡计迅速泛滥,而那些男人

----

　　①　《圣经》中关于弱者战胜强者的一则故事,年轻的牧童大卫用石块击倒了巨人歌利亚。——译注

们往往(在老故事里)就是受到金钱、情人和虚荣操控的傀儡。虚荣中的虚荣,一切皆虚荣。比西,没有夸张表现,而是谨慎得像《圣经》中的《传道书》那样。

别忘了他笔下的那些人物:被赋予诸多魅惑力的女商人、多罗讷夫人、德·菲耶斯科夫人、沙蒂永公爵夫人,还有修道院院长富凯、西耶里、马西亚克、马尼康、维讷伊、德·吉什,所有这些美丽的法国名字后来都重新出现在普鲁斯特的《重现的时光》中。比西为了讨他所爱的女人德蒙戈拉女士(Mme de Montglas)开心才进行写作。有时候,我们就这样穿越数个世纪。

圣西蒙①疯狂症

圣西蒙就是一种激情。如果我们沾染上这种激情,那么它将无休止地膨胀。我们处处会听到窃窃私语,"七星文库"的这个版本,评论和注解过多。多么懒惰、失语、无知、混乱的招认啊! 确实如此,圣西蒙这片海洋足够人们花上好几年时间用来徜徉和研究,在其中恣意纵横,这里面有着足够的、为数庞大的现象行为,言语论说,衣物服装。我们需要投身入海,徜徉其中,尽其所能地逆流而上,深入其中,尽情表现。这是《回忆录》②第

---

① 圣西蒙(Saint - Simon,1675—1755),原名路易·德·鲁弗鲁瓦,即圣西蒙公爵,法国政治家、作家。从历史学角度看,其最大的贡献便是撰写了《回忆录》,此书对 1691—1715 年间路易十四的内政外交作了详细记述。——译注。

② 圣西蒙,《回忆录》,伽利玛出版,"七星文库"丛书,伊夫·夸罗编1988 年。

八卷,也是最后一卷,和其他几卷一样引人入胜,并且它后面还将会有(对! 还有!)一卷,第九卷,里面有各种不同的作品和书信。时间越是流逝,圣西蒙公爵就越令人敬服,并且似乎越独享尊荣。你好,幽灵! 你好,天国的电流! 这是圣灵之光的历史吗? 这曾是一个计划,它一直被坚持到最后,结果遭遇大搜捕,意外事故。啊,《回忆录》的索引! 预想中它有七百二十三页的名字,把他们各位的所有经历汇聚在一起,那就是一道璀璨灵动的溪流。透过贵族出身,重现的时光大量消除。回到圣西蒙这里的普鲁斯特,晕头转向。我们对于能够找到夏吕斯和莫特马尔①(Mortemart)的名字并不感到惊讶,没发现盖尔芒特(Guermantes)这个名字才会令人惊愕。诸如此类,还有很多。就像在《圣经》中写道的那样,一切有待接受,最细小的事件就是揭发者。路易·德·鲁弗鲁瓦,手拿羽笔,叽叽嘎嘎写个不停,1989 年,通过纪念的形式,它将最终成为关于圣西蒙充实完整的新发现。快升起来吧,备受期望的太阳! 巧妙的计谋! 正直的闪电! 蜷缩的中枢! 语言之火! 所有为了圣西蒙的书籍! 好好深入挖掘下历史吧!

　　这是一幅电影的画面吗? 这是 1721 年圣西蒙公爵在波

---

　　① "莫特马尔精神"(l'esprit Mortemart ou l'esprit des Mortemart)这一用语由圣西蒙使用在其著作《回忆录》中。而普鲁斯特则揭示了其悖论在于圣西蒙对于该用语并没有给出任何明确的例子。——译注

尔多的一艘双桅横帆船上的图像。当然,您已经忘了双桅横帆船就是一艘带有两根桅杆,只有一块甲板的船。一些朴素无华且被埋没的文字不停地出现在您面前,犹如突然而至的淳朴清新:"港口和城市的风景突然跃至我眼前,三百多艘各个国家的巨轮在我经过的地方排成两排,装饰华丽,海轮的巨大鸣笛声和号角城堡的声音交融在一起。我们对波尔多实在是太了解了,以至于我都没有特别描写这道风景;我只是说除了君士坦丁堡港口外,这个港口的景象在我们可以欣赏到的此类景致中算是比较美丽的了。"

司汤达倾向于跟威尼斯作比较。没什么关系,决定风景,左右环境的是这句话。您可以与公爵在西班牙消磨时光,但是,我理解您,您急着回凡尔赛;急着经过王后的小庭院,漏夜而归;急着直接面对摄政王和枢机主教迪布瓦的那些阴谋诡计以及路易十五加冕礼发生的风波;您十分想知道圣西蒙的"所见所为"。朦胧的诗人,请你们消失!各种卢梭主义者们,还有你们对于准确看待虚荣自负之地狱的感受情绪,用其优越性所说服的伤感,请都统统滚开!请带着那些事件的真实激昂,面对面地留给我们关于虚无的描写。我们的小说家就在这里(和萨德,夏多布里昂,普鲁斯特以及塞利纳并肩成为最伟大者)。记忆是独一无二的小说。它越是特别,敏锐,直接,复杂,就越使得其他文字作品显得没有价值,不完整,平庸无奇。圣西蒙是一部冷酷无情的末世论作品,一台猛烈可怕的机器。他决定了一场滔天洪水。一切是否走向没落,杂乱,混沌? 已经如此了吗? 一直都是吗? 所作的揭示是否会引发一场"全面的大骚乱"? 极为特别的是:最后,他为他的风格道歉。就是他!"我从来不是一个学院派的人物,我无法从快速写作中解脱出来。"多么狂妄自大啊! 多么肆无忌惮啊! 有人跟我说:"看过这些,我们就会理解断头台曾出现过。"是的。太多的事实,太多被强占的理由,太多潮流,请让我消停一下,给我些许宁静。他将我们笼罩,这个混蛋! 这是他的战略吗? 旋风,瀑布,以及"让最纯净的真实全部浮现。"但是谁渴望在这样的环境中"浮现"?

圣西蒙,即彻底合理性的写作。没有任何人像他那样对自己的身份曾经或将会怎样坚信无疑。这完全是一个秘密,或许还需要一个世纪的时间用来理解。实际上,正如伏尔泰那样(他们很相似,我知道如果我讲述公爵父亲的公证员之子①的事件,就会模糊了对于公爵的这份记忆),他坚信经历了某些无与伦比的事情,时光之外的一段时光。希腊人,《圣经》的裂伤,文艺复兴,路易十四的世纪,启蒙运动——接着是

---

① 即伏尔泰,圣西蒙在《回忆录》第十三卷提到伏尔泰是他父亲的公证员之子。关于伏尔泰,圣西蒙说他好几次都看到伏尔泰的父亲给他父亲送来要签署的文书。——译注

什么？黑暗时期。真想不到，大部分人认为了解马基雅维利，而不知道圣西蒙公爵在隐匿的证明和不断出现的各种类型的模仿作品方面更是非常地严谨。请看那些罗安人（Les Rohan）。他们甚至骗人说，当人们就餐时口渴要东西喝时，可以"合理地怀疑"。母女关系呢（喜剧的众多关键之一）？"长大成人，她讨人喜欢；随着她变得讨人喜欢，她变得惹母亲不快。"您将手悄悄放入圣西蒙这只箱子，您会在里面拿出许许多多宝石。那些评论之坚不可摧，那些宝石的雕刻面严密冷酷。"这些人，很不幸地，还有其他一些人，把实用视为一切，把荣誉视为乌有。"这是否就是您在现在注意到的事情？以及"使一切萎靡不振的趣味"？这是否始终是同样的《奥德赛》？"他曾给予我独眼龙的荣宠：在等待时机能够向他给予之时，他把我留到最后一个吃掉。"人类傀儡的公约："然而我还是有所试探，有所呈现，徒劳无用地有所证明：我发现的只是困惑为难，说话结巴和一个早已打定的主意。"

圣西蒙公爵一直很有道理，他承认某些盲从的错误，但绝不是道德准则的错误。他受到"检查"，并且拒绝文凭。受到出身的核查吗？哪里会。是用他话语独一无二的力量来进行检验。我们仿佛觉得他从来不睡觉，不做梦。透过那些虚张声势之人，他一下就看到了抽屉，会议厅外场；他通过利用过去来做预感，最后拥有死亡彼岸的护照；他看着他们的为人处世,焦躁不安,看着其他人为空中阁楼而放弃现实利益,饱受接连不断瓦解的摧残直到最后覆灭。在《回忆录》中,我们可以看到对死者有直接的叙述:他们是不能被忘记的。在生活中,这些位置是否被弄虚作假了?人们伪造了礼节仪式、道理权利、等级制度吗?好吧,这里会有严谨的临终秘书处:医务诊所、证件、尸体剖检。应当想象一下大约在1749年做了大量文字梳箆工作后的圣西蒙公爵。他搁笔完稿,如愿以偿;他比所有人都活得更长久;他吹灭蜡烛,同意开始上床休息。在他之后,便是黑夜。他紧闭的双眼前,成沓成札的纸页成就了永恒。我们不可能看着书页上这些潦草的蝇头小字而无丝毫愕然(再提一下,如果不是这位数百年的先驱者,普鲁斯特或者塞利纳还会从哪里得到了他们强烈的自信——成堆的稿卷和夹子?)。这里只有善良的逝者和邪恶的亡者(《追忆似水年华》中的最后那几幕,《从一个城堡到另一个城堡》开头的一些文字)。欧邦通(Aubenton)的耶稣会神父:"他被风光大葬,几乎不会有什么可惋惜的。"吸血鬼的舞会,请取入镜头,进行触发。其中一位舞者攻击您了?"我将这件事情当成被小野猫抓挠出的一道血痕。"您是否一向被看轻?"虽然谎言与最难以忍受的恶意中伤手段尽显,并且始终存在,但真相终将自动大白于天下。"请注意这个词"*始终存在*"。必须遇见这个词语。圣西蒙没有寻找,他遇到了。这是决定性见解的例子吗?

"他的脑袋无法同时装下不止一件的事情。"

圣西蒙,他是否孤单一人?是否存在那个时代的天才?法语在变成一团糨糊和平庸无奇之前,是否也曾经被说得完美无缺?这是非常有可能的。谁不记得这次攻击:"德·卡斯特里夫人①(de Castries)曾是四分之一女人,一种失败的饼干"……但是请让我们选择"珍贵的母马",德·普里侯爵夫人②,公爵先生(这个名字与圣西蒙没有关系)的情人。马蒂厄·马雷③的日记中写道:"这曾是一个外表讨人喜欢,风趣诙谐,却诡计多端,吝啬贪财,十分放荡的女人。"杜克洛④的《秘密回忆录》中说:"她披着憨厚朴实的面纱,隐藏起最危险的伪善,她没有一丝的道德观念,而且'道德'一词在她看来也只是毫无意义的文字。她笑里藏刀,秉性放纵,就是纯粹的邪恶。"不少。是吧?(这便是出于卷末注释所需)。迷人的景象是,那些人物是我们关于他们所能够做的谈论。怎么会不花三十秒时间沉思这种"笑里藏刀"、"纯粹的邪恶"呢?这些表

---

① 圣西蒙所著的《回忆录》中的一个人物。——译注

② 法国贵族,波旁公爵的情妇,曾一度成为路易十五宫廷中最有权势的女人。——译注

③ 马蒂厄·马雷(Mathieu Marais, 1665—1737),法国法理学家和作家。——译注

④ 夏尔·皮诺·杜克洛(Charles Pinot Duclos, 1704—1772),法国作家和历史学家。——译注

达，这种风格都自动现形：人们有或没有一些肉欲上的风流韵事，一些"献媚之举"，而后者对前者产生或不产生影响，仅此而已。圣西蒙留心的就是前面的那些事："这是一种情欲，它倏忽间变得没有节制，并且总是持续很久，却不妨碍那些一时的爱好和间接的趣味。"

圣西蒙是否曾经爱过某人？他的妻子，他的地位。对于奥尔良公爵腓力二世，他则是令人赞赏地用了一种不言明的方式。在那些针对这位摄政王的批评之下，有着多少的温柔（"一些微不足道的小事变成了难以根绝的祸害"），何等勉强抑制住的激动，几多说服的努力。在那些声名狼藉的晚会上，面对这么一个卑劣的酒色之徒，通常都是品行如此端正的公爵先生受到一种荒谬的赞赏。他害怕讲述他的中风之事；在得知他的老伙伴堕落的事情后，他在一种极度焦躁不安中进行自我描述（"我在我的马车后面闪闪发光，我投身其中"）；他很快便谈到"优良天资"、"出众的辨别力"，以及"只要他愿意，便可学富五车般立刻从容地回答一切"。在他复制出来的颓废又持无神论的人身上，他辨认出同一种天生的灵敏后，他似乎向其表示出了敬意。一下子，他便原谅了一切——上帝知道。

即将凯旋的普鲁斯特

似乎在 1920 年普鲁斯特便已赢得龚古尔奖（这次将花落艾尔内斯特·佩罗雄①）；他将获得荣誉勋位；他想着法兰西学院奖这件事（但是这必须得快，因为还未出版的《索多玛和蛾摩拉》②是"前所未有的惊世之作"）；他发出了许许多多信件和邀请，希望改变或收买那些文学批评；得亏雅克·里维埃③的坚持不懈，他才能巩固在《法兰西杂志》的地位；他相信那些反对他作品的保守派和社会党派势力最终将会做出让步。事实上，他的生命仅剩两年时光，而他对此一清二楚；他

---

① 艾尔内特·佩罗雄（Ernest Pérochon, 1885—1942），法国作家，1920年以小说 *Nêne* 获得龚古尔奖。——译注
② 《追忆似水年华》的第四卷。——译注
③ 雅克·里维埃（Jacques Rivière, 1886—1925），法国文人，自 1919 年起任《新法兰西评论》经理，是普鲁斯特的知音。——译注

处于"一种间歇性短暂苏醒的死亡状态";他服用且过度使用咖啡因和巴比妥以致中毒;他一遍又一遍地校对校样,完全是让工作累垮了身体;他对自己以及自己的主要成就很有把握,对于这一点,他在其关于福楼拜和波德莱尔的文章中都有过公开表述;他从各个方面都感觉到自己是一个超薄型共和国里唯一的伟大人物,那一年这个共和国的总统是保罗·德沙内尔(Paul Deschanel)(他曾从一列行驶的火车上跌落)和亚历山大·米勒兰(Alexandre Millerand)。他和他的老朋友,银行家利昂内尔·奥塞尔(Lionel Hauser)快要伤了和气之时,后者给他写了这么一句颇有见识又凝聚人类真理的话:"我的职员真正感受到对你的钦佩之情仅是从他相信你破产了开始。会计师罗歇·莱维(Roger Lévy)用七法郎五十生丁买了一本《在斯万家那边》①。"既然连会计师都在书店掏钱买了一本,那么任何愿望都有可能了。但是否这场博弈取得了胜利?不确定,永远不确定。"有人说在我的书里我盲目地谈谈一切,这就是一道沙拉。不过这不是真的。能够在同一卷或后几卷中为另一个细节埋下伏笔的细节并不存在。"这是为了回应那连续不断的批评(比如旺德朗②),他认为其风格"散漫冗

---

① 《追忆似水年华》的第一卷。——译注
② 费尔南·旺德朗(Fernand Vandérem, 1864—1939),法国戏剧作家、小说家、文学批评家。——译注

长,混乱无章,几不成形"。对于普鲁斯特的另一个攻击是,他写得不是一本真正的小说,而只是战前的记录,一些上流社会的回忆录。我们在读雅克·里维埃寄给他的信时就是带着一种惊愕之情:"如果我之前对《追忆似水年华》的重要性保留一定的怀疑态度,那么,我们刚刚关注到这场小小的骚乱便能将我俘虏。唯有名作才会在第一时间受到敌对方的群起声讨。"

是的,似乎没有任何怀疑中伤到普鲁斯特。他不断书写,一直坚持,明确表达,尽情发挥,要求得到欠他的一切;他无所畏惧地看待死亡,超脱地看待那些同时代的可怜人,在写作中,他用他们的痛苦经历改写这些人物的人生。普鲁斯特,即通过写作的超验审判。对于莫朗来说:"文学之目的在于通过陈述与日常实际相反的事情来发现真实性。"保罗·苏蒂①认为:"您说我非常有理性,您真是太客气了。实际上,我认为这是千真万确的。我就探求一件事情,就是有待阐明。"所有人都在一些晦涩不明的日常实际中避开真实性。我们就是要在深刻的写作中发现真实的光明,"那里,那些一般规则在过去和未来一样支配着特殊现象"。多么非同寻常的宣言啊!我,普鲁斯特,和陀思妥耶夫斯基、福楼拜、波德莱尔或拉辛一样,

---

① 保罗·苏蒂(Paul Soudy, 1868—1929),法国文学批评家和随笔作家。——译注

已经发现了基础方程式，它们让我可以解码或聚合已消逝的或未来的任何事件或行为。这难道不令人匪夷所思吗？是的。难道时光真的被重现，而死亡真的被战胜了？是的。让·德·皮埃尔弗(Jean de Pierrefeu)认为："在您关于《议会辩论》的文章中，请别太过指望我的死亡，在您看来它才是我的作品唯一可能的结尾。最后一个字写于 1914 年。因而一切已经道明。"这本书与史实和生命现象无关，它将始终是现在、曾经和将来另一种形式的重复发生。这个词语不停地重现，如今，在普鲁斯特笔下，他向他的通信者们反复求证的字眼：经典。这是位出人意料、饱受争议、不受赏识但又命中注定的革新者，因为他具有革新性，又是经典的。"真理并不从外部令智者们接受，它事先应该让这些智者变得和产生它的智者相似。马奈即使坚持认为他的《奥林匹亚》是经典之作，这也是徒劳无功……在公众眼里，它只是一件无足轻重之作。"我们认识并且清楚了解的这位"小马塞尔"，包括他的狂热爱好、怪癖、困难障碍、荒诞想法是怎样的，这怎么会曾经是拉辛呢？他自己吗？怎么会这样！

　　刚刚，普鲁斯特又一次独自在丽兹饭店用晚餐。他在考虑是否有人曾注意到伤害过他的那些轻微的语言侵犯。他回到他那包了软垫的房间，躺在铺着沾了墨水的床上。黑夜将是恐怖的。呼吸急促，眼睛怎么也看不清，唯有手中的那些小小的图形标志指出了那条道路。对于那些想要理解的人们而言——但是是谁呢？——他希望，在他的床头有人演奏一曲贝多芬四重奏。他重新又读了几篇受到谴责的《恶之花》中的诗作（"正如比我们认为的所有大胆行为还要大胆"）。透过痛苦悲伤，他很可能可以通过谈论自己来反复讲述波德莱尔那句精彩绝伦又极富罗马教宗味道的话："我倾注了漫长岁月使自己变得不犯错误。"

普鲁斯特和内在体验

有一次,普鲁斯特甚至说真正体验过的生命是文学,就好像任何其他关于空间和时间的感知都是局部的、偏见的、虚幻的、梦游般的。我们之所以不停地渴望在传记里重现,那是因为在这点上没其他传记将是"创造性的自传"。这里每个邂逅,每个时刻,从长期来看,都可以找到它的虚构移植。然而,为了替这部伟大的不朽之作(小说中真正的小说)辩护,乔治·佩因特(George Painter)①在1959年(这就是那个时代的偏见)还提到了济慈的那句著名格言:"一个具有某种价值的人的生命就是一幅连续不断的寓意画。"当然,我们明白受到

---

① 《马塞尔·普鲁斯特》(*Marcel Proust*),法国水星出版社(Mercure de France)。

限制的、喜好宅在家里的、不太喜欢冒险的作家们，会在作品撰写过程中传播对于实际生活重要性的不信任。他们会得到教授和批评家们的赞同，后者在继希望任何生命都被当作社会元素之后，最终宁愿根本不要再有什么人世。那么，从策略上看，普鲁斯特是否正确呢？难道他不曾受到堕落的、带有暴露癖的自恋癖所控？文学难道不应该首先适用于公共利益吗？无限轮回的过时看法，不停地被依靠人类境遇生存的寄生者们重新提起。普鲁斯特在1921年是这样做出回应的："一位学者，为了建立起一些有效经验，就既不应该关心善或恶，也不应该想着去取悦张三或李四。对于善而言，后来这些经验支持的最可靠的方式就是他没有考虑过善。"普鲁斯特在青年时代是激烈的德雷福斯派[1]，关于死亡，他的态度难道不曾更加暧昧过？大概吧。比如："我厌恶可怜的贝玑（Péguy）的文学，而且我从来没变过。"正是达尼埃尔·阿莱维说服他订阅了《半月丛刊》[2]，并且"自此后，我的公寓充斥着就我所知最没用的成堆文稿散发出来的平庸之味"。

是的，一位具有某种价值的作家的生命是一幅引人入胜

---

[1]　1894年至1906年法国由犹太军官德雷福斯一案引发了一场政治、司法危机。德雷福斯派即指主张重审德雷福斯案的人。——译注

[2]　贝玑1900年创刊，团结法朗士、罗曼罗兰等大批倾向进步的作家，在法国思想界和文学界有较大影响。——译注

的寓意画,充满奥秘、矛盾、陷阱。在拥有普鲁斯特、乔伊斯、卡夫卡、纳博科夫、塞利纳、福克纳、海明威的 20 世纪,确实如此。这些人的事情并不都一定精彩纷呈,但是似乎每个存在的圈子都会向其他所有的圈子发射光芒;岁月是一些方程式的片段,一种正在进行中的结晶化进程。这就是一种复杂的礼拜仪式,就普鲁斯特的情况而言,它具有固定不变的一点,他古怪地将之称为"永恒的热爱"。他同时代几乎没有人理解这个关键点:雅克·里维埃肯定理解;还有年轻的保罗·莫朗,彼时他乘驿站快车去伦敦("普鲁斯特绝对比福楼拜更厉害")。佩因特讲述道,正当莱昂·都德①带着最美好的意愿将普鲁斯特描写成一个古怪又天赋异禀的孩童之时,亨利·詹姆斯②则认为普鲁斯特正在书写"自《帕尔马修道院》之后最伟大的法国小说"。我们知道在普鲁斯特棺木前巴雷斯对莫里亚克说的那句惊人名言:"哦,是的,这曾是我们的年轻人!"但是我们非常伤心地读到《追忆似水年华》的这位作者写给希尼·席夫(Sydney Schiff)的信,要求他跟丽兹老板协调一下:"我为晚餐时段租了一个包间。我希望不会有穿堂风,也不会有人跟我说:'如果有个美国人坐船到了,那您就必须

---

① 莱昂·都德(Léon Daudet, 1867—1942),法国作家,新闻记者和法国政治家,《最后一课》的作者阿尔丰斯·都德之子。——译注

② 亨利·詹姆斯(Henry James, 1843—1916),美国作家。——译注

在晚饭结束前离开。'"

音乐创作和身体的重新定义：普鲁斯特的学术人生越来越多地按照这两条轴线进行勾画。我们不厌其烦地看到，夜晚时分，他邀请四重奏的音乐家们来到他的住处，修改梵提尔七重奏的段落。音乐家们来到他那用软木装潢的房间演奏，女佣塞莱斯特为他们端上了香槟和油炸土豆；《追忆》的那部分手稿就在地板上。普鲁斯特希望在让人送演奏者们坐出租车回去之前，更为仔细地观察他从别处花大价钱请来的这些人。白天，写作；白天就是一种深夜。夜晚，如果哮喘发作得不是那么厉害，他为了进行其他试验，就出门去马里尼酒店，絮比安妓院，也就是阿尔贝·勒·屈齐亚妓院①。那些充满青春活力的沙龙很遥远，他时不时地如幽灵般现身那里。一个社交群体在被分解，普鲁斯特在他的实验室里对这些分解的粒子进行处理和再加工。为了获取那些关于巴尔扎克笔下的秘密警察的信息，他得靠奥利维耶·达柏思卡（Olivier Dabescat），巴斯克人，丽兹饭店的首位东家。丽兹夫人在她的《回忆录》中非常坦率地写道："我很想知道他们都能聊些什么。"面对女佣塞莱斯特责怪他太常出入屈齐亚妓院，他优雅地答道："您说得很对，我亲爱的塞莱斯特，但是鉴于它为我提

---

① 男性妓院。——译注

供的那些资料素材，它对于我来说还是很有必要的。"普鲁斯特没有说的是，为了这位思虑周密且在系谱学方面博学专攻的布列塔尼人为了他的同性恋们，用了家传的扶手椅和长沙发来布置这家妓院旅馆。在这堂皇之地，在这见不得人的地方，他将沉湎于一些亵渎私人摄影的仪式以及对关在笼内的老鼠进行的施虐行为。佩因特总是不由自主地带着非常盎格鲁-撒克逊式的幽默，觉得普鲁斯特生命中的这些重要时刻"不具什么教益"。他认为我们应该像原谅一个道德上的罪人那样宽恕普鲁斯特，"我们的兄弟"，也许为了他的"仪式"，他就需要这些奇怪行为。至少，他转述了一些不争的事实，而这是最重要的部分。纪德狼狈不堪，后来写道："在我们第一次难忘的夜谈中，普鲁斯特跟我解释，借着性与高潮，可以将最为混杂不同的感觉和感情统一聚合在一起。特别是，追击老鼠可能证实他的说法；不管怎样，普鲁斯特促使我看到了这些。"普鲁斯特喜欢带坏这位老实人，这位《田园牧人》的作者。后者问他："难道您绝不会用年轻漂亮的形象向我们呈现这位爱神吗？"普鲁斯特残酷地奚落道："我已经让很多同性恋者对我的最后一章感到非常不快。我对此很难过，但这不是我的错，既然德·夏吕斯先生是一位老先生，那我就不能生硬地为其套上一个西西里牧人的面貌。"在真相显露之处，我们触及到了一系列似是而非的话。里维埃就《索多玛和蛾摩拉》在给普鲁斯特的信中坦率地写道,他很少见到"有谁如此健全,如此稳重"。纪德揭露叛变和伪装,把普鲁斯特说成是"伟大的隐藏大师"。实际上,没有人想要看到透过同性恋,普鲁斯特的核心主题是附庸风雅和残忍暴戾以及原罪带来的威力无比的永久性。不过,那时候的女同性恋者教士纳塔莉·巴内(Natalie Barney),她的反应最为有趣。迷人的普鲁斯特在给她的信中这样说,在他的那些篇章中,所有他笔下的"索多玛人都是可憎的",但是"所有的蛾摩拉人①都是迷人的。"不过这都是白费劲:巴内认为阿尔贝蒂娜和她的女朋友们并不迷人,而是令人难以置信,她说了这么一句令人赞叹的神秘清教主义之语:"不要触犯需要埃莱夫西斯神秘仪式之所在。"

一方面,盲目和抑制;另一方面,幼稚的盲从:仿佛普鲁斯特是他那个时代中少数成年人之一。人们把他当成了一位专栏作家,而他却将表象与内在融合在一起,进行了绝妙的构写。在大多数同辈人用可以归结为独唱的过往,靠着一两行文字就可以说完的事情进行写作的时候,他却用当下-过去这种可以预见未来的复调方式,在十行交叠的文字中理解一切。"生命追上了我们的步伐",他这样说。他活着,他自己感觉活

①　此处索多玛人的法文 sodomite 拼写与"鸡奸者"相同,指男同性恋者,而蛾摩拉人则与"女同性恋者"相同,普鲁斯特在这里用同形词意有所指。——译注

着,他创造他的生命,他违抗那个重要禁令,那就是希望他永久失去他的人生或用沉默作为牺牲来赢得此生。无可非议且具有颠覆性的普鲁斯特,对于社会的表现来说,就是这样一个令人难以接受的人物(而只有乔治·巴塔耶对此理解):放荡的圣人。他指责那些"老朽的哲学思想"将艺术和科学分得太开。他是自己的试验品。"那些看起来像是外在的东西,正是我们将在自己身上发现的事物。"又或者,"凡是能够帮助发现规则的,能够将光芒投射到未知物上的,能够让人更为深刻地认识生命的,都一样具有价值。"内省是每个瞬间的一次历险,无论在音乐会上还是在妓院里,在说话的音色中还是炮击声中,在不可预料的记忆流失中还是在睡眠中("睡眠"是《追忆》中的重要角色,因为这要求"巧妙地进行观察而不惊醒"),它都是可以检验的。有人跟他说得益于他的"显微镜",他开创了"心理分析小说"吗?没有,他的新发明是一部内在的望远镜,他说道,用来观察一些细小的事物。当然,因为当时它们都在很远的地方。"我曾经笨头笨脑地用'我'这个字眼作为这本书的开始,马上有人就认为我从个人的,并且是拙劣的意义上进行自我分析,而不是力图发现一般规则。"对于集体主义的公职人员而言,没有什么比一个用其独特性就可损害普遍性的"我"字更令人不安的了。生命转化为法则不是法则所预料中的事情。

普鲁斯特一卷书信每一次的出版都是一件重大事件，人们会对某些抱着莫名优越感的人只看得到其中的惯例却没有新发现而感到十分惊讶。这里有个相反的例子。佩因特就非常全面，他没有利用1921年的全部书信(菲利普·科伯版的第二十册)。那年，一位新的通信人出现在普鲁斯特的视野里。他就是弗朗索瓦·莫里亚克①。普鲁斯特写信给他，跟他谈到其中一本他的书《优先权》(*Préséances*)："您说这些话的方式，我认为很特别，生动有力又富有魅力。"莫里亚克很快会对普鲁斯特表现出绵绵不绝的敬仰之情，然而惊人的事情是在里维埃死后，普鲁斯特的名字却遭到三十年代或五十年代的那些作家和文人的"遗忘"。德里厄、波朗(Paul-Han)、马尔罗或阿拉贡、加缪、萨特，都没有提过一个字。那么，普鲁斯特去了哪里？从此，传记似乎比他更重要。不，很明显，他在策略上是不正确的。难道他不伤风败俗吗？从1921年起，莫里亚克就认为："关于这部作品，就不要再纠结于伤风败俗之事上了。普鲁斯特向我们的无尽深渊中投射进一道强烈的光芒。他的艺术无关阳光。一切都取自阴影，以及甚至在他之前无一人敢命名之物。"

---

① 弗朗索瓦·莫里亚克(François Mauriac, 1885—1970)，法国作家，1952年诺贝尔文学奖获得者。——译注

神秘的普鲁斯特。他要求莫里亚克去跟弗朗西斯·雅姆①说，为了他可以安详地死去，请他祈祷，"虽然我自认为拥有面对痛苦死亡的强大勇气"，以及这个，"或许除了用内心和真实的形式之外，我还是可以来看望您的。"这里，我们回到教皇若望四世，24("上帝是神，那些热爱上帝之人，他们正是应该以内心和真实的行为来热爱")。不仅信息得到了清晰地解读，而且定义也得到了个性化，显得神秘又出乎意料，时光终得重现。

---

① 弗朗西斯·雅姆(François Jamme, 1868—1938)，法国诗人、小说家、剧作家和评论家。——译注

关于普鲁斯特的最后几句话

1922 年 5 月 1 日,星期一,即将于 11 月离世的普鲁斯特在那天误服了一些肾上腺素:"我的消化道就像被浓硫酸腐蚀了一样火烧火燎,我已经实实在在地受了三个小时殉教般的折磨。"由于哮喘发作得越来越厉害,还身患尿毒症,他总是不断地跟不同的通信者们提到这样殉教般的磨难,就好像是为了使他们对他者的痛苦更加无动于衷一般。他知道,一般有意识的施虐淫,以及尤其是想象力的缺乏,构成了人的本质,即使是对最优秀者而言也一样。因此,他非常清楚地预见到自己将从他们身上激发出自发的愉悦来,或者至少他们也会对这个消息进行审查,就像当斯万把他即将到来的死亡消息告知盖尔芒特公爵夫人时那样。需要表明的是,她太匆忙,并没有听到。

他给科克托写道："去年一整年我都是个将死之人，比教皇都要更接近死神，我觉得我之所以逃过一劫，是因为枢机主教们没在我的身边。"他给纪德的信中说道："我有七个月几乎二十四小时呆在床上，我们不必就此多说什么。"给吉什公爵的信是这样写的："临近死亡是有可能的。在我的书稿付梓之前就非常令人烦恼。"跟加斯东·伽利玛说："我不知道是不是从我开始每走一步都会摔倒并且没法发声说话之后，我给您写了信。"给吉卢安写道："我已经有六天既没困意也没食欲，连呼吸也没有。"

快到十月的时候，他写给塞莱斯特·阿尔巴雷（Céleste Albaret）的那些潦草文字就更能说明问题了："我刚刚咳嗽都超过三千次了，感觉后背、胃什么的都要咳没了。真是疯狂。"那个时候，普鲁斯特还在孜孜矻矻地校对书稿和写作，几乎不再进食，并拒绝一切医疗手段。很明显，身体什么都不是，精神有着支配权，我们拿着笔死去，这得到了具有破坏性的一种可靠性和讽刺的肯定。他写给莫朗道："塞莱斯特很快便给我带来了一场感冒，就好像她非常迫切要我得病一样。"

谁爱普鲁斯特？所有人，又无一人。人们向他表示出敬仰、重视、尊敬，但是这些仍然显得疏远、拘束，有种奇怪的不自然和冷淡的感觉。一切就如同时代的那些人感觉他们的生命和死亡正在被相对化地看待，就躁动不安又冗长的皮影戏来说,所有人都在其中表演,这一切太过生动活泼,太过垂死无力(让人想到伏尔泰去世前漫长的垂危时期),对于所有人都在里面表演的躁动又冗长的皮影戏来说,就会酝酿出一种非常糟糕的影响。

这些同时代的人,行其所能之事。里维埃感到忧虑不安。他缺钱,因此很快便出版了小说《艾梅》(*Aimée*)。普鲁斯特说:"我热爱里维埃,这是一位我们能够想象得到的最高尚的人、最明智的智者。但是自开战以来,他就太过劳累了(他在以一种残酷的方式从军打仗),他疲倦、分心,弄丢了好些小纸片。那些小纸片上写着一些嘱咐,他也都疏忽遗忘了。他给我造成更多的烦恼,足以抵得上五十个结盟的敌人。"

纪德显得拘泥于虚礼,但也还是不能完全从他最初的错误中恢复如初,再说,夏吕斯的形象也对他产生了冲击。莫里亚克假装受到了惊吓:"仿佛索多玛和蛾摩拉与天地万物混为一体。圣人的唯一形象本就足够重建一切。"是的,在《追忆》中就只有一个圣人的唯一形象,而这就是普鲁斯特本人。莫里亚克怎么会没有看到这一点? 但是因为他自己也正在出版一本小说,《给麻风病人的吻》(*Le Baiser au lépreux*)。普鲁斯特是否读过这本小说了? 好吧,您病入膏肓,可即便如此,也还没到不能看我的小说的地步。

莫朗,一如既往地热情和急迫。科克托有其他事要忙。

莱昂·都德觉得普鲁斯特完全是个自以为有病的人,因而他的态度如军人一般:"您是独特的,就应该无情地让您保持那样。"非常好。但是普鲁斯特说:"我连皮埃尔·伯努瓦①的一行文字都没感受过。莱昂·都德时不时说我是法国第一作家,这确实让我感到高兴,但又说在我之后,便是伯努瓦,这真是扫兴!"最糟的还是伽利玛抱怨过着一种"幼稚无知的"生活。他都出版《追忆》了,还抱怨? 简直太严重了:"您对我说您的生活幼稚无知,这让我非常痛心。生活是壮丽美好的。您已经将您的名讳与我们这个时代最具影响力的文学运动联系在一起……请从这个角度看待生活,您将感到骄傲和幸福……我认识一些不幸之人,他们盘算着自己还有一年时间,或一些诸如此类的事情。把幸福当成目的,反而会遭全面反噬。那些不寻求满足并除自己之外就为一个念头而活的人,身上则幸福四溢。"

这位将死之人,勤勉、尖锐、自信,这是始料未及的。普鲁斯特本来有信心会完成一项非同寻常的发现,他的书应该被置于超过一切的位置吗? 这是很有可能的。然而,存在一种使之恶化的情况。且不说天资,只需他在一生中是怀才不遇

---

① 皮埃尔·伯努瓦(Pierre Benoit,1886—1962),法国作家,法兰西学院院士。——译注

之人便可。请您为人正派，留得身后之名。然而不仅仅是他的作品十分畅销(卖得越来越好)，不仅仅是《泰晤士报》指出的："虽然"他优点才能不多，但还是会走向大众；普鲁斯特还不断变得愈发狡黠和狂妄自大。比如卡米耶·维达尔①就非常好，他把普鲁斯特比作爱因斯坦。《新法兰西评论》应该为埃德蒙·雅卢②做宣传，他认为《追忆》可以比肩蒙田和卢梭。再者，这还会有比这更好的情况吗？

这是普鲁斯特？是我们的年轻人吗？原型？怪人？他的思想很伟大吗？比柏格森③的思想都高一等？甚至比海德格尔的《存在与时间》都还超前一步吗？您夸张了。"我的书经过一种特殊意识的试炼从而变得非常完整(起码我是这样认为的)，而我很难向从未有过这样意识经历的人描述这是一种什么样的特殊意识(就像对一位盲人讲视觉的感受)。"然而，这是否就是微观分析呢？细枝末节吗？不，这是一架"对准时间的望远镜"。

这就是另一个时空，不是吗？非常持久并且很稳固。这

---

① 卡米耶·维达尔(Camille Vettard, 1877—1947)，法国文学评论家。——译注
② 埃德蒙·雅卢(Edmond Jaloux, 1878—1949)，法国小说家和文学评论家。——译注
③ 亨利·伯格森(Henri Bergson, 1859—1941)，法国哲学家，1927年诺贝尔文学奖获得者。——译注

些人不是存在于空间,而是存在于时间中。有谁敢直言至此?没有人。他给恩斯特-罗伯特·库尔提乌斯①写道:"劣质文学在减少。但是真正的文学让灵魂中还未知的那部分得以被认识。这有点帕斯卡名言的味道。我不是完全原话引用,因为关于这一点,他并没有著书立说。'虽然有少数科学远离上帝,但是有许多科学重归于他。'绝不应该畏惧行得太远,因为真理在更远的地方。"

文学界,"圣伯夫主义"盛行,一切都被低估。总之,最好还是指望那些没有真正阅读的人,并且期待:"我曾惊讶于看我小说的那些盖尔芒特人都意识不到这是多么的可耻。那些品德极为高尚的盖尔芒特女人们聚集在我周围。"还有:"我惊愕地看到人们就像迷信一样相信《索多玛和蛾摩拉》。"悖论是:讲述罪恶真相的那份罪恶受到道德的保护。不然的话,这就是伪理解,是揣测。当一些人对着这些魔鬼附身的人大声叫嚷的时候,实际上,另一些人却对以一种积极的方式,以无关紧要的态度,以田园诗歌般的笔触来描写同性恋而感到很惊愕沮丧。那些"人",他们,有所感受,并较少自欺欺人。

希尼·席夫热爱普鲁斯特。他的书信细腻温柔。很可能

---

① 恩斯特-罗伯特·库尔提乌斯(Ernst-Robert Curtius, 1886—1956),德国语文学家,拉丁语文学专家。——译注

就是因为如此，他收到这样的提醒："您没有阅读我的书，因为就和所有并不喜欢它的上流人士一样，在巴黎，您太过焦躁；在伦敦，您太过忙碌；在乡下，您有太多的客人……然而，自从我的书问世以来，无论在地铁上，汽车上，还是火车上，这本书真正的朋友们都读得顾不上探望他们的邻居，错过了要下的车站。我忽视了一个完全是上流社会的判断，就是相对于它的书来说，您更中意的是那个人。我用两分钟时间就可驳倒这种诡辩，但是我太累了。而且，我甚至都不确定您热爱这个作者。"严厉的普鲁斯特。在这一点上，总是忧心于要战胜其父，其兄和医生的普鲁斯特，这个将死之人，他给了席夫某些健康的建议。这是莫里哀，这是普鲁塔克①。其喜剧性和伟大性都令人难以抵抗。

何为作家？一只正处于华丽变态期的有毒昆虫。10 月 3 日，普鲁斯特在给伽利玛的信中写道："除了我之外，其他人乐享这天地万物，我对此感到很高兴。我不再拥有行动、语言、思维，以及不受折磨的普普通通的舒适感。因此可以说，我被从自我中驱逐而出，我躲在这些书卷之中，即使不读，也可以抚摸它们。和它们相比，我有着像善于掘地的胡蜂一样的专

---

① 普鲁塔克(Plutarque)，约 46—125)，生活于罗马时代的希腊作家。他的作品在文艺复兴时期大受欢迎，蒙田对他推崇备至，莎士比亚不少剧作都取材于他的记载。——译注

注……。像它一样缩成一团,被剥夺了一切,我关心的就只是通过精神世界向它们灌输被我拒绝的倾诉。"

　　胡蜂,并不疯狂。他的心脏在 1922 年 11 月 18 日星期六傍晚六点,终于停止了跳动。

小说里的风流韵事

在但丁的《神曲》的所有篇章中，被引用最多的可能就是《神曲·地狱篇》的第五歌。这一章节中，弗兰切斯卡·达·里米尼(Francesca da Rimini)讲述了她是如何坠入对其小叔保罗的爱情中的。他们单独在一起，共读一部小说。不时地，二人四目相对，渐渐地，变得局促不安。最终他们按所写地那样做了，也就是相拥亲吻，接二连三地这样做了。歌里的那句著名的诗句："那天，我们再也读不下去。"有这么一本小说，危险而色情，语句中具有最终促使人付诸实践的如此毒素，不是别的，正是《湖上的朗斯洛》①(*Lancelot du lac*)，法国第一个散文体故事。不知是否是一个巧合？其行文是如此开始的："从

----

① 《湖上的朗斯洛》，口袋书出版社(Le Livre de poche)，1991 年。

前在高卢和小布列塔尼的交界处，有两位国王，他们是两兄弟，他们的妻子也是一对姐妹"。

我们最终在弗朗索瓦·摩西（François Mosès）撰写的版本中，能够读到这个发生在13世纪初的悠长的传奇际遇，在相当漫长的一段时间里，这个故事带来的威力和影响是难以置信的。首先，令人精神上受到冲击：我用来说话和写字的这门语言，就是这样来自这部伟大的天书吗？其中满是已然消失的字词和表达。我是否能从中重新找到一份熟悉而又怪异的记忆，就好像梦中有过的另一种存在，感受过的另一些价值观，不同于在我看来逐渐瓦解的那些道德准则？这部小说是欧洲第一部名著，却并非家喻户晓，它是否通过我自己的法语文字，以新生态的方式，向我传递了一个被遗忘的过去？它是否充满了传闻、柔情、战争、激情、"爱情，骑士风范，礼貌谦恭，慷慨大方"？然而从此以后，在一个经济状况此消彼长的社会里，"慷慨""勇敢""宽厚""背叛"意味着什么？这是否是一个我还能够理解的世界？或者它是否最终被淹没在复兴的、古典的、现代的、后现代的发展中？一般的看法是，对于这一点没有什么是有待理解的，例如塞万提斯已经终结了此类煞费苦心的著作。一位骑士吗？可笑。风雅之爱吗？滑稽。好了！别说得那么快。为什么要嘲笑我们不了解的事情（这难道不是《堂吉诃德》的状况么)？您一定坚持要生活在一个幻想破灭的世界里吗？好吧。但是在这个偏见的尽头，证据俯首皆是，那里有萧条、厌恶、失望、普遍化的诈骗以及烦恼。弗朗索瓦·摩西在导言中联想到拉封丹是有其道理的：“如果有人给我讲《驴皮记》，我会感到无比享受。”请尝试一下。今天，只要读一下《湖上的兰斯洛特》，你就会有一种自相矛盾的、即时的又极度的愉快。

在这本本书里，一切都意味着具有重新活跃和回响的细致创作(若斯坎·德普雷①那鲜明绚丽的乐曲)、情景和人物塑造的纯朴感、在物质、机体、战争描写方面的精确性、包裹在对话中的讽刺性、大量多变的事件、叙述中具有的敏锐、闪烁的能量。圣杯(Gaal)和圆桌的故事，来源于克雷蒂安·德·特鲁瓦创作的亚瑟王的传奇故事(以及此后神秘主义者们到处都用得上的口头禅)，在这里都被带回和调整到一个军事的现实中。那些神奇的技巧就是以从孩童时起直至得到爱情满足的英雄教育为目的。英雄的名字呢？这正是这些问题的问题，他必须慢慢发现这个名字。一具躯体寻找自己的名字，他的快乐将向他揭示这个名字。兰斯洛特依次为“国王之子”、

---

① 若斯坎·德普雷(Josquin Des Près，约 1450—1521)，法国作曲家，文艺复兴时期最杰出的音乐家之一。——译注

"有钱人的孤儿"、"帅气的侍从"、"清白的侍从"、"白骑士"、
"黑骑士"。他由战胜梅林①的湖夫人养育成人,而梅林则是
由魔鬼孕育而生(是的,小说来自撒旦)。啊,这些魔鬼!"当
他们被变成天使,如此美丽,如此惹人喜爱,他们乐于彼此四
目相视,直到情欲焚身;当他们与他们不幸的主宰一起堕落,
他们在尘世保留了在神位时就具有的那份情色。"至于那些仙
女,"她们知晓语言、石头和植物的力量"(就如塞利纳在1947
年说的那样,我将此话留给他来讲:"她们是很罕见的,这些女
性基本上都不是胖女人或女仆,而是女巫或仙女")。兰斯洛
特在孩童时呢? 他有"一张朱红石榴般自然红润的脸庞","一
张恰到好处的小嘴","一双微笑的眼睛充满快乐",但是"当他
在盛怒之时,什么都记不得了,就只记得是什么让他这么生
气"。每天早晨,通过施展魔法,他都会在床脚处找到一顶小
小的玫瑰花帽子。快乐是他的元素,这在我们看来,这显得荒
诞,因为我们的实际信条是对自我和他人的仇恨。一切难道
并不是丑陋、可笑、可悲、可恨、可怕的吗? 兰斯洛特总是谈到
他那"巨大的快乐"。"故事讲述道,因为他如此自信地讲话,
很多人认为这是傲慢和吹牛,于是为此指责他。然而,这没什

---

① 亚瑟王传说中的人物,亚瑟王挚友兼导师,一位精深的魔法师,同时
也有传说他是一位谋士和预言家。——译注

么,这只是他对于他所有快乐之缘由的巨大信任。"当代的,本身就是弗洛伊德派的阅读者,并不需要一段长长的注释。这里有一个可以总结一切的对话:"帅气温柔的朋友,您想要什么?——我之所想吗?我想要奇迹。"我们不再善于逆流。当然,如此一个宝贝孩子被许给了王后,但在此之前他必须先到处涂炭生灵。老实说,并不是只有荷马的或《圣经》的那些大屠杀。请看看所有那些正在酣战的骑士们,他们充分利用长矛、斧头、长枪、利剑用来互相厮杀。无论我们愿意与否,这也是我们的神话,我们的历史。而这些头颅、肩膀、项颈、胸膛、鲜血已经被讲述、哭泣、歌颂和想象得很多很多。"一位有着完美之爱的骑士的心不应只以战胜所有人为唯一目的。"兰斯洛特对好人、坏人,以及更坏的坏人都很好,他是一位真正的骑士。"完美之爱"是一种正义的保证。然而,这就是颠覆性的创新:男人有男人们的世界,女人有女人们的世界,了不起的骑士则是知道连接两个世界秘密通道的那个人。因此,我们将第一次发现这个故事的两面:一方面,荣誉之战和权力争斗;另一方面,女人的盘算、克制、监视的意义、计谋花招、军队的集结。

风雅之爱并不是我们所想的那样,它包含整个情色体系。因此,在那么多的病态混同之后,它又向我们示意了这个体系,这并不令人惊异。没有《湖上的兰斯洛特》,就没有

《克莱芙王妃》，更不会有拉克洛或萨德；或再往后点、普鲁斯特、乔伊斯、纳博科夫和塞利纳（只需再想一想《奇境再现》的唯一标题）。女性的色情吗？"她注意到他被她的态度和话语搅得心烦意乱，她对做这种事乐在其中。"这就是但丁刻意不告诉我们的，也是使他感到不安之处：最重要的时刻是体现女性主动性的那个片刻。就在那一瞬间，王后"攫住兰斯洛特的下巴，久久地拥吻在一起"。终曲辉煌灿烂又令人震惊，甚于《地狱篇》中的影射：保罗和弗兰切斯卡即使做着他们已经做的事，也应该继续把这本小说读下去。尤其是当他们看到这样出奇的情节安排，就更应如此了。一个男人（加勒奥）要求一个女人（王后）将另一名男子当作情人（兰斯洛特），而一个女人（王后）却从她的角度出发，将她的男性同伴（加勒奥）强指给另一名女子（德·马勒奥夫人）。远离法制社会，一种愉快的对抗社会就这样在我们面前建立起来。他们是四个人（正如从开始之时起，一对兄弟，一对姐妹），而天堂确实存在，就在一片"小树林"里。"他们在那个地方久久逗留，交谈的内容就是拥抱和亲吻，这是他们最激烈的欲望。"如何不爱这样一幅画面："他们起身。夜幕完全降临，但夜色却明亮清晰，因为一轮明月当空高挂，照亮整片草地。"我们明白了。至于在这个极为传奇浪漫的事件中难以理解的伦理道德，便是："爱情就是一件疯狂之事，而世上的这些疯子不可能不被引导犯罪。但是这份狂热比起任何事情都值得受人尊敬，并且这个疯狂之人完全有理由如此，因为在其狂热之中，他发现了理性和尊重。"

博絮埃的黑色太阳

今天人们敢如何谈论博絮埃？谈什么？比若望－保禄二世更甚的冷漠的独断主义者，迫害芬乃伦和盖恩夫人的凶手，反新教的盲信者，专制制度的仆人，不怎么信奉基督的天主教徒，还是蒙昧主义者？啊，关于这样一个主题，有一位传记作者是非常值得受人尊敬的——让·梅耶尔（Jean Meyer），他的这本书①一下子就可以被称为一项理智的勇敢之举。另外，他也辩解道，虽然博絮埃令他生气、着迷、困惑，但还是让他心有愉悦。始终还是同一个问题：面对历史的审判，在这方面犯下错误的人怎么能够成为一位如此伟大的作家？如此，悖论是我们能想象得出来吗？因为我们料想不到博絮埃就曾

---

① 让·梅耶尔，《博絮埃》，普隆出版社（Plon），1993 年。

这样存在于世。真遗憾，事情就是如此（1627—1704）。

总之，这是一个被一种职守占据了整个生命的魔鬼。这个职守在于承担责任，即将芸芸众生从出生摆渡到被视为永生入口的死亡彼岸。"吾等之生命是为何物？"博絮埃不停地提出这个问题，"吾等之生命是为何物？"。这是一个刻不容缓又明显不合时宜的问题。同时代的人几乎没有时间考虑这个问题。博絮埃在那个时代的方法是唐突的："今日是否允许我在朝臣面前打开一座坟墓，而那些如此敏感的眼睛是否就受到了一件阴森之物的冒犯？"确实是的，朝廷受到了冒犯。那么，如今，朝廷在哪里？巴尔扎克曾说："博絮埃在今天会是一名记者。"而被欺骗的夏多布里昂说过："地球上最专制的统治者也必须要在千千万万个证人面前说他的权力不过是个虚幻之景，他自己不过就是尘埃而已。"我们应该想象一下就在这场**真人秀**中大发雷霆的博絮埃。但是，当然，他没有被赋予话语权。

雅克-贝尼涅·博絮埃，勃艮第人，出身于正在崛起的资产阶级家庭，很快熟悉了权力机制，并在其中游刃有余。他，严肃认真、易怒暴躁，天真老好人一个，既慷慨大方，又气量偏狭，颇为记仇，可又健忘得很，有一颗仁慈忠诚之心，是一个顽强的勤奋者、深刻的思考者。我们之所以不用不可思议的语言激情来重新叙述他的经历，并且这种激情是我们已经决定

304

要忘记的、要战胜的、要使其商业化的以及要麻痹的,这都是因为我们对此一点也不了解(也包括他所处的那个世纪的事情)。"博絮埃出生于《圣经》",让·梅耶尔说。当一个人的生平逐渐不时与富有生命力的经文混淆在一起,那么他的传记会变成什么?成为教士和说教者使得一个如此的巧合、如此的融合成为可能。因为《圣经》的文字和话语一部比一部更为丰富。如果我们献身其中,它会燃烧发烫。这是一道看不见的火焰,一阵连续不断的微风。令他人从此改宗?这是最起码事。用让他们产生混乱的方法吗?这是显然的。因为他们并不知道自己说的话。就全世界历史夸夸其谈吗?不然还怎么做?尤其是为了王子们的教育(博絮埃是太子师傅)。宣读圣人们的赞美之词吗?没有什么是更自然的了,因为他们自己首先也是信守诺言之人。同时,在对灭绝的忧虑中,掌握一切世俗权威,正是博絮埃无法被超越之处。他耀眼夺目的光芒来自于死神的黑色太阳,与拉罗什富科的那句箴言相反,他开始当面直视。死亡是他的伟大同盟,他的力量,他的颜色,他的快乐,他的剧场。从死亡、自由以及死亡允许的表现出发,我们能够将赋予语言一种回忆和过人思考的力量。"去和人们说他们微不足道,这是一项大胆之举。"让我们看这句:"如果我看向面前,我所在的空间是多么无穷无尽啊!如果我向后看去,我不再存在的身后是多么可怕!而我在这时空的万丈深渊中几无所占之席！"我们很难通过法语获得更多帕斯卡和博絮埃以这种笔调所表达的东西，此种笔调应使得时代中的奴性杂文失去受众。

1687年3月10日，博絮埃在巴黎圣母院宣读路易·德·波旁的丧礼祷告，这位孔代亲王是他家的朋友和庇护者。这段祷告使他能够对战斗展开描述讲述。他喜欢这样。孔代亲王就像一只睥睨天下的雄鹰，掌控着一切。博絮埃用文字将亲王化身为鹰："在他的阵营里，我们感受不到虚幻的恐惧，比起真实的恐怖，它更加令人疲惫气馁。面对那些真正的危险，所有的军队始终完整无缺；征兆初现之时一切便已准备就绪。就像先知说的那样：'所有的箭都锐利无比，所有的弓都绷紧了弦。'尽管如此，还是可以睡个安稳觉，因为我们就在他的庇佑之下，在他的保护之中。"刚毅、精准、宽广、敏捷：这就是与之最喜爱的作家伊萨耶(Isaïe)媲美的博絮埃。因为他真正的程度不在他处，就在那里，而这就是为什么指责他反动，远离他那个时代的科学运动是无用的。科学、学问、假说、心理分析，大概就是这些。但是谁向我保证，某一天不会有人说这就是"无意义的辩证法、极端的形而上学、没有逻辑的哲学"？换言之，观点在何处？法语具有诗意这个独特之处，尤其体现在散文中。上帝，用法语表达，可以同时表述为智慧和疯狂。他的智慧是理性和宇宙之秩序。但是因为他的智慧不断受到轻视，上帝开始疯狂行事："他只有迈着失去理智的步伐才肯前进，他越过高山丘陵，从天堂到马槽，经过各式跳跃从马槽跃到了十字架上，又从十字架纵身堕入坟墓和地狱深处，并从那儿回到了天堂最高处。"如果我们不理解这两个同时发生的动作，我们就太过愚蠢或太过智慧了。博絮埃的风格是理性主义和抒情性的综合：既更简单也更复杂。

《圣经》，历史，圣人，死亡。另一个常量有待定义：谬误。实际上，它也被归结为语言。例如，寂静主义①事件及其带来的所有阴谋的后果都可以被定义如下："本就应该通过情感来判断话语，而不是通过话语来判断情感。"这不足以表明博絮埃并不多愁善感。在这一点上，他变得冷酷无情，伏尔泰式的怀疑宗教。《关于寂静主义的叙述》(La Relation sur le quiétisme)和《外省信札》(Les Provinciales)都同样获得了成功。博絮埃的看法是："我在这位女士的生命中发现，上帝赐予她许多恩泽，严格地讲，她被这份圣宠充斥全身：就应该为她解开胸衣带子……我们来接收她那充满全身的恩泽，这是唯一让她感到轻松的办法。"可怜的盖恩夫人！而对于可怜的芬乃伦，他这样说的："我很是震惊，这样一位俊杰居然会欣赏那样

---

① 寂静主义是一种神秘的灵修神学，指信徒在灵修中，应该单单享受与神交通的神秘经验，而这经验是神主动赐予的，并非来自个人修为。——译注

一位女士,她的学问如此浅薄,优点如此寥寥,错觉是显然的,她在冒充先知。"那时博絮埃还不知道芬乃伦和盖恩夫人之间的秘密通信,这些信件一直到1907年才被发现。盖恩夫人跟芬乃伦谈到他的真心:

> 我看不见有什么可期待的
> 只要一点点的温柔
> 让我可以使它顺从一切
> 让我成为它的主人!

而芬乃伦回信道:

> 那么我的爱人,接受来自我痛苦的叫喊吧
> 就像你做我的祭品
> 有时候邪恶令我胆怯
> 但我平静地吞下这杯酒。

等等,等等。对于一位主教而言,我们认为这样一首诗并不具有最优价值。神秘主义,还行吧,但是一个患受虐狂的反复思考大概是不会是最公正的。从那以后,我们便决定受到癔症、通灵者、精神病、谵妄、情感波动的诱惑。博絮埃引起我

们的反感,因为他没有灵魂,他很专横,他的真理虽荣耀但不可行,他不够关心苦痛、需求、欲望。然而,日复一日,他还是在主教管区目睹了许多,不过,他确实并没有考虑过重视这些事情。这是因为神秘的博絮埃无能为力吗? 恰恰相反。"通过相同的方法,无限与有限相汇合;通过同样的方法,有限应该达到无限。那些规矩的条条框框在他身上抑制着有限,为了交融在无限中,它必须从这些规则中释放出来,获得自由;而在无限中的这种消亡,由于它置于所有的规则之上,所以看起来像一种错乱。"当然, 我们已经认出了圣方济各[①](François d'Assise)。

---

① 圣方济各(Français d'Assise,约 1182—1226),天主教方济各会的创始人。——译注

魔 法 师

有一些作家,我们带着赞叹之情发现并永远地爱上了他们(例如普鲁斯特),而对于另一些作家,我们越来越喜爱他们。纳博科夫就是后者。他用其精妙的笔法,螺旋式的结构,经过深思熟虑的双重内容将您慢慢渗透,令您沉沦其中。这就是他。在那些时日里,他以自己的方式和节奏穿越了历史,与此同时,扬名四海。从 1899 年到 1977 年,这是一段怎样的旅程啊! 俄罗斯,英国,德国,法国,美国,瑞士,哪个更好呢? 世界发生了根本改变,两次大战,一次革命,精湛技艺的独特案例,语言的积极转变。毁灭,移居,继续,胜利。他是如何又是为何幸存下来并战胜一切的?

首先,在那些关于从未被书写过的回忆的最优秀书籍里,其中有一本书就存有答案:《他处的海岸》(*Autres Rivages*)(英文书名更具轰动性:《说吧,记忆》[*Speak, Memory*])。关于纳博科夫只有一种看法的那些人,应该建议他们读一读这本书,因为那些人的看法是碎片式的、模糊的,受《洛丽塔》的冲击而不合逻辑的过分夸张,被一种极为难以捉摸又反复无常的人格影响而变得困惑不已——这种人格与我们这个优秀沉闷的世纪具有的那些沉重因素相反。因为在某种意义上,一切都是为了回避文学而在政治中开始和结束的,让我们看看政治的纳博科夫。那么,谁曾比他更有道理? 他的父亲,受人爱戴的自由党人,离乡背井,在柏林被法西斯分子杀害。他想不到的事发生在剑桥,在那里,他遇到了一些进步的民主人士,因为并不了解情况,这些人不停地给他上了很多苏维埃主义的课(在《他处的海岸》一书中,这个人物就叫内斯比特[Nesbit],但是我们能够从中发现他在纽约与埃德蒙·威尔逊之间长久以来的误解的写照)。当"尼安德塔的"一位独裁者通过打开的窗户吼出他的言说之时,他正和妻子儿子生活在柏林。他在法国和美国都是孤独的,在那里,他不断地坚持认为艺术只能够用艺术去解释,无论存在怎样的社会压力……一个独特的观点,一种个人的生活,不断重复着实际细节的、有限和无限感觉的、神经性震动的重要性。秘密? 儿童时代,排除万难被保持原状。听一位作家关于其父亲谈论起"我们完美的谅解所具有的魅力",这难道不令人惊愕吗? 当他描

311

述他与母亲的融洽时，谈到"幸福家庭的秘密准则"，这不是听力错觉或采蘑菇？凝视这位作家，他为小儿子的出生和最细小的动作激动万分，就像这是一个不可能发生的奇迹，整个人类生命的奇迹，这难道不令人目瞪口呆吗？我们当然习惯在一位艺术家的人生中寻找神经官能症的或创伤性的方面、缺陷、创伤、任何创作的动机。这是马克思主义的或精神分析的，或者更为简单地说，是自然的集体主义的拉丁文《圣经》。不过，纳博科夫没有停止用特别重视的感觉向我们说明一个快乐的、令人心醉神迷的、悬浮的核心。国际象棋游戏、网球和蝴蝶都被他写入那刻画细腻的颂诗里，就像是对任何集体精神的挑战。他到处都记载下盲目和灭亡的相同意志、大量的有意识自杀、理智的放弃、完全承担的奴役、对于不知道和错误估计欲望的欲望。其中一部代表作《塞巴斯蒂安·柯乃特的真实生活》，向我们展示了这份几乎不为人知的激情（不过堂吉诃德让其显现在现代意识中）：为了不达真理而孜孜不倦地付出努力。或者还有，在《微暗的火》（一部关于脱离社会实际的闭门讽刺之作，巧妙并残酷）中：对于无用的评注和做作的理想化的狂热之爱。多亏没什么吸引他的事物，还有让他可以"同时观察几件事情"的持续震荡，作家才可以事无巨细地感受这一切。翻开纳博科夫的一本书，你就会立刻被一些同时展开描写的流动板块、重叠、快速的包围席卷大脑。语句伸展，中断，重启，跳跃，机智的和谐旋律渗透通篇（文学的感悟直接或非直接形成在"脊髓中"）。"棋盘是一个魅力之域，一个集力量和深渊的体系，一片星光闪耀的苍穹。"

　　成为蝴蝶？并且是**真实的**，不是做梦？这表示拥护蚍蜉，气息，边缘的僻静处，在那里，时间对您来说悄然溜走，不曾存在过。"我承认不相信时间"（显然，21世纪的所有伟大作家都会这么说）。国际象棋或是蝴蝶自然而然就像小说艺术的象征存在于此：许多操作中连续不断的复杂性，对于最不可能的感情样本的追踪。于是，《卢金的防守》（*La Défense de Lou-jine*）（因比赛失利而自杀的故事）中是这样说的："这一局开始悄然显现，好像小提琴在悄悄演奏。"事实上，这一局通过书写这个神奇的动作，在这位作家和读者之间上演。例如，对果戈里风格的文学分析是这样的："简而言之，历史是这样缓慢前进的：嘟哝，嘟哝，激情奔放，嘟哝，激情奔放，嘟哝，激情奔放，嘟哝，超现实作品的极点，嘟哝，嘟哝，接着回到产生所有这一切的那片混沌。就艺术的这个不同寻常的方面来说，文学当然不必操心对被压迫者的怜悯和对压迫者的咒骂。它求助于人类灵魂这口神秘之井，在那里，其他世界的影子就像未知又寂静无声的船影鱼贯而过。"

　　我们感受到这些，或感受不到；我们能够或不能够利用时间的"放大镜"，它让这样或那样精确且耸立的序列随心所欲般突然出现,就如一个令人愉快又迅速得不可思议的变化。纳博科夫不相信非本意和被动的记忆力。相反,他有所追逐,有所渗透,有所期待,有所窥伺,他突然撕破他的网。他坚信那些表面事实为了掩饰深藏不露的奇迹而表现出许多伪成长的样子,只有那些老练的眼睛才能看出其真实面目。世界是佯装和虚伪,但同时对于懂得获取信息的人来说,又是个信息突破口。时间是一系列的**分式**,空间总是归结为痉挛。在它们的交汇点,电光火石间,有着噼噼啪啪的爆裂声:语言。而至于秘密,对于它的发现存在一个**年龄阶段**:"一个十岁的小男孩懂的很多,甚至对他每一个膝盖都有细微的认识——被擦破直至出血的水泡,指甲在晒黑的皮肤上挠过留下的白色印痕,而所有这些挠痕就像沙粒、砾石、尖细的小树枝留下的标记。"

当然,纳博科夫本就能够说,洛丽塔,就是我。必须既了解过《魔法师》(*L'Enchanteur*)的新奇梗概,也感受过《他处的海岸》有意表现的观点,穿过同心圆,来到《洛丽塔》这座岛屿上——它是纳博科夫群岛里的主要岛屿。法国人应该对住在这位**极为撩人的少女**的诞生之地感到骄傲。纳博科夫的这个呈现很是特别,而这也足以令他感到荣耀。撩人的少女根本不是什么小女孩,而是一只诗意的、恶魔般的,又具有迷惑力和毁灭性的鳞翅目昆虫。因此,《洛丽塔》,这本遭到所有美国出版商拒绝的书,在那个时代,在巴黎难道不是首次出版发行吗？英语版的呢？就像乔伊斯的《尤利西斯》一样，曾在实行严酷的巴斯德灭菌法的那些盎格鲁-撒克逊国家长期被禁吗？啊，巴黎……那位纤弱优美的莫妮克，就在那位玛德莱娜旁边……纳博科夫曾在某处谈起"性神话的警察国家"，而洛丽塔正是对此的狂暴颠覆。亨伯特·亨伯特的这段极为特殊的艳遇（且不论那篇令人发笑的后记），是对沉重理性的一种挑战。小说的这个"放大镜"，就像飘曳不定的角逐场所，花瓣网格，将成人和团体的各个方面，还有太过厚重的所有身体几何的各方面都置于危机之中；它让大的变小，展现出那些微粒物质，这是一把斯威夫特式的放大镜，亨伯特·亨伯特是一个新的格列佛①。

这会通向何处？梦幻剧。《阿达或激情》（*Ada ou l'ardeur*）最后的巴洛克风格节日。纳博科夫知道他拒绝了我们这个世界里的一切，而他创作了那些震动人心又令人赞叹不已的情节，现在，在"饱受了"美洲的遭遇之后（整个美洲都还未有何醒悟），他可以在蒙特勒休养了。过去？未来？蝴蝶，蝴蝶。将，将死了②！在她那本关于艾希曼③的书中，汉娜·阿伦特

①　小说《格列佛游记》的主人公。——译注
②　此为棋类用语。
③　阿道夫·艾希曼（Adolf Eichmann，1906—1962）纳粹德国高官，犹太人大屠杀中执行"最终方案"的主要负责人。——译注

315

讲述了这件非常怪异的轶事。"在耶路撒冷，一个负责监管艾希曼精神和心理状态的年轻警卫拿了一本《洛丽塔》给他解闷。两天之后，艾希曼很生气地把书还给他。'*Das ist aber ein sehr unerfreuliches Buch*'——'这是一本很不健康的书'，他这样跟警卫说。"另外，我们没有任何理由认为海德格尔在去世前曾读过《洛丽塔》。

那么现在呢?《洛丽塔》的作者在圣彼得堡诞生近一个世纪之后，这本书终于将在俄罗斯得以出版发行(我们希望是纳博科夫的俄文版)。让我们来想象一下这个场景:一天晚上，信仰正教的夫人和先生，躺在床上，翻开这本书。音乐奏响:"洛丽塔，我生命之光，我欲念之火。吾之罪，吾之魂。洛——丽——塔:舌尖向上，分三步，从上颚往下轻轻落在牙齿上。洛。丽。塔。"

梅特伊侯爵夫人的辩解

　　或许拉克洛看到他的《危险关系》被搬上大屏幕,用英语演绎,梅特伊侯爵夫人由美丽、青涩、稍有些笨拙的格伦·克洛斯扮演,并辨读从其嘴唇滑出对瓦尔蒙说的那个词——"战斗"①(请听 ouarr!),他会感到别样的惊奇。我们记得,这是第一百五十三封信。侯爵夫人用这唯一的注释向子爵发出了最后通牒:**好吧! 战斗吧!** 整本书就是为了说出这个愉快的、致命的、无法言表的"好吧"而写就。"基本上就是一本法国书籍",波德莱尔在 1856 年写道(注意,这一年,弗洛伊德诞生),还有,"所以说那些放荡之书评论并解释了大革命。"骇人听闻的是法国大革命两百周年纪念在拉克洛的大屏幕上的再现得

---

　　① 　原文 war 与 ouarr 同音。——译注

以具体化，并且外国人在这方面比我们自己做得更好。

关于《危险关系》，我们思考良多，但是大多数时候都有所顾忌。马尔罗在1939年好像想说因为迫在眉睫的第二次世界大战，一个世界就如同在18世纪末那样得以终结。他强调指出了这本小说伟大的技术新颖处，就是虚构的人物第一次按照他们所想的来行动，因此说明这些人物特征的"意志色情化"。他说了这样令人惊讶的话："拉克洛的问题仍丝毫未得到解决，或许和兰波的问题一样令人困惑。"这位具有想象力的诗人为了婚姻变成了忧心经济且有良心的商人(兰波)，而这位天才的文学战略家被改变成信奉卢梭思想的夫妇的表率(拉克洛)，因为这就是让好奇源源不断产生的所在。我坚信这个隐藏的魔鬼的辩解词，如果它被理解，我们很可能就避开了诸多魔鬼般的纵欲狂怒。梅特伊侯爵夫人，我承认，我对她有一种狂热崇拜的激情。"(她是)文学里最有意识的女性形象"，马尔罗说，(也是)他注意到的第一个与罗耀拉①(Loyola)有着几近神秘的相似之处的女性形象。是的，《危险关系》，从这个词的各个方面而言，它就是精神上的历练。波德莱尔还说："幼稚无知占据了理智之席……卑劣行为和哀诉。萨德高

---

① 伊纳爵·罗耀拉(Ignace de Loyola，1491—1556)，西班牙人，耶稣会创始人，罗马公教圣人之一。——译注

于乔治·桑。"侯爵夫人呢？这便是其风格。"如果您没有这个女人，其他女人就为拥有您而感到汗颜。"拉克洛是一位弹道学专家；他在他那个时代发明了空心炮弹。他的每句话都有一条精确的曲线和明确的下落：它震动并爆发出穿透人心的细腻光辉。这就是专门为了达到最大杀伤力的一种文学。谁会说我们并不需要它？

这是《危险关系》引发的不安吗？它表现在希望回避梅特伊夫人，只关注杜尔凡勒院长夫人上。人们强迫这本书符合随之而来的浪漫主义语句。相较于拉辛式的情感以及《新爱洛伊丝》的感情抒发，这本书做了平淡无趣的滑稽模仿，写下了亵渎神明的话语，而人们尽可能地用橡皮将它们都擦去。阐释必须最为迅速地导致爱玛·包法利的灵魂状态和她的沉重心情，直通她的痛苦和气郁。"梅特伊侯爵夫人，就是我"，拉克洛本可以这样说。但是此时此刻，我们具有科学性摧毁的冒失行为，我们难道不就是处于 19 世纪吗？虽然有普鲁斯特，但是占据主流的始终都是圣伯夫。他更钟爱德毕内夫人(Mme d' Épinay)的《回忆录》，因为玷污爱情之流具有一种"恶毒的傲慢"，他把拉克洛排在"糟粕"之列。梅特伊，是邪恶之眼，可怕的邪恶之源，任何人都无法忍受的美杜莎(在这段艳情的最后，她的丑陋相貌和声名狼藉就像是不可能与她对视的标记)。关于这本颇具争议又令人眼花缭乱的小说，我们轻信于对它所下的"道德"结论,而不明白它的存在就是为了挫败审查。从这个角度而言,拉克洛给李柯波尼(Mme Riccoboni)夫人的那些书信就极富技巧和讽刺。确实,这本小说的存在就是为了证明其他所有的小说是多么无聊和无用。理由很简单:它们无法找到说和做之间的等量。《危险关系》集诸多小说于一身;我们应该将它拍成百部电影,而不只是三四部而已。一系列的电视节目可以称为:癌病的发现。其中,我们将看到拉克洛是如何细致地描写院长夫人(这位"绝世高洁女子") 时而激动发抖,时而意志消沉,这些动人又具有戏剧性的情感更迭的征兆的。斜面书台的一组镜头(或者如何现场书写一封信)应该会定期上演。总之,应该在各处逗留,灵活掌握那些各种各样的乐趣(侯爵夫人:"我已经有六周没给自己找乐子了"),那些稀奇古怪的事情(瓦尔蒙:"只有那些奇奇怪怪的事情才让我觉得好玩")。关于"小屋"这个主题的一部完整的电影将会是一种魔力。另一部会向我们说明什么是"放荡之要意"或什么是"无稽之谈的小道消息"。又一部会向我们展示侯爵夫人的艺术;在乡下,她如何对贝勒罗什关怀备至而让其不堪重负,进而引起他的反感,从而使她摆脱了这个人。最后还有另一部电影可以向我们系统地描绘一些"类型"、一些"恣意妄为的"年轻姑娘、一些"邮递员"、一些"捐客"、一些"爱情手腕"。这些构想经过加工处理,最终有所盘算地铺陈在故事结构中，不断浮现。从 8 月 3 日至 1 月 14 日，从 17××年的盛夏到隆冬，一百七十五封书信：17 这个数字不曾有过如此神秘的一种影响。长眠先贤祠的拉克洛，是否和另一位画法几何专家，他的朋友蒙日（Monge）一样？让我们为了三百周年纪念而期待吧。

性欲，人心，精神：侯爵夫人是唯一将这不协调的三位一体的核心控制到最后的人。其他人皆受情感所羁绊，即使是瓦尔蒙，也是因此堕落。变得脆弱的他想要构筑堡垒，并且非此不可，而不是博人好感：他因此而死。侯爵夫人，她没有死，当她那被忘却的挑战引起无限反响之时，她的名节遭到损毁："我是我自己的作品。"有很长一段时间，她在夜里带走了她的**医疗秘密**："爱情就像医生，是有助天性的艺术。"我们在这部伟大的真实书籍中看到谎言以自身的方式试验在自己身上，这部小说告诉我们，相对快乐而言，没有自我的盲目和背弃。唯一一位女性敢说她是自己一人的整座后宫，她甚至留给我们在自己的实验室里获得的那个珍贵的化学方程式："在这份对于快感的满足中，愉悦因其放纵而得以净化。"后来，拉克洛说他考虑为《危险关系》撰写一个"美满"的后续故事。但是他该知道要写成此书，就该二话不说采取梅特伊侯爵夫人的方式。但如此的一种告白，他无法再向任何人表达：无论是对奥尔良公爵，雅各宾修道院，正要成为皇帝的首席执政官，还是对他的妻子。光芒之门复又关上。这道门非常坚固，然而，在1790年还是发生了众所周知的伦敦秘密："我驻守在雷岛……我决定要写一部巨著，它不同寻常，它会引起轰动，在我离世之后，它仍将回响于人世间。"我们是否始终存在于同一个人世间？大概吧，除非我们不会再翻开这部与其他永远不相容的"圣经"，不会再仅仅为了实践而阅读这部"圣经"。

投石党运动之赞歌

　　法国文学基本上可以被定义为一套独特的回忆录，也就是说，可以定义为一个第一人称的现实态创造，无论是书写还是回忆都生动无比。关于小说的所有疑问都无法掩盖的是，语言正是在这个沸腾激荡的熔炉中最大限度地展现出其色彩和力量。圣西蒙、伏尔泰、夏多布里昂、司汤达、普鲁斯特、塞利纳（还有巴塔耶、热内、马尔罗、写《文字生涯》的那位萨特）……我们是否将渐渐无法看清这个宏大又矛盾且不停被更新的身份？时代令人想到：这将是不可思议的。

　　想要读一读或再次阅读这出仿古大戏里的诸多伟大演员中一位演员的作品，又一理由是：雷兹枢机主教（请都读成 Rais），保罗・德・贡迪（Paul De Gondi），投石党的灵魂、主体和烈焰之笔。"投石"①是一个颇为适宜的词语。我还是能够夸口说,高中时老师经常在我那远好过于差强人意的学业笔记的本子边缘上留下那种或傲慢或会心的评语:"反抗精神"。法律和学问受到挑战、质疑、歪曲,权力的稳定性受到怀疑。被这个名字所代表的时代是多么幸运啊!历史在那时似乎处于初步摸索阶段,在几条道路之间踌躇不前。阴谋层出不穷,暴乱燎原,社会现实风云变幻。就像西蒙娜·贝尔蒂埃尔②(Simone Bertière)在她的书中说的那样,"融合了各派人士的投石党极力引起骚乱,煽动投毒行为以及我们称之为捏造假消息的做法。虚假传闻,不真实的秘密,捏造或强制的指控,伪造的谋杀,印刷得像真本一样的被篡改过的文本,被利用来构陷推定收件人的虚假信件,文件调包——那么多的阴谋手段如此常见,以至于它们最终都让人觉得合乎情理了。"……一位坚强刚毅的太后(奥地利的安娜),一位诡计多端又受人讥笑的红衣主教(马扎然),一位身为傀儡的娃娃国王(路易十四)。面对他们,亲王们(孔代)和这位不受召见的教士缔结联盟又结束联盟,这位教士是巴黎主教区的助理,未来的大主教和红衣主教,到处

---

① 法语 fronde,意为"反抗,批评"。——译注
② 西蒙娜·贝尔蒂埃尔(Simone Bertière,1926—),法国传记作家,曾执教于波尔多第三大学。——译注

现身，催化一切，横扫一切，文人、党魁、生性放荡之人（"我不可戒除风流"），他在政治生活中是了不起的无神论者，当必要时，他就变得恭敬虔诚：他就是《回忆录》的作者（在他生命的尽头，用了十个月时间写了三千页）。

他是谁？除了主流说法之外，需要关于他一生的客观记叙，用以证实他被简单的观点忽略到何种程度（这让我们对激烈的19世纪的想法产生了震荡，这是一个意欲为善与恶归类的世纪）。确实，在所有他似乎可以扮演的角色中（我必须用一刻钟的时间扮演三十个完全不同的人物角色），从路障街垒到教堂，从其指挥者们的公寓到选举教皇的会场，从最高法院到监狱，从夜幕遮盖下的华丽四轮马车到修道院，如何找到头绪？"我发现了这一大群全副武装的旧货商。我恭维他们，向他们表示友好，我又辱骂他们，威胁他们：最终，我说服了他们。"这一系列动作完全就是雷兹行为。他能够利用所有措辞，*此刻*，这就是产生影响的修辞的胜利。如果说他对情节、内幕、一手的牌以及底牌造成了干扰，这是因为，准确地说，人算始终不如天算。"政治人物的日课经"，有人曾这样说。但是与这位大老爷相比——他甚至对教皇摆谱（因为是他来选择他们）——这些政治人物就是一些小小的本堂神甫。"无论行善或作恶，我都应该记得，这取决于我将受到怎样的对待。"诽谤短文，抨击文章，寄往各处的书信，编成密码的便条（即使在帕拉丁公主①这里也成了"不可译之码"），闪烁其词的谈话，像任何人一样使用拉丁语和希腊语，无法确定或限制的说服力具有难以捉摸的多变性（柯尔贝尔说："相信这位助理集中他的精神，就是认为水会在斜坡停下来"），这就是具有人文态度的深刻又灵巧的数学家。有人要抓他？他逃跑了。有人企图谋杀他？他换了车辆然后消失了。"白刃和毒药，我都不当一回事；除了我内心之所在，没有什么可以影响我；同样处处都有人死去。"有人对他造谣中伤吗？他就变得更强（"说到恶意中伤，所有不造成伤害的诽谤都有利于受到中伤的那一方"）。他参与所有事件，事无巨细，尤其是秘密事件。漠不关心的是："……不受影响，"苏亚雷斯写道，"以至于他拿自己所藐视的来取乐，并且嘲笑那些对他而言最危险的敌人②。"必须看一下《回忆录》的原稿，这部巨著文字犀利，但对篇章进行了大量删除。通过可以提供"某种巨大快乐"的恩典，那些失败一下子就被扭转。为了女儿觊觎其遗产的塞维涅没有弄错：她爱他（"我的心情就和雷兹红衣主教一样迫切"）。他的宿敌拉罗什富科也没有弄错，而且除了侯爵夫人或公爵夫人之外，那些客栈单纯的小姑娘们在其蛰居期间也是如此。马

---

① 此处指路易十四弟媳。——译注
② 安德烈·苏亚雷斯，《灵魂和面孔》（*Âmes et Visages*），伽利玛出版社，1989 年。

扎然因厌恶他而陷入绝境。但是博絮埃却毕恭毕敬："（……）具有一种如此高尚的特性，以至于我们无法评价他、畏惧他、爱戴他、也无法不完全厌恶他……他借助秘密且强大的手段制造混乱。"让我们感受一下语言的力量：这个家伙有点儿丑，"皮肤黝黑"，目光短浅且笨手笨脚，他靠近他所处的那个时代，他令其着迷又使其震惊。今天，他仍然是传记作者①喜欢的题材对象，依我们尤其熟悉的观点来看，他的传记作者始终避不开某种不快（"无可救药的追逐女性的好色之徒"）。这是一位圣人吗？不是。一个怪物？也不是。那么是投石党吗？一出悲剧？不，是一个恶作剧，一个"可与莫里哀作品相媲美的"恶作剧。那么历史是否会成为梦魇？充其量，用可怕的冒犯之语说，这就是一出紧张又复杂的喜剧吗？他付诸行动，遭遇失败，他将获得那个时代的胜利，但是（另一个冒犯之语）他不在乎（对于一个伟大的名讳而言，文字无法成为一种功用）。总之，他在未来的所有个体反抗中璀璨耀目。他自己所作的评价是："当真理达到一定纯度，就会投射出令人无法抵抗的熠熠光辉。"

---

① 西蒙娜·贝尔蒂埃尔，《雷兹枢机主教的一生》（ *La Vie du cardinal de Retz* ），法洛瓦出版社，1990 年。

智慧的欧洲

为什么法国人往往对欧洲要么漠不关心,要么备受到它带来的精神创伤? 这是因为,曾几何时当欧洲确实是法国的时候,它用一门语言实现统一,彼时,这门语言与生活和思考的自由浑然一体。然而,无论是对左派还是对右派,人们几乎从未对国民说过他们自己的历史。那么,何时谈到 18 世纪的时候,才能不再令人生疑? 出于何种缘由,最好是由英语来做这件事? 我们还需要多少时间来反复回味,法西斯主义对于启蒙运动或斯大林主义赋予它的悲剧命运的这份仇恨? 欧洲,您说呢? 是的,但是哪一个欧洲? 牛奶的欧洲,绵羊的欧洲,普通种族主义的欧洲,具有诸多卫星国的欧洲? 大概吧。但是有谁经历过? 被如何展现? 用什么文字?

以查理·约瑟夫·德·利涅(Charles-Joseph de Ligne)

(1735—1814)为例：有谁认识他？有谁读过他的事迹？关于什么？一个比利时人？一位亲王？一位奥地利元帅？无论在军事战略还是外交事务上都具有影响力的一代朝臣？一个放荡之徒，一位伏尔泰的哲学之友，和凡尔赛、维也纳、莫斯科建立对话的联系人？事件内幕的主要人物？卡萨诺瓦①的亲密朋友？并且还是一位伟大的法语作家？不，太多了，请停下，学习的年限并不使人受益，大学令人头痛。太多的边境穿越，太多的秘密代码，太多的舞会、晚宴、音乐会，没有偏见、骑士、军人、女人太多；**太多的相对性**。您喜欢成为谁？一天，有人这样问利涅亲王。他的回答是："直到三十都漂亮的女人，直到六十都骁勇精明的将军，活到八十的红衣主教。"确实。这就是某人不费力气就能够做出的构想。他被用以下这种方式抚养长大："我似乎觉得我已经爱上我的乳母，而我的女管家爱上了我。迪科龙小姐，这是她的名字，她总是让我和她一起躺下，让我在她丰满的全身上下来回移动，还让我全裸跳舞。"

拥有伯勒伊城堡的利涅（何等大名！），从一个王国跃到另一个王国，并且似乎迷惑了整个世界。斯塔尔夫人，他后来的

---

① 贾科莫·卡萨诺瓦（Giacomo Casanova, 1725—1798），极富传奇色彩的意大利作家、冒险家，18世纪享誉欧洲的大情圣。——译注

发行人，这样评价他："他经历过这个世界的所有利益盘算，特别擅长处世之道。"俄国的叶卡捷琳娜女皇认为"他的思想深刻，行事疯狂起来像个小孩"。约瑟夫二世和他一起消磨时光。对于歌德来说，他已经是"他那个世纪里最快乐的人"。他是特里亚农宫的常客，与玛丽-安托瓦内特调情（"她出人意料地成为王后，人们不假思索地爱戴她"），很快成为了杜巴利夫人的情人，他认为蓬帕杜夫人胡说八道（"她跟我说了成千上万句政治内阁、政治军事的废话"）。从他与那些统治者的频繁来往中，他产生一个坚定的信念，那就是历史除了个人利益、骄傲、野心、报复之外，便再无其他。作为神圣罗马帝国的元帅，他迅速做出判断，认为主要敌人是普鲁士。作为自由思想家，出于一些政治原因，他仍然是天主教徒（不是因为转向盲目和疯狂）。久而久之，他的英国传记作者[①]不知道该以何种方式来书写他，就采用了一些让人高兴的清教主义方式："利涅亲王到巴黎的那些拜访都在疾风骤雨般的性欲中进行。"疾风骤雨般？不，一切都是迎合人意，富有旋律，轻松自在，一丝不苟。想到什么就去做什么，没有任何未雨绸缪，如果利涅的那些准则和想法是以下面这句话为名，那么，这并不

---

① 　菲利普·曼塞尔，《查理·约瑟夫·德·利涅——欧洲的魅力者》（*Charles-Joseph de Ligne，le charmeur de l'Europe*），斯托克出版社，1992 年。

是一个巧合。"我的那些越轨行为,或我的头脑都是自由的。"这就是他的文字和他《回忆录》[1]的魅力所在:我们并不进军,而是进攻,有时发动骑兵,现实就是一面多面镜。总之,利涅是立体的,关于其轶事的拼贴作品也生动且富有脉络。"我相信一切,"他说,"尤其是禁止我做的事情。"在两次迅速巡视,两次任务期间,他记下了他称之为"红色篇章"的事情。生命就是一首迅速写就的回旋诗,必须懂得倾听它、舞动它,而不是其个人道德所需。"我让皇帝、皇后们都等待过,但从来没让一名士兵等待过。"或者还有,"我从来没有对谁做过不好的事情。如果有,那也会是他对我比我对他还要好。"

欧洲在他面前聚合分离吗? 他记录下来,他知道,真理就是:"那是一个美好的夜晚,因为我在我的玻璃小屋里写作,月光洒在纸上。"顺便提一下,他结婚了,他钟爱的儿子查理后来在战斗中被杀死。但是他和女儿克里斯蒂娜在一起感到很快乐,他将她女儿唤作克里斯特,不时地和女儿谈起他的那些情人们。当他回望过去的生活时,他是这样看待自己的:"年少、轻狂、出色、抱有一切可能的异想天开的想法……"我们往往相信他的话。他与那时候一位伟大的意大利舞蹈家维斯特里

---

① 德·利涅亲王,《回忆录:文字和思想》(*Mémoires. Lettres et Pensées*),弗朗索瓦·布林出版社,1989 年,亚力克西·佩讷编,尚塔尔·托马作序。

斯很是相像,这似乎是既成事实。他曾是——并且这永远是一个有力的推介——卡萨诺瓦(仍是一位法语作家)的《回忆录》的第一名读者。卡萨诺瓦是否自忖不该删除他的记叙? 1794 年 12 月 17 日,利涅写信给他:"您对您的作品没被删改过感到很满意,为什么您希望您的作品是那样的? 请让您的生命历程保留其本色吧。"明智的建议。关于他在巴黎的那些经历,他从自己的角度来书写:"这一小群人的社交生活是多么迷人啊! 那些不曾离开过的最受人爱慕的女士中的七八位,人们就是这样称呼她们的。"拿破仑——即使明确指出他和卡萨诺瓦一样,对"恐怖统治"和他的结局没有说过足够严厉的话语,这也是没有用的。(利涅很欣赏他的军事才华,但是把他称为"撒旦一世")。他的朋友,神圣同盟①的倡导者,朱丽安娜·德·克吕德纳②(Juliana de Krudener)想要他改宗新教吗? 不,"天主教是唯一的贵族宗教"。他对斯塔尔夫人也同样不信任:"她的天主教信仰让人想要成为异教徒,她让人宁愿枯燥乏味,而她对奇异的热爱使人爱好一切更简单、普

---

① 神圣同盟(la Sainte-Alliance),是拿破仑帝国瓦解后,由俄罗斯、奥地利和普鲁士三国建立的一个同盟,目的在于维护君主政体,反对法国大革命在欧洲所传播的革命理想。——译注

② 朱丽安娜·德克吕德纳(Juliana de Krudener, 1764—1824),德国女作家,以法语写作。——译注

通之物。"斯塔尔夫人,认为他像自己的父亲内克:"他拨动我不愿承认的灵魂心弦,而他却没有察觉。"

1814年12月13日,上午10点30分(正值他出席维也纳会议,同时还有梅特涅以及红人塔列朗),利涅薨殁。他曾说过他想得永生,"咱们看看这是否会实现"。一位目击者说他最后开始唱歌,然后说:"完了。"这是他最后的话。按其爵位和军衔,他享有棺木后面马披黑甲的待遇。军官们纵队排在灵柩之后,不用说,他们来自奥地利、俄国、法国、英国、普鲁士和巴伐利亚。我们刚刚结束一个悲剧(但有谁对此确信?),另一出欧洲的悲剧即将开始。

莫朗的挥杆

回到上世纪 20 年代：一切本可以不一样，另一部历史在不知不觉中被铸就。马塞尔·普鲁斯特现身博蒙家的一个舞会。年轻的保罗·莫朗是一名颇具艺术鉴赏力的画师的儿子。战争期间，他受雇于译电处，此后，便在大使馆开启了这项受保护的职业生涯。巴黎是世界的中心：达达主义，立体主义，超现实主义，毕加索，乔伊斯，斯特拉文斯基。时间，夜晚和女性都发生了深刻的变化；一个新的文明向 19 世纪进行猛烈地报复。莫朗（"1925 年，每个人都有自己的麻醉药。我曾经把旅行当作麻醉剂"……）何处不在又不在何处。伦敦、曼谷有他的身影，在日本，我们看到了他和克洛岱尔，还有中国、威尼斯、非洲、美国、我们都见到了他。这样一幅画面：1928 年，普鲁斯特逝世后，为了纪念他，人们在福西尼-吕桑热亲王家举行了一场舞会。莫朗扮成夏吕斯,他的夫人扮成维尔迪兰,而瓦伦丁·雨果①(Valentine Hugo)(名声不够)则是索多玛和蛾摩拉。莫朗?他已经再次出发了。1934年,他和一位名叫朱赛特·黛的演员一起到了意大利。接着去了埃及,阿拉伯,也门,伊拉克,叙利亚。1938年,他在斯洛文尼亚布莱德的多瑙河国际委员会上代表法国。文如其人;但这个人从此便太匆忙。一切突然转变了吗?不是,那次伏击悲剧地上演了五十载;斯大林,希特勒,以及后来之人。

相较出于自信而言,莫朗更多是因为喜欢夫妻和睦,而在历史的反面重新出现。在其他一些令人难受的迹象中,例如,1942年他拒绝为《娜娜》做电影剧本改编,因为已是暮年的贝当觉得左拉伤风败俗,我们得知后,为此感到遗憾。后来,莫朗受到牵连,被解除职务,并被列为危险人物,流放他乡。后来他的作品得到再次发表,他恢复了职务,被法兰西学院拒绝过,后又被接纳。他经历过阴暗沉闷的秘密,平缓无力的纷争,一些人对他很是赞赏,也有一些人对他有所诟病,最后,大家对这个货品基本上是无意识的漠不关心,缺少战斗之人,这场争论才戛然而止。那么他的那些书呢?经过了那些疯狂、热情又卑劣的岁月,经历了那些激情绽放又灰色沉重的日子,

---

① 瓦伦丁·雨果(Valentine Hugo,1887—1968),法国画家。——译注

335

走过贪腐和撤职的坎坷历程之后，他的那些书又摆在了我们面前。从一开始，他的散文就已经是关于普鲁斯特的最重要的诸多评论文本之一：1920年，《细弱的储备》的前言（仅这篇前言，内涵就值得一篇长长的分析）。对于其风格的最佳定义大概就是克洛岱尔写给他的那个（后来，《华丽的欧洲》[_L'Europe galante_]引起克洛岱尔的反感，就像《赫卡忒和她的狗》让格朗特老爷感到不快那样）："您走向那些就像一道笔直龙卷风般的事物。"即使是安德烈·布勒东①也受到这种突然出现的节奏的吸引（但是布勒东从未曾想象过一句这样类型的句子："我和某些女人睡觉，就是为了和她们拥有一些平静又信任的关系。"）。

莫朗说，短篇小说是骨骼。这就是一位处于不停戒备，具有多极性，浸淫在这个时代的神经系统中的叙述者的状态："当那些糟糕的品行变得人尽皆知，它们就应该也存在于书里。"这是一种描写上的攻击吗？这里有："上午曾非常甜蜜。炎热中吹来习习微风，掀起衣裙。公鸡打鸣。无人有异议。"克拉里斯（Clarisse）、欧若拉（Aurore）、伊莎贝拉（Isabelle）、于尔叙勒（Ursule）、达芙妮（Daphné）最近看上去都像是苏醒了。

①　安德烈·布勒东（André Breton, 1896—1966），法国作家及诗人，为超现实主义的创始人。——译注

感觉恰当之处就能被清楚构思出来,就是说,那些句子可以通过那些恰如其分的字词轻松地表达出来。既无节制,也不失庄重,还没任何唉声叹气。虽然他给人一个古怪同伴的印象,但是与利摩日的那些新贵或异国的笨拙之人不同,莫朗是一位理想的法国情人。甚至简言之,那些作家总是太过缓慢、悲怆。是什么可以真正地对一位女性产生刺激?那就请读一下《塞莱斯特·朱莉》(*Céleste Julie*)吧!三个女人用如此矛盾的方式描写了同一个人,如何成为那样的人?答案就在《三面镜》(*La Glace à trois faces*)中。在晚餐时,一名女子喜欢和您一样的一位女子,对于前者,该说什么?忠告就在《那些新朋友》(*Les Amis nouveaux*)中。讽刺很是紧凑,故事里的对话错落有致,我们听到心声,我们吸引了态度,心照不宣是一个精神元素。只消画上五笔:"我住过 217 房间。它很新,可以闻得到胶水味。一只蟑螂不慌不忙地爬过地毯。在一只抽屉里有一张不知道是谁遗忘的草花 A。我叫了双人份的晚餐。"普鲁斯特读到《克拉里斯》这一段肯定非常惊愕:"在我妈拥抱过我并帮我把被子塞好后,我马上就下了床。打开的窗户朝着阳台和街道。这个阳台是我全部的乐趣所在。在我赤裸的脚下,我依然还可以感觉到它那被太阳晒过后的铅条直到晚上还留有余温;舔过铁栏杆的舌头上仍然有清凉的味道"……莫朗各处游走,但是他就地保持速度,普遍的相对性。这是那个状态本身,它留心、倾听,拥有全部力量以及它们之间的关系。"她比一个年轻姑娘,比一位神父都要内向。这是个职业秘密。她一直锁着她的梦想。从来没有人收集证据或连接证据的初级阶段来对付她。当必要时她会说谎。"在那些时候,我们可以重新阅读这部代表作:《我烧了莫斯科》(*Je brûle Moscou*)。但是莫朗的每个夜晚都是炽热滚烫的:"我住在它们中,就像住在一个岩洞里,就像深陷于一个黑色谬误中,独自一人,或和我那些荒唐的姐妹们一起。"直观的简单朴实中有着一种独特之处:"我脱掉衣服。关掉灯。客厅里很热,是一种人为的灼热,毫无乐趣,深陷于这种炽热中,我不得不让自己快点入睡。"又或者:"我不会指出这个亲吻对我而言所具有的所有影响。应该说它是很特殊的。"又或者:"当众,她故意表明我不存在。她从来不曾忘记把我忘掉。"

莫朗是 20 世纪少数几位没有梦游症或不受催眠的作家之一,这个世纪里有很多未睡醒的人和幻觉人士。或许是由于这句掏心话,在《博桑布朗侯爵夫人之颂词》(*l'Éloge de la marquise de Beausemblant*)中,我们认为它颇具自传性:"我是一片著名的失事海域:激情,疯狂,悲剧,这里什么都有,但什么都被掩盖。"

作家和生活

　　基本上，这个纷争被理解为：普鲁斯特是对的，而圣伯夫是错的。一位作家的作品并不源自其"社会的我"，而是来自于通过其同辈人、各种关系、朋友、最接近的周边人所获得的一种最毋庸置疑的经验。再没有人暗藏城府，捉摸不定，自相矛盾，迷惑他人。这些书源自孤寂，沉默，不可言之物，一种变幻不定又被小心保护的默默无闻。社会学是徒然的，社会躁狂症在某种意义或其他意义中发作，从未有人能够完完全全确定为什么 X 先生通过这样或那样的历史波折或个人的意外情况书写下了那些诗歌、小说、句子。萨特在这个时代完美地阐明了福楼拜本人及他所处的整个时代，但不是《包法利夫人》。马拉美、波德莱尔、热内有着同样刺激性的问题。对于圣伯夫而言，波德莱尔是否是一个具有颠覆性的危险人物？对萨特而言则是一名落后于时代的反动分子吗？过程可以继续发展，除非找到最终解决办法（例如：不再有人阅读或懂得读书），不然就没有任何理由停下。克尔凯郭尔曾说："世界依然还是那个世界，所不能承受的是，成为某些伟大事件的同时代人。"多亏**政治上正确**①，现在我们知道这种不宽容也可以适用于整个过去（在这方面的**政治上正确**就是这个世纪里重大的极权运动的继承者）。以一种方式或以另一种，这是一个儿童游戏，表明所有的作家无一例外都曾是——因此很可能是——有罪的。他们不论在哪一个时间都肯定是这样的。这是必然的。

然而，社会学、心理学、评论解释或政治评注是极好的事物。作家并不是不食人间烟火之人，他不是石头缝里蹦出来的，他的家庭的离奇遭遇具有最重要的影响力，包括那些发生在他周围的事情。对于一个人生平的好奇完全是合理的，为了证明这份好奇碰上的不是一个奥秘（在创造中没什么东西是神秘的），而是一种别样生活的方式。在简化的社会学和愚弄人的唯心主义之间，这个难得探讨的问题有着一席之地：首要关心的是以某种方式述说的生活来进行的生活是什么？正是这个方式对于所有政权而言都成为问题。独特性始终令人

---

① 英语 politically correct，主要意指用词恰当，用最中立的字眼，防止在种族、性别、性取向、文化、宗教、身体残障、社会阶级等方面歧视或侵害他人。——译注

不安，只要当它无法容忍表现在公共命运之外的时候，它就可以像一个言语无法形容的极端可怕的事物显露出来。但是假设越来越多的书籍都是按照其盈利性被预制和编排出来的，那么任何坚韧的独特性都会是一项反抗之举或是一个狂妄自大的行为。让我们再发挥一下：我们可以想象一下，有一天政治上正确将类似于遗传学上的一致。责备基本就是针对作家的这个主体。他的性征曾经已是一个焦虑的源头。但是存在的事实本身就能够成为一个问题。他是否不屈从于市场？不屈从于技术？但是他把自己当成是谁？市场、技术：对于上帝而言，那将是些新的名词，种族、无产阶级和其他全部的原因，这些名词在审核和犯罪的背景下让人费了许多笔墨。斯大林因此成为他那个时代最重要的手稿收藏家：这大概是罗曼·罗兰、阿拉贡、毕加索、萨特都想象不到的事情。那些人都不在了，那些书也不见天日：社会性就其本身而言从来不说那么多。像平常一样，越来越引人入胜的萨德的作品和他的传记（例如，一位确切的父亲的生活），应该被放置在对立面。因而，我们今后难道不能将这种由令人难堪的作家带来的危险扼杀在摇篮中吗？不能发现这条引起危险的令人恼火的染色体吗？为什么不能？我们看到未来至少变得狭隘了。毋庸置疑，这一切现代化得非常迅速。

　　克洛岱尔，本身受到马拉美的影响，有一天写下这样的话:"文学的目的就是教会我们阅读。"这句话貌似平淡无奇,但它又道出一切。引导我们具备这样一种惊人能力的不仅仅是教育、学校、实际经验、社会性,还有文学。在这方面,它不断地受人质疑。海明威曾说"文学处于第一线。当社会变得糟糕,最能起到呈现作用的就是文学。"确实应该相信社会存在一种总是会世风日下的、令人遗憾的趋势,但是这种倾向以一种应该让我们觉得独特的方式发展。确实,今天有谁认为自己没能力写作?谁没有一颗作家的头脑?没有人,或几乎没有人。但同时,谁还懂得阅读?真正的阅读?这是一个残酷的问题,我们可以在此基础上接二连三地讲些趣闻轶事。诚然,国家或个人的文盲状态是可以被消除的,但是善于阅读完全是另一个程度的问题,而对于我们称之为生活的认识就依赖于此。善于阅读,也就是能够不带排斥不带偏见,什么都读:克洛岱尔和塞利纳,阿尔托和普鲁斯特,萨德和圣经,乔伊斯和塞维涅夫人。请予以证明,请表明您不是一个宗教人士。善于阅读,就是体验世界、历史及自己的生存,就像时常进行译码一样。善于阅读,就是自由。作家们的传记吗?是的!我们应该在其中寻找到的是这种永恒激情的痕迹。请看伏尔泰的日常生活:这是多么令人惊异,颇具危险,迂回曲折,刚劲有力的小说啊!

　　与一种胆怯却被认可的看法相反,一位重要的作家对他的传记丝毫不用担心。普鲁斯特在"社会的自我"方面对圣伯夫有所指摘，因为圣伯夫仅限于表象、表面的情况，只反映（和许多同时代的社会学家们的情况一样）他自己平常的生活经历。但是谁会认定普鲁斯特的传记或书信对于阅读《追忆似水年华》是多余的或是会造成损害的？没有人是诚实的，或者说，那些自认为是重要作家的人，对于他们的生活不存在任何有趣之处、有待揭露的这一点，最好有所隐瞒。不，相反，一位作家对于一份关于其生活巨细靡遗的调查以及对其生活的叙述，没有什么可畏惧的。作家的生活经历理所当然充满定时炸弹。他的计谋、掩饰、谎言、隐秘的善行、怪癖恶习、软弱卑怯、放松懒散、英雄主义，总之，他的策略和计谋都是写就其书的不可或缺的部分。当他在书写这个事或那个事的时候，他是如何感受这另一个这事或那事的？普鲁斯特是否利用他的那些通信者们并愚弄他们？非常好：我们对这份一成不变的、不可思议的生机予以证明，它赋予普鲁斯特活力，即使在他奄奄一息之时。乔伊斯是否大把地花着他那些女施主们的钱，让她们同情他的命运，继续写着那些她们一点都看不懂的故事？令人佩服。热内不是人们以为的那个乞丐吗？其想象力的能量令我们吃惊。一位教授很晚才在加利福尼亚发现《茫茫黑夜漫游》里的那位曾是舞者的受献辞者吗？塞利纳和伊丽莎白·卡拉奇(Elizabeth Craig)之间依然是说不清道不明，于是,这就更为重要了。然而,不可避免地还有这些重要问题:善与恶。在这方面,我们没有就此结束,每天都会重新掀起争论,这是正常态。是否有人能够做到既是一位伟大作家又是一个混蛋?作为作家,他值得受人尊重,而作为个人,他却令人反感、为人虚伪、不负责任、对其同胞的苦难不闻不问,存在这样的人吗?此外:是否有人能够成为无论从哪方面看都是一种类型的人和一个糟糕的作家?所有这些问题(除了最后这个问题从未被提过)都是永不过时的。请在报纸、杂志、研讨会、论文、说教中反复思考讨论吧!

就只有作品才具有重要性吗?不是的。那就只有生活吗?也不是。两者的联系错综复杂,而令人害怕的也正在于此。爱情,性,旅行,酒精,毒品,政治态度,友情,不和(那些不和睦太重要了),不同观点,大学,编辑,批评,精神失常的人,仿效者,妒忌者,摄影师,电台,电视,社交界人士的做法,银行家或处于社会边缘状态,流亡,牢狱,秘密状态或体面的表象,坚持无政府主义或喜好高官显爵——对于所有的小集团,所有的党派,所有的梦想而言,这些都是存在的。每一个插曲都是决定性的、最细微的用意移转,就像在下棋时一样,都有着一个既具表面又有暗藏的故事。作家有道理,没道理,击中要害,自欺欺人,沉沦或恢复振作。他受人忽视,受人颂扬,受人评论,受人谴责,在离世之后重获声誉;人们发现了从未出版的一份文书，一些令人目瞪口呆的书信，一份丢失的警局档案，一项可疑的交易，一种令人难以理解的联系，与其信仰相对的慈善行为，不可原谅的冷漠，无法解释的遁辞。同时，在你们面前，他曾是或依然正以另一种方式实践他的文字，也就是他的感受和他的想法，而不是生命的过客。他的生活对于作品而言就是和作品一样的一部作品。普鲁斯特甚至曾经说文学就是唯一真正体验过的生活。这显然是令人无法接受的建议，不是吗？那么上帝呢？人性呢？科学呢？是的，是的，很有可能。但是当读着一位作家的作品，或得悉他生命历程中这个或那个具有重要意义的细节时，这股奇特的情绪从何而来？人们向来只记住自我的方式，因此是否有人曾体验过这种方法的空间和时间？片刻之后是否有无穷尽？存在于三行文字中的一片天地？

生活是悲剧。生活是喜剧。生活拥有某种意义。生活没有意义。

我曾经总是认为必须为那些作家辩护。尽挑好的来讲。

这是一本小说的结尾部分，这本小说题为《一位作家的下午》（*L'après-midi d'un écrivain*），由斯科特·菲茨杰拉德写于1936 年：

他穿过餐厅，走进他的办公室，落日时分，有那么一

345

瞬,那两千本书发出的光耀令他炫目。他相当疲倦——他去躺了有十分钟,接着他考虑了一下两个小时后是否能够将一个想法付诸行动,离晚饭时间还有两个小时。

莫扎特成为莫扎特

请看这枚由克雷芒十四世颁发给莫扎特的黄金马刺勋章,这是他的法宝、他与众不同的标记,这个标记如今通过他的数次游历将会保护他。[①] 我们要去巴黎。爸爸留在家里,一起上船的是妈妈;爸爸立即追随上帝,妈妈因此受折磨。但是让我们马上来处理一下这个著名的粗俗问题:莫扎特一家就是这样(并且他们不该是唯一的)通过内在的东西和彼此的联系,感受到他们家庭的亲密。这一切都是虔诚的、真挚的、谨慎的、单纯的。首先这个家庭建立在,坦率地讲,是共同造成的困境之上,这是否就是证明? 好吧。写信给爸爸的正是

---

① W. A. 莫扎特,《书信 II(1777—1778)》(*Correspondance II* [1777—1778]),弗拉马里翁(Flammarion)出版社,1987 年。

妈妈:"你就在床上放屁吧,而且让它放出声音来。"令人愉快的奥地利。讨人喜欢的德国。沃尔夫冈·阿马德乌斯(Wolfgang Amadeus),他喜欢署名阿马德(Amadé)或特拉松(Trazom)(颠倒过来就是莫扎特),这样称呼他的正是他那对上帝、粪便和屁股一样重视的父母。为其小堂妹创造出这个密码的并不是他:他应该试着让人理解的正是通过这些口头禅(让我们留意这个片段,如果妈妈叫安娜·玛利亚[Anna Maria],那么这位叫玛利亚·安娜的小堂妹就是这个名字的完美颠倒)。"我现在该去书房了,或许我在那里会搞出一泡屎。"即使二十一岁了,他还写这样的话!这是怎样的孩子们啊,真是些诚实的人!一切竟如此妥帖!利奥波德①在社会学的席台上是谨言慎行之人(他绝不开口闭口粪便),在奥格斯堡和曼海姆的沃尔夫冈到处演奏……"突然,我即兴创作出一首出色的 C 大调奏鸣曲——以回旋曲结尾。"这就跟上厕所一样简单。是的,生活并不如此艰辛。上帝爱我们,爸爸也一样。列奥波德:"鉴于你的年龄和外表,没有人能觉察到这令人难以置信的神的馈赠,这就是你的天赋。"阿门。

在工作室这种有些令人窒息的爱的氛围中,这位小堂妹充当了假想中的呼吸。爸爸,妈妈和姐姐,很好。一起排便,

---

① 指莫扎特之父,利奥波德·莫扎特。——译注

非常好。但是,同样地,一起练习排演,亲密地多么令人生厌!1777 年 11 月 13 日,当莫扎特写信给玛利亚·安娜:"我最亲爱的侄女! 堂妹! 女儿! 母亲、姐姐和妻子!",我们便可理解他。再早一些的时候,他更是要求她穿着要"法式",他注意到,这让她变"漂亮了**百分之五**"。他坚持认为:"我希望我的肖像要按我要求的那样,也就是要穿法式服装。"并且,总是用法语:"我要亲吻您的手,您的面庞,您的膝盖,以及您的——总之所有您允许亲吻的地方。"让我们一起注意这隐伏性的渐强态:全家以一些令人难以忍受的故事开始,渐渐地,缺乏条理,行为荒谬,文字铿锵,那些过渡阶段毫无关系,总之,在这些状态中迈向截然不同的一面。信仰上帝,好得很,去拉屎吧,而在生活中一丝不苟地获得成功,就这样,但是还有另一个方面,就是恶魔!"在给您写信之前,我必须先去工作室。——现在终于完成了! 啊! 我再一次感到心情很轻松!"由此可见,现在人们可以为了写而写,而不是为了给出一些信息。为什么? 因为"幸福只存在于我们形成的看法中"。这是作曲家的典型话语。利奥波德蹙眉:"上帝在首位!"是的,是的,很可能。但是上帝从来没有精确地说过他喜爱的音乐类型。或者更恰当地说,迅速得到灵感这个状态没有被禁止过:"协奏曲,我将它留给巴黎。在那里,我可以突然涂鸦一些曲子。"大家彼此相亲相爱,每个人扮演着自己的角色,但是上帝之耳辨认出了它自己的那些协奏曲。沃尔夫冈是否有过告解？利奥波德问道。是的。因为上帝尤其怜悯又慈悲，坚持要强调这一点的正是他的儿子。上帝，他安排了一切。列奥波德说："你要谨慎，等等。"经典。

这是歌唱家阿罗西娅·韦伯(Aloisia Weber)。父亲说："啊，这些女人！"是的，就是如此。沃尔夫冈写给小堂妹的书信越来越少。这是 1778 年 2 月 28 日的一封信，里面讲了一些像是一万一千头绵羊过一座桥的荒诞故事，很有代表性，真的不论什么，这都令人内心翻腾。我做了一些引用："哦，假设我是谁，哦，如果我是的话，但愿我是，那么我是谁？曾是谁？我也许是谁？成为过谁？早就成为过谁？我可能就成为过谁？假设我能够是谁，哦，如果我是的话，如果我成为过谁的话，那么我是谁，就是谁？哦，假设我成为过谁，哦，如果我成为过的话，但愿我成为过谁，那么我先是谁？"答复是：一个傻帽(鱼干：鳕鱼)。这才叫做全面审视问题，或者说是完美地表现在音乐方面。那些评论者们仍然绞尽脑汁地想知道什么是 spunicunifait："您是否还有 spunicunifait？"是否应该真的将它翻译过来？ 不。相反，人们将对这个事情非常关注，当沃尔夫冈·阿马德乌斯·莫扎特离开曼海姆去巴黎的时候，他收到莫里哀喜剧的德语版作为他的礼物。他是否读过这些喜剧译本？我说是的。在此期间，他还将有很多事情要完成，表演、等待、拜访、再次演奏、争论、授课，以及写信给他父亲，向他讲述这一切(栩栩如生的叙述和对白的即时才能)。

我们来到了巴黎。幸好这里有格林和德毕内夫人。但这仍然令人失望。"法国人远不像十五年前那么有礼貌。他们后来变得几近粗鲁并且非常得自大。"他们"很无能，并且总是必须依赖外国人"。我们觉得这样的莫扎特很令人惊讶，但是他的职业生涯有些拖滞："我到处树敌。但是我在哪儿没有过敌人呢？尽管如此，这仍然是好兆头。"法国人在音乐方面是空白的，他说，语言很可怕，演唱者们怪声高唱，不存在任何差异变化，"就纯音乐而言，我四周都是些动物和牲口"。法国挺富有魅力的。但是，就我们私底下讲……"请您让我马上重返意大利，好让我可以重新活过来。"妈妈，一人在巴黎，很忧伤，公寓肮脏不堪，饮食也很糟糕。总之，她宁愿去死。列奥波德自离开萨尔斯堡后，就已经一直敦促她去放血。"或许就是血放得太少了？"他会对莫里哀这样说。多亏上帝，我们可以大哭一场，然后迅速得到安慰。"这就是一位热诚的天父——让我们求助于一些其他的思想，万事皆有其时"，沃尔夫冈，这位善良的天主教徒如此写道，而他绝不是忧郁伤感之人。这是写于1778年7月3日的一封著名信件。他的母亲刚刚过世，以下就是他说的话："我就该写一首交响曲的(D大调巴黎交响曲 K297)。这首交响曲在基督圣体圣血节那天得以演奏并

351

获得了全场热烈鼓掌……在这首交响曲之后,我极为愉快地去了王宫剧院——吃了一大份冰淇淋——做了曾经许过愿的数念珠祷告——然后回家。"

请注意,要让爸爸放心:他回家,因为他是一个规矩的德国人,一个善良的天主教徒。此外,这是一个奇怪的巧合:"伏尔泰,这个无宗教信仰之人,有封地的无赖,筋疲力尽,可以说就像一条狗——像一只走兽……这就是他的报应!"

很明显,这场音乐会大获成功。

母亲过世了,伏尔泰也一样。上帝用双手迎接了前者,惩罚了后者。王宫剧院的那些冰淇淋很棒。总之,巴黎……列奥波德低头鞠躬。"以后,当我死了之后,你会越来越爱我。"上帝给予沃尔夫冈一臂之力:"得幸于上帝的特殊恩赐,我能够坚定沉着地承受这一切。"这个家解体了。再没有人谈及工作室。巴黎交响曲呢?上帝摊开了他手上的牌。伟大的莫扎特时代开启。

迈尔士·戴维斯①的独特之处

他始终在他处,隔着一段距离,比起我们听到的要更远一些,而这就是他想说的:压力之外的地方,在地平线之上,单纯的脱节的断句,有时候,也是处在淹没或全部解体之中的召唤。为此,需要小号,这个用于起床吹号和复苏的工具。萨克斯对生命的荡漾、改变、在各个方面的扰乱,都是徒劳无功的,它与乐队的全部打击乐器以及低音乐器一起重新出现。哎哟,哎哟,我们不必被无尽地包围在声波、噪音、尖叫、各种心理中。他等待,他被等待,他是否会演奏下一个音符,这并不确定。他依然尖酸刻薄,沉闷晦暗,粗暴-冷静,他在另一方面

---

① 迈尔士·戴维斯(Miles Davis,1926—1991),小号手、爵士乐演奏家、作曲家、指挥家,20 世纪最有影响力的音乐人之一。——译注

受到重视，倒回去说，他不会再回到那个主题。他那被堵塞的小号是一种回声的写照，一种暗示的气质，就好像它被迫穿透了一大股流音（偏见，陈词滥调，重复的表达）。他的困扰在于并不存在的声音。他们假装才华横溢，他们重建与他的联系，他们憎恨他，这让他们进展顺利，这就是他的那些歇斯底里症患者们。他倾听他们的话，他对他们冷漠又飘忽不定。他任由他们受自己的器官和冲动控制，他勉强触及，他失去控制，他重新思考整件交易的理由，我听凭大脑的指挥，我跟随来自观念的欢乐。当变得有些挖苦之时，情绪就更为强烈，没有夸张，我在那里，我始终在那里：《再见，黑鸟》（*Bye bye blackbird*），1958 年 7 月 4 日，新港。

迈尔士·戴维斯，复杂难懂的无政府主义者，他工作在激进的黑白世界中。他让我想到阿波利奈尔，伦敦，一个弥漫着薄雾的晚上（"我不歌唱这个世界也不歌唱那些星辰，我歌唱在这个世界和这些星辰之外我自己的所有可能性"）。没有抱怨，没有主人和奴隶，从不平凡。这一全面的反抗被记载入这项具有诸多派系的艺术中。我拖长声音，为了让它回归真实的激情，我用克制的方式让它迸射光芒。那些奇人怪事都成为过去，我寻觅规律。如此一个妇人般的退缩是一种男子气概的终极表现，它让男性迅速地女性化。我在耗费中坚持，我仍然有所示意。如果有需要，我会把对这个时代的这种令人难以置信的糟糕趣味,准确地说,在某一个既定的时刻搬上舞台:注意,是法庭。犀利的评判,没有任何夸张。如果死神能说话,那么实际上它就该用这种口吻。

场合和用语

海顿是一位不断出现在我生命中的音乐家。

以四重奏的方式，以奏鸣曲的方式。

在重复聆听所有伟大的最受人欢迎的音乐家——杰苏阿尔多、珀塞尔、蒙特威尔第、斯卡拉蒂、维瓦尔第、巴赫、亨德尔、莫扎特——的作品之后，再次划破最为寂静时分的正是他。他留在他的秘密中，**不会完全死去**[①]。

我想念一个由他重建的世界，那是和谐的复兴：根据一系列找到的素材和丰富程度，超越善与恶，死神及其假冒上帝。墨丘利就是金钱。他刚刚有所触动，他做出回应，他接连浮想联翩——跳跃，停顿，跳跃，断断续续——，他隐匿，溜走，打

[①] 罗马诗人贺拉斯的诗句 *non omnis moriar*。——译注。

转,突破,再次出发。那就是些只有一些动词的句子。海顿就是一曲漫长的爵士乐,没有消沉,也没有希望。阿姆斯特朗[1]听过吗?迈尔士·戴维斯呢?那么查利·帕克[2],比莉·荷莉黛[3],康特·贝西[4],蒙克(Monk)呢?我们决定来想象一下。这是最具变化的节奏韵律:口鼻,手指,片刻的晴朗,愁林,无情的雨。

我们永远不会搞纪念约瑟夫·海顿浪漫化的纪念仪式,莫扎特,这位音乐的基督,曾称呼他为"爸爸"。这是否是一场作为庆祝特拉法加战役胜利的天主弥撒?哦,是的!让我们就一次摆脱"恐怖统治"和拿破仑吧!这就是《尼尔逊弥撒》(*La Nelson*),过于激动的女高音,炮击,粗索,红色圆炮弹,海浪,愉快的消息之鞭。还有伦敦:将伏尔泰的书信比作海顿的正是马拉美:"简洁明白,或轻快无拘束。"这就是与创造、时机最终再次相一致的理由。

真是了不起!

---

① 第一个登上月球的宇航员。——译注
② 查利·帕克(Charlie Parker, 1920—1955),美国中音萨克斯演奏家,对波普爵士乐的贡献最大。——译注
③ 比莉·荷莉黛(Billie Holiday, 1915—1959),美国爵士乐歌手及作曲家。——译注
④ 康特·贝西(Count Basie, 1904—1984),美国钢琴家、管风琴演奏家、爵士乐乐队主演。——译注

"海顿成为了一条独特的法则,关于这点,我无法告诉你任何内容,除了他从不曾想要说它都包括些什么。"(司汤达,《海顿的一生》[*Vie de Haydn*],《书信 VIII》)

如何使上帝之名与遗传学相协调？这个棘手的老问题,在这里不可思议地得到了解决:YAH. ADN(耶和华·脱氧核糖核酸)。

没有什么比海顿的奏鸣曲更像兰波的《彩图集》了。

为了让您信服,请听鲁道夫·布赫宾德①演奏的写于 1768 年的降 A 大调奏鸣曲(第三十一首)。16 分 25 秒。讨论必然真理的诗歌比起没有讨论的要少一些美感。请拒绝怀疑:您让我很愉快。在我的想象中,埃洛西姆②(Elohim)与其说多愁善感,不如说是更冷漠一些。

这是一个何等的急板！

空空的房间,阳光,早晨,无论何处,在洪水般的想法干涸之后,有人就在那里,思索,加附点,连接,突现,断奏,断句。时间呈圆圈形,永恒轮回,这是一个化圆为方的问题。这是一个琴键的头脑,非常直接。除了传达无动机的演算外也就没

---

① 鲁道夫·布赫宾德(Rudolf Buchbinder)(1946—),奥地利古典音乐钢琴家。——译注

② 又译以利、耶洛因、伊罗兴。希伯来语中以此表达"众神"的概念。——译注

什么可做的。谁在那里敲打？那些唐突、挂虑、激情、给人柔美甜蜜感觉的东西都是从何而来？骰子，废除偶然性，限制无限性，同时得到各个方面的照耀，这是一股正在旋转而没有涌到外面的清澈见底的泉水：这可能吗？是的！

1809 年 7 月 2 日，安德里亚斯·施特莱歇[①]在维也纳对格里辛格[②]说："在海顿去世前三天，也就是 5 月 24 日下午 2 点，海顿午睡的时候，一位法国轻骑兵军官前来拜访他，想与他结识。海顿接待了他，并和他交谈了音乐的事情，尤其是关于神剧《创造》(La Création)，而且表现出非常灵活的思维，以至于那位军官还当场用意大利语给他演唱了咏叹调《Mit Würde und Hoheit angethan》(这首《创造》咏叹调第二部分用男声和女声的 C 大调演唱)。这位军官面带丰富的表情，举止优雅地演唱了这首歌曲，嗓音如此高贵、华丽，令海顿喜悦的泪水禁不住夺眶而出，向这位演唱者本人以及其他人表示，不仅是他从未听到过此歌曲用如此的一种方法演绎，而且就他所知，还从来没有哪个嗓子或哪种歌唱方式让他心醉神迷到这般地步。半个小时后，这位军官又跨马赶赴战场。他留下了他的地址(仅够猜想)：苏利米，轻骑兵

①　安德里亚斯·施特莱歇(Andreas Streicher, 1761—1883)，德国钢琴家、作曲家。——译注
②　第一本海顿传记作者。——译注

上尉。让我们希望这位高贵的先生有一天会知道正是他给予了海顿人生最后的音乐欢乐，因为在这之后，他就再也听不到任何音符了。"

弹琴的塞利纳

大家都扮过某个样子的塞利纳,或是天才或是骇人的怪物,这并不明确,请你们予以核实,没有人什么都没读过或几乎不曾读过。谣言……所以让我们来提出这个问题:

> 然后保存我的草稿……总之,说是草稿……比较好!被退回的稿件……情感的退件! ……差不多已经构思了好几种形式……数万个小时的倾注。这些是经过数次修改的作品。它们的修改就像清理吴哥窟神殿一样。那是挖土工人般的顽强……波动的挖土工……靠近的解剖刀般的细微动作,神殿耗费甚多,令人变弱,被人忘却……您再也抓不住任何东西,也没有任何东西产生……这就是魔法。羽笔是一把魔术师的解剖刀……平台魔术师

的……一切都被隐没在这个环境之中……必须一个计划接一个计划地进行挖掘……微风，哦，那是多么地温柔……让沙石扬起……这很讨厌，不是吗，这很讨厌……我想有分寸地说话，轻描淡写地一说……这是一份精工细活，仅此而已。人们会为这个活儿下地狱，丢失灵魂，良好的言行，失败，一切……变质的懦夫，做梦的懦夫，衰竭的懦夫，惊慌的挖土工，从一个蜃景到另一个的蹒跚者，挥舞着他那块可怜的智力书写板，他思考了一些提纲，看到了彗星，穿越几亿年而来……他说他有光芒，那是在月亮升起之前就被埋没的昙花一现。哦！这属于无法言表的痛苦……

好吧。我摘取了《下一次该死的叹息》里的这段话。事实上，是一段"草稿"，但或许比《奇境》的最终文本都更为"成功"，更令人吃惊。"羽笔是一把魔术师的解剖刀"：魔术师的解剖刀如此被书写在塞利纳的作品中，这句表达指出了关于阅读的某种生理学的这个问题焦点和可能性，这是有待书写的研究。例如，就巴尔扎克谈关于婚姻的某种生理学这一意义而言，这也是生理学。您要没有什么主体，就别进入这里。主体吗？但是是哪一个？那里就是异议纷争开始之地。我们记得塞利纳说了这么一句话概括他关于人类的最终看法："他们是愚蠢的。"还有另一个比较：整个社会就像饲养场所，那些最有天赋的动物都遭到了系统地消灭，留下的就是那些平庸之流。作家，从迷人的医学意义上讲，并且塞利纳也从这个意义上理解作家，并不是为了让某种优势有价值而存在，而是为了在大庭广众之下作牺牲，甚至为了让人看到无动机的牺牲之举是有可能的。新的圣人，新的殉教者——但是戏剧的——作为前景，合乎福音的"失者得之"这句话则处处有所指，毋庸置疑，在这样的企图中，"波动的挖土工"将会失去一切(失败很明显是秘密的关键词)。这个结果是一种有些特殊的神修神学，没有上帝，没有冥土，没有报应，没有虚荣心，只有用于大头针尖上的绝对轻盈。不让人领会塞利纳的某段作品而来谈论他，这是错误的，或者更确切地说，这是不公正的：音节的碰撞，卷册的失控(彗星/解剖刀)，表达方式，扭曲的语气，那些封套("做梦的懦夫")并不像其他作家是一些巧妙的独特想法，而是来自另一个物体的原子搏动，它正在对生人(和亡者)所难以承受的沉重进行精确客观的分析。抱负太过远大，以致让人无法明白这个群体除了感受这股气流像是某种具有腐蚀性的侵害之外，还会作何感受。塞利纳，可恶吗？但是：理所当然。在有一句话的情况下，就可以有其他二十句话。一个写照就是一组事物的投影。标点的翅膀就地带起一阵旋风。没有什么比谈论塞利纳的"肺腑之言"更为滑稽的了,就像他许多的仰慕者和诽谤者——显露出来的一致——的所作所为。肺腑真实可靠吗?卑鄙吗?不,气息,轻微拂过……为了凸显一道晴空霹雳而最终吹起一阵和风,为了掀起一场地震而做一次俯身向前的交头接耳,这是有意造成和施加误解的全部技巧,是文学具有可怕威力的反论证据。为什么是可怕的?因为假设就在那里,显而易见:人们并不在表面真实的器官中感受身体,神经系统发生了一次笔头的迅速转变,这是生命被真实感受的唯一证明。何为在文字中搏动的心就是人间梦游者的那颗心?而这个梦游者对其不容置疑的存在十分确信。"情感的退件"是否比最为粗暴的感情更为极端?请深化可能性,人间喜剧崩塌,书籍、小说变成决定性的问题焦点,墓地挨着墓地,重现的时光对抗逝去的岁月,消失的人流对比吴哥窟神殿。一座依然还在的神殿,这就是写作。那些藏书是一些永具放射性的电池。

我再举一个例子。在《里戈东》一书中,塞利纳讲述了他如何探索音乐旋律,这种旋律向他全面重现了"无数的动乱"以及炮火之下汉诺威①的"激情波涛"。整座被摧毁的城池被安排经过四个音调:

---

① 德国北方城市。——译注

364

……我上去，来到那些小姐们所在的地方，那些在上面跳舞的人……就我自己，在晚上十一点……我很确信，我听到了！……那就够了，三……四个音调……上面没有人，晚上十一点……我知道我想要什么……交响乐！……我拿掉那些唱碟……有一些！……如果您愿意的话，请您相信我，我几乎立刻就找到了我需要的那几首……是的！……不……是的！……现在需要琴键！在演映厅的另一头……或许考虑了良久……我拙劣地弹奏起来……这就行了！……差不多正确，是的！……是的！……琴键的 la 音就是这个音……我做到了！……没什么神奇！无论您见识多么有限，弹得多么没有旋律！……您都糟蹋了自己二十年的生命，您完全不觉得！……我又走了下来，我会四个音调了……升 G 调！升 G 调！……B 调！……请您记住！……

这里，煽动(就像任何一位当代的记者说得那样)达到了顶点。不仅第二次世界大战的创伤重新缩小到四个小小的音符(杀戮的非现实性，声音的实质)，而且整个语言变成一个音乐盒子、一个键盘，只消为重新找到一片有着源源不断故事的星云而奏出一曲。正如普鲁斯特的玛德莱娜(蛋糕，教堂，名字)就足够使得在趣味里的一个世界，一个升 G 调显得有价值,并且这就是数千件被白热化的事件的外在表现。在那时,难免会打算和一个疯子打交道。"我成功了,"弗洛伊德说,"当偏执狂人疲惫地歇下时。"关于成就朴实无华的想法:一位作家,承担了社会的谴责(仅是非常正常而已:因为本身拥有秘诀,这是不被容许的,不是因为谎言,而是因为最为日常的现实,甚至,为了重视巴尔扎克,全部的身份),会将"成就"推进得更为深入,就像其他所有人困扰着他,事先又会对此感到害怕那样。这是有道理的。很奇怪,这个秘密被保守得如此之好。塞利纳是唯一一个能够表现他曾目击了德国的炮轰的人。照片或电影对此没有做任何的改动。那些有声的记录也一样。升 G 调! 整个一生,整个一触即发的故事都重现在一张碟片里。其余亦然。无穷无尽。我们认识到这确实是显而易见,合乎情理的;不过,这类玩笑需要持续的苦修(二十年光景!),可以说这是一种藏人的专注。假设您在街上指责一位行人,他正在大喊大叫:"各个年代的大西洋都是我的!"在接下来的几分钟之后,您将并不认为他的行动自由具有什么价值。但是如果您读一下塞利纳做的这个断言,就必须把它视为一种可靠的、非同寻常的假设,因为如果这是真的,那么什么是真的呢? 如果普鲁斯特真的重现了时光呢? 如果巴尔扎克的身份是确实的呢? 如果没有卡夫卡的布拉格并不存在呢? 没有乔伊斯的都柏林呢? 没有荷马的希腊呢? 忘却了博尔赫斯的布宜诺斯艾利斯和日内瓦呢？世世代代源源不断地繁衍，却没有《圣经》的朗诵？这个问题不再关乎善或恶、可证实的或是令人难以置信的，而是关于现实的那根心弦。谁曾在那里？谁曾生活体验？谁曾拥有一双眼睛，一口气，一只耳朵？

塞利纳对他的发现曾有着充分的意识：它绝对地独特（一些感悟和摘录的小技巧），它和其他几十种同一范畴的确信性一致，每个述说的和思考的发现都有一种形式，这种形式只适合一种确切的时间和空间。这就是为什么人类社会曾不停地做噩梦，这个噩梦被称为作家。那位，和那位，再还有另一位，将认真地，而不是在抽象的宣言中重复述说全部的冒犯之语，这个令人目眩的噩梦：您是独一无二的，对整个世界完全负责，没有人将在您的位置上感受您的生活，这一切马上不断地发生，就在这里。

蒙田,戴面具的旅行家

1580 年 6 月 22 日,一位奇怪的旅行家,身边簇拥着十几个随从,在他四十七岁这年离开了波尔多地区,行李箱里放了两本样书,他十分珍视这部著作,并且他是这部著作的作者。令人惊讶的是,还没有人以此为出发点来执导一部电影:一位作家决定去对他所写过的内容的普遍真理进行检验,并且要让他那个时代的最高权威们认识到他的独创性。这两本样书,一本送给国王亨利三世,另一本送给教皇格列高利十三世。同时,这位旅行家想要好好保养身体,因为这副躯体给他带来了许多忧思。在路上,他将寻找沐浴的泉水,能治疗肾结石的健康之水,结石引起的剧烈疼痛总是影响他本来清晰的头脑。他将会痊愈而归吗? 也许。会得到承认吗? 我们可以这样期望。那位国王并不是太难相处之人。但是那位教皇呢？是否就是刚刚同意对新教徒实施圣巴托罗缪大屠杀的那位教皇，积极支持反改革运动的那位教皇吗？就是格列高利历的那位颁布者吗？这项历法后来在"恐怖统治"期间被废除，再后来又被专制的拿破仑恢复。蒙田拿着他的书，是否将跪在格列高利十三世面前，在这样一个处于世纪之末，被盲信、怀疑、宗教战争所毁的乱世？是的。

《旅行日志》(*Le Journal de voyage*)是《随笔》隐秘的番外篇①。自 1770 年一经发现，它便引起了骚动。18 世纪的哲学家们立刻对此很感兴趣，他们可能更愿意只出版其中的一些节选。这是因为蒙田的《罗马的愿望》(*le désir de Rome*)有一些让当时的思维感到尴尬之处，可能也是整个时代的，就像："我早就对罗马的情况有所了解，比我对我家的那些事知道得还要早……在知道卢浮宫之前我就知道国会大厦，在塞纳河之前就知道西藏。"且不说古代的罗马，这位《随笔》的作者带着他本人亦承认的虚荣心展示他的罗马公民证（好不容易才获得），这份意志的转变就能够作为人们消遣的对象。但是信奉天主教的罗马呢？对于像他那样的怀疑论者（似乎），这意味着什么？他是否曾被法国国王委以一项隐秘的外交使命？

––––––––––––––––––

① 《蒙田旅行日志》，法国大学出版社，1992 年；弗朗索瓦·里戈洛（François Rigolot）编注。

我们依然能够对此进行想象，但没有任何可以证明的迹象。不管怎样，这就是这部电影的高潮时刻。我们现在就在洛雷特街区。有人告诉我们，那里坐落着圣母故居，传说这座故居是天使们经由达尔马提亚和亚得里亚海运送至这块朝圣之地的。蒙田，这位理性又冷静的蒙田（这里，达朗贝尔[①]，这部原稿的读者蹙了蹙眉），从行李箱里拿出一幅画，他将它带来，要挂在这个普遍盲从之地。"这幅画里有四个银色的被束缚的人物：圣母玛利亚，我，我妻子，我女儿……我们在这座小教堂里进行复活节领圣体活动，并不是所有人都可以这样做。一位德国的耶稣会会士在那里为我做了弥撒并带我领圣体。"

因此，这便是一幕令人难以置信的场景：蒙田正态度审慎但又公开地投了反对反改革运动的票。我之所以让自己特别留心这组画面，那是因为在孟德斯鸠中学和蒙田中学上学时日复一日地听波尔多的老师们讲课，却从来没有听说过此事。在那幅画旁领圣体的蒙田身上，有着一些令人不快、令人悲伤的东西，就好像我们在伦敦（但也是三个世纪之后的伦敦）看到了那个放弃任何高官显爵的他。然而，是的，正是他。一本赠予那位圣巴托罗缪的教皇的《随笔》，一幅供于圣母玛利亚的家族

[①] 达朗贝尔（Jean le Rond d'Alembert, 1717—1783），法国物理学家、数学家、天文学家。——译注

还愿画。应该相信那些"加尔文教义的改革"，正如那些"确实性主义的"哲学家们的抽象论说的那样，最终让他感到厌倦。罗马教皇的罗马是否可以当作怀疑和相对论的防腐剂来看？这便是我们的近代历史或许可以更好理解的一个悖论。事实上，蒙田首先是求实的。在永恒不变的罗马，向一位教皇表示敬意，这是很有必要的。教皇在"安身处、避难处、防御工事和城墙、奢华的房屋、教堂、医院、团体、街道马路的改造"这些方面的费用被认为是合理的。别忘了，这整件事都蒙上一层拉博埃西的阴影，相较于佩里戈尔(le Périgord)地区，这位作家会更愿意出生在威尼斯(而这完全是出于非常明确的政治原因)。当蒙田回到意大利，他将会在《随笔》中加一笔，关于这个问题，他的朋友"曾经是有道理的"。那又如何？这是那个世纪以及接下来几个世纪的大事件吗？新教教义？天主教教义？我最近读到一位研究蒙田的专家似乎勉强承认："他自称天主教徒，为什么不相信他呢？"是啊，为什么不呢？

与那些受困扰的观念学家们不同，不论他们具有何倾向，是何党派，蒙田不唤醒他的身体就不出门，并且绝不讲话。这一有节奏的呼吸给予他的按语——或他的秘书的记录，后者在他的授意下进行书写——一种没有等级制度的流畅性，这就是他的独特之处，其具有古风的小说力量。一切都还是重要的，这也会意味着一切都还是微不足道的。《旅行日志》，按蒙田之意(自我意识尽头的旅行),并"没有描画出任何一条确切的线条,无论直线还是弧线"。因此,这位旅行家的无拘无束虽然让他自己充满活力,却让他的伴随者们难以忍受,"他回答他们说,对于他而言,他没去任何地方,只是去了他的所在之地"。于是,我们重新找到《随笔》第三卷里的那句名言(并且我们必须回忆起意思为"mouvoir"的动词"branler"①的古老含义):"当我喜欢晃动的时候,我只是试图让自己摇摆起来。散步也只是为了散步而已。"或者还有:"我的计划到处都是可以被整除的。它并没有被寄予宏大的期望,每一天都是它的终点。而我的生命之旅也是如此。"蒙田,虽然腹痛,却告诉我们他可以在马上待上八个或十个小时。"生命就是一项物质和身体的运动,是其本身实质的并不完美的行为,也是无节制的行为。我尽力做到听其差遣。"好吧。但是归根结底,之所以意大利,包括教皇,会胜过一切,那是因为在花园中、喷水池中、喷出的水柱中、仙境般的岩洞里,无论何处,人们都会对此留心,并且,罗马,"这座打过补丁的城池",让每个异乡人都有归家的感觉。与这个被认可的想法相反,罗马是一处开放之地,而耶稣会则是"出各种重大伟人的地方"。重要的就是融合:妓女和仪式行列、赐福祈祷、逐出教会的事情一样繁

---

① mouvoir:移动,推动;branler:摇动,摇晃。——译注

多。人们在罗马什么都能见得到。1581 年 1 月 28 日，蒙田的秘书记录下这些文字："他腹痛难忍，这让他的日常行动受限，并且这使得一颗石头变得相当大，而其他的变得更小。"30日："他去观看了在人群中举行的最古老的宗教仪式，他观看得非常专注也非常惬意：那个仪式就是犹太人的割礼"（后面一段描写，其细腻程度以及中立性都足够令人震惊，直至今天仍然如此。）在这点上，蒙田与伊凡四世①（即"恐怖伊凡"）交错而过，后者身负使命（此处，我们可以让爱森斯坦②在电影里进行一些调整）。这之后，他参观了梵蒂冈图书馆，并证实在那里我们不仅能够找到塞内卡③，维吉尔④，普鲁塔克，还可以看到"一本中国的书籍，那种原始的字体，那些用某种比我们的纸张更为柔软和透明的材质制作的纸张"。他凝视着托马斯·阿奎那⑤的文字，这让他脑海中浮现出一个不是非常

---

① 伊凡四世（Ivan IV, 1530—1584），留里克王朝君主，俄国历史上的第一位沙皇。——译注

② 谢尔盖·米哈伊洛维奇·爱森斯坦（Sergueï Eisenstein, 1898—1948），前苏联电影导演，电影艺术理论家，电影学中蒙太奇理论奠基人之一。——译注

③ 塞内卡（Sénèque，前 4—65 年）古罗马时代著名的科尔多瓦斯多亚学派哲学家、政治家、剧作家。曾任尼禄皇帝的导师及顾问。——译注

④ 维吉尔（Virgile，前 70—前 19），奥古斯都时代的古罗马诗人。——译注

⑤ 托马斯·阿奎那（Saint Thomas d'Aquin, 1225—1274），欧洲中世纪经院哲学家和神学家。——译注

谦虚的评价:"他写得不好,比我的文字要差。"总之,将来某天,《随笔》或许就会安全地存在于那里(其他地方的话,没有什么是可靠的)。虽然有人亲切地提醒他,他书里的某些字词或某些主张可以被修正,那也没什么要紧:那是一些对于方法的异议,这就是游戏规则,不存在任何谴责,以及甚至一些有待继续鼓励。

这是迷信行为吗? 当然,这些行为非常之多(维罗妮卡[①][Véronique]的面纱;保存在一颗水晶球里的耶稣受难中的矛头;深夜,举着火把烛台的庞大人群;多多少少受了些鞭笞之后才在喜悦中获得皮肉之苦的鞭笞派教徒),但是,很离奇的是,蒙田,是的,就是蒙田,他看上去并没有别样的混乱。这绝不是路德的神经质。此外,1527 年,大批路德派雇佣兵蜂拥侵入罗马,他们用刀锋利剑在拉斐尔的那几个房间里书写下路德的名字,这次罗马之劫仍然应该被记录在所有的回忆录中[②]。相反,您请看一个被施了魔法的蒙田所写下的这条简

---

① 在基督教故事中,耶稣在前往受难地的路上,路旁围观的一名叫维罗妮卡的犹太妇女将面纱拿给耶稣擦汗,从而使面纱上留下了耶稣的面容。12 世纪在罗马发现一块布制画像,据说便是那块留有耶稣面容的维罗妮卡面纱,亦被称为"耶稣裹尸布"。——译注

② 安德烈·沙泰尔,《1527,罗马之劫:从最初的矫饰主义到反改革运动》(Le Sac de Rome, 1527. Du premier maniérisme à la Contre-Réforme),伽利玛出版社,1984 年。

注:"圣枝主日,我在教堂做晚祷时看到一个孩子坐在祭坛旁边的椅子上,身穿一件崭新的蓝色塔头绸大袍,光秃秃的脑袋,戴一顶橄榄枝王冠,手上拿着一炬点燃的白色蜂蜡。这是一个年约十五岁的男孩,那天得到教皇的赦令,从监狱里被释放出来,他曾杀害过另一个男孩。"

是否有一些措施呢?这是当然。但是蒙田写道,这名犯人在被刽子手大卸八块(这让老百姓受到了极大地震动)之前,首先就被勒得过紧(在那种普遍的冷漠中)。他从中推断出酷刑中的一种人性,以及在这幅上演的场景中的一种说教的智慧。问题还在于"在弥撒上男男结婚,和我们结婚的仪式一样,一起领复活节圣体,宣读同样的婚礼福音书,并且睡在一起、住在一起……"的葡萄牙人。这项顺从大流的夸张的革新导致了必然后果:"这个惊人的邪教组织里的八九个葡萄牙人被烧死了。"

《日志》里的一切都是神奇的。比如(我们想到了司汤达),为了讲述在卢卡的那段旅居日子以及他的各种苦难,在蒙田转为用意大利语写作的时候,正逢他遭受着剧烈牙痛的煎熬。语言的转变是否归因于谨慎?大概吧。还是归因于失望?因为洛雷特①的朝圣(非常异乎寻常)没有带来期待中的

---

① 法国卢瓦尔省市镇。——译注

痊愈。"我向几位教士捐了一些钱:他们中的大部分人坚决拒收;而那些接受捐献的教士们也是带着万般的不愿意。"很明显,反改革运动就在于此;更多的赦免不当交易之罪。至于身体,它是不可克服的,我们在内部受到支配。本就应该在旅行中死去,远离故土,就为了不必忍受认识的或喜爱的那些人总是在周围闲话太多。"让我们在自己人中生活和欢笑,在那些陌生人里死去和生厌。"他马上该回来了,屈从于社交上的装腔作势,装扮成波尔多市长,做贤人、人文学者、见多识广的人、温和主义者,诸如此类。不表达看法,不管怎样,不抱怨:"应该延长快乐但要剪去悲伤。没理由地叫苦之人就是为了当有理由之时做不受怜悯之人。死亡? 是的。最后,那里有罗马,以及死亡。这部分不是社会的一个角色,这是唯一一个角色的行为。"必须回去。将必须倾听这一些和那一些人的空洞意见、他们的模棱两可、他们虚幻并迫切的愿望、他们对于偏激的自我的遗忘。一本《随笔》被留在那里……如此奇怪的一幅画……因此,旅行的寓意将是因写作而过度劳累。蒙田是否曾想要一个证明和答案? 他皆有。

376

拉封丹的颠覆

有段时间，人们喜欢滑稽地模仿一个著名的标题，写下如下的抨击文章："悲惨的文学，文学的悲惨"。人们在里面可能会描述到处都存在的那种奇特的促销，它由厌倦和失望带来，由想象力匮乏和风格平庸造成，又或者源自那些经理人所在部门的非理性(最后的新发现就是要求您呼唤*神通*，从而通过您的占卜来找到适合您出现在日月星辰下的用处)。人们尝试分析引起混乱的那些原因，这种混乱导致记忆缺失或异国趣味、矫揉造作的民众主义、在对痛楚感兴趣的背景下词汇的丢失。即使会引起公愤，人们也会截然相反地为冷漠和兴趣做辩解。人们会在显要处援引一位以前以希腊面目示人的法国作家("一个洞察入微，不放过任何事情的人")的话："要快，我的朋友，你并没有那么必须得要活着。我跟你反复说这句

377

话,因为它抵得上整整一本书。好好体会吧。"面对公众的轻视,为了显示其名,人们甚至敢于写下他的名字:拉封丹。

　　这便是那本不可思议的书,具有一种隐蔽的永久的颠覆性。人们之所思即人们对于"七星文库"之所欲,但这就是真正无与伦比的"七星文库":有着书页与装饰图案、镌刻与文本、介绍与必要的注释,是一座完整的宝藏①。对于《寓言》和《故事》来说,因为三个世纪在这里可以用许多形象来计量,所以这就更为重要了。请您留心一下这期间评注的变化。当代人马上就领会到拉封丹的寓意具有的震动人心的淳朴性(肖沃②,乌德里③和柯钦④)。这条寓意可以概括如下:我改变了讲话和思维的纬度,我从得不到承认的下层阶级出发声音,我沉着地化身为多种身份,蝉、蚂蚁、大象、青蛙、老鼠、猫、狼、羔羊、狐狸、狮子、鹳、燕子、鸽子、蛇、母鸡。那里还有同样多的反对声音、评注、措辞、欺诈、诡计、方程。我反对对动物采用笛卡尔主义的征用:不,这不是些机器,动物和我融为一体,我

----

①　拉封丹,《作品全集》(Œuvres complètes),第Ⅰ卷,伽利玛出版社,"七星文库"丛书,1991年。

②　弗朗索瓦·肖沃(François Chauveau, 1613—1676),法国素描画家、油画家、雕刻师。——译注

③　让-巴蒂斯特·乌德里(Jean Baptiste Oudry, 1686—1755),法国画家和雕刻师。——译注

④　夏尔-尼古拉·柯钦(Charles-Nicolas Cochin, 1715—1790),法国素描画家和雕刻师。——译注

辨认出它,它讲着我的语言,而且在这天地万物里,相比我的语言,它自己的没有任何意义。我是栎树、芦苇,也正如我是雄鹰或猴子。当这个充满生机的多重链条被打破之时,事实上就是倒退的开始。被驱赶出拉封丹的(他在弗拉戈纳尔关于寓言故事的那些创作中仍熠熠发光)那座冷酷又明智的天堂后,我就将回到幻想作品中(格朗维尔①、古斯塔夫·多雷②),也就是说,越来越成为一个阴郁之人、恐怖症患者、有幻觉人士、始终且已然的超现实主义者。弗洛伊德的那些伟大的精神分析案例中的其中两例,题名为《鼠人》(*L'Homme aux rats*)和《狼人》(*L'Homme aux loups*),这并不是偶然:人们从中看到了在梦中被抑制的动物,被驱逐出身体的欲望卷土归来。拉封丹("我们是那些不符合逻辑的造物身上或好或坏之存在的缩影"),他知道必须从基础阶段,也就是数学开始:"因为从点、线、面的概念以及其他熟悉的规则出发,我们可以获得一些推晓天空和大地的知识,同样地以从寓言中得到的那些推论和结果出发,我们想到了判断和社会道德,让自己变得有能耐对付大事情。"别装伟大,因为您会被您拥有的渺小之物所背叛。别期望靠弄出点杂音来掩藏您内心深处的斗兽

---

① 格朗维尔(Grandville,1803—1847),法国讽刺漫画家。——译注
② 古斯塔夫·多雷(Gustave Doré,1832—1883),法国著名版画家、雕刻家、插图作家。——译注

者,从而达到欺骗我们或自欺欺人的目的。不如跟我们说说变身为衔着奶酪的乌鸦、驮圣物的驴子、孔雀毛装扮的八哥、下金蛋的母鸡或爱之鸽,您感觉如何。这才叫做:不在事物和您之间设置"虚假的身份"。总之,这就是真实。

　　既不存在完美的天地万物,也没有令人满意的社会,而那些说着相反话的人则是数世纪来一贯的江湖骗子。良知是世界上最不相通的事物。金山银山孕育出遭玷污的少女,但是她们只是虚无之物。善良并不就和美相依相随,这就是为什么几乎没多少爱情能海枯石烂。"一切都是偏见、阴谋、执拗、毫无或几乎没有公道:这是一股湍流。在其中有何作为? 它必须行其道。始终是且将一直是这样。"《拉封丹寓言》,无论从怎样不同的角度看,就如同新出的《福音书》一样,它重复着同一种音乐的哲学(莫里哀的哲学,并且也是唯一有价值的那套哲学)。顺便,人们会很高兴地听说,在圣赫勒拿岛①上对保罗·艾吕雅②有所预见的拿破仑,他觉得《狼和羔羊》这则寓言"不道德",并且"对于小孩子们的理解力而言,里面反话太多"。至于当代人,该给他们什么建议呢?《得了瘟疫的群

---

　　①　南大西洋上英属岛屿,拿破仑曾被囚禁于此,直至生命终结。——译注

　　②　保罗·艾吕雅(Paul Eluard, 1895—1952),法国诗人,超现实主义运动的创始人之一。——译注

兽》吗？大概吧。

寓言故事的力量是非常强大的。如果人与人之间不再倾听彼此，那么请开始讲一个故事：那些耳朵会渐渐张开来。这就是为什么"人们不懂得对那些叙述太过润色"，这并不是对于所有人而言。在对一种和谐的逻辑着迷之时，主要罪孽的循环变化就会稳定下来，那些音色的特性控制了剩下的一切："爱情中一切都是神秘的，/爱神之箭，箭筒，火把，童年。"又或者："单纯的好处，天国的出席者，就涌现在前。"关于"诸神的语言"的推理就处于这种节奏的平衡中。人类的记忆必须将它牢牢抓住，并将之变成一些法度。大家都在背诵着拉封丹的东西：似乎只需理解它就够了，但是没有比具有明显倾向这个问题更为艰难的了："我放开思想，并且把女人变的很精明。"或者，更为干脆，正是阿波罗说："目之所及，即吾到之处。"

风格和爱情

　　小克雷比永(Crébillon fils)仍然如此地受人轻视,这是一件不可思议的事情。就像艾田蒲(Étiemble)在他为《心与灵的迷乱错失》》①(*Les Égarements du cœur et de l'esprit*)所书的精彩序言中写的那样:"得了吧! 你们这些好低声抱怨的审查员们! 请你们承认,小克雷比永的作品中引起你们反感,或许甚至让你们感到厌恶的,正是里面向来只是谈论爱,以种种形式来进行论述疯狂之爱和趣味之爱、易被收买之爱和无私之爱、那时被人们叫做'冷漠'的女人(我们的性学家们把她们称为'石女')的放荡行径、半阳痿患者的偶然阳痿以及受到鼓舞的情人们的愚蠢行为。在一种文明里,在职业、金钱、政治占上

---

　　① 　小克雷比永,《心与灵的错乱迷失》,伽利玛出版社,Folio 系列第八百九十一种。

风的我们的文明里,对于漫长的闲暇时间而言,还剩下什么位置? 没有了那些闲暇,就不会存在爱也不会有小克雷比永……无法接受真正幸福的形象,以及通过引发傻瓜们心中的苦恼,让智者们制造出一种微不足道的文学从而得以报复,在这样的时代里,克雷比永演绎了那些错乱烦扰。人们让他对此很了解。"

人们让他对此很了解,就是说,人们把他变成了一个二流作家,然而在有着伏尔泰、狄德罗、马里沃、拉克洛、萨德这些人物的璀璨的语言纪念日里,他在这些一流排名中应该占据一席之地。让·达让(Jean Dagen)在新版(终于!)《M 侯爵夫人致 R 伯爵的信》①(*Lettres de la marquise de M * * * au comte de R * * **)的介绍中关于这些"司汤达式的文字"的看法还是有一番道理的,"在字里行间,感情和本应该将感情去除的关于手法的意识共存于此"。因为我们,是的,处在一个愚钝、文盲和悲哀的时代(矫情的民众主义时代),一切应该看上去都很真实和蛊惑人心的样子,尽管一种被利益化的冷漠以"心"作为幌子占据着主导地位。一方面,是粗暴言行,另一方面则是感伤主义,两者已经取代了趣味的敏感性和讽刺。所以必须

---

① 小克雷比永,《M 侯爵夫人致 R 伯爵的信》,德容基埃出版社,1990年,让·达编。

感到厌倦吗？这会是一种信条吗？不。

　　一个女人写给她情人的这六十封书信，由另一个女人挑选出来，这就是1732年，也就是比《危险关系》早五十年，一位二十五岁的年轻作家的想象：一篇随笔，一个大师。书信急切，充满激情；它充满利害关系，富于情感，具有战术和策略；它充满了反复出现的感叹句和疑问句；它认为一种隐秘而敲打人心的生活就像那种十分震撼的小说。在我们这出冷冰冰的信息技术的喜剧中，私人通信的废除是一种对内在时代的否定。不再写字，越来越少的阅读，顺从于处理过的图片和数字的指令，设定的专制暴政的程序就是如此。所以这就是我们透过周围的伪善收到的这条信息所具有的极为鲜明之处。请看这句话："我，去想去之处，听所寻之人，应悦己之人，我，戏赌并输掉。"或者这句："我写信告诉您，我爱您，我为了告诉您这句话而等待您。"又或者："来跟我一起用晚餐吧，我从未如此美丽如此疯狂过。我多么替您惋惜！"爱情在其凄惨或愉快的战争里是通过其他方式进行风格延续的。遍地对话，交谈热身，表现出来的内心盘算，模棱两可，为了约会的私下准备："您问我，我是否待在自己家里，我想回答您说不，但是您不配得到这个谎言。您想要知道我是否会一个人在家，我可以回答您这个问题，但是您难道就什么都猜不出来吗？"字里行间布满藏头文字，谜语，言语断断续续：这是情报处的一项业务。

克雷比永熟谙经典,甚至还作了模仿:《克莱芙王妃》、《一个葡萄牙修女的书信》、塞维涅、拉辛。以下是书信中的四种情节:拒绝身体上的让步而产生的摩擦;事情的当下(但是此处,受到指责或,确切地说,凸显消极之处);在发生发展中的前景展望(人情冷暖、诱惑和责难);最后,离别和死亡("再见了,再见了,永别了")。到第二十九封信为止,第一部分都是最为引人入胜的。对于侯爵夫人而言,重要的是要弄清楚伯爵是否被逗引得心焦:"整个地方都只有我和您,但是您的朝三暮四还是令我不安。"从本质而言,情人被置于被动状态。他得到回应,受到诱惑,被魅惑得失去理智,他所说的从来不被相信,除非他被要求说得更多,他的话无论如何都是错的,不管怎样,女性的心思就是要给男人们一点教训。克雷比永,就是为了对自己了解更多而虚构出所需要的那些女人的艺术。受到言语能量控制的读者,又自行加上服装、布景、日期、气候。他可以对这些就像是脱离于华托画作的人物展开想像。大概就是在这个唯一的空间里,一个女性谈到她丈夫,会说:"我很宽宏大量地原谅了这个负心汉的放荡行为。"这也是唯一之处,一个女性为了安心地和情人待一起,在其夫对她情人的表妹表现出爱意之时,可以建议情人撮合自己的丈夫和他表妹。令人难以置信的法国人!硬说着显然是截然相反的话语,苦于身陷各种桃色事件!而他们的这些风流韵事却受到了全世界的艳羡。因此是不是没有人逃得出*书面*爱情力量的支配呢?是的。"那些看上去如此严肃的女性们并不是对欲望最无动于衷的人;而那些读着小说的女性们只是更加了解删节小说的必须性。"*删节小说*,关键就在于此。要不然,我们很清楚,生活是如此枯燥乏味。

令人厌倦的男男女女们感到厌倦,这很正常。然而,是否因为生怕变得消沉,就应该屈服于他们的斥责,不再去感受和玩乐?透过他亲爱的侯爵夫人,克雷比永的回答既无情又简单:"当人们爱得马马虎虎时,人们就会心生厌倦。"

独行者卡夫卡

人们对于那些神话般的制造永远不会感到惊讶，为了定义无关真实性的东西，这些制造就将一个作家改造成必然的参照，尤其当它变得越来越真实之时。"圣经的"、"荷马风格的"、"但丁式的"、"莎士比亚的"、"萨德的"、"巴尔扎克的"、"卡夫卡的"……然而，这个必然的参照很少会变得那么矛盾：成吨的关于卡夫卡的研究解读似乎将他囚困在噩梦、荒诞、每天的官僚恐怖之中——而这就是有人越发经常向我们提到的，最关键的可能就是喜剧性。卡夫卡变成一个快活的竞技男孩儿、一个擅长恶作剧的装疯人、一个站着睡觉的玩世不恭者。《审判》、《城堡》、《变形记》，确实令人捧腹大笑，而且卡夫卡在给他的朋友们读这些小说的时候，自己也哈哈大笑……从一种夸张到另一种吗？的确，我们把这种过度的和不确定的状态、批评带来的不安的震动称为卡夫卡。这种震动时而沮丧，时而为了快乐而过于快乐。真正的那个卡夫卡在哪里？是预言兵营里那难以描述的不幸的先知，就像预言中欧没落的那位吗？神智学者吗？犹太教神秘哲学家？无用小说的最高智慧？荒诞的公务员？爱戏弄人的人？可耻的犹太教徒？重要的犹太教徒？病态的？安静的保险公司职员？妓院的常客？冻僵的情人？像蛇一样狡猾的诱惑者？完全神思恍惚的人？冷静且清醒的分析员？卡夫卡移动了，消失了，又回来了；他的目光将你穿透，萦绕不散；来自相片的那双灼热的眼睛，黑色的光彩动人的纨绔子弟……

我的推测是我们并不想知道卡夫卡的任何事情。或者尽可能知道得越少越好。这是一个诸多身份紊乱的自拍装置。与他相比，我们立刻感到自己有罪过，"我们一起将之扼杀了"，他的故事让我们感到不知所措、晕眩、头痛、记忆缺失、恶心。神经质的发笑。焦虑不安的战栗。在其明显的错综复杂中，没有人想要一个简单的卡夫卡，也不想要一个复杂的卡夫卡，因为他的简单朴实涉及一件始终被否认的显而易见的事情：文学。您对文学感兴趣吗？不，这不是真的，从来不。卡夫卡说过的不是其他话，就是这个。您瞧，《圣经》就是一项重大的文学行动，而且，它还在我们面前继续发生。注意，既非无论怎样也非不论透过谁。卡夫卡就是关于书写了《圣经》——或更确切地说,虽然这是一本《圣经》,但依然在继续书写——之人的那份滚烫的档案资料。他终于几乎成为一个无法发出声音的名人(虽然这个名人被不停地重复提到),以一个开头字母的形式:K。这是逃亡中的"圣经先生":"上帝不希望我著写;但我,我则必须这样。"

当然,他完全绝望,卡夫卡——并且这是有道理的。首先,愚蠢始终如一地存在于那里,规模之大无法根绝。我们可以非常清楚地想象,他那个时代的那些迟钝的文人们在布拉格不停地对他说:"您太聪明了,所以不适合成为一个小说家。"他的家人,已经觉得他太过聪慧了,从而显得不正常。伴随智慧而来的烦恼(说这话的正是福楼拜),正是智慧有局限之处,而愚蠢没有。然而,确切地说,以强烈的手法实践的文学变得越来越聪慧,因为它可以取乐无数愚蠢之举,这是一种悄然没有留下任何东西的诅咒——尤其不是这样一件事情,比如上帝并不像曾考虑把愚蠢当作其造物的一个根本方面。上帝他自己是否愚蠢呢? 这就是一种鲜有提及的可能性。我们觉得他是存在的、不存在的、意识不到的,当他应该在那里的时候他却不在,或者向来就拥有回答一切的答案——但是愚蠢呢?"上帝不是小说家",萨特为了为难莫里亚克曾这样说道。你们何所欲? 在人类历史面前存在着一些惊喜不已的人们。多么丰富啊,他们想,怎样的创造啊! 这不是卡夫卡的情况。他觉得这一切都是冗长的、肮脏的、受拘束的、庸俗的、缓慢的，并且笨拙的——属于一种迟钝！一种沉重！有人会说这是一个糟糕的梦，而我会详细地向您说明这个梦。一些小说呢？但是我的那些抽屉里都放了无数本了，你们想要多少我就能够给你们写多少，只需动笔开写，文章自来。请你们读一下《乡村婚礼筹备》，这是 K 先生的实验室，是他那些洞察入微又恶毒的筹划的汇集，他的变形记的工作室。这位叙述者用几句话的技巧就真的可能假扮这种或那种外形，摹仿这种或那种内在性。在梦中他是醒着的；在大街中央，在你们中间，他做着梦；他重新出现在一丛不可思议的灌木丛中或旅途中，他改变机能、形态；这比一个平凡的昆虫的故事要重要得多。他可以同时从所有的观点、角度来进行思考。

例子 1："这是我那古老的家乡，我回来了。我是一名富裕的有产者，在这个古老的城市里拥有一座面朝江河的宅子。这是一座两层楼的老宅子，有两个大院子。我有一个大车制造企业，并且我们在这两个院子里锯木和敲打，干上整整一天的活。我的那些房间，它们虽然都在房子的正面这一侧，但在那里我们完全听不见这些干活的声音，房间里笼罩着静谧，宅子旁边的那片小空地，边上都被封闭起来了，除了那条河流的方向是敞开的，这片小广场始终都是空着的。我居住的那几间房，很大，铺着镶木地板，房间因为窗帘而显得有点昏暗，里面摆放着一些旧家具;我裹着一件絮了棉花的睡袍,很喜欢在它们中走来走去。"(人们自认为继续无益,不是吗,卡夫卡就在那儿戛然而止。你们读过就十行字的"整部小说"吗?)

例子2:"堂吉诃德必须移民了,整个西班牙都在嘲笑他,他让自己在那里已经变得无处容身。他到了法国南部旅行,在那里遇见了一些正直善良的人们,他与他们结下了友谊;隆冬时分,陷于极度疲乏和穷困潦倒之中的堂吉诃德翻越阿尔卑斯山,穿过意大利北部的那些低海拔平原,不过他在那里仍然感觉不到自在,最终他到达了米兰。"

这就是全部了。一个糟糕的作家会把这些整成一本书。

"我就是一个已变得生机盎然的记忆装置,"卡夫卡说,"这也是失眠的由来。"我们应该把塞万提斯和卡夫卡放一起读一读。卡夫卡是高速的塞万提斯。如果他在他的日志和书信中如此经常地谈到他那颓丧的、无能的、麻痹的情感;谈到他总是有受到"窥伺"的感觉——因为他让错综复杂的连锁反应高速发生(《审判》仅花一夜写就),并且他惧怕沉重的精神复仇,惧怕撒且本身(离题、约束、落后、难以理解的并且可能也是愚笨的讽喻、隔阂、疾病和蓄意般的谋害,我们永远不会达到,下雪了,"目的有之但途径却无,我们称之为途径的东西就是踌躇")。这是某个为完美的速度而生之人却被迫从事土地丈量员的职业吗?天生就是个魅惑者的人却被迫要考虑婚姻？一名纵横四海的旅行者却被迫生活在布拉格——一口被拨停的时钟？一个说意第绪语又精通德语的捷克犹太人？他事先就领悟到在德语中沉重的哲学桎梏设定了他的自我毁灭。这一切，这所有的一切，以及其他的事情。K的试验刻不容缓。"人类的发展演变就是：死亡力量的一种增长。"

卡夫卡是一位原罪（它根本不是一种普通罪孽）小说家。按照弗洛伊德的说法，我们将之称为"原始压抑"（refoulement originaire），这种做法只是改变了理解它的那种方式。那些人，那些居民，那些路人或许能够作出有意识的努力？醒过来吗？打破这个魔咒？作出决定？不会。他们不说虚言，他们就是虚空。然而，"不是所有人都能看到真实，但是所有人都可以是真实的。"但是如何为之？"有时候我觉得我并没有比谁都更懂得原罪。"答案就在《致米莱娜的信》一书中，它令人难以置信，在它之前怎么会没有人想到过？夏娃，K说，摘下了苹果并拿给亚当，因为她觉得这个苹果很漂亮。罪孽曾只是在于咬了它。"拿着玩大概是不被允许的，但也没有受到禁止。"应该拿着玩，而不该吞下这颗致命的繁殖药丸。米莱娜不停地对她与卡夫卡（她的丈夫，等等）的关系进行心理分析，但是在心理分析方面他是无敌的，原因不讲自明，这是一个一流的战术家和战略家，并且，偶尔，观点不期而至："你的嫉妒，归根结底，只是一种死亡的渴望。"吃掉苹果并且渴望死亡是唯一的也是同一种冲动。**更喜欢死亡**,这不是很奇怪吗?为什么?因为它成了平局。而这个,令人受不了:"然而有一件事:有时候当你谈到未来,难道你没忘记我是犹太人吗?(此处,卡夫卡用捷克语写了两个单词:jasné,nezapletené,意思就是简单,明了。)作为一个犹太人还是很危险的,即便臣服于你的脚下。"(米莱娜,这个勇敢大胆的进步人士米莱娜,后来由于接受的肾脏手术为时太晚,1944年5月17日于拉文斯布吕克去世。)卡夫卡或 K 与这些女性们(《城堡》中令人难以忘怀的弗里达)的规则如下:这是一些同盟者,因为在机制上她们是内在的,但是同时这也是敌人,因为她们不能——不能愿意——揭露其机能。而这就是为什么罪过是无辜的并且是无休止的,而无辜从本质上说是有罪的。这确实是悲剧。但就戏中戏来说,这也是非常具有喜剧性的。此外,这个天堂的故事有待从头至尾地再说一遍(让我们期待将来有一天会有人来做这件事):"我们之所以认为在天堂里被毁掉的东西是具有破坏性的,那是因为这是没什么决定性的东西。如果这是非破坏性的,那么我们就活在一种虚假的信仰中。"卡夫卡把自己看作是弥赛亚①吗?当然。而且没有哪一位伟大的作家不是这样,这是逻辑:"有时候,在他的傲气中,他忧天下苍生

---

① 《旧约》中指犹太人期望中的复国救主。——译注

393

甚过忧自己。"就像这句我所中意的潦草写下之语："我们走出坟墓，我们想要走遍这个世界，我们没有任何明确的计划"……

当收到这类书信，米莱娜会想些什么呢？"我曾被派遣作为《圣经》的白鸽；我不曾发现任何绿色生命，我回到那阴暗的方舟"？虽然她对 K 内心有爱，但是她是否会觉得他或许稍微夸张了一点？那么我们呢？我们懂得阅读吗？我们是否就不需要那些愚蠢的小说了？我们的生活难道不是一部无法出版的小说吗？即使可与所有那些出版的小说相媲美也是徒然？

他就在那里，卡夫卡，像平常一样，一动不动，但是在晚上，他的手在纸上迅速游走。这艘方舟之室将他带到我们之外的地方，并不是明天在附近就将会有绿色生命。除了……也许……

你并不需要走出你家。你就待在桌子边倾听。甚至你不要听，就只要等待。甚至不要等待，请你绝对地安静并且独自一人。世界为了让你揭露它，将会过来呈现在你面前，它别无他法，只有心醉神迷，它弯腰折服在你面前。

天堂里的但丁

天堂可以存在好几个，包括我们以后的天堂，人造的天堂。真实的天堂，意思就是：在时间和死亡上的胜利，生机盎然的永恒，绝顶的辨识力。大家都了解地狱，它的沉重，重复轮回，被困于一副躯体内的入地狱之罪，毫无脱身之法，虚幻。但是天堂呢？谁还在谈论？谁敢相信？以何代价？最好不要向神学家询问这个主题。那教皇本人呢？人们不可以说这个主题非常啰嗦。跟我们谈论但丁的那些大学研究人员依然存在，就好像在谈论一门课程的问题。然而，直接参阅文本，倾听，看它像一座宏伟的建筑一样铺陈在我们的面前，这些并不在禁止之列。这就是法语的天堂，简单、直接、不加矫饰。出于何种原因，今日的一个年轻女性耗费了那么多年想让我们再把它读一读？这是个秘密①。

但丁的《天堂篇》中第一个单词是荣耀。最后一行诗句的第一个字：爱。在这两者之间，按不同的系列，迅如闪电般铺展开驰骋于这几个世纪的最奇幻之旅，它暗含着这项试验的逐步变化。1300 年，那是复活节的日子，如果我们愿意，今天也一样。春机盎然，虽然地狱常在(我们的罪过)且炼狱悠然(我们的拯救机会)，但是内在的那位宇宙飞行员的抱负却是给出上帝的真正用意、欲望、宇宙万物、历史以及快乐的真正所在。

重要的是要达到极度愉悦(sommo piacer)、快乐和学问的顶点(由一方表现另一方)。因为您没有感到非常享受，所以没有了解的欲望，这样的您没有进入其中。此处——和情绪的单词一起——不停反复出现的单词是：喜悦，愉快，幸福，善良，高兴，欢乐，欢笑。这场无休止的歌舞盛宴似乎没什么人性的东西。但丁将这种状态称之为：超凡入圣

----

① 《天堂篇——神曲第三部》，弗拉马里翁出版社，1990 年，双语版；由雅克利娜·里塞(Jacqueline Risset)翻译、引进并做注释。除了某些藏书之外，雅克利娜·里塞的译本可谓是精品，尤其是将此版本与佩扎尔(Pézard)的版本相比("七星文库")，后者行文充满中世纪风格，晦涩难懂。那些注释最终会被加以发挥，即只是得到人们的重新阅读。例如，第三十二曲的注释：撒拉不是亚伯拉罕的女儿，而当然是他的妻子。路得也不是大卫的女儿，而是他的先人。此外，按照有关的参考文献来看，没有任何其他的法国作家会撰写有关但丁的内容，这看起来值得怀疑。

(trasumanar)①。然而这不是"超越凡人"的问题(就像这位译者跟我们说的那样),更不是达到某种超人状态的问题,而是不断地且重新**透过**他从而检验他是何等的超凡神奇。

当然,只有在降世为人以及这之后的种种事情中,这一切才有意义。人们并不是必须接受这些事情。但是如果人们接受了,那么这整体的逻辑似乎就体现在其最深远的影响中,那里便是"gioir s'insempra"(但丁打造的另一个表达)之处。那里是喜悦无尽之地吗?大概吧,但是"无尽"对于我们而言很不幸地带有烦恼的色彩。但丁说:当喜悦**成为永久**,那就会转变为永久。这个副词变成了动词,就好像我创造出永久化(toujouriser)这个单词。爱的喜悦永久持续。人们每次都应该倾听蒙特威尔第朗诵的但丁,他体现了他的音乐对于**永远**(现在和永远)的坚持。

《天堂篇》首先是一种内在的音乐体会,虽然它有着爱情、宇宙论、历史、宗教的层层外衣。但丁看到的景象,他所理解的那些事实,他认为,每次都是另一个无法类比的事实的隐喻,最后,他必须把这另一个事实与这些意象混淆在一起。非常奇怪地,这也是针对那个"糟糕的、愚蠢的、不讨喜的以及非

---

① 这是但丁在《天堂篇》第一章第七十行新造的词,由佛罗伦萨方言"tran(n)s"(超越)和"humanare"(人性)两部分组成。田德望先生的《神曲》译本将此词翻译成"超凡入圣"。——译注

常不理智的同伴"的一次报复,因为那个同伴将会起来反抗他。这带给我们那句著名的诗句,即最后的圆滑的吐露:"那么,对你而言,曾只对你一个人如此,这将是一件美好的事情。"

他随着贝缇丽采(Béatrice)飞升,越接近第一重天和九重天;他就越接近目标,对于他的复仇就越感到确信。针对何事?《神曲》中反复出现的固定语句:"贪婪,将人完全淹没。"从来不曾是马克思主义者的马克思曾十分喜爱但丁,我们希望不要因为提到这件事情而影响这部名著。

天堂强迫人们放弃拥有的一切,而最为强烈的表达之一大概就在第十四歌中:"我将自我奉献,全心全意"(被照亮的恩泽的回报不被等待)。这是唯一一处判断错误,而这可能是神秘的受虐狂。不,天堂是示范和理性。

这首诗歌遗失的理性呢? 这篇关于天国的伟大诗文,它的那些蜕变和变形的艺术都将令人感到欣喜着迷:那些火炭是音乐的一部分;那些人物和那些歌,他们的智慧生动活跃;江河的低吟,是一种繁复、嘈杂的声音;水与火,亮光和火花,变成花朵或宝石,如黄玉、蓝宝石、红宝石。一切都聚向布满诸多人物的那扇巨大圆花窗,聚向这个难解之谜:"圣母,其子之女"(是否有人曾经给出过一个关于乱伦的完美定义,即"一个意义永恒的明确字眼"?)。

这些诗句就像是描画出一条道路,一个时钟的那些圆圈,其始终如一又变化多样的主题是:再,(又)再。再,始终更进一步,直至三位一体那条深刻脉络。("哦,只照耀于你的永恒之光啊,/倾听你的声音,向你微笑,并且爱着你。")最终在其机智灵巧又不可思议的遣词造句中用"你"相称。素材与偶然事件混同在唯一的一本书中,一个焦点(nodo)中,而这位旁白叙述者很享受述说它(dicendo questo)的这个唯一的事实。我们在天使那里,陶醉又有所区别。这完全是一件无法实现之事,以及"没完没了地,那些以己度人之人"。

塔西佗的伟大

除了那些专家，谁还记得那位福气的伽菲奥？拉丁语-法语字典的作者，菲利克斯·伽菲奥（Félix Gaffiot）？时至今日，我还保存着一本他的字典，上面画满了红红绿绿的着重线。多亏他，我才有了一个输送具有节律句子的循环装置，所有的句子选自卢克莱修，维吉尔，西塞罗，萨卢斯特，蒂托-李维，贺拉斯，昆体良，大普林尼……这些人的著作和演说，一句胜一句。但是，在所有这些人当中，谁是脱颖而出的那位散文家呢？谁最为鲜明，最为清晰，最为犀利？谁是那位在华丽辞藻上起着重要作用的外省贵族、元老院议员、执政官、亚洲的无上权力者，同时还是负责祭品的古罗马十五掌礼官团体成员、那些晦涩难懂的书籍的保管者和仪式典礼的捍卫者呢？我们处于我们这个纪元的第一个世纪之末，而这一位将最终向我们揭示出这些事情的实质：塔西佗①。

在历史凝聚的艺术伊始阶段，显然是希腊人和修昔底德，但是罗马是另一种性质的黑色陆地。我们明白好莱坞从中汲取，将民众、战争、受到指责的歌舞狂欢、各种类型的模拟处决搬上舞台，不曾停歇。实际上，在我们的整部历史里，这个令人难以置信的罗马马戏团频繁出没，挥之不去。它向我们奉献了韦斯巴芗，提图斯，图密善，图拉真，涅尔瓦，克劳狄，哈德良！尤其是向我们奉献了梅萨利纳②，波培娅③，尼禄！让我们马上来看一下尼禄的妻子屋大维娅的死亡。在他的旁边，那些现代的怪人们表现出庸俗爱好者的样子："她被捆缚住，所有肢体的血管被打开，受到剧烈惊骇的抑制，血流得十分缓慢，因而人们将她置于一个沸腾的浴槽里面，而正是那个热度将她杀死。"

啊，这是塔西佗的馈赠！在这出悲剧的深处，突然，涌起的这股沉默的力量！就像所展示的那些场合，动作，混杂的感情，掩饰，命中注定的最后时刻那样！"那是一个星光璀璨的

---

① 塔西佗，《作品全集》，伽利马出版社，"七星文库"丛书，1990 年；皮埃尔·格力马勒（Pierre Grimal）版。

② 梅萨利纳（Messaline，约 22—48），罗马皇帝克劳狄的妻子，以淫乱和阴险出名。——译注

③ 波培娅（Popée，62—65）罗马帝国皇帝尼禄的第二任妻子。——译注

寂静之夜,就在那一片静谧的海上,有人说那是受诸神派遣的,为了彰显罪行。"尼禄正在谋杀其乱伦之母,阿格里皮娜(这让令人生厌的俄狄浦斯事件发生了改变)。因为,塔西佗有着一大堆独一无二的奇谈怪论要讲给我们听。他已经等待了很长时间:这些**历史故事**书写了尼禄之后的那段时期,而后来编纂的《编年史》恢复了他的知觉,即平复了错乱的心。他是否会终于下决心说出要点? 是的。"尼禄是否在其母死后看过她,并且还颂扬她的美丽? 有对此肯定的人,也有对此否定的人。"由您自己来做出选择。

背景与帝国相称。驰骋在日耳曼、布列塔尼、西班牙、叙利亚大地上的古罗马军团。先兆、彗星、地震、异常的出生、写成密码的肺腑之言。接着诸城之城:庙宇神殿、乡村领地、花圃园地、集会广场。在那里,他们自娱自乐,相互窥伺,腐化堕落,相互偷窃,相互揭发,一个个流亡他乡,服毒自杀,用刀互伤,将自己砍头(如果有人不想死无全尸,有时候就得向那些卖头颅的人再买一个)。奴颜婢膝和告密都是可以得到奖赏的,而那些善良之辈显然成为受迫害之人:"他们憎恨他身上的刚毅和廉正,就好像这些反而都是罪行"(在当代,这应该不会再发生,不是吗?)。是的,是的,基督教即将变成一股空气,但是塔西佗对此一无所知,若了解到后续的事情,那会让他惊讶万分(他认为,这些后续之事不会出自这个耶路撒冷,在那里,没有一幅图像的庙宇毫无价值)。现在,就像电影里演得那样,基督徒们排成十字形,被雄狮吞噬,或被涂抹上松脂用来充当火炬,照亮宴会(例如,您可以想象一下在梵蒂冈的那些花园里的那一幕场景)。"被固定在长杆上的那些头颅(瞧,我们稍后会再次看到),被悬挂在空中,排在那些步兵大队的队旗之间。"又或者:"最终,那些没有敌人的人会被他们的朋友打到。"更有甚者:"芘松①的那些最后的意志得以遵从,因为他一贫如洗。"为什么不用这个调子来开始20世纪的一个故事呢:"我开始撰写一部作品,里面满是不幸的故事,血腥的战争,带来撕裂般痛苦的叛乱,以及,就算在和平的深处亦是冷酷无情"?然而让人感到幸福的正是一个写下这几行字的男人。塔西佗,这位了不起的艺术家,没有容忍,也鲜有作出评论("既无嗔怒之意也无欢喜之心,感情的那些论据与我无关"),他的小说(比起任何的故事性都更具有可取性)通过演说的学问表达,是不可动摇的稳固发展。攻城掠地的文本,坚韧不拔,行文紧凑,密集且迅捷,详尽细致,步步为营,急切万分,并且如有需要,还会像闪电般令人印象深刻。例如:"这次可恶的行动由一小撮人斗胆为之,受到更多人的期待,而由所有人来承受"(如此的一种完美如同偶然般只在法语中存在:

---

① 一位罗马贵族,后遭到尼禄的驱逐。——译注

圣西蒙)。《编年史》很难让人不想要用心记住,围绕"总是抱有难以置信的希望"的尼禄那毁灭性的轨迹,那些因故而著名的片段(罗马动乱,塞内卡之死)。以下就是:"那些小船装饰着金子和象牙,还有一些划桨船夫,受宠幸之人按年龄和特长、搔首弄姿地排成行……在塘边,有几家妓院,里面都是贵族妇女,而在对面,我们看到一些赤裸的妓女……即便那是一个女人,夜幕笼罩之下,一切都值得一看……"

与这幕梦境相反的另一面,旨在令一切变得卑微,那就是一连串的酷刑和自尽,塔西佗都有所记录,这些事情都可能引起厌憎。但是不是这样的:将一切都事无巨细地描写下来,这非常重要(萨德就是个对塔西佗赞叹不已的读者)。那些人物来自黑夜,在被记载了血泪长河的大量叙述淹没之前,他们就已被人接受。尤其要向一个名叫埃比卡里斯①的女人致以崇敬之意,这是一个生活放荡之人,被酷刑折磨得四肢不全,但她用胸衣将自己扼杀,比一些骑士和元老院议员们都表现得更有节操,那些人还没受到酷刑折磨,就"纷纷出卖了那些对他们而言最为亲爱和珍贵的人"。又或者特拉塞亚②,这是位斯多葛

---

① 埃比卡里斯(Epicharis),尼禄曾经的情妇。——译注

② 特拉塞亚(Thrasea,? —66),约在公元 1 世纪前后活动,于 66 年自杀。他是一位古罗马元老,效法乌提卡的加图,并著有后者的传记。——译注

主义者,按照习俗,洒其热血向大地,如同致救星朱庇特的一次浇祭:"年轻人,你看啊,你生来就是活在一个这样的时代,在这个时代,用坚实的榜样来夯实灵魂是非常有用的。"来吧,我们的偏好与作家们相匹配:他们左右权衡,将其艺术能量发挥到极致,似乎比起他们不得不消失的这个所在的事实,这种艺术加工更为真实。这样的说话能力可以回答一切,穿透一切。塔西佗似乎告诉我们,暴君的地狱(正是尼禄的这个情况)永远不会成就一名优秀的司书者;只有反对当地的主宰,即使他是皇帝(夏多布里昂和拿破仑),独立自主的著作才能屹立不倒。塞内卡一旦有力气便向秘书口授著书;卢坎①为了确切表述其极度的苦闷,以一曲闻所未闻的史诗,再次高声演绎那些他以前写下的关于一名士兵之死的诗句。风格如下:我曾言之有理,就是如此,我坚持,我打上印记。最后还有《萨蒂利孔》的作者佩特罗尼乌斯,这是位"肉欲享乐方面的专家",他有着令人更为惊愕的行为举止;他一边一直流着血听着诗歌,一边"书写下君主的那些可憎的言行举止,把这些事情归因于一些放荡之人和女人,并且还描写出每次交媾的前所未见的样子;接着,他把这本书封上封条,寄给了尼禄"。祝你健康!

---

① 卢坎(Lucain,公元 39—65),罗马诗人,其最著名的著作为史诗《法沙利亚》。——译注

罗丹与上帝之手

　　总之,历史的诡诈之处如下所示:全靠女权主义和激情的再建,卡米耶·克洛岱尔①得以公平地摆脱阴影。在这位不堪其家庭、兄弟和爱人重负的年轻女子身体里,我们发现了一位男性雕塑家,一位卓越的女性雕塑家。各种书籍卷册纷至沓来,谣言四起,感情变得强烈。包法利性格再次发出咕哝之声,精神病科医生们做出一些调整方案。她那时是否真的疯了呢? 相反,她难道不是扮演了一个世纪的理想的牺牲者吗? 她难道不曾遭受过掠夺、监禁、欺诈吗? 与此同时,我们不得

---

　　① 卡米耶·克洛岱尔(Camille Claudel, 1864—1943),法国雕塑家。其弟保罗·克洛岱尔是法国著名诗人、剧作家、散文家。她与年长她二十四岁的雕塑大师罗丹之间那段炽热的爱情故事一直吸引着世人的目光。——译注

不质疑这两个怪人:保罗·克洛岱尔和奥古斯特·罗丹。我们曾认为他们已入土为安,已盖棺定论,化为一抔黄土,但他们复又重生。巴黎圣母院的柱石再次受到极度地关注。那罗丹呢?啊,罗丹!不知道有多少座曾被认为化为沉寂的雕像,被抽象派艺术和"现代艺术"的手法所超越,它们只是希望能再次与我们对话!再说得远一点:我们翻开他的绘画夹子[①],我们最终出版了他的往来书信[②]。渐渐地,这就成了明摆着的事情:罗丹的才华复活了。若不对这种才华进行重新解读,以 20 世纪雕塑实际遭遇的方式来看待(马蒂斯、毕加索),我们就无法理解这种才华。关于他,人们几乎还未有过只言片语,那么我们现在开始评价。

这是一个不同寻常的案例。关于罗丹的全部戏剧作品不仅包含悲剧、激情与精神方面的不凡经历(与卡米耶长达十五年的关系,像是起到平衡作用的保罗的信教皈依),而且还有里尔克、机构组织、雨果和巴尔扎克的那些魅力影子、相继替换的政府部门,巴黎的那些谜团、雕塑的整部历史,从希腊人到米开朗基罗,一直到今日为止。您暗暗地添加一处强烈的

---

① 菲利普·索莱尔斯,阿兰·基里李,《罗丹,情色绘画》(*Rodin , dessins érotiques*),伽利玛出版社,1986 年。

② 奥古斯特·罗丹,《书信集》(*Correspondance*),罗丹博物馆出版社(1985 年开始出版)。

情色灼伤,您就有了这一出歌剧。"刽子手!"好像谁在《行路人》①面前大吼一声。是的。必须去到《地狱之门》②前面的比隆酒店。我不会对此感到厌倦。你只要看了,就会重新找到期望。将但丁及其幻象拦腰而抱,将它们作为创作的源泉以立体浮雕作品铺展开来,无论是夏娃、亚当、圣约翰,还是流露出动作姿态和处于痉挛抽搐的各种各样受苦之人,不管哪种题材,都可以轻松自如地进行创作,这些都意味着通过不停休地创作而取得一种活力与精巧。罗丹不曾停歇。我们与他一起什么都尝试过了:缄默和反抗(巴尔扎克像事件③),荣华与富贵,相对而言的遗忘,虚假的接受理解——他的复又重现比起任何时候都更具有一触即发性,精巧奥妙地让人难以承受。他曾写道:"当人们有了他这种艺术的体验,人们就该更好地工作,并且正是在这一刻,公众不知不觉间希望我们变成企业家或上流人士。"罗丹,一个彻底的无政府主义者,既享有荣誉又拥有自由。在这样一个以循规蹈矩为主流的时代(顺便提一下,就和我们这个时代一样)中,他身上的这种精细且不合

---

① 罗丹的雕塑作品。——译注
② 同上。——译注
③ 巴尔扎克雕像由罗丹创作。这尊耗时七年的伟大塑像融合了关于这位法国大文豪的无数史料和罗丹最深邃的理解,但同时在当时也引发了美术界一场浩大的争论。——译注

规定的差值从何而来？还有这种绝对权力呢？有一本书很重要，它可以让人对此有所领会，书的内容是关于罗丹与他这个时代的那些摄影师之间的关系的：布洛兹，史泰钦。请打开这本书：多么惊人的胶片啊[①]！石膏像、青铜作品、大理石雕像——以及用清澈之眼来看他在那里面就像是一个微型的造物主。《上帝之手》[②]：是的，他已经直抵那种境界（人们可以在博物馆里晃悠一个小时，直至这只上帝之手就像正在自我形成中的一座雄伟的喜马拉雅山那样出现）。在这个夸大的断言面前，罗丹不曾犹豫过：他用他的那些资产来生活（"我的天然财产就是泥土和铅笔"），他一生中的戏就是有关：神明，人类，穿越几个世纪的传说。对我触动最大的奇遇就是，在他**支持文学**，——写作和雕塑，就像两只手一样——反对文学家协会的行为举止中，可以看出他是那么不具妥协性。以下就是："文学家委员会有责任对于罗丹先生在展厅展出的这尊毛坯提出异议并为此感到遗憾，他们拒绝承认这是巴尔扎克像。"那么，委员会如何能够从**形体**上认出巴尔扎克？是否与他的身材相一致？罗丹是这样回答的："巴尔扎克的雕像是我艺术生命符合逻辑的发展，我对此负全责。并且，我希望本人

---

① 埃莱娜·皮内(Hélène Pinet)，《雕塑家罗丹和他那个时代的摄影家》(*Rodin sculpteur et les photographes de son temps*)，菲利普·塞尔出版社，1985 年。

② 罗丹的雕塑作品。——译注

仍然是此像的唯一所有者。"布洛兹和史泰钦的那些伟大的摄影便由此而来:罗丹的巴尔扎克像,黑与白,飘荡之感,在默东,流亡中,白昼与黑夜,在巴黎的地平线上,就像来自另一颗星球,藐视时间的孤独的摩西。今日的散步者,在瓦万十字街口(carrfour vavin)①,在这座雕像前面的时候,是否会觉察到他正近距离接触到和该"事件"一样具有揭示效果的标新立异的东西。不,他再也不会有任何觉察。然而罗丹-巴尔扎克矗立起来了!四周空空如也,无遮无拦!有着一颗敌对身份的脑袋!在非亡状态中深入地进行挖掘研究!塞尚对于罗丹的欣赏是这样的:他深深地理解那道凸起,那些窟窿,那不平衡中的平衡是为何。圣维克多山②正横亘于巴黎。即使纽约也无法将这座令人惊异的具有自塑像性质的雕像伫立在那里,而我正是在纽约,某个雾气弥漫的日子,在现代艺术博物馆发现了这座雕像。

罗丹曾说:"当我们开始理解自然,进步就不再停止。"这是他关于*创作中的作品*(work in progress)的宣言。"自然"?这是时代的措词,比起图像更为谨慎。他和那些雕像所被冠以的名称一样具有迷惑性,那些名称往往就如同抛在那些有

---

① 毕加索广场(Place Pablo Picasso)地址。——译注
② 法国画家保罗·塞尚有一幅同名油画作品。——译注

着明显不庄重感的雕像上的遮掩物。《吻》吗？大概就是吧，但是并不勉强。《永恒之春》呢？好吧，但这是怎样强劲有力的一拳，把这座大理石雕像就像一个无用的太阳一样推开！《达那伊德》(*La Danaïde*)呢？如果你愿意的话，但是这透着一种怎样的情色上的柔韧(人们在翻阅那些描绘"现实境遇中"的女性的秘密素描时，更好地判断了它的具体出处)！《皮格马利翁和加拉蒂亚》、《尼俄伯》、《逝去的爱》……好了，好了，这一切非常清晰明朗，就好像罗丹曾欲言说：天堂就在那里，再无他处，就在这厉害又明确的性高潮中，地狱只来自于对其美丽和机理的无知。那《柬埔寨的舞者们》呢？谁像他那样看到过那个时代的她们？他"如中了魔法般"，"如痴如醉般"，没完没了地讲述着。焦虑之下，他写下的几封书信拼写错误百出，没有标点符号，却是一首令人难以置信的抒情诗。这是一封致乔吉特·勒布朗①的信："我美丽的艺术家我并不是总是与我自己同时出现为此我不配倾听您的歌声带着艺术的记忆我明白您给予我的美丽就如一根静止的希腊柱子像它那样，纤细然而靠近柱头您的手臂和您的胸脯，美丽的卷轴美丽的玫瑰线的纸页我看到和您在一起的一些事物我的朋友马拉美

---

　　① 乔吉特·勒布朗(Georgette Leblanc, 1869—1941)，法国歌唱家、戏剧演员。——译注

曾经很高兴见到您"……又或者,致埃莱娜·瓦尔的信:"我身边的各处是多么的美丽啊! 我一看,就被我每天之所见的新奇所打动,要么是光,要么是我的思想,每时每刻一切都发生了变化,全部。"在与卡米耶悲剧性分手后,后者似乎在他身上开启了一种倍增的自由(最为大胆的性爱绘画就出自他生命的末期):"我感觉我是幸福的或者说我即将变得幸福,因为我重新青春焕发我满脑子里激情四射,那些令人难以抵挡的爱情似乎离我而去。我仍然爱女人,却是用另一种方式,我可以说就像我的修女姐姐们,并且我一直都很欣赏关于她们的精湛的雕刻品;用身体和内心创作出我们的伟大的青铜雕刻家比起摆弄我们当然会更好地抚摸您。"或者,最终还有这首令人难以置信的诗篇(始终都是写给埃莱娜·瓦尔的):"截去了双腿的戏鹅小孩被一只带有图饰的伊特鲁利亚瓮罐保护着且就在我眼前,朦胧的光线中,混杂着墙体的嫩沙拉颜色,我觉得有一丝快乐。"

荣军院附近的那座罗丹博物馆吗? 这就足以表明一切。

鸦片，用法说明

让我们幻想一下：这是夏天，这种天气适合一种深刻的体验，您只身一人在乡下或一座大城市里，身边音乐绕耳。您翻开《英国鸦片吸食者的忏悔录》①。您的生活会得到改变。

该书并不只谈论鸦片的魔幻效果，这本书，它本身就是一种麻醉品。对于波德莱尔而言，是"无可比拟"的(他将此书据为己有，进行翻译誊写，比起爱伦坡更为甚之)；对于梅尔维尔而言是"不可思议"的，它的化学影响偷偷地延伸至各处。另一方面，是谁在阅读之后，通过转述一种半梦半醒的感觉如此写道："我感觉自己就是这本著作之所论：一座教堂，一首四重

---

① 托马斯·德·昆西，《英国鸦片吸食者的忏悔录》，《深处的叹息》《英国邮车》，伽利玛出版社，"想象"丛书，1990 年；皮埃尔·莱里斯译；修订版。

413

奏,弗朗索瓦一世和查理五世的激烈对抗"？德·昆西吗？波德莱尔吗？都不是,是:普鲁斯特。此外,如果这不是第一次揭示出来的、内在的这幅辽阔景象所带来的有效衍生物,那么非出自本意的记忆,如同隐迹纸本的大脑的独特想法,复活的玛德莱娜,这些又都是些什么？为了检查控制这幕景象,人们将进行多场战役,组织筹备多个替代幻觉的方案。"博彩是用于贫苦的鸦片"(巴尔扎克)。今天我们可以说:景观社会的全球化是用于所谓的历史终结的鸦片。因而"鸦片"一词似乎被迫意味着精神错乱、钝化、昏睡这些状态。然而德·昆西说得完全是另一回事:如果我们懂得讲它的语言,这就是一种能够激发震动人心的认识的非常古老的产品。让我们继续这个游戏。是谁边谈论鸦片边写下:"你用你那强大的辩术让那些平息盛怒的解决办法一一失色"？又或者:"梦对于自己而言就是自己的法度"？洛特雷阿蒙吗？弗洛伊德？都不是,是:德·昆西。我们也可以让安托南·阿尔托,还有其他许多人现身。荷马自己也是名瘾君子,我们那位学识渊博、颇具反讽的英伦书籍瘾君子如此断言。

《忏悔录》一书首先于 1821 年以 X. Y. Z. 的署名刊登在《伦敦杂志》上。德·昆西三十一岁。他潇洒从容地写下:"十三岁那年,我便轻松自如地用希腊语写作。"他告知说,您越有学问,鸦片就具有越多的炫目影响(这就是有利于阅读的一个极佳论据，并且，令人们感到惊讶的是，当局没有对此加以利用）。一切所知、所读、所闻、所见就在那里，在您面前转化为情感上的、生气勃勃的现实。如果您对于自己而言就是现实态的大部分人，那么这种蹩脚的集体景象又有何用？就像一个意志坚强的将死之人，您倾听了对于您一生最详细的回顾。您化身为一部传奇般的歌剧、一艘灯火辉煌的船只，令人陶醉。如果您能活上千年的话，就会拥有更多的回忆。您已经在宽敞宏伟的柱廊之下居住良久而不自知。音乐把您当作泛着晶莹波浪的一片汪洋。您请看在伦敦的一个下雨的星期天正在写作的德·昆西。他忍受着胃疾，走进一家药店，买了一小瓶劳丹酊，回到家里，而这是"来自他最糟处境最深处的内在精神的缓慢抬升作用"，一系列"轻便的心醉神迷"，"幸福的奥秘"，"天堂的钥匙"。当然，那些痛苦折磨在等待时机，那种模糊不明的主张正是出于这个考虑而劝阻社会上的年轻人去认识自我。性欲不会变得病态吗？这种麻醉品不会致命吗？那是肯定的。而且我该避免去赞扬它，以免受到法律的惩处。我甚至自忖道，是否托马斯·德·昆西的这本《忏悔录》不该如此刻不容缓地被我们这绚烂的时代所禁。在我们这个时代，烟草和酒精被视为堕落的因子。作为影像中毒者健康地死去，这就是计划所在。在那里，我们观察到作家是危险的，正是当他明确指出："如果他不借助孤独来检验生命，那么绝没有任何东西可以发展其智能。有多少孤独，就有多少力量。"或者："做梦的器官与心、眼、耳共同构成了一个卓越的装置，它迫使无限进入人类大脑的那些房间里。"

德·昆西是一位严苛的探险家。他不掩盖那些恐怖事物，那些焦虑不安，为了客观看待"黑色偶像"所做的那些努力。某年 7 月 8 日，他服下三百粒劳丹酊。同月的 25 号，则一颗未服。但是次日，服了两百粒。在此期间，他重新出现在埃及，处在错综复杂的局面之中，被一群鳄鱼窥伺着；在罗马，身陷蒂托-李维的波折之中或皮拉内西①的"监狱"里；在英国，两个世纪以前，在一场**真实的**舞会上，他在那里看到一些女人在跳舞，而他知道这些女人正在她们的坟墓里腐烂。空间永远在扩展，时间变得具有"无限弹性"，任何度量单位都被废除。在他的这本书中具有划时代意义的正是这种无限明确的知识（而不是那种诗意般无法言明之物）。这是**甚至不会**与哲学**相对立**的知识（《埃马纽埃尔·康德最后的日子》里的那种冷漠又具破坏性的幽默由此而来）。一切都被书写下来，遗忘是不可能的。"《圣经》讲述的这本令人生畏的账簿实际上就是每个个体的精神。"当人们借助一种"深刻透彻的、女性的

---

① 皮拉内西（Piranèse, 1720—1778），意大利镂版工和建筑师。——译注

方式"和一种"合乎自然规律地螺旋型思维",发现了广义相对论那些真实且不可忽视的证据。如何才能避免处于最强烈的同情和嘲弄之中？同情和嘲弄:两种有待摒弃的态度,旨在传播有限的可靠和绵绵不绝的恶意,在经过核查那些新闻记者们所著的关于德·昆西和爱伦坡的那几篇倨傲的悼念文之后,波德莱尔就将之称为"道德伦理的大荒唐"又或"来自道德批评的嫉妒思想和易怒性格"。无论如何,这是一本高尚之书,它是极少数几本能让读者和作者或痛得颤抖或快乐得颤抖,又同时保持神志清醒的书之一。

布勒东宣言

就像迅速发生的一切：布勒东位列"七星"，这也是首次翻印一些照片①。这些是本杰明·佩雷②、德斯诺斯③、艾吕雅和布勒东本人的面孔，布勒东为了说明对这些描述的厌恶，在他的叙述中引入了一些插图。突然间，疑惑产生：我们是在1988年吗？《娜嘉》出版的六十年后？或是在2008年，1928年在二十年之后将离我们更近？是否并不一定要想方设法地突然重新采纳那个具有革命性的意见？在大概与迟钝、无意识相似的某种状况中，在若干数量的年轻人一战之后曾决定

---

① 安德烈·布勒东，《作品全集》，伽利玛出版社，"七星文库"丛书，第一卷，1988年。

② 本杰明·佩雷（Benjamin Péret，1899—1959），超现实主义作家。——译注

③ 德斯诺斯（Desnos，1900—1945），法国诗人。——译注

要永远制造骚乱的这个类似的局势里,这个意见从此被各处取缔。未来会说起或不说。但这没什么关系:在我看来,要扼紧喉咙才能重读《超现实主义宣言》(以前这些句子是被用心理解的)。我极为细心地保存着一个很早的版本,上面有着字迹娟秀、保护得很好的签名:"致受到仙女爱戴的菲利普·索莱尔斯。"我很想要相信这条签名。对于改变,需要一点魔力。

"你有着无穷无尽之感,沉着而令人惊愕,就像一根指向一行你自己的文字的手指。"如此等等。连续地凭借着从各处搜集诗歌经验的意志,由布勒东操刀的关于语言的"神圣"手术,开启了我们这个世纪的隐蔽历史。这部历史中的那些片段非常著名,又或者可能非常不为人所知。布勒东就是曾经能够梦见栩栩如生的它们,梦见毕加索,梦见阿波利奈尔的那个人。他曾认为过,那个伟大的早晨已经来到,革命的意志将得以形成,由弗洛伊德实现的无意识将会开启,经历的生活就像一首永久的诗歌也将结成果实。事实上,他曾是这个不现实的合题里的主角,并且必须相当迅速地变成感受到那些失望的评注家。只是今天我们知晓得过多了:不,社会革命并不必然导致对兰波和洛特雷阿蒙的认可。不,弗洛伊德的无意识并没有让炼金术和神秘之事重现,相反,很明显,巴黎的大街小巷难觅尼古拉·弗拉梅尔①的踪影。不，道德伦理不是文学创作的最高保证，而无意识写作或那些梦想并不产生期许的神奇成分。然而……首位大学教员能够熟练指出的布勒东的那些错误所在，与我们所处的停滞状态相比，很可能更具可取性。这不合逻辑吗？随您的意吧。这是与时间背道而驰的誓约吗？好吧。但是您，在那里，您有何建议？您有什么要对我们讲？您要如何利用您的那些日日夜夜？您那受到条条框框限制的生活将有何结果？您会发生些什么事情？不是什么大事，不是吗？让我们一起追念，追念，追念，追念，献上菊花并且让我们死去。

在那些决定性的年代里，布勒东和其他一些人有着令人惊讶的无拘束性。街道是属于他们的。一次无足轻重的事件，一次邂逅能够改变生命的进程。最终偶然性被得以仔细观察。那些歇斯底里症患者们成为时尚，人们盲目地认为这些人可能拥有天赋。一名女性，一道神谕，一个口误，一句半睡半醒的话：都是珍品。思维在讲话，它自言自语。超现实主义研究室应该集中信息，它向四面八方敞开。历史悬而未决，新闻报道被倒换频率，胡乱剪下的日志创作出首首诗歌。认识被改变，

① 尼古拉·弗拉梅尔(Nicolas Flamel，约1330—1418)法国瓦卢瓦王朝的炼金术士。——译注

如果我们愿意,它甚至在今天仍保持原样。例如,我读到以下这些标题:《加油工意欲以法郎现金支取工资》《端庄得体的夏季运动衫》《可能遭到数人绑架的奥雷莉》《黄包车之战》《恐惧的货轮》《爱伦坡式的难解之谜:一名男子被找到时发现其生殖器被切掉:自杀?》(《星期天日报》,1988年5月15日,第三版)。换言之,一旦您对超现实主义作出了定义,它便在那里了。布勒东的这一击在情节中成功超过了任何期望。他会突然说,这是跳动的问题,对角线的问题。尝试游戏并不遭到禁止,这与每天电视播放出来的反复思考相比,终将是一样好的,我说什么来着,会更棒。您的拍档写下一个问题,您在对此没有了解的情况下作出回答。阿尔托:"爱情中什么最令你倒胃口?"——布勒东:"就是您,亲爱的朋友,还有我。"布勒东:"什么是强奸?"——佩雷:"疾速的爱情。"哪个年轻人不会长久地、永远地渴望把布勒东、阿拉贡、巴塔耶、阿尔托作为可以赞赏、辱骂、驱逐的朋友? 哪个年轻人已经失去了对他作出评判的那些自杀者? 他们的名字明确为瓦谢①,克勒韦尔②,德里厄③。

---

① 瓦谢(Vaché,1895—1919),法国作家和画家。对超现实主义者,尤其是对布勒东,有着深刻的影响。——译注

② 克勒韦尔(Crevel,1900—1935),法国作家、诗人、达达主义者、超现实主义者。——译注

③ 德里厄(Drieu,1893—1945),法国作家。——译注

谁不曾或多或少地想过要策划一个巴莱士诉讼案[①](请改一下名字)或者亲自确认关于"贞德"的定义,它在那些年代里虽然无法得到更好地构思,但从1926年开始:"哦,先生,这位贞德是多么不得了的女性啊!我认为正是不知羞耻的言行在这该死的王室的愚蠢中确立了所有火刑,这个婊子整个儿*被火吞噬*,霹雳从她的毛孔里迸发出来"?(既然这个主题被印刷在"七星文库"的权威纸页上了,那么《世界报》就能够完全泰然从容地再现这一主题。)是的,哪一个?或者,我们听任法西斯主义抬头,在我们谈论的那个时代和我们曾经认为在梦中摆脱了的那个时代,它确实存在无疑。超现实主义,布勒东,不是一些关于时代的问题,而是一种精神状态。"假象中的一些解决办法就是活着和停止活着,生存在他处。""那个唯一的自由的单词就是仍令我激动的全部所在。我认为它适合无限期地保持人类那种古老的狂热崇拜。"这是一位二十八岁男子写下的几行文字。没什么要做的事情:《宣言》辉煌壮丽,它有着一种力量,一种令人震惊的活泼。您可以自娱一下:"在选举前夜进行登记,就在首个认可进行这种征求意见的国度里。每个人本身都拥有演说家的才能:五颜六色的缠腰布式的话

---

① 由达达主义者们策划的一场虚构的、对莫里斯·巴莱士的刑事诉讼案。——译注

语,玻璃珠子般的措词。借助超现实主义,他在其贫困中骗取绝望……做到的事情无论多么少,只要这令人沮丧,他就会给出允诺。对于全体人民的那些要求,他将给出的是一种不完全的和微不足道的措辞……他不会有过失,他利用所有过失中给人以柔美感的东西。他将真的当选,那些最为温柔的女性将会炽热地爱戴他。"谁说超现实主义已经过时了?谁说它只是收藏者和博学者们的战利品?

在我看来,赞同撰写不真实小说的那些建议也像是一种当务之急,它们总是有可能让这一行业大为不快。那些"无意识写作"的评论文章总是艰涩费劲,它们一被漏掉(二十次里会有一次),我就会就此提出同样多的评述,都是一些模仿《纯洁的概念》(由布勒东和艾吕雅合著)的精神病学之作。精神发育迟滞,急性狂躁症,全身麻痹,判断狂,早发性痴呆,不管怎样,精神病就在您身上,您要懂得对它进行辨认,**您要和它保持距离**。坚守在这些混乱背后的是布勒东的哲学精神。此外,再没有比黑色幽默中的他状态更好的了,比起爱情,黑色幽默更适合他。他在抨击中做得比以往都要好,在神秘主义中却变得软弱无力。他越不受诱惑,在不公正时就越能正确地作出打算。"受金钱指使的思想是不容许的。"这是永恒的问题,不是吗,比起认真对待占星术和占卜师们,这更令人信服。但是这里有托洛茨基和列宁的鬼魂,他们始终无法参透

《马尔多罗之歌》里的那些修辞奥秘。我们花了大量的精力做了——尝试:白费力气,他们从来不想学习被激励的法语。多少误会啊!浪费了多少精力啊!最终还是应该去尝试一下这件事情。"一切都有待为之,所有的手段都应该值得被用来摧毁关于**家庭、祖国、宗教**的那些观念。"让人感到奇怪的是,布勒东没有将"工作"一词加入到这个受到痛恨的三位一体论中。此时是 1930 年。我们知道十年后发生了什么。

当人们想起超现实主义运动,如同想到所有曾拒绝过**天性**的人那样,那正是动人心弦之处。流亡的布勒东(他将永不会回来),被终身流放的德斯诺斯,被监禁的阿尔托,遭到党派软禁的阿拉贡,长眠他乡的巴塔耶……但是,在 1928 年,一切看上去还是有可能的。娜嘉,"这个四处漂泊的灵魂",向我们揭示了黑色幻觉背景下的巴黎。就像他向自己提出的那样,超现实主义是否曾经是一个"新出现的缺陷"?是的,并且这就是为什么必须不停地重新创造这个缺陷。我非常喜欢布勒东就像**与死亡作斗争**那样写下这些文字的这个时刻:"超现实主义将把你引领到死亡之中,这是一个神秘的社会。它给你戴上手套,在那里将 M 深深埋葬,'记忆'(Mémoire)一词由此开始。"让我们留住记忆,时间不重要。

阿拉贡的局限

　　读者什么都想知道,那么马上:《伊雷娜的隐私》是否真的名不虚传? 是否应该将其列为禁书,对之进行控制、谴责,秘密出版,把它改造成色情的神话? 阿拉贡是否曾正往那条路上进发? 1927 年的一个夜晚,在南希·库纳德①身边,并且在审讯员布勒东的无形监督下,一本前无古人的小说在错乱中被烧毁。最终,我们是否用《无穷的保卫》进入到超现实主义的内幕中? 依我看,所有这些问题都是构思文学的这个唯一方法的组成部分:就像一则变幻不定的审核的故事,不停地显得不合时宜,不停地得到更新。"今天呢? 但是现在不再有审

---

　　① 南希·库纳德(Nancy Cunard, 1896—1965),英国女作家、主编及发行人、政治活动分子、无政府主义者和诗人。——译注

核之事了!"——"有更多的文学了吗?"——"啊,是的,总之,这是可能的。"

这是首先由阿拉贡开始尝试好几种风格,但并不明确强调其中任何一种的那个时刻。一只手是兰波和洛特雷阿蒙,另一只手是左拉。《伊雷娜的隐私》(并且这就是让禁书令和反对变得那么离奇的事情)首先是一个失败的色情记录。我们身处东方,在这么一个非常小的州省之中,妓院简陋破旧,脏乱不堪,毫不起眼,隐约让人感到恶心。阿拉贡感到厌烦,那些性的形象如讽刺画般,浮夸陈腐。"在所有的色情制造中有着多么无尽的悲哀啊!""我非常羡慕那些色情文学家,他们的色情就是语言表达。多么优美出色的用语。这真的不是我的语言。"如果说存在阿拉贡的一个招认,那么就是这个了。审查的火力集中在什么上面呢?这个招认吗?或者这类句子:"这个法国省份。法国人的那种丑陋。他们的身体发肤里的愚蠢。就像是卑微的涮锅水。好吧。"

奇怪的是,《伊雷娜》一书归根结底歌颂的是农民的爱情,一户农庄家庭之爱。乡村给予了阿拉贡灵感:"总之,夜晚有着它浓郁的紫罗兰芳香。"这里有对两个女人的描绘:女同性恋的母亲维克图瓦,和她那明确患有女性求偶狂症的女儿伊雷娜,她的情人走马灯似地换个不停。这部关于女性器官的勇敢之作是一部富有诗意的自然主义之作,这是美好的,没有

426

什么糟糕之处。至于伊雷娜本人,我们在对她的描写中可以看出阿拉贡的情色态度(这被作为阅读他整部小说的关键):对女人的鉴定。他所喜欢的是作为一个窥淫癖者偷窥一个女人和她的那些情人们。变成一条听一个女人话的狗或者这个女人本身,这就是他的梦想:"在她周围散发着一种强烈的黄昏的朦胧气息,幸福的黄昏,此时,他人的想法都烟消云散了。"(顺便提一下,强调这类独特想法的美丽是毫无用处的。)第一个判断:《伊雷娜的隐私》中的"我"从来没有被积极地与一个女性相连来进行描写。那些男人要么是些没有生气的人物,要么就是些虚构的观众。只有那些女人好像通过内在知道她们做了些什么。卡萨诺瓦或萨德,他们去过何处?都突然消失了。经过 19 世纪维多利亚时代的黑暗时期,20 世纪伊始从机体组织的忧郁中苏醒过来,那时发生了某些事情,但是是什么呢?肉体是悲伤的,唉,唯有尝试一些修辞的手法。很快我们便明白了,革命性变革的想法就像唯一的出路那样将被世人所接受。荒诞的 20 年代。然而那个年代有《尤利西斯》,被盎格鲁-撒克逊人下了十五年禁书令的不朽之作——虽然这部著作和消失在"无意识写作"之外的摩莉的独白一道为人所熟知,那些超现实主义者们还是避免谈到它。是否因为乔伊斯没有用法语写下《尤利西斯》,所以在法国没有遭到过禁书令?这是很有趣的一个问题。一个外国人,那就是另一回事了,不是吗?

然而,阿拉贡并不想要多愁善感。这是《无穷的保卫》中几个主要篇章之一:标题为"我讨厌你,宇宙"(Je te déteste, univers)。我们在文章中读到这些句子:我是一个非常快活、乐观之人。因为这是不被允许的。这是多么令人不好意思的事情。我是一个快乐的无忧无虑之人,(同我)一起的人对我很是欣赏。一个乐观主义者。好的性情脾气,是很不错的。再说,这么一种程度的乐观主义,也是很罕见的。

傻瓜啊,傻瓜。

我的那些朋友都是些傻瓜。

大家知道,如此这些主张让布勒东感到深深地沮丧。集体信条很快就将成为"爱"和出色的完美女人。阿拉贡将不得不屈服于这个信条,永别了伊雷娜,永别了南希。

1930年,借着为阿波利奈尔的《一万一千鞭》作序之际,阿拉贡留下了最后的遗憾,正如在大门重新(并将长时间地)关上的背景下所做的这条著名的宣言所示:"剩下的就是把自由变成各种各样装作风雅的恶习流弊。"

我觉得,这项计划仍然具有现实意义。

现在,读者想知道关于《让-富特拉比特的风流韵事》是怎么回事。这本书谈到的是否是历代流传下来的那些著名丑闻之一？一点都不是。这是一部迅速写就的怪诞可笑之作，极富超现实主义色彩，喜剧性稍嫌苍白，色情也并没有如此快速呈现。就如大家通过《巴黎乡巴佬》所知道的那样，阿拉贡最厉害的仍然是他对于巴黎和地下巴黎的地形感。对于放荡部分而言，冠以这个题目的这本书仍然是这种稳固的参照物，尤其是小说《法国女人》，在普遍化因循守旧和形式上塌陷的这些时期里，我们能够再次读到它。是的，总之，如果您不相信现实中的边角料能够取自于在外地对通奸罪的一次有名无实的重新发现，那么您就读一下阿拉贡的小说吧。审查不再存在了吗？得了吧。它还在那些脑袋里，到处都是。

不，那不是关键，两篇了不起的文章才是关键所在。了不起就是那个单词。您快去读一下吧，这两篇文章，我都可以向您打保票。首先是颇有心机地献给安德烈·布勒东的《女恶魔们的入口》。女恶魔？"我经常与许多丑女人来往，因为我对她们非常好奇。甚至我必须承认，或许某些诱惑在那儿可以初露端倪，这些诱惑有好几次让我的朋友们感到张皇失措，并让他们觉得我那时是疯了，变得堕落了，我究竟知道些什么呢？"阿拉贡是女恶魔①方面的专家吗？这是很有可能的。显

---

① 指以女性外表示人，专门与熟睡男子发生性关系的恶魔。——译注

而易见的。我这样认为。他没有给我们留下这方面的回忆录是多么令人遗憾啊！没有这份重要的证据,法国的历史失色不少！

另一篇文章是《瞬间》。那个伟大的阿拉贡就在那里,他本来就绝不应该停止这样地写作,他在地铁上,这是他的操作现场,他就是春天意大利线上的那只低调又灵敏的吸血鬼。这就是真实性格里的他。女恶魔,那是当然。"我想要深入了解所有女人的那种私密生活:突然间在只为女人们使用的那些措词中,撞见她们应该具有的那些不自觉的粗野行为,没什么能够像这样子让我感到极度兴奋的了。她们如何思念男人？根据已定的一个女人,这种类型就在眼前……"那么,恕我冒昧地讲,我们成功了。阿拉贡本该被迫终其一生待在这趟地铁上,每天寄发十页关于他的那些经验尝试的文字给他的编辑。你们读一下吧,读一读吧。真正自由的、快乐的、独一无二的描写就在这些纸页当中。阿拉贡紧贴在一个女人的后面。而再远一些的地方,另一个女人正看着他。完美的几何学。交通的伟大时刻。"我突然看见盯着我看的那对瞳仁放大了,就好像窗台之下开启了一个漩涡。"这比《伊雷娜的隐私》更精彩、轻快、流畅、热情;一切顺利,但必须相信的是,恐惧已然窥伺着它的牺牲品。如果他被吓倒了,那么恐惧或周围的斥责就能够将一个作家重新带到距离其隐秘的灵感状态数光年处。这里,在《瞬间》一文中,有着更多的过度且"无意识的"诗化(令人痛苦的一系列的无机质句子),但是与他自己的幻觉之间的直接接触是无限可更新的和多变的。"为了知道她们都想些什么,我可以付出高昂的代价。那些希望不被触碰的女人们,希望对她们,听之任之的女人们,希望能被慢慢掌握的女人们,想要颤栗的女人们,想要轻触的女人们,不知道想要什么的女人们,那些女性常客们,那些新手们,那些不会明白在一生中如何会允许一次这样的事情的女人们,那些绝望的女人们,那些女疯子们,所有没有记忆的女人们,所有没有明天的女人们……"

总之,一切必须重新开始。

纳博科夫的防卫

当一位伟大的作家的一生在某种最终判决中告终时,他这一生会变得很有趣。与一部得到有效但非正确续写、酝酿、组织,并最终得以完成的作品相比,虽然克服了这所有的千难万险,最终还是存在着好人和坏人。好人几乎没有,坏人却很多吗？这种情况从来不曾消退过,而这才是荒诞离奇之处。

请看纳博科夫。那些反对他的沉闷的、集体死亡的代表叫作:俄罗斯法西斯主义者(1922 年,他们在柏林杀害了他父亲),纳粹分子(他弟弟死于集中营中),流亡贵族(他们对他心怀嫉妒),反流亡贵族者(他们把他当成一名倨傲的贵族),西方的进步知识分子(他们十分留心关注斯大林主义的宣传),现实主义作家,自然主义作家,民粹主义作家(他们觉得他太过高雅),精神病专家和精神分析学家(这位无责任心的人,有着秉持快乐原则嫌疑的大师让他们感到非常震惊),教授们和大学研究员们(无论他向我们传授什么,他有什么权利?),法官和法庭(这是一名色情作品作者),色情作品作者们(他写了一些太过精明的东西),编辑们(您不能把您那位极富挑逗性的少女洛丽塔改变成小男孩儿吗?),女权主义者们(他关于那位美国母亲的描写难道不充满残忍地歧视女性的色彩吗?),职业反共产主义者们(对于文学丝毫不感兴趣的他们最终与他们的对手格外相似),——且不说那些警察和暗探,以及他变换住址和语言,直至成功地从俄罗斯人变为英国人(反之亦然),从而混进的那些不同的国家。

这种被书写下来的生活,这是怎样的运动啊!

1953年夏季,在亚利桑那州波特尔市近郊的一个大农场里,在一座位于俄勒冈州阿什兰市的租住的宅子里,还有在美国西部和中西部的许多汽车旅馆里,我一边抓蝴蝶,一边撰写《洛丽塔》和《普宁》(Pnine),在妻子的协助下,找到了将《说吧,记忆》翻译成俄语的方法……用俄语重新进行誊写的内容起初曾是对那些俄国记忆进行的英语修复,现在,用英语对俄语重新誊写过的内容再次进行的誊写证明这是一项地狱般的工作,但是我一想到,对蝴蝶来说,这是习以为常的反复变形之类的事情,还不曾为任何人类所尝试过，就感到了些许安慰。

一盘棋局在直接的现实中进行：前进，后退，灵感，疲倦，牺牲卒子，移动象和马，从侧翼包抄，每个点上的集结，突然进攻，漫长且迂回的防御。纳博科夫曾表现得像一名非常出色的防守员，直至来自《洛丽塔》的迅如闪电般的袭击。重点是不要重新回到被包围、被卡得动弹不得和自杀的状态（《卢金的防守》①这本令人赞叹的青少年小说的主题是这样的："在第四章将近结束的部分，我在这张棋盘的一隅玩了出乎意料的一招"）。实际上，我们就应该这样研究在这个破坏性的时代中那些大师们的**生命**创造：普鲁斯特、乔伊斯、纳博科夫、塞利纳。他们与谁对决？与全世界。支持他们的是什么？误解的力量。他们不惜一切代价想要拯救的是什么？他们的记忆，他们的感觉，他们的积累，有时候是那些不可明言的**细节的累积**。"真正的作家必须无视所有的读者，除了一位——未来的读者，他在以前不是其他任何人，就是那位审慎的作者。"（那些坏人说："多么难以置信的自恋症！"）这就是通过一些普通的语言游戏来驾驭时间吗？是的。由于"我们自己粗野的领会"，我们自认为那是服从时间。

―――――――――――

① 伽利玛出版社再版，"Folio"系列，1991 年，由作者作序。

更重要的是：一名自觉的作家对国家的全部文化负责，在困境中的漩涡里可能只有一人来担当，没有保证，没有希望，没有幻想。没有乔伊斯的爱尔兰将会是什么样？没有纳博科夫的俄罗斯呢？当时，几乎没有人对此有所意识：他似乎敢于做一些更为重要的事情！就像齐娜（Zina）说得那样，在《天赋》(Le Don)的最后："我认为你将会成为一位前所未有的作家，当俄罗斯重新回到她正确方向却为时已晚之时，她会为你疯狂。"

阅读纳博科夫的作品时，大家所感受到的魅力来自于其讽刺的抒情性。这种伟大诗学具有的所有功效就在那里（对普希金的忠诚），但是这些功效倾向于对一直于警惕状态的谋算进行激昂的批判。他令人久久做梦（《天赋》森林中的散步，《洛丽塔》的那些情感沙滩），但是他指出，在一种时光之外的笑声中，遐想围困了它自己，因为在人类世界里它会越来越遭到禁止。它并不只是遭到禁止，还是不可转移的，除非通过文学的秘密："法国语言文学院院长莱昂纳尔·布洛朗日（Leonard Blorenge）有两个特征：他讨厌文学并且他不懂法语。"（《普宁》）

那么我们对于纳博科夫的敬意呢？它们姗姗来迟，在他逝世十三年之后，在垃圾小说、诗歌蠢话，以及社会学上的陈词滥调被毫无价值地成吨炮制出来之后。当然对于社会而言,不存在特别的作家,只有已故的作家。我们记得 1939 年乔伊斯的叹息:"与其打仗,他们不如读一下《芬尼根的守灵夜》。"但是纳博科夫一句直击人心又深奥莫测的话已经做出了回答:"就像一个疯子自认为是上帝那样,我们自认为都是要死的。"

死亡的宗教

　　将近两千年前,即在基督纪元(由某些人确认,根据某位仍在操心这颗星球的大人的降生日来计算)60 年;就在耶路撒冷第二圣殿遭到摧毁(在提图斯凯旋门顶端,这作为诸多史实中的一个被雕刻在上面)之前,那场终极屠杀笼罩着罗马:尼禄决定那么做了。人们总是缺乏足够的想象力(虽然有着大量的关于屠杀的电影和新闻图片)来感受这种状态的古怪。让我们翻开塔西佗的著作:"房屋里充斥着尸体,街道上都是丧葬队伍;无论男女老少,无一能逃过此劫⋯⋯"在那些被赐自尽的罹难者中有:塞内卡,那位伟大的塞内卡,皇帝的前任导师,写下《神》、《贤人的忠诚》、《灵魂的淡泊》、《致卢基里乌斯的信》[1]的

---

① 拉封出版社,"旧书集"丛书,1993 年,保罗・韦纳编注。

那位塞内卡,今天我们能够在一个有着完美阐述和注释的版本中读到以上这些著作。

这是一位富有的、有影响的、著名的作家,一位斯多葛派哲学家,也即一位贤人,或者至少也是坚持表现得像是教导他人那样的某个人。他那位幼小的学生尼禄长大成人后,投身到一个前所未有的罪恶的职业中。最卑鄙下流的放荡是规则。对于社会准则的嘲弄和颠覆被有条不紊地展示出来。塞内卡,"一本正经的塞内卡",就像保罗·韦纳所写的那样,"这位严肃的罗马元老院议员,若坐在精神分析学家的长凳上肯定可以滔滔不绝地讲上很久",他为了口授他的教义而退隐。而那位已然杀兄弑母的暴君是无法教导的吗?非常好,另一个我自己会适合这种教导。哲学是一堂为弟子开设的培养君主的课程,而塞内卡是一位让已成为其君主的弟子感到失望的先生。那么他说教的基本主题呢?死亡,死亡,无尽重复的死亡,那么必须战胜无处不在的民众及其唤起的恐惧。怎样才是一位真正的老师呢?除了半死不活之人的一种,他已经在沉思中不朽永存,这也正是其弟子之所向往。那么这位弟子呢?他受到严厉地质询:"我认为你应该结束你这样的生活方式或者结束生命。"此外"死亡有一种对于所有人而言都同等的必要性,并且是不可克服的必要性。谁能够埋怨无人可逃避的责任"?总之,怀疑死亡的万能一下子就遭到了禁止。更为显而易见的是：一种信条。人们十分强调斯多葛派四海为家的想法（"整个天地皆为我的故乡"），而没有考虑过这个故乡难道不首先是全世界的死亡的故乡吗？拉布吕耶尔说，一位虔信者，若君主为无神论者，他便也是无神论者。在一位死亡将成为其最主要的困扰的君主之下，他同样将成为一位死亡的虔诚官吏。实际上，塞内卡就是这名虔信者。"总是思考死亡，为了决不惧怕它。"是的，但是如何不看出从固定点出发的这种思维转化为思维的限制？快乐本身变成了一件"严肃的事情"。这位贤人安心了（"我们一点都不惧怕死亡，得亏了它，我们再无什么可畏惧的了"），但是他被禁止离开死亡，它是他的黑色太阳，他将这轮太阳变成了和谐之光，证据就是他的弟子相信他。暴政的专制政权想得也一样吗？或许，但这位贤人是他的一面出色的、抽象的镜子。塞内卡写下了一些悲剧和关于哲学伦理的论文：这正是那个逻辑。没有历史，只是一些例子。没有小说，只是一些劝告勉励。历史和小说是败坏的、古怪的、令人怀疑的。这里，相反，真相在毁灭的桎梏之下大白于世，灵魂像一簇火苗升腾起来，这个男人占据着整片领地（但没有占领女人们的），一个男人必须在"最终时刻"的圣事中与另一人汇合。一位只是生人而非亡人（有关《圣经》的）的上帝是不合情理的，正如同任何个人复活的再现那样。我们的灵魂，从身体的牢笼中被释放出来，继续存在，

439

直到世界被上帝恢复成混乱的状态，我们只是沧海一粟。这位贤人的身体是一头用于祭献的牲畜，只要需要就可以被屠宰。这就是为什么保罗·韦纳有理由称其为一位"伟大的受虐狂"，诚然崇高，但是只须死亡的这个游戏没有被伪造，并且在他的骰子上作弊。

塔西佗向我们讲述了塞内卡那严肃又平静，符合其道德原则的结局：它将源源不断地给予那些思想家、艺术家们以灵感。历史学家仍然对另一个次要人物提出了以下见解："一个被收买了从而导致其朋友死亡的人物，显示出斯多葛派享有的声望，他的态度和脸庞使得这个声望给了他道德正直的形象，但是其背信弃义和虚伪的内心隐藏着贪婪和乐趣的癖好。"因而我们能够仿效这位斯多葛主义者吗，就像一个莫里哀的崇拜者？塞内卡曾经就必须对这些关于贤人一生矛盾的抨击进行反驳。他在垂死之际口述的那些话，我们已经无从知晓了。真是遗憾。塔西佗还谈到了另一个重要角色，"不同于所有遇难的人，他不对任何权势人物逢迎拍马"。这一位以自杀的方式拒绝谈论一些严肃的问题，以便"为自己获得一份威严的显赫声誉"。更糟的是，他的全部态度就是贬低死亡的价值，就像是为了更好地侮辱这个政权。"他并不急于放弃生命，他让人打开血管，并且按其喜好，又让人用绷带包扎好，然后又重新打开……他倾听的不是关于灵魂不死的话和哲学家们那些理论,而是一些轻快的诗歌和易懂的诗句。"这个辱骂宗教的人是谁? 这个不虔信死亡的人呢? 那么不像罗马人,倒是那么明显地像个希腊人。"他坐下吃饭,让自己睡觉,就是为了即使这是强加与他的死亡,他也要让这死亡看起来像是命运使然。"不愿接受(他自己于公元 68 年去世)暴君夸耀他的死亡,这或许就是控诉和最高自由的行为。是的,谁是那位"享乐方面的专家",并且谁对此并不隐瞒? 那些在 i 上加圆点的人吗? 有一位小说家,他,也是一个享乐主义者,佩特罗尼乌斯,他的《萨蒂利孔》在我们这个混乱的年代,大概和《老实人》一起都是诸多书籍之中最有益处的。

中国,永远

　　大家说得永远都是不够的:中国也是一种内在的、普遍的经验,她应该可以为所有人所理解;一种空间和时间、听觉和动作的重组,是我们全球的、偏执狂的、唯利是图的、清教徒的且病态的文明会想要歪曲和否定的对象。

　　这是历史中最令人赞叹的诗歌之一。我敢说它是最干净、最令人信服的吗? 这是我一直以来的感觉。它直击人心,就好像整副身躯通过手腕、声音和气息,瞬间找到了它被遗忘的理所当然的位置。我们应该从中国经验出发,重新完读以下这首世界性的诗歌(总之,这是克洛德·鲁瓦[Claude Roy]在其才华横溢的《窃诗者》①一书中提出的建议)。就像韩愈

---

①　克洛德·鲁瓦,《窃诗者》,法国水星出版社,1991 年。

(768—824)说得那样:"人声之精者为言,文辞之于言,又其精也,尤择其善鸣者而假之鸣。"

请看陶渊明(365—427)的这首诗①:

> 泛览《周王传》,流观《山海》图。
>
> 俯仰终宇宙,不乐复何如?
>
> (*Je lis la chronique des temps très anciens,*
>
> *Je regarde les images du vaste monde.*
>
> *Je dis oui à l'univers. Si cela n'est pas*
>
> *Le bonheur, où donc est le bonheur?*)

又或者这首李白(701—762)即兴而作的诗篇②(鲁瓦译):

> 花间一壶酒,独酌无相亲。
>
> 举杯邀明月,对影成三人。
>
> 月既不解饮,影徒随我身。
>
> 暂伴月将影,行乐须及春。
>
> 我歌月徘徊,我舞影零乱。

---

① 陶渊明,《读山海经》十三首之其一的最后两句。——译注
② 李白,《月下独酌》。——译注

醒时同交欢,醉后各分散。

永结无情游,相期邈云汉。

(*Un flacon de vin au milieu des fleurs.*

Je bois seul et sanscompagnon.

Je lève ma coupe. Lune, à ta santé;

Moi, la lune, mon ombre: nous voilà toris.

La lune, hélas, ne boit pas.

Mon ombre ne sait qu'être là.

Amis d'un moment, la lune et mon ombre.

Le printemps nous dit d'être vite heueux.

Je chante et la lune flâne.

Je danse, et mon ombre veille.

Avant d'être ivres nous jouons ensemble.

L'ivresse venue, nous nous séparons.

Puisse longtemps durer notre amitié calme.

Rendez-vous un jour dans la Voie Lactée.)

又或者这首,我不认为读者会责备我引用白居易(772—846)的这首令人惊异的诗篇[①]:

[①] 白居易,《花非花》。——译注

花非花雾非雾。

夜半来天明去。

来如春梦几多时?

去似朝云无觅处。

(*On dirait une fleur. Ce n'est pas une fleur.*

On dirait une brume. Ce n'est pas une brume.

Cela vientà minuit.

Cela part au matin.

Cela vient comme un rêve de printemps

qui s'efface au réveil.

Cela vient comme un nuage du matin.

Vous ne trouverez cela

nulle part.)

　　朴素,浓缩,沉思,无一处精神困扰,超脱,毫无徒劳之感。汉语的音调变化就像是它自己写出来的一样,它容忍世间存在具有显著的尖锐性,而这个存在则受到"三绝"的触动:诗学,书法,绘画(我们在程抱一①的书里重新发现了手与文字

---

　　① 程抱一,《水云之间:中国诗的再创作》(*Entre source et nuage, la poésie chinoise réinventée*),阿尔班·米歇尔出版社,1990 年。

的这种令人惊讶的风采,多亏了他,我们才重新发现了那么多珍宝)。吾之所见正如吾之所绘,吾之所闻即吾之所见,呼吸保持间隔并且让这些间隔继续保持下去,在来自于风景和我自己的叹息中,我让创作百转千回并消逝。作为所有这一切神秘基础的道教并不是一种"宗教",但是,突然地,成为明证。这该是多么快乐地说,我们就在那里,就好像唯一要做的事情就是在那里:

> *Au loin le monde entier se fait la guerre.*
> *Assis sur mon lit, j'écoute et réfléchis.* [1]
>
> (杜甫,712—770)

在中国 8 世纪的时候吗? 美洲 20 世纪末? 不:就在于此,马上。

从"看似容易"的神秘主义到色情小说,通过马伯乐[2]分析的大量技术性文学,对于我们西方人来说,片段既是逻辑的

---

① 此首诗译自杜甫的《夏夜叹》,但作者的这两句进行了略译处理,大致相应诗句为:"念彼荷戈士,穷年守边疆。……宣声连万方。……鹳鹤号且翔。……,激烈思时康。"——译注

② 马伯乐,《道教和中国宗教》,伽利玛出版社,1971 年。另外请参阅高罗佩的《中国古代房内考》;伽利玛出版社,1971 年;当然还有葛兰言的《中国思想》,阿尔班·米歇尔出版社,1968 年。

也是反常的。除了"道"之外，如果我们的思维中没有接触过"阴阳"，即关于阴性和阳性这两条法则的永恒辩证法的话，那么我们将完全无法理解那些中国古典小说，比如《金瓶梅》①。让我们感到困惑的是，始终把性关系分析得像分析权力关系那样露骨。此外(除了 18 世纪的法国文学)，几乎没有什么文学给予女人们那么多有意识和影响力的位置。那些女主人公们懂下棋，善吟诗，她们热衷于"风月之事"，"云雨之乐"，换句话说就是对肉体之爱非常感兴趣，这种肉体之爱被看作是一种自然力的内在对抗。小说中，历史没有什么重要性(多么令人宽慰啊)，重要的是一些剧情，实例渐增，它们具有意想不到的和预热的效果，通过一些始终创新的人物，一些对于击败假正经的快乐的效果，这里有着坚持不懈的发现。中国人在想象力方面才华横溢，他们用想象力编排出许许多多生动的隐喻，一个比一个更为精确和不可思议。如何定义引诱？"偷香窃玉"。如何定义女性生殖器官？"花房"或者"花蕊"。那么男性的生殖器官呢？"玉柄"。阴茎头呢？"龟头"。性爱战斗呢？"张旗击鼓。"肛交呢？"隔山讨火。"性交中女上男下的体位呢？"颠鸾倒凤"。是否需要翻译为"黑龙入海"？ 总之，这

①　《金瓶梅》，法文版题目为 *Fleur en Fiole d'or*，伽利玛出版社，"七星文库"丛书，1985 年，安德烈·莱维(André Lévy)译。

447

些人物的出现只是为了承担这些具有严谨想象的职能,这能够极大地改变我们理想化的亲密之爱的经验习惯并使之令人失去兴趣。对于中国而言,性骗局是一个固定的基本构思,关键在于令人能够清楚理解。快感的描写既富变化也是其最终目的,除了生育或堕落行为,社会的阴谋诡计外,对于每个性别而言,这个最终目的在于多亏了多变的描写而使得两者相得益彰(确切地说,即使会窃取后者这个补充部分)。叙述通过一些常见的解读推进,欣赏模拟色情的画作,吞服壮阳丸;结果要么是肉体摧残,要么相反可能不死不灭。请看"狮子滚绣球"。有人跟我们说,这是一种"爱情技巧,它把情人的那些行为比作狮子的动作,这是戏玩一颗绣球的力量象征,宇宙和大地的象征"。力量? 是的,但是它是谨慎的、疏远的、轻柔的。

我们委身于一部古老的罪恶历史,它让我们把性欲看成一个死气沉沉的问题。循环重现,此外又具有充分根据的这个谵妄在当今大概到达了一个新的最大值。这些中国小说让人看到了另外一些事情:是的,性无法摆脱死亡,控制和杀人的欲望构成它的一部分。但是性行为也隐秘地通向真正的现实态的生活。一个西方人是否能够泰然自若地接受道家论文陈述的这条规则:"在每次刺激之后必须换女人;换女人得永生"? 他是否能够想象这段冷漠的片段里提到的"骨变金,肉化玉"？对他而言，"还精补脑"会意味着什么？这就是即便是忠贞也被作为最大限度的可能性来进行考虑：情人们变成了"鸳鸯"，"如胶似漆"。那么让我们对这一切展开深思，就如同思考道家圣人奇怪的中文名字："尊其意取名的真人"。

"五月风暴"

必须有人挺身出来说"五月风暴"首先是一个爱情故事。无论参与者自己，还是大量政治的、社会学的、意识形态的评论，对这段历史总是极尽掩盖，但是这没有丝毫改变的余地，并且实际上，所有人都这么觉得。对五月的怀旧感，它唤起的对追溯往事局促不安的恐惧就在于此。我们曾经是，甚至是可被预言的"信仰狂热者"。但是这是腼腆地转移了一个非常简单、敏感、基本的现实注意力。例如，我爱的女人之一，*那就是 68*。[①] 在许多分散的事情上，我们不用多说便能互相理解，最终交流了一种现时的体验。一切已然过时或崩塌（不规范

---

① 指 1968 年，"五月风暴"发生在这一年五月，法文写作 *Mai 68*。——译注

的语言,生硬言辞,空想主义,革命主义,毛泽东主义),但是"五月风暴"的评注不曾被用于任何地方,实际上它也曾无需被翻译、说明、评论、合理化。二十年之后呢? 不。二十分钟。都是不可救药的。就像美术馆的那些海报,它们保持着并且也将保持着一触即发的鲜明感,无论是怎样的广告性策略,都与它们的这种笔法不能相容。

五月里,我们做了让我们开怀的事情。表演中断了,城市也被悬置,颠覆,打开。我的小说《法兰西的狂舞曲》中,我在某个时期提到了1871年4月20日那天库尔贝的信,时值巴黎公社运动的动荡之期:"虽然对于政治形势的判断和理解处于风起云涌之中,并且我也并不习惯这样的政局状态,但是我深感狂喜。巴黎是一座真正的天堂。没有警察,没有蠢事,没有任何形式的敲诈勒索,没有争论。巴黎就像在小轮之上独自前行。必须能够始终像这样保持下去。"我从此处听到了一些高喊反常现象的声音。如何做到的? 没有敲诈勒索? 没有争论? 没有蠢事? 在这场暴力与非理性破坏的混乱之中? 您开玩笑呢吧? 并没有。关于"五月风暴",我保留着一份非常冷静的回忆。那时我们一直说着话,我们无法入眠,我们有着一些被激化的理论,群体之间,我们不停地自相矛盾和相互蔑视,然而"爆炸固定"状态中具有惊厥之美的这些日子(此处要重新提到安德烈·布勒东,他比任何人都更值得一提;他的作

451

品在"七星文库"中的出版是衡量其伟大的原因)是一段和谐的记忆。"五月风暴"带来的了不起的教训在这种静谧中晦涩隐秘。库尔贝画了什么?《懒惰和淫乱》(*Paresse et Luxure*)、《沉睡》(*Le Sommeil*)、《嗜睡者们》(*Les Dormeuses*)……除了这些对立冲突之外,我确定的是,每个人与众不同的奇遇曾经是一场肉欲的、多少有些清醒的、持续的宴会。清晨的天空,空无一人的街巷,为了躲避共和国保卫队的追击而奔跑,焚烧汽车,漫无目的乱窜的小团体,在陌生人间被迅速传播的话语,欢笑声。"五月风暴"就如同社会行为吗? 我们将可以无限复为之,但结果是滑稽可笑的。事实上,大家曾经同时,至少有一次,在被退回的往昔和荒凉未来的阔绰中都是独自一人。"五月风暴"不是为了经久而为的吗? 就像您说的那样,亲爱的总务主任们。更甚者在于:它揭露了期限的那根绳线。

"五月风暴"的真正风格渐渐显得像是不可逆转的。激动兴奋过后,因用药过量,意识形态的浮夸(女权主义曾经有过更为顽强的生命力,但是它的木乃伊化是命中注定的),与超现实主义的传播截然不同,这种风格渗入到了艺术和交流之中。这里有着以前的或以后的作家、电影工作者、画家或记者们。讽刺奚落、从容洒脱、傲慢不逊、出乎意料的图像定位、浓缩和多变——难道这些品质——哦,多么令人惊愕不已! ——不是"右派的"吗? 自"五月风暴"之后,难道我们不是越来越经常地反复谈论塞利纳、莫朗吗？然而右派和极右贞德派，以及反复的教育者左派，他们似乎以这种活动的方式秉持同一种谴责态度。但是，它从何而来？来自另一个星球吗？或许吧。我们是最早的五月人。他们令人生畏的效率在于到处被等分、散开，不具可定位性，对于欢笑和散布邪恶的混乱通常持敌意态度。一个五月人无论对电视还是对一个博学的问题都感到一样的轻松自如，他同时读卡夫卡和萨德，他是古典的，现代的，后现代的，又重新是古典的。他显得肤浅浮躁，又非常严肃认真。海德格尔事件让他无动于衷。技术没有让他沮丧。他没有去到任何地方。他游历四方，包括就地之游。这是一颗难以归类的微粒，一粒春天的夸克。

1988 年

7 月 14 日

圣-茹斯特好像说过:"法国大革命强调终极幸福。"让我们来纠正一下:它以终极景致落幕。

不是因为人们不能走得更远——而是 1989 年 7 月无疑象征着一个转折点。革命,终结了吗? 比终结更甚的,是变成温泉浴室。被温泉疗养化了。人们将会更加烦躁不安,但是不大会更加热情高涨。烟火将永远不会如此美丽、迷人。一片白色海洋之下的杜伊勒里宫,做着梦的人群,夏日的夜晚,爱侣情人和高兴的孩童,受法国人喜爱的大块头黑人杰西①,背靠埃及方尖碑,高声歌唱《马赛曲》,这颗星球显得专

---

① 杰西·诺曼(Jessye Norman, 1945—),美国女高音歌唱家。——译注

454

注且愕然，好啊！结束了！人类找到了他的延长号，他将不会走得更远，除非在那些星球上，其余在地球上是痛苦的弥补，完全没有必要。临终垂危的黎巴嫩吗？不确定的波兰？濒于混乱的俄罗斯？始终在那里的爱尔兰人？人质交易风波？每天都遭杀害的巴勒斯坦人民？奥斯维辛的加尔默罗会修女们？反对以色列的敢死队那种？以色列曾经想要杀死《撒旦诗篇》的作者。圣地亚哥-德孔波斯特拉（Saint-Jacquesde-Compostelle）的那些朝圣？勒庞（Le Pen）的谩骂叫嚣？失业？外省推倒清真寺的那些推土机？意欲禁止平顶公寓的犹太教教士们？火灾和那些纵火狂人？强奸幼女？证券交易所的那些交易？艾滋病的蔓延？这些是副现象。事实上，不再有任何事情发生，并且当时这样说是有必要的。

法兰西这样说过。对此，我们听得不够多。证据就是：她用两个世纪的时间意识到她什么都思考过，预见过，谋划过。谁曾超越过人权？不曾有过。遭到不正当的诠释、胁迫、改变的人权曾经导致的就是一些灾难，但这个时刻最终还是来临了，每个人就像是回到了一个永不干涸的纯净之泉。是的，虽然心怀对英国的怨恨，但是必须高调有力地重复：新的十诫石板是法国的，全世界都经常忆及此事，这是有必要的。两个世纪，不算什么，只能勉强算一段铁路般的历史,这就是古德①的蒸汽火车头在香榭丽舍大街上对我们讲述的事情,它以其独有的存在让所有阅兵队伍(包括红场上的那些军人队伍)黯然失色,驱逐之感油然而生。真可惜了那些谨小慎微的现实主义者们:法国大革命自爆发起便是超现实主义的,布勒东和他的朋友们永远不敢想象发生在首都中心的如此一出压轴大戏。曾一直期待着哥萨克人和圣灵到来的莱昂·布洛伊②是多么可怜啊!在干邑③的可怜的塞利纳和他的中国人们!喏,他们就在这里了,俄罗斯人,中国人,协和广场,鼓,溜冰场,模拟的白雪,人工雨下的舞者,大象,熊,老虎,鳄鱼,印度女舞者们,在里奥塞纳的嘉年华!巴黎是全世界超现实中心!非洲是幽灵!刚果的意外归来!雷蒙·鲁塞尔④和他的那些《新印象》奏响凯歌!世界末日?滔天洪水?并不是,是光芒四射的和谐银幕!喷泉,金字塔,小方尖

---

① 让-保罗·古德(Jean-Paul Goude, 1940—),插图画家、摄影家、广告策划人、导演。1989 年,他受当时的法国文化部长所托,负责策划组织法国大革命两百周年纪念大游行。他不负众望,让全世界看到了一台不同凡响的集音乐、表演和灯光于一体的表演。其中蒸汽火车头在香榭丽舍大街缓缓前进,拉开了法国大革命二百周年庆典的帷幕。——译注
② 莱昂·布洛伊(Léon Bloy, 1846—1917),法国小说家和评论作者。——译注
③ 法国市镇名,因盛产白兰地闻名于世。——译注
④ 雷蒙·鲁塞尔(Raymond Roussel, 1877—1933),法国作家、剧作家、诗人。——译注

塔,拱门! 有的反应是多么不公正,心胸多么狭隘,思想多么平庸! 对于电视播放的成果的那些批评里有多少卑劣行为,就好像真实没有以它自己的样子被电视播放出来似的! 并且就好像还能够成为另一种样子似的!

"法国人不喜欢他们的大革命",一个对《人权》抱有狂热情感的美国人这样跟我说,并且有时候他用清新嗓音带着让人发窘的音调给我唱《啊,没问题哦!》(*ah,ça ira*)(应该感受一下他那嗓音演绎"把他吊在路灯杆上"的那种魅力)。哎呀,那真是太过真实了! 7 月 14 日是永恒的。因而我决定了要花一番特殊的心思来表示敬意。由极具个性的杰西·诺曼演绎的一段《马赛曲》给予了我相关的想法。"对祖国的崇高之爱"吗? 不,这已经不合时宜了。"引导,支持我们的复仇之手吧"? 不,不,够了。"邪恶之血"(le sang impur)(孩童时因为联诵的关系,我曾想象成是我不知道的那种修女用的头巾[guimp]或凸花花边[guipure],所以听到的是弄脏的或血染的凸花花边头巾[guimpure])已经很难让人接受。我无情地要求收回我感觉邪恶的我的献血。"自由,珍爱的自由",是的,千万遍。因此必须重新撰写这首四行诗。哦,明年听着我们伟大的女歌唱家之一的歌声(我看她是日本人)紧靠卢克索神庙的清晰可辨的男性生殖器像前进,妙哉! 在那个热情的夜晚,在多彩绚烂的烟花绽放之后,她将开始吟唱这纯粹的一段诗歌,这就是关于攻占巴士底狱的秘密教诲,针对法国大革命的那些温泉浴室的精神分析中弗洛伊德学派的秘密庆祝,投票表决世界自由的法国激进行为的精髓:

> 世俗之爱,疯狂的酒神节,
> 我们将不会忘记您的温柔!
> 快感,珍爱的快感,
> 瓦解你的侵略者们!(重复)

落幕。

1989 年

居伊·德波所认为的战争

我们发现商品的力量和气焰从未如此之盛又从未如此羸弱过。华尔街的一次动荡预示着潜在的崩溃的大骚乱（就如媒体勇敢公布的那样："一小时蒸发两千亿美元"）。之所以没有发生最终的金融崩溃，那是因为它大概经常如此并且没有底线。在这股越来越虚拟，把金钱驱使得像很具能力的幽灵般的漩涡之中，这是一本怎样的书呢？对于从法兰克福书展归来的某人而言，那些印刷出来的句子又如何？在书展上，在自动扶梯和一刻不停的自动装置领域里，三十来个人一边谈论着已故的或多多少少都处在监控之下的作家们，一边一掷千金互相炫富。在官方的和相似的那些激烈风潮之下，这又是怎样的一番景象？最好不要思考这些，向前逃跑万岁。但是我还是想谈论一本没有人会或几乎不会谈到的书；它和爱伦坡的那封失窃的信件一样明明白白都具有破坏性和不可见性；它道出了无人愿意接受的真理，这是在对于交易的极大幻想中的讽刺。如果您想在这个时代的艰难时刻中继续做梦或奔跑，那么尤其不要读这本书。就像一位天才的哲学家（最好以后都不要提到他的名字）说过的那样："交易的过程已经与潜在的任何用途一体化，并且已经按其意志征服了它。"而今天德波说："这是第一次，同样的这些东西已经成为所有我们所做的和所说的主宰。"

有些居伊·德波的爱好者深信这位法国作家绝对是当今最具创新性、最激进的思想家。若要描写他的那些秘密活动，那就要写上许多页了。耶路撒冷有一个读者，斯德哥尔摩有另一个读者，还有一个在悉尼，两名在巴黎，其他地方还有五六个，这就绰绰有余了。因此，让我们把国际情景主义和关于《景观社会》的那些著名论题放在一边。这些论题在 1988 年的《评论》中有所修改和深化①。现在这就是那本《赞歌集》②，关于某人回忆录的第一卷，这个人曾被明确认为专心于革命性批评的客观性。但是说到底，这个德波是何方人士？您认

---

① 居伊·德波，《关于景观社会的评论》（*Commentaires sur la Société du Spectacle*），齐拉德·雷伯维希出版社，1988 年；伽利玛出版社，1992 年。

② 居伊·德波，《赞歌集》（Panégyrique），齐拉德·雷伯维希出版社；1989 年，伽利玛出版社，1993 年。

识吗？我们能够在何处与他相逢？采访到他？拍到他的照片？摄制他的电影？他是如何生活的？谁付薪给他？为什么他的出版社没有把他那些书寄给记者们？他把自己看作是谁？为什么他鄙视我们？他不狂妄自大吗？不是患妄想狂的人吗？他是用钢铁般的沉默来反对我们吗？让我们对此保持沉默吧。我们不应该说一个个体从我们的历史终结的监视下逃脱了。因为历史就是结束的，不是吗？民主的奇迹就是永恒的吗？我们的财务情况是 24 小时处于警戒状态吗？我们的传真机也是？

居伊·德波：作家，战略思想家和法国冒险家，1931 年出生在巴黎一个受危机影响而破产的资产阶级家庭。自二十岁起便是虚无主义者。与在"五月风暴"中扮演过决定性角色的那些人相反，他一点都没否认过他的思想观点、他的行为、他的作风。他生活在一片漆黑之中，这足以使他成为一个性格鲜明的榜样。他没有接受过任何荣誉。他似乎不会被收买。他曾经敢于说这句令人难以置信的话："我周围已经都是些源自于他们自己并且已经非常善于让别人接受他们自己的人。"他最喜欢的作家：修昔底德、马基雅维利、雷兹，葛拉西安（Gracián），洛特雷阿蒙。他对 20 世纪不感兴趣，对 21 世纪似乎也无所期待。他不由自主地掀起了若干有趣的激情，尤其对战争的艺术十分感兴趣，他将之视同为写作的艺术。他毫无顾忌地承认自己过度沉迷于酒精和酩酊大醉("这是一种绝妙且了不起的安宁,是对时间片段的真正爱好")。他对弗朗索瓦·维庸①的谈论令人钦佩。他在意大利和西班牙都曾有过许多生活经历,并且在奥弗涅的一座偏远的宅子里也居住生活过(有某些景物的描写,数页文选)。他描绘过一些思维敏捷的女性。他更偏爱波尔多、勃艮第葡萄酒,这是值得商榷的选择。他冷静地预见到了一些难以置信的灾难。他认为奴役比起任何时候都是自愿的,并且以一种从容洒脱的口吻对此进行了论证。他叫人再版了几本最重要的书籍。他明确提出了他肯定运用在自己个人生活中的一条游戏理论。他是没有彼世的赌徒。他是历史知识的狂热信徒,带着理性和民主,但他又混淆了历史知识。就在上述民主上演它那蔚为壮观的压轴大戏之时,他在我们面前对这个民主的结局作出预断。他认为今后弄虚作假将是普遍化的。一种假装的冷漠强调了极端的敏感性。他打了十场败仗,但没有输掉这场战争。超古典风格是被需要的,就好像法语必须马上变成一种废弃的语言。非常易于阅读,但非常难于理解。他曾被许多警察盘问过。他对"专业人员"一词满不在乎,但是却写过:"我曾

①　弗朗索瓦·维庸(François Villon, 1431—1463),中世纪末法国最著名的诗人。——译注

经是一名很棒的专业人员。但是是关于什么的呢？在一个应受指责的世界眼里，这将成为我的秘密。"他没有出现在任何一本词典里、任何一张报纸上，从来不曾上过电视。这是演讲时代的一个例子："思想从四面八方兜转圈子，绕了好大一圈又回到它自己这里。所有的革命都进入历史长河之中，而历史长河不会因此而满溢；革命的洪流从哪里来，又回哪里去，仍将滚滚流淌。"非常简洁精确：我花八十法郎买了这本九十二页的书，我马上就在街头阅读了起来，对于任何其他在世的作家而言，这是不可想像的行为。因此，这就是我对虚幻市场里的那些阴谋家们的忠告：可预见的无法控制的暴涨——这并非必然是身后事。

1989 年

文学与它的鉴赏家们

　　社会机制学的专家学者们一直以来都抱有一种挥散不去的念头:文学带来伤风败俗。该怎么办? 彻夜未眠。关于这个剧本,我们做的研究将永远不够,这个结论在 19 世纪中期的巴黎已经形成①。到了我们这一代,这幅画面有所改变,以下差不多就是所展示的样子:一名不可思议的、文雅讲究的女子,非常像广告中的人物那样,十分优雅,却令人感到不安:她突然在晚间新闻的时候全身赤裸地进入电视的舞台,犹如恶魔又令人向往,只头戴一顶恶之花的花冠。她的名字? 爱玛·包法利。她立刻开始用一种温暖的嗓音朗诵这类句子:

　　① 伊万·勒克莱尔,《书写的罪行:19 世纪处于诉讼中的文学》(*Crimes écrits. La littérature en procès au XIXe Siècle*),普隆出版社,1991 年。

"从他的鼻孔呼出的温热的气息侵入她那一头又长又密的秀发,在这样的呼吸下,她感到自己在微微发抖。"接着:"她粗暴地脱掉衣服,撤掉紧身胸衣的那根细细的束带,它绕着胯部唑唑作响,就像一条蜿蜒滑行的游蛇。"又或者:"双脚追赶的羽毛球下,你那高贵的双腿,/勾起并且刺激着那些阴暗的欲望,/就像两个女巫/让邪恶的春药在一只深邃的花瓶里打转。"这里,由于这些文字,烦躁不安变得不可忍受。一个敏感的人以从前我们称之为"美德"和"公共道德"的名义,起来提出异议,予以谴责(从此,他的措词成为"女性、被压迫者们、性别和宗教少数派的尊严")。这个人名叫皮纳尔,1857 年的公诉人。受到警告之后,爱玛·包法利重获自由。那些最具毒害性的恶之花得以被控制住。秩序得以重建。但是,唉,这并没有持续多久。

针对波德莱尔的判决就在 1949 年尴尬地遭到过撤销。那些"受到谴责的诗篇"始终没有出现在得到龚古尔学院赞助的 1984 年出版的版本中。福楼拜的小说仍然是一个如此难解之谜,以至于萨特倾其相当大的一部分生命岁月来进行破译。西蒙娜·德·波伏娃的那句引人发笑的话"是否应该烧了萨德?"(我们感觉到萨德的阴影笼罩在那个时代的所有法庭之上),在否认的前提下,在空想中始终都是积极的。这些事情,我们永远不会知道得太多。我们认为这些事件都已了结,得到了学术上的一致意见,但是没有比这更虚幻的了。皮纳尔,和审核一样,是永远存在的。他只是换了套衣服,仅此而已。左拉:"啊,永恒的喜剧!能说的不能写。对于我们的糟粕采取回避态度!这句话是说给人性的……请您付诸行动,但不要书写。"福楼拜:"风格,自我的艺术,对于政府总是显得具有反抗性,对于资产阶级总是显得不道德。"波德莱尔:"必然,有一些人鼓吹资产阶级道德,另一些人则是宣扬社会主义道德。因此,这只是个宣传的问题。"永恒的喜剧?当然。只需关心情节、角色、背景的变化就够了。规则并没有发生动摇,但是它在进步,在学习,它并不坚持重复那些最显著的不合时宜的话。今天,皮纳尔变成什么样子了呢?他在一个多世纪里变得无能为力,只有挨打的份儿,受到嘲笑奚落,只能接受公共的伤风败俗四处蔓延和道德品行分崩离析这个现实,他在反复考虑报复之事。因为一些表面看上去自相矛盾的原因,他已经在美国和伊朗拥有了一些狂热的拥护者。例如,《包法利夫人》和《恶之花》不再污染校园。纯粹又恶魔般的皮纳尔!我们曾在柴房、封印的文书、监狱、断头台、避难所的后面,还有在那些检举告发的记者们、邪恶警察和革命警察们的身后,在法庭、营地、各种告密者们、秘密组织系统后面看到过他。但是现在呢?在我们这样辉煌灿烂的全球民主中,他将作何表现?他已经决定采取果断措施。他的周期性耻辱应该结束了。诉讼案呢？福楼拜和波德莱尔，这些心术不正者们已经从中获取了太多的广告效应。不，应该要做的是，保持缄默，与其周旋到底。皮纳尔将任由伊斯兰教处理他与鲁西迪①之间的恩恩怨怨。他，就是皮纳尔，一个重实效，现代的生意人。他饶有兴趣地紧跟文盲的上升状态，小说始终都是危险的，尤其当它们被撰写得很好的时候。他还有一个很大的发现：伤风败俗的不是性，而是形式。文笔，这才是敌人！福楼拜说："我比任何时候都笃信对于文风的那种无意识的仇恨。当我们撰写舒畅之时，我们就有两个自我的敌人：

1）公众，因为文风迫使他们思考，使他们必须发生变化；以及 2）政府，因为它在我们身上感觉到了一种力量，并且一个政权不喜欢另一个政权。政府更迭没有用，君主制，帝国制，共和制，都没什么了不起！传统美学并没有发生改变。"

因此，皮纳尔将只会天真地说，马奈的《奥林匹亚》是一桩赤裸的丑闻。他将宁愿提出这只是众多画作中的一幅而已，甚至可能并没有像人们说得那么好。皮纳尔只会厉声道，X或 Y 都是些色情作品作者，必须对他们加以禁止；他将冷冷地宣告："不会再有伟大的作家。"你们是否理解他这样引发的

---

① 萨尔曼·鲁西迪（Salman Rushdie, 1947—），《撒旦诗篇》的作者。——译注

那种一致的缓和呢？是的，是的，只有文笔是有罪的。这非常容易发现。作家的坚韧态度有可能会使他扰乱利益的重要道德观念，因而作家自然而然将受到小心谨慎地审查。这位曾祖父皮纳尔和他的那些幻影们一起消失了！一种崭新的集体的假正经得到解放和充分发展，它在法兰克福的书展上迎接你们。**皮纳尔**国际集团，它所有活跃的女主人都叫做斯嘉丽，它在彼世祝波德莱尔和福楼拜先生们万事如意。

永恒的圣伯夫

为圣伯夫辩护的圣伯夫①选集再版之前,当代人对他的
第一印象也许充满厌恶:毕竟,普鲁斯特将这位文学评论界的
主保圣人称作"老糊涂"、"老流氓",甚至为他写了一整本书。
然而,普鲁斯特也许只是自欺或夸大其词。他似乎急于以一
种挑衅的方式表现自己,更准确地说,他想要说服他的母亲普
鲁斯特夫人(《驳圣伯夫》一书的主题),因为她仰慕着圣伯夫
这位持成稳重的伟大智者。普鲁斯特夫人怀疑,她称其为
"狼"的小马塞尔,她的"笨蛋"、"小傻瓜"会在成为一名革新

---

① 圣伯夫,《文学的生命》(*La Vie des lettres*),赫尔曼(Hermann)出版社,
"知识"选集。选集由皮埃尔·贝雷斯介绍和编著,共四卷:《中世纪和文艺复
兴》(*Moyen Age et Renaissance*),《凡尔赛世纪》(*Le Siècle de Versailles*),《启蒙运
动和沙龙》(*Les Lumières et les salons*),《进步的世纪》(*Le Siècle du progrès*)。

的、疯狂的天才之前退缩,他会拥有像巴尔扎克(令她皱眉)、司汤达(曾犯下对自己家庭说出残酷言论的错误)、波德莱尔(她并不全然喜爱)一样的魄力吗？是的,正是如此:对普鲁斯特而言,圣伯夫是一个像父亲一样既被尊敬又被憎恨的人,这个人影响着他的母亲;他是报纸(从前的《立宪报》和现今的《费加罗报》)上的权威意见;他与那个时代世俗宗教中的泰纳(Taine)和勒南(Renan)不分高下。总之,我们当场捉住了普鲁斯特恋母情结的现行。另外,为这四卷书作序的那位一丝不苟的作者也暗示了这一点:"卓越的作家"普鲁斯特丧失了保持缄默的良机。似乎为了使我们心软,这位作序者同时也立即指明,受人唾弃的圣伯夫"尿道下裂",即"阴茎先天性缺陷"。这位伟大评论家的小说《快感》(*Volupté*)中的"某个片段的其中三行被暂停印刷,来掩盖人体构造的细节"。更为夸张的荒谬观点是:大部分文学评论家都是具有"尿道下裂"倾向的平庸小说家。这个非常激动人心疑问应当被提出。

然而,圣伯夫并没有如此糟糕,反而异常出色。在某段时期,人们蒙昧无知,文学的教育到达遗忘的深渊。人们抱怨为何不进行文学阅读推荐。圣伯夫是一位好老师,虽然他常常表现得平庸,却从不令人生厌;他的文章明白易懂、分类准确;他撰写并提供信息、具备勇气(例如 1833 年,他写的关于卡萨诺瓦的那篇文章冒犯了圣文森特德保罗兄弟会的创始人)。

他随时随地表现出的癖好便是对这些伟大作家进行道德评判。现实便是：大量权威性报刊评论涌现出来。蒙田对"暗喻总会复វ"拥有惊人的看法？是的，但他缺乏热忱。拉伯雷是一位"无与伦比的嘲讽者"？大概是吧，但他应避免在女士们面前大声朗读他的作品，因为这将迫使这些女士穿过"一个堆满污泥和垃圾的大广场"。维庸具备令人愉悦的好品质？的确如此，但他却常常是放荡的、局促不安的、晦涩的，顶多只能算是粪便中的几颗珍珠。"他的玩笑只会让我们反胃。"文学的这些社会教化作用历来是文学批评的切入点（无论是右派还是左派的评论都是如此），尤其是这种教化作用在巴尔扎克作品中，仿佛巧合般地在女性主题上爆发了。《婚姻生理学》的作者巴尔扎克"猥亵且无视道德"。他"怪异、饮酒纵乐、热爱亚洲"，过分热衷肉体和解剖学。他的力量或许是一种错误的力量，一种低级的暴露癖。巴尔扎克会塑造一位"与缪斯姘居"的艺术家？圣伯夫，这位阿黛勒·雨果的理想情人，随即指责巴尔扎克：一位缪斯首先应是"贞洁朴素的"。巴尔扎克在人物刻画上并不缺乏才华，但他的作品中"却泛滥着不洁的液汁"。这是一种"可怕的混杂"。乔治·桑的作品更佳。至于梅里美，他则更有分寸。

对于夏多布里昂也有同样的指责。夏多布里昂对待他所爱的女人过于轻率，"他不具备激情的健康以及将单纯、善良和坦诚带入爱情的强大品质"。那福楼拜呢?"他颇有风度,甚至过于有风度了。""过于"一词是圣伯夫评论中的重要术语。文学道德对露骨的"淫秽"细节持怀疑态度。《包法利夫人》无疑是成功的,但作品"却过于缺乏美德"(圣伯夫认识一位生活在外省的年轻女子,她已婚仍未生子,却已领养了好几个孩子)。什么是真正的作家? 真正的作家是像雨果和勒南这样,"……纯粹、庄重、高尚、大公无私、有节制、高雅、总是尊重别人"的人。可惜,司汤达不是这样的人,他太爱讽刺。"他显而易见的讥讽构建了一堵舷墙,正好拦住美好的品质,并同时毁坏了他的才能。"此外,司汤达并不是一位"宽容、多产的"小说家,他的智慧束缚了他,他笔下的人物全是些"自动木偶"。当他谈及爱情时,也总是做得太过。对司汤达式的爱情-激情感到厌烦的圣伯夫而言,这是颂扬"一种留有些许理智的爱情,在这种爱情里,社会并没有被完全抛弃,责任也不因爱情的盲目而被牺牲和无视"的机会。文学的目的是社会性的,社会是一种责任。圣伯夫相信历史终结时:已经出现了博絮埃、莫里哀、拉封丹、塞维涅、圣西蒙、狄德罗(圣伯夫在谈论他们时,认为他们非常优秀),但现在都已经过去了,所有人都安静下来。最理想的便是 18 世纪的沙龙:在沙龙上,圣伯夫十分活跃,他表现自己,化身成德芳侯爵夫人(Mme du Deffand)、莎特蕾夫人(Mme du Châtelet)、德毕内夫人、乔弗林夫人(Mme Geoffrin)、钟情于平庸的吉伯特先生(M. Guibert)的德莱斯碧那斯小姐(Mlle de Lespinasse)。圣伯夫是维尔迪兰沙龙的主角？实际上，普鲁斯特持"精神生活被无法对其给出任何自身观点的人错误利用"的态度对此作出了判断。在历史的末端，这些知识渊博的当选者无所不知，没有任何事情能让他们吃惊，也没有任何事情能比进一步加深对人间喜剧的了解更加重要。人们将"在小范围内"与自我相处，监督个人的经济和生活，实施行动以便将"过于肉体"的元素阻挡在外。一个单独的个体是如何仅从自己身上有所汲取，如何能创造所有一切，并扰乱这个圈子？普鲁斯特告诉我们，圣伯夫怀有善意地谈论了傻瓜的数量。这无关紧要，这是必要的友善(那些关于不出名作者的专栏文章并未被全部收入选集)。这就是他如何拒绝"一位亲切有礼、给人留下好印象、努力成名的男孩子"的文章。其实，这里指的便是波德莱尔。

色情的颂歌

色情曾经存在吗？存在于何地？存在于何时？以什么方式存在？存在于人间乐土？文艺复兴？法国的 18 世纪？不得不指出的是，它已经消失，或几乎已经消失。"色情"一词本身也已陈旧过时，只保留了理论上的模糊痕迹，如今看来，并无任何人再需要它了。在一切的"罪恶"中，它最鲜有、最遭人反对、最容易被制服。我们时代暴露的两大罪行，都指向贪婪和嫉妒。我们依靠什么来衡量当代的极端苦难：一方面是饥荒，另一方面是所面临的紧张局势。至于令人消沉的色情场景，正在努力地变成商品，谢谢。

这个词！我们最先听到的是 *lux*，光。但它的词源却是 *luxus*，即过剩、放荡、荣耀、奢侈、豪华。*Luxuria*：繁茂和极其丰富（用于谈论植物），热情（指动物）；通常情况下，则意指奢华、充沛。奇怪的是,当用在人身上时,词的涵义就变成了"骄奢淫逸和萎靡不振的生活"。为什么植物或动物的活力,在我们物种中就变成了枯燥无味的放荡? 如果存在一种原罪,正应这样解读。在"坏血(Mauvais sang)"中(《地狱一季》),兰波出人意料地将色情看作是"卓越的"。也许我们会记起(不,没有人能读懂兰波)就在那之后,他又说了这样一句令人印象深刻的话:"罪恶和去势者一样令人厌恶:我,我是贞洁的,对我而言无关紧要。"

如果色情存在,那它应不具有任何传统的缺陷。自大? 不,放荡只会培育节制。贪婪? 更不是,肉体的快感需要禁欲的清醒。懒惰? 不可能,行为需要持续的唤醒。吝啬? 人在消费中感到轻松。嫉妒? 丰富是由宽容来定义的("宽容也是有限度的")。易怒? 如果我们享受到喜悦,又怎会放任自己发怒。结论是:所有人生来便自大、贪婪、懒惰、吝啬、嫉妒、易怒,但几乎没有人天生淫荡。它是一种赠与,一种上帝的恩赐,但那些对它无能为力、怀有持续不断怨恨的人,在它表现出来时就立即将之妖魔化。这是经验中自相矛盾的真相,与我们想象中的相反,恶魔实际上是位虔诚的清教徒。而上帝(在《圣经》中有大量的例子)则非常喜欢藏身于色情之中。不断被人抛弃的神可能存在吗? 我相信是有的。当圣人保罗大声宣扬:"哪里充满罪恶,哪里就有更多恩赐",如果他说的不是色情(*luxuria*),那他说的又是什么? 此外,让人软弱无力的基督教(事实上是天主教)将永恒地建立在坚持的、着魔的、曲折的忠告之上,请您去看看是否会发现这点。《最丰富多样的上帝》(*Munificentissimus Deus*),这份史上最疯狂的教皇谕旨,是关于圣母升天的。路西法要表达的并不是"我不会服务!",而是(请核实)"我不愉悦!","我无法达到性高潮"。禁欲主义的破坏程度之表现请看《圣安东尼的诱惑》(*La Tentation de saint Antoine*) ①。多么壮观的淫逸! 这幅画完美地反映了现实! 它使虚伪的节制者恐慌,这种粪土般的节制! 它使魔鬼倾巢而出,将它们赶至假装虔诚的鬼怪中! 有时,少数光鲜的阴险者,或懂得写作的贪婪者会像萨德那样写道:"幸运,万分幸运的是,这些淫欲、激烈的想象在快感的预感中总是具有意义。"

随着时间的推移,我越来越清楚地了解到我经历和写作的一切只不过是出于色情的目的,它是各种烦恼和(宗教)永罚的根源,教权主义和世俗化也同样源于此。道德的贬责可以带上一千种面具,甚至披上高深莫测的伪外衣,而本质上却是罪恶中的罪恶。令人难以忍受的道德正是如此。因此,大

----

① 《圣安东尼的诱惑》由希罗尼穆师·博斯(Hieronymus Bosch)创作于1485—1505年,画了满幅离奇古怪的各种动物、人物、半人半兽的怪物,借以影射天主教会、教士的虚伪。——译注

部分作家都卑劣、怯弱、令人厌倦、拘束、不自在、迟钝、异国情调、怀旧、狭隘、顺从、软弱！糟糕的小说堆满货架！一本没有色情的小说不堪卒读，**色情即是小说**。弗洛伊德认为所有人都幻想色情，他是另一位哥白尼。每天夜里，人们都在幻想色情，却无法得到。罪恶！遗憾！色情同时也是行动、默想、沉思、繁多、形形色色、相对性、空间和时间的实践课，语言的赠与，发明和神经颤动的数学，战胜死亡和大批歇斯底里的哭丧妇的不断胜利。简而言之，爵士乐是一场极大的赌博。超现实主义者止步于这个界线：那里是神秘主义的屏障和葡萄树的诗意叶子。有没有颂扬色情、具有说服力的油画？毕加索生命末期的任何一幅作品都是。也许，您更喜欢德拉克罗瓦，他的《沙尔丹那帕勒之死》(*La Mort de Sardanapale*)。摘自尼采热议时事的《道德的谱系》中的一小段："如果人类的病态是如此正常——是无可争辩的——我们应该对灵魂和肉体的罕见力量、人类的*幸福瞬间*给予更高的评价，并更加严格地保护那些战胜恶劣环境和疾病的生命。我们这样做了吗？

做了吗？

没有。"

神秘的伏尔泰

您很沮丧，您发现一个混乱的、群生的、堕落的、谋利的、卑劣的、枯燥乏味的、一无是处的、荒谬的时代，您想了解清楚。您去了图书馆，挑选了"七星文库"的书。您带走伏尔泰共十三册的《书信集》①，和一册《故事集》。您还加上了一本拉伯雷、一本蒙田、一本雷兹大主教、一本帕斯卡、一本拉布吕耶尔、一本拉封丹、两本莫里哀、一本博絮埃、三本塞维涅、两本孟德斯鸠、八本圣西蒙、一本狄德罗、一本萨德、两本夏多布里昂、两本司汤达、四本普鲁斯特、四本塞利纳，一共五十册书。什么？全是法国作家？您难道不是反动的、具有民族认

---

① 伏尔泰《书信集》，伽利玛出版社，"七星文库"丛书，最后一册于1993年出版。

同感的可疑分子？您不知该如何反驳。您花足够的时间来阅读，极少花时间在换台看电视上，您不断地阅读。接着，您痊愈了：治疗非常严格，而现在，法国在您的眼里仿佛变成一块被人忽视的乐土。您完全康复了，思维变得灵活，不再有烦恼，亦不再疑惑。流言、庸俗、愚蠢都不能让您为之动容。这一切都是为了在各个阶层的最坏中寻求最好。

　　说到伏尔泰，尽管您已经听过许许多多关于他的老生常谈，但您仍会对这位拥有良好品行的人感到惊讶。他没有一丝皱纹、充满源源不断的活力。在他《书信集》的第十三卷，也就是最后一卷中，您查阅了人名索引表，有大约四万个名字。这是一部多么伟大作品！展现了多么生机勃勃的社会背景！简直是一部人间喜剧！(瞧，也许您也会把一打巴尔扎克的作品带回家)！多么讥讽、诡诈、奇怪的人生！着魔般的文体课！如果您的国家在形式上消失了，您至少可以顽强地生存在这个国家的语言中，语言本身便是存在于时光中的一个富饶国家，一块永不消失的大陆。有多少阴谋不为您所知！每天您会面对多少谎言！马拉美说得好：一旦去掉不堪卒读的悲剧，伏尔泰的信件和故事应被放入"法国书籍圣洁的圣体柜"。圣体柜？这是个什么词！但马拉美又说："这类时评中的简洁、不拘束或平等，就像另一个世纪，颁布与动产相关通谕的圣恩，又如海顿的和弦……简单扼要的游戏(带着圣迹，不是吗?),弦动箭发,射向理想中的名字——伏尔泰。""圣体柜"?
"圣迹"?并不需执着于此。

19世纪(也包含20世纪!)肯定令人失望,造成极大损
害、病态并令人厌恶,才让马拉美向往伏尔泰!但马拉美并不
是唯一一个渴望伏尔泰的人。1878年,尼采将《人性,太人
性》(*Humain , trop humain*)献给"最伟大的精神解放者之一"。
他在《瞧!这个人》一书中更加清楚、更加激烈地反对瓦格纳
和周围泛日耳曼主义的虔诚:"伏尔泰与他之后的所有作家不
同,他首先是一位伟大的智者,当然我也是一位智者。伏尔泰
这个名字出现在我的其中一部作品中,对于我而言,确实是一
个进步……"

为什么这两位引人注目的特立独行者会对伏尔泰抱有如
此的热爱和怀念? 是否有过那么一段时期,欧洲是属于法国
的? 最晚意识到这一点的是当今的法国人? 真是有趣的历
史。法国人? 一些**外国佬**,伏尔泰说,他们是自命不凡、冷漠
轻浮的无知者,他们蔑视文学、目光短浅、自私自利、醉心迷
信。我们可能会担忧这一外国佬民族阵线中最糟糕的状况。
但不论如何,一个法国作家并没有什么值得同胞期待的优点,
他们有的只是一些诡计、恶意或是诽谤。在文学界中,处于支
配地位的是"大量的、下等的作家无赖"。最好能够习惯这一
点,就是如此。

形形色色的通信者,多种多样的口吻,对自我和收信人的敏锐意识,关联性和处境的艺术,设陷的自我嘲讽,伪装的谦虚,话语的直接性,行为的灵活性:伏尔泰的每封信,即使是那些最实用的信件都是一种本能的愉悦。这是一种自我的形态,一种简练的外壳,它来自于前所未有的谈话传统。勒内·波莫(René Pomeau)撰写的那本令人赞叹的伏尔泰传记谈道:"那些乐于拥有潮湿灵魂的人不会喜爱这种干巴巴的热烈。"伤感主义和残酷的犬儒主义占据了主流?伏尔泰完全相反:伪装的乏味,隐藏的同情心。在所有领域中,谎言和无耻都是他的劲敌,它们并无其他,只是惰性、停滞、迟缓、冷漠、空洞无物的夸张、过分虔诚的灵魂。他想要"给予他的灵魂所有可能的形式"。他明白"世界上有许多不值得与之交谈的唯命是从者"。他必然会对停滞不前的基督教发起激烈论战?很可能如此,但勒南的怀疑是有道理的。他说,我相信天主教和伏尔泰之间不再情投意合。最后,卢梭同样认为未来应当属于自由新教,它通过赫尔德或费希特在德国得以"神奇地诞生"。勒南或尼采?康德或伏尔泰?我们猜测这是后续的关键所在。实际上,我们一直都围绕着这一点。

让我们一起来看看伏尔泰生命中的最后两年,1777 年和 1778 年。显而易见的是,他清醒、悲观、始终明确他的实际存在。在给孔多塞的信中,他写道:"我在精神上和实际中都喜爱您并尊重您,我将死去,但并没有太大的坏处。"对达朗贝尔,他说:"形形色色的江湖医生总是在叫卖他们的药方,少数的智者对此嗤之以鼻,精明的骗子发迹了,人们时不时地烧死守不住秘密的布道士,世界按照自己的轨迹向前;但我亲爱的哲学家,请保留对我的友谊。"如何能在读到这样的话时不会目瞪口呆?"很长时间以来,我都差点从动物界步入植物界。我虚弱衰老的躯体很快就将滋养我墓地上长出的青草。"又或是,在他去世前的几天(写给达朗贝尔):"我想奔赴法兰西学院。两种残酷的疾病使我无法动弹。我将这一字一句写成的八十封信托付给您和我敬爱的同行了。"

无声望的古典作家:伊西多尔·杜卡斯

没有一如既往地以洛特雷阿蒙[①]和《马尔多罗之歌》之名进行更正补编,而将作者署名为伊西多尔·杜卡斯[②]的《诗集》原封不动地重新出版,这真是一个非常棒的主意! 多么美好而邪恶的念头,多么有力的明证——实际上没有任何人对此感兴趣! 您知道那位法国最伟大的思想家和作家之一,伊西多尔·杜卡斯吗? 他是谁? 请您再说一遍他的名字?

我们可以认为,并能证明,这本纯逻辑的书仅秘密地为每个世纪中六或(至多)七个人而写:"定理是对其本质的嘲笑。这并无不妥。"那么,我要向谁推荐这部神圣、平静、激烈、枯

---

① 洛特雷阿蒙(Lautréamont)是伊西多尔·杜卡斯(Isidore Ducasse)的笔名。——译注

② 伊西多尔·杜卡斯,《诗集》,特里斯坦出版社,1989 年。

燥、丰富、可笑、坚定、呼啸、结构紧凑、拐弯抹角、简练、光明、阴郁的文集？因为它显然看上去晦涩难懂。我才刚刚决定要谈论它，却一下子不知该如何措辞。我意识到自己已对它了熟于心，它在我身上产生了影响，或更确切地说，我对它发生作用。正如修辞学那样，符合广义相对论的原则。即使看上去并非如此，我依然每天用勇气来代替伤感，用确信代替怀疑，用希望代替绝望，用善意代替恶意，用义务代替抱怨，用信任代替怀疑，用冷静代替诡辩，用谦虚代替傲慢。我不断排斥颓丧潮湿的诗歌，这些诗歌到处都是，类似腐烂物。难道我没有千万次徒然地重复提到，趣味是能概括所有其他素质的基本素质；它是最好的智慧？最大的误解源自这样一个事实，如果我是不幸的，我不会将它告诉读者，我会将不幸留给自己。即使不幸加重，我仍有权选择去赞扬金色竖琴的美丽。但谁会意识到这点？谁会公正地看待我？有谁认识到，对我而言，才华确保着心的运作？

　　我刚刚做了杜卡斯叮嘱我做的事情：在言语上，以第一人称故意剽切他。浪漫主义的整体枯竭，全部神经官能近似死亡，在他探查（例如尼采，他常常用他来作诗）愤懑的巨大弊病及其虚化的诗化，精神思辨的虚浮，形而上学的高谈阔论或伪历史的长篇大论中，他如是说。这是一位被各种魔鬼附身的行家，他投敌行善，这种善只能通过恶来获取；这是一位变节的、粗鲁的学者,他隐藏欲望的理性被疯狂战胜。颠覆、改变方向、突然转变、发展——无论什么建议都能并入更为深刻、更为有效的简要推理中。想象一下您能支配的、最高负荷的人类记忆(《圣经》、民族智慧);您选择、更正、确认,您否定、困扰、跃进。我们研究了杜卡斯作品中涉及的人,主要是帕斯卡。他的《诗集》便是根据帕斯卡的《思想录》构思而成的。要找出这两部作品之间的关联十分简单,只需配备一台电脑就能做到。我们取浓缩语句的最大值,并在其上加诸假设。例如,"如果埃及艳后道德更加败坏,世界的面貌或许将会改变。她的鼻子或许不会变得这么长。"又或者,"全世界的人什么都不了解:人类最多只是根思考的芦苇。"

　　运用是最为严肃的,因为正是运用的过程消灭了严肃精神。人们将法律和权力以其本来面貌运用于所有领域,使法律和权力具备否定它们自身的力量。从本质上而言,严肃精神是可以由支配者和被支配者共同分享的,他们都尊重痛苦、不幸以及反方向探索,并从中汲取营养。法律陈述并检举,抗议被提出,两者邪恶地在伪善上达成一致。于是,单纯的诉讼事件在杜卡斯看来常常是"反动的"(同样的偏见让人们下意识地认为萨德和尼采是"纳粹")。一位可怕的独裁者,也许是某位希特勒、某位斯大林,他写道:"以他自己的名义,尽管不情愿,却必须为之,我带着难以抑制的意愿和铁一般的固执,

485

否认可悲的人类的丑陋过往"？或者**相反**，尽管不愿意听，但仍会有人教我们对冷酷的镇压放弃嘲讽？一位警察可笑地罗列着自己将要制止的事物："那些可疑并令人厌恶的梦游者、痉挛性的肺病患者、性欲旺盛者、贫血病患、独眼龙、两性人、私生子、白化病患者、鸡奸者，两栖怪人和蓄胡子的女人"。他难道不是一位偏执狂患者？又或者，**相反地**，觉醒的精神会同时使权力和想要取代该权力的、显而易见的敌人陷入疯癫、名誉扫地？这也许是一位恶意攻击卢梭式温情主义的狂热唯理主义者？又或是一位通过展示狭隘的理性和愚蠢的多愁善感之间的对称性，从而释放被压抑了文学活力的灵巧的外科医生？在这儿他似乎想要表达，决定性的隔阂、浅显阅读的宗教罪孽将无止境地引起宗教纠缠（"宗教是怀疑的产物"）。他关于伟大且始终永生的人类荣耀的箴言似乎是最大的嘲讽，尽管如此，这些箴言中仍存在着完满的幸福。此后，谁还想要幸福？唯有傻子才是幸福的，并向我们灌输着愚蠢的强烈欲念；欲望、力量、嫉妒。当斯宾诺莎第一个被恭敬地列入杜卡斯的哲学家名单中时，需要感到吃惊吗？"上帝以一种无限理智的感情来爱自己"。那么，如今重新去布讲福音！确保完全的冷漠。是的，显然，未来的冬天将会严酷，但为了眼下这些阅读爱好者，为以防万一我会提醒他们应继续阅读袖珍书籍：斯宾诺莎的《伦理学》，拉罗什富科的《箴言集》（"与美德相反的是软弱而非罪行"),尼采的《快乐的知识》,最后便是伊西多尔·杜卡斯的《诗集》,这位二十四岁的年轻人,在 1870 年巴黎公社期间,完全不为人所知地死去;1920 年被超现实主义者们重新发现;尽管那之后为了做做样子,我提醒过读者几次关注这位作家,但他似乎又重新陷入被遗忘的状态。

生活中的萨德

　　1772 年,32 岁的萨德侯爵就是这样出现在"马赛事件"的见证者们面前,他被首次判处死刑,但缺席执行,因为他逃跑了。"中等身材,金色头发,外形漂亮,脸蛋丰满,他身着蓝色衬里的灰色礼服,金盏花色丝质上衣和短裤,头戴有翎毛的帽子,身侧佩剑,手持金圆头手杖。"总之,他对此驾轻就熟。他对自己和他人的身体有着狂热的爱好;他对肉体的愉悦进行了前所未有地描写,他的描绘是所有书中最为执着的。但让我们先来聊聊警察局长杜布瓦,三十五年后,也就是 1807 年,在他下令焚毁这位关在沙朗东监狱、发福的老囚犯写成的《弗洛贝尔的日子,或被揭露的本性》(*Journées de Florbelle ou la Nature dévoilée*)的十余卷手稿前,他有幸读到了它们,说:"即使用最骇人听闻的形容词都不足以形容这本地狱的产物。"然而,这个写作怪物却出身于法国最古老的家族之一,这个家族里诞生了劳拉(Laure),她是彼特拉克的"缪斯女神";他家族的纹章是这样的,"直纹的红底上分布着八颗金色的星星,上面拖起一只展翼的黑色雄鹰,它四肢健壮、口中叼着食物、脚爪锋利、戴着皇冠。"由此可知,至少他被完全改变了。

我们以为通过自动且抽象的、被吓坏或隐约狂热的反应,便能了解萨德的一切,但时间会证明,确切的发现会越积越多,历史会瓦解那些幻觉,使他的形象变得越来越清晰,又越来越神秘。之前,我们对他的父亲让·巴蒂斯特一无所知。他是文学爱好者,路易十五时期坚定的自由思想者。他与孟德斯鸠一起在伦敦被接纳为共济会会员。他在私通和多角恋中复苏,他爱他的儿子,他的儿子也爱他。萨德呢?他是恋母情结的激进反对者:"我们只继承了父亲的血统,一切都与母亲毫无关系。"尤其在今天看来,这种宣告是否更加骇人听闻?这是一个处于自然之外、社会之外、无法被理解的人。他由他父亲的情人们抚养长大,拿迪安·阿尔风斯·法兰高斯·迪·萨德出现在这些活泼风趣的女人们面前,像个"奇特的孩子"。"那个可笑的孩子!"——他的岳母蒙特勒伊院长夫人脱口而出的话,她以家庭的名义狠狠地虐待他,并变得越来越母权且粗俗,仿佛这便是他们化学变化般的命运,彻头彻尾的。那位女议员是否暗暗地渴望着她的"小女婿"?看到她在一个男人面前炫耀力量时，我们不得不这样想，尽管这个男人放荡不羁，他却不仅仅让她的一个女儿爱上了他（她在给他的信中写道："我万分喜爱的男友"）并且得到了她另一位女儿的欢心，一位二十岁的修女，在一次去意大利的旅行中。他差一点害她从此无法结婚。与女演员的艳遇、妓院、侮辱宗教的残酷放荡、各种各样的堕落，即：一刻不停。而这两个女儿，她们是姐妹！什么样的母亲才能做出这样的决定？更过分的是这两个女儿是自愿且主动的。侯爵夫人在信中写道："最刺痛她（她的母亲，蒙特勒伊的夫人）的是当她意识到我的思想和言词是源于我自己，而非萨德先生。她原以为他让我像一只鹦鹉般学舌。"萨德先后被关在万森监狱和巴士底狱，他以从未有过、最令人惊异的精湛技艺给他的妻子写了充满诅咒、要求、抱怨，也充满幽默和温情的信件。他如何称呼她？"我的乳房"、"亲爱的斑鸠"、"我梦寐以求的放荡女人"、"我的精神刺激"。然而，她见证了多次卡斯特酒庄的狂饮："除了我丈夫的善良，没有任何事情将会使我改变，这是我唯一的目的。世界对于我而言，除此之外再无其他。"萨德自然而然地向她讲述了他主要的哲学："我尊重品味、幻想，尽管幻想有些怪异，我觉得它们非常值得尊敬，因为我们无法主宰它们，因为所有幻想中最独特、最奇怪的，经过细致的分析后总会上升为一条高尚的原理。如果你们愿意，我可以证明这条原理。您知道

490

没有人会像我一样分析事情。"以及,"造就了我的不幸的并不是我的思考方式,而是其他人的。"

在巴士底狱,萨德创作了《索多玛的一百二十天》,封印的信件变成封蜡的隐秘写作。萨德用文字揭露了所有政权的内幕和赌本。"在一切政体下都轻松自在",被新闻界和舆论剽窃、诽谤(也许实际上他根本没有犯罪。)他被监禁却从未得到审判,也许我们可以说,社会本身在其不可思议的虚伪和多变的外表下,一直暴虐地对待萨德。"除了毫无益处的暴行别无其他……为什么那些迫害我的人向我鼓吹一个他们都不仿效的上帝?"针对他的、可怕的不公正对待毫不掩饰地让我们明了公共协议中不正当交易的真相。

最重要的一点:再也不可能不切实际地、超现实地将萨德变成一个狂热的战士,一个极端的革命者。"没有什么比性高潮的平等、文化的蔑视和合法的'恐怖统治'更令他厌恶。"莫里斯·勒韦①明确地写道。萨德参与大革命的原因非常明晰,是为了不再表现得滑稽。因此,在斩断的脑袋深处的"爱国滑稽剧"是为了歌颂马拉和勒佩勒捷的亡灵。《一百二十天》的作者只能用邪恶并漠然的冷笑来宣告这种荒谬——当

---

① 莫里斯·勒韦尔(Maurice Lever, 1935—2006):法国著名历史学家,曾任法国国家科学研究中心主任,出版了《萨德大传》(*SADE/A BIOGRA-PHY*?)。——译注

然,他内心的一切都只属于他。"勒韦补充道。他被紧紧地卷入这些事件中了？他起诉、说出真相并补充说明了吗？很可能如此,但他最终仍然成为了嫌疑犯。他会告发蒙特勒伊一家,这些在旧体制下迫害他的人吗？"只要我说一句,他们就被粗暴地待我。我选择沉默:这就是我复仇的方式!"正因为想到萨德,罗伯斯庇尔才会用"贵族阶级"来攻击无神论并且试图建立神的崇拜(此外,这使我们得出,一切不是贵族的无神论都不是无神论)。以下就是一个绝对的难解之谜:如果说我们没有于热月①8号在皮克毕(Picpus)见到萨德,并根据富基埃-坦维尔(Fouquier-Tinville)的命令将他推上断头台,这仅仅是因为女演员康斯坦斯·凯内(Constance Quesnet)借钱买通,萨德亲昵地称她为"感性",她是他一位理想的长期帮凶(全是这些爱萨德的女人!)。当然,行贿戴着合乎道德的净化面具习以为常地进行:行贿只有在廉洁本身的掩盖下才能前所未有地良好运转,这让我们更好地理解了萨德侯爵的这句话:"监禁使我破产。"

院长夫人、罗伯斯庇尔、拿破仑,也许可以说,这也许就是时刻潜伏着的、三位一体的压抑。萨德将这些审查官员称为

---

① 热月即法兰西共和历的第 11 月,相当于公历 7 月 19 日至 8 月 18 日。——译注

"检查者、进行文本缩略的人、评论者和改革者"。看到他这位作为法国最伟大的作家之一的人写信给富歇①再一次要求"**释放或审判**",是多么嘲讽的事,有这样一个可怕的句子:"涉及我的、所有理性的法规都是不为人所知的。"根据阴险的巴拉斯所说,在沙朗东,萨德在精神错乱的剧场中就只是"人类中的畸形"。极端的畸形源于他创作了《瑞斯汀娜》和《于丽埃特》。尤其是,尽管无时无刻的监视、控告、欺压、搜查、"愚蠢、庸俗",却没有什么能摧毁他,因为他无休止地继续写作。对于他的欲望,他毫不让步。他抓住每一个快乐的机会,即使他抱怨(诉讼),我们也知道他是在自娱自乐。手稿被扣押和毁坏? 算了,它们仿佛存在于另一个现实中,存在于高墙和书页之外。在他生命的尾声,有两个人在沙朗东见过他。某个夜晚,他指挥着疯子们演出。那位记者回忆到:"一个歪着头的老头儿,眼里射出火一般的目光⋯⋯他好几次激情四射地对我说话,他的思想如此丰富,引起了我的好感"。另外一个人是一位年轻的女演员,巴黎新秀弗洛尔小姐说:"他拥有高贵的礼仪和丰富的智慧。"

---

① 约瑟夫·富歇(Joseph Fouché, 1759—1815):拿破仑一世时期警察部长。——译注

天才夏多布里昂

1961 年 4 月,莫里亚克在他的活页记事本上记录了西蒙娜·德·波伏娃在《时势的力量》一书中讲述的一则轶事:"在我们看来,夏多布里昂简朴的坟墓内部是如此可笑的华丽,以至于为了表示蔑视,萨特在上面撒了一泡尿。"莫里亚克继续写道:"在文学史上,萨特的这泡尿对于我以及对于瓦尔米(Valmy)炮击中的歌德同样意义非凡:这是一个即将开始的新纪元,一个朝名人的坟墓上吐痰和撒尿的时代"。

莫利亚克弄错了。恰恰相反,我们可以认为,从萨特的立场看来,在夏多布里昂的墓上撒尿也是一种敬意,虽然这样对待他所嫉妒的作家有些过分。在面对聪慧且高贵的同伴时,他表现出保卫自己领土的野心。包括克洛岱尔,几年前,他尸骨未寒便被打扰。幸好这种有失身份的做法并不经常发生。

截然相反的是,我们敬仰这些死去的作家,自愿地追念他们,并且我们已经知道如何阅读他们。雨果掀起浪潮,兰波汹涌而至,很快伏尔泰就将来到。无关紧要:影像、老生常谈、长篇大论,很快就是一下个。"历史结尾"或"包含着一切的一切,反之亦然"的文体,从此之后,我们的命运便乱七八糟。逝者可以宁静地安息:永存的只有他们的作品,而非他们的躯体,而为了刻不容缓的民主,我们负责以广告的形式将他们非现实化。

大量书籍名不副实,空洞无物,信息和宣传铺天盖地,但真正的记忆和思想却微乎其微,按部就班。这就是为什么一些仿佛黑夜中的信号一样的小书如今再一次变得如此必要。说到底,只需几句话,它们是唤醒沉睡的当代人的当头棒。这里有夏多布里昂所著,由让-保罗·克莱蒙①所编的《反思和格言》。此外,如果您被深深吸引,您可以去看再版的《政治大著作》,这部出版于 1814 年 3 月的不同寻常的作品是这样说的:"*为了法国以及欧洲的幸福,论波拿巴、波旁王朝以及归顺我们合法的君主的必要性*②。"您一定会感到惊喜。

---

① 夏多布里昂,《反思和格言》,法卢瓦出版社,1993 年,让-保罗·克莱蒙选编。

② 夏多布里昂,《政治大著作》,法国国家印刷局,"历史的参与者"文集,1993 年,其中两卷由让-保罗·克莱蒙编著。

没有任何一位重要的法国作家不为夏多布里昂着迷，整个 19 世纪都证明了这一点。然后呢？是普鲁斯特吗？这是显然的。但人们并不了解的是，1946 年塞利纳在哥本哈根的监狱里，为了安慰自己并坚持下去，在一本小学生作业本上抄写了《墓畔回忆录》的一些片段。例如，以下的片段，"一个衰弱的民族在断气之前长年卧病在床，苟延残喘。"又或者，"根据印度的教义，死亡在触及我们的时候并没有杀死我们，它只是使我们变得无形。"又或者，"一个完整的、抵得上所有其他美德的美德便是仁慈。"此时，塞利纳正在构思《奇境重现》。他将自己想象成夏多布里昂，并称之为勒内："可怜的勒内仅仅是厚古、爱国且多愁善感的忿激派，总之，他和我是同类人……"接着他说道："勒内渴望法国、法国的灵魂，我也渴望着它，我这可怜的绯鲤……"

法国？要谈论它的什么呢？当然有很多东西可以谈，但首先要谈的便是它的语言。它不仅仅是竭力阻止自身淹没在用盎格鲁-撒克逊语进行交流的海洋中的"法语"这一语言；它也不仅仅是使用英语的人所虚伪宣称的"文化排除"，这些人无所不用其极地意图使其枯燥乏味，对其进行廉价处理，它首先是用其进行写作的重要作家们的语言，也就是音乐、几何曲线、能量、沉默和智慧的语言，一旦重新陷入杂乱，真正的答案会存在于描绘和生动的词句中。法语是人类历史上一篇欢快的散文,然而,我们却从未充分地使用它。从历史意义上废除法语就意味着囚禁般的否定。为了更加安全,夏多布里昂知道他得从"棺材的深处"写作,并对"堆满灰尘的聋子家庭"做出预测。他与拿破仑的长期斗争是一场墓地的斗争。他忆及这位皇帝时是多么愉悦("他的趾甲在死后长了出来,它们又长又白;他的一只靴子脱线了,惨白的双脚的四个脚趾头伸了出来")!显然,"墓畔"(帕斯卡、博絮埃、圣西蒙)是杰出的法国文学体裁。您认为您能支配一切?您想要迫使我接受这段历史吗?我们等着瞧。

实际上,两个世纪以来,对于这个国家的所有想象都像椭圆形一样围绕着两个中心:恐惧和基督教。夏多布里昂的天才之处在于,他明白是恐惧将基督教合理化。并且,他肯定了这点:"我本身对斧子并不热衷。我见过矛上插的头颅,我认为非常丑陋。我遇见过一些人,他们有强大的能力使这些头颅行走;我敢肯定没有见过比这更强大的力量——世界支配着这些力量,这些力量也曾以为它们支配着世界。"此外,"抑制死亡是徒劳的,从中绝不会萌发自由的胚芽、道德的种子、天才的火花。"

塞利纳也误会了。夏多布里昂绝不"厚古"。相反,令我们吃惊的是,他的大部分预言都应验了。他明白君主专制是大革命的诀窍:"大革命在它爆发时就已经结束,认为它推翻了君主政体是错误的,它只是击溃了君主制度的残余。"他敢于写下"基督教在其信条中坚定,在其启示中动摇",以及"它的改变笼罩着宇宙的变化"。然而,这些不再让我们感觉荒谬或疯狂。"这个世界上没有比我更虔诚的基督徒,也没有比我更不信教的人。"这样一句话并非没有意义。原本他应质疑天主教的一切,但他却由衷地相信天主教的"新复活节"。1829年4月15日,身为法国驻罗马大使,他在即将去世的庇护八世身侧聆听了《上帝怜我》(Miserere)①。我们来到西斯廷礼拜堂:"天色渐暗,黑暗慢慢地笼罩住礼拜堂里的壁画,我们只能隐约分辨出米开朗基罗画中的些许轮廓。明明灭灭的大蜡烛的黯淡火焰中逸出一缕白烟,写作会自然地将生命比作一股轻烟……"

这样,人们在世界的另一端偶尔也会用法语写作。

---

① 《上帝怜我》:《圣经·诗篇》中第五十篇。——译注

巴塔耶的预言

日子一天天地过去，我们现在要谈到的是第二次世界大战这次灾难及其双重死亡轴心：纳粹主义和斯大林主义。但对两者被指控为恐怖的黑暗爆发能做出足够的解释吗？人们越来越怀疑 20 世纪将成为死亡精心安排的世纪。无论如何，我们感觉到这次冷酷的屠杀有别于其他所有屠杀。但具体体现在哪些方面？历史学家们能回答吗？又或是胆怯的、社会化的弗洛伊德学说信奉者能解答吗？有一本小说比一切言论都更好地让我们了解这段黑暗、残酷的历史。它写于 1935 年 5 月，直到 1957 年才得以出版，突然出现在我们面前。谁真正读过这本书？谁敢读这本书？

《城堡》和《审判》，《茫茫黑夜漫游》和《死缓》，《小偷日记》

和《恶心》、《蓝天》①，这些很可能是那场灾难发生前最具预见性的作品。让我们来看看 1925 年到 1940 年间的文学面貌。普鲁斯特去世，重拾的时光立即重新失去。当时大量的作品中，死亡时刻在宣告、坚持、装模作样，在叙述的每次起伏中都带有其阴暗的窒息感，荒诞和荒谬主导整个游戏。在这普遍的颓丧中，最为妥协的角色正是由巴塔耶搬上舞台的：他处于焦躁不安的眩晕中，不停地发怒、哭泣、小心翼翼、呕吐，身体不再听他使唤，但他依然坚持要找出可笑、可怕以及可笑的情境。"显然连作者都没有局限在他自己的书中，我们又怎能滞留其中呢？"这就是巴塔耶告诉我们的。小说不可比拟的作用在于"它重建了生活的多重真相"，并让我们"置身于命运面前"。为了要重新寻回"对抗所有理智的鲜明幸福"，必须要讲述灰心、混乱、衰弱、明显的谎言以及痛苦。如同巴塔耶的非正统派主角一样：就像在活不下去的生活中，他得一页页地战胜对瓦解的永久邀约。他的判断如下：整个社会变成一个巨大的、失败的性别特征，男人和女人变得不相容，从此只能相互进行阴险并令人厌恶的斡旋。这个绝境直接导致了突然的压抑，归根到底，人们渴望的便是这种压抑。这项新发现的斡旋者是谁？女性。

---

① 乔治·巴塔耶，《蓝天》，伽利玛出版社，"想象"文丛，1991 年。

无论如何,不能忘记三位女性。首先是拉扎尔(Lazar),反对复兴的重要人物(体现了西蒙娜·薇侬和巴塔耶之间的双重情感关系,显而易见的位置互换)。她是一个"不祥之人","步态不稳,梦游一般"暗示着她"可能接受死亡的契约"。颠倒的圣人,对她真正的欲望失却判断,她渴望并坚信要投身于社会主义革命。接下来是热妮(Xénie),上流社会的癔病患者,像是一只掉入陷阱的困兽。最后一位是多萝西(Dorothea),又名肮脏(Dirty),所有小说中最令人惊讶的女性人物之一,她公开地表达死亡趣味的冰冷真相。《蓝天》一开始就与浪漫主义或超现实主义对"女性"的热衷,以及对女性假想的诗意相悖。和娜嘉(Nadja)或艾尔莎(Elsa)毫无关联。从伦敦到巴黎,从巴黎到巴塞罗那,接着从巴塞罗那到德国特里尔的旅行是越来越冷酷狂热的恋尸癖的启发之旅。拉扎尔在革命激进主义的掩饰下是一个纯粹的牺牲机器;热妮这个无知懵懂的女孩,最终无奈地被一个男人杀害;而多萝西则只热衷于毁灭尸体的公开表演。这三位女性仿佛在历史的表象下被暗中施了一切巫术。叙述者在她们中间醉醺醺地踉跄前进,尽管他得为此付出代价,但仍决定要一直走到底,要找到一种确定性,一种最佳的、新颖的"黑色幽默":"我小时候曾以同样的方式大笑,并且我确信在一种快乐的傲慢支撑下,我,我应当能推翻一切,必须推翻一切。"

一片漆黑，但在这位顽固的冒险家追求的内心历险中，他想让午夜如正午般被照亮，蓝色的天空以及太阳，在他人和自我的一贯堕落中体验从未有过的心醉神迷。多萝西消极、肮脏的放荡，疾病缠身的、可怜且可笑的热妮，病态、反动、烦躁不安的拉扎尔每次都悲痛却得意洋洋地大笑。"她变得丑陋，我知道我喜欢的是她这种激烈的感情。我喜欢的是她的仇恨，我喜爱的是不可预知的丑陋，那种由仇恨塑就的可怕丑陋。"从 1935 年起，巴塔耶正如毕加索在他的代表作《格尔尼卡》中表达的那样，*知道了结局*。不是以抽象的"政治"方式，而通过内心的骚乱、酒吧、酒店的房间、赤裸的肉体表达。所有人都从心底同意禁止享乐并无声地宣告"死亡的潮水正在涌来"。当性的享乐在各个方面遭阻碍，死亡便成了性爱的代替品。这种幻觉般的清醒——如此不同寻常——是在小说的主要场景（写作中最美妙场景），也就是在特里尔（还是"小男孩"的马克思曾居住的城市，他葬于伦敦）中获得的。爱情场景吗？是的，夜晚，在燃烧着蜡烛的墓地中："躯体下面的地面如同坟墓一般打开，他赤裸的肚子像新鲜的墓穴般向我开启。我们惊呆了，我们在繁星密布的墓地里做爱。每道光线都预示着坟墓中的一具尸骨，就这样，它们构成了一片摇曳的天空，和我们交缠的身体一样蠕动地纠缠着。"接着（总是要提到多萝西）："她将她冰凉的嘴唇紧贴在我的唇上。我沉浸在一片无法抑制的喜悦中。当她用舌头舔着我的时候,是如此美妙,我简直不愿意再活下去。"

结果是:巴塔耶预见到了。他所预见的即将到来的陋行也许在他那个时代是独一无二的。在这个德国火车站里,"一队像棍子一样笔直"的纳粹青年,在他们队首,是一个"身心衰退、消瘦矮小的家伙,长着一张鱼一般恼怒的脸"。他趾高气扬地发出指令。他拿着像"猴子阴茎"般的军乐队队长手杖。他们都很激动,"因为要赴死而激昂不已"。杀戮的时代来临了,原因自不必说。这正是黑暗中所期待的。

那么今天呢?期待的又是什么?我们能清楚地知晓吗?我们能听到吗?

没有共同的出口吗?巴塔耶问。

没有。但天空是蓝色的。

乔伊斯大主教

巴黎,1926 年年末的某个礼拜天下午,一位因其所著的淫秽书籍而在全世界臭名昭著的四十四岁作家召集了五百人,听他朗读新书的一个片段。后来成为他最忠实的朋友之一的欧仁·若拉(Eugène Jolas)在 1984 年回忆了那一幕:"他用抑扬顿挫、充满节奏的声音读着,当读到一个特别愉快的片段时,他的唇角浮现出了笑意……显然,我们面对的是一部独一无二的文学作品,在它面前,应该抛弃约定俗成的评判标准。"[①]乔伊斯正是在这个时期发表了那部优秀的小说,温柔、激动人心且幽默的《芬尼根的守灵夜》。在他的策略中,他预

①　尤金·乔拉斯,《乔伊斯传》,普隆出版社,1990 年;前言由马克·达希撰写。

感到,他存在本身是一个奇特的逻辑,这将成为教导和反思的永恒源泉:语言的伟大设想,生活中最微小细节带来的极大乐趣。阅读乔伊斯的同时也是在解码他生平的符号,仿佛让它正在上演,使我们能够重新确认:

1)"他冷漠无情地对待事件",对待人与人之间的关系以及对待广义的心理分析。但他对朋友忠诚,他毫不妥协地反抗着这个世纪的狂热操控(是他使赫尔曼·布洛赫摆脱了纳粹的迫害),他的女儿露西亚愈发明显的精神错乱也令他深感忧虑。

2)他审慎、沉默("他的生命被一种钢铁般的意志压缩、绷紧、推动"),他抗拒单音节(这使年轻的贝克特印象深刻),但热爱歌唱,对男高音沙利文有着持续不变的热衷,他喜爱舞会,会在舞会上突然间跳起舞来,"闪耀着近乎疯狂的快乐"。

3)他远离一切浮于表面的信仰,不断地讽刺宗教、哲学、精神分析(即便在他看来弗洛伊德比荣格更可取)。他感兴趣的是神话故事和科学知识,但却受困于礼拜仪式。他到巴黎圣母院出席封斋期耶稣会教父拉布莱·德毕纳尔(la Boul-laye de Pinard)(一个为乔伊斯式文字游戏而生的名字)的布道,他悲伤地面对美国天主教人士将他称作异端分子(为什么该死的拉康在 1975 年就此对乔伊斯重新提出指控?)。相反,当他读到 1937 年 10 月 22 日《罗马观察家报》上对他赞扬的文章时，心下暗自欢喜。那天晚上，他在富凯酒店里，边喝香槟边极其高兴地来回读了很多遍。"我们，流浪的天主教徒"，他吃惊地对若拉说。就像现在所有人认为的那样，若拉当时相信乔伊斯追求一种简单的、形式上的革命。当他看到乔伊斯几乎丧失理智般地，在都柏林第一任主教劳伦斯·奥多位于诺曼底的墓前长时间默思时，他感到惊讶并被此情形感动。而且，在听到乔伊斯将《凯尔经》(*Livre de Kells*)（中世纪彩页福音书）中的少年基督比作一个可能刚刚从鸡舍里偷了鸡蛋的小男孩时，感到惊愕不已。

4）乔伊斯在整个巴黎文学、艺术和知识界里极度孤独。超现实主义者仇视他；《新法兰西评论》（不顾拉博的反对）疏远他；纪德认为《尤利西斯》是一部"名不副实的杰作"，理论观点则认为，其中充斥着社会主义唯实论以及法西斯主义，尚有其他值得发掘之处。这是喋喋不休的历史黑夜，仿佛梦境一般（"历史是我一场试图唤醒的噩梦"）。那是盲目的顶点？格特鲁德·斯泰因，她甚至令人震惊地对若拉说："乔伊斯是一个三流的爱尔兰政治家。"

5）乔伊斯的一个梦：巨人般的摩莉·布卢姆坐在高山上对他号叫："你，詹姆斯·乔伊斯，我已经受够你了！"从乔拉斯的转述来看，原话必定更加露骨。至于乔伊斯，他声称早已忘记自己在梦中是如何回答的。这几乎不可能。然而，秘密就在于此。他写给韦弗小姐的著名信件中清楚地提到："我正在建造一个轮子的机器,当然上面没有辐条。一个完美的方形轮胎。您知道我想要怎么样,对吧? 我在严肃地谈论,注意,请您不要认为这是一个讲给孩子听的愚蠢故事。不,这是一个轮胎,我要告诉世人这一点。并且这个轮胎是方的。"当然,韦弗女士完全不明白乔伊斯到底想要说什么。"我要告诉世人这一点"? 仅此而已。

6) 20 世纪的巴黎是普鲁斯特、塞利纳、乔伊斯进行写作的城市。在他为数不多的几位密友看来,乔伊斯就像是一位无法被人理解的圣人。然而,他们感觉到某件十分重要的事情已经发生("他阅读诺斯替教派的著作,并对光明和黑暗之间的善恶二元论对照感兴趣")。为了自娱,乔伊斯在一个著名的出版物(因为偶然的原因,还没有以法语出版)上严肃地将这些朋友指定为他的十二使徒。他们也许几乎不需要思考就能够谈论他:"是的,他生活在我们中间,真实且充满痕迹,就像永夜中唤醒的声音。"

诺拉，美丽的爱尔兰女人

　　她名叫诺拉·巴纳克尔(Nora Barnacle)，她的名字会让人联想到雁。她是一位美丽的二十岁爱尔兰姑娘，红棕色头发，蓝色眼睛，嗓音低沉且洪亮，中性的外表，步伐匀称豪迈。她是都柏林一家旅店的服务员。某天，她在街上遇见了一个消瘦、文雅、穿着邋遢的二十二岁男子，他当场向她宣称自己极具天赋。他们私奔到瑞士、意大利和巴黎，直到二十七年后才结婚，在悲惨乏味的命运中有了两个孩子，在互相扶持中不断漂泊地生活。他们就像两位坚定的无政府主义者，尽管十分不幸却很快乐。诺拉的这位奇怪伴侣是一名作家，唯独她才可以叫他"吉姆"。他经常打扰她睡觉。为什么？"吉姆在那儿写他的书，我上床睡觉，这个男人在隔壁的房间里不停地嘲笑他自己写的东西。我只好敲敲门，对他说：'得了，吉姆，要么停止写作，要么停止发笑。'"

像所有伟大作家一样，乔伊斯选择了他不为世人所理解的方式，以便在他死后被无限地解读。他的独特性是由多情的女性献身所激发的：一些女性赞助他写作，即使他的书让她们觉得惊世骇俗或晦涩难懂。诺拉是他的书中最重要的女主角，却长期被忽视。对于诺拉的角色被忽视这点，在布伦达·马多克斯的书中得到了证实。乔伊斯是维多利亚时期的清教徒或是我们现今的大学教员，我们对此不应再有怀疑。带着他的帕涅罗佩，这位新尤利西斯反而地将他的国家、这个国家的历史以及语言的根源据为己有。女性的身体和声调将一切凝结，直至变成宇宙的神话。摩莉·布卢姆、安娜·丽维雅·普拉贝尔(Anna Livia Plurabelle)：诺拉被编写进这些伟大的乐谱中，而艾玛·包法利或路易丝·科莱则成为外省轻歌剧里的人物。诺拉和她那位令人难以忍受的丈夫一样喜爱音乐，1941年，她用树叶为他的葬礼编了一个竖琴状的花圈。她不会读乐谱，却能极好地倾听。

这本私人小说最令人惊异的一幕出现在1909年：詹姆斯①和诺拉之间的淫秽通信，信件直到1975年才得以出版。这引起专家们、乔伊斯的家族及其亲友们极其强烈的不安与

---

① 指乔伊斯。——译注

反感，尤其是塞缪尔·贝克特。我们正处于《尤利西斯》这个核电站的中心："我热衷做爱的小鸟"……"我温柔的小娼妇"……以及："告诉我关于你最微小的淫秽、私密和粗俗下流的事。不要写其他事情。但愿每个句子都洋溢着下流的声音和字眼。它们在纸上被听到、被看到，显得异常迷人，最为下流的也是最美的。"

最令人讶异的并不是乔伊斯写了这些信给诺拉，而是她以同样，"甚至更糟"的语调回复。诺拉的信件都遗失了或被藏了起来。吃喝玩乐。但信件的表达能使生者意识到，乔伊斯计划创造将粗俗且不间断的言语（著名的没有标点的写作）与抒情叙事诗杂糅在一起的新组合。"热衷做爱的小鸟"同样也是"篱笆上娇艳欲滴的野花，大雨倾盆的暗夜里的蓝色花朵。"

毫无疑问，是诺拉使乔伊斯颠覆了歌德的《浮士德》（推翻了神学中魔鬼附身般的所有极其重要的传统）。当摩莉被定义为"总是赞同的肉体"（而非"总是否认的精神"）时，这简直是一个无与伦比的发现。1931 年，乔伊斯与诺拉正式结婚，他在丈夫的职业一栏并没有填"作家"，而是填了"依靠定期收益生活的人"。他发现了什么？肉体表面上说"是"，是为了更好地在内心说"不"。实际上，严格来说，诺拉能够在私下接受《尤利西斯》的言语，而在公众场合却不能。她没有读那本书，乔伊斯(错误地)指责了她这一点:她非常清楚这本书是怎么写成的。

"诺拉完全不受负罪感的约束",布伦达·马多克斯写道,"这在乔伊斯眼里是她最大的优点之一。"所有的证据都证明了这一点:她保留了自己的讽刺方式,男人只是男人而已,但她爱他。这不会妨碍她经常说:"我宁愿从未遇见过一个叫做乔伊斯的男人。"又一次,她说:"我的丈夫是位圣人。"目击者们(乔拉斯一家)从最后这句评语很快就能猜到,诺拉想要谈到她和他之间性关系的缺失,又或者乔伊斯已经阳痿。他们在自身欲望上走得太快。

乔伊斯毫无节制的生活引起他妻子的极度厌烦。他沉溺于酗酒,不停地写作,有给大笔小费的癖好;他(有理由)的狂妄自大,毫无疑问会使他们的女儿失去清醒的头脑,使他们的儿子失去社会生活。然而,她却跟随着他,为他的小礼物而感到喜出望外,陪伴他去听歌剧或前往香榭丽舍大街上的富格餐厅就餐。当他的棺材在苏黎世被放入墓地,她透过天窗看到他的脸,她大声叫喊使众人惊讶不已:"吉姆,你是多么美丽!"那之后,她向好奇乔伊斯作品的访客们总结道:"他应该会喜欢埋葬他的墓地。那里离动物园非常近。他能听到狮吼。"

高尚的摩莉,高尚的安娜·丽维雅:只需重新打开这几页,只需重新打开这些独具风格的小说,那些对它们的幼稚指责便会即刻化为乌有。正是如此,穿过这个狂热的世纪,一位自由的女性能证明,最重要的唯有对于音乐的热爱,而非"武力、仇恨及所有这一切"(《芬尼根的守灵夜》①)。最后的画面:1939年庆贺书籍出版的酒宴。乔伊斯将一块承载着象征他所有言语力量的海蓝宝石送给诺拉。她起身说道:"吉姆,我从未读过你任何一本书,但我猜我将不得不看到它们会是何等的畅销。"布伦达·马多克斯如此评论:"没有人笑。每个人都感受到了乔伊斯夫妇所共同经历的饥饿、贫穷和疾病的过往岁月。"

---

① 《芬尼根的守灵夜》是乔伊斯最后一部长篇小说,书名来自民歌《芬尼根的守尸礼》。——译注

贝克特的伦理学

我们对于作家的身体没有足够的兴趣：他们的身体和他们的书一样重要。他们的书？我们假装了解这些书，并谈论它们。实际上，它们却越来越公开地成为否定的对象、商品、图像、社会学记录卡、功能性文盲、记忆缺失症。如果作家固执地专注于身体，却没有像平常那样引来嘲弄或辱骂，那么他仍是幸运的。贝克特在他青年时期关于普鲁斯特的书中已经写道："半打——或五十万个诚恳的傻瓜感到，对于天才的蔑视将前所未有地治愈我们可笑的敏感性和被这些简明扼要的、称之为侮辱的诽谤所伤害的官能。"

身体并不是图像。这里的身体是指所有动作或语调、神经系统的总和。它和其他的身体一样吗？不一样。从生物学上看是可复位的吗？即使我们想要做，实际上却无法做到。

它以正常的方式运转吗？一切都说明情况恰恰相反。它知道其他一些重要事情吗？噢，是的。安德烈·班诺德（André Bernold）那本令人赞叹的小书向我们讲述了他非常独特的经历，使我们处于一种纯粹的惊讶中。在这一点上，第一次有人细致入微地观察一位生活中的作家。[①] 班诺德在70年代末遇见塞缪尔·贝克特时，还是一个在巴黎求学的学生。他读过贝克特的书，非常仰慕他，给他写信，之后，经常去见他，听他说话，直到贝克特去世。这些会面并没有事先安排，甚至毫无动机。或者，班诺德只是想（从两方面）：隐晦地证明书籍与其写作主体的行走、交谈、沉默、出现和消失的方式之间必定存在结构和节奏上的连续性。因此，与传统的宣传相悖，一位作家也许伟大或才华横溢，但无论如何，他都是一个和其他人一样的普通人，会犯错、有缺点、有笑柄、有恶习、渺小、神经质，有时还表现得残酷。

班诺德开始记录下贝克特那显而易见的高尚思想。但这高尚思想立即与一种出人意料的"谦让的力量"相悖。他是一位著名作家，享誉世界，获得了诺贝尔文学奖，却表现出一种"仿佛没有社会地位般的奇怪自在"。第一次会面，是足足一

---

① 安德烈·班诺德，《贝克特的友谊》（*L'Amitié de Beckette*），赫尔曼出版社，1992年。

个小时的沉默。"我想我记得我们俯身聆听沉默时的响亮呼吸。"一上来，就是温和并激烈的、违反社会秩序的行为。随之而来的是友谊，像是一部空间和时间都自发集合的长篇小说。是怎样毫无结果的会面？难道不想达到什么目的吗？两个人都未作任何交流？只是为了待在那吗？"朋友是轻微的发声运动"，班诺德写道。谈及音乐时，他问："您为什么写作？"某天，贝克特答道："写作很好。"另一次，("如果您没有成为作家，您会做什么？")他回答："我应该会听音乐。"班诺德记录道："快八十岁时，他重新开始弹钢琴，看谱即奏了几首海顿的奏鸣曲。他对我说：'唯有时间流逝……是如此神奇……如此美妙。'"他明确指出。

　　第一个事实：贝克特只要还活着，就不会停止工作。"他一直窥伺各种可能性，战胜习惯，拒绝进入脑中的一切。"他没有长篇大论或对集体老生常谈感到反胃，他极其警惕却又放松地不去思考任何平庸或已知的事情。不会自由联想：受控的分裂，僵化思维的解体。"某一最为活跃的悲观主义本质上与幽默相连，与转变发生联系，构成一门转变的艺术。"尔后，除了讽刺和他光芒四射的灵魂，没有什么是与众不同的，那就是善良。"我寻思乔伊斯在什么时候写作，"贝克特说，"很可能是在深夜。"每一时刻都是一个内心事件、一个假设、一个推理片段、一个叙述的可能。没有事情到来，没有事情发生，然而一切都自发地鸣响或振动。当它结束时，那就结束了，我们离开，去做另外的事情。"在离开之前，没有人会更迅速地消失。"没有不耐烦，没有怒气（"他几乎不用言语来表达指责，指责使他全身紧张"），从不出错的准时，某种不笑的微笑、低语，画图解，寻找方程式的解答、不停地与人类哑剧（它是一种不幸，同时也是一种恩赐，就像克莱斯特的木偶戏一样）较量的方式。"简练是对头脑和身体的一种安排，也是对语言以及对整个人的一种钟爱。在贝克特像某种不明确的缄默呼喊的外表中，总是存在着垂直、绝壁、小鸟。"

有时，我们（指责）这个或那个人时会说："这是个演戏的人。"贝克特扯开戏剧欺骗的外衣，像一个雄心勃勃且表现浮夸的灭绝天使般突然出现。没有评价，这才更糟。他有一次对他的德语翻译说："我们永远不会知道得多到可以作出评价。"一则轶闻描述了这个状况：他正在家里和一位朋友一起工作，突然，他站了起来，走到窗边，做了几个手势来回应一个被关在疯人院里的病人用镜子传递的信号。此外，评价的推迟伴随着一种"喷涌的、反抗的"遗忘能力，这也适用于他本身。我们可以设想一下，一位年轻的对话者惊讶地听到因《无名者》（最初，其他的书被所有出版社拒绝出版）而受到全体一致尊敬的作者，关于自己所作出的声明："他变得对我而言完全陌生，我不认识这位作者。"是您吗，塞缪尔·贝克特？当然不是。我并不像您认为的那么简单。

班诺德用音乐家的耳朵聆听了贝克特的书籍，反复谈到身体和语言的同一性，也就是重新提出"化身"这个问题（《不是我》这部非凡作品的作者的毁灭）。无法化身？恐惧和限度？一位糟糕的(或不怎么样的)作家会让我们马上感觉到他的作品和他本人间的距离。但贝克特本人是一位优秀的作家，这"不能克服的非个人的化身"，这"坚持不懈转动的、内在的和拯救的某事"都在他的书中和戏剧中被表达了出来。与当前沉重的观点("荒诞"、"绝望"等等)相反，他拥有极端轻快、反常、始终如一的毅力。所有人都屈服、消极、抑郁、颓唐。他对一切支配力量的"善意"回避，表明他对虚伪盲从的坚定抵抗。"贝克特的启示是强烈并悦耳的。"班诺德写道。他非常清楚对他的误解会越来越多(这证明将他作品大量搬上舞台是一种蓄意谋害)。贝克特首先是一位声学家。对某些人而言，他是毁灭天使，他们有理由畏惧谎言掩护下的力量被削减和瓦解。但对其他人而言，这些人必然是少数，他是驱邪天使，展现着难以置信的辉光。"仍有一整个世界等待发现。"他说。没有希望？没有一丝绝望。我们感觉到难以置信的希望，但时代是腐朽的，我们沉默，我们提议，我们让人听见我们的声音，我们迂回前进，我们改变方向，我们破旧立新。不带任何来自神示的态度——这也许是值得怜悯的，没有夸张，没有受神灵启示的表情，没有预言；只有讽刺、前进的脚步、写作、善良。结束这个封闭且痛苦的世纪，夸大字眼的世纪，以及致命的世纪，为此必须结束木偶戏，将之变成"语调平直的声音"、"发声的影子"，并将这种否定最终转化为怜悯。这个表面上似乎蔑视物质的声音也是一种"幸福的低语"。这种"静态的逃离"是在"抵抗重力"，是一种飞翔。贝克特曾说："我总是为一种声音而写作。"班诺德说："他富于聪明地表达——这种极其简短的表达。"奇怪地想到 20 世纪两位最伟大的诗人（他们看上去什么都像却唯独不像诗人）——乔伊斯、贝克特——是两位来到巴黎照看我们的爱尔兰人。

位于前线的海明威

信件是最好的传记①。年复一年——那么多年,是最直接的历史。两次世界大战、大众、天才、女性、美洲、意大利、武器、船舶、非洲,在这其中,有一个人在说话、抵抗和进攻,从头至尾都十分精确。一位极其灵敏并精准的杰出射手,欧内斯特·海明威。

欧内斯特·海明威先生,一位年轻男子,于 1918 年 5 月 27 日在从芝加哥乘船来到波尔多。接着,几天后,他出现在米兰,双腿在流血。"我是第一个在意大利受伤的美国人。"这句话足以说明一切。我们将不会远离这一中心点。

---

① 欧内斯特·海明威,《信件选集》(*Lettres choisies*),伽利马出版社,1986 年。

因此:我们将从一位叫做阿格尼斯·冯·库罗夫斯基护士开始讲起。"我爱她,但她很快便欺骗了我。"我并不怪她。我努力烧毁我对她的记忆。在烧酒和其他女人的治疗下,我成功地做到了,现在我已经忘记一切。

伤口:好像从一开始,我们就处于持续的全面战争中,人类的和动物的,以及海底的。20世纪最直接的视角。因此,需要武器(手枪、卡宾枪)、酒精、密集的身体训练(拳击)。1921年,在巴黎:"好吧,我们在这里。"

谁在那里? 所有人。"我们经常光顾位于波拿巴路和雅各宾路交叉口的那家佩欧克莱克餐厅。"海明威住在巴黎五区勒穆瓦纳主教街七十四号。**在那里**,乔伊斯比其他人待得更久——直到海明威生命的结束。"乔伊斯刚刚出版了一本极其美妙的书。""这帮凯尔特人"是在米肖餐厅吃的午餐。乔伊斯的家庭是一个模范家庭。另外一个娱乐地点在弗勒吕路的格特鲁德·斯泰因家,庞德也住在那里,毕加索也是。时间飞速前进。

瑞士和德国是滑雪胜地。潘普洛亚①的公牛很棒。加拿大下达了全面的禁令,于是海明威秘密引进了几册《尤利西斯》。人们反复地谈论它:乔伊斯的奥德赛确实是一项伟大的

---

① 西班牙东北部城市。——译注

事业,它发生在巴黎,但问题在于它侵犯了盎格鲁-萨克逊文明。摩莉·布卢姆是继艾玛·包法利之后,对最终真相的首次触碰。美洲是一片清教徒的荒漠,欧洲显然在各个方面都理性至上,悲剧便开始了。"西班牙是世界上最美丽的国家。它未受到破坏,它难以置信的强硬和出色。"意大利刚刚被墨索里尼控制(与庞德间的第一条裂缝):海明威在政治上的清醒、坚定,这也许是我们可以探讨的重要主题之一。(他从未犯错,太奇怪了。没有一个历史性错误、评断可靠、像指南针般不停地杜撰? 让我们来看看)。

1924 年在圣母院大街 113 号。

身无分文。在西班牙:

被朋友们骗取钱财和作品后,我失去了理智。我在竞技场的瞬时胜利,以及无数喝彩声中获得了满足。酗酒、在街上被人认出、广泛的尊敬以及那些搞文学的人得要等上九十九年才有权利去做的其他事情。(给艾兹拉·庞德)

我曾为你祈祷。不是因为你需要,而是因为我在弥撒时发现无事可做。我为我的孩子,为哈德利(Hadley),为我自己,为你的音乐会祈祷。(同上)

在这里，必须开始听到海明威的打字机发出的噼噼啪啪声，在日常生活中，杰出的武器经过号角和击打的危险方能得以检验。

"作家必须写作。"《 UN ÉCRIVAIN DOIT ÉCRIRE 》确实如此。尽管不写作的作家数量已经变得越来越多。不打猎的猎人？不捕鱼的渔夫？不游泳的游泳者？他与斯科特·菲茨杰拉德的论战：我们能只在脑海中踢足球吗？这就是欧内斯特·海明威简单且重要的贡献。证据在那之外。

在那之外？和塞尚一样。

"在我的一些故事中，我使人物和布景同时取得成功。做到时自我感觉很好。这会让您感觉到达了一个顶峰。"问题在于"进行三维写作，如果可能的话，进行四维写作"。

只是这种身体和空间的行为方式并没有在计划中预先考虑到："这样的智慧极其少有，拥有它的人常常将之视作令人难以忍受的言语或行为举止。因为这种智慧，他们变得尖刻或喜欢布道，因此它并没什么大用处。"（总结了文人或艺术家因法西斯主义和斯大林主义所遭受的所有波折，不必太过迷失于电影片段中。）

您是否意识到我们仍处于这样一个时代，在这个时代里，一位作家不得不思忖是否可以在写作中使用某些词汇。例如婊子(*Bitch*)这个词。可不可以用？海明威信件的译者在注

释中告诉我们 *Bitch* 的意思是"下流的女人(salope)或泼妇(chipie)"。"泼妇"?幸好,不是所有下流的女人都是泼妇,并且非常不巧,不是所有的泼妇都是下流的女人。另外,"泼妇"一词已经不再使用,即使在利雪①(Lisieux)也不用了,而婊子(*Bitch*)和妓女(*pute*)这两个词却十分流行。像这个例子一样,一切并非这么简单。

应该很可能会出现位于海明威喧嚣生活中心的人物,这个人当然就是斯科特·菲茨杰拉德。

> 天堂对我而言,也许应是我在一个巨大的圆形竞技场里拥有两个固定位置,竞技场外面是一条有许多鳟鱼的小河,除我之外的其他人都不能在这条河里钓鱼。我还在市里有两栋漂亮的房子:在其中一栋住着我的妻子和孩子的房子里,我和妻子唯有彼此,我忠诚且深沉地爱着他们。在另一栋房子里,是我九个令人心醉神迷的情妇,每个人各住一层楼……

海明威正在为了宝琳而离开哈德利。他的儿子叫做班比。从拥有明确的父亲身份(这在作家中十分罕见,理由如

---

① 法国地名。——译注

下)这点来看,大概只有乔伊斯和他了:

> 他非常爱我,当我问他爸爸是做什么的,我想要像剪报里面说的那样听到他说爸爸是一个伟大的作家,他却答道:"爸爸没有工作。"于是,我就教他说:"你将来要赡养爸爸",这使他之后一直这么说。班比以后要做什么?班比将来要在西班牙养爸爸和牛。

爸爸或学者。海明威的神话已经准备就绪。他的《太阳照常升起》以他和菲茨杰拉德的经历为中心——那个在米肖餐厅的盥洗室里的著名诊断。海明威孜孜不倦地讲述这个故事。总而言之,欧内斯特·海明威认为泽尔达①对斯科特疯狂嫉妒——因此,不择手段地想要摧毁他的才华。然而,斯科特从未与泽尔达以外的女人睡过觉。泽尔达对他说斯科特的阴茎太小满足不了她。欧内斯特检查之后并发现那是正常的尺寸。这仅是这部美国小说里最激动人心的最初几幕中的一幕。"啊,菲茨,我们能够深刻表达是因为我们使用不同于常人的词句……"

作家必须写作。接待处一个完美的家伙:麦克斯韦

---

① 菲茨杰拉德之妻。——译注

尔·柏金斯在斯克莱布诺出版社工作。这个伟大的人高效且谨慎地完成了这部通信集。

多斯·帕索斯①在他刚刚出版《1919》中写道："你写得如此之好，我一想到你可能发生什么事，就会感到胆战心惊地——洗好并削好所有你要吃的所有水果。"

但多斯·帕索斯(和其他许多人一样)开始将文学和道德混为一谈。这便是错误和罪恶所在：

> 以上帝之名不力图行善。你继续以事物的本来面貌来展现它们。如果你成功地做到了这一点，你做的就会是善事。如果你力图行善，却不展现美好的事物，那你就没有做一点善事。

所有作家都应牢记心底的一句话，它解决了文学道德规范(或是我们二十年后讲的"对当代问题采取积极参与介入的态度")的问题：

> 只要我活着，就会有真实发生的故事可写。

---

① 多斯·帕索斯(Dos Passos, 1896—1970)：美国小说家。——译注

棒极了!

1932 年,游走在基韦斯特和哈瓦那……

让我们来总结一下文学的关键:

1)乔伊斯:"没有人能拥有更高的写作技巧。"

2)庞德:《诗章》(Cantos)"充满过时的玩笑和荒诞",但仍然是"无人能超越的诗歌"。

3)格特鲁德·斯泰因:"由于彻底衰老而绝经,因此对女同性恋失去所有公正的判断力……她的想法是,任何有价值的人都应是同性恋。如果看上去不像的话,那仅仅是因为他将之隐藏起来。更糟糕的是,她坚信所有同性恋都只可能是优秀的作家……在关于性的这一点上,她变得极端爱国。"

就我所知,和人类疯狂的准则一样,海明威是"性爱国主义"观念的开创者。非常有用的钥匙。

4)斯科特·菲茨杰拉德:很棒,但是不常写作。"斯科特,好的作家总是能从中脱身。总是如此。"

结论:"文学总是源自文学,当它已经成为文学,谁写作的,作家是怎么想的都不再重要了。"

第二个结论(它追求所有文学之外的借口,庞德和多斯·帕索斯都是如此):"无论我出生于哪个年代,只要我没有死去,我就能设法摆脱困境。作家就像一个茨冈人……像一个茨冈人一样,作家是一个永恒的局外人。只有当他才能有限,他才会有阶级意识。如果他有足够的才能，他处于各个阶层都能舒服适意。他取自所有阶层，给予的是所有人的财产。"

在福克纳看来，"对于作家而言，最好让他成为妓院的经营者。"

现在在肯尼亚，海明威已经 35 岁。相比欧洲作家，美国作家是成熟的。这解释了许多事情。您看看那位年轻的阿拉贡在五十年间所遭受的惩罚。与福克纳或海明威相比，萨特、阿拉贡、加缪甚至是塞利纳的生活是长时间的楔紧或自行审查亦或是冷酷的社会镇压（被内心化的或非内心化的）。

还有一个秘密："相比我的大部分朋友，我更喜欢一个独一无二的诚实的敌人。"

《夜色温柔》(*Tendre est la nuit*) 是一部重要的作品。但在我看来，更确切地说，这个时期的杰作应该是《非洲的青山》。《乞力马扎罗的雪》是典型的叙述结构。

海明威的好运在于：格利高里·派克和加里·库珀的表演使其作品具体化了。不要忘了，这一整个时期，海明威表明他是"天主教徒"。后来他不再是天主教徒，他转变成了激进的无政府主义者。然而这个转变非常有趣（如果我的记忆准确的话，我们在教皇那儿又见到了加里·库珀）。

在西班牙，海明威换了妻子，现任妻子是玛莎·葛尔宏。后来，他娶了最后一任妻子：玛丽·韦尔什。

现在说说对他的批评:"即使我说许多批评看上去确实异常仇恨我并且非常想让我失业,但我并不认为这是仇恨或迫害的怪癖。您不要认为我是出于自负才说批评中包含着许多嫉妒;我做了他们非常想做的事情,也做了他们害怕做的事情;正是因为如此他们才仇视我。现在,政治也仇恨我。因此,我认为最好的事便是**出版一本有许多有趣的故事可读,无论在质量上还是数量上都非常好的书**。"

好吧。西班牙战争,非常短暂的战争,法国战场,解放了利普和丽兹,我们不谈这个了。1945 年 4 月 25 号回到古巴:"既然我们解救了波尔多,并且交通逐步得到改善,食物的问题也即将解决。"

酒精、食物、消瘦、写作。这便是生活的全部。

散文写作的规律和弹道、数学、物理的规则一样持久不变……几何学总是会将您重新逮住。

多斯·帕索斯是一个二流作家,因为他缺少耳朵。就如一个没有左手的二流拳击手,耳朵对一个作家而言同等重要。

最终,1948 年 12 月,我们来到威尼斯,海明威事业的主要活动地点,未被重视的重要地点。他最伟大的小说《渡河入林》。他与阿德里亚娜·伊凡绮之间的秘密交往(海明威认识她时,她才 19 岁,几年前她在一棵树上上吊身亡。我在《游戏者的画像》一书中谈到了这件事,我觉得这事并非十分糟糕)。

1949 年 9 月 6 日和 7 日,(他)写给出版商查理·斯克莱布诺的重要信件(是这样说的):

> 直到年过半百,我才意识到我从未松开马缰,让马儿奔跑。现在,它将一直跑,直到这个婊子的儿子自己撞断什么或者死去。

(他)非常认真,情不自禁地说:

> 有一位新来的、迷人的妓女,她是如此漂亮,她折磨着您的心,此外还有三位住在威尼斯,极其美貌的伯爵夫人。

音乐?"胖子沃勒①和莫扎特"。

他给伯纳德·贝伦森写了一些美妙的信件。"有时候,我

---

① 沃勒(Fats Waller,1904—1943),爵士乐历史上第一位管风琴演奏家和出色的词作家。——译注

能够杜撰出一些人，因为作为一个作家，我拥有几乎完美的耳朵。"

"乔伊斯死后，我就没有再见过一个优秀的作家。"（他是"我曾尊敬过的唯一一个还在世的作家"。）

庞德事件：令人赞赏的海明威，出席了他的诉讼。他不断努力想救出年迈的艾兹拉（最后在威尼斯）。

诺贝尔奖章？他在古巴的可伯勒圣母堂内，没有对此作任何评论。

在肯尼亚？"狮子很好吃。"

巴黎？应是一场欢宴。供您玩耍。

最后一个有趣的家伙？奥多内兹①。

软弱的身体无法写作？1961年7月2日礼拜天的清晨，双筒猎枪的枪托被置于地上，前额抵住枪管，颅盖飞了出去。仅仅因为心理问题，因此没有任何趣味。

普遍的道德观念："因为要时常与令人厌恶的人打交道，所以我们应该学会周旋。"

---

① 海明威小说《太阳照常升起》中佩德罗·罗梅罗（Pedro Romero）这一人物的原型。——译注

亨利·米勒的自由

今天,亨利·米勒应该已经一百岁了。五年前,纽约的苏富比拍卖行以六万五千美元的价格拍卖《北回归线》的手稿。这本书在美国被禁长达二十七年——从 1934 年到 1961 年——和塞利纳的《茫茫黑夜漫游》一样,震惊了 20 世纪文坛。这些数字、这些日期恰好说明一个事实。什么事实呢? 就是米勒直到七十岁才在他的祖国出名。这大概足以解释为何他对美洲几乎毫无热情。

如果没有在巴黎的悲惨生活中写就的《北回归线》,就没有菲利普·罗斯的《波特诺伊的抱怨》①,没有威廉·巴勒斯②

---

① 小说出版于 1969 年,是作者最重要的作品之一。1976 年作者因该小说遭犹太人攻击。——译注

② 威廉·巴勒斯(William Burroughs, 1914—1997)美国作家,与艾伦·金斯伯格及杰克·凯鲁亚克同为"垮掉的一代"文学运动的创始者。——译注

的《活死人之旅》①,没有梅勒②,没有达雷尔③,没有金斯伯格④,没有凯鲁亚克⑤;很可能既没有克莱齐奥的《诉讼笔录》,也没有《女人们》中隐藏在美国人面孔下的叙述者。哎,传统的程序:审查、伪广告回收,最后是财政盈利。有力的清教主义体系便是这样运转,通过收藏者的哄抬价格,从抑制转向尝试遗忘。社会不愿意让肉体生活被记录下来,甚至于暗中将其定罪。米勒,或美国的性真相。在认为他猥亵、辱骂宗教并来自异国后,现在人们会说他是一个大男子主义者,是一个主张大男子主义的人和反动分子。诡计得逞了。

米勒逃脱了好几次联合否决。首先,摆脱了他悲惨的(父亲酗酒、母亲言行粗暴、姐姐痴呆)出生环境。接着,摆脱了他的妻子琼以及她的女同性恋朋友简·科诺斯基歇斯底里的纠缠。然后,摆脱了安娜伊丝·宁的狡猾手段——这个女人为

---

① 作者的代表作,该作品因涉及诸多忌讳话题引发了 1965 年马萨诸塞州最高法庭的审判。——译注

② 梅勒(Mailer, 1923—2007),20 世纪最伟大的美国作家和记者之一。1968 年和 1979 年凭借《夜幕下的大军》和《刽子手之歌》两度获得普利策奖。——译注

③ 达雷尔(Durrell, 1925—1995),英国著名作家,创作了经典作品"希腊三部曲"。——译注

④ 金斯伯格(Allen Ginsberg, 1926—1997),美国诗人,"垮掉一代"领袖诗人。——译注

⑤ 凯鲁亚克(Jack Kerouac, 1922—1969),美国作家,"垮掉一代"代表人物,主要作品有自传体小说《在路上》、《达摩流浪者》等。——译注

了谋取自身名望开始资助米勒。最终,他与每一位妻子分离和短暂同居,其中最好的一位应该算是伊芙(她能让他在加利福尼亚相对安静地写作)。然而,他刚一出名,反对他的阵营又卷土重来:他成为女权主义完美的替罪羔羊,现今女权主义是"政治正确的"运动。此外,这个指控是有根据的:哪位作家会比米勒更加"不合礼节"? 1976 年,诺贝尔奖某位评审在劳伦斯·达雷尔①面前这样评价米勒:"我们在等他变得值得尊敬。"同样也对他的逝世作出表态:他死的时候终于做到了。

米勒的传记似乎迷失在这动荡生活的丛林中。玛丽·蒂尔博②亦步亦趋地追随着他,手中拿着纸记录,但却断定(女权主义教理使然)他在不停重复对女人的爱情时,并没有理解爱情。"问题并不在此。"她坦言道。如果问题不在此,那么我们会想问题在哪里。至少碧翠斯·格曼耶③在她那本感性的好书中,指出了这个奇怪的动物的本质:他总是时刻被定义为作家,但他从未将写作的自由和生活的自由区分开。我在写作,这便是最重要的事情。重要的并不是我写了**什么**,而是写

① 劳伦斯·达雷尔(Lawrence Durrell,1912—1990),英国小说家,20 世纪最伟大的实验派作家之一,代表作是《亚历山大四重奏》。——译注
② 《亨利·米勒》(*Henry Miller*),贝尔封德出版社,1991 年。
③ 《亨利·米勒,天使、小丑、无赖》(*Henry Miller*, *ange*, *clown*, *voyou*),普隆出版社,1991 年。

作本身这件事。也就是在 1980 年他提到:"我想一直写到死。很不错,对吧!"因此,对于身体和写作的双重体验也许便是巨大的罪恶;活着,但对此只字不提,或仅寥寥数语;写作,但尽可能短暂地活着。然而,米勒越来越注重同时颂扬他生存的感觉,以及能够立刻将这种感觉表达出来的神奇事实。因此,"像嗓音般令人惊呆的事物是多么美妙! 是因为什么样的奇迹,烧毁地球的岩浆变成了人们称之为话语的东西?"又或者,"我试图描述的事情此刻正在发生,就在我眼前。"如果语言会变成肉欲,光是想到就已痛苦或扰乱人心,不要为了凌辱我们而不断地暗示肉欲也可能变成语言。然而,每个人都或多或少地、模糊地意识到这一点,最重要的一条线,"回归线"正是在这里,在"吞没我们的时代弊病"的中心。

出生于 12 月 26 号,米勒一直认为他是某个新的、救世的、也许被钉在玫瑰十字架上的基督。他的大部分写作涉及美丽的苦难、富足的贫乏、对普遍交流的抛弃、愉悦的悲伤这些永久的衰变。性的粗俗可变成彻底的伟大。对于这一点,没有人比他更敏感。让我们打开《克利希的宁静时光》,便马上能感受到它的魔力:"我在写作,夜幕降临,人们去吃晚餐。"在克利希广场的凡佩雷餐厅(向塞利纳问好!)这位是妮丝,一名高级妓女:"她的嗓音比她的微笑更迷人,悦耳、相当低沉且沙哑。这是一位生活幸福、喜欢肉体享乐、没有烦恼也没有金钱,却准备为了保留她所仅有的一点自由而付出一切的女人的声音。"另一方面,如何忘记这位超现实主义的女诗人,她在这样的情况下追逐她的灵感:"我心想,如果我把手指伸进她的外阴,她是否还会继续写作。我轻轻地将手指伸了进去,就像打开一朵玫瑰娇嫩的花瓣。她继续写着没有迎合或拒绝的娇吟,却愉快地张开双腿方便我进入。"米勒在巴黎(当他住在修拉别墅里时)获得了未曾料想到的幸福。1927 年,在纽约,他对该幸福有了更深的理解,他写道:"美洲养育了流氓和啤酒巨头。文学是留给女性的。一切都留给了女性,除了女人味。"

正是这些最为温柔的句子被美国海关立即抓了现行。一个自由的男人在一座自由的城市里的自由叙述。之后,玛丽·蒂尔博说:"讽刺画将他描绘成在小本子上乱画的淫猥的窥淫癖者。他上电视节目时,对他提问最多的是关于他的生活而不是他的书。"当然如此,当然如此。啊,这些小本子!在《黑色的春天》里,出现了这些本子:"笔记是以隐蔽的风格写下的。一个简单的句子可能包含一年的斗争。其中有几行我难以理解——我的传记将会解决这些问题。"

米勒的创新之处便是:遵照真实的情况,以及发生的情况。他和那个时代的超现实主义者相似,却比他们露骨百倍

（布勒东和阿拉贡比较像牧师），他说，巴黎这个传奇的城市（从法国人不懂得利用它起）不断地震惊着世界。米勒踏实并充满热情，他不是浪漫派。"就像樊雅一直说的那样，他并不是一个**浪漫派作家**。一个完全有理由自杀却没有自杀的男人是令人失望的。"是的，我们应该感谢亨利·米勒辨认出了他称之为"死亡三部曲的犯罪感-疑惑-害怕"。这就是他激流般、偶尔令人厌倦的三部曲《性爱之旅》(*Sexus*)-《情欲之网》(*Plexus*)-《春梦之结》(*Nexus*)的意义所在。他坚持不懈地提及阻碍、障碍、抑制的诡计、设计好的抑制，为其中的单纯狂喜扫清障碍。他的书为何是虚无主义的经典作品——常常充满下流，却始终真诚。**必须下流**。"您错了，塞利纳关于《北回归线》一书写信给他。世界上充满有理的人，令他恶心的正是这个。"米勒那句有力的名言将依然是沃尔特·惠特曼的那句："我自相矛盾？好吧，我自相矛盾。"

米勒最好的作品？与他淫猥的窥淫癖者漫画形象相去最远的作品？大概是《马洛斯的巨像》(*Le Colosse de Maroussi*)。他避开了美洲和他的"空调噩梦"，情况却变得更加糟糕，战争全面爆发。这个五十岁的人最终成为逃兵，现在他比以往任何时候都更引起崇拜死亡力量的人们的反感。"一整天不说一句话，不阅读报纸，不听广播，不听流言蜚语，完全地、彻底地陷入懒惰，对世界的命运完全、彻底地冷漠。这是我们能给自己用的最好的药。"他还有一些令人难以接受的说辞:"出版孕育了谎言、仇恨、贪婪、猜疑、恐惧、恶意……我们需要的是和平、清静、闲暇。"在雅典、迈锡尼、埃皮多尔、克诺索斯、忒拜、德尔斐,在阿伽门农的墓前,他顺从地忠实于自己的誓言。这便是那个忠告:"无论是谁,企图做他现在所做之事以外的事,去他现在不在的地方,都是自欺欺人……这些人在读这几行字的时候,必将会明白唯一要做的事情就是将他们的渴望转化成行动,直到最后。"

是的,直到最后。以怜悯的方式讥讽或嘲笑老头米勒是有教养的行为,他在八十八岁时,爱上了一位拥护南部联盟血统的年轻美貌的女子,一个二流女演员,但似乎非常体贴。老人的执拗!对吧!多么糟糕的趣味!我不赞同这种虚伪。写给布伦达·维纳斯①的信直接、有趣、清新、淫秽(用法语写的),没有一丝颤抖。十分衰弱的米勒打电话、阅读、劝告、建议、胡言乱语、做梦、记录下他的幻觉。他总是专注于最微小的、激动人心的事情,远远不像人们说得那样唯灵论,和葛饰北斋②一样沉睡在无止境的青春中。这是他写给他的通信对象布伦达·维纳斯的最后一封信件,像是作为赞成并联署美

① 亨利·米勒的情人。——译注
② 葛饰北斋(1760—1849):日本江户时代浮世绘画家,其绘画风格对后来欧洲画坛的许多印象派大师影响很大。——译注

国南北战争的名言。"因为他们顽强的冲锋、他们的激情、他们疯狂的蛮勇,叛乱分子(你们所有人)甚至受到这些美国佬赞赏,你也一样。"

海明威的诡计

　　一位真正的作家在他的一生中,几乎唯一能确信的一件事便是所有人都将或多或少地阻碍他的写作①。家庭、学校、军队、金钱、政治运动、朋友、敌人、亲近的人或不那么亲近的人、评论、市场压力、平民化的准电影。总而言之,写作没有空间或仅有极小的空间,是所有行为中最孤独的一种——用字句让自己处于与感受到的真实相称的状态中。因此,一位作家的首要任务便是保护自己。情况千差万别,方法也不尽相同。可以从疾病到倒错,通过两面手法、借用身份、突然转变、缄默的退避、昭然若揭的丑行、酒精、毒品或假装轻浮。海明

---

　　① 欧内斯特·海明威,《身份的捍卫》,贝尔封德出版社,1992 年,马修 J. 布鲁克利编,艾娃·泰特译。

威在这一点上或许是一位大师。他周密的保护和误导对手的技巧(他的对手是社会上不断的风言风语)像是时刻变幻的马戏。当这套妙计不再起作用,一颗子弹贯穿脑袋。无论如何,唯一的信条便是:"一切过去,一切都让人厌倦,民族、组成民族的个体,都同样随风而逝……留下的只有艺术家们传递的美丽。"(《非洲的青山》)

一上来,海明威就用了假定外倾性的重要方法。他总是在外边。他是(第一次世界大战、西班牙战争、第二次世界大战)战场上的战士或通讯员;他在拳击场上,他在角斗场上,他在非洲捕猎狮子或大象,他在不同的渔船上捕捉湾流中的箭鱼;他在酒吧里,在传说中哈瓦那的*弗洛里蒂塔餐厅*,面不改色、迅速地喝下鸡尾酒,打破了记录。此外,他还不时更换妻子,生孩子,并得到"爸爸"这个讨厌的绰号。他还有时间和精力来写作吗?这正是需要证明的。越来越多的短篇小说、长篇小说陆续出版,并引起了极大反响,作品质量(美国文学的创新,在叙述上影响了整个世界)和数量一样出色(成为畅销书,并掀起了一整个电影传奇)。与 19 世纪受神灵启示或只限于世俗圣职,命中注定成为未来倡导者的作家形象相比,目前,海明威的突然侵入摆出狠狠辱骂宗教的架势。(人们现在仍在指责他这一点)。但更糟的是:从此以后,通过报纸狭隘并简化的交流成为人际关系的新本质,他是最早深刻体会到这一点的人之一。清晰、简洁、准确、可行，另外，真相和谎言并无差别；坚守固定的等级。海明威最初正是在这片阵地上战斗。一种不断地成为巧妙精致的艺术，并与全球新闻界对抗的文学到底是什么？一年又一年，海明威和新闻界之间的冲突（是他在自己的阵地上挑起的）逐渐升级，使我们得以从中体验追踪他一系列态度的乐趣。他的身份是分裂的。一方面，我？我有强壮的身体，在行军中不断受伤，飞机和步枪，在欧洲、中国或美洲。另一方面，我？我只是一个从太阳升起就开始（痛苦）工作的作家，且只是一个作家。使他惊慌的是什么？宗教成见（禁欲主义艺术家负有的圣职和脱离躯体的职责）以及新的宣传手段（运动、财富、功绩）。两者其中之一，注意：不会两者兼是！

最初，海明威只是美国芝加哥的一个青年，1917年，他在意大利前线共挨了二百二十七枚炮弹碎片。第一个猜测：他是否在《太阳照样升起》中讲述了他所遭受的性创伤（阳痿）？他之后的男性暴露癖难道不是对某种隐藏的伤口的补偿？这位大男子主义者，这个手持卡宾枪和鱼竿的粗俗放荡鬼难道不是衰弱并假装禁欲？"关于我的问题，人们无所不谈，他们杜撰了这一切，我无法逃脱任何疯狂的事情。不，还有一件疯狂的事情是我没做过的：目前，我还没有疯狂到变成同性恋……很快就会的，到了那一天，我可能就无所不能了。"他在

纽约斯克莱布诺出版社的办公室里,被马克思·伊斯特曼①
打耳光的事件引起了轰动。1937 年,伊斯特曼在《纽约时报》
上写道:"不要再躲在你胸前的人造胸毛后面,欧内斯特。您
早就被揭穿了。"这个关于海明威身体的疑问即将变成新闻里
的陈词滥调。海明威看上去是什么样的呢?他"强壮魁梧,拥
有抛球中卫一般的肩宽",他还是一位"优雅的法案评议委员
会委员,留着黑色的头发和高傲的小胡子",但同时,他也"害
羞、笨拙、温和"。实际上,最令人不快的是,法西斯在欧洲的
全面侵袭惹恼了沉睡中的美洲(美洲用了很长时间才醒过
来):"民主政治的命运在西班牙上演。"(1937 年 7 月 12 日,
《洛杉矶时报》)。在那个时代的美国作家协会中,几乎没有像
他一样直截了当且具有决定性的作家:"法西斯主义是由无理
性的人到处传播的谎言加固而成的欺诈。一个关心真相的作
家无法在这样的政体下生活和工作。"令人赞赏的海明威!既
然今天我们似乎总是困扰于法西斯是否在那个时代大行其
道,那么就让我们重新读他的书(例如,被容许全面屠杀的萨
拉热窝)(至于它的另一个密友斯大林主义,让我们读一读奥
威尔,以及其他许多人的书)。丧钟是为谁而鸣?为所有人,

---

① 马克思·伊斯特曼(Max Eastman, 1883—1969),美国作家、评论家,
代表作为《享受诗歌》(*The Enjoying of Poetry*)。——译注

就像现时的耳光一样，为所有人，为被判死刑的鲁西迪。然而，这位从前线回来的军人，找到了说话的方法，"在耐力和勇气上，小说家堪比一个长跑运动员，因为这个差异，努力应该延长两年。"或者，"没有人明白一个作家必须强迫自己遵守纪律。"尽管如此，也不要告诉我们创作艺术作品和**采取行动**可以同时进行，更不要告诉我们艺术是一种和战斗同样重要的行为，不要做毫无结果的空想。这是一位记者在 1941 年做的一小段有趣的评论："后世也许会指责海明威，但在他眼里，威廉·福克纳在远处对他的同代人产生了决定性的影响。"海明威的文学评论？显然非常明确。1946 年，他说："萨特中篇小说文集汇编《墙》非常耀眼。"

在几乎没有人愿意行动的时候，海明威行动了。接着，风云突变。(灾难之后)现在必须得动手，积极活动，发送消息，建立一个更好的人类世界，思考如何更好地思考。然而，此时，相反地(总是逆流而行)，唯独海明威坚持推崇文学。对法西斯主义漠不关心的那些人现在称颂起善行？但善是抽象且在两愿下成立的，是堕落的恶的形式。1947 年，他说："对于那些有才能的人来说，原子弹并不比脑溢血或衰老可怕。但愿他们继续做他们的工作，不要理会其他。"1954 年又说："以大写字母 H 开头的"人类"(Homme)一词对我而言毫无意义。"然而，不仅仅只有自然而然产生的优秀思想的洪流，也有

(双向的)商品膨胀。这便是问题所在。您难道不认为低利率贷款、好莱坞、广播、高级杂志会打扰到作家雄心勃勃的个人工作吗？回答是："妓女也需要鼓励吗？"又或是："世界确实在纺糟糕的棉线，但它的不幸并不是昨天才开始的。"海明威，您还有其他要说的吗？关于政治？"逃跑，当政治险些触碰我时，我感觉到不小心喝了别人痰杯里的痰后所体验到的那种不适。"诗歌？"某些人在写，其他人则只是捣碎词句。无论如何，埃兹拉·庞德是所有诗人中的大师，他是个混蛋、叛徒。"（当然，这些话是带着最大的赞赏和温情说出的。）评价其他作家？根本不需要。所有的作家都应是孤独的："一天晚上，我又见到乔伊斯……"久而久之，事情在变糟。《渡河入林》出版时，海明威遭到了评论界的抨击，《时代周刊》上谈论了"书中明显的缺陷"。（这本书却是他的杰作。）他质疑1944年的将领，指责他们下令屠杀；他这位叙述者和一位年轻的意大利贵族一起漫步在威尼斯；书的题目公开"拥护南部同盟"，所有这些都得罪了美国。海明威拒绝做任何修改，他声明："我的新小说非常出色，我反复读了两百零六遍。"他甚至更加挑衅地说："通过某种方式，我运用了算术学、几何学和代数学。我现在正在进行无穷小的计算。"实际上，所有人都觉得这本书是"空的"，他们将他批得体无完肤。海明威不再理会他们："这本书是写给那些认识到生命价值，用尽全力逃脱死亡的人的，"也是"写给那些幸福的表白给予他们翅膀的有情人们的"。他极其冷淡。《老人与海》成为诺贝尔学院历史上最简短的、由美国大使宣读的演说。演说的主题是？"最好的写作就是迫使自己孤独。"海明威显然未作任何准备。

　　海明威似乎极少对哈瓦那抱有信心，其中一次便是他和一位叫做弗雷泽·德鲁的教授在一起的时候。他评论了那些与他有关的文章，一篇关于精神分析的、一篇关于超象征主义的，甚至还有一篇评论这样说道："一个失败的作家，加上一位联邦调查局的警探，一切依然是失败的"。然后，他突然提道："我喜欢成为天主教徒这个想法。"德鲁记录道："他热烈地与我谈论天主教，还不忘在这个过程中提到他在西班牙遇到的一位巴斯克神甫朋友：'他每天都在为我祈祷，我也每天为他祈祷。'"《时代周刊》正好刚刚刊登了一篇嘲笑海明威这种从不参加宗教仪式的"天主教徒"的文章(他与他的第二任妻子宝琳·费孚结婚时皈依了天主教)。德鲁似乎成为被海明威坚持留下来共进晚餐的极少数人之一。海明威送给他一些他的西班牙语、意大利语、法语版书籍。想到这"流动的盛宴"时，他是否会写道：巴黎是这场盛的中心？最后的伪装？也许是吧。但仍令人惊讶。"真正有荣誉感的人"，他直率地说，"终有一天将永不再谈论荣誉感。"在结束生命之前，他给一位朋友写了最后一张明信片："我们仍然拥有美好的时光"。这便是荣誉：美好的时光、书籍。

艾兹拉·庞德的破碎天堂

 谁将真正创造 20 世纪的历史？通过改写历史的态势、所走的弯路，急剧的发展、丑行及创新？它造就了围墙高耸的囹圄和黑暗隐秘的矛盾。例如，法兰西的一位总统长期地周旋于纪念某位元帅的两本文集之间，其中一本为 1914 年时的元帅歌功颂德，另一本则攻击 1940 年时的他？希特勒和斯大林，谁才是真正的受害者？布勒东、阿拉贡、毕加索、塞利纳，谁犯的错更少？上帝是否仍存在，是否承认自己的错误？宣布历史的结束难道不是为了更好地遗忘其所提出的可怕问题？是否应该机械地恪守教条化的人道主义？脑动脉硬化的远程操控？教理讲授？生存在这血腥历史末尾的人猜想他的知识越来越简化和缩减，他在所有方面的反应都已衰竭。例如：我们是否能同时成为一个伟大的诗人、一个忠诚的法西斯主义者和一个仇视犹太人的狂热分子？不能。对吧？然而，也是有可能的，这便是问题所在。

"如果艾兹拉·庞德不存在，"汉弗莱·卡彭特[①]在他那本鸿篇巨制的传记（目前为止最为详细、最为客观的一本）中写道，"这个人物则难以创造。"鲜有作家的生活是如此荒唐、精彩、暴躁。他是天才幻想家？祖国的叛徒？疯子？异端教徒？狂热分子？是的。但也许他首先是一名巧匠，一位勇敢的发现者，一位不断创新、自学成才的博学者，一位语言和认知的改革者，混乱时期文学和艺术精髓的创造者和推动者。

我们是否宁愿要一位思想高尚却平庸的文学者，也不愿要一位思想邪恶却伟大的艺术家？对该问题的争论时时发生，但地球仍照样旋转。高尚和邪恶之外，又是什么呢？不，根本无从分析。让我们试着梳理其主要的脉络：

　　　　天堂，正是我试图写作的

　　　　别动

<hr>

　　① 汉弗莱·卡彭特，《艾兹拉·庞德》（*Ezra Pound*），贝尔封德出版社，1992年，让-保罗·莫弗伦译。

且听风吟

天堂就在那儿

愿神明宽恕我的罪行

愿我爱的人宽恕我的罪行。

　　1885年,庞德出生在美国的一个小镇,家族是当地有名的中产阶级、长老会信徒、清教徒和乌托邦主义者,他们笃信《圣经》并传道,抵制银行业。家族成员的名字都带着预言性,但他父亲却名叫荷马(Homer)。"我曾是我父亲的儿子,我对抗着我的母亲。我的情况与俄狄浦斯情结几乎完全相反。"在他的一生中,庞德与他的父母都保持着极好的关系,他们是他的支持者。他们为他成为年轻诗人而感到骄傲,他们鼓励他写作,阅读他的作品(简直像是在做梦!),很早就将他送往欧洲(1980年,庞德在他二十岁时便已经到过威尼斯,这座城市是他心中的首都,他死后也葬在了那里)。他有一个妻子:多萝西·莎士比亚(Dorothy Shakespear[没有字母 e])和一个儿子:奥马尔。除此之外,还有奥尔加·拉奇——这位小提琴家,两人一起使维瓦尔第的音乐复兴,他们有一个女儿:玛丽。始终是两个独立的家庭,没有纷争,庞德时而回这个家,时而回另一个。没有任何意外来扰乱这私人秩序,对此庞德也从不谈论。他所投身的战争并不在此。

从大学时代开始(他与威廉·卡洛斯·威廉姆斯①成为朋友),他便热衷于普罗旺斯文学和但丁。希腊语、中世纪——他坚信被遗忘的传统应彻底复兴。他不是唯一一个认为,除了几个例外,19世纪的文明已彻底没落。为了具体说明这点,需要回忆一下1910年伦敦一个汇聚了马奈、塞尚、梵·高和高更的展览,这个展览在弗吉尼亚·伍尔芙看来激发了"愤怒和大笑的极点"。庞德也在那里,充满维多利亚式的蒙昧。之后,他和那个时代其他许多人一样来到巴黎,因为在巴黎,他们至少能最先发掘和定义新事物。同样,颠覆性的新事物是对所有被贬责的过去的重新发现——他们对其进行挖掘、搜寻、重新估价、翻译和重拾。因此,两块大陆先后重新迸发出耀眼的光芒:意大利和中国。现在,人们能想象一个完全或几乎完全听不到有人谈论维瓦尔第、蒙特威尔第、荷马、行吟诗人、《神曲》、存在一千多年的表意书写符号的社会吗?然而,第一次世界大战前夕的情况就是如此。那时,最充满活力的创作正是以英语和法语进行。在英语创作上,艾略特写作了《荒原》;自从乔伊斯被流放到的特里雅斯特后便开始释放大量关于《尤利西斯》的信号;格特鲁德·斯泰因欣赏毕加

---

① 威廉·卡洛斯·威廉斯(William Carols Williams, 1883—1963),20世纪美国最负盛名的诗人之一,与象征派和意象派联系紧密。——译注

索的作品;海明威修正他的射击偏差。庞德在伦敦经历了意象主义①和漩涡主义("一种激烈的艺术")后,开始写作他的伟大史诗《诗章》:"史诗是涵盖了整个人类历史的诗歌,没有人能了解人类历史,除非他先理解什么是经济。"正如《比萨诗章》(*Cantos pisans*)的首位译者丹尼斯·罗什,他在1986年出版的唯一一版法语全集②的前言中写道:"这是这个人所独有的语言。他一个人发出了全世界的众多声音。"《尤利西斯》、《诗章》、《芬尼根的守灵夜》:这是在19世纪视野里,缓慢狭窄的天际上,多么伟大的起义,多么积极的否定! 需要不停地重申,因为现今所有人都想要当作什么都没发生过那样做。

　　庞德在圆形剧场里? 他无处不在,倾听并阅读一切,与其他人相互支持。乔伊斯说:"庞德是一个充满激情和活力的奇迹,是一块会突然放电的电池。"海明威(他教授庞德拳击)说:"这位伟大的诗人将他五分之一的时间献给了诗歌,其余的时间则用在从物质和艺术上帮助他的朋友。当他们受到攻击,他为他们辩护,帮他们在杂志上发表作品,将他们救出监狱。他将钱借给他们,他帮他们卖画,帮他们组织音乐会,向他们赠送文章,将他们介绍给富有的女士,把他们的书推荐给编

---

　　①　在20世纪早期由英美诗人发起的反对维多利亚式伤感主义的一场文学运动,主张使用自由体、普通的语言模式和清晰具体的影像。——译注
　　②　艾兹拉·庞德,《诗章》,弗拉马里翁出版社,1986年。

辑。在他们苦闷的时候他一整夜和他们呆在一起，他为他们预付医院费用，让想要自杀的他们回心转意。最终，某些人克制住了第一时间刺杀他的冲动。"

海明威(他为被束缚的庞德提供了极其有效和令人震惊的有利证词)也提到："他曾在某种意义上是一位圣人。他暴躁易怒，但是很多圣人也是如此。"因此，后来乔伊斯和庞德间的误会无关紧要(无法理解《芬尼根的守灵夜》晦涩的语言的庞德认为"乔伊斯过度膨胀")。此时，所有人都在抨击，一次奇特的文艺复兴在愈发逼近的乌云中显现出轮廓。就在此处，庞德深深地受困于"经济"这一顽念，失去控制并犯下大错(像另外一些人在其他方面犯下错误那样)。庞德开始信任某个人——他的朋友海明威头脑清醒地断言这个人是一个骗子——墨索里尼，庞德称之为"老板"。他给墨索里尼写信，想使他赞同"社会信贷"(Crédit Social)。排犹主义和法西斯主义：那个时代具有破坏性的两大思想疾病之一。排犹主义？"郊区居民愚蠢的偏见。"庞德最后对前来威尼斯看望他的年轻犹太诗人艾伦·金斯伯格说道。无法阻止"愚蠢的偏见"侵占他的思想，他对于货币复兴的幻景，他对于罗斯福和美国越发激烈的评判。重利盘剥，这对于庞德而言是无所不在、分泌毒液的毒蛇。他在牧师的宣讲中、在他的文字以及他那闪闪发光的伟大诗歌中揭露了彻底的罪恶。战争爆发，庞德投身广播(令他着迷的技术),在罗马大骂美国,对一切都不予理睬,他以叛国罪被逮捕,关进比萨的钢铁囚笼中。之后,他被移送到华盛顿,进了地狱般的精神病院。一位医生记录道:"他在历史、地理、政治、经济、艺术,以及其他领域的学识显然非常渊博。他的智力也远远高于常人。"这份诊断让人难免想到一位著名的精神分析学家在圣安娜观察完安托南·阿尔托后写下的记录:"充满文学的抱负。"

因此,庞德(与其他许多人一样,尤其是威廉·赖希)被认为是偏执狂。是?或不是?在那个时代,他最好有点精神失常,这一点很可能会挽救他的性命。一个精神病科医生的评价他说:"他的精神活动非常难以理解,他的谈话中堆砌着大量想法。"确实,庞德本人完全如同他的写作一般,也就是说,如同在比萨(他将那里想象成中国泰山的山脚)"死囚的牢房"中写就的华丽《比萨诗章》一般。

> 仿如离开蚁巢的蚂蚁
> 因欧洲的海难死去,自导自演。

但实际上,他并没有疯,他认为"大脑,从起源和发展来看是生殖流质的巨大凝块",并且"这个假设可能将大脑的巨大内容解读为图像的生产者和保存者"?另外,他将创作的诗句引入第三十六章诗："Sacrum, sacrum, inluminatio coïtu"（"该死的,该死的,交媾中的启示"）？这人说出"精细微妙的整个教义体系"从厄琉息斯的神话开始,穿过行吟诗人,一直跑到他面前。难道他不是疯子？庞德说："厄琉息斯的神话,一些我们不应该公开谈论的事情。笨蛋只会亵渎它们。傻子既无法知道这个秘密,也无法将之告诉其他人。"此外,"从您宣称神话存在的那一刻起,您就应该认识到您同代人中的百分之九十五将不会理解,并且无法理解您想说的任何一个字。"

庞德的"异教"源自于对加尔文教义的激烈反应,它很好地解释了一些事情。他在给艾略特的信中说,基督教是"蹩脚的"。此外,在他看来,《圣经》（他的名字源自于《圣经》）是一本被彻底糟蹋的书（他甚至在战争爆发之前推荐阅读《犹太人贤士议定书》）。那个世纪,也可能是每一个世纪的癔病。他说,"当一切都似乎将您推向描写世界末日时,描绘天堂就变得困难。显然,为人们创造一个地狱,甚至是炼狱,要相对简单得多。"再来看看：

> 天堂并非人为创造
>
> 表面上却是破碎的
>
> 它只存在于意料之外的碎片中

Spezzato 在意大利语中是"切割"的意思。在《比萨诗章》中,存在着双重赎罪活动:

> 放低你的虚荣心
> 你的仇恨是多么平庸
> 让它在错误中汲取营养

和傲慢:

> 已从空气中诞生有生命的传统
> 或从聪明苍老的眼中诞生不顺从的火焰
> 虚荣心并不在此
> 世间一切错误都源自一无所成
> 一切错误都源于在犹疑中的惊惶不安

因此,庞德承认错误("在《诗章》背后有某种腐烂物"),却不屈服。他重复着——极端自负?狡猾的中国兵法?——《诗章》是一堆"烂泥"或"土砖",一块"无知的组织"。而且,这就是他在威尼斯的最后几年患缄默症后的作风(我在威尼斯再一次见到了他,在我的窗户下面,如此帅气地站在一条渠道边,凝视着他的双手,相互揉搓着,仿佛在等待一次直接登船)。在巴黎的某天晚上,他指着垃圾桶里贝克特的《终局》中的一个人物说:"这是我。"人们问他生活在哪里,他边指着他的心边答道:"地狱。"他不再说话:"我并没有陷入沉默,是沉默将我困住。"他继续旅行,去苏黎世看乔伊斯的墓,写下了几句这样的话语:"我因为利益而患上了这个病。问题不在于重利盘剥,而在于贪婪。"同样,他放弃了:"我错了。百分之九十的错误。我在动荡中失去了理智。"1946 年,他对查尔斯·奥尔森低喃道:"我总是说不应该如此,却仍是推倒了我身边一切讨厌的瓷器。"1972 年 11 月 3 日礼拜五,他在威尼斯安静地辞世。圣乔治奥的赐福祈祷完成了所有仪式。接着,仪式用的贡多拉将他运往逝者岛,一块刻着他名字的木板,再无其他。今天再打开《诗章》,这不可思议的幻想和瞬时记忆的陷阱,音乐和直观的视觉,"在文字中舞动的智慧",读者会自然而然地记起庞德曾谈到他作品的一个主人公西吉斯蒙德·马拉泰斯塔:"一次抵得上那个时代所有胜利的失败。"

未删节版卡萨诺瓦

终于！两千页的卡萨诺瓦①《回忆录》终于独立成卷出版，和《追忆似水年华》一样一共有八百万个字符。如此多的字符！一本独一无二的梦幻剧，它应被整理，而不是被审查！事情很复杂，归根结底，却十分简单。卡萨诺瓦(死于1798年)常常用拙劣的法语写作。作品的手稿在德国被发现，它最先被翻译成德文；接着，1826年，被用"正确的法语"出版，但对作品进行了删减、掩饰及不恰当的添加。手稿原件一直等到1960(!)年才为世人所知。现在出版需要采取的唯一一条原则：修正语法增加可读性，在文中的方括号里添加审查要

---

① 卡萨诺瓦，《我的一生》，阿尔雷阿出版社，1993年，拉封出版社，"旧书集"丛书，1993年。

点。这就是现在正在做的,并且做得很好。结果确实相当出色。

法国教授让·拉佛格(Jean Laforgue)誊写了《回忆录》,或者确切地说,是《我的一生》。这是一个审慎品味和世俗抑制的杰出范本。整个 19 世纪通过此行为得以表达;它是如此严肃、令人着迷,热情地躺在卡萨诺瓦的长沙发上。拉佛格非常了解自己的语言,但也许不应该借由另一个人揭开大部分面纱,从而将他的语言变得过于直白。这是他首次介入:"至于女人,从我爱的女人身上总是能感觉到美妙的气味。"然而,卡萨诺瓦写的是:"我总是觉得我爱的女人闻着很香,她流汗越多,似乎就愈发甜美。"去掉出汗这一点便足以说明一切。此外,关于食物。卡萨诺瓦并不掩饰他的"粗俗品味":野味、火鱼、鳗鱼肝、螃蟹、牡蛎、发霉的奶酪、一切淋上香槟及勃艮第葡萄酒和佳富酒的食物。而拉佛格最常用"美味的晚餐"来代替。卡萨诺瓦描写自己在夜里光脚走动,以免发出声响?拉佛格立马着凉,给他的主人公穿上了"轻便的拖鞋"。我们通过细小的笔触,有时候通过整个段落,目睹了在可容忍范围内对身体的遮饰,它自 18 世纪结束后便纠缠着罪恶颓丧的想象力。身体过于青涩、过度呈现、过于起伏有致,危险就在于此。一具独特而非集体化的身体历险,它的动作、它的主动性、它的姿态会导致永久的不安(波德莱尔和福楼拜对此有所了解,却从不谈论萨德文本中隐藏的高潮)。然而,总的来说,拉佛格是一个诚实的人:他知道他参与了一次文学爆炸(必然会取得成功),他热爱他的模范,他欣赏他,但他无法控制自己介入其中。这正是在我们看来非常激动人心之处。因为拉佛格是一位思想正统,且始终现实的人。比如"耶稣会会士"这个词会让他战栗,他会对其大肆嘲讽,而对此,卡萨诺瓦则仅限于挖苦。对于君主专制的回忆是一道裂开的伤口。如何调和这样一个事实,卡萨诺瓦公开敌视"恐怖统治",毕竟他为旧制度感到遗憾,他这些破坏性的经历,也许应该走上正确的方向,历史的方向? 人们赞成称颂路易十五("路易十五拥有世界上最为漂亮的脑袋,他非常优雅和威严地顶着这颗脑袋"),但人们却忽视了他对法国人民的谩骂,因其有损他的高贵。正如伏尔泰所说,这些人民是"所有人中最可憎的",他们"像变色龙那样变换着颜色,并能承受国王对他们所做的一切,无论好坏。"气味、食物、政治观点:被监视。如果卡萨诺瓦写的是"下等巴黎人",我们认为他想说的是"善良的人民"。但显然,最棘手的是明显的性欲。对于一个他刚勾引到的女人,拉佛格写道,卡萨诺瓦"用贞洁的双手补救因堕落而导致的化妆台上的凌乱"。而实际上,卡萨诺瓦"迅速地亲吻她的短裙——它在他面前展现了所有隐秘的奇观"。我们可以看到,并没有贞洁的手,有的是急切的目光。拉佛格写道"如怕火一般害怕婚姻"。这是为了避免使拉佛格太太感到不快,因此没有复制卡萨诺瓦的原句:"比起死亡,我更害怕婚姻"？更出其不意的是,不应该在如下的一个段落中指明他的其中两位女主角,M. M 和 C. C(在他的威尼斯赌场,卡萨诺瓦一生中最幸福时光里的两位朋友):"她们如两头母老虎般,带着仿佛要吞食彼此般的激情做爱。"无论如何,下面这段描写绝不可能出版:"我们三人一同做爱,一起上演三重奏。"一次狂饮之后,拉佛格似乎很理所当然地对卡萨诺瓦感到"厌恶"。最好是这样。

　　如果卡萨诺瓦写道:"确信在一天结束时能得到完全的身体愉悦,我将自己全然托付于本能的快乐"。拉佛格纠正:"确信会幸福……"在拉佛格看来,女性不应该仰卧并用手抚摸自己。不,她"正在使自己产生幻觉"。那么,这样如何能拥有贞洁的手——也就是我们说的"手淫",在此,卡萨诺瓦用了一个绝妙的词:"Manustupration"(用手进行)。拉佛格避开了对"残忍的脏器……让她抽搐,使之疯狂,而让另一个人变得虔诚"进行注释。卡萨诺瓦热衷于女人:他以爱她们的方式描写她们。拉佛格尊重女人:是一个令女人害怕的女权论者。毫无疑问,卡萨诺瓦也谈到了他短裤上那些可疑的污迹:拉佛格为他清理掉了它们。此外,拉佛格还时常赋予他合乎道德的言论。有时,拉佛格会沉醉于修正中。M. M("一位信教的女子,有独立思考能力,放荡爱玩,她所做的一切都令人赞赏")寄了一封情书给卡萨诺瓦。拉佛格描述的版本是:"我的一千次亲吻都消逝在了空气里。"卡萨诺瓦的(这个版本要优美得多):"我亲吻着空气,仿佛你就在那里。"

然而,即使在拉佛格的版本中,吸引人们阅读这本西欧的《一千零一夜》的魔力来自于哪里?仅仅因为它是所有时代中最好的作品之一,讲述了炼金术上取得的成就,这是每个人都梦寐以求,却鲜有人能达到的成就——将他的生活书写成了一本小说。如果小说的作用在于让人们想象他们所未拥有的生活,卡萨诺瓦可以平静地断言:"我的生活就是我的素材,我的素材便是我的生活。"多么丰富的写作素材!"回想我曾拥有过的肉体愉悦,我更新并重新享受了一遍这种愉悦,我笑对承受过的痛苦,便再也感觉不到它。作为宇宙的一员,我对着空气交谈,我以为自己懂得自我管理,就像一位旅店的主人在死去之前对旅店进行管理。"(注意:卡萨诺瓦并没有说旅店的主人必须死去。)他时刻为自己安排活动,没有什么能阻止他,没有什么能限制他,甚至疾病也不能,他的偶然阳痿会令他感到有趣,或能逗乐他。令人意外的是,随时随地都有女人想要进入他魅力的漩涡。仿佛巧合一般,这些女人常常是他的姐妹、朋友,虽然他的母亲和女儿并不在其中。"我根本无法想象,一位父亲如何能温柔地爱着他美丽的女儿,如果他一次都不曾与她睡过。我一直确信这种想象无能，而现在它让我更加确信，我的思想和素材只形成唯一一种物质。"渴望乱伦之恋的绝妙宣言(此外，在那不勒斯的某个著名的夜晚体验并讲述了它)。需要强调的是："乱伦之恋作为希腊悲剧中永恒的主题，它非但不会使我为之哭泣，反而令我发笑。"这无论在什么样的社会中都将永远引起恐慌和愤慨。散发着磁性的卡萨诺瓦爱情冒险大概源自构成他的这种"物质"。因为这种物质以及由它导致的对死亡的厌恶，门打开了，敌人消失了，侥幸增加了，越狱变得可能，赌博取胜，狂热被发泄并克制，理智(至少某个能支配的理智)取得了胜利。他与乌尔菲侯爵夫人(她期待卡萨诺瓦这位伟大的巫师能将她变成男人)之间的"不可思议"的故事是最令人目瞪口呆、闻所未闻的故事之一。骗子卡萨诺瓦？很可能，他在必要时会行骗，但骗子会认罪，并且每次都会指出人们轻信的真正原因(本质与弗洛伊德一样，却更加有趣)。

他与一些名人会面？毫无疑问。伏尔泰？他向伏尔泰朗诵亚里士多德，让他哭泣。卢梭？缺乏魅力，不苟言笑。普鲁士的腓特烈大帝？他从一个话题跳到另一个话题，不理会卡萨诺瓦的回答。俄罗斯的叶卡捷琳娜？他曾与她一起旅行。贝尔尼斯红衣主教？是在威尼斯一起放荡的朋友。教皇？他附带给予他和莫扎特相同的褒奖。关于教皇，卡萨诺瓦的形而上学再次令人惊讶。他在《我的一生》的开头这样写道："斯多葛主义者和其他教派关于命运力量的教义是想象的怪物，这种想象取决于无神论。我不仅仅是一神论者，还是通过哲学武装自己的基督教徒，我从未损害任何东西。"上帝，他继续说道，总是让他在祈祷中如愿以偿。"绝望被扼杀，祈祷使之消失，人类祈祷时，他体会到了自信并付诸行动。"卡萨诺瓦正在祈祷。多么神奇的画面！无论如何，于他而言，这是一个令人惊讶的神职，同时这个人向他同伙抛出了一句话，这句话为了让那些"由于不断在火中洗礼而成为蝾螈"的人懂得："除了吃喝玩乐，我什么都做不了。"

卡萨诺瓦存在着。是我们远远的偏离了他，并且，显然进入了一条命中注定的死胡同。某日，他在巴黎歌剧院的一间包厢内，隔壁是蓬巴杜夫人的包厢，一群人以他蹩脚的法语取乐，例如他说他家不冷，因为窗户的缝隙都被堵上了①。他会耍小伎俩，有人问他从哪里来："从威尼斯"。蓬巴杜夫人问："从威尼斯？您真的是从哪里来的吗？"卡萨诺瓦答道："威尼斯不是在那下面②，而是在那上面，夫人。"这傲慢不逊的见解让在场的人吃惊。当天晚上巴黎是属于他的。

---

① 此处卡萨诺瓦错误地将"堵塞（门窗）缝隙"的 calfeutré 一词说成了 calfoutré。——译注

② 此处卡萨诺瓦将"那里"的 là-bas 理解成了"在那下面"。——译注

深刻的马里沃

您去柏林,从那之后这便是一个开放的城市。您从西德来到东德,您心里在想,为什么将近一个世纪以来,这里上演了一幕大屠杀,纳粹的号叫,迸溅鲜血的连续射击。现在,一切都平息了,电子和技术在此兴盛。您走进沙洛顿堡宫,你登上宫殿,答案就在这里,有力、咄咄逼人、谨慎:《热尔桑画店》、《划向西代尔岛的小船》。华托在这一点上是正确的吗?是的,柏林已无其他可看。这些油画里的生动、脆弱、充满激情、无法毁灭的可爱人物们在用什么语言讲述?为什么突然之间他们变得如此真实?请您仔细看并倾听。您听到声音传来,这是来自马里沃①的声音。马里沃的作品拥有自我的语言,

① 马里沃,《戏剧全集》(*Théâtre complet*),伽利玛出版社,“七星文库”,第二卷,1994年,亨利·古来、米歇尔·基洛编。

它很好地证明了一个伟大的作家深受所处时代的绘画和音乐的影响，恰巧这个时代并不属于过去，而是属于当下，属于纯粹的时间。马里沃不以既定的语言写作，而且，他用以写作的语言是所有使用这门语言的作家的语言。是法语吗？嗯，是的，没办法。《苏德互不侵犯条约》遗漏了这一细节。广告性的英语对此起不了太大的作用。应该像教其他所有人那样教法国人法语。对此，我们有一明证：谁能想到华多会在柏林取得成功？

　　1697年，路易十六在虔诚阴暗的曼特农的怂恿下，驱逐了意大利喜剧演员。他们太善变并喜欢嘲讽，可能会引起骚乱。直到1716年奥尔良公爵才将他们召回。奥尔良摄政时期的优点难以用言语表达。事物的本质在清教徒和极端自由主义者之间不停地上演，对这一点我们强调得永远不够，清教徒的教义和习俗当然也是通过使用淫秽漫画来表现的。品味的问题。一方面，悲剧、浮夸、宗教感情、病态、崇高的感情、野蛮、疯狂、混乱、沉闷。另一方面，缺乏预见、性别的自发平等、迅速的交谈、复杂细致的交流、轻盈的深刻、相对性、愉快。法国戏剧在沉睡：一成不变的态度、呆板的语调、自负的演员（马里沃这样描述他们："相比于他们角色的精巧不为人所注意，他们更愿意在表演中不断做出能够满足自尊心的错误演绎"）。而对意大利人而言，首要的便是身体。他们有滑稽剧、杂技,他们从幻梦剧、武功歌出发,他们编写对话,他们并不局限于文本。马里沃突然出现在这次身体的反攻中。意大利喜剧中的丑角有自己的一套哲学:"我奔跑、我跳跃、我歌唱、我舞蹈。"不是在其他任何地方,正是在巴黎,丑角开始认为空间是每个时刻的新颖之处。之后,毕加索也说了同样的话。

是的,是的,圣西门、华多、马里沃、弗拉戈纳尔、伏尔泰、狄德罗、拉克洛、萨德——以及其他所有人:毫无关系。欧洲的悲惨历史对他们毫无影响。不要说这已经过去,过去的唯有死亡的计划。在萨拉热窝上演的应是《爱情的胜利》,而不是《等待戈多》,正如一位美国的女性作家带着同等无意识的邪恶和下流认为这样做是对的。希特勒和斯大林认为华多毫无影响力? 他们错了。就像如今,米洛舍维奇、伊斯兰激进分子或广告性的民粹主义洪流都是错误的。一位女权主义领袖归顺于塔皮埃(Tapie)? 没有评论。或者说:应该有所表现。不管人物处于何种情景,不管摆脱具体理解力的欲望如何强烈,轻快的表演中始终保持极度的深刻。在《法国观众》中,马里沃写道:"自然地思考便是保持我们本身具备的思想特殊性……拥有这种天资,我们必然是独特的,并且是一种稀有的独特。"

通过语言表现身体,或者反过来,是一件伟大的事情。我们无法预知我们所想、所相信、所感受到的东西:需要将它讲出来,需要回答讲出的话。将"七星文库"第二卷中所有戏剧的题目连在一起,就能成为一本小说:爱情的汇聚、爱情的胜利、幸福的计谋、误解、虚假的知心话、意料之外的喜悦、痛苦、争吵、被克服的偏见。实际上,情景、变奏、人物都不那么重要。一切都是在说话、暗示、假装、掩饰的清晰热狂中进行。在此,甚至是真实的演技,也就是说,偶然的演技,也就是说,一种比人类意图更为强烈的需求。我们会有"嫉妒、冷静、忧虑、喜悦、喋喋不休和各种借口的沉默"。对话是检验掩藏准确性的标准,准确性消除了性别间所谓的分歧的不幸(实质上,法西斯主义起因也就在于此)。一个男孩对一位女孩说:"我在你身边也是白费劲,我见到你时间并不多。"她答道:"我也这样想。但我们无法更多地见面,因为我们现在就在见面。"马里沃风格? 并不是。欲望的微小统一、冲动的分割、激发天赋消除错误本性的接触艺术。"我不让他们沉睡,我唤醒他们,丘比特说,他们是如此充满活力,他们没有充裕的时间展现温情;他们的眼里充满欲望;他们直接发动进攻而非爱慕;他们不要求爱情,他们想象爱情。"当然,经过了这种强烈欲望的理性时代对某些女性是有利的。这些女性的自由仅仅是极为短暂的自由。应该读一读《殖民地》,这是马里沃最具"女权"色彩的一出戏剧。唯一的准则在于信赖语言及其细微差异。其他一切便会随之发生:言语的某个错误便是爱情的某个错误。"您要习惯于认为您的叹息不会迫使我跟着叹息。"伯爵夫人在《美满的计谋》一剧中冷酷地说道。此外，她也说出了那句不可思议的话："这不是我的错。"拉克洛非常清楚地记得《危险关系》中的这句话。

马里沃发掘了塞利维亚这位著名的意大利女演员的所有美好。一开始她抱怨无法进入马里沃给予她的角色，那时她还不认识马里沃。他去了她的住所，告诉她一些戏剧片段。"啊，"她说，"我全明白了。可你到底是作者还是魔鬼。"马里沃答道："我不是魔鬼。"我想，好在她通过嗓音辨认出他是一位鬼才作家。

家庭里的埃及人

　　兰波和尼采都有感情专制的姐妹，她们擅长在他们死后出版他们的作品。福楼拜则有一位侄女，名叫卡罗琳娜。她舅舅出发去东方国家之前曾令他的母亲失望，她觉得他本应避免写下这类句子："那天晚上，我去了格林修女家，并在那里和两个名叫安东尼娅和维克托里那的婊子一起制造了相当多的污物。"卡罗琳娜因此删去了这个有失礼仪的片段。她也阻止了她这位辉煌但有些特别的亲戚对他"神经质发作"的一切影射。她切割、刮净、整理。《埃及游记》不应该看上去像未经修改、断断续续、直接的文稿；福楼拜的身体在其中有过多展现；她为他穿上衣物，她用橡皮擦去，她重新缝合，她接上话头。因此，这是一份收藏者的手稿，直到一百四十年后这份手稿才以其真实面貌出版①。1851 年 6 月，"居斯塔夫"②(如萨特所说)刚刚从埃及返回，他三十岁。我们从未刻意强调他又高又帅的事实(一米八三，这身高在那个时代很少见)。为了记录留在他眼前的鲜明、清晰、鲜活的记忆，他在五个礼拜内写了一百八十七页纸。他让情妇露易丝·科莱阅读了抄本，她感到非常不快。他最亲近的朋友们完全读不懂《圣安东尼奥的诱惑》一书，在这本作品之后，的确必须写作其他内容，代价是之后他又重蹈覆辙(《萨朗波》)。1851 年 9 月，在安排好他的工作之后，福楼拜开始对审核机制和家庭的愚蠢发起了正面进攻：那便是《包法利夫人》。

东方国家？福楼拜从未忘记他十二岁时，在鲁昂亲眼看到从**卢克索**运到巴黎协和广场的方尖碑时的感受。仿佛从那时开始，他便决心要踏上**那里**的土地。他在埃及的经历恰恰与充满异域风情或富有诗意的婚姻相反。他既非传统意义上的旅行者，也非考古学者，又非摄影师(像马克西姆·杜冈那样)，更不是游客。像他之后的一些以各种借口前往非洲和中国的其他作家一样，他首先在自己家中，在他的神经系统中，记录下他的感受：船，骆驼，动物，沙漠，多变的色彩，深奥的地

① 居斯塔夫·福楼拜，《埃及游记》，格拉塞出版社 1991 年，原稿完整版由皮埃尔·马克·德比阿斯整理出版。

② 指福楼拜。福楼拜全名为：居斯塔夫·福楼拜。——译注

图,寂静、宽阔的视野,高低起伏的地形。他是画家,他是音乐家,他行走,他射击,他呼吸。他的句子变得像象形文字一般坚硬、方正、有节奏。"一切都是灰色,却沉浸在强烈的玫瑰色的色调中"——"来自中部的热风,太阳看上去像是一个散发着光泽的银盘"——"云层在大块淡蓝色的尼罗河上呈现出大理石般的花纹"。为了追求用词的垂直性和可靠性而不断地使用破折号,呈现在我们面前的是一件雕塑品。有时,他感到无聊,神庙让他厌烦,他的伟大事业在于为什么并且如何享乐。那便是:红棕色的沙尘暴形成漩涡,一队沙漠商队在他身边如一排幽灵般飘摇而过。"我感觉到某种类似于恐惧和狂热赞叹的东西沿着我的脊柱流动——我激动地傻笑——我应该脸色苍白,可我却以一种难以置信的方式感受到喜悦。"危机在于形成自我意识,俄狄浦斯最终能够在底比斯前回答斯芬克斯:"但我看着三层波浪在我们身后随着风波动。我感觉到从我内心深处升起一种庄严的幸福感前去与这一幕相遇,我在内心感谢上帝让我能够以这样的方式感到快乐。"福楼拜强调,他没有在想任何事情,但他突然之间"因为思想而变得幸运",整个人沉浸在内心的满足中。他在自己身上,对自己有了全新的发现。

他想要进行具体的核实,那便是她。她叫做库奇乌科·阿奈蒙,是著名的舞姬,职业妓女。福楼拜遇见她时,便为之深深着迷。"她刚刚沐浴完出来——胸脯散发着清新的,某种像是教堂里松脂的味道。"这个伟大的埃及娼妓如他所愿化为肉身(和他一同旅行的朋友对此一无所知)。这是专门为他派来的女神:"她的右臂上刺着一条蓝色的字迹。"一切令人眩晕的、鲜活的过往都在此同时对福楼拜倾诉,他被神秘地选中来对其进行理解:"和库奇乌科以及索菲亚·佐葛哈('非常堕落、胆大妄为、放荡、可爱的母老虎、我弄脏了长沙发')一起共度的夜晚是决定性的起点:与库奇乌科的第二次做爱——我抱住她的肩膀,感觉到她的圆形项链在我牙齿下面——她环形天鹅绒软垫般的阴户玷污了我——我感觉到自己的无情。"他看着熟睡的她,想到了在他的不眠之夜注视过的所有其他睡着的女人。"两点三刻,她醒了——充满柔情地再次做爱——我们互相握着手——我们相爱着,至少我这样相信——她在睡着时无意识地用手或大腿压着,似乎在不由自主地哆嗦。"更为夸张的是:"我杀死在墙壁上爬行的臭虫来取乐,在白粉墙上画出红黑色的阿拉伯式装饰图案。"露易丝·科莱对这个笔记感到气愤:显然,福楼拜使一切堕落。他回答她道:"这让我想起雅法①,当我进入这个城市,我同时嗅到了柠檬树和尸体的味道;被捅破的墓地里露出半腐烂的躯体,而

---

① 以色列第二大城市,全称为特拉维夫-雅法。——译注

绿色的小灌木却在我们的头上摇曳着金黄色的果实。你没有感觉到这首诗多么完整,这是多么伟大的合成?"不,*露易丝·科莱感受不到*。没有人会想到这"伟大的合成"。因此,应该冷静、庄严呆板、无情、斟酌地写作。这将冗长、可怕,却能成功。这就是为什么我们会对共和国到现在都未用一块勋章或一座小方尖碑来颂扬库奇乌科死后的名声而感到惊讶。然而,这可能是最无关紧要的事:"全世界的文学都要感谢库奇乌科。"来吧,将协和广场挪到某个角落。

魔术师博尔赫斯

博尔赫斯写道:"几年来,我注意到,美妙的事物到处都是。每一天每时每刻我们都在天堂中生活度过。"

《阿特拉斯》(*Atlas*)是这种体验的瞬即收集。几张旅行的照片,照片中是这个世纪最伟大的诗人让我们注视的已经无法再看到的东西。他在那里,被关在"盲人的眼睛所看到的薄雾中"。他向我们展现了伊斯坦布尔、爱尔兰、日本、布宜诺斯艾利斯——他的家乡,日内瓦——他留下最后的智慧和去世的城市。没有一丝悲怆:一位带着微笑的年轻女子陪伴着他,她是日本和阿根廷混血,预料中的这位梦见荷马的安详俄狄浦斯的安提戈涅。博尔赫斯口述了这些照片的陪伴(它们甚至不是"美丽的照片",却因此更加令人感动),正如从夜晚和梦境中获得的最后的诗歌陪伴着他。我们可以从中看到他偏爱的主题：时光、藏书、偶然、象棋、迷宫。基调是悦耳清晰的顺从。死亡也在其中，却沐浴着幸福的光芒。

看看这位站在加利福尼亚某处圆形山顶的老人，或者是在埃皮达鲁斯①。空间的每个时刻对他而言都对应着一个秘密的数字，这是他想要的。比如马略卡岛的莱蒙·鲁尔街角；又或是在一头老虎旁边，他大概想在另一种生活中成为它。博尔赫斯成功地将暗喻变成一系列的轶闻和简单直接的寓言故事。他学识渊博，却从未令人不适。听过他讲话的人知道，他体质虚弱却具有能力，他身体前倾，从声音中传达出各种各样的观点，毫无疑问，他相信言语的神奇效力。只要有明确的选择、清楚响亮的措辞以及简洁和明了，这种效力就依然能在这个混乱的时代发挥作用。和他一起在世间漫步，伴您左右的是庄子、柏拉图、维吉尔、但丁、乔伊斯，他最喜爱的影子，在记忆和遗忘的长河中的他的同代人。他顺带地让我们想起语言的潜在生命、暗喻的作用以及**转移**这个希腊词始终具有的意义。他在巴黎，或是在威尼斯的佛罗里安花神咖啡馆，"水晶般的威尼斯，暮色中的威尼斯"，"绝无仅有的轻盈、永恒的暮色"。在《密谋》和《天字》中，我们能感受到在令人难忘的

---

① 古希腊神庙。在埃皮达鲁斯，医神阿斯克勒庇俄斯（Asclepius）被认为会亲自出现在病人的睡梦中。——译注

《阿莱夫》中相同的顽念：达到一切同时出现的那个点，生活最为隐秘的细节、令人眩晕的历史和思想的曲折——很可能是地狱，但它能够变成心醉神迷的沉思。

坚定、微妙、谦虚、傲慢，博尔赫斯的形象在我看来是最动人心弦的一个。这篇十行名为《沙漠》(Le Désert)的代表作引发了其他人一种难以解释的情绪：

> 在离金字塔三四百米远的地方，我俯下身，抓起一把沙子，任由它在稍远处安静地流淌下去，我轻声地说：我正在改变撒哈拉。我做的事微不足道，尽管这些词汇平淡无奇，但它们是准确的，我想我需要一生的时间将这些词说出。这一刻的记忆，是我在埃及停留的时间中最重要的。

意大利人司汤达

1817 年 7 月,在巴黎出版了奇特的《意大利绘画史》①两卷本。书上的签名为首字母 M. B. A. A,译码后便是贝尔先生,旧门徒 (Monsieur Beyle, ancien auditeur)。同年 9 月,出版社又出版了这位作者的另一本书:《罗马,那不勒斯,佛罗伦萨》。但这次的签名变了,是司汤达。

1817 年,司汤达在哪里? 在拿破仑时代之后,他便开始了政治流亡,对被囚禁在圣赫勒拿岛上的拿破仑一世的记忆慢慢消减(但他勇敢的题献没有背叛他:"您平庸的敌人们,他们仅仅因为有幸成为您的敌人而为世人熟悉。")。到处都在

---

① 司汤达,《意大利绘画史;I-关于列奥纳多·达·芬奇;II-关于米开朗基罗》(*Histoire de la peinture en Italie*; *I-Autour de Léonard de Vinci*; *II-Autour de Michel-Ange*),瑟伊出版社"文学学派"丛书,1994 年。

复辟,即充斥着金钱、虚伪、阴谋和金融界。历史再一次沉睡。司汤达知道自己令人怀疑,不仅从社会角度,并且就个人而言也是如此。

他有不同的感受,以不同的方式进行思考;他喜欢一种自己独有的方式,他需要赞美,他想要变得令人赞赏。他三四十岁了,过得不太好。他被夹在安吉拉(她欺骗了他)和美迪尔德(她是他一生中的挚爱)这两个女人之间。意大利? 啊,是的。法国比以往任何时候更令人难以生存,怀疑一切、行为卑劣、外省秘密账户的结算。艺术? 越来越多重复的爱情主题。然而,如今的艺术又是什么呢? 要表达什么? 用这些人体? 如往常那样,在帝国崩塌后重返古希腊艺术? 也许吧。但意大利人(我们对他们仍了解甚少)做的并不是品味糟糕的革命派或宫廷新古典主义者做的事情,而是做了其他事情。我们不应该模仿古代艺术,我们渴望的应该是我们现有的艺术。然后呢?

司汤达不擅长生理学。**性格**是一切的起因,其他的都源自于它。看吧,有多血质的人、胆汁质的人、粘液质的人、擅竞技的人、神经过敏的人和抑郁质的人。司汤达已经成为小说家,他观察、记录、分类、描绘一些人物,他自娱自乐:"畏首畏尾、犹豫不决的行为暴露出他忧郁的性格。他对情感总是反复思量,只愿意用迂回的方式。他会紧贴着墙悄悄溜进沙龙。"多血质-胆汁质的人在性格上更加幸运(还好法国人是这种性格)。而西班牙、葡萄牙、日本非常普遍的胆汁质-忧郁质"性格,在我看来,无论如何都是一种不幸的性格"。

历史的现状令人伤感? 因此,我们用符合逻辑的严密智慧使其恢复秩序(这是司汤达所自认为的),同时能够到达情感深处(这正是司汤达所向往的)。可以用一个词来归纳这可能会消失在冷漠中的独到概括和乏味兴趣:活力。因此,我们便可以辩解,即便不是拿破仑(无论如何,太多无谓的死亡,太多的国家行政),至少可以是弗朗索瓦一世("神圣联盟的活力培养了一批伟人")。弗朗索瓦一世不同于无法理解贝尔尼尼的路易十四,他是"意大利的"。有什么证据? 列奥纳多·达·芬奇就是明证。就罗马而言,路易十四和他的继任者对于罗马而言也许是个错误。什么? 罗马? 教皇? 是的,例如儒略二世,但不仅仅只有他。

而且,当然还有洛伦佐·德·美第奇描绘的佛罗伦萨:"他的诗歌展现了为爱痴狂的灵魂——爱着情人般地爱着上帝,这些灵魂和最伟大的天才是天作之合。他常常说:'但愿今生死去的天才,不再相信来生。'他用同样充满激情的风格,时而为崇高的造物主唱赞歌,时而藐视为他带来快感的对象。"

这便是进行清晰、耀眼评价的两卷书的主人公:米开朗基罗。对米开朗基罗的兴趣重燃,司汤达说(他无法想象有一天会出现罗丹)。应该要看看他是如何试图理解这些有力的线条结成了那样一个集中的、独一无二的人类硕果。然而,司汤达并没有"圣经情怀",他"在十二岁时读了伏尔泰的书",但西斯廷掳获了他,令他着迷,让他忧心。"一个傻子来到西斯廷礼拜堂,他卑微的嗓音以他那毫无意义的言语扰乱了礼拜堂中庄严的宁静,这些言语将会在哪里? 一百年后他又会在哪里? 他如灰尘般逝去,而那些永垂不朽的著作却在数个世纪中沉默前进。"

这里提到的就是司汤达,而非夏多布里昂。是预言? 不,身体事实。司汤达凌晨五点在罗马的圣彼得教堂("头天晚上提前有人通知了门房"),他试图分析为什么这段历史(充分流露、感情抒发、神秘主义、辱骂宗教的话)能够孕育这些作品。司汤达和伟人崇拜? 当然如此,他多么有道理。作为活力的化身,应该说列奥纳多和米开朗基罗要单独列出来谈:"米开朗基罗用了好几个月来为马萨乔礼拜堂画壁画。那里和其他地方一样,都高高在上,理所当然会引人怨恨。"

令并非艺术爱好者和批评家的司汤达心醉神迷的是俗权和教权的抗争:这里的规则很奇怪,教皇代表了俗权,而米开朗基罗代表了教权。然而,在这样的情况下,教权树立威望:"从这一刻起,儒略三世几乎与之前的儒略二世同样喜爱他

(指米开朗基罗)……如果按照自然规律他先于他去世，他想要用防腐香料保存他的尸体，以便让他的身体和他的作品一样永远留存。"教皇对于一位艺术家的可笑安排，对吧？

司汤达正在意大利孕育而生。我们知道这让他走得相当远。"当我们身处其中，才明白最重要的是避开傻子并让我们保持愉悦。"以及司汤达主义："爱在意大利，不是在美洲的美国或是伦敦……在英国，每周日打一局皮克牌或演奏小提琴是对宗教令人愤慨的亵渎。将拿破仑运往圣赫勒拿岛的船长向他发出了这一荒唐可笑的通知。"

巴尔扎克的意愿

与思想僵化、矫揉造作的近现代作家相反,巴尔扎克前所未有的现实。为什么他让人恐惧? 他懂得太多历史,知道太多故事。去问问一位法国作家对于他那个时代以及所有时代的历史思考,他会吞吞吐吐,避而不答,迅速变身为形式主义者、民众主义作家、伦理学家。他会非常谨慎地回答您,以便掩饰他的无知。社会? 不了解。过去? 一知半解。现在? 一团混沌。那么,我们无法谈论未来便不足为奇了。

一本巴尔扎克的传记[①]? 是的。特别是为了证实,和其他伟大的作家一样,最重要的部分是在作品里。然而,重要的是要知道巴尔扎克真正的姓氏是巴尔萨,以及他父亲这位狡

[①] 罗杰·皮耶罗,《奥诺雷·德·巴尔扎克》,法亚尔出版社,1994 年。

猾的伏尔泰派,钻了法国大革命和法兰西第一帝国的空子(巴尔扎克变得比起他父亲更加拥护君主政体和信奉天主教,因此成为一位完美的俄狄浦斯);并且他的母亲,没有任何财产,是一个怪物("她在我出生之前便恨我了");他的两位姐妹,劳拉和劳伦斯大概是他两份主要的亲情来源。这一切都使他的经历改变方向。但很快出现了这位重要人物:阅读。巴尔扎克一下子成为了不可思议的阅读机器——这才是他的新生——慢慢转变为职业写作者。让我们打开《路易·朗贝尔》,这是一本几乎毫无掩饰的自传:"他对阅读的全神贯注变成一种奇怪的现象;他一目十行,思维敏捷,能迅速领会句意……他记得看过的一切:地点、名字、字词、事件和人物。他不仅仅有意地记下这些东西,并且重新看到它们活生生地存在于自己身上,如他第一眼见到它们那样未曾改变。这种力量也被作用于最难以得到的理解力上……"正如波德莱尔所说,路易·朗贝尔,巴尔扎克精神上的"双生儿"只有十二岁而已。这是一位"意志的理论家"(并且因此是强有力的意志,《人间喜剧》的作者的重要主题)。当然,最初没有人留意到什么,他们将这个孩子放到寄宿学校,他不好不坏,只是追寻他自己的人生体验,课堂上教的知识只会驱使他进入与这个世界平行的另一世界。此外,一切的发生就像是 18 世纪到 19 世纪的巨大更替选择了他,因为他具备辨读和专注的才能。

社会犯下了罪行？这位秘书将会告诉我们起因和经过。一位细致入微、精确、善于分档归类的秘书，一位本笃会修士、一位修道士(在挑唆下，他很快就将穿上服装并养成习惯)。将会有一个白天的巴尔扎克，世俗、好奇、唯利是图、被孤立；一个夜晚的巴尔扎克，人们很难想象他的传奇："我一直从午夜写到正午，也就是说，连着十二小时我都在躺椅上写作，在规定的时间内当场写完；接着，从正午到四点，修改校样；五点，二分之一个我躺在床上；午夜，又醒过来。"当然，我们会联想到普鲁斯特，有着同样极端疯狂的行为。年轻的巴尔扎克？他和书籍一起呆在阁楼上："我极少出门，但当我胡思乱想时，会去拉雪兹神父公墓逛一逛，在寻找那些死人时，我看到的只有活人。"巴尔扎克以拉斯蒂涅克①之名说出，我们决一胜负，因此，伪真实掩藏着根源。我们将从不同角度发现这一切。

　　一位小说家不应进行过多的思考？魔鬼雇佣者们多么可悲的宣传！相反，哲学必不可少，否则便没有可靠的记叙？只有懂拉丁语才能读懂斯宾诺莎？巴尔扎克开始着手翻译《伦理学》。就像这样。他坚决要求具备的参考文献却是布丰。完全出乎人意料。人类是需要通过物种来划分的动物，是运动中的造影术。人类历史既是"对过去的整体复兴"，也是对

---

　　① 巴尔扎克小说《高老头》的主人公。——译注

存在于各种形式之下的现今的观察。巴尔扎克在 1842 年说，《人间喜剧》首先是一个梦想、一个幻想。尔后，它变成了现实。渐渐地，人性呈现出毫无掩饰的巨大兽性外形。作家是写故事的人，同时也是考古学家、专业词汇分类者和记录仪。猜测关键问题具有特殊意义，我们将之称作"女人"。巴尔扎克不满他的世纪被那句话所伤——"我在两个永恒真相的微光下写作：宗教和君主政体"，说出了这句绝妙的尖刻讽刺的话："信奉天主教的作家在每一新处境下，都会发现一位新女人。"是的，是的，这位"信奉新教"的作家就无法做到这点。结果是，罗马将他的作品列入禁书目录，但某个人却用另一只耳朵聆听他——马克思。巴尔扎克一生中的女人？是他的专长！德·伯尼夫人像是一位继母；他的妹妹劳拉；德·阿布兰代斯伯爵夫人(你瞧，她的名字也叫做劳拉)；还有许多其他女人(常常是书信来往)；露易丝·布鲁涅尔，最后，他不可思议地在乌克兰与埃韦利纳·汉斯卡结婚(他怎么会被牵扯到这种事情中去呢？)。我们将维斯贡蒂伯爵夫人放到一边，一个英国女人。她有着金色头发，名叫莎拉。巴尔扎克不停地从一处搬到另一处(他这方面的个性并不值得进行专门研究)，和她秘密地生活在夏悠附近。德·阿布兰代斯伯爵夫人(她曾是梅特涅的情人)是他作品中大量的信息来源。但巴尔扎克却是和莎拉在一起的时候写出了他的其中一部代表作：《金目少女》。

　　实际上，巴尔扎克长什么样呢？有各种各样的描述：肥胖、宽额、四方的大鼻子(他对为他塑半身像的大卫·当热说："仔细雕刻我的鼻子，我的鼻子是一个世界")、厚厚的嘴巴、一口糟糕的牙齿、一头梳到后面的黑色头发，态度坦率、仁慈且朴实，总是拥有好心情(与拉伯雷相像的一面)。但他的眼睛让所有人印象深刻：棕色的眼睛"闪闪发光"。泰奥菲尔·戈蒂耶说："他的双眼中充满生命、光线、不可思议的磁性……这是两颗时不时被金子的反射光照亮的黑钻石……这双眼让鹰垂下眼眸——穿越城市和女人的胸脯进行阅读，击毙狂怒的野兽——这双支配者、预言者、驯化者的眼睛。"如果我说罗丹那座杰出的巴尔扎克雕塑无意中确切地表现出了眼睛的这种力量，人们是否能够理解？对于巴尔扎克这位英雄，文学界的人却不愿给予他任何奖项。巴尔扎克凌驾于巴黎的凸出、拥挤、激情和奥秘之上。小说家、思想家、记者、冒险家、动物磁疗者和去磁气的巴尔扎克，债务缠身的巴尔扎克，冒充高雅、爽直、博学、笃信宗教、专注多情的巴尔扎克。生理学家巴尔扎克不得不将他的新发现和他的剖析分开售卖，他只一心想着作品的统一性，然而似乎没有人料想到其作品的宽阔和广泛性："我有一颗一百五十克拉的钻石，由于没有人愿意买下它，我只好将它切割，分成小块出售。"穿着法衣、拼命喝咖啡、吃着酸模和排骨的巴尔扎克，拿着"碎片、柱身、柱头、支柱、浅浮雕、墙、穹顶"的建筑师巴尔扎克。巴尔扎克的纪念性雕像。所有状况都应该找到自身的位置：容貌、性格、生活方式、职业、社会圈子、故乡、童年、老年、成熟的年龄、政治、司法、银行、战争。"社会风俗是布景；动机是滑槽和机械；原理是作者。"巴尔扎克的传记越来越受到其作品全集的干扰，而将两者混淆在一起。怎么办？如何将所有这些场景，这些研究，这异乎寻常的乌作恶习聚集在一起？巴尔扎克的孤独。圣伯夫献媚。然而，似乎唯有另一位作家也摆脱了暗淡且平庸的命运，但圣伯夫始终献媚。巴尔扎克说，这另一位作家写作了"半个世纪以来最好的一部作品"。"如果马基雅维利写小说，在我们这个时代他要描写"的就是这个人。这个人叫什么名字？司汤达。他小说的题目是？《帕尔马修道院》。巴尔扎克是唯一一位为他辩护的人，还有雨果和维尼（他们是法兰西学院中仅有的两位投票支持《人间喜剧》作者的人），还有柏辽兹，但无能为力：必须得继续将自己独自关起来，夜晚："这一刻我不得不写出两三部代表作来推翻这杂种般文学里的伪神们，来证明我前所未有的年轻、坦率及伟大。"

1843年7月14日，巴尔扎克在俄罗斯驻巴黎大使馆拿到了去乌克兰的签证。他去见埃韦利纳，说服她嫁给他，他们将彼此得到对方的遗产，而他却愈来愈感到苦恼。这个波兰女人是个奇特的女人。大使馆的秘书维克多·巴拉比内在他的日记本上记录下有关巴尔扎克的内容："一个矮小、肥胖的男人，看上去像个宫廷面包总管、补鞋匠般的身材，箍桶匠般宽阔的胸膛，小酒馆老板般的面色，这就是巴尔扎克。他一文不名，所以去了俄罗斯；他去了俄罗斯，他便成了穷光蛋。"1848年革命之后，他回到乌克兰，杜勒里宫被掠夺的这场革命让他变得冷酷和充满仇恨(如我们所知，福楼拜对于巴黎公社的态度也不算宽容)。历史具有意义吗？也许吧，但"小说比历史更加真实"。当然，不是任何一本小说都是如此。"我将整个社会都放进了我的脑袋。"一位证人这样描述三十四岁的巴尔扎克："他很高兴能生活在这样一个发生了许多事件的、有创造性的时代。"1850年，他去世的那一年，是五十一岁。人们擦着眼泪。普鲁斯特也是在五十一岁时去世的。在如此短暂的生命中写了这么多书？如今这些懒惰的作家为此感到震惊。最终，他同时代的人对他仍普遍持保留意见。只有巴贝尔·多尔维利①和雨果对他进行了颂扬。雨果看着他去世。因为夏多布里昂也刚刚离世，路上空无一人。在拉雪兹神父公墓，雨果知道他得抓紧时间向巴尔扎克表达敬意：

----

① 巴贝尔·多尔维利(Barbey d'Aurevilly, 1808—1889)，法国浪漫主义作家。——译注

"他的所有作品都可以归为一本书,活生生、充满光芒、深刻的一本书,人们可以从中看到往来,行走和移动,带着我所不清楚的、与现实混合的恐怖、惊愕的东西,我们整个时代的文明。"圣伯夫很可能继续献媚:巴尔扎克? 毫不夸张。在圣菲利普杜鲁尔教堂举行葬礼弥撒时,雨果坐在内政部长于连·巴罗什的身边。"他是一个杰出人",部长说。"他是一位天才。"雨果答道。接着,那个时代的观察家们注意到,在他的棺木后面跟着非常多的印刷工人。我想,这会让巴尔扎克非常开心。

经典品味

如今，我们可以见证以下这种悖论：电视和广告愈发愚昧，恶趣味愈发泛滥，却笃定能免于处罚，越来越多的经典作家变成了令人惊奇的、变革的、疯狂的、超现实主义的作者。理性的悖论和诡计？无论如何，这种现象都真实存在，愈演愈烈，为更多人所接受。在一个所有人都相信自己能成为作家，却几乎再也没有人懂得阅读的社会，帕斯卡或拉布吕耶尔作品中的一小段突然间变得令人感到晕头转向。年轻一代目瞪口呆地看着它们。没有人和他们谈论过这些作品，他们也无法和任何人谈论这些作品。此外，庸俗和伤风败俗已经变得如此猛烈、如此狂傲，以至于一个觉醒的年轻人为了得以喘息，可以阅读以前的任何一部作品。但经典作品有很多，这么一长串，选择哪一本，从哪里开始呢？因此，是用钓鱼钩、诱饵、夜间导航灯的时候了。简而言之，就是一些经过精心挑选的小丛书，一些众所周知的好作品，廉价的简写版适合那些迫切想要将书本拿在手里的人。反商业化的时代开始了。这便是未来。

例如孟德斯鸠的《论趣味》①，这本书在他死后出版。另外，我们知道这本未完成的随笔差点被孟德斯鸠儿子的秘书让-巴蒂斯特·德·瑟贡达毁掉。1793 年，他想将它烧毁。为什么？这份文稿会连累到他，可能会给他的家庭招来敌人。品味从古至今都具有美名，它甚至会让你掉脑袋。过多的逻辑、句法、词汇、差异、知识、引文？值得怀疑。"品味的优点仅在于它能迅速且敏锐地发现每个事物带给人类快乐的本质。"孟德斯鸠立刻强调了品味的敏捷性，及其运用未知规律的天生智慧。一个世纪之后的洛特雷阿蒙，在充分地评估了 19 世纪浪漫主义的创伤后，只在《诗学》中写道："品味是总结了其他所有才能的才能。这是智慧的顶点。只有通过它，天资才能成为健康的顶点和所有才能的平衡点。"然而，孟德斯鸠已经说过："智慧是相对它所应用的事物而言，拥有的最佳器官组合。"

一种无意识理论的迅捷、凝聚和即刻运用。为了让别人更

---

① 孟德斯鸠，《论趣味》，附让·斯塔罗宾斯基（Jean Starobinski）的一篇文章。滨海出版社，1993 年；后记和注释由路易·戴斯格哈弗（Louis Desgraves）所作。

好地理解他的作品,孟德斯鸠自然而然地使用了拉丁语。因此,弗洛鲁斯试图总结汉尼拔犯下的所有错误(那句箴言无论对于哪位军事统领或战略家都是有用的):"*Cum victoria posset uti, frui maluit.*"这句话翻译成法语句子马上变得很长:"当他能够利用胜利的时候,他更愿意享受它。"拉丁语则十分简练:"*Oderint, dum metuant.*"意为"只要他们怕我,就算是恨我也无妨。"品味首先是一种结构、灵敏的感觉,顺序的秘密。因此,有顺序的乐趣,也有多样化和惊讶的乐趣,但其目的始终都是令人兴奋。一位好的作家是"在极度敏感的内心中感到兴奋"的人,亦或是:"为了让我们的内心兴奋起来,必须让才智流遍神经。"说到底是**难以描述的事情**,无形的魅力,自然的优雅,并不一定是一成不变的、为大众所接收的美好事物(现今,杂志所热衷的恶趣味下的美好事物),而是一种我们不曾预料的要素,即使在丑恶中也能够表现出来:"女人只能以一种方式优美,但她却能以上万种方式展现漂亮。"总而言之,最重要的时刻是在惊讶中发展的时刻。孟德斯鸠此处选取的范例非常奇特——罗马的圣彼得大教堂。"如果这个教堂不那么宽广,我们便会惊讶于它的深长;如果它不那么深长,我们便会惊讶于它的宽广。"顺序、多样化、惊奇、规则在例外中翻倒(米开朗基罗),所有这一切都只是通过自我进行不断地自我创造的结果:"一位拥有智慧的人每时每刻都会根据目前的需求进行创造;他知道并且能感知他与事物之间的准确联系。"关于孟德斯鸠,让·斯塔罗宾斯基提到一种洞察力的欲望,这种洞察力与光线的瞬间移动相符。人们用"知识"来代替"光线"一词,是为了忽略表明其特性的速度。恶趣味总是沉闷、迟缓、无意义地激动炫耀、无结果地反对兴奋。蒙昧主义(这就是为什么它能在任何一个思想流派中展现)其本身也是一种恶趣味。这上面无法有品味政策,更不可能有关于这个主题或好或坏的情感。是或不是。它的错误正是源于它的正确。

这就是为什么与惯例、沉思、保管无关。品味直接导致社会颠覆。证据是孟德斯鸠的另一部作品《真实的历史》①(*Histoire véritable*)。罗杰·卡约②称这部短篇小说是"一种坚定的、冷酷的、对自己有把握的犬儒主义",它是化身和灵魂转生。在此,孟德斯鸠表现得和卡夫卡同样狡猾。一开始,叙述者在印度,他是一位禁欲主义哲学家的仆人,生性贪婪。他死了,他在冥间被审判,并被判转世为动物。他被变成昆虫,接着又被变成自认为比人类更加高级的鹦鹉。后来,又被变成小狗("我是如此漂亮,以至于我的女主人每个白天都让我变成残废,晚上

---

① 孟德斯鸠,《真实的历史》,后附让-雅克·贝尔的《对〈真实的历史〉的评论》,影子出版社,"影子"小丛书,1993 年。

② 罗杰·卡约(Roger Gaillois,1913—1973)法国作家、社会学家和文学批评家。——译注

都使我窒息")。还有其他的转生:狼、埃及用于祭祀的牛、被供奉为神的大象。最令人震惊的是孟德斯鸠对待生命、死亡、时间、空间、身体形态或意识形态局限性的潇洒从容。他转生成一个十九岁人,他被绞死。接着,他成为一位拥有许多情人的女人的丈夫。于是,他也找了一位情妇,但这个女人与一位军人有染;这位军人与阿波罗的一位女祭司有染;阿波罗的这位女祭司与一位笛子演奏者有染;这位笛子演奏者与一个高等妓女有染;这个高等妓女与一个仆役有染。多么复杂的关系!"我一下子就弄清了所有这些关系。"叙述者说。这些关系是关于男人和女人,或更简单地说,是有关我们称为爱情的东西的。孟德斯鸠和我们着重谈论了金钱,《波斯人信札》的作者预见到了于丽埃特的金钱问题,审视了人类的其他生活现状:包括蹩脚诗人、朝臣、官员、二十五岁的女人、宦官、解除监护的十二岁小女孩("我逐渐变得更加有价值……我有如此多的艳遇和这样的举止,以至于让我丈夫这极为卑微的家庭开始为人所知")、小主人、愚蠢的老实人、作家("我写了一本书,我的作品取得了巨大成功……直到此刻,我是所有人的朋友。但马上,我便有了无数的对手和敌人。他们从未见过我,我也从未见过他们")。在这次经过了所有年纪、所有社会状况的两性身体的惊险旅行结束之前,主人公从一位哲学家退化成了可怜的、幻想破灭的理发师。路上的一切都是相对的、愚弄的、被撤销的。这就是聪明的孟德斯鸠，以及他用于揭露支配人类经历法则的糟糕智慧。轻率的言行、愚蠢、极端、自负、利益、贪婪——归根结底，是各种程度的恶趣味。

另外一本让人迫不及待阅读的小书是哪一本？1758年伏尔泰在费内写就的《回忆录》（那时，伏尔泰已经六十四岁，却像只有二十五岁一般）。写的是《老实人》中的配角："我厌倦了游手好闲和纷乱的巴黎生活……一些糟糕书籍的出版得到了国王的赞赏和特许，作家的阴谋，无耻之徒的卑劣和掠夺糟蹋了文学……。"不能比这一描写更写实了。伏尔泰飞速地处理好自己的事务。对普鲁士国王腓特烈二世，他首先描述他父亲的粗鲁、贪婪、粗暴、对其进行无礼的羞辱之后又将这位儿子描绘成被半阉割过、对糟糕诗歌有奇怪癖好的人："他无法扮演第一类角色，因此不得不满足于第二类角色。"然而，他对这位君王抱有一种怜悯和嘲讽的好感，因为他具备欣赏你们的好品味。而且，在无忧宫中可以拥有极大的言语的自由："人们从未在世界上任何一个地方如此自由地谈论过人类的迷信，人类的迷信也从未遭到如此的取笑和轻蔑的对待。"阴谋、秘密外交、场外的抨击文章、和莫佩尔蒂[1]或拉·美特

---

[1] 莫佩尔蒂（Maupertuis, 1698—1759），法国数学家、物理学家、哲学家，是最先确定地球形状为近扁球形的科学家。——译注

利①争夺地位、"法兰克福事件"(普鲁士国王下令监视伏尔泰和德尼夫人[Mme de Denis]的住所),一切都包裹在同样尖酸的嘲讽中,没有什么是重要的,因为是我伏尔泰将之说出,并因此将其置于权力和表象之上。伏尔泰脾气不错,心中不怀丝毫愤恨(这些都是恶趣味)。不要再执着于此,他的作风不允许如此。他也非一个虚伪的人:您瞧,我对人类是多么地热爱;您瞧,我是如何以此来夸耀自己。不:荣誉、优雅、不幸、旅行、战争、宗教战役、同行的平庸("文学的排泄物")、迎奉女子者的卑微(蓬巴杜夫人不过是个"妓女")。简而言之,我们所敬畏的历史、骗人的历史都回归至虚幻。达米安②?一个可怜的书呆子,拿着把小折刀轻轻碰了一下路易十五。议会对《百科全书》的定罪?一本充满缺陷的书籍引发的可笑事件,议会依靠一位像亚伯拉罕·肖梅克斯那样招摇撞骗的家伙采取的滑稽可笑的举动:"亚伯拉罕·肖梅克斯③从前是卖醋的商人,成为狂热的冉森教派后,他便掌握了议会的权威。欧麦·弗勒里将他任命为教会圣父。肖梅克斯此后成为莫斯科

①　拉·美特利(La Mettrie, 1709—1751),法国启蒙思想家、哲学家,代表作为《人是机器》。——译注

②　此人1757年刺杀路易十五未遂。——译注

③　亚伯拉罕·肖梅克斯(Abraham Chaumeix, 约1730—1790),法国神学家,曾在巴黎法院检举过《百科全书》,1749年3月2日,他在圣德尼大街被钉上十字架。——译注

的一所学校的教师。"就像孟德斯鸠一样,人类无法矫正事件的本质。实际上,我们并不清楚是因为我们在抱怨,还是因为我们没有将这些评定变成欢乐:"因为我不确定我是否能让人类更加理智,让议会不那么学究,让神学家不那么可笑,我只能继续幸运地避开他们。"只有两件事是重要的:休息和自由。要做到需要财政的独立(当腓特烈二世发现他并没有破产,便很快与伏尔泰言归于好)。自由的生活,总是处于边界:"人们总是问我通过怎样的艺术我才能过上普通农夫一般的生活:为了使我的例子对他们有所启发,说出来是有益的。我见过太多贫穷且受到歧视的文人,很久以前便决定,我不应该再让这个人数增加。"因此,所有这一切都是为了发表这个令人难以置信的公告:"我常常听人谈论自由,但我不相信在欧洲有一个人能像我这般自由。愿意或能够做的人请跟随我的脚步。"

小说的自由

打开一个藏宝的洞穴:里面有小克雷比永、杜克洛、多古尔(D'Aucour)、莫里哀、瓦兹侬(Voisenon)、布瓦耶·达尔让(Boyer d'Argens)、弗格翰·德·蒙布朗(Fougeret de Monbron)、多拉(Dorat)、内尔西亚(Nerciat)、维万·德侬的作品……①这些不仅仅是书籍,而是一整个群体向我们走来,交谈、行动、施诡计、享乐、沉思。我们会像加尔文在他那个时代那样说"极端狂热的不信教者的教派自称宗教"? 又或是,像冉森教派教徒尼科尔那样说"这些小说的创造者是使公众腐化堕落的人"? 实际上,在文学史上也许只存在一场真正的辩论:抑制或坦诚。无论通过什么样的理论或是世界观,现在都

---

① 《18世纪自由思想小说》,拉封出版社,1993年,莱蒙·图松编注。

要能够重新找到这个矛盾。并最终承认"法国的18世纪"这一表达是一种同义叠用：18世纪本来就是法国的。马里沃说："巴黎就是世界，其他地方全是郊区。"重新寻回开诚布公的巴黎，也就是重新找到明智的小说，找到关于反对一切权利和所有教士（从商的、世俗的、卢梭主义的教士和毛拉①一样都受到镇压）的世界。

菲勒蒂埃②说："当一位小学生不愿服从他的老师时，他是放肆的；当一个女孩不愿听从她的母亲时，她是放肆的；当一个女人不服从她的丈夫时，她是放肆的。"我们只能说：表达和身体的体验会使老师、母亲、丈夫心理失衡。放纵、淫秽、淫荡、色情、猥亵地*懂得表达*，整个社会喜剧都存在疑问。萨德将这项认知运动推向了极致，在《于丽埃特》中给它下了最好的定义："放荡是肉欲的迷乱，它意味着一切约束的破裂，对一切偏见的最大蔑视，对一切宗教信仰的全然推翻，对一切伦理类型的最深恐惧。"一本没有传递这种能量的小说不应该被写作。

小说的危机？并非如此。是生活自由的深层危机。在这本文集中，我们读到来自不同作者、质量参差不齐的文章？有

---

① 某些地区穆斯林对伊斯兰学者的尊称。——译注
② 菲勒蒂埃（Furetière, 1619—1688），法国教士、诗人、寓言作家、小说家，1662年入选法兰西学院。——译注

什么关系。抵制充斥着空想、令人抑郁的宣传或唯有民粹主义的商业庸俗刻不容缓。如何能让一个新手体会到文章的精神实质,只要他们对此拥有天赋便可? 这是唯一一个严肃的哲学问题,小说正是为了使之震颤而存在。女人这个实体的重要性从何而来("对于群体的永恒讽刺"黑格尔说),来自带反应堆的言语发电站。啊,如果艾玛·包法利翻阅的是《查尔特勒修会的一品修士》而非阅读过多的爱情小说就好了! 相较于19世纪的黑暗时期,以及愈发黑暗的20世纪,对"摄政时期"的回想就像是一阵让人得以喘息的空气。"恐怖统治"制裁了那个简洁小说的世纪? 大概"恐怖统治"最终也会得到制裁。"摄政时期",一个难以置信的时代。《心与灵的迷乱错失》这部值得反复阅读的著作,这样描写这一时期:"称赞一个女人漂亮,只需三次,不能再多;第一次称赞,她当然会相信您,第二次称赞,她会感谢您,但通常在第三次听到的时候回报您。"来吧,教育很快就会见效,交谈并非毫无目的。

另一本几乎不为人知的著作:《哲学家泰蕾兹》(*Thérèse philisophe*)。卷首宣言这样写道:"享乐和哲学是拥有智慧的人的幸运。他通过品味拥有乐趣,通过理性爱上哲学。"这就是我们所需要的小说,让人们翻阅它,从中得到获取知识的乐趣。因此,失去理智的困惑和无法享受快乐的、不幸的反复思考才是反小说的。这非常清楚,令人恼火、难以忍受,但就是如此。另外，作者还将他的悲观告知我们：一万个人中仅有二十个人懂得思考，也许只有四个人能独立思考。不是所有人都能理解小说哲学，在这一点上更不可能有男女平等："这些真相只有懂得思考的人才能了解，他们的爱好如此均衡，以至于他们不会被其中一种爱好左右。"放纵的教育必须秘密进行。加倍说教的艺术、重视产生直接兴奋效果的阅读、油画和窥淫癖的才能、一门显露一切消极性的学科。德侬写道："欲望通过其影像反复产生。"禁止影像或使之一成不变始终展现出一种扼杀影像的欲望。从这个观点来看，清教主义和浓墨重彩的色情描绘属于同一个范畴。

还有一本著作？是的，弗格翰·德·蒙布朗的《喋喋不休的饶舌妇》(*Margot la ravaudeuse*)。这次是卖淫的内幕，皇宫、歌剧院、躁狂症、狂怒、慰藉。在 1815 年、1822 年和 1869 年被下令毁掉的正是这本书——就是如此。您可以从中知道，例如什么是收敛软膏，它又名杜拉克，不到一刻钟就能发挥效力，让极度饥渴的事物呈现出新鲜的样子。《四海为家者》(*Cosmopolite*)的作者，弗格翰·德·蒙布朗这位伟大的欧洲旅行家，他令狄德罗惊恐，他嘲笑柏拉图。他思想自由，从不掩饰对人类的仇恨。他的谋略很简单："伟人通常是因为我们的渺小而显得伟大；可笑的偏见导致了我们对伟人盲目而懦弱的崇拜，使他们在我们的面前变得高大。您要敢于观察他们，敢于忽视围绕着他们的虚假光环，他们的威望便会消失。"
值得听取的建议，金融家的智慧。

　　还有最后一颗钻石：维万·德侬的《天亮之际》(*Point de lendemin*)。书中的某几页简直就是艺术！快节奏的叙述（"对女人的想象一带而过"），景色和装潢的变化（夜晚、时刻、露台、花园、草坪的长凳、狭长的走廊、暗门、长沙发、靠垫），热烈的对话、角色的欺骗和翻转……集中了小说的效力："每个字都恰如其分。"还有一个女人进行秘密、紧张的游戏。严肃的嘲讽需要有源自于科林斯书的题铭，实际上这是写给对未来有清醒意识的作家的一封书信："文字使之死亡，思想却使之生机勃勃。"它是德侬最不受尊重的小说的之一。

萨德的出身

　　一种常见的、大众的、不切实际的成见巴望着天才没有父亲，至少没有出色的父亲。对于这种平均主义的规则，需要一个异乎寻常的例外来推翻既定的观点。不，这个例子并不是耶稣基督，而是萨德。当然，这位侯爵并不是从天上掉下来的，他的出生是早已准备好的，无论哪方面，他都不同于俄狄浦斯。萨德的父亲是让·巴蒂斯特伯爵，他承袭了父亲的爵位，无论从哪一方面来看都令人惊愕。家族传奇？这里就有一个，正好能够极大地抑制这些神经症。萨德，怪物般的萨德，竟然有一位杰出的父亲，既是外交家，又是哲学家、战士和花花公子？一位爱儿子并得到儿子的爱的父亲？创伤！耻辱！

　　更准确地说，是巫术。这些家族信件在两个世纪之后被突然公开，并寄达目的地。它们对历史学家而言是一座蕴含新发现的矿藏①。整个 18 世纪在此之上铺陈开来，冲击、挣扎。让·巴蒂斯特·德·萨德伯爵参与了所有事件，并被卷入其中：战争、使命、戏剧、风流、阴谋。无论是最重要的幕后动乱还是最细微的军事动向，他的通信者们都不间断地为他提供消息。无论是不具名的还是赫赫有名的通信者（其中有伏尔泰、黎塞留元帅、达尔让松[d'Argenson]），他们写信时，仿佛都预料到有一天这些信件将会被出版。这些人拥有魔鬼般的才华。有时，萨德侯爵会在信件边缘的空白处写些简短的评论。例如："我父亲写给其中一位情妇的信。"令人难以置信。这位情妇是德·夏洛莱小姐，她写给伯爵的书信的风格是："绝对不要怀疑一个能等待情人四年的女人的温情……你好，坏蛋。"

萨克森元帅是让·巴蒂斯特·德·萨德的诸多朋友之一（这册书的出色之处仅在于其对战争的细致描写及其时间战略）。萨德给他写信："告诉我您的娱乐方式。为了能尽快再见到您，我期待的都是些普通的娱乐方式……一起用餐、狩猎、玩耍、就地躺下休息。但只有在法国，我们才能享受爱情

---

① "萨德丛书"，《家族文件 1 - 父亲的统治（1721—1760）》，法亚尔出版社，1993 年，莫里斯·勒韦主编。

的所有乐趣,尽管我们无法无止境地获得。"特定的语调。他们准确、迅速地谈论包围、壕沟、进攻和反击,谈论无聊琐事和苦恼,谈论晋升和革职,谈论最新的出版物和喜剧。战场上的一位通信者写信给伯爵(那是 1743 年,那年小多纳蒂安①三岁):"舞会为您带来些许幸运,对此我毫不惊讶。而我遇到的却是一些小幸运——我认为它们更好。现在有一位非常美丽的小女孩几乎每天晚上都来看我,我们的交谈并不热烈,但她仅有十三岁,脸蛋非常迷人。音乐是我最大的财富。"城里的夜晚,我们玩皮克牌、马尼拉牌、比里比(乐透的一种)。最令人吃惊的是言谈如此地露骨、敏锐、充满活力,像具有些许天赋的驾驶员或演员一样利用着自己的"身体"。我们不崇拜任何人或物。当代的伟人?伏尔泰?"他总是与人交战:将军或随军仆从,对他而言并无差异;一本拒绝对他表示敬意的放荡者的小册子使他气昏过去。"马里沃?还不错,但是还可以做得更好。孟德斯鸠?拥有天赋,但过于贪婪。这些公开或私人剧作中的人物叫作弗雷里、孔蒂、唐森、布勒特伊、贝尔-伊斯勒、贝尔尼斯红衣主教。蓬巴杜夫人和小克雷比永都在其中。路易十五各色各样的艳闻并不阻碍他成为"最优秀的国王"(达米安对此略有所知)。耶稣会和冉森教派之间激烈冲

---

① 指萨德。

突？大概是吧，但有什么关系？1745年，侯爵的父亲写下这样一句话："我享受一切，并对一切了若指掌。"伯爵的另一位情妇？她是安娜·夏洛特·德·萨拉贝里，即洛美·德·维尔诺耶侯爵夫人。她给他的信中写到："您真迷人。您可以轻松地讲各国语言。无论您是诗人、哲学家或是风流汉，我都爱听您说话。""我放弃了嫉妒：它会使交往困难重重，使受嫉妒折磨的人变得丑陋。我认为只有在过激的爱情中，嫉妒才可被原谅，因为狂热驾驭了一切。"狂热驾驭了一切：说的便是于丽埃特。

那个时代的画家有昆汀·德·拉图尔或夏尔丹。科莱隆小姐在歌剧院里歌唱。有争议的场所是丰特努瓦、罗可斯、劳费德。"敌人们不相信法国人在干一件如此放肆的事情：正是事情的轻率使之变得更加可靠。"当萨德伯爵谈论到他的某次冒险时，他是这样说的："我不再停留在口头，而是行动起来，于是，取得了成功。"这一连串哲学思想可以用一句评语来概括："我无法忍受人们利用宗教来进行迫害。"所有这些阐述者都读过路易十四时期伦理学家的作品，他们知晓自尊心和驱使着世界的虚荣心的好处。他们不会感到惊讶，也不会受恐吓。在必要的时候，他们很快就能作出决定："罗昂子爵一知道他得了天花，就立刻立下遗嘱，行圣事，一直创作音乐直到死去。"当然，那些宗教信徒在暗中蠢蠢欲动，他们告发、恫吓、试图采取恐怖手段,他们装出脱离生活的样子！德·隆日维尔夫人,萨德伯爵的另一位情妇,她给他写信道:"只有我的温柔才配得上您的活力……永别了,我的萨德。'我的萨德'代表了我所爱的一切。"她称未来《小客厅里的哲学》(*La Philoso-phie dans le boudoir*)一书的作者为"我们的孩子"、"我们的儿子"。每逢假期,萨德会到她家去,也会到维尔诺耶夫人家。他十三岁。维尔诺耶夫人说他是一个"特别的孩子"。德·隆日维尔夫人则写信给伯爵说:"您知道吗？他变得非常漂亮。我用温和的杏仁油为他洗脸,因为我相信这会使他变得漂亮,我想让他变漂亮。这样真好。"是的,是的,这个小男孩会"智勇双全"。他骑兵部队的指挥官也赞同这一点:"他的性格中有极其温柔的一面,这会让所有人喜爱他。"然而,另外一份证言让我们相信年轻的侯爵拥有一颗"激烈燃烧"的内心,更准确地说,是一具"激烈燃烧"的躯体。他父亲对此作何感想呢？他对他的情妇说(不要忘了 *sade* 一词是 *mausade* 的反义词,*mausade* 意为阴郁、郁郁寡欢之意):"我偶尔会碰见几个忠贞的情人;他们身上的忧伤和阴郁让人不寒而栗。如果我的儿子也如这般忠贞,我会非常生气。我宁愿他放浪形骸。"之后的事我们都已知晓。

德·昆西和颠覆性主题

1791 年，一个六岁的英国小男孩失去了他年幼的姐姐。这个夏天，姐姐的死亡导致了他性格的巨变。他沉迷于《圣经》和让他感受到众多来自耶路撒冷的福音形象的戏剧。他独自与死者的尸体一起呆在房间里。下午一点，窗户大开着，阳光刺眼，刮起一阵奇怪的风。对他而言，这一刻，一切都无关紧要。

一段时间之后，具有决定性的同样仪式：他三十九岁的父亲，这个他几乎完全不了解的人，从安的列斯群岛回到了英国，生命垂危。也是在夏天，夜幕降了下来，孩子们在草坪上等待马车的到来，他们跑上去迎接他。终于，他们听到了马蹄声。"透过浓重的黑暗，第一眼所见便是突然出现在昏暗的马路上的马首，紧接着的便是躺在一团白色枕头上的垂死者。"

德·昆西的写作风格是：一个致命的、粗暴的、缓慢的、死亡突然涌入生命的视角;颠覆我们惯常用来讲述生活的坐标。波德莱尔很快注意到了这一点,说道:"可以说,传记是用来解释和确认大脑的神秘经历。"他还说:"天赋在孩童时期就已表现出来。"为什么这种天资如此罕见? 如此难于维持和发展? 鸦片对此有帮助吗? 大概可以吧,但如同一切毒品一样,涉及到一位作家时,我们首先能说的便是这个。毒品对整个语言体系提出挑战,如果后者能够对抗令人眩晕的开放和复杂性,以及时空和激烈争执。对颓丧、疯狂、方向的迷失、身份的篡改、幻觉等的控制需要始终如一的盘算。许多人被召集(在我们愈发疯狂的社会,愈演愈烈),却鲜有被选中的。和爱伦·坡、柯勒律治、戈蒂耶①(丝毫不出名)、巴尔扎克、兰波、阿尔托、米修(Michaux)一样,德·昆西被选中了。正是因为他,我们才不断获得新发现,此外,这些新发现并不与这位意料之外的毒品专家的发现相矛盾——弗洛伊德医生。

　　1833 年至 1851 年间,他为一份名为《泰特的杂志》的日报写了《自传》②(*Esquisses autobiographique*)。《自传》包含一系

---

　　① 泰奥菲尔·戈蒂耶《一千零二夜》(*La Mille et Deuxième Nuits*),瑟伊出版社,"文学学派"丛书,1994 年;热拉尔-乔治·勒麦尔(Gérard-Georges Lemaire)作注及后记。

　　② 托马斯·德·昆西,《自传》,约瑟·格尔蒂,"浪漫主义领域"专栏,1994 年,由埃里克·戴尔译出英文版。

列奇怪的文章,有时,这些文章篇幅过长,有别于按时间顺序的有序叙述文。波德莱尔认为德·昆西的思维"必定是螺旋式的"。他刚开始某个主题,文章中便充斥着许多离题的内容,页面底部就会出现大量的注解。叙述面临危机。形而上学的主题时时刻刻都受到质疑——尽管我们不情愿——却立刻成为了具有代表性的主题。我们急于想要抓住某人的本质和性格、其简洁的特征、材料、证件和身份档案。然而,冷静的德·昆西回避、延伸并止于看上去无关紧要的细节,以他的立场来讲述他兄弟们的故事,不断往返。人类是各色各样的,他是"由不断结束又重新开始的间歇性创造而成的产物;因此,人类的统一性共存于富有激情的特殊运动中"。人类的主题不能缩减为与他有关的话语,它是由"强大且必要的孤独"所形成。因此,生活中好几年的重要性可以次于闪电般的一瞬间。父母或亲人刻意在某些基本的、具备特点的行为中永存。此外,对此更进一步观察,疯狂,一种被驯服的、起规范作用的疯狂,是人类世界的准则。然而,与治安的关系总是每时每刻让我们确信"人类内心巨大的罪恶感和巨大的不幸"。不,我们不理睬、遗忘、我们不愿知道每个个体依赖什么漂浮在深渊之上。我们得要无视我们的童年及其不可摧毁、总是不合时宜的真相。瞧瞧德·昆西是如何用词语和阅读坚持他的历险的。鸦片唯一能够确认并增加其可能性的便是这种被社会的长篇大论所不断否定的悦耳的、言语的情感存在。"地球上无论是能听懂还是无法听懂的声音，它们应统统是一种语言和数字，拥有某种与之相对应的钥匙，那便是它们特有的句型和语法。"重要的并不是主体，而是它所实现的**联系**。在成为我之前，我是众多的网络中的一个——错综复杂的道路不一定通向某处——是人类生存的瞬间明朗，是模糊、难以确实的隐迹纸本里的一个句子或一句引语。这便是"莎士比亚扫视的浩渺且一望无际的圆形剧场，它如生命一般无限，却包含了比生命更多的东西。"在我以生物学的方式出现之前，德·昆西便如此定义了象征性关键的多样性："象征性事物的一部分效果取决于天主教的**多元归一**（*Idem in alio*）这条重要教义。象征在形式和色彩的新融合中复兴了主题，重建并改变，修复并使之理想化。"波德莱尔认为："在这种狂热、微妙的神秘中盛放着特殊且新奇的欢愉，只有在罗马教廷的花园中，这样的神秘才得以绽放。"

像所有伟大作家那样，德·昆西拥有只属于他自己的秘密社会①。"隐藏于人群中是一种高尚；世世代代不为人知则是双重的高尚。"被正史所掩盖的一面、转瞬即逝的迹象、未被

---

① 托马斯·德·昆西，《秘密社会》（*Les Sociétés secrètes*），伽利玛出版社，"文人书房"丛书，1994年，由莉莉安娜·阿邦苏尔和安·格里夫译介成英文。

注意的推论,所有这些谜团都使他欣喜若狂。因而,有别于所有其他期待,基督教对他而言是一个组织完善的虚伪顶点。相比之下,共济会和厄琉西斯秘仪①就小巫见大巫了。原始教会是完美的秘密社会。另一方面,在哲学上,它对康德一贯讽刺挖苦。它宣称自己所掌握的真相时隐时现:真相不必在时间中得到人们承认,因为它是时间的另一种经验。

我们怀疑,当英格兰清教徒看到德·昆西在1859年逝世时,他们并未感到丝毫遗憾。波德莱尔预见到了"思想极度疯狂"的膨胀,回想起那个时代某份报纸上的断言:"死亡终结了那位'吸食鸦片的英国人'悲伤且毫无意义的职业生涯,他从世界中获取的智慧延续到生命终结,但他的智慧却从未对他的同胞作出过任何伟大的贡献。"

---

① 古希腊时期位于厄琉西斯的一个秘密教派的年度入会仪式,可追溯至迈锡尼文明。——译注

克尔凯郭尔和绝对悖论

这是一位哥本哈根中产阶级,他的贵族父亲和一位年轻的女仆因一时过错生下了他,他们通过婚姻弥补了这个过错。因而,这个儿子过着优渥的生活,他的多间套房中都摆有好几张书桌,每到夜晚,便点上蜡烛照明。他迅速地写作,从一个房间到另一个房间,仿佛音乐家或演员那般根据每时每刻的灵感转换角色。他时而拥有狂热的信仰,时而嘲笑肉欲,时而是一位善于嘲讽的哲学家,时而是一位言辞激烈的小说家,时而是辛辣对抗他那个时代教会的论战者。写作,是的,夜以继日,这便是他的选择,他的赌注,他的呼吸、比生命更加鲜活的他的人生,他的信念。之后,某位叫卡夫卡的人在布拉格谈到了他:"他的情况和我很相似。尽管有许多本质上的不同,他几乎完全置身于世界另一端。我确信他是我的朋友。"

克尔凯郭尔和卡夫卡一样生命中只有文学，"文学"这个无害的术语，在这里却突然拥有了一种可怕的力量。对于汲汲于名利、唯利是图的丑陋嘴脸的猥獭平庸；对于有的只是虚伪的面孔，伪装严肃的神职人员，需要提醒的是，游戏很快就会结束。实际上，我们很早便能知晓一部作品是否会成功。卡夫卡四十一岁去世，克尔凯郭尔四十二岁，帕斯卡三十九岁，斯宾诺莎四十五岁，波德莱尔四十六岁，尼采则在四十五岁时精神崩溃。他们在那个时代英年早逝？让我们来看看吧。当代那些胡言乱语的人和落伍的人们啊，请你们将之记录下来，如果可以的话，避免绝望地发现最终只剩下你们自己。你们宁愿不去思考这一点，或更加致命地，拒绝思考它。这样就能理解了。

这便是那位伟大的克尔凯郭尔写就的一千三百页的作品，为了纪念他，保罗-亨利·缇索①重译了他的作品。智慧、严肃的柔韧、隐伏的诙谐、无时无刻不在作品中闪现的卓越信仰。啊！这便是丹麦在 19 世纪上半叶的整个历史！某些东西在帷幕后面腐烂：将之告知天下，还是将之隐瞒，这便是问题所在。一个基督教王国？您要笑了。这些配角们如是说，

---

① 索伦·克尔凯郭尔，《非此即彼》，《重复》，《人生道路诸阶段》，《致死的痼疾》，拉封出版社，1993 年。由雷吉斯·博耶编辑出版。

但欺骗性就在于此:"噢,路德!无论如何,你都负有巨大的责任,因为我越来越清楚地知道,你将民众放在第一位,而非教皇。"克尔凯郭尔从内部观察新教后,认为新教像是魔鬼的借口,充满欺骗的田园婚姻,焦虑意识的镇定剂,从此失去医生治疗的病人,从教会组织向党派的转变,由公务员、变节者、凶残的人推动的"政治安息日";对每个人都置身其中的集体谎言的永久勉励。克尔凯郭尔的对抗,也就是第一个悖论,那便是他不宣称自己是基督徒,却比那些声称自己是的人,其中包括新教的礼拜牧师们,更信奉基督。为何? 因为他敢于使自己不同寻常,换句话说,敢于成为例外。"若想确切地研究某些宗教团体的上层,只需要在周围寻找已存在的特例:这个特例比某些宗教团体的上层能更好地说明一切。"苏格拉底? 是的。但是还有更好的特例,独一无二的丑闻和荒唐事,这次是绝对悖论:基督、真正的上帝和真正的人类、荒谬、难以置信之事、无法抵御之事、一切否认的极端。然而,如果我严肃地看待这一特例,立即会变成自己都不认识的陌生人和一个难解之谜,我不得不同时向自己提出这样那样的问题:"我们不仅不应该令他人迷惑,也不应令自身迷惑。我审视自己。当我感到厌倦时,会抽一支雪茄来消磨时间,我对自己说:上帝知道他对我意欲何为,或是他想从我这儿得到什么。"

克尔凯郭尔始终幽默、深刻、满怀热情,他并非传说中的

"宗教作者"或"存在主义先驱"。将其如此归类便是麻醉并杀死了他。无论翻开这位激进的新教(换句话说,现代精神的)叛徒的任何一本书的一页,您都会马上被吸引住。他用笔名写作,君士坦丁·君士坦担乌斯(Constantin Constantius)、维克多·埃雷米塔(Victor Eremita)、安提-克里马库斯(Anti-Climacus)? 他则是他们作品的发行人? 当然。既然要成为一位思想小说家、一位总是声情并茂的导演。谎言有一千种? 那么真相便有一千零三种。教士(牧师、知识分子、教师、记者)和思想家之间的关系就像莱波雷洛①和唐·璜。"听懂莫扎特并揣测到他的幸福使我高兴不已……"又或是:"我创立了一个教派,这个教派并不满足于将莫扎特置于顶端,甚至还不承认除他以外的任何人。"《一个诱惑者的日记》(*Le Journal du séducteur*)与《非此即彼》一样对这样的音乐进行思考。"这样的音乐如神的思想一般强大,如世上的生活一般生动,在庄严中充满感动,因愉悦而颤抖,因可怕的愤怒而使人束手无策,因生活的乐趣而使人振奋。"关于克尔凯郭尔,我们常常以为他从唐·璜或浮士德走向亚伯拉罕,从美学走向了伦理学,最终跨进基督教;却拥有了完整的经验,音乐家的以及"具有信仰的骑士"的经验。只要不接受消除矛盾的体制抽象作用

---

① 唐·璜的诗丛。——译注

（黑格尔），他便能始终自由地活在悖论的活力中，即活在瞬时的力量中。"瞬时的智慧并非易事，误解它的人常常会为他以后的生活带来烦恼。瞬时便是所有，正是在瞬时中，女人便是一切。"焦虑、怀疑、死亡是对上帝和女性的谬见，一种不知如何支配讽刺、幽默和跳入悖论的荒谬中的方式。弄错瞬时便是缺乏这个关键的体验。"时间不断地切割着永恒，而永恒同时也不停地渗透入时间。"克尔凯郭尔是否通过不断的写作而有了这个新发现？很有可能。这在那本令人惊异的、名为《重复》①的文章中表现得更为清楚。而蒂索②认为将该文章名翻译成《反复》③更佳：在上帝看来，世界是一个重复，回忆和模糊的记忆都无法指出它的内部。有时，克尔凯郭尔在非常舒适的状态下写作，很少有作家能做到这一点："我的身体失去了重量；似乎身体已经抛掉了重量，因为一切机能都享受着全然的满足；每条神经都一致地兴奋着，每一次心跳见证着机体的不安，只是为了唤起对这一瞬间的欢乐体验。我轻飘飘地走着，不是如小鸟那般飞翔，冲破空气，离开地面，却如庄稼上飘动的风，如海上倦怠的空气，如睡梦中流动的云朵一般。我的存在如泛着波浪的深渊一般透明，如夜晚一般寂静，如中午

---

① 此处作者使用了法语书名 *La Répétition*。——译注
② 克尔凯郭尔作品的第一位法文译者。——译注
③ 此处作者使用了法语书名 *La Reprise*。——译注

的一弦琴般安静……"而在另一时刻："我开始工作,已经过了午夜。我关掉灯,打开小夜灯,皎洁的月光流淌着。阴影愈发暗了,脚步声消失得愈发缓慢了……"这便是他放弃雷吉娜·奥尔森①,以及对这世界所有尊敬的时刻。人类社会什么都不是。1922 年,卡夫卡说："我对亲属关系不抱有任何感情,在走亲访友中,只看到对我的十足恶意。婚姻可能无法改变我,至少不会比工作改变我更多。"

这便是在他那本伟大的作品《致死的痼疾》中的克尔凯郭尔医生。实际上,只有摆脱绝望时才有可能"跳入"信仰,而这个"跳入"就是另一悖论,存在于甚至是死亡的可能性中。绝望是"致死的痼疾",因为绝望是人自身的一种疾病,人自身不断地死去,没有真正死亡的死去,使死亡死去。因为死亡意味着一切结束,但使死亡死去却是使死亡存活,使之活在一瞬,便是使之活在永恒。绝望者"无法死亡",他执着于(他自己和其他人的)死亡。那是一种自我消耗,"一种燃烧、一种腐蚀剂导致的腐败,这种腐蚀剂始终作用于内部,并进一步变成日趋衰竭的虚弱……"听好了:愉快或忧郁的绝望向你诉说,它们想要摆脱自身,但这是不可能的。绝望"牢牢被钉在自我之上","束缚在它不愿成为的自我中"。然而,没有什么比自我

① 克尔凯郭尔的恋人。——译注

617

更珍贵,"对人类微不足道的授予,却同时要求其永生"。要么,我在抽象、恋己癖、幻想、无限的感伤中遗忘这个自我,它在乞求"人性"时便终止,以此为涂炭生灵辩护(如果不是大屠杀);要么,任凭"精神上的阉割",我将这个自我与他人的、人们的要求混为一体,从此便只是一个"数字,又一个人,同样一致的又一次重复。"因此,致死的痼疾是对于杀戮本质,或无意识卑躬屈节附和的人道夸张——我们以为读到了对我们这个时代的定义。根据这个既准确又对人有所触发的描述,克尔凯郭尔大胆地提出了基督教英雄主义的可能性:"基督教英雄主义,确实难得一见,是敢于完全地成为自己,成为一个独立的人,我这样唯一一个在上帝面前的一个真正的人。"因为这便是最后的观点:"当一天即将结束;当世间的声音都消逝,当狂热和无益的动荡都结束,无论你是谁,无论男女,富有或贫穷,幸福或不幸……和不计其数的每个人一样,永生将只问你一件事;它将问你,你是否曾经历绝望……如果你曾经历绝望,无论你成功还是失败,一切对你来说都是失败的;永生不知道你,它从未认识你,或者更可怕的是,它认识你因为你很有名,它把你束缚进你处于绝望的自我中!"阿门。

画　家

　　什么都不会改变:伦勃朗仍是黑夜国王。他的油画出其不意地被发现,就像是我们穿过一条昏暗的小巷,突然间,一扇门或窗微微打开,让我们看到了原本不应该看到的东西。悬挂着的这个东西是碎裂的浮雕、被侵犯的隐私、被禁止的态度、祝福仪式、幸运、爆发。我会是第一个注意到在《被宰杀的牛》①(*Boeuf écorché*)的右上方有一个人伸出了脑袋的人。伦勃朗突破了绘画的历史,他将之强行破开,自学的解剖课,血和金子。毕加索似曾说过:"所有画家都把自己当作伦勃朗。"因为这个理由。

　　评论,进行 X 线照相,分类,重新分类,改变画室或周围

————————————

　　① 伦勃朗作于 1655 年的画作,现藏于卢浮宫。——译注

保护物的权限,使目录、博物馆、银行乱成一团——这便是这位没有将自己当成画家的画家。那么他将自己当成谁呢?

　　一位作家提醒我们:在那里,仅在那里,"某个半睡半醒着、闭门不出的、沉默寡言的东西,夜晚里腐烂的物种,被黑暗占据的思想刻薄的物种,在我们眼皮底下无限期地继续它的腐蚀活动"。这个漩涡在"耶路撒冷神庙的座墩中"形成,为了流到拉维兹庸山(La Vision)山顶,它汲取了老犹太教士们内心对这座山的赞叹和渴望。是的,这些话是克洛岱尔说的,他在这里想到了"眼睛在倾听"这个表达。眼睛所到,耳朵分辨,鼻子回忆,手无所不知并穿过剧院幕布开辟道路。在传播中,我们就是那些为数众多的其他人! 我便是我,我将是我:凝视着栩栩如生的荷马半身像的亚里士多德、演奏竖琴的大卫、浇铸着满足和遗憾的拔示巴、鲁克丽丝、萨斯基亚①,我是第一个来到阴影部分的人,我审视着我的脸,这个成为版画的老女人,画里有犹太未婚夫们和一场复兴的暴风雨。克洛岱尔还说:"停止演出还不足够,得要去除我们想要进行演出的欲望才行。也就是说,我们要感觉到这幅油画享受到自身的乐趣。"伦布朗? 瞬时的布告,没有任何团体,没有偶像,没有任何约定俗成,《圣经》的关键。

---

　　① 这几人均为伦勃朗画作中的人物。——译注

提香之火

　　我们不知道提香身上什么最令人惊讶:他奇迹般的长寿、他对权力和事件的掌控、处理事务的战略意识,或仅仅是(仅仅是!)他在油画上的天赋。他统一了威尼斯画派并将他内心的光芒投射到所有在他之后的油画上。与所有那些只有在失败中才能看到胜利的人不同,他绝对成功的一生显得不那么真实,它仿佛是对死亡、情感的阻碍、贫穷或自杀的不幸这些宗教价值的侮辱。没有什么能阻碍他,他随着时间顺利成长。如同处于一个完美的神话中,其具有争议的出生日期也在第一时间被隐瞒。然而,奥秘很简单:提香年少时就已经非常出色(年龄的增长让他显得严肃并被委以更多工作),他年迈时,仍是举世无双,并且获得宁静,在一旁继续他最为秘密的绘画,令同时代人惊讶。因此,他成为"伟大的百岁老人",继续作画直到最后。可他却在 1567 年的大瘟疫中独自死去(独自一个人!),享年八十六岁。

得要回忆一下 16 世纪的这出戏剧,莎士比亚在《奥赛罗》中回忆了这出戏:威尼斯,城中之城,世界贸易和出版的中心(1495 至 1497 年间,一千八百二十一本书在欧洲出版,其中四百七十七本在威尼斯,一百八十一本在巴黎),现代油画的圣地,着重于色彩,与罗马和佛罗伦萨竞争;严格的宗教裁判所始终无法在这个尊贵的共和国中建立;前所未有的自由,各个领域的发明(建筑和音乐、航海、武器、贸易、服装和卖淫)。达·芬奇、拉斐尔、米开朗基罗之后的新星,已有乔尔乔内和提香,又很快出现了委罗内塞和丁托列托。罗马不再位于罗马,它的竞争对手证实了这一点。

提香做些什么? 和他的前人一样,善于弄权。君主们,帝王们? 他不断为他们画肖像,他在画布上召见他们,他通过画像,利用他们的恋己癖、他们不由自主的狂妄自大、他们相互间的竞争来掌控他们。从费拉拉、曼图亚或乌尔比诺公爵到查理五世,从教皇们到腓力二世,没有什么比这更简单了。您认为真的是这样吗? 只有我的提香能够用画卷和色彩向您担保。教会? 它将会是民众投票的多样化场所。哪些油画最为成功? 那些信徒们虔诚乞求的画作? 那么,最具冲击力的呢? 答案:《圣母升天》。如此奇特、大胆、鲜红、生动、沉醉使它立刻获得了成功。一边是贵族阶级的赌博(这些肖像画立即变得非常著名),另一边是民主的全民表决。入迷的传记作家在题目中便写道:"他之前的任何一位艺术家从不敢如此清楚坚决地向君主索要金钱。"①提香知道通过绘画进行控制是一个技术活——从根源上俘获人类。他创建了实行这种控制的工作室,并得到了拉莱廷(l'Arétin)的帮助,他是提香永久的朋友和"同谋",锐利辛辣的画笔使场景震动。多么完美的一对!没有什么能抵挡他们:他们活跃、分隔、统治,为了绘画最大的光荣。

权贵们当然有些不满,但也顺从了。提香被免除缴税。他的画布记录了比现实更加真实的身份和空间,宫廷、爱情、风景和性格。路德,这位"命运的修道士"(尼采),绝对有理由担心,正如古往今来各地的清教徒或破坏圣像的人们那样。事实上,改革即将到来。提香不屈服于任何事物,甚至世俗宗教和社会精英的新柏拉图学派唯灵论。他执拗于个人兴趣,拥有神话和哲学的双重信仰。他轻视头衔、制度、加冕礼、教谕。圣灵降临节、天神报喜呢?是的,当然了。人们不敢想象如此裸露的裸体维纳斯?很乐意。合葬?是的,仍带着颤巍

---

① 弗拉维奥·卡洛里和斯特凡诺·祖菲,《提香》,法亚尔出版社,1991年。

巍的诚意。结婚？成为父亲？为他亲属们的前途忧心？没有任何问题。和廷臣们共进晚餐？1547年拉莱廷写给提香的信中这样说道："晚餐是两只雉鸡，我不知道你是否有其他想吃的，并且是安吉拉·扎菲塔夫人和我也想吃的东西。来吧！因为看到我们时常度过美好的时光，苍老这个死亡的密探就永远不会向它的主人报告说我们老了。"1540年，史学家雅各布·纳迪和拉莱廷及雕塑家圣索维诺一起在提香家："……在威尼斯最远的一端的海上花园里……载着迷人女士的一千艘小贡多拉上回荡着和谐优美的乐器声和歌声，一直陪伴着我们愉快的晚餐直至午夜。"

提香工作速度很慢，但有时却非常快。所有人只想拥有他画笔下的女人，某位散开着红棕色头发、好色的人让这些女性为人所熟悉。他的狄俄尼索斯、众神的筵席光彩夺目，他的"委婉细腻"最终包围了同代人，他们应该是最早发现自我、发现自然的人。拉莱廷有言："如果我是画家，我会感到绝望。"之后，歌德说："他令所有人高兴因为他无所不晓。"没有什么比得上提香的一幅画和他的另一画间的差别，这让他成为最多变的画家。某日，他写信给腓力二世道："我希望能在画布画上我的心。"他做到了。多彩的心。1548年拉莱廷在信中说："提香先生最诚挚、恳切地催促我，并嘱咐我给您写信，请您出于友情立即寄送一斤这种漆给他，其光彩夺目的真实颜色如此灿烂火红,以至于天鹅绒和缎子的深红色在旁边也显得黯淡无光了。"这便是所有伟大画家都想找到其诀窍的"色彩的炼金术":鲁本斯、凡·戴克、委拉斯开兹、贝尔尼尼、卡拉瓦乔、伦勃朗、华托、戈雅、马奈、德拉克洛瓦、塞尚……"他充满热情地投身于颜料的混合,正如他那句名言所说的,只需要懂得运用白色、红色和黑色。"诀窍是什么? 可以在他最伟大的《天神报喜》的题词中找到:"燃烧却不会熄灭的火焰。"上帝存在于欲望的炽热荆棘中。上帝在指尖直接脉动。确实,晚年的提香越来越多地用手作画:"他用手指的条痕在一角涂上昏暗的颜色,为了突出这个颜色,又加上带红色的条痕,仿如一滴鲜血。"

创作晚期的画作暴虐而鲜明,似乎在躲避评论者。当然,评论者们在这些画作中看到更多的是焦虑而非快乐(《狄安娜和阿克泰翁》《阿波罗和玛尔绪阿斯》《塔昆和鲁克丽丝》)。提香画笔的森林没有停止燃烧,而威尼斯爆发的战火摧毁了他最重要的一些作品。火对抗火。共和国同时对抗与土耳其人和新教异端(提香当然是支持天主教,因为对他的绘画伤害最小)。火焰熄灭了? 没有,它因火炭而燃烧地更加炙热。最后,在又一次被瘟疫蹂躏的城市,家中被盗的那个夜里,提香去世了,他被葬在佛拉里大教堂,他未完成的最后的画作是令人难以置信的《圣母怜子》,强烈、宏伟,也许忠实于圣母玛利亚,但尤其忠实于他自身,一直如此。

普桑的遗产

　　人们都赞同,普桑(Poussin)在人才辈出的绘画史上是一个特例,应该重新审视他。偏离正道是在光明掩盖下所呈现的假象,骗人的、理性的、粗暴的、克制的、迷人的,而在这些的掩盖之下是稀奇古怪的。塞尚那句著名的话:"我想依据自然创造出普桑的作品",也无法让人理解这种反常。"普桑的作品"? 似乎像是一个特殊的化学公式。实际上,确实如此:蕴含在绘画中的思想。您想说是一种文学的、历史的、哲学的、秘传的、象征派的、唯灵论的、前超现实主义的? 不是。蕴含在绘画中的思想只有通过绘画的逻辑和手法才能做到。但是蕴含的是什么样的思想呢? 并没有什么耸人听闻的,无非是带着紧张的心情将事实的影响力表现出来。这位画家仿佛预料到图像过度曝光的现实不幸,以及烦躁步骤的愤怒和沮丧。

那么,让我们在这一刻回归到他向我们提供的半明半暗和僻静中。突然间,极其宁静。这里是罗马:一个法国人在对姿势、图样和色彩进行思考,一言不发。自然的方方面面重新展现出来,您在毕加索的画作中发现画卷的方程式,失去、重新找到和扭曲的祖国语言。普桑的安静立刻吸引了你,为你重建了开放的沉思身躯。当时间的消耗太过巨大,我会到卢浮宫去看这封被偷走的、令人赞叹的信件,最后一幅未完成的油画:《爱上达佛涅和阿波罗》(*C Apollon amoureux le Daphné*)。一切都被隔绝在外。没有传播、没有事件、没有错误的消息、没有标价、没有过度的心理活动或无用的歇斯底里:普桑中断、停止了这些。

1649 年,他在罗马写信讽刺道:"非常高兴能生活在发生了如此伟大事件的世纪,但愿我们能在一个小角落里得到庇护,悠闲地观看这出喜剧。"而 1665 年,他更加严肃地写道:"如果不是命运的安排,既无法寻获维吉尔的金枝也无从收获任何东西。"命运在庇护下继续,这便是始终不变的色调。"沉默事物"的专业人员[1]以获取绝对自由为目的,而非任何信仰、任何体系、任何解读。他与谁交谈?对一位君主吗?显然不是。对一位宗教领袖?也不是。对"老实人"?比这更雄心

----

① 此处应指普桑。——译注

勃勃——因为普桑的风景中混同着他的神秘主义倾向、无法总结且无所不在的讽喻力量。教导是为了获得乐趣：神话的故事并不是被"讲述"，而是在暗中、在森林内景中体现和道出。它隐藏在内部不为人所注意，甚至像是题材中合情合理的化身——它来自于此，并且只愿暗示。墨丘利？一件怪诞的红色大衣。枯燥无味的那喀索斯？微蓝的写照。山林水泽女神们？很可能，但尤其是一种植物和梦的力量。那幅著名的《盲人猎手奥利安》(*Orion aveugle*)给出了同样的"忠告"：在神意的指引下，您如何能本能地意识到身体既非常伟大同时也非常渺小。《四季》？当然，春天呈现绿色；夏天在齐额的麦子中挡住眼睛；秋天很夸张（一眼望见硕大的葡萄果实）；冬天是毁灭和废弃；但这四幅合成一体的画想要表达什么？一旦用言语说出这个意图，一切便会消失或是变得永无休止（生死轮回，等等）。只是带有树叶、沉没的裸体、朦胧的太阳、某些《圣经》的标志和倾覆的小船，就完全是另外一回事——普桑想让我们证明我们确信了解的东西。请您告诉我们，是感觉证明了想法，而非想法证明了感觉。我察觉、我感知，因此我思考；我存在，因此我的思想同时具有多种感觉，而某种缄默便是关键。

既然睡眠里充满图像，我们就无法通过闭上眼睛来摆脱图像；也无法用智者一本正经的态度清除它。我们在阶梯式的结构中设下陷阱使它失去踪迹。暴力？劫夺萨宾妇女？屠杀无辜者？只是为了说明强奸或谋杀是基本的固定情节。葬礼？一个被迅速掩盖的污点，却一直存在，在太阳下，在白色的裹尸布上布满细小的骨灰。酒神节的画？酒醉或死亡不会长时间地扰乱树丛，即调色板、画笔、笔法。世间万物唯有次序和美（博尔赫斯："秩序的秘密历险"）比常常威胁并毒害着它们的、被蛇所咬伤的伤口更令人心碎（《俄耳甫斯和欧律狄克》[*Orphée et Eurydice*]）。然而，被纳入画中不可避免的破坏最终回归到画作，回归到紧迫，回归到一位年轻作家称之为无法叫喊的东西。普桑说："如果我们对这个艺术没有做到理论和实践的统一，就很难正确地评价。"普桑是一位**存在**的技师，一位哲学家曾如此定义他。将来某日，需要重新谈及："存在等待着我们，迎接我们，来与我们相遇；存在期待我们暴露在其下，或封闭于其中，思维完全来自于此。"①出于同样重要的理由，普桑的画作不断地烙上矛盾的印记："用毁灭矛盾的起因来挽救矛盾，就像是现实的真实状态。"②向各个方向的巨大运动，巨大的稳定，高度集中，高度分散。在此，明显的三段式：普桑、塞尚、毕加索。

---

① 海德格尔。
② 同上。

普桑使油画改变了方向。没有什么比看到他用一幅《埃利泽尔和利百加》(*Eliezer et Rebecca*)来满足"美貌的女子"的要求更有趣的事了,即在圆柱体和球体所构成的背景上雕像。人们要求他画一幅"酒神节主题"的画? 那就是《圣保罗的狂喜》(*Le Ravissement de saint Paul*)。没有超验性? 内在自身升腾,独自升天,像是一块被气团托起的狂喜的岩石。《台阶上的圣母》(*Saint Famille à l'escalier*)是一个立体派系列。身体上,没有人不再是非人类,身体是行动中的形而上学,任何心理分析都不能阻止它。您期待却无法进入。您无法在画作中看到您自己,听任秘密仪式完成。在此,从不追寻唯一意义、增加、积累。没有任何缔结,一切都包含在内。

普桑,或正反颠倒:唯一一位让您感到扭转其画作的画家,正如 1650 年那幅怪诞的自画像所表现的那样(画家所画最美的自画像)。他从画框的另一边仔细观察着您,他不想望向您,图像中蹩脚的图像,正如他所说的那样:我是我的名字和这些画布;我绘画和我的脸是我的另外一面,只有它们支配着我的手。绘画? 我们能隐约看见,左边是一个带着王冠的女人的侧脸和眼睛,她等待着被拥抱。高贵、理性、疯狂的理性。伪朗加纳斯:"当崇高出现在需要它的地方,它像雷电一样颠倒一切,首先表现出聚集在一起的雄辩家的所有力量。"这里的情况便是如此。

我又回到这幅《阿波罗和达佛涅》(*Apollon et Daphné*)，卢浮宫的林间空地。多么深邃鲜明的天堂，多么形象。构成天堂中心的圆圈不满足于其边缘不相容的人物，每一个人物都忙于一个被抑制的动作。矛盾：弓和七弦琴。存在：不相像的人，永远不会相像，他们聚集在一个悬挂着箭的时间。红色属于神，蓝色和黄色的两位山林水泽的女神，栖息在树上拥有一种谜一般放肆的幸福，所有自由的精神都会记着这种幸福。

普桑？对于其他人，如他们期待那般，是力量和绚丽多彩的声音。对于他自己，对秘密天福的真实享受，就像沉默的真理。

弗朗西斯·培根的内在体验

什么？我，我继承了母亲的血统？

——俄瑞斯忒斯

（埃斯库罗斯《俄瑞斯忒亚》三部曲之《复仇女神》）

培根是一个认罪的犯人。受到埃斯库罗斯的《复仇女神》启发的三部曲一下子出现在我们面前：我们将会看到这个古老而又血腥的故事以戏剧的形式，在我们四方透明的剧院里重新上演：我们将会再一次听到"神圣的吼叫"。因此，如一巴掌颜料和鲜艳的色彩呈现在我们面前，"内脏和肺腑可怜的负担"奠定了我们冷酷的悲剧。听听克吕泰涅斯特拉是如何谈论她的谋杀："激烈喷涌而出的鲜血淹没了我，黑色的血滴滋润着我的心脏就像宙斯甘甜的露水滋润着花蕾中的胚芽。"培根正想要**这些文字**作为铭文,但《俄瑞斯忒亚》正巧也是巴塔耶一本书的书名,这位不受演说注意事项拘束的演说家要求的另一份参考资料。巴塔耶:我将空虚定格在我面前,一个粗暴、过度的触点便会让我与这空虚合为一体。我看见这空虚,便再也看不到其他任何事物,因为它,空虚围绕着我。我的身体蜷曲着。它尽力地收缩着自身,似乎要缩成一个点。一种持续的感悟从这内在的点出发通往空虚。我做着鬼脸大笑着,双唇分开,露出牙齿。

尖叫声中粗暴的触点、持续的感悟、蜷曲的身体:这是一个平凡人,或一位教皇体验耶稣被钉在十字架上,感受到一种非常古老的扭曲并否认肉体的案件。培根说:"如果我去肉店,总是惊讶于自己并没有处于动物的位置。"以及,"我希望能看到从肉中涌现它们自身的图像。"此外,"如果生活令您激动,那么它的对立面,黑暗和死亡应该也会让您激动……您的天性将全然无望,然而,您的神经系统却拥有乐观的特质。"最后,"为什么一幅画能直接影响神经系统,这是一个严肃而又困难的问题。"对神经系统的否认,便是新的专制的实行:不,金钱不会为了向艺术表达敬意而对其进行镶贴,金钱用艺术来购买金钱。梵·高是第一个目标:理所当然。巴塔耶在那本不再为人所知的《内在体验》中写道:"因为知识分子外形下不断增加的奴性,我们需比前人做出更大的牺牲。"

盥洗盆、水龙头、浴室、水管钉在布景底部。定格的灌洗器、成为肉案子的中央角斗场、床、狂欢的旋转唱片、在电灯下沉思者的手表——肌肉的痉挛压脉器便是这样发挥作用。像是用布莱叶盲文写成的日记散乱在地上，画作的观赏者，俄狄浦斯确实是盲者。他不愿在私人空间中看见自己，看到自己呕吐，看到自己剧烈地痉挛。令培根"激动"的理性主义是极端的。当他用箭头标明，我们会听到："是的，是那里，就是那里！"又一次！从来如此！他指出这个地点，但这个地点是一个分界。画作的内容是斯芬克斯。您不用得到答案。画家，凯旋的俄狄浦斯迅速将场景掌握在手中，双眼睁开。在洗土耳其浴之前，安格尔需要时间准备。培根则一脚跨过面对面、一动也不动的俄狄浦斯和斯芬克司，炫耀受伤的脚板，变成弑母的俄瑞斯忒斯，他延续着这个悲剧，最终看到这些从未有人见过的、没有头颅和四肢的人体躯干雕像。

桌上的人体躯干雕像靠在十诫石板上，就像是靠在一本红色的大书上。最终被识破的人体躯干雕像，性别分明，棒球球员的护腿。"是那里，就是那里！"

阿波罗对商人们说："您所在之处，司法砍下头颅，挖去眼睛；人们割破喉咙，夺取孩子们青春的花朵，使他们的生育力枯竭；人们毁伤肢体，用石头砸死同类，被绑在尖桩上的人们的哀号声不绝于耳……"

二战之后,怎样的艺术家才能像一个善出难题的人一样,让教皇在录音室里破口大骂? 培根没有弄错对象。"是这样,就是这样!"世界是一个被性欲穿破的屠宰场。绘画不常涉及这点。这是既成事实。对此,即刻的反应是:一幅漫画上画着一位银行家,他悠闲地坐在扶手椅中,扶手椅后面是一个关闭的保险箱:"他在欣赏他的培根",上面写着(或是他的塞尚、马奈、毕加索):惊恐的人群并没有反抗。其肉体的内心体验被画面的雇佣者所禁止。

　　培根说:"一条人行道耸立在现实之上,彷如一摊肉泥般在上面移动,就像是这些被限定的人们重复着每日的环行"……在《酷刑》中(《内在体验》中的重要部分),巴塔耶写道:"深夜,我回到一个我不认识的地方……我的手里拿着撑开的雨伞,但我知道其实并未下雨。(我没有喝醉:我非常肯定。)我拿着这把撑开的雨伞,它对我而言毫无用处……一个充满欢笑声的空间向我敞开它的深渊……我抗拒这些将我关在其中的灰墙,我朝狂喜冲了过去。我在神力的感召下大笑起来:雨伞落在我的头上将我盖住(我故意用这黑色的裹尸布将自己盖住)。从来没有人像我这般大笑,一切事物都展现出最终的本质,裸露着,就如我已经死去。我不知道我是否停留在街上,在伞下掩饰着我的疯狂。也许,我一跃而起(很可能只是错觉):我在神的启迪下抽搐,我一边跑一边笑,一边想象着。"

还记得《贾科莫·乔伊斯》(*Giacomo Joyce*)中乔伊斯在的里雅斯特写下的最后的话:"爱我,就爱我的伞。"30 年代,一位名叫培根的英格兰-爱尔兰的年轻人阅读了乔治·巴塔耶出版的杂志:《文献》(*Documents*)。德勒兹在他献给培根的《感官的逻辑》一书中,不止一次地提到巴塔耶。赖瑞斯是巴塔耶的朋友,也是培根的朋友。谁读过《俄瑞斯忒亚》? 谁敢想俄瑞斯忒斯所想之事? 某人对培根说:"那么,教皇便是父亲吗?"他答道:"我不太明白您想要说什么。"而另一次,培根不再理会他:"我厌恶中欧绘画的混乱场景"……培根精确剖析的画作便是维拉斯开兹笔下的教皇英诺森十世①,这难道不是又一明证吗? 自画像? 当然是。无辜婴孩在尖叫(普桑的《屠杀无辜婴孩》[*La Massacre des Innocents*]是培根的另一参考资料),借由恐怖一直可以听到这种尖叫声。无辜只有通过暴力来表达? 此后,这个问题等同于:为何油画会这么贵? 又或是:人的肉体在他活着时是什么?

---

① 写作"Innocent X", innocent 一词有"无辜"之意。——译注

皮耶罗的天堂

　　尽管厌倦了音乐，但我们知道蒙特威尔第的牧歌仍令人百听不厌。同样，虽对绘画失却任何兴趣，但我们仍会毫不犹豫地去看皮耶罗·德拉·弗兰切斯卡的作品：视野重新打开，眼弦绷紧，空间发出回响。

　　罗伯托·隆吉①书中的一个章节专门写了皮耶罗直到1927年(这本随笔写作的日期)为止的发迹史。在这一章节中可以看到这样一段文字："品味的历史证明皮耶罗·德拉·弗兰切斯卡的成功远远少于他应有的价值，甚至，他被不能否认的敌意所妨碍。"谁在害怕皮耶罗？虚假的运动、具有欺骗性的静止、几代人天生的偏见、肯定的缺失、心理分析。他的

---

　　① 罗伯托·隆吉，《皮耶罗·德拉·弗兰切斯卡》，哈桑出版社，1989 年。

天堂是严密的,同时有一种难以置信的淫荡。如青春般盛放的逻辑运算被禁止,并被驱逐出如超人类这样神秘事物的发源地。我一直在思考《马尔多罗之歌》对于数学的祈求是否需要一幅插图,例如可以选择《鞭打耶稣》(La Flagellation)。这是"比太阳更加古老的源头"、"掀翻棋盘的风"、"潜伏的气息"、"钻石矿"、"比埃及金字塔更持久的小金字塔"。我认为,皮耶罗是这样一位画家,即使其所有画作都被毁坏,但它们仍将存在,就像是漂浮于空气中的不可见的程式。为画家们所热衷的平面构造技巧最终归于整体的支离破碎(最终在乔托、贝里尼、马奈、塞尚的画中得以体现),于我而言,为人们所接受的是伦敦的《耶稣诞生图》(Nativité),它仿如幻觉般不断地重复着田野的各个角落、路的尽头、凝固的早晨或午后。皮耶罗是一位描绘画面的伟大医生:没有显而易见的悲惨,没有夸张,没有耶稣受难像、光线的鞭笞、持续的洗礼,没有结束的诞生、建立在无休止的复活的基础之上。这便是在真实十字架伪装之下,真正思想画笔的证据。可以因此战胜死亡,避免混乱吗? 风景、身体、感觉和城市的结构是一样的吗? 维度和物体因此可以倒置并在您面前化身为您吗? 石块可以像脖子、手臂、小腿一样活动? 一个人可以成为一根圆柱? 是的。石块可以画出,身体也可以画出,但画中的石头变成画外的身体,而附着于墙上色彩斑斓的涂层比任何一面墙都要真实,都要坚固。让我们脱去衣物、沐浴、呼吸、进入。这是净化的时刻。

隆吉谈到了"色彩的天堂"、"矿物的光泽"以及"覆盖在形状外面、浸润在均匀清晰的阳光中的那种物质无法描述的价值,那种实质"。我们感觉到他强迫自己找寻花一般的词汇、镶嵌画般精确的语句,这使他的散文成为一种精神诗歌(所有关于艺术的作品都应该是一种艺术,但不要执着于此)。我们知道皮耶罗是一张面孔,但同时也是一个轮廓,立体绘画(并不是立体派)的一次成功,由各自为中心的部分构成的一个整体,一份"田野的宁静自在"。我们见证了一次带着构造秘密的"出埃及记"("在无动于衷的布局中沉着的人类目光"),前往这片注定的土地:意大利。小国家、永恒的王国、失去并挽回的时光的概述、"爱琴海地区院落中庭里的传奇事件"的记忆。这就是皮耶罗之谜:他将传奇、奢侈、神奇又或许是可怕的瞬间集合在一起,从而转变成清晰的冥想。习以为常的突然转变,仿佛我们一直在那里。当然,我们有权利认为是"基督教信仰"赋予其活力的极大乐趣和宁静,但假如基督教从我们的视线中消失,它的第五种元素和它积极的根源会继续存在于此,存在于这个棱柱里。当然,皮耶罗的画作完成得非常精彩,且始终充满潜力和纯洁,像是一种胶质、一只未孵化的鸡蛋、一个纯洁的构思。相反,没有任何东西是纯洁的,令人无法理解的矛盾就在于此。因此,我们不得不借助一些表达来进行平衡：激烈和克制、密集和透明、平静和暴力等等。隆吉做出这样的评价：与在墙壁的斑点中寻找遐想灵感的莱奥纳多不同，皮耶罗是在"欧几里得定律的沉默框架中"萌生出人物形象。作品是推理化身而来的冲动，人物在其中隐约显现，并严格且流畅地衔接在一起，展现出方程式的魅力。啊，皮耶罗的**音步**！音步，是的，像但丁或是阿里奥斯托的诗学；看看《基督受洗》(*Baptême du Christ*)，十条腿、十只脚以及一条树木和石头构成的腿脚，树木、即时的和谐、镜子般的水面、贝壳、白鸽和云朵——音乐控制了一切，您浸没、荡漾在光明中（我意识到二十年来这幅油画的复制品在我的身份证件中一直跟随着我）。

间隔、毗连："鲜明的凝固光线"。我们或许可以谈谈一条聚结的原则：一切都是有区别的，一切都是富有旋律地焊接在一起的。在建筑术中将会发生某件事，发生在它的缄默中，这种缄默就像是从缄默找到的话语。脑袋是一个柱头，举起的手指是一根圆柱（位于阿雷佐一组作品中的《天神报喜》）。在这里，十字架就普遍地代表着各种形态的木头：梁、厚木板、打桩机、柱、大理石台面以外的屋盖框架。战争是疏散冻结的盛大仪式（野蛮只来自于马匹、方形王旗和武器的缠斗，来源于数字的困境。某人需要穿越该困境到达沉思的本质）。尤其是，"当托斯卡纳午后的阳光不断地掠过地面，在这一刻，无处不在的、崇高的阳光超越了最庄严的事件,甚至超越了奇迹"。

让我们赞赏一下隆吉的工作:在《复活》(*Résurrection*)一画中,耶稣被无礼地定义成一个"翁布里亚的粗野乡巴佬,驻足并从坟墓的边缘注视着他在这个世间拥有的财富";画中的躺倒在地的四个守卫,他们在音乐声中晕晕欲睡,像是"一个果实的四瓣"。以下,"您瞧瞧,作为着色形态交叉的纯粹美,位于其中心的是错综复杂的下水道,然而,它与地面部分脱离时变得清晰,并被打上长长的暗影。这一切都处于色彩之中,我们不知道这是愈发巧妙还是愈发通俗;草绿色的大衣先变成暗红色,随后变成玫瑰红,就像是塔罗牌的木版画里的绿色和红棕色。补充一点,这些简单的对应很快会变成其他更加巧妙的东西,那些耶稣抛洒的玫瑰仿佛映在天空中,呈现出藏红花色的云朵。"皮耶罗画作的明显风格在于出人意料的色彩混合。人物的祈祷?隆吉:"他们科学地祈祷。"维度?"巨大与极小的调和。"亮度?"正午耀眼的、月光般的光线。"一个新发现:"激烈的意图。"隆吉对乌尔比诺公爵的双连画的描述——和《耶稣诞生图》中支配空间的马槽一样,这是皮耶罗对肖像学的伟大挑战——注重细节并具有无可非议的能量。他以认真且不断更新的态度尊重他所谈论的东西:这是一位作家。他笔下的**皮耶罗**是穿越人类疯狂的整整一生的杰作。没有抱怨;不抱幻想的评定,有时:"五十年代初,修复在战争中毁坏的博物馆，并组织极富声望的政治外交巡回展览，出版社执着于日耳曼和盎格鲁-撒克逊文化，一些艺术史的综合书籍，这些书既杰出又容易获得"……

在这尘世间旅行，选择停留在皮耶罗的天堂中，应该会在许多事情上得到安慰。这是一次瑜伽，和另外一次一样，都具有能够在任何时候言说的优点。那么，《耶稣诞生图》是没有界限的心醉神迷，只要记得被泡沫吞噬的挡雨板、磁化废墟的斜坡、鲁特琴中心的五位天使，用张开的嘴转变成正在叫的驴嘴巴。一边是流着褐色血液的三个人和两只动物，另一边是一个五声部合唱团，牧歌在一个"阳光愉悦地洒落着的"世界中迎接您，这个世界是一些由点和瀑布构成的小岛。事件的棕红色晒印（地面上的小湖，在这蓝色覆盖物的折痕中的蜡质洋娃娃）是"所有时间之外"到达的一个焙烧过的有声标记。眼睛不足以聆听，需要整个身体来理解，搅拌的血液成为存在。这位皮耶罗多么"中国化"！他极好地展现了相互依存的盈亏间的均衡！如何给布拉雷祭坛后面的装饰屏上金链末端的鸡蛋上色？中间这个倾斜着的小孩又该如何着色？这位光芒的预言家会告诉我们吗？会，也不会。谜团隐没在自身里，影响着远近的每一个地方的快乐。我们如何到达如此"庄重的平和"？对于皮耶罗我们几乎一无所知，他是如何在光荣的坟墓中日复一日夜复一夜地进行创作，直至失明（他死的时候

已经瞎了)？凭此印记，汝等必胜（ *In hoc signo vinces* ）。这句
著名的句子的所有首字母合在一起便是 IHSV，基督交织的
字母与圣母玛利亚的合成一体，你会被这个符号征服，因为绘
画是符号之王。君士坦丁睡在他红金色的帐篷下，这个帐篷
类似于《圣母玛利亚分娩》（ *Madonna del Parto* ）中两位天使掀
开帷幕露出怀孕、腹部有裂缝的圣母玛利亚。他也睡在覆盖
整个剧院和他的成千上万注定死亡的乞求者的、宽恕的檐幕
之下。画作将一切都纳入它的羽翼之下，不需要任何的流血
牺牲。耶稣再一次闪电般诞生：深邃的夜晚里一日又一日，神
殿只是为了纪念远处的这一幕，高原顶点这块奢侈贫瘠的地
方。她垂下眼回忆着，塞尼加利亚的圣母被忠贞的天使守护
着，没有什么能抹去她脱离尘世、内心化的形态。您看着皮耶
罗便会确信。他会无偿向您传递这种确信直到最后。

保罗·乌切洛的战争

很快返回意大利,在那里一切都已发生,一切都得到了解释。这里就是佛罗伦萨,象征体系的诞生至今仍影响着我们。尤其是那位我们无法归类的画家,最为深入的调查研究也无法做到。若存在谜团般、叛逆的例外之人,那么这个人就是他。他扰乱、妨碍、入侵;他不会投降,他是透视法在自身密集并开放的询问中的极端暴行。这本图册慷慨地让我们重新认识了他,尝试将他置于在他的时代和复杂背景之中①。但我们再一次感觉到,我们仍没有触及到他作品中的深刻含义。

是的,保罗·乌切洛出生于 1397 年,逝于 1475 年,投身于"文艺复兴"运动。是的,他在那里,和阿尔伯蒂、吉贝尔蒂、

---

① 弗兰科和斯特凡诺·波尔斯,《保罗·乌切洛》,哈桑出版社,1992 年。

布鲁内列斯基、多纳泰罗、德拉·洛比亚以及其他许多人一起。是的,我们可以在皮耶罗·德拉·弗兰切斯卡的光芒下研究他的斗争,在一个文明的运动中,美第奇家族仍令人心生向往。通过涌现的教堂、宫殿、穹顶、隐修院、壁画、雕花的大理石、城门、彩绘玻璃窗、时钟、机械以及令人同时联想到破坏和惊叹的算术这些不像是真实的事物来靠近它。视野形成并被反射,世界被远近排序,体积和色彩一如既往地存在并被计算。然而,在这充满逻辑、敏感和才华动荡的中心,保持着一种晦暗且厚重的沉默,那就是:乌切洛。我们马上感觉到他背负着这个时代的一切消极,他拒绝成功、美化和理想化。他的立场像是一种宣战。需要艺术史学家,但并非必要:他们无法理解对抗。然而,乌切洛则是在对抗中封闭的固执。或许,他出于身体的原因而未将空间神圣化。

我们对他几乎一无所知,只知晓,随着年纪的增长,他越来越沉溺于作品创作。他在五十六岁时与一位十九岁的年轻女子结婚。众所周知的一个小趣闻(瓦萨里透露的)便是,每天晚上,他年轻的妻子叫他去休息时,听到这位埋头于图画中的艺术家最多的回答是:"噢,这透视法多么具有魅力!"对他而言,在图纸上设计、比较图纸是极大的愉悦和理所当然的恢复体力的睡眠。乌切洛不想要单一的流逝,从现时的常识而言已经是对神明的亵渎。他否定摄影或电影的镜头,即简化的眼睛成为我们的上帝。这可能就是为什么他离我们如此近（如同他预料到了被普遍化了的场景的平庸和乏味的灾难）。他特有的深度是多样化的、不可调和的、极端矛盾的，每时每刻都从捕食、战斗、狩猎、惯常的罪行、宿命中脱颖而出。史诗和小说是一种战略艺术，它在善德中永远不会消逝，在诗学中更是如此，却与充满红色和黑色、不停运动的、多刺的黑夜紧紧相连，吞食自身的恶。通过双眼的视觉（如同进行描绘时必须避免变成独眼或失明），"根据眼睛的运动、观察者的运动，根据自动或自发的调整而改变，他拥有了倾斜而不再垂直的视觉"。这样一种"生理的复杂性"实际上是对意识独裁的持续攻击，其本身是磨去镜子中捕捉到的主体，是一切绘画想要摆脱绘画的谎言。每个图像都变得虔诚且死气沉沉，我们怀疑并不是虔诚给予这愤怒的平静以活力。由此产生，奇异的油画板，像启示录的梦境一般矗立的"巨大的细密画"。谁能比他更好地从内心理解什么才是诺亚时代的大洪水？圣·乔治和巨龙之间的战斗？又或者，用现代的字眼来说，我们宁愿选择失去所有准确的方位标以及恐怖的受阻情结？看看这些已经溺亡、泡得发白且淤青的尸体，这被卡在诺亚方舟和棺材之间动弹不得的暴风，这被风抽打的灌木，这些紧贴着船板，抵抗着船面挤压的、高尚的受苦之人；看看这阴穴，这刺破灰色天空的肘钉，在其可悲的混凝纸洞穴前的极小女子，马儿被直接投进带翼的野兽口中迸溅出鲜血。啊,乌切洛,他向我们讲述的不是救世、冥想或高尚的生活! 并非巧合的是,世纪初,安德烈·布勒东认为乌切洛是一位"超现实主义者",并在1982年《娜嘉》一书中重现了《圣饼的奇迹》(*Miracle de l'hostie profanée*)中的一个细节——阿拉贡在意大利期间给他寄的明信片("超现实主义的声音,它在死亡的前夜,在暴风雨之上继续布道")。同样并非巧合的是,安托南·阿尔托在他最奇特的一篇文章《保罗那些家伙们》中,将自己完全与乌切洛同化,如同乌切洛是对精神生活进行肉体新探索的最佳参与者("与物体和事物处于同一层次,自身同时拥有它们的大体形状和特性")。乌切洛走在这个世纪的危机之前,并垂直地在所有方面超越了它。远不同于思想正统的字典,他的颠覆被定义为纯粹的智力游戏,这是一件意料之外的、尽人皆知的事。实际上,乌切洛令人恐惧。《圣罗马诺之战》就足以说明缘由。的确,这幅画诞生于1432年,但我们却认为它会永垂不朽。矛、旗帜、柱形尖顶头盔、盔甲、马匹(噢,乌切洛笔下的马儿,仰着头的、急促的、向后倾的、炝蹶子的、套着马具的、思考的!)、加箍并鼓起的绚丽贝雷帽、异色方格的缎纹布(谋杀和享乐的蛇群)、在第一个互相残杀的场景里的弩和旁边的猎队,以及落单的士兵和跳跃的兔子,所有这一切——马笼头、人群、镀银、镀金——都表现了时代的破坏本质中一种强烈的冷漠,甚至表现在忧伤的持剑杀人者的脸上。对圣体饼的亵渎变得血腥,它是否在其他地方发生?真的有人将犯渎圣罪的妇女吊起来,并烧毁犹太家庭(包括孩子)?遗憾的是,这很可能是真的。我们不知道乌切洛是否想要纪念某个特定的事件,或是指控教会进行了异常古怪的黑暗弥撒。在红色辰砂中的一切是如此强烈,使人心生烦躁。最后,还有一幅作品《牛津狩猎》(*La Chasse d'Oxford*):这幅画在线条、没影点、背景同时逐渐淡化上达到了辉煌的顶峰。我们可以听到叫喊、呼唤和狗吠;可以触摸到右边流淌着的蓝色激流;我们从各个角度同时进入场景中;我们感受到鹿和狗的癫狂,仿佛置身于猎犬队和人群中。一望无际的、深暗的绿林。持续不懈地拍打树林赶出猎物。而您,您永远拥有这些棍棒、长矛、长枪、呈现在双眼中的巨大的可怕的罗盘。您还想如何,这便是人类历史。

圣·沃霍尔

1987年2月22日,某位五十八岁、名叫鲍勃·罗伯特的人在纽约的一所医院里即将死去。他刚刚接受的胆囊手术通常并不会使人死亡,但当晚值夜班的护士女士并没有在看护这位病人,而是整夜待在她的房间读《圣经》。这一点是她告诉调查者的。于是,看护人员的疏忽被发现。没有确凿的证据,案件了结了。鲍勃·罗伯特在其入院时曾询问过有没有比他更有名的人在该医院的其他科室接受治疗。回答是:没有。需要强调的是:这只是一次简单的手术,并无特别。这位病人也未患您所知道的那种疾病。这位鲍勃·罗伯特正是安迪·沃霍尔。

1987年4月1日,在第五大道的圣帕特里克天主教大教堂里挂着美国国旗,在两千位并不熟悉此地的名人面前,面向平等,面向黄白相间的圣座,进行着一场纪念捷克移民的儿子安德鲁·沃霍拉①的庄严弥撒。他母亲茱莉亚是一位虔诚的信徒。仪式上演奏了奥利维埃·梅西安(Olivier Messiaen)的《魔笛》和《赞耶稣不朽》(*L'Hommage à l'immortalité de Jésus*)的选段。列席者惊讶地从神甫的讲道(愚人节或令人目瞪口呆的新发现)中得知,最致力于财政社会的人、肆意进行违法勾当的秘密组织者、艺术广告中邪恶的大天使、大量金宝汤罐头、玛丽莲梦露,以及各种毛泽东头像的创作者,会来参加弥撒并亲自承担起养活乞丐的责任。如同巧合般,一个月前,他后期最伟大的画作之一在米兰展出,这幅画叫做《最后的晚餐》。是的,达·芬奇的《最后的晚餐》被重新阐释,一只可笑的白鸽(*dove*)穿过非常清晰、经典的画面——在美国,多芬是一个香皂的牌子——上面还有代表的通用电气的 GE 这两个字母,是圣灵最为常见的启示。因此,在这梦游症般的一幕中,一切都复杂化了。此刻,谁会想到 1969 年 6 月的那个夜晚,沃霍尔在瓦莱丽·索拉纳斯的搀扶下走下楼? 她是女权主义的杀人者? 是的,思考建立事件的逻辑? 今年,当我看到纽约现代艺术博物馆的作品回顾展时,我很惊讶地看到这些新派达·芬奇画作、拉斐尔的圣母怜子的复兴、优雅的白色变

---

① 即安迪·沃霍尔。——译注

成展露无遗的远古神话,我听到我身边有人在说:"您觉得这有趣吗? 真的有趣吗?"沉默、尴尬。仍有一个例外:罗伯特·罗森布卢姆(又是他)最后将沃霍尔比作马奈。肖像、时髦、执拗的精神状态。大概需要时间来承认这个事实(但金钱将会承担这个事实,对此比人类更加清楚)。

　　沃霍尔说:"我来了,下面没有任何东西。"正如我们所说,和普通市场一样艺术市场没有隐藏艺术之外的任何东西。"当镜子在玻璃中看自己,它能看到什么?"而当一堆堆积如山的美元凝视着另一大堆美元? 很快,沃霍尔优先处理了权力问题,为容易屈服的艺术家们指明了正面战争的道路(他的名字中有"战争"一词)。图像无所不在,具有催眠性,从此成为全球商品包装社会的本质,无深度的死亡问题。我们始终生活在录像的状态下:"讲述他们问题的人,不再清楚他们自己是否真的有这些问题,还是他们只是假装有。"诚然,每个人都渴望能在一刻钟内成名,但实际上三十秒就绰绰有余了。看看沃霍尔,凭借可靠的直觉,直接找到了大量的象征物(纸币、明星的面孔、全球的知名人士、毕加索式动作中的博物馆宝物,以及其他所有)。他通过强调重复、增加、无意识的系列来更好地展现对于死亡机器的极度冷漠。他在很长时间内都在幕后练习:不断的录制(宝丽来相机、磁带录音机、不停运转的摄像机),对于反常和谵妄、各种毒品置身事外的观察——在非常慢速的时间或瞬间里，如棋盘般构想的空间。人们以为他被商品所淹没，但实际上并非如此：相反地，他用他病态的神经改变商品、矫正商品（天真的**波普艺术**不属于这种情况）。这是一位反对幻觉的金融家、一位货币倒置的患躁狂症的银行家，同样迅速地进行选择和优雅地实施否决。除他之外，谁有能力在同一平面上展现高和低、富有和苦难、人类的脸和任何实用的物品、光荣和灾难？伊丽莎白·泰勒是一个勉强改善的颅骨，毛①是一朵花，埃尔维斯·普雷斯利②是一场急救车事故。马龙·白兰度或杰奎琳·肯尼迪是几把熏衣草色的电椅。一切都在虚构的自画像中达到顶点（他是唯一一位创作并印刷了自己自画像的美国人）。时而健谈，时而全然沉默；在《Vogue》杂志和在"工厂"（*Factory*）工作室的狂欢中同样放松；以后视野对被同样的伪价值禁锢的权贵和穷人们进行精确客观的分析（这只可能是性，而"性不值一文"），他正面攻击美学魔术（激起了抽象表现主义艺术家们的敌意，除了德·库宁这个显著的例外）。他最终看到了什么？内容如下："人们并不真正关心他人的生死。"电影一刻也不会停止，尽管似乎没人会注意到一位国家元首和一个歹徒、一盒汤和一个闻

---

① 指毛泽东。——译注
② 歌手"猫王"。——译注

名世界的女人是对等的。在一个愈发乔装改扮的漩涡中需要对沃霍尔使用男扮女装者这一点，以及他强加在自己身上的荒谬可笑的纪律进行研究。你瞧，墙上的这些奶牛，在它们上面是充了氦气的银白色云朵：你们是注视着画面中幽灵列车通过的奶牛，至于云朵，"我们打开一扇窗，让它们飞走，画面上便少了一物"。又或者，我们出版一本杂志，著名的《访问》（Interview）杂志。谁会看这本杂志？"我们的朋友以及封面上的人物。"但最终，您是否向我们传递了一种思想？"购买比思想更为美国化，而我是彻彻底底的美国人。"没有分毫的虚伪，这幽默之外的伪犬儒主义者。他在最后画作中的其中一幅画的边缘写道："地狱和天堂仅一墙之隔。"就像是在他旁边的一切突然变得沉重；沉重和拘束、轻信、虚妄，自愿被广告如操控木偶般滥用成为宿命！看看《伪装》，蒙面格斗的艺术，除了面具别无其他。我们时代真正的英雄便是以这种方式得以闪身和喘息，冷冰冰的交易。这完全值得进行一场弥撒，不是吗？

耶稣受难像

相比于修道士、学者或哲学家，更应向艺术家以及依附在其之上的神话寻求思想载体的证据。使这个载体得以体验，总是以一种特殊的形式发号施令，来证明这些神话并未出现，也并非毫无意义。例如：华托即将死去，有人递给他一个耶稣受难像，他却将它推开。为什么呢？是因为思想信仰吗？不完全是："这个耶稣受难像雕刻得太粗糙。"他说。

谁会相信耶稣受难像的历史就此结束，从今往后只能在博物馆里看到它？耶稣受难像的历史至少在三位运动和自发痉挛方面的专家那儿重演和转变：毕加索、德·库宁和培根。他们都以各自的方式寻找这个绘画的十字架，并使之走出人们试图定位的平庸。与一个集体的阿谀奉承或沉思所进行的正面炫耀无任何关系：这里，个人的经历不得不创造出其发展的规则。然而,问题在于耶稣受难像而非其他。只是,厄运再次降临并迁移,改变了行踪,经历另一次眩晕。悲剧从内部重演,如此的一种违抗对于那些从反复的苦难中获取自信的人,或是那些无法看到(传统或羞怯)绘画十字架的人而言,似乎是一种冒犯,但又有什么关系。没有人感到满意?所有人感到混乱?这就是艺术。看看罗丹的昏倒在耶稣受难像上的抹大拉的马利亚,前所未有的立体。突然泄露出性感?是的,但却是正义的放纵。

毕加索以一贯的方式对这个主题进行精确客观的分析。德·库宁则在《闭着的眼睛》这幅画中提醒我们,这样的一个视角实际上是被倒转了,从根本上撼动了神话。基督是一个惊得目瞪口呆的可怜家伙,他的手臂被胡乱地钉住,性别错乱,他被发生在他身上的事情压垮。惊恐且滑稽的姿势。下面是下贱女人的喧哗,新增的剧情。她们自娱自乐,她们肯定患有恋尸癖,她们体现了底层的社会意愿:啊,啊,这个我们至少拥有。培根则从戈雅风格的创造出发:理智的沉睡不断地孕育怪物,在沉睡中,这头野兽吞食着它扭曲的肉体。和我们所认为的不同,这一切与超现实主义和表现主义无关。不,不,与残酷、尖叫(忘了蒙克!)、恐怖、焦虑、屠杀无关,而关乎直觉(培根不断用到的一个词),最后,关乎高尚。悖论?并非如此。执行是一种驱逐、撤离,而立体地包含活动的空间和人物同样重要。毕加索不断地实行驱魔法。但对什么实行驱魔法？用什么样的新魔魔法？

1930 年那个小耶稣受难像！这黄色、这红色、这被放进某个角落的极度机密！这一年的 2 月 7 号，毕加索在巴黎发生了什么？对他的私生活有什么促进，或更准确地说，通过这个对他的动物-人类循环的认知有什么促进？在画《格尔尼卡》前的七年，这是《格尔尼卡》的基础涂层之一。这幅狭窄的画作是一个核反应堆，与其说是一幅油画，还不如说是一块长薄板。与丁托列托的一幅伟大画作比较：正在缩小的尺寸。啊，一个可笑的历史事件正在发生！时间的钳口位于我们之上，众神渴了，醋使海绵膨胀成举起的石头，痛苦是浓缩的弊端，我们改变了比例！一切都被弄乱、被浸透，鸡蛋翻转，轴线变样。杀戮重获其在《耶稣受难像和拥抱》（*Crucifixion et étreintes*）（1903 年，巴塞罗那）中已指明且始终不变的意义。艺术家们的性欲？对于善于观察的人而言是一个真正的十字架。毕加索没有避而不答。以下便是他的判断：性的绝境直接通向解决问题的耶稣受难像。绝境并非**对他而言**，而是针对他死去的朋友们的：卡萨吉玛斯（Casagemas）、皮乔特（Pichot)（《三位舞者》中出现的阴影）。1937 年 12 月 20 日的《网中的女人和钉在十字架上的渔夫》（*La Femme au filet avec pêcheur crucifié*）只是为了强调这个主题，值得一次新的、罗耀拉式的精神锻炼。毕加索的沉思久远地来自于他天主教的童年和立体派的启迪(正如 1917 年令人惊讶的铅矿所证明的那样)。令人印象深刻的平衡和绝对的干预权也可以从绘画背景中存在的关于基督的垂直和水平中得以解释。然而,没有任何的痛苦有益论,行动的唯一理由便是:对死亡的憎恶。

与毕加索有关的日期可以组成一本小说。1930 年 2 月 7 号,重要且有限的一幕。谜一般的 1932 年 9 月 19 号和 10 月 7 号。在那里,毕加索进攻并推进他的利益,以墨汁和羽毛笔穿透围墙,直至美好的 10 月 21 号,从布瓦斯格洛(Boisgelu-op)到巴黎。这一次,驱魔法被进行到底,解剖学被打败,不再有最轻微的一丝器官惊跳,人类躯体处于史前状态。痛苦的重新采集从此是对一切壮观场景的反抗,不再有私人或公众的电影,我们处于图腾的空隙,骸骨是处于失重状态的岩石,驯鹿的森林,地极的遗迹。耶稣受难像不再是虔诚画面的保障,它是毕加索伟大革命的全然审视的署名。这是来自于各处、来自于变成外在的内在的触知视觉、设计的气胸、对骨骼和恐惧的超越、巨石建筑状的复活。不再有末日、不再有死亡,而有的是在冰冷的黑夜中死亡的化身和谋杀的三维图。不再能专注于施虐-受虐狂者的思辨。激情和消极性的终结。此后问题在于:怎样重新找回肉体,什么肉体?

要寻回的是这样的肉体。这次是 1959 年 3 月 3 日。这是斗牛受难像。骑马斗牛士毕加索，这位新圣保罗，走在大马士革的路上，他倒在圆形竞技场的地上，被压在后仰的马匹之下。公牛从左边径直猛冲过来。基督的左臂被钉在他的十字架上，可以自由活动的右手，将他的缠腰布用作斗篷或红绒布旗。他变成怪诞的斗牛手。他一边被钉在十字架上，一边开始复活，他生动的线条足以使动物眼花缭乱，晕头转向。显然，这是一个绝妙的想法："我没有在寻找，我找到了。"这就是最终他的面容：极其激动、全神贯注、芒刺和荆棘冠冕，主宰着不断上演喜剧的土地，统治着空间和时间，就像是时间永恒地回归到他身上。洞穿一切的目光。毕加索又一次在他的力量中认识了自己。

地 狱 之 门

　　如何将其所处的世纪送往地狱①从而穿越死亡？又或是：如何否认聚集和分解的力量？处于时间中的这种力量就像是那个时代，而这种力量无非是怪相、短暂的骚乱、与物质永恒相反的负面危机。进入此处的您知道思想能回答这些问题。虽然它似乎在下陷、变得阴暗和沉重，甚至呈现出粗糙的黑猩猩般粗鲁可憎的面貌，但实际上，它突破、拣选、辨别，它权衡并解散剧中的配角，它将它的头脑握在手中，它在思考，因此它立刻制造了沉思者和他思考的对象。不，不，问题不在于想法、观念、见解，而在于正将其他三个维度作为阴暗部分

---

　　①　一篇文章，作者在一部与洛莱娜·拉利奈克（Laurène L'Allinec）（1991年）合作的关于罗丹的电影中提到的词。

进行估价的第四维度本身。此处。此刻。在现在强调的凸起部分中。我们找到了入口,长久以来,门被掩藏在花园的深处,地底或海底的史前岩穴只为唯一一人开启,并会立刻关闭,也许会关闭上千年。事实上,岩穴仍未开启,一旦敲敲它,它就马上会将您送到您所在之处的变形地。墓畔沉思?沉思,从本质上来说,是没有坟墓的。

别谈社会、机构、政府、新闻、家庭、鬼怪、战争、利益、背景、等级、特权、卖淫、无意识且怪里怪气的骗子、混杂的性别、伦理、监狱、夸张的文笔、警察、人间喜剧,过于人性。别谈宗教、神话、传奇、宇宙的无稽之谈、图像、照相取景、机关、恶性连锁反应、畜养、研磨;别谈,别谈可怜的连贯繁殖;因此,消失吧,不断伪装的幻影:正义终于在此,在法院中,它将裁决。

通过我,人们进入悲伤之城,

通过我,人们进入永恒的哀伤,

通过我,人们成为失落的种族,

正义唤起我神圣的创造者,

我被这至高无上的权力所感化,

最高的智慧和至上的爱情。

但愿事物,它在我之前被创造

永恒,我永恒,我活着。

您进来了,请留下所有希望。

无论是话语、雕刻还是写作,形象的突出都是一种语言,它讲所有语言并表达其声音、所有诗歌及其规律,以及讲述正在思考中思想的故事。在此,我们令人惊讶地用法语钻研意大利语、拉丁语,以及希伯来语和希腊语的记忆。诺亚方舟,罗丹如是说。的确,地狱之门尤其可怕的一面,用链条锁住进行警示。原则上,只有死亡才能穿过这道门。不论如何,生者能否做到呢? 有例外吗? 好吧。

必须在此处放下所有畏惧,
必须让所有的怯懦在此处消亡,
你将会看到痛苦的人群
他们失去了智力的财富。

注意,但丁的向导在此处"高兴地"将他的手放在他手中,使他进入"神秘的事物"。您可能不会看到您将要看到的事物。这确实是对您的一种恩赐。可能是一个有毒的礼物。地狱之门能使人发疯。地狱翻转。因此,不可能不明白您是渴望地狱,还是您已身在地狱。

《伊利亚特》、《奥德赛》、《圣经》、《福音书》、《埃涅阿斯纪》、《神曲》、《人间喜剧》、《世纪传说》、《奥义书》、《西藏渡亡经》、《埃及亡灵书》、《古兰经》、《罗摩衍那》、《西游记》:宁静,史诗的关键在安静中展现。身体从各个方面展现的借口,团体、葡萄串、花叶边饰、壁画、旋转运动、盈亏、压迫中或狂喜中、失败或瓦解中、生殖、跳跃、翻转、避让、诱惑、腐坏、贪欲——再一次诱惑。魔鬼是一种可被发现的职能,它的清教主义在诱惑之下是致命的,我们从内部探讨它,拥护和必然的冷漠。罗丹说:"立方体的论据是事物的主宰,而非表象。"为什么我们总是回到女人问题?情欲的直接决斗?便是这些信息,它们非常清楚,我们从未见过如此多潜伏着的女性身体,雕塑对其涉及最广,女伯爵、女学生、舞姬、女工人、女资本家、女模特儿。罗丹的床投射在直立的门上。卡米耶被打碎的黑暗天资,索菲(Sophie)的痛苦:剧院、电影院、舞台。罗丹给她们的信中写道:"噢,您,我的朋友,请您生活在大自然中,它珍爱您这个年纪的女人,请您觉得您是幸福的。"又或是:"我要求并命令您享受这美好的时光并充满活力。如果您能听我的要求,您知道这会让我感到愉快。您总是听从您的意愿,请您也听从一下我的意愿。您总是对您自己没有愿望,这对我和您都不好。"又或是:"我以我能够的方式生活,但我并不需要悲伤……拥有能力和性格将会把您从过分的糟糕中拯救出来……多么遗憾您不听我的,使您拥有想象力是多么必要……您总是在寻找舞台，我对您说您的信件令我无动于衷正是为此。"显然，一直是一样的唠叨，同样试图据为己有的糟糕小说，阻碍、改变、规定小说中真正有启发性的事物。而罗丹还在继续，他在强加他的舞台，这是一个猥亵的怪物。石膏或青铜的 X 线照片，暗绿或亮绿、黄白相间，交替着悲惨和优雅、隧道和木筏，持续且明确的愉悦。思想愉悦地意识到自己生存的乐趣，且每个人都应该愿意如此，而死亡，回归于无生命似乎更适合于寻找罪犯的罪犯。罗丹绝对是无罪的，和萨德一样清白。在他的地狱中一切都是天堂。众神们惊惶不安；人类，尽管他们自我克制，仍自以为是神，丝毫没有觉察。显然，人们让巴尔扎克这位君主扮演了他们所不喜爱的角色。我们清楚地知道他拥有替换地球上所有居民的抱负。以什么权力？这不是人吗？不是？那么是谁？罗丹并没有葬入先贤祠，他自身便是一座巨大且杰出的先贤祠。地狱之门没有朝向任何地方，它冷静地说，地狱就在尘世间，在您身上，在您的谎言中。地狱没有彼世，也没有思辨；雕刻没有彼世。此处，同是此处。您在这个世上出生并不比一本书或一座栩栩如生的雕像更具现实意义。上帝取出亚当的一根肋骨，使之成为夏娃？他将这两人分开，将他们肩并肩放置，他们对称的结果便是形状的真相。我们拥有强大的驱魔咒语、驱魔法：他人就是地狱，处于他们中间的您正在被视为是他者。在头脑中，您被要求消失，经典的遗骨盒，装着转瞬即逝的骨灰的骨灰瓮。

　　我在雕刻我的夏娃像。我看到我的模特在变化，但我不清楚是什么原因。我根据不断增大的形状，如实地修改着雕像的轮廓。某天，我得知她怀孕了；我便全然明了了。肚子的轮廓以不易觉察的方式改变，但可以看出我通过观察腰部和体侧的肌肉，真实地复制自然。

　　因此，真正的作家都是雕塑家。罗丹说："但丁用动作说话和用文字说话同样出色；不仅仅在情感和想法上精确且完整，在身体运动上也是如此"。又或是："我唯一的想法便是对颜色和效果的想法。没有要进行分类的意图，没有处理主题的方法，没有简图来说明一幅浓缩伦理的画。我跟随我的想象、我自身的布局、运动和构成意识。从始至终都是如此，仅仅关乎个人快乐。"但丁、巴尔扎克、雨果，尤其是波德莱尔，他们准确地写出了思想者的姿势："他的腹部和胸部，我葡萄树上的这些葡萄串/比恶天使更加温柔地前进/为了扰乱我灵魂的安宁/为了使其从水晶岩上落下/它在那里是那么地安静和寂寞。"如果灵魂没有打扰他，思想者会让材料陷入疯狂。他不能容许自己的行为只是为了个人的快乐。怎么？性欲不是一种合约？它不应该是有回报的吗？不管它是什么都受到惩罚。更有甚者？引起公愤。艺术家是恶魔般的唯利是图者、不可饶恕的吸血鬼、贵妇小客厅里的魔鬼，他秘密地来到这里高谈阔论，手上拿着铅笔，内心不停地进行盘算。"一位雕刻家慢慢地用工具对大理石上的人物进行雕刻，因为在雕刻的同时他也在进行思考；他身边的坚固的大理石是他的思想；尽管他在工作，其想象力所创造的可触知的形象使他回想起另一人物；这一点证明了为什么他并没有全神贯注于手头的作品。"换言之，他无法全神贯注。没有什么能使其完全投入。魔鬼增加一倍。地狱被分成两半，吱吱嘎嘎摇晃。还有一次，罗丹谈到"伟大的希腊人"："在希腊人的雕塑中有一种平衡，一种令人惊叹的平衡和安详，并不是那种学院风格的宁静——那种宁静缺乏自然状态——这种宁静是一种体力的、具有清醒力量的，一种由精神掌控的肉体产生的感受。"

　　我雕刻、写作，我雕刻我写下的和体验到的东西，我确实地触碰受到质疑的性欲，我指出在这一点上的失误是如何导致了死亡，因此我能够代表思考中的思想，我又如何能向它索要混乱且迅速切换的形象，如果我本身便是。身体作为罗丹的代表是一只从他伪装的坟墓中审视你的眼睛。你瞧，在那个时代有一个社会体制、一个帝国、一个共和国、几次革命和反革命，以及激情？但福楼拜私下放言道："菲勒斯(Phallus)是指引此次航行的磁石"。我们很容易就注意到弗洛伊德与罗丹同处于一个时代，反之则不成立。发生了什么事？一件比一件更悲惨且紧急的系列事件。但您非常清楚，本质上，一切都同往常一样平淡、荒唐，时而是乖宝宝，时而是淘气包，有害的、造成公害的、怨恨的、混乱的。啊，难以追忆的似水年华、疯狂的内心里长夜漫漫的旅程；啊，医院，永恒的疾病在此拖延、赖着不走、小声叫嚷着那上面每个人低语的内容——更不用说，拽着绳子末端和艺术中反艺术的魔鬼附身者的歇斯底里。如同反抗一般，艺术家、作家体会到对宏大的底色的偏执。对社会身体的可怕占有热衷于否定这一身体，**这是我的身体**，是的，就是这具，并非其他。我们明白他成为了身体堕落和上升的专家，成为了在重复的身体裸露中潜在的万有引力或悬浮。在此，女性的形体处于中心位置，始终冒着被理想化或商业操控的危险，而原罪并无其他：因此，我们将试探其大小和差异。罪恶？是对颓唐的重量的应允，对抵制思想的精神幻觉的偏好心理不断反抗身体，它忍受着雕刻，并感到被雕刻折磨。关于生存的问题。**生存还是毁灭？**实际上，这不仅仅是一个问题，在某个启示中，希腊最著名的名言肯定回答了这个问题，在这一启示中奇怪地显现出了一扇门："*存在者存在，非存在者不存在。*"

良种牝马驮着我将我带走

将我带到我心中渴望的远方，
它带着我为我指引方向
走上栩栩如生的天主之路
它驮着人类。

一些年轻的女子向我们指示道路
滚烫的车轴在轮毂里吱嘎作响
笛声传来，两个轮子飞快地转动。

太阳的女儿们抛弃了黑暗的宫殿
奔向光明并使我成为她们的扈从，
我用手掀开她们的面纱
它掩住了她们脸上的光彩。

那里矗立着地狱之门
面向夜晚和白昼的道路
一道过梁和石槛界定着这道门
门本身则高耸入天，
厚实且拥有精美绝伦的门扇，
对数量众多的惩罚的裁决
持有双向的钥匙，

控制着通行……

在巴门尼德富有思想和灵活的看法中，通往生存的这扇门，它和思想是同样的东西，它通过大量的女性得以显示：良种牝马、年轻女子、女神。因为"温柔的言语"，门栓将被打开"一瞬间"，使门扇在"宽阔的空间"里摇摆。青铜的铰链绕轴转动。二轮马车飞快地冲入这个缝隙，女神"亲切地"接待这位敢于走这条不同寻常的道路的人。他将会知道并认识"呈现着完美圆形的、失去真相震动的心脏"。**存在者存在**。他是"非诞生的、无法毁灭的、一个整体的、不能动摇的、无法结束的、同时存在的、唯一持有的"。存在者存在，而难以描述且难以想象的不存在者则不存在。所有的思想、所有的哲学史都在于此。正如一位哲学家对巴门尼德所说的那样："我们不厌其烦地欣赏事物，不仅仅是因为对它与人之间的根本联系的自然确信。同时也是因为言语和石头所展现的丰富造型。"又或是："此处，寥寥数语如古希腊雕像般矗立。"因此，这便是"真实位于一切之上并通过一切显现"。罗丹这位极端的虚无主义者，准确地寻回了那条被窃取的道路。海德格尔与罗丹同处一个时代，反之则不成立。"我的画带有些许 18 世纪的法国风格，但形式的本质始终是希腊风格。"以及：

现在，我在做一个残废之神的系列……是一些尼普顿（Neptune）和女神们的雕塑碎片；

但所有这些都不是无生气的，他们具有生命，并且我将赋予他们更多的生机，我很容易就能在视觉上将他们补全，这是我最终的朋友，他们全都是希腊这个美好时代的人，因为他们来自于希腊。

无所畏惧一词意味着"坚定不移、勇敢、无所畏惧的人"。它比沉着或镇定这些词要好得多，它是人类正义、耐力、韧性的品质。贺拉斯说：世界的废墟令他震惊，但无法使他激动。巴门尼德说："用思考能力将不存在的事物当作坚决存在的事物，因为你既不能将存在和存在的连续性分开，也无法将之分散或聚集。"以及："我从哪里开始并不重要，因为我将重回此处。"沉浸在生命愉悦中的思想者象征着始终存在的复活。上帝和魔鬼都无法改变这一点，更不用说世界、历史、无尽地踌躇在存在和不存在之间的黑暗社会。不存在者不存在。存在者存在。"存在和思想是同一回事。"就这样，关闭地狱之门吧。

断　奏

　　自此之后,战争存在于在个人和城市之间,在个人和城市里发生的所有事件之间。

　　并非其中某一城市,而是所有城市。

　　社会学家们能在城市中看到的只有战争。团伙现象? 出现后立即消失。人人皆孤独,一些名称流行后很快消失(最新的名称,当我写下:TSD——只要具备天赋;或 TSM——只要必然消失)。刚刚定位,人就已在别处。警察和转瞬即逝的群体间的传统对抗,一点点地转变为走上街头的人们和检举他们的记者之间不可调和的激烈矛盾。我不想看到你们的照片、你们的电视镜头、你们的广播评论、你们的经济或伪政治分析。我是一个黑洞。你们自以为掌握了话语和表达权,其实你们充其量不过是个乡巴佬。

一位摄影师朋友告诉我，几个高中生曾对他说："滚开，否则杀了你。"

显而易见。

一如既往，新的语言行为表现说明现状。涂写在墙上或地铁中的标示？为什么不呢。说唱？只要你们愿意。

"我曾是一桩社会罪案的受害者，在这起案件中，每个人的手上，甚至睫毛上都沾满鲜血。"

这句话出自于谁？

这句话出自于一九四六年的安托南·阿尔托之口，现在，它比以往任何时候都具有现实意义。

"我的智慧便是我的身体，再无其他。"

例如。

我的身体在巴黎、纽约、东京、威尼斯或罗马时是不同的。在巴黎时，就像是处于无边无际的沙漠，能给予人精神上的锻炼。我写作这样或那样的虚构段落聊以度日，让人生的轨迹和相遇变得具有意义。

无论是哪里的城市，也只是一个由指示性新闻辐射而成的漩涡。地球不再转动，它正在拍摄。同样，电视也不是一个节目，而是统治者的武器(之一)，将一小部分节目进行定位，使之代替整个世界。

当然，性仍然是最好的遥控器。它被特别作了笔录，通向涂标示者和说唱者用手寻找的突出物。瞬间、声音和镜头的垂直性。

达达主义或境遇主义的那些老玩意儿重新融入炸弹中。直接性:传媒变少了,你会死。

现今,阿尔托:"对抗意识的阴谋是一出精心控制的剧,在这个剧中,挨家挨户,一个又一个城市,一个又一个大陆地传递着信息,仿佛一个巨大且活跃的电报系统。"

又或是:"身体本身比眼睛所能看到的更为宽广,更为深奥和迂回,当眼睛看到它时无法立刻觉察和辨别。"

又或是:"我们处于一个虚伪的世界和生活中,以及一个思想自由的年长者们的社会,他们的脑中从来只有一个想法;隐藏在世俗的秩序后面,这个秩序中,任何人都被禁止说他可以看到比他鼻尖更远的地方。"

在城市里,打开书阅读(例如,帕斯卡的《思想录》)成为最为粗暴的(的确粗暴)行为,这样的一个时刻已经到来。

在纯粹的谈论或写作中是否存在一种能扭转施咒术、普遍抽搐、正在普及的巴普洛夫学说的力量? 是的。这种力量,它是否能穿过围墙,居住在无法居住之处,穿过奢华、悲惨、困倦、梦境、欲望、广告宣传、辉煌的股市? 是的。秘密战争的关键是否被阻碍? 是的。也许变化即将发生。

女护士们的呼救

她们在那里,她们固执地说有些事行不通,她们走上街头,她们示威游行,人们做出听取她们意见的样子,将她们遣回,将她们驱散,她们又重新开始。农民们,好吧,人们已经习惯了,而且他们是行为粗暴,身材强壮的男人。但这些社会不可缺少的女人们呢? 她们喋喋不休,以各种语气说着这个社会的弊病? 这令人不舒服。非常不舒服。什么? 又是她们? 但她们拥有什么? 去,回到你们的医院、诊所里去。去工作。我想,人们从未见过如此**执拗**的一次运动。必然,是女性们……这样,我们才能看得更加清楚。

我们处在一个不断重振的社会。自动调整的宣传口号永远是在所有领域取得成绩。所有人都应该仪表堂堂、热爱运动、具有决策力、精力充沛、积极、好胜。疲乏、多疑、爱幻想已会成为我们材料里的污点。生病几乎是一种耻辱。一个不需要怀疑自身的形象，在爱情电影中除外。在现实中，这已经是一种反抗和不逊。拥有三维的身体，仅仅这一点简直就是多余了。人们应该直接出现或消失。死亡？什么，死亡？某人在那里，然后突然间，他便消失了。人们不会把它当一回事。生意不等人。我们忙个不停，医院是一个个工厂。以前，医院出现，医学为人类服务。从今以后，恰好相反。疼痛、照料和临终都是一些工业波折，重要的是从经济角度进行理性思考。护士是什么？一个负责照料无法生产的身体的身体。这一切代价太昂贵。我们可以用技术在流水线上生产新的身体。因此，不要无限期地耽搁在那些用坏的、使用已久的身体上，将之变成无价值的东西，并紧紧地抓住生命。

这就是领导者脑袋里所想的，并且理所当然被认为是无罪的。确实如此：制度支配下，个人存在的意义就在于证明他在运转。但护士们，她们是非人道的新无产者。她们无法忘记躯体、呼吸、目光、呻吟、叫喊、鲜血、痛苦的沉默和黑夜。她们涌上街，人数不多却真诚。她们无法将人看作一个形象。她们无法时时变更频道。医院不是一个画面，如果您想知道事情的本质是如何发展的，您只需去医院转一圈便可明了。在一本可怕但神奇的小说《解剖课》（*La leçon d'anatomie*）中，菲利普·罗斯讲述了书中的一个人物突然间想要成为医生，来

674

重新找回其生存的意义。可怕的打击永远地改变了他。也许,作家才能从内心理解这个问题每日所带来的精神折磨。政客、金融家、公共关系专业人士,他们没有时间想这个。这会让他们害怕。一个护士的生命并不是一条消息。什么?您说健康处于毁坏状态的世界里,到处都呼唤健康的照耀?无关紧要。其他配角们就位!

又见波尔多

生活即是捍卫某种形式。

——荷尔德林

　　无论身处何处,借由颜色或葡萄酒,某个暗色的光线信号或口中的某种芬芳,我会仿佛突然之间回到了波尔多。波尔多首先是一种漫射并分布在织物("波尔多披肩")或酒中的信息,其次才是我所出生的城市。在词源之外,波尔多这词本身令我联想到海岸、一个可以无限凝望时间和空间流逝的平稳之地。水、葡萄酒和鲜血融成红酒,生命的岸边,并且或许是人生经历中的一个港口,"月亮港",此外,还有具有东方风情、令人倍感亲切的羊角面包,就像是沉睡中一千零一夜的印模。

　　让我们来看看这个:"拉拉贡(la Lagune)的另一特点:它

676

的土壤。这是唯一一个被归入民德冰期砂砾地的葡萄酒产区,土质细腻,几乎是砂质的。这块美丽的土地仅带有一块邻接地,这块小圆丘宽达十六米,高约十米。"

拉拉贡城堡的优质年份? 1966 年。"优雅顺滑、饱满。"而 1978 年则是"接近 1966 年代的品质,优雅,比 1975 年的更加顺滑。"

虽短短几语便道出了土壤和年份间的关系,但这事儿说来话长。波尔多市被几百个受到保护的童话所环绕。波尔多城堡是周边城堡中最重要的一个,就像是海洋边的后备箱,能感受到海洋的任何细微的影响。南边:是朗德省永恒的火场。西北部:面向大西洋。在树脂火焰和内曲的海岸空间之间,是一个综合了所有气候的湿润城市。现在,想象一下我在纽约、东京、阿姆斯特丹或伦敦:我打开这瓶拉拉贡葡萄酒,我慢慢地将它喝下,接着我便睡觉了。第二天早上,我已经被波尔多葡萄酒过滤了。要体会葡萄酒就必须让它睡觉。或更准确地说,是让它来体会你、接受你或拒绝你。想要的并不在波尔多葡萄酒中,想要的并不是听见时光的细胞。波尔多人通常很健谈,但却是为了更好地隐藏他的沉默。没有人能像他那样以毫不刻意的方式迷惑人。这种快活? 也许是一种深沉的忧郁。这种生活的艺术? 很可能是一种虚无的尖锐意识。波尔多,或是矛盾:像是一种广义的相对论,它格外专注于书籍,蒙田的《随笔》,"研究哲学便是学习死亡",在高中阅读、评论作品内容,并将之熟记于心。通过《波斯人信札》、《论法的精神》、《论自愿奴役》,他们受到这座杰出的反抗城市中自由和法律的启发,这个从中央权力中分裂出来的城市,在这个城市里,人们选择了英国人而非圣女贞德和拿破仑,选择了路易十五而非路易十六,这个黑太子和美丽的埃莉诺①的城市。"反抗精神":我重新看到小学成绩单上用红色墨水写的评注,随着时间的推移,我开始明白在斥责的表象之下,这个评注其实是一种表扬和谨慎的鼓励。拉博埃西、孟德斯鸠,以及之后在法国大革命期间臭名昭著并在历史中恢复名誉的吉伦特派。至少,"波尔多的吉伦特派"这一称呼在足球冠军赛中得以沿用。阿基坦地区,温泉之乡。还有,表示"漂亮的、亲切的、可爱的"*girond*、*gironde* 二词。*Gironde* 还可以表示"像胸针般的圆状珍宝"波尔多、吉伦特派:通过文字游戏的方式道出一个间接事实。音节也是一种葡萄酒。

作家们对波尔多的印象:司汤达写道:"毫无异议,波尔多是法国最美丽的城市"。他将其比作威尼斯,其他人则将其比作凡尔赛。荷尔德林说:"多尔多涅河从种满葡萄树的山上流下,最美的加龙河在此汇入,河水汇聚在一起,如大

---

① 指阿基坦的埃莉诺。——译注

海般宽阔"。波德莱尔在这里登上*南海*邮轮。某天,洛特雷阿蒙在此下船,带着浓浓的美洲孤僻。证券广场(原路易十五广场)、莱内仓库(现成为了现代艺术博物馆),这些都是旧时代的记忆。就像那两根巨大的海战纪念柱,令人想起威尼斯的小广场(Piazzetta),一根用于纪念商业,另一根用于纪念航海。贸易和流通:曾是,也将会是波尔多的命运。我始终充满感情地阅读孟德斯鸠的《身体故事的计划》中写给全世界学者的这些句子:"应该将记忆交给孟德斯鸠先生,这位波尔多市玛尔戈街的吉耶纳①议会议长"……又或是1718年8月25号《论肾腺功能》中提到的:"大部分事物似乎并非因为特别,而仅仅是因为它们不为人知;奇迹总是随着人们的接近而出现;我们怜悯自己;我们因赞美他人而感到羞耻。"它与人类身体不同:哲学家在肌肉活动中惊讶地发现上帝无比伟大,就像是在混乱中理清思路。又或是关于《波斯人信札》:"作者给予自己越来越多的权力将哲学、政治、道德和小说联结在一起,并将用一根秘密的链条将之连成一个整体,以一种不为人知的方式。"玛尔戈街……秘密的链条……肌肉活动……摆脱混乱……同样多的语句也许出现在了散步者的脑中。春天里,他一边行走在隐藏于世界后

---

① 法国西南部旧省名。——译注

679

面的某个首府城市里,沿着河畔,在大剧院门前或图尔尼的林荫道上,在银白色颤动的空气中,一边想到了被称为土地的尘土房里的那些酒窖。

今日伏尔泰

某日,伏尔泰在谈论法国人时给出这样一个定义:"……一个无知、迷信、愚蠢、残忍和爱开玩笑的合成体。"他没想到或许今后可以以此定义全人类？是的,世界正是如此发展,通过迅猛向前的文盲、盲从、遗忘、愚蠢、一次又一次的大屠杀、浮躁的娱乐。对"伏尔泰哲学"的冒名顶替,这糖浆状的宽容假面如何能舒适地镶贴在多变的、清醒的巨人脸上。乐观的伏尔泰？多么可怕的谬见！消极或虚无的伏尔泰？更不是。那么,是什么？事实是我们没有阅读伏尔泰的书。

1964 年,在《小说和故事》①一书美妙的前言中,巴特写道:"除了对体系的仇恨,他不具有任何体系(我们知道没有什

---

① 伏尔泰,《小说和故事》,伽利玛出版社,"Folio"系列,第八百七十六期。

么比这个体制更加粗暴);现在,他的敌人是人类历史、人类科学或人类生存的空论家、马克思主义者、进步主义者、存在主义者、左派学者,伏尔泰憎恶他们,并以不断的戏谑作掩饰,就像在他那个时代,对待耶稣会的会士那般。"如果没有弄错,"左派学者们"在1994年的处境并不比耶稣会的会士们好。那么,伏尔泰可能已获胜? 还差得远。因为一批又一批的善男信女们接替了两百年前或三十年前的笃信宗教的人们,并始终"在政治上是正确的"。说实话,孬种永远存在,伏尔泰用这句名言来概括他们:"他们因为害怕一无是处而使自己成为笃信宗教的人。"因此,对人类历史的崇拜迷信接替了人类历史伪终结的崇拜迷信,广义技术的统治接替19世纪的唯科学主义;对将"上帝"当作商品般进行欺诈的完整主义和狂热崇拜的回归,接替如价格般的人类生存。右派的伏尔泰? 右派讨厌他,仅仅因为:他的笑容是致命的。左派呢? 不行,自由无度。中间派? 他的言谈中对一切"中间派"持否定态度。那么? 那么,我们做出纪念他的样子(他害怕被关在先贤祠中,尤其是被关在在卢梭的身边),但我们不愿意这位"伟大的智者"——尼采如此称呼他——最终在他自己身上找到先驱者的影子。

测验一下:翻开《老实人》和《书信集》。伏尔泰因简洁、复杂、富有灵感和欢快而变得沉重。这是一个由语言造就而成的人(从而和耶稣基督进行竞争),一种不停地超越自身、行动中的语言。与其"捍卫"法语这门语言,还不如宣传伏尔泰,宣布在**罗马城及世界**(*urbi et orbi*)对其进行系统阅读。例如:"生活是无聊或是搅拌的奶油而已。"又或是:"人类活得不够长。为什么鲤鱼比人类活得更久? 多么可笑。"又或是:"有人跟我说:像我一样思考,否则上帝将罚你入地狱;很快他又对我说:像我一样思考,否则我就杀了你。"又或是,"我明白温和主义不能赢得任何东西,并且这是一个骗局。必须发动战争,并且在一堆死在我脚下的笃信宗教的人上面光荣地死去。"

我将所有这些讽刺的话借用进伏尔泰鸿篇巨制的传记中,这本传记最终在勒内·波莫①指导下完成。这本传记在牛津出版是否令人惊讶? 才不。这些书非常有趣。侦探小说、日常的意外事件、充满诡计、真诚、愤怒和放肆的飞行城堡,这才是真实的样貌。上帝,我们在如此多的无知、迷信、愚蠢、残忍和玩笑中多么想念这份真实! 关于"欧洲的旅店老板"的耐心工作,从未令人厌烦,它是一个伟大的杰作。20 世纪末一定会令人目瞪口呆,它向我们普及伏尔泰从而揭露正在进行的阴谋? 我非常喜欢一位参观费内的老妇人给出的评

---

① 最后两卷已出版,第四卷和第五卷,《伏尔泰基金会,泰勒机构》(*Voltaire Foundation*,*Taylor Institution*),牛津出版社(Oxford),1994 年。

价:"他开朗健谈,我们谈论到死亡时,差点笑得喘不过气来。"因为这话令人难以置信,并非常迅速地在某日传到了丹尼斯夫人那里:"他想把我埋了。但我逃脱了。晚上好。"

译后说明

　　《品味之战》由浙江工商大学外国语学院法语系三位青年教师合作翻译完成，排名不分先后。其中前言、第一章由张帆翻译（共 11.1 万字），第二章从《大脑与我》到《文学与它的鉴赏家们》44 篇文章由赵济鸿翻译（共 11.7 万字），第二章从《永恒的圣伯夫》到《今日伏尔泰》38 篇文章由施程辉翻译（共 11.5 万字）。

"轻与重"文丛（已出）

图书在版编目(CIP)数据

品味之战/(法)菲利普·索莱尔斯著;施程辉,张帆,赵济鸿译.
--上海:华东师范大学出版社,2018
("轻与重"文丛)
ISBN 978-7-5675-7020-7

Ⅰ.①品… Ⅱ.①菲… ②施… ③张… ④赵… Ⅲ.①随笔—
作品集—法国—现代 Ⅳ.①I565.65

中国版本图书馆 CIP 数据核字(2017)第 271058 号

华东师范大学出版社六点分社

企划人 倪为国

轻与重文丛
品味之战

著　　者　(法)菲利普·索莱尔斯
译　　者　赵济鸿　施程辉　张　帆
责任编辑　王莹兮
装帧设计　姚　荣

出版发行　华东师范大学出版社
社　　址　上海市中山北路 3663 号　邮编　200062
网　　址　www.ecnupress.com.cn
电　　话　021-60821666　行政传真　021-62572105
客服电话　021-62865537
门市(邮购)电话　021-62869887
地　　址　上海市中山北路 3663 号华东师范大学校内先锋路口
网　　店　http://hdsdcbs.tmall.com

印　刷　者　上海中华商务联合印刷有限公司
开　　本　787×1092　1/32
印　　张　22.5
插　　页　4
字　　数　343 千字
版　　次　2018 年 3 月第 1 版
印　　次　2018 年 3 月第 1 次
书　　号　ISBN 978-7-5675-7020-7/I·1778
定　　价　88.00 元

出版人　王　焰

(如发现本版图书有印订质量问题,请寄回本社客服中心调换或电话 021-62865537 联系)

LA GUERRE DU GOUT
by Philippe Sollers
Copyright © Editions Gallimard, Paris, 1994, 1996
Published by arrangement with Editions Gallimard
Simplified Chinese Translation Copyright © 2018 by East China Normal University
Press Ltd
ALL RIGHTS RESERVED.
上海市版权局著作权合同登记 图字:09 - 2012 - 023 号